D0869297

Le Temple de Jérusalem

Le Monastère oublié, traduit de l'anglais (États-Unis) par Danièle Mazingarbe.

Le Troisième Secret, traduit de l'anglais (États-Unis) par Jean-Luc Piningre.

L'Héritage des Templiers, traduit de l'anglais (États-Unis) par Françoise Smith.

L'Énigme Alexandrie, traduit de l'anglais (États-Unis) par Françoise Smith.

La Conspiration du temple, traduit de l'anglais (États-Unis) par Françoise Smith.

La Prophétie Charlemagne, traduit de l'anglais (États-Unis) par Diniz Galhos.

Le Musée perdu, traduit de l'anglais (États-Unis) par Gilles Morris Dumoulin.

Le Mystère Napoléon, traduit de l'anglais (États-Unis) par Gilles Morris-Dumoulin.

Le Complot Romanov, traduit de l'anglais (États-Unis) par Gilles Morris-Dumoulin.

Le Code Jefferson, traduit de l'anglais (États-Unis) par Danièle Mazingarbe.

Steve Berry

Le Temple de Jérusalem

TRADUIT DE L'ANGLAIS (ÉTATS-UNIS)
PAR **DANIÈLE MAZINGARBE**

COLLECTION **THRILLERS**

cherche
midi

Direction éditoriale : Arnaud Hofmarcher
Coordination éditoriale : Roland Brénin et Josiane Attucci

© Steve Berry, 2012
© David Lindroth, Inc. pour la carte, 2012
Titre original : *The Columbus Affair*
Éditeur original : Ballantine Books, New York

© le cherche midi, 2013 pour la traduction française
23, rue du Cherche-Midi
75006 Paris
Vous pouvez consulter notre catalogue général
et l'annonce de nos prochaines parutions sur notre site :
www.cherche-midi.com

Pour Simon Lipskar, mon agent littéraire.
Merci

*Pendant plus de cinq cents ans, les historiens se sont
posé la question : qui était Christophe Colomb ?
La réponse à cette question est une autre question :
qui voulez-vous qu'il soit ?*

Un observateur anonyme

Lucea

Montego Bay

Falmouth

Brown's
Town

Maroon
Town

Martha Brae R.

COCKPIT
COUNTRY

Savanna-la-Mar

Accompong

Christiana

Mandeville

Black River

MER DES CARAÏBES

JAMAICA

St. Ann's
Bay

Ocho Rios

Port Maria

Annotto
Bay

Richmond

Buff Bay

Falcon Ridge

Flint R.

Mahoe
Hill

Charles
Town

Port Antonio

Scott's
Hall

DOMAINE DE
BÈNE ROWE

MONTAGNES BLEUES

John Crow Mts.

★ Kingston

Spanish Town

AEROPORT
INTERNATIONAL
NORMAN MANLEY

Morant
Bay

JAMAÏQUE
1504

PROLOGUE

Christophe Colomb savait que le moment fatidique était arrivé. Ces trois derniers jours, ses hommes avaient progressé péniblement vers le sud à travers la forêt luxuriante de ce pays tropical, en gagnant régulièrement de l'altitude. De toutes les îles qu'il avait découvertes depuis qu'il avait touché terre pour la première fois en octobre 1492, celle-ci était à ses yeux la plus belle. Une plaine étroite longeait la côte rocheuse. Des montagnes formaient une épine dorsale, s'élevant progressivement depuis l'ouest et culminant ici, à l'est, à l'extrémité de la chaîne sinueuse formée de pics qui l'entourait maintenant. Le sol était composé majoritairement de calcaire poreux recouvert d'une terre rouge fertile. Une variété incroyable de plantes poussaient sous les arbres de la forêt ancienne, soumises aux vents humides qui soufflaient en permanence. Les indigènes qui vivaient ici appelaient l'endroit Xaymaca, l'«île des Sources», un nom approprié car l'eau y coulait en abondance. Comme le castillan remplaçait le *X* par un *J*, Christophe Colomb l'avait nommée Jamaïque.

«Amiral.»

Il s'arrêta et se tourna vers un de ses hommes.

«Nous ne sommes plus loin, lui dit de Torres en montrant du doigt un endroit devant eux. En bas de la crête, vers le plat, puis au-delà d'une clairière.»

Luis l'avait accompagné au cours des trois derniers voyages, dont celui de 1492 quand ils étaient descendus à terre pour la première fois. Ils se comprenaient et se faisaient confiance.

Il ne pouvait pas en dire autant des six indigènes qui les accompagnaient. C'étaient des païens. Il en désigna deux qui portaient une des plus petites caisses et leur fit signe de faire attention. Il était étonné qu'au bout de deux ans le bois soit encore intact. Les vers ne s'y étaient pas encore attaqués, comme ils l'avaient fait l'année précédente pour la coque de son bateau.

Une année entière, il était resté bloqué sur cette île.

Mais sa captivité était maintenant terminée.

«Tu as bien choisi», dit-il à de Torres en espagnol.

Aucun des indigènes ne parlait cette langue. Trois autres Espagnols s'étaient joints à eux, lui et de Torres, chacun ayant été soigneusement sélectionné. Les gens du pays avaient été recrutés avec la promesse d'autres clochettes de faucon – des babioles dont le son semblait les fasciner – à condition qu'ils charrient trois caisses jusque dans les montagnes.

Ils étaient partis à l'aube d'une clairière boisée près de la côte nord, où une rivière déversait une eau froide et limpide le long des corniches et formait une succession de bassins avant de se précipiter dans la mer. Le chant permanent des insectes et les cris d'oiseaux avaient atteint un crescendo assourdissant. La marche pour atteindre le haut du flanc boisé avait été pénible, et ils étaient tous hors d'haleine, les vêtements trempés de sueur et le visage couvert de crasse. Maintenant, ils redescendaient vers une vallée luxuriante.

Pour la première fois depuis longtemps, il se sentait revivre.

Il aimait cette terre.

La première expédition en 1492 avait été effectuée sous son commandement personnel, contre l'avis des soi-disant érudits. Quatre-vingt-sept hommes s'étaient embarqués avec lui pour un voyage dans l'inconnu, motivés uniquement par son rêve à lui. Il s'était battu pendant des décennies pour obtenir des fonds, d'abord auprès des Portugais, puis des Espagnols. Les capitulations de Santa Fe, signées par la Couronne d'Espagne et lui, lui accordaient un titre de noblesse, dix pour cent de toutes les richesses et le contrôle des mers qu'il découvrirait. Une excellente transaction sur le papier, mais Ferdinand et Isabelle n'avaient pas respecté leur engagement. Les douze dernières années, après qu'il eut prouvé l'existence de ce que tout le monde appelait le Nouveau Monde, les navires espagnols s'étaient succédé vers l'ouest, sans que lui, l'amiral de l'Océan, leur en ait donné la permission.

Putains. Menteurs.

Tous sans exception.

«Là!» cria de Torres.

Il s'arrêta dans la descente et regarda à travers les arbres, au-delà des milliers de fleurs rouges que les indigènes appelaient «flammes de la forêt». Il vit un bassin limpide, aussi lisse que du verre, et entendit le bruit d'une eau en mouvement qui y entrait et en sortait.

Il était venu en Jamaïque pour la première fois en mai 1494, lors de son deuxième voyage, et avait découvert que sa côte nord était habitée par les mêmes indigènes que ceux des îles voisines, mais qui étaient cependant plus hostiles. Cette agressivité était peut-être due à la proximité des Caraïbes qui vivaient sur l'île de Porto Rico, à l'est. Les Caraïbes étaient des cannibales féroces et violents. S'appuyant sur ce qu'il avait appris par le passé, il avait envoyé des limiers et des archers pour traiter dans un premier temps avec les Jamaïcains, puis il avait ordonné à ses hommes de les attaquer et les tuer jusqu'à ce qu'ils acceptent une soumission totale.

Il arrêta la caravane près du bassin.

De Torres s'approcha et chuchota: «Nous y sommes. C'est ici.»

Il savait que ce serait son dernier séjour dans le Nouveau Monde. Il avait cinquante et un ans et avait accumulé une impressionnante quantité d'ennemis les plus divers. L'année qui venait de s'écouler en était la preuve, ce quatrième voyage était maudit depuis le début. Il avait commencé par explorer la côte de ce qu'il avait fini par prendre pour un continent, avec son littoral sans fin qui s'étendait du nord au sud et qu'il avait parcouru sur toute sa longueur. Après avoir terminé sa reconnaissance, il espérait arriver à Cuba ou à Hispaniola[1], mais ses vaisseaux, rongés par les vers, ne purent dépasser la Jamaïque, et il décida de les échouer tous les deux en attendant les secours.

On ne lui envoya aucune aide.

Le gouverneur d'Hispaniola, un ennemi juré, avait décidé de les laisser mourir, lui et ses cent treize hommes.

Mais cela ne s'était pas produit.

Quelques braves marins à bord d'un canot avaient atteint Hispaniola à la rame et étaient revenus avec un bateau.

C'est vrai, il s'était fait beaucoup d'ennemis qui avaient réussi à faire abroger tous les droits qu'il s'était vu attribuer par les Capitulations. Il avait réussi à conserver son titre de noblesse et celui d'amiral, mais ils n'avaient aucune valeur. Les colons de Saint-Domingue s'étaient même révoltés et l'avaient forcé à signer un traité humiliant. Quatre terribles années auparavant, il avait été ramené en Espagne enchaîné, avec la menace d'un procès et d'un emprisonnement à la clé. Mais le roi et la reine l'avaient gracié de façon inattendue, puis lui avaient accordé des fonds et la permission d'entreprendre une quatrième traversée.

Il s'était interrogé sur leurs motivations. Isabelle semblait sincère. Elle avait l'âme d'une aventurière. Mais pour le roi, c'était différent. Ferdinand ne l'avait jamais aimé, disant ouvertement que toute traversée de la mer occidentale était une folie.

C'était évidemment avant qu'il ait réussi.

Maintenant, tout ce que voulait Ferdinand, c'était de l'or et de l'argent.

Putains. Menteurs.

Tous sans exception.

Il fit signe qu'on pose les caisses. Ses trois hommes aidèrent les indigènes pour qu'elles soient déposées avec soin, malgré leur poids.

---

1. Nom donné par Christophe Colomb à Haïti. *(N.d.T.)*

«Nous sommes arrivés», cria-t-il en espagnol.

Ses hommes savaient ce qu'ils avaient à faire.

Ils dégainèrent leurs épées et les indigènes furent rapidement exécutés. Cependant deux d'entre eux gémissaient encore par terre et ils furent réduits au silence, la poitrine transpercée. Leur massacre le laissait froid, ils ne méritaient pas de respirer le même air que des Européens. Petits, la peau brun cuivré, nus comme au premier jour, ils ne possédaient aucune langue écrite ni aucune croyance. Ils habitaient des villages en bord de mer et, selon ses observations, ne faisaient rien d'autre que de cultiver quelques denrées agricoles. Ils étaient dirigés par un homme qu'on appelait le *cacique*, avec qui il s'était lié d'amitié au cours de l'année passée sur l'île. C'était ce dernier qui, hier, quand il avait jeté l'ancre pour la dernière fois le long de la côte nord, avait mis à sa disposition six hommes. «Une simple marche dans les montagnes, avait-il dit au chef. Quelques jours.»

Il connaissait suffisamment leur langue arawak pour faire sa demande. Le cacique avait donné son accord en désignant six hommes. Christophe Colomb s'était incliné en signe de reconnaissance et avait offert en échange plusieurs clochettes de faucon. Grâce à Dieu, il en avait apporté une bonne quantité. En Europe, on les fixait aux pattes des oiseaux dressés. Elles n'avaient aucune valeur. Ici, elles étaient recherchées.

Le cacique avait accepté le paiement et s'était incliné en retour.

Il avait déjà traité avec ce chef par deux fois. Ils se comprenaient et s'étaient liés d'amitié. Et cela servait les intérêts de Colomb.

Lorsqu'il était venu sur l'île pour la première fois en 1494, s'arrêtant le temps d'une journée pour calfater les fuites de son bateau et refaire le plein d'eau, ses hommes avaient remarqué des petits morceaux d'or dans les rivières limpides. En questionnant le cacique, il avait appris l'existence d'un endroit où les grains d'or étaient plus gros, atteignant parfois même la taille d'un haricot.

À l'endroit où il se trouvait maintenant.

Mais, contrairement à la monarchie espagnole cupide, l'or ne l'intéressait pas.

Son but était d'une autre nature, dépassant ces basses préoccupations.

Il regarda de Torres et son vieil ami sut ce qui allait se passer. De Torres dirigea la lame de son épée vers un des trois Espagnols, un homme petit et râblé, aux cheveux grisonnants.

«À genoux», ordonna de Torres en lui enlevant son arme.

Deux autres membres d'équipage sortirent leurs épées en signe de soutien.

Le prisonnier s'agenouilla.

Christophe Colomb se tourna vers le prisonnier. «Tu me croyais aussi bête?

– Amiral…»

Il leva la main pour le faire taire. «Il y a quatre ans, on m'a ramené en Espagne enchaîné et on m'a dépouillé de tout ce qui m'appartenait légitimement. Puis, tout aussi soudainement, on m'a rendu mes biens.» Il marqua une pause. «Autrement dit, le roi et la reine m'avaient pardonné pour tout ce que j'étais censé avoir fait. Me prenaient-ils pour quelqu'un de stupide?» Il hésita à nouveau. «Absolument. Et c'est la pire des insultes. Pendant des années, j'avais supplié pour que l'on me donne des fonds pour prendre la mer. Et, pendant des années, on me les a refusés. Pourtant, avec une seule lettre adressée à la Couronne, j'ai pu obtenir l'argent nécessaire pour ce quatrième voyage. Une simple demande, et tout me fut accordé. C'est à ce moment-là que j'ai compris que quelque chose n'allait pas.»

Les épées n'avaient pas baissé leur garde. Le captif ne pouvait pas s'enfuir.

«Tu es un espion, dit Colomb. Envoyé ici pour rendre compte de mes faits et gestes.»

Cet imbécile le dégoûtait. L'homme incarnait toute la traîtrise et la misère dont il avait été victime quand il était entre les mains des menteurs espagnols.

«Demande-moi ce que tes protecteurs veulent savoir», ordonna Colomb.

L'homme resta muet.

«Demande-le-moi, je te dis.» Sa voix enfla. «Je te l'ordonne.

– De quel droit vous autorisez-vous à ordonner quoi que ce soit? dit l'espion. Vous n'êtes pas chrétien.»

Il reçut l'insulte avec tout le flegme que toutes les années passées lui avaient inculqué. Mais ses compatriotes étaient moins indulgents que lui.

Il les montra du doigt. «Ces hommes ne sont pas non plus des chrétiens?»

Le prisonnier cracha par terre.

«Ta mission consistait-elle à rapporter tout ce qui se passait au cours du voyage? Ces caisses qui sont ici aujourd'hui étaient-elles l'objectif de tes maîtres? Ou bien ne veulent-ils que de l'or?

– Vous n'avez pas été honnête.»

Il se mit à rire. «Je n'ai pas été honnête?

– Notre sainte mère Église vous damnera pour l'éternité dans les feux de l'enfer.»

Puis il comprit. Cet agent appartenait à l'Inquisition.

Le pire des ennemis.

Son instinct de survie prit le dessus. Il lut l'inquiétude dans les yeux de De Torres. Il avait déjà connu ce problème deux ans plus tôt quand ils avaient quitté l'Espagne. Mais y avait-il d'autres espions? L'Inquisition avait brûlé des gens par milliers. Il détestait tout ce qu'elle représentait.

Ce qu'il faisait ici aujourd'hui visait seulement à déjouer ce mal.

De Torres lui avait déjà dit qu'il ne pouvait pas risquer d'être découvert par des inquisiteurs espagnols. Il ne rentrerait pas en Europe. Il avait l'intention de s'installer à Cuba, une île au nord beaucoup plus grande. Les deux autres hommes, plus jeunes et plus impatients, avaient aussi pris la décision de rester. Lui aussi aurait dû en faire autant, mais sa place n'était pas là, bien qu'il eût aimé qu'il en fût autrement.

Il foudroya l'homme du regard.

« Les Anglais et les Hollandais m'appellent Colombus. Les Français, Colomb. Les Portugais, Colom. Les Espagnols me connaissent sous le nom de Colón. Mais aucun de ces noms n'est celui qui m'a été donné à la naissance. Malheureusement, tu ne connaîtras jamais mon vrai nom et tu n'enverras jamais le rapport que tes bienfaiteurs en Espagne attendent de toi. »

Il fit un geste et de Torres plongea son épée dans la poitrine de l'homme.

Le prisonnier n'eut pas le temps de réagir.

La lame ressortit avec un bruit écœurant et le corps bascula vers l'avant, face contre terre.

Une mare de sang se répandit sur le sol.

Christophe Colomb cracha sur le corps, imité ensuite par les autres.

Il espérait que ce serait le dernier homme qu'il verrait mourir. Il en avait assez de ces tueries. Il allait bientôt retourner sur son navire et quitter cette terre pour toujours, et les représailles du cacique pour ces six morts ne le concernaient pas. D'autres paieraient le prix, mais cela n'était plus son affaire. Ils étaient tous ses ennemis, et il ne leur voulait que du mal.

Il se retourna et étudia enfin l'endroit où il se trouvait, notant chaque détail qu'on lui avait décrit.

« Voyez-vous, amiral, dit de Torres, c'est comme si Dieu lui-même nous avait guidés vers cet endroit. »

Son vieil ami avait raison.

Cela semblait être effectivement le cas.

Soyez aussi courageux qu'un léopard, aussi léger qu'un aigle, aussi rapide qu'un cerf et aussi fort qu'un lion pour accomplir la volonté de Votre Père aux cieux.

Sages paroles.

« Venez, dit-il aux autres. Prions pour que ce jour reste longtemps secret. »

De nos jours

1

Tom Sagan prit le pistolet. Il avait pensé à cet instant toute l'année qui venait de s'écouler, pesé le pour et le contre, et finit par décider qu'un seul pour oblitérait tous les contres.

Il n'avait plus envie de vivre, tout simplement.

Il avait été autrefois journaliste d'investigation pour le *Los Angeles Times*, avec un salaire conséquent et sa signature souvent en une. Il avait travaillé dans le monde entier – Sarajevo, Pékin, Johannesbourg, Belgrade et Moscou. Le Moyen-Orient était devenu sa spécialité, une zone qu'il avait fini par connaître intimement et où il s'était fait une réputation. Ses dossiers confidentiels avaient été jadis remplis des noms de centaines de sources prêtes à lui donner des informations, des gens qui savaient qu'il les protégerait quel qu'en soit le prix. Il l'avait prouvé quand il avait passé onze jours dans une prison de Washington DC pour avoir refusé de divulguer l'origine des informations d'un de ses articles sur un député corrompu de Pennsylvanie.

Tom avait reçu à cette occasion une troisième nomination pour le prix Pulitzer.

Il y avait vingt et une catégories récompensées. L'une d'elles allait à « un reportage d'investigation exceptionnel dû à un individu ou à une équipe, publié comme un article isolé ou en tant que série ». Les lauréats recevaient un diplôme, 10 000 dollars et le droit d'ajouter trois mots précieux à leurs signatures : *Lauréat du prix Pulitzer*.

Il avait gagné le prix.

Mais ils le lui avaient repris.

Ce qui semblait être l'histoire de sa vie.

Tout lui avait été repris.

Sa carrière, sa réputation, sa crédibilité, même son amour-propre. En fin de compte, il avait échoué, que ce soit en tant que fils, père, mari, journaliste et ami. Quelques semaines plus tôt, il avait tracé les grandes lignes de cette spirale sur un bloc-notes, s'apercevant que tout avait commencé quand il avait vingt-cinq ans, frais émoulu de l'université de Floride dans le premier tiers de sa promotion, avec un diplôme de journaliste en poche.

Puis son père l'avait désavoué.

Abiram Sagan avait été implacable.

« Nous faisons tous des choix. Bons. Mauvais. Indifférents. Tu es un adulte, Tom, et tu as fait le tien. Maintenant je dois faire le mien. »

Et c'est ce qu'il avait fait.

Sur ce même bloc, il avait aussi noté les hauts et les bas. Certains qui dataient d'avant, en tant que rédacteur en chef du journal de son lycée et journaliste à l'université. Mais surtout ceux d'après. Ses diverses promotions : il était passé d'assistant à journaliste, puis à grand reporter international en titre. Les récompenses. Les honneurs. Le respect de ses pairs. Comment un commentateur avait-il décrit son style ? « Des reportages visionnaires sur les sujets les plus variés, réalisés au prix de grands risques. »

Puis son divorce.

L'éloignement de son unique enfant. De mauvais investissements. Des choix de vie encore plus mauvais.

Finalement, son renvoi.

Huit ans auparavant.

Et depuis, apparemment rien.

La plupart de ses amis étaient loin. Mais la faute était partagée. À mesure que sa déprime s'installait, il s'était retiré du monde. Il aurait pu plonger dans l'alcool ou la drogue, mais cela ne l'avait jamais attiré.

Il préférait s'apitoyer sur son sort.

Il regarda tout autour de lui.

Il avait décidé de mourir ici, dans la maison de ses parents. Un choix très approprié, sinon morbide. Des couches épaisses de poussière et une odeur de moisi lui rappelaient que, pendant trois ans, les pièces étaient restées inoccupées. Il avait gardé les abonnements aux différents services, payé les impôts et fait tondre l'herbe régulièrement pour éviter que les voisins ne se plaignent. Un peu plus tôt, il avait remarqué que le mûrier devenu envahissant devait être élagué et que la palissade avait besoin d'une couche de peinture.

Il détestait l'endroit. Trop de fantômes.

Il arpenta les chambres, se souvenant de jours plus heureux. Dans la cuisine, il y avait encore les pots de confiture de sa mère qui occupaient jadis le rebord de la fenêtre. Penser à elle l'emplit d'une sensation de joie inhabituelle qui s'estompa rapidement.

Il devrait écrire une note pour s'expliquer, accuser quelqu'un ou dénoncer quelque chose. Mais à l'attention de qui ? Et quoi dire ? Personne ne le croirait s'il disait la vérité. Malheureusement, comme huit ans auparavant, il ne pouvait s'en prendre qu'à lui.

Quelqu'un se soucierait-il de sa disparition ?

Certainement pas sa fille. Il ne lui avait pas parlé depuis deux ans.

Son agent littéraire ? Peut-être. Elle avait gagné beaucoup d'argent avec les livres qu'il avait écrits en tant que nègre. Il avait été choqué de voir combien de romanciers à succès ne pouvaient pas écrire une ligne. Qu'avait dit un critique au moment de son déclin ? « Le journaliste Sagan semble avoir une carrière prometteuse devant lui en tant qu'auteur de romans. »

Trou du cul.

Mais il avait quand même suivi ce conseil.

Il réfléchit – comment expliquer qu'on veuille en finir avec sa vie ? Par définition, c'est un acte irrationnel, donc inexplicable. Heureusement, quelqu'un s'occuperait de ses obsèques. Il avait beaucoup d'argent en banque, plus qu'assez pour un enterrement digne de ce nom.

Qu'est-ce que ça ferait d'être mort ?

Était-on conscient de son état ? Pouvait-on entendre ? voir ? sentir ? Ou était-ce simplement un noir éternel. Pas de pensées. Pas de sentiments.

Absolument rien.

Il retourna vers l'avant de la maison.

C'était une superbe journée de mars, dehors le soleil de midi brillait. La Floride était véritablement une terre bénie du fait de ce climat formidable. Comme la Californie, où il avait habité avant son renvoi, mais sans les tremblements de terre. Il regretterait la chaleur du soleil un jour d'été.

Il s'arrêta sous le porche ouvert et contempla le salon. La pièce que sa mère avait toujours appelée la chambre. C'était là que ses parents se réunissaient pour le shabbat. Où Abiram lisait des passages de la Torah. L'endroit où on célébrait Yom Kippour et où on fêtait tous les événements importants. Il se souvenait de la ménorah en étain au bout de la table avec les bougies allumées. Ses parents étaient des Juifs pratiquants. Après sa bar-mitsva, lui aussi avait étudié la Torah, debout devant les fenêtres à douze carreaux encadrées de rideaux damassés que sa mère avait mis des mois à coudre. Elle savait tout faire et c'était une belle femme, adorée de tous. Elle lui manquait. Elle était morte six ans avant Abiram, qui lui était décédé depuis trois ans.

Il était temps d'en finir.

Il étudia le pistolet, acheté quelques mois auparavant lors d'un salon à Orlando consacré aux armes, et s'assit sur le canapé. Des nuages de poussière s'élevaient, puis retombaient. Il se souvint, un jour où il était assis à la même place, de la leçon de son père sur le sexe. Il avait quel âge ? Douze ans peut-être ?

C'était il y a trente-huit ans.

Mais c'était comme si la discussion s'était déroulée la semaine dernière.

Comme d'habitude, les explications avaient été brutales et concises.

« Tu comprends ? lui avait demandé Abiram. C'est important.

– Je n'aime pas les filles.

– Ça viendra. N'oublie jamais ce que je t'ai dit. »

Les femmes. Encore un échec. Il n'avait pas eu beaucoup de relations étant jeune homme et il avait épousé Michèle, la première fille qui s'était vraiment intéressée à lui. Mais leur mariage avait sombré après son renvoi et, depuis, il n'y avait pas eu d'autres femmes. Michèle avait laissé des traces.

« Peut-être la reverrai-je aussi bientôt », murmura-t-il.

Son ex-femme était morte deux ans auparavant dans un accident de voiture.

C'était la dernière fois qu'il avait parlé avec sa fille. Et elle avait été on ne peut plus claire. « Va-t'en. Elle ne voudrait pas que tu sois là. »

Et il avait quitté l'enterrement.

Il contempla à nouveau le pistolet, le doigt sur la gâchette. Il se prépara, inspira et posa le canon contre sa tempe. Il était gaucher, comme presque tous les Sagan. Son oncle, un ancien joueur de base-ball professionnel, lui avait dit que, s'il apprenait à lancer une balle en courbe, il pourrait faire fortune dans les grandes ligues. Les gauchers de talent étaient rares.

Mais il avait là aussi échoué.

Il sentit le métal froid contre sa peau.

Il ferma les yeux et resserra son doigt sur la gâchette, tout en imaginant le texte de son avis de décès : « Mardi 5 mars, l'ancien journaliste d'investigation, Tom Sagan, s'est donné la mort dans la maison de ses parents à Mount Dora en Floride. »

Une pression un peu plus forte et…

Toc, toc, toc.

Il ouvrit les yeux.

Un homme se tenait devant la fenêtre en façade, suffisamment près pour que Tom puisse voir son visage – plus âgé que lui, soigné, distingué – ainsi que sa main droite.

Qui tenait une photo appuyée contre la vitre.

Il se concentra sur l'image, celle d'une jeune femme couchée, bras et jambes étendus.

Comme ligotés.

Il connaissait ce visage.

C'était sa fille.

Alle.

2

A lle Becket était couchée sur le lit, bras et jambes attachés aux montants. Une bande de ruban adhésif lui fermait la bouche, l'obligeant à respirer par le nez. La petite chambre était dans le noir, ce qui la mettait hors d'elle.

Calme-toi, se dit-elle.

Elle pensait à son père.

Thomas Peter Sagan.

Leurs noms de famille étaient différents du fait d'un mariage contracté trois ans plus tôt, juste après le décès de son grand-père Abiram. Très mauvaise idée, dont elle avait pris conscience après que son nouveau mari eut décidé que, sous prétexte qu'il portait une alliance, il avait le droit d'utiliser les cartes de crédit de sa femme comme bon lui semblait. Le mariage avait tenu quatre-vingt-dix jours. Le divorce en avait pris trente de plus. Et payer les dettes, deux ans.

Mais elle l'avait fait.

Sa mère lui avait appris que ce n'était pas une bonne chose que de devoir de l'argent. Elle aimait penser que les préceptes maternels lui avaient donné du caractère. Dieu sait que ça ne venait pas de son père. Les souvenirs qu'elle avait de lui étaient terribles. À vingt-cinq ans, elle ne se souvenait pas d'une seule fois où il lui ait dit qu'il l'aimait.

« Pourquoi l'as-tu épousé ?

– Nous étions jeunes, Alle, et amoureux, et nous avons vécu de bonnes années ensemble avant que les mauvaises n'arrivent. Nous nous sentions en sécurité. »

Il avait fallu son propre mariage pour comprendre la valeur de la sécurité. Un *chaos total* était ce qui résumait le mieux cette brève union. Elle n'en avait gardé que son nom, car tout valait mieux que Sagan. Rien que de l'entendre lui donnait mal au cœur. S'il fallait qu'elle se souvienne d'un échec, que ce soit au moins celui de son mariage avec un homme qui lui avait parfois procuré – surtout pendant ces six jours aux îles Turques-et-Caïques – des souvenirs inoubliables.

Elle tira sur les cordes qui lui retenaient les bras. Ses muscles étaient endoloris. Une fenêtre ouverte laissait pénétrer un vent frais, mais la sueur perlait sur son front et le dos de son chemisier contre le matelas nu était humide. Les vagues odeurs qui persistaient n'étaient pas agréables et elle se demandait qui avait couché ici avant elle.

Elle n'aimait pas le sentiment d'impuissance que sa situation lui donnait.

Elle s'obligea à penser à sa mère, une femme aimante qui s'était consacrée à elle et avait veillé à ce que ses notes lui permettent d'entrer à l'université de Brown, puis de continuer des études supérieures. L'histoire avait toujours été sa passion, surtout celle de l'Amérique après Christophe Colomb, entre 1492 et 1800, quand l'Europe avait poussé l'Ancien Monde vers le Nouveau.

Sa mère avait aussi très bien réussi personnellement, remontant la pente après le divorce et trouvant un nouveau mari. C'était un chirurgien orthopédique, un homme affectueux, qui s'était occupé d'elles deux. Le contraire de son père.

Ce mariage avait été une réussite.

Mais, deux ans auparavant, un chauffard, dont le permis avait été confisqué par la suite, avait brûlé un stop et tué sa mère.

Elle lui manquait terriblement.

L'enterrement restait gravé dans sa mémoire, grâce à la venue inattendue de son père.

« Va-t'en. Elle ne voudrait pas que tu sois là, lui avait-elle dit assez fort pour que tout le monde l'entende.

– Je suis venu te dire au revoir.

– Tu l'as fait depuis longtemps, au moment où tu t'es débarrassé de nous deux.

– Tu n'as pas la moindre idée de ce que j'ai fait.

– Avoir l'occasion d'élever son enfant ne se présente qu'une seule fois. Être un mari. Un père. Tu as laissé passer la tienne. Va-t'en. »

Elle se souvenait de son visage. Son regard totalement inexpressif. Enfant, elle se demandait toujours ce qu'il pensait.

Plus maintenant. Quelle importance ?

Elle tira à nouveau sur les cordes.

En fait, cela pouvait avoir beaucoup d'importance.

3

Béne Rowe écoutait ses chiens, des limiers de concours au pedigree prestigieux. Ils venaient de Cuba, importés en Jamaïque trois siècles plus tôt, et étaient des descendants des chiens qui avaient traversé l'Atlantique avec Christophe Colomb. Une histoire célèbre racontait que, pendant le combat victorieux qui opposa Ferdinand et Isabelle aux Maures pour reprendre Grenade, ces grandes bêtes s'étaient régalées d'enfants arabes abandonnés devant les portes des mosquées. Cela s'était produit, paraît-il, un mois à peine avant que ce bâtard de Christophe Colomb ne prenne pour la première fois la direction de l'Amérique.

Ce qui avait tout changé.

« *Li* chiens sont tout près, dit-il à ses compagnons, tous deux de fidèles lieutenants. Très près. Écoutez leurs aboiements. Ils s'intensifient. » Son large sourire révéla des dents d'une blancheur éblouissante pour lesquelles il avait dépensé beaucoup d'argent. « *Li* aiment quand la fin est proche. »

Il mélangeait patois et anglais, sachant que ses hommes étaient plus à l'aise avec le dialecte populaire – un mélange d'anglais, d'africain et d'arawak. Il préférait parler en anglais correct, une habitude acquise pendant ses années d'école et qui avait toujours eu de l'importance aux yeux de sa mère. Ce qui était inhabituel pour lui et pour elle, car généralement ils étaient fidèles aux traditions.

Ses deux hommes portaient toujours des fusils quand ils parcouraient les hauts plateaux de Jamaïque en direction de ce que les Espagnols avaient appelé les Sierras de Bastidas – des montagnes fortifiées. Ses ancêtres, des esclaves fugitifs, s'étaient servis des montagnes pour se protéger de leurs anciens maîtres. Ils s'étaient appelés Katawud, Yenkunkun, Chankofi. Certains disaient que les Espagnols nommaient ces fugitifs *cimarrons* – indomptés, sauvages – ou *marrans*, le surnom donné aux chasseurs de truies et de porcs. D'autres croyaient plutôt au mot français *marron* qui voulait dire « esclave fugitif ». Quoi qu'il en soit, les Anglais avaient fini par transformer le nom en Marrons.

Qui était resté.

Ces gens industrieux avaient bâti des villes dont les noms évoquaient leurs fondateurs – Trelawny, Accompong, Scott's Hall, Moore et Charles. Ils s'étaient accouplés avec les femmes indigènes Tainos et avaient ouvert la voie à travers les régions sauvages vierges, luttant contre les pirates qui venaient régulièrement piller la Jamaïque.

Les montagnes devinrent leur maison, les forêts leurs alliées.

« J'entends Big Nanny, leur dit-il. Ce jappement aigu. C'est elle. Elle est toujours en tête. Elle l'a toujours été. »

Il l'avait nommée ainsi en hommage à Grandy Nanny, une femme chef marron du XVIIIe siècle qui était devenue une grande dirigeante spirituelle et militaire. Le billet de 500 livres jamaïcaines était à son effigie, bien qu'aucune description précise ni portrait d'elle n'existât, seulement des légendes.

Il s'imaginait la scène qui devait se dérouler cinq cents mètres plus loin. Les chiens – aussi costauds que les mastiffs, aussi rapides que les limiers et aussi courageux que les bouledogues – rouges, fauves et tachetés avec des pelages hérissés, courant en ligne, tous les quatre derrière Big Nanny. Elle ne laissait jamais aucun mâle passer devant et, tout comme son homonyme avant elle, aucun ne défiait son autorité. Celui qui s'y était risqué avait fini le cou brisé par ses mâchoires puissantes.

Béne s'arrêta au bord d'une crête élevée et scruta les montagnes boisées au loin. Le mahoe bleu faisait partie des espèces dominantes, avec le pommier rose, l'acajou, le teck, le pandanus et des bambous très denses. Il aperçut un robuste figuier et se souvint de ce que sa mère lui avait appris. « Le figuier domine. Il dit à ceux qui s'opposent à lui : "Ma volonté de pouvoir réside dans votre volonté à supporter." »

Il admirait cette force.

Un groupe d'hommes bien alignés, armés de pioches et de houes, travaillait sur un flanc de montagne. Leurs outils scintillaient au soleil. Il s'imaginait trois cents ans plus tôt, parmi ceux que Christophe Colomb avait nommés à tort des Indiens, œuvrant comme esclave pour les Espagnols. Ou cent ans après, comme un Africain confié à vie à un planteur anglais.

Voilà ce qu'avaient été les Marrons – un mélange de Tainos et d'Africains importés.

Comme lui.

« *Ti* vas aller vers eux ? » lui demanda son premier lieutenant.

Béne savait qu'il craignait les chiens, mais qu'il détestait les barons de la drogue. La Jamaïque était gangrenée par le crime. L'homme qui se trouvait à présent à cinq cents mètres d'ici, pourchassé par une meute féroce de limiers cubains, se croyait pourtant à l'abri des lois. Ses coéquipiers avaient fait de Kingston une zone de guerre, tuant plusieurs innocents dans un échange de tirs. La situation avait atteint son comble lorsqu'un hôpital public et un lycée s'étaient trouvés pris sous un feu roulant, obligeant les patients à se cacher sous leurs lits et les étudiants à passer leurs examens alors que les balles sifflaient dehors. Il avait donc convoqué le baron à une réunion – une demande de Béne Rowe ne pouvait être ignorée – puis l'avait emmené dans les montagnes.

« *A kwa tu dis ? demanda en patois le baron d'un ton provocateur.*

– Parle anglais.

– Tu as honte de ce que tu es, Béne ?

– J'ai honte de toi.

– *Qu'est-ce que tu as l'intention de faire ? Me traquer ?*

– A no mi. »

Pas moi.

Il était volontairement passé au patois pour que cet homme comprenne qu'il savait d'où il venait. Il montra les chiens qui aboyaient dans des cages posées sur les camions. «Eux feront ça pour moi.

– *Et que vas-tu faire ? Me tuer ?»*

Il secoua la tête. «Li chiens le feront aussi.»

Il avait souri en voyant le salopard écarquiller les yeux, content de savoir que quelqu'un qui tuait souvent sans raison était aussi capable d'éprouver de la peur.

«Tu n'es pas un des nôtres, cracha le baron. Tu oublies qui tu es, Béne.»

Il s'approcha, s'arrêtant à quelques centimètres de l'homme vêtu d'une chemise en soie ouverte, d'un pantalon coupé sur mesure et chaussé de mocassins de luxe. Tout cela visait sans doute à impressionner son monde, mais c'était peine perdue de la part de cet imbécile. Il était mince comme une canne à sucre, avec un œil brillant et l'autre en verre, et une bouche remplie de dents pourries.

«Tu n'es rien, dit-il au baron.

– *Assez pour que tu penses que je devrais mourir.»*

Il gloussa. «Ça, c'est vrai. Et si je te croyais digne de respect, je te tirerais dessus. Mais tu es un animal et les chiens vont adorer te pourchasser.

– *Le gouvernement te paie pour ça, Béne ? Ils ne peuvent pas le faire, alors c'est à toi qu'ils confient la tâche ?*

– *Je le fais pour moi.»*

La police avait essayé à deux reprises d'arrêter ce salaud, mais, chaque fois, des émeutes avaient éclaté à Kingston. Il était triste de voir des criminels considérés comme des héros, mais ces caïds étaient malins. Comme le gouvernement jamaïcain avait négligé le bien-être de ses citoyens, les barons étaient intervenus en distribuant de la nourriture, en créant des centres communautaires, en offrant des soins médicaux, s'attirant ainsi les bonnes grâces du peuple.

Et cela avait marché.

Les gens étaient prêts à se soulever pour empêcher que leurs bienfaiteurs soient mis en prison.

« Tu as trente minutes avant que j'ouvre les cages. »

L'homme s'était attardé avant de se rendre compte que l'autre ne parlait pas à la légère. Puis il avait pris la fuite.

Comme un esclave fuyant son maître.

Il inspira un grand coup l'air pur de la montagne. La brume format des anneaux azurés, d'apparence laiteuse, autour des cimes au loin. Trois d'entre elles dépassaient les deux mille mètres, et une autre culminait presque deux mille cinq cents. Elles se succédaient d'est en ouest, séparant Kingston de la côte nord. Ces halos brumeux étaient si caractéristiques que les Anglais avaient rebaptisé ces crêtes les montagnes Bleues.

Ses deux hommes se tenaient à côté de lui, fusil sur l'épaule.

« L'autre problème du jour, dit-il, le regard toujours rivé sur l'horizon, est-ce qu'il vient ?

– Il arrive. Ils attendent à côté des camions que nous soyons prêts. »

La plupart des Marrons cultivaient quelques mètres carrés sur des propriétés ne leur appartenant pas, moyennant une redevance annuelle. Maintenant, il possédait des dizaines de milliers d'hectares et laissait les paysans en disposer gratuitement.

Les chiens continuaient à aboyer au loin.

Il regarda sa montre.

« Big Nanny s'approche. Elle laisse rarement la proie courir plus d'une heure. »

Féroces, hauts sur pattes et doués d'une endurance et d'une force étonnantes, ses chiens étaient parfaitement dressés. Ils étaient également capables d'escalader de grands arbres, comme leur cible n'allait pas tarder à le découvrir s'il pensait trouver refuge dans les hautes branches.

Les limiers cubains étaient dressés depuis toujours dans un seul but : pourchasser des fugitifs noirs.

Ceux de Béne étaient plus modernes et traquaient aussi bien des Noirs que des Blancs. Mais, comme leurs ancêtres, ils ne tuaient que si leur proie résistait. Sinon, ils la cernaient, aboyaient et la terrifiaient, immobilisant la cible jusqu'à l'arrivée de leur maître.

«Nous allons nous rapprocher», dit-il.

Il les guida de nouveau dans la forêt. Il n'y avait pas de sentier, seulement une végétation dense. Un de ses hommes sortit une machette pour leur ouvrir un chemin.

Le vent s'insinuait dans les branches.

Il était tellement facile de se cacher parmi ces fougères et orchidées. Personne ne pouvait vous trouver. C'est pourquoi les Anglais avaient fini par importer les chiens pour pourchasser les fuyards. Le flair n'avait pas de frontière.

Ils avancèrent en direction des chiens. L'homme à la machette marchait devant, aménageant un passage à travers le feuillage. De minces rayons de soleil parvenaient jusqu'au sol.

«Béne!» cria l'autre homme.

Un épais tapis de feuilles amortissait chacun de leurs pas, ce qui permettait d'entendre le chant des oiseaux. Rochers et pierres sous le paillis mettaient ses semelles à l'épreuve, mais il portait de grosses bottes. Il se fraya un chemin à travers les branches basses et retrouva ses hommes dans une clairière. Un ibis rose s'éleva d'un arbre au loin dans un grand battement d'ailes. Des orchidées apportaient la seule note colorée de cette clairière couverte par un baldaquin de branches hautes.

Il aperçut des décombres parmi les fougères au sol.

Les chiens s'étaient mis à hurler. Signe de succès. Ils avaient acculé leur proie.

Il s'approcha et se pencha, examinant les pierres, dont certaines étaient grandes et à moitié onterrées alors que d'autres étaient en morceaux. Lichens et moisissure couvraient les surfaces, mais on distinguait encore vaguement ce qui avait été autrefois des lettres.

Il reconnut l'écriture. De l'hébreu.

«Il y en a d'autres», dirent ses hommes à mesure qu'ils se dispersaient.

Il se redressa, sachant ce qu'ils avaient trouvé.

Des pierres tombales.

Un cimetière inconnu.

Il sourit. «Oh, c'est une bonne journée, mes amis. Une bonne journée. Nous sommes tombés sur un trésor.»

Il pensa à Zachariah Simon et sut qu'il serait content.

4

Zachariah Simon entra dans la maison. Tom Sagan était immobile, le pistolet en main. Zachariah se rappela que la fiche de renseignements qu'il avait demandée précisait que cet homme était gaucher.

«Qui êtes-vous?» demanda Sagan.

Il se présenta et tendit la main, mais en vain: «Que faites-vous ici?

– Je vous observe depuis plusieurs jours.» Il fit un geste en direction de l'arme. «C'est peut-être une bonne chose que je sois arrivé.

– Cette photo. C'est ma fille.»

Zachariah tendit le cliché pour qu'ils puissent le voir tous les deux. «C'est ma prisonnière.» Il attendait une réaction, qui ne vint pas, et il ajouta: «Ça vous est égal?

– Bien sûr que non. Et j'ai un pistolet.»

Sagan brandit l'arme. Zachariah évalua son adversaire. Grand, avec un visage juvénile, pas rasé et que des yeux noirs, vifs et perçants, durcissaient. Des cheveux noirs et courts qu'il lui enviait, les siens l'ayant abandonné depuis longtemps. Absence presque totale d'exercice physique au vu de ses bras et de son torse, un autre détail que le rapport résumait ainsi: «Ne court pas et ne fait pas de gymnastique.» Néanmoins, Tom Sagan était remarquablement en forme pour un individu sédentaire de cinquante ans.

«Monsieur Sagan, il y a quelque chose que vous devez comprendre. Il est vital que vous me croyiez quand je vous l'aurai dit.» Il marqua une pause. «Ça m'est égal que vous vous suicidiez. C'est votre vie et vous en faites ce que vous voulez. Mais, avant, je dois vous demander quelque chose.»

Sagan dirigea le pistolet droit sur lui. «Nous allons nous rendre à la police.»

Il haussa les épaules. «C'est votre choix. Mais je dois vous dire que la seule conséquence sera que votre fille connaisse une souffrance inimaginable.» Il leva la photo de Alle Becket pour que Sagan la voie. «Vous devez me croire. Si vous ne faites pas ce que je vous demande, votre fille souffrira.»

Sagan ne répondit pas.

«Vous ne me croyez pas. Je le vois dans vos yeux. Peut-être avez-vous douté de la même manière quand quelqu'un vous a raconté une histoire incroyable. Vous vous êtes toujours demandé si c'était vrai. Si cette histoire n'avait pas été enjolivée. À moins que vous ne l'ayez crue entièrement fausse ? Si on envisage ce qui vous est finalement arrivé, il est compréhensible que vous doutiez de moi maintenant. Me voilà moi, un parfait inconnu, qui surgit au plus mauvais moment, proférant des affirmations bizarres.»

Il retira le sac Tumi noir de son épaule. Sagan continuait à le viser avec son arme. Il ouvrit la fermeture et trouva son iPad.

«Je veux vous montrer quelque chose. Après, si vous voulez toujours mêler la police à ça, je ne vous en empêcherai pas.»

Il posa la sacoche par terre et alluma l'écran.

La lumière aveugla Alle. Vive. Inquiétante. Focalisée sur elle encore attachée au lit. Elle plissa les yeux et laissa ses pupilles brûlantes s'accoutumer, se concentrant finalement sur la pièce qui était maintenant éclairée.

Elle vit la caméra. Juste à droite du projecteur monté sur un trépied, avec l'objectif dirigé sur elle. Un petit témoin rouge signalait que l'appareil la filmait. On lui avait dit qu'à ce moment-là son père serait en train de regarder. Elle tira sur les cordes avec ses bras et ses jambes, soulevant le cou, tournant la tête en direction de l'objectif.

Elle détestait ce sentiment d'emprisonnement. La perte de liberté. Une dépendance totale vis-à-vis de quelqu'un d'autre. Si des salauds voulaient s'en prendre à elle, elle ne pourrait pas les en empêcher.

Deux hommes sortirent de derrière la lumière du projecteur et s'approchèrent du lit.

L'un était grand, enrobé à la taille, avec un nez fin et des lèvres minces. Il semblait être italien ou espagnol, avec des cheveux noirs frisés et gras. Elle avait appris qu'il s'appelait Rocha. L'autre était l'homme le plus noir qu'elle ait jamais vu. Il avait un nez bulbeux, des dents jaunies et des yeux comme des gouttes de pétrole brut. Il ne parlait jamais et elle ne connaissait que le surnom que Rocha lui avait donné. Minuit.

Les deux hommes se placèrent de chaque côté du lit et installèrent la caméra entre elle et eux. Rocha se pencha en avant, s'arrêta à une dizaine de centimètres de son visage et lui caressa doucement la joue. Ses doigts sentaient le citron. Elle secoua la tête pour protester, mais il se contenta de sourire et continua à la caresser. Minuit s'assit sur le lit et lui posa la main droite sur un sein, par-dessus son chemisier.

Elle réagit à cette agression en se redressant, le regard enflammé par la peur et la colère.

Rocha repoussa avec force sa tête contre le matelas. Un couteau apparut dans sa main, qui brillait à la lumière du projecteur.

La caméra continuait à filmer le moindre de leurs mouvements, un point rouge indiquant que son père devait assister en direct à la scène. Ils ne s'étaient pas parlé depuis deux ans. Elle considérait qu'elle n'avait pas de père. Son beau-père avait toujours été là pour elle. Elle l'appelait papa et il disait d'elle qu'elle était sa fille.

Une illusion ?

Bien sûr.

Mais une illusion qui fonctionnait.

Rocha se pencha vers le bas du lit et saisit sa chaussure gauche. Il glissa la lame de son couteau à l'intérieur de son pantalon et fendit le tissu jusqu'à la taille.

Minuit gloussa.

Elle releva la tête et regarda vers le bas.

La fente s'arrêtait à sa taille.

On voyait sa peau nue.

Rocha plongea une main dans la fente et remonta vers son entrejambe. Elle protesta en tirant sur les cordes et en secouant la tête. Il passa le couteau à Minuit, qui approcha la lame de son cou et lui ordonna de se tenir tranquille.

Elle décida de se soumettre.

Mais, avant de le faire, elle fixa la caméra d'un regard farouche dont la signification était évidente.

Pour une fois dans ta pauvre vie, viens en aide à ta fille.

5

Tom regardait fixement l'iPad, et l'expression paniquée d'Alle lui transperçait le cœur.

Il pointa le pistolet sur Zachariah Simon.

« Cela servira seulement à précipiter le viol de votre fille, dit son visiteur. Ils s'acharneront sur elle et vous en serez responsable. »

Il regarda l'écran et vit l'homme noir fendre l'autre jambe du pantalon d'Alle jusqu'à la taille.

« Vous êtes un homme perturbé, lui dit Simon. Jadis un journaliste respecté, un grand reporter à la renommée mondiale. Aujourd'hui, en disgrâce totale. Une histoire que vous avez fabriquée de toutes pièces. Des sources inexistantes, une documentation imaginaire. Pas un seul mot n'a pu être étayé et vous avez été convaincu de tricherie. »

Sa gorge se serra. « N'importe qui peut surfer sur Internet. »

Simon gloussa. « C'est ce que vous croyez ? Que je suis aussi superficiel que ça ? Je vous assure, monsieur Sagan, j'ai mis beaucoup d'énergie à enquêter sur vous. Vous êtes maintenant un auteur de fiction. Vous servez de nègre à d'autres. Dont certaines œuvres sont devenues des best-sellers. Ça vous fait quoi de savoir que votre réussite profite à d'autres ? »

À l'écran, les deux hommes semblaient se moquer d'Alle.

Il braqua le pistolet sur Simon, qui fit un geste avec l'iPad.

« Vous pouvez me tirer dessus. Mais qu'est-ce qui se passera pour elle ?

– Que voulez-vous ?

– Premièrement, il faut que vous me croyiez quand je vous dis que je ferais du mal à votre fille. D'accord ? »

Le pistolet toujours fixé sur Simon, Tom se tourna à nouveau vers l'écran. Les deux hommes étaient en train d'explorer les parties du corps d'Alle que les fentes dans son pantalon avaient rendues accessibles.

Il fallait que ça s'arrête.

« Deuxièmement, dit Simon, j'ai une tâche à vous confier. Après, votre fille sera relâchée et vous pourrez finir ce que j'ai interrompu cet après-midi.

– Que dois-je faire ? demanda-t-il.

– J'ai besoin que le corps de votre père soit exhumé. »

Le projecteur s'éteignit, ainsi que le point rouge sur la caméra. Alle resta allongée, soulagée de ne plus avoir cet éclairage fixé sur elle.

Une autre lumière s'alluma. Moins vive, mais suffisante pour permettre de voir la chambre.

Rocha s'assit à côté d'elle.

Le front de la jeune femme était couvert de transpiration.

Le seul contact établi avec son père en deux ans avait pris fin.

Rocha la fixait, le couteau de nouveau à la main. Minuit était debout à côté de la caméra. Ses jambes étaient toujours nues, mais au moins leurs mains n'étaient plus sur elle.

« On continue ? » demanda Rocha, avec un accent portugais.

Elle le fusilla du regard, en s'efforçant de ne pas trembler de peur.

« Je suppose que c'est non », dit-il avec un sourire.

Il coupa les cordes qui retenaient ses bras, puis celles qui immobilisaient ses jambes. Elle s'assit et arracha l'adhésif de sa bouche, se disant qu'il fallait agir avec ces hommes avec précaution. « Est-ce que tout ça était bien nécessaire ?

– Vous aimez ? » demanda Rocha, fier de lui.

Elle leur avait dit de se montrer convaincants et avait même suggéré l'emploi d'un couteau. Mais il n'avait jamais été question de découper ses vêtements ni de la peloter.

Mais à quoi s'attendait-elle ?

Ces hommes étaient des voyous sans foi ni loi et elle leur avait offert une occasion en or.

Elle se leva et enleva les cordes de ses bras et de ses jambes. Elle voulait partir, c'était tout. « Vous avez fait passer le message. Nous en avons terminé. »

Minuit ne disait rien et ne paraissait guère concerné. Comme d'habitude. C'était un taciturne qui ne faisait que ce que l'on lui disait.

C'était Rocha qui dirigeait.

Du moins tant que Zachariah était loin.

Elle se demandait ce qui se passait en Floride, dans la maison de son grand-père, au Mount Dora. Zachariah avait appelé il y a moins d'une heure pour dire que son père était arrivé en voiture d'Orlando, après un trajet de trente minutes par l'autoroute 4, un parcours qu'elle avait effectué maintes fois.

Puis un autre appel.

Son père avait un pistolet et semblait être sur le point de se suicider. Un instant, ça l'avait troublée. Peu importe ce qui s'était passé entre eux, il était toujours son père. Mais lui manifester de la compassion n'avait servi souvent qu'à lui briser le cœur.

Mieux valait ne pas baisser la garde.

Elle frotta ses poignets endoloris. Elle était à bout de nerfs.

Les deux hommes lorgnaient ses jambes nues qui sortaient du pantalon fendu.

« Pourquoi ne pas rester ? demanda Rocha. Nous pouvons finir le numéro. Sans la caméra.

– Je ne crois pas, dit-elle. J'ai assez joué la comédie pour aujourd'hui. »

6

Tom était perplexe. «Pourquoi voulez-vous faire exhumer ce corps?»

La vidéo sur l'iPad s'était arrêtée, l'écran était redevenu noir.

«Mes associés attendent un appel de ma part. S'ils ne le reçoivent pas dans les minutes qui suivent, votre fille commencera à souffrir. Cette vidéo avait pour but de clarifier la situation.» Simon montra le pistolet. «Je peux le prendre?»

Tom se demanda ce qui se passerait s'il laissait la police régler tout ça?

À peu près la même chose que huit ans auparavant, quand il avait eu besoin qu'ils fassent leur boulot.

Rien du tout.

Il donna l'arme à Simon.

C'était intéressant de voir comment le défaitisme faisait son œuvre. Avant, quand il parcourait le monde en quête de son prochain grand sujet, il n'aurait jamais été intimidé par quelqu'un comme ça. Il était connu pour son assurance et sa témérité.

Mais c'était avant sa chute.

Quelques instants plus tôt, il allait mettre fin à sa vie, se retrouver par terre avec un trou dans la tête. Au lieu de ça, il dévisageait un homme d'une cinquantaine d'années, soigneusement vêtu, avec des cheveux noirs striés de mèches blanches. Ses traits lui faisaient penser à un Européen de l'Est, avec des pommettes saillantes, un teint coloré, une barbe fournie et des yeux enfoncés. Il connaissait ce type d'homme. Il en avait souvent rencontré dans cette partie du monde. Son métier de journaliste lui avait donné l'habitude de jauger rapidement les gens. Leur apparence. Leurs vêtements. Leurs manies.

Celui-là souriait beaucoup.

Pas en signe d'amusement, mais pour mieux se faire comprendre.

Tom constata avec satisfaction que certains automatismes acquis dans sa précédente profession n'avaient pas complètement disparu.

Ça ne lui était pas arrivé depuis longtemps.

« Votre père est mort il y a trois ans, dit Simon. Il avait toujours habité ici, dans cette maison. Saviez-vous qu'il était quelqu'un d'important ?

– Il enseignait la musique.

– Et ça, ce n'est pas important ?

– Vous savez bien ce que je veux dire.

– Votre père a enseigné pendant la plus grande partie de sa vie adulte. En revanche, votre grand-père, du côté de votre mère, était un personnage très intéressant. C'était un archéologue qui a participé à plusieurs grandes fouilles en Palestine au début du XXᵉ siècle. J'ai lu des choses sur lui. »

Tom aussi. Marc Eden Cross, qu'il appelait Saki, avait fait de nombreuses fouilles. Il se rappelait le récit de ses exploits qu'il écoutait enfant. Ce n'était pas vraiment passionnant. L'archéologie ne ressemblait en rien à ce que George Lucas et Steven Spielberg en avaient fait. En réalité, cela s'apparentait beaucoup au journalisme, où la plus grande partie du travail se passe seul à son bureau.

Simon fit le tour du salon en admirant le mobilier poussiéreux. « Pourquoi avez-vous conservé cette maison ?

– Qui vous dit que je l'ai fait ? »

Simon se tourna vers lui. « Allons, monsieur Sagan. N'est-ce pas le moment de se montrer honnête ? Votre père vous a légué cette propriété. En fait, c'est tout ce qu'il vous a laissé. Tout le reste de ses biens est allé à votre fille. Ce qui n'était pas grand-chose. Quoi ? Une centaine de milliers de dollars, une voiture, quelques actions, une assurance-vie.

– Je vois que vous vous êtes rendu au tribunal des successions. »

Simon sourit à nouveau. « Il y a des inventaires que la loi oblige à enregistrer. Votre fille avait été désignée comme exécuteur testamentaire. »

Comme s'il avait besoin qu'on lui rappelle cet affront. Il avait été expressément exclu du testament, toute responsabilité légale sautant une génération. Il avait assisté à l'enterrement, mais était resté à l'écart, ne faisant rien de ce qu'on attendait généralement d'un fils juif. Alle et lui ne s'étaient pas parlé.

« Votre père, dit Simon, vous a transmis le titre de propriété de cette maison cinq semaines avant sa mort. Vous ne vous étiez pas parlé depuis longtemps. Pourquoi a-t-il fait ça à votre avis ?

– Peut-être voulait-il simplement que je l'aie.

– J'en doute. »

Il se demandait ce que cet étranger savait en réalité.

« Votre père était un Juif pratiquant. Il était fier de sa religion et de son héritage.

– Comment le savez-vous ?

– J'ai parlé à des gens qui l'ont connu. C'était un adepte de la Torah, un fidèle de la synagogue, un partisan d'Israël bien que n'étant jamais allé en Terre sainte. Vous, en revanche, connaissez bien cette région du monde. »

En effet. Il avait passé là-bas les trois dernières années de sa carrière. Il avait écrit des centaines d'articles. Un des derniers avait révélé un viol commis par un ancien président d'Israël qui avait fait la une des journaux à travers le monde et avait contribué à mettre l'homme en prison. Il se rappelait comment, au moment de toutes ses mésaventures ultérieures, les experts s'étaient même demandé si cette histoire n'avait pas été fabriquée de toutes pièces.

Les experts. Des gens qui gagnaient leur vie en traquant la faute. Peu importe quelle faute, ils avaient toujours une opinion, qui n'était jamais bonne. Les experts s'étaient réjouis de sa chute, condamnant un journaliste qui considérait que les nouvelles elles-mêmes ne suffisaient pas.

Mieux valait en inventer.

Si seulement cela avait été aussi simple.

« Pourquoi ma famille vous intéresse-t-elle autant ? »

Simon pointa un doigt vers lui. Il remarqua les ongles parfaitement manucurés. « C'est le journaliste qui se réveille ? Vous espérez apprendre quelque chose ? Pas aujourd'hui. Tout ce que vous devez savoir, monsieur Sagan, c'est que votre fille est en grand danger.

– Et si je vous dis que cela m'est égal ? »

Un peu de bravade pouvait leur être salutaire à tous les deux.

« Oh, non, ça ne vous est pas égal. Nous le savons parfaitement tous les deux. Autrement, vous auriez appuyé sur la gâchette pendant que vous aviez encore le pistolet. Voyez-vous, c'est ça, le problème avec les enfants. Que nous les décevions, ou que ce soit eux qui nous déçoivent, ce sont toujours nos enfants. Nous *devons* nous en soucier. Comme avec votre père. Vous ne vous étiez pas parlé pendant vingt ans et pourtant, il vous a laissé cette maison. C'est fascinant. »

Le dénommé Simon se dirigea vers la ménorah en étain posée à l'extrémité de la table et caressa doucement le métal terni. « Votre père était juif. Tout comme votre mère. Tous deux en étaient fiers. Contrairement à vous, monsieur Sagan. Vous ne vous souciez pas du tout de vos origines. »

Tom n'appréciait pas cette attitude condescendante. « Ça implique beaucoup de choses.

– Non, ça implique de la fierté. Nous, en tant que peuple, avons enduré les pires souffrances. Ça veut dire quelque chose. En tout cas pour moi. »

Avait-il bien entendu ?

Son visiteur se tourna vers lui.

« Oui, monsieur Sagan. C'est parce que je suis juif que je suis ici. »

7

Béne se trouvait dans ce qui avait été un cimetière juif. De quand datait-il? Difficile à dire. Il avait compté quinze plaques en mille morceaux, d'autres étaient enfouies. Le soleil scintillait à travers l'épaisse canopée, projetant des ombres dansantes sur le sol. Un de ses hommes était resté avec lui et l'autre, parti surveiller les chiens, réapparaissait à présent à travers le feuillage.

« Big Nanny et sa meute ont fait le boulot, dit-il. Ils l'ont coincé près de la falaise, mais il est resté sans bouger.

– Tu l'as tué? » demanda-t-il à son homme.

Un signe de tête lui confirma l'origine du coup de feu qu'il avait entendu quelques minutes auparavant. Cette fois, la proie n'avait pas résisté.

« Bon débarras, dit-il. Cette île est délivrée d'un autre parasite puant. »

Il avait lu avec dégoût les journaux qui parlaient comme des barons de la drogue des Robin des Bois, volant les riches et donnant aux pauvres. Mais, dans les faits, ce n'était pas du tout comme ça. Ils extorquaient de l'argent aux malheureux patrons qui avaient du mal à joindre les deux bouts pour pouvoir faire pousser de la marijuana et importer de la cocaïne. Ils recrutaient les soldats les plus dociles et les plus ignares qu'ils pouvaient trouver, et qui se montraient peu exigeants, se contentant de faire ce qu'on leur ordonnait. Dans les taudis de Kingston et les bas-fonds de Spanish Town, ces barons étaient traités comme des dieux, mais ici, dans les montagnes Bleues, ils n'étaient rien.

«On leur dit comment *li* est parti? demanda un de ses hommes.

– Bien sûr. Nous envoyons un message.»

Son premier lieutenant comprit et fit un geste à l'autre homme.

«Va chercher *li* tête.

– Absolument, dit Béne en riant. Va chercher *li* tête. Ce sera une bonne façon de nous faire comprendre. L'occasion est trop belle.»

Un baron de la drogue mort ne l'intéressait plus. Son attention était maintenant accaparée par ce qu'il venait de découvrir par hasard.

Il avait quelques notions à ce sujet.

Au début de la colonisation, seuls des chrétiens avaient été admis dans le Nouveau Monde, mais, lorsque les catholiques espagnols se révélèrent trop incompétents, la Couronne se tourna vers un groupe susceptible d'obtenir des résultats.

Les Juifs.

Et ceux-ci furent efficaces. Ils débarquèrent à la Jamaïque, firent du commerce, exploitant les meilleures terres de l'île. En 1600, les indigènes Tainos avaient presque tous disparu et la plupart des colons espagnols avaient fui vers d'autres îles. Il ne restait plus que les Juifs. Béne avait fréquenté un collège privé à Kingston, crée par des Juifs plusieurs siècles auparavant. Il était très fort en langues, en mathématiques et en histoire. Ayant commencé à étudier l'histoire des Caraïbes, il avait vite compris que, pour comprendre son pays, il fallait qu'il en connaisse le passé.

En 1537, tout avait changé.

Christophe Colomb était mort depuis longtemps et ses héritiers avaient intenté un procès à la Couronne, prétendant qu'il y avait eu une entorse aux capitulations de Santa Fe, lesquelles, selon leurs dires, accordaient à la famille un contrôle permanent sur le Nouveau Monde.

Une manœuvre audacieuse, à son avis. Intenter un procès à un roi. Mais il appréciait ce genre de culot, qui revenait presque à kidnapper un baron de la drogue et à le faire courser par des chiens.

Le procès s'était éternisé pendant des décennies, lorsque, en 1537, la veuve d'un des deux fils de Christophe Colomb y avait mis fin au profit de son fils de huit ans, le descendant et héritier direct de Colomb, consentant à renoncer à toute action légale en échange d'une seule chose. La Jamaïque.

Les Espagnols étaient ravis. À ce moment-là, l'île était considérée comme une gêne, puisque très peu de métaux précieux y avaient été découverts. Béne avait toujours admiré cette veuve. Elle savait exactement ce qu'elle voulait et elle avait obtenu non seulement l'île, mais aussi quelque chose de bien plus important.

Le pouvoir sur l'Église.

Les catholiques de la Jamaïque étaient sous le contrôle de la famille Colomb et non du roi. Et durant le siècle suivant, ils purent maintenir l'Inquisition à l'écart.

C'est alors que les Juifs arrivèrent. Ici, personne ne les accusait d'être des hérétiques ni ne les brûlait. Personne ne leur prenait leurs terres. Aucune loi ne régissait leurs vies ou leurs déplacements. Ils étaient libres.

Il regarda en direction de ses hommes et leur cria :

« Simon doit voir ça. Prenez des photos. »

L'un d'eux s'exécuta.

« Oh, madame Colomb, chuchota-t-il, en repensant à cette veuve. Vous étiez une sacrée maligne. »

Parmi toutes les terres que son beau-père avait découvertes et toutes les richesses qu'elle et ses héritiers étaient en droit de recevoir, elle n'avait réclamé que la Jamaïque.

Et il savait pourquoi.

La mine perdue.

Quand, en 1494, au cours de son quatrième voyage, il avait été forcé d'échouer son navire dans le golfe de Sainte-Anne, il y avait à bord une cache d'or. Christophe Colomb venait de

Panamá où il avait obtenu le précieux métal de la population locale. Malheureusement, ses caravelles rongées par les vers ne pouvaient plus naviguer et il avait été obligé de mouiller à la Jamaïque, où il était resté, contraint et forcé, pendant un an.

Au cours de cette année, il avait caché l'or. Dans un endroit qui lui avait été probablement indiqué par les Tainos et qu'il n'avait pas révélé, même à la Couronne espagnole. Seuls ses deux fils connaissaient cet emplacement et ils emportèrent le secret dans leurs tombes.

Quelle bêtise.

C'était le lot des fils. Rares étaient ceux qui étaient capables de dépasser leur père. Il aimait penser qu'il était une exception. Son père était mort dans une prison de Kingston, dans un incendie, la veille de son extradition pour les États-Unis pour être jugé pour meurtre. Certains avaient dit que le feu avait été intentionnellement allumé par la police. D'autres pensaient que c'était un suicide. Personne ne connaissait la vérité. Son père était dur et brutal, se croyant invincible. Mais, au bout du compte, nul ne se souciait de lui, qu'il soit mort ou vivant.

Ce n'était pas bien.

Si Béne mourait, les gens s'en soucieraient.

Il pensait aux Juifs sous ses pieds. Un peuple ambitieux. Plus tard, ils avaient accepté la domination de l'Angleterre sur la Jamaïque. En échange, Cromwell leur avait donné le droit de vivre à leur guise et de pratiquer leur religion. En remerciement, ils avaient contribué à faire de l'île une colonie britannique prospère. Jadis, des milliers d'entre eux vivaient ici et leurs cimetières s'étendaient près des chefs-lieux des paroisses ou sur les côtes. Maintenant, il restait seulement quelque trois cents Juifs.

Mais les vivants ne le concernaient pas. Il s'intéressait aux tombes. Ou, plus exactement, à *une* tombe.

Il regarda son homme continuer à prendre des photos avec un smartphone. Il en enverrait une à Simon. Cela devrait attirer son attention. Vingt et un cimetières juifs étaient recensés en Jamaïque.

Un vingt-deuxième venait d'être découvert.

«Béne.»

L'homme au téléphone lui faisait signe de venir. Contrairement aux barons de la drogue qui aimaient qu'on les appelle *don*, il préférait qu'on utilise son nom. Une chose que son père lui avait apprise, c'était que le respect venant d'un titre ne durait jamais.

Il s'approcha de l'homme.

«Regarde cette tombe, là, dans la terre», lui dit-il.

Il se pencha pour étudier les marques. La pierre était couchée à plat, le dessus à la vue de tous. Les gravures étaient presque complètement effacées. Mais il en restait assez pour qu'il puisse distinguer une image.

Il balaya encore un peu la terre. Il fallait qu'il en soit sûr.

«C'est une cruche», dit-il.

Il faillit hurler de joie. Dans aucun des vingt et un autres cimetières, ils n'avaient trouvé de représentation d'une cruche, tenue par deux mains.

Zachariah Simon lui avait dit de chercher ce symbole.

Était-ce *la* tombe?

«Prends une pelle, ordonna-t-il, et dégage-la.»

8

A lle sortit de l'immeuble avec le sentiment d'avoir été violée. Ces hommes étaient allés trop loin. Un peu plus tôt, ils s'étaient mis d'accord sur la façon de rendre crédible la petite scène qu'ils avaient jouée, mais personne n'avait parlé de pelotage. Zachariah avait dû assister à ce qui s'était passé. Elle se demandait ce qu'il en pensait. L'idée avait été de pousser son père à agir, de lui faire croire à une situation désespérée, sinon il risquait de ne pas faire ce qu'ils voulaient. Mais en allant trop loin, la menace n'avait plus aucun sens.

Une chose dont elle pouvait au moins témoigner.

Leur stratagème devrait suffire.

Elle avait fait la connaissance de Zachariah six mois plus tôt. Il était venu à Séville, où elle travaillait à la Biblioteca Colombina, étudiant une extraordinaire collection de documents de l'époque de Christophe Colomb. Sa thèse de doctorat devait porter sur la carte du grand explorateur, celle qu'il avait utilisée pour tracer sa route vers le Nouveau Monde. Cette célèbre carte avait disparu au XVIe siècle et on avait beaucoup spéculé sur son sort. Certains disaient qu'elle aurait pu être la *mappa mundi*, dont on prétendait qu'elle était la première carte du monde. D'autres arguaient qu'elle contenait des informations géographiques inconnues des navigateurs du XVe siècle. D'autres encore pensaient qu'il pouvait y avoir un rapport avec les Phéniciens, les Grecs, les Égyptiens anciens ou même les Atlantes.

Personne n'était sûr de rien.

Le gouvernement espagnol n'avait fait qu'ajouter au mystère en annonçant officiellement qu'aucune carte de la sorte n'avait été cachée dans ses archives, et pourtant aucune recherche indépendante n'avait été autorisée pour pouvoir le vérifier.

Pour s'amuser, elle avait écrit un article sur Christophe Colomb pour *Minerva*, une revue britannique d'art et d'archéologie qu'elle lisait depuis des années. À sa grande surprise, il avait été publié, ce qui avait mis Zachariah sur sa piste.

C'était un individu assez remarquable. Un véritable self-made man, sans grande éducation, qui avait magnifiquement réussi dans le domaine des affaires et de la finance internationale. Il évitait les feux de la rampe, préférant vivre seul, et il ne s'était jamais marié et n'avait jamais eu d'enfants. Il ignorait les agences de publicité et les cabinets de relations publiques, n'avait ni associés ni assistants. C'était simplement un multimilliardaire peu connu dans le monde. Il habitait près de Vienne dans un manoir magnifique, mais il possédait également des immeubles en ville, ainsi qu'un appartement qu'elle occupait maintenant. Elle avait aussi appris qu'il était un généreux philanthrope, ses fondations distribuant des millions à des causes liées au judaïsme. Il parlait d'Israël avec gravité. Sa foi avait une grande importance pour lui, ce qui était également le cas pour elle.

Il était né et avait été élevé dans la religion. Elle s'était convertie cinq ans plus tôt, mais ne l'avait dit à personne d'autre que son grand-père qui en avait été très heureux. Il aurait voulu que ses petits-enfants soient juifs, mais son fils lui avait enlevé tout espoir en la matière. Contrairement à sa mère, Alle n'avait jamais trouvé de réconfort dans le christianisme. Intéressée par le judaïsme lorsqu'elle était enfant puis jeune adulte, elle avait compris que cette religion était proche de son cœur. Elle avait donc suivi discrètement une formation et s'était convertie.

Ce secret était le seul qu'elle avait caché à sa mère. Et c'était maintenant un regret.

Elle continua à marcher dans le labyrinthe de ruelles pavées. Des cloches résonnaient au loin, indiquant qu'il était 20 heures. Elle devait rentrer chez elle et se changer, mais elle avait décidé d'aller prier. Par chance, elle était vêtue de son manteau de laine – le temps à Vienne restait plutôt frais – qui lui arrivait sous le genou et cachait ses vêtements déchirés. Dans cette ville qui avait hébergé jadis quelque deux cent mille Juifs, dont il ne restait plus aujourd'hui que dix mille, elle se sentait reliée au passé. Quatre-vingt-treize synagogues avaient été rasées par les nazis et toute trace de leur existence effacée. Soixante-cinq mille Juifs avaient été massacrés. En pensant à cette tragédie, elle se remémorait toujours l'an 70 de notre ère et ce que sa nouvelle religion considérait comme une des plus grandes tragédies qu'elle ait connues.

D'abord vinrent Nabuchodonosor et les Babyloniens en 586 av. J.-C. Ils vidèrent Jérusalem de ses fonctionnaires, ses guerriers, ses artisans et firent des milliers de captifs. Il ne restait que les plus pauvres. Les envahisseurs détruisirent le premier Temple de Salomon, le plus saint des endroits, et pillèrent ses trésors, réduisant en morceaux les vases sacrés en or. Les Juifs restèrent en exil pendant plusieurs générations, puis revinrent ensuite en Palestine, obéissant au commandement de Dieu de construire un nouveau sanctuaire. Moïse avait un plan précis, allant même jusqu'à la forme à donner aux vases sacrés. Le second Temple fut terminé en 516 av. J.-C., mais fut entièrement restauré et agrandi par Hérode sur le mont du Temple au début de l'an 18 av. J.-C. Le temple d'Hérode fut celui qui accueillit les Romains quand ils conquirent la Judée en l'an 6 de notre ère, et ce fut le même temple qui était là quand les Juifs se révoltèrent soixante ans plus tard. Une bataille qu'ils remportèrent.

La Judée fut remplie de joie. Le peuple s'était libéré du joug romain. Mais tout le monde savait que les légions reviendraient. Et ce fut en effet le cas.

Néron dépêcha Vespasien depuis le Nord et Titus depuis le Sud, le père et le fils, tous deux généraux. Ils attaquèrent la Galilée en 67.

Deux ans plus tard, Vespasien devint empereur et laissa Titus sur place avec quatre-vingt mille hommes pour donner une leçon aux Juifs.

La Judée fut reconquise. Puis, en 70, Jérusalem fut assiégée.

La bataille fut âpre des deux côtés et les conditions de vie à l'intérieur de la ville épouvantables. Des centaines de corps étaient jetés par-dessus les murs tous les jours, la faim et la maladie devinrent des alliés puissants des Romains. Finalement, les béliers firent tomber les remparts et des troupes forcèrent les défenseurs à se retirer dans l'enceinte du temple, où ils se barricadèrent pour résister à l'assaut final.

Mais six jours d'offensive ne purent endommager le mont du Temple. Ses pierres massives résistèrent. Toutes les tentatives pour escalader les murs échouèrent. Finalement, les Romains mirent le feu aux portes et s'engouffrèrent à l'intérieur.

Les Juifs allumèrent également des feux pour empêcher l'avance des Romains, mais les flammes se propagèrent trop vite et détruisirent les barrières de protection du sanctuaire. Les défenseurs n'étaient qu'une poignée contre des assaillants bien plus nombreux. Ils allèrent de leur plein gré au-devant de la mort. Certains se jetèrent sur les épées romaines, d'autres s'entre-tuèrent, d'autres encore préférèrent mourir dans les flammes.

Aucun ne considérait ce qui se produisait comme une destruction.

Ils voyaient plutôt leur propre disparition comme un salut et étaient heureux de périr avec leur second Temple.

Enveloppés dans un manteau de fumée, les centurions étaient pris de folie, tuant et pillant à tout-va. Des corps s'amoncelaient autour de l'autel sacré. Du sang coulait le long des marches du sanctuaire, des corps glissant le long des contremarches sur des rivières rouges. À la fin, personne ne put échapper à la mort.

Titus et son entourage réussirent à entrer dans le sanctuaire avant qu'il ne soit détruit. Ils avaient entendu parler de sa splendeur, mais, quand ils se retrouvèrent au milieu de cette opulence, ils furent émerveillés. Le saint des saints, la partie la plus sacrée du Temple, était recouvert d'or, sa porte intérieure ciselée en laiton de Corinthe. Suspendu au-dessus des douze marches qui conduisaient à l'entrée, se trouvait une grande vigne en or de la taille d'un homme, couverte de grappes de raisin. Une couronne en or et argent – une copie de celle portée par le grand prêtre après le retour de l'exil à Babylone – était exposée à la vue de tous.

Et il y avait les objets sacrés.

Une ménorah en or. La table de la divine présence. Des trompettes en argent.

Tout cela avait été créé par Moïse, qui en avait reçu l'ordre de Dieu sur le mont Sinaï. Les Romains savaient qu'en détruisant le second Temple et en emportant ces trésors l'essence du judaïsme serait aussi symboliquement atteinte.

Un autre exil allait alors se produire.

Non pas physiquement, bien que beaucoup mourraient ou seraient réduits en esclavage, mais spirituellement en tout cas.

Il n'y aurait pas de troisième Temple.

Et pendant les mille neuf cent quarante dernières années, cela avait été le cas, se dit Alle en entrant dans la seule synagogue de Vienne que les nazis n'avaient pas détruite.

Le Stadttempel se trouvait caché par un groupe d'immeubles résidentiels, et cela grâce à l'empereur Joseph II qui avait décrété que seules les églises catholiques pouvaient se trouver en façade dans des rues publiques. Ironiquement, c'est cette mesure à l'origine infamante qui avait sauvé la synagogue, car les Allemands, en l'incendiant, auraient risqué de mettre le feu à tout le quartier.

Le sanctuaire datant du XIXᵉ siècle était de forme ovale, avec un plafond soutenu par des poutres dorées et douze colonnes ioniques – symbolisant les douze fils de Jacob, les fondateurs des tribus d'Israël. Et au-dessus, une voûte bleu ciel constellée d'étoiles. Au cours du dernier mois, elle y était venue souvent, la forme et l'élégance du bâtiment lui donnant le sentiment d'être à l'intérieur d'un œuf incrusté de pierres précieuses.

Qu'est-ce que cela signifierait pour les Juifs d'avoir leur troisième Temple à Jérusalem ? Tout. Et, pour accomplir cela, sa foi d'adoption aurait aussi besoin de ses vases sacrés.

Son regard fit le tour du sanctuaire peu éclairé et des larmes lui montèrent aux yeux. Elle sentait encore les mains sur son corps. Personne ne l'avait jamais touchée ainsi. Elle se mit à pleurer.

Qu'aurait pensé sa mère ? Elle avait été une femme bien, qui disait rarement du mal de son ex-mari, incitant toujours sa fille à lui pardonner. Mais elle n'avait jamais pu.

Elle aurait dû être rongée de remords à l'idée de ce qu'elle venait de faire à son père, mais la pensée de ce qui allait arriver l'aidait à mettre les choses à leur juste place.

Elle refréna ses larmes et se calma.

L'Arche d'alliance ne serait jamais retrouvée. Les Babyloniens s'en étaient assurés. La ménorah en or, la table de la divine présence et les trompettes en argent ? Elles pouvaient encore exister.

Le trésor du Temple. Ou ce qu'il en restait. Disparu depuis mille neuf cent quarante ans.

Mais, grâce à son père, peut-être plus pour longtemps.

9

Zachariah était satisfait. La vidéo avait été très efficace. Rocha s'était fait comprendre, bien que d'une façon un peu plus musclée que prévue.

Tom Sagan semblait avoir saisi le message.

Et cet homme était encore plus vulnérable que ne l'avait laissé supposer sa fille.

Il n'avait jamais été fait mention de suicide. Alle lui avait simplement dit que son père menait une vie de reclus dans une petite maison à Orlando, parmi deux millions de personnes qui ne soupçonnaient pas son existence. Il était retourné en Floride après avoir perdu son travail en Californie. Le passage à l'anonymat avait dû représenter un sacré changement pour Tom Sagan, lui qui avait figuré pendant plus de dix ans en une des journaux. Il participait régulièrement aux émissions d'informations des chaînes câblées ou publiques de la télé. Ce n'était pas seulement un journaliste, mais aussi une célébrité. Beaucoup de gens faisaient confiance à Sagan. L'enquête à son sujet l'avait confirmé. Ce qui expliquait probablement pourquoi tant de personnes lui avaient tourné le dos.

« Vous êtes juif ? » demanda Sagan.

Il acquiesça. « Nous sommes tous deux des enfants de Dieu.

— Parlez pour vous.

— Vous êtes né juif, et cela, vous ne pouvez pas le renier.

— Vous parlez comme l'homme qui était jadis propriétaire de cette maison. »

Il remarqua que Sagan n'utilisait jamais le mot *père*. Alle lui avait raconté comment les deux hommes s'étaient éloignés l'un de l'autre, mais le fossé semblait avoir été encore plus profond qu'elle ne le pensait. Il pointa un doigt vers lui et dit :

« Votre père était un sage.

– Relâchez ma fille et je ferai ce que vous voudrez. »

Zachariah perçut l'exaspération dans sa déclaration, mais décida de ne rien révéler encore. « J'ai étudié ce qui vous est arrivé il y a huit ans. Une sacrée expérience. Je comprends comment vous en êtes arrivé à cette extrémité. La vie a été particulièrement cruelle envers vous. »

Il se demandait d'ailleurs si ce malheureux pourrait même encore être poussé à agir. Quelque chose avait-il encore de l'importance pour lui ? Ses recherches sur Sagan s'étaient terminées quelques semaines auparavant et il n'y avait trouvé aucune mention de tendance suicidaire. De toute évidence, il s'agissait d'une décision mûrement réfléchie. Il savait qu'il venait de terminer un nouveau manuscrit, écrit dans l'anonymat le plus total au point que ni l'éditeur ni l'« auteur » ne connaissaient même l'identité de Sagan. Son agent littéraire avait suggéré cette manœuvre, pensant que personne n'aurait voulu confier un travail de nègre à Sagan.

C'est dire à quel point sa chute avait été totale.

Cinq des sept livres écrits par Sagan avaient figuré sur la liste des dix meilleurs best-sellers du *New York Times*. Trois d'entre eux avaient atteint la première place. La critique pour les sept livres avait été unanime. Raison pour laquelle, probablement, le travail avait continué à affluer.

Mais, apparemment, tout cela avait laissé des traces. L'homme était prêt à mourir. Peut-être aurait-il dû le laisser faire ?

Ou peut-être...

« Votre père détenait un grand secret, dit-il. C'était un homme à qui on avait confié des informations dont peu avaient eu connaissance au cours de l'histoire.

– C'est ridicule.

– Je vous assure que non. »

Il voyait que, malgré lui, Sagan était intrigué. Peut-être restait-il en lui assez du journaliste pour le motiver une dernière fois.

Zachariah dit alors : « Et tout a commencé avec Christophe Colomb. »

Colomb se tenait sur le quai. La Niña, *la* Pinta *et la* Santa Maria *étaient ancrées dans un bras de la rivière Tinto, près de Palos de la Frontera, sur la côte sud-est de l'Espagne, non loin de l'océan. Il lui avait fallu des mois pour trouver, armer et équiper les trois vaisseaux, mais maintenant tout était prêt.*

Il le fallait.

Minuit approchait.

Contrairement à la coutume, Christophe Colomb n'avait pas attendu la dernière minute pour monter à bord. Il avait préféré être présent toute la journée, supervisant personnellement les derniers préparatifs.

« Ils sont presque tous ici », lui dit Luis de Torres.

Quatre-vingt-sept membres d'équipage feraient naviguer les trois bateaux. La rumeur selon laquelle certains d'entre eux seraient des bagnards graciés par la royauté pour s'être portés volontaires n'était pas fondée car seul un vrai marin pourrait endurer ce voyage. Il y avait un Portugais, un Génois, un Vénitien et un Calabrais, les autres étaient tous des Espagnols de Palos ou des alentours. Deux représentants de la Couronne, comme cela était prévu dans son contrat, étaient présents et il avait déjà demandé à Torres de les traiter avec respect.

« Luis. »

De Torres s'approcha.

« Tout le monde doit être à bord à 23 heures. »

Il savait que de Torres comprenait. Passé minuit, le 3 août 1492, la police, la milice et les inquisiteurs en cagoules blanches commenceraient à fouiller les maisons. Les Juifs avaient été mis hors la loi par la France en 1394 et en Angleterre depuis 1290. L'édit les chassant d'Espagne avait été signé par Ferdinand et Isabelle le 31 mars 1492. L'Église s'était montrée pressante sur cette mesure et le roi et la reine y avaient consenti. Quatre mois leur avaient été accordés pour quitter le pays ou se convertir au christianisme.

Ce délai expirait cette nuit.

«Je crains que nous ne puissions pas y arriver», chuchota-t-il.

Heureusement, il était pratiquement impossible de reconnaître un Juif espagnol. Il y avait eu un brassage important parmi les Celtes, les Ibères, les Romains, les Phéniciens, les Basques, les Vandales, les Wisigoths et les Arabes. Mais cela ne suffirait pas à dissuader l'Inquisition. Ses agents ne reculeraient devant rien pour appréhender quelqu'un soupçonné d'être juif. Déjà des milliers s'étaient convertis, devenant des conversos. *Officiellement, ils allaient à la messe, se confessaient et faisaient baptiser leurs enfants. En privé, et la nuit, ils conservaient leurs noms hébreux et lisaient la Torah.*

«Il y a tellement de choses qui dépendent de ce voyage», dit Christophe Colomb à son ami.

Et beaucoup reposaient sur les épaules de De Torres.

Il serait l'interprète du voyage. Longtemps au service du gouverneur de Murcie, une ville qui comptait jadis une importante population juive, il parlait couramment l'hébreu. Mais les Juifs de Murcie étaient partis ou s'étaient convertis, et le gouverneur n'avait plus besoin de lui. De Torres, comme quelques-uns des membres de l'équipage, avait été baptisé quelques semaines plus tôt.

«Pensez-vous que nous trouverons ce que vous cherchez?» demanda de Torres.

Colomb regarda fixement les eaux sombres et les bateaux éclairés par des torches, là où des hommes s'affairaient.

La question était judicieuse.

Et elle ne souffrait qu'une seule réponse.

«Nous n'avons pas le choix.»

«Vous dites que Christophe Colomb était juif? demanda Sagan.

– C'était un *converso*. Cela fait partie du grand secret que détenait votre père. Il ne vous en a jamais parlé?»

Sagan secoua la tête.

«Je ne suis pas surpris. Vous n'en êtes pas digne.

– De quel droit osez-vous me dire de quoi je suis digne ?

– Vous avez renoncé à tout votre héritage. Comment pourriez-vous comprendre une chose comme l'honneur ? la tradition ? le devoir ?

– Comment savez-vous ce que j'ai fait ?

– C'est un mensonge ?

– Et vous ? dit Sagan. Un kidnappeur ! L'honneur a-t-il le moindre sens pour vous ?

– Je lui ai consacré ma fortune et ma vie. »

Zachariah chercha dans la poche de sa veste et en sortit des documents pliés.

« J'ai besoin de votre signature. Ces papiers permettront aux avocats de saisir un juge pour demander une autorisation d'exhumation de votre part. On me dit que ce ne sera pas un problème, à condition que le parent le plus proche y consente. Votre fille a déjà signé, en tant qu'exécuteur testamentaire. Évidemment, elle n'avait pas le choix.

Sagan refusa de prendre les papiers et le stylo qu'il lui tendait.

« Il ne me reste plus que quelques minutes pour appeler ces hommes et leur dire d'arrêter. »

Il attendit que cet ultimatum fasse son effet. Finalement, Sagan prit les documents et les signa.

Zachariah les récupéra et lui dit avant de partir.

« J'aurai besoin de vous au cimetière, demain matin à 10 heures. Un héritier doit être présent. J'aurai moi-même un représentant sur place. Faites comme on vous le dira. Une fois l'exhumation de votre père terminée, votre fille sera relâchée.

– Comment est-ce que je saurai que c'est vrai ? »

Il s'arrêta, se retourna et considéra Sagan avec un curieux regard plein de mépris. « Parce que je vous en donne ma parole.

– Je me sens déjà mieux. »

Il pointa un doigt en direction de Sagan.

« Vous voyez, vous n'avez pas complètement perdu le sens de l'humour.

– J'ai besoin de mon pistolet. »

Il leva l'arme.

« Vous pourrez le récupérer demain matin.

– J'aurais appuyé sur la gâchette. Je serais mort si vous n'étiez pas arrivé. »

Il se demandait qui Sagan essayait de convaincre.

« Surtout, ne vous faites pas de soucis. Vous trouverez bien une autre occasion *après* demain matin. »

10

Béne attendait pendant qu'un de ses hommes ouvrait la tombe. Ses chiens étaient revenus et lézardaient sous les arbres, profitant des rayons de soleil qui traversaient le feuillage, satisfaits de leur chasse. Ses animaux étaient fiables, ils maîtrisaient l'art de la chasse qui leur avait été inculqué il y a longtemps. Sa mère lui avait parlé des *chasseurs* venus de Cuba. Des hommes petits, basanés, qui portaient des chemises à carreaux ouvertes, des pantalons larges et des chapeaux de paille légers au fond peu profond et au large rebord. Mais c'était surtout leurs chaussures qui les distinguaient. Ils dépeçaient les cuisses et les jarrets des sangliers et glissaient leurs pieds dans la peau crue et souple qui formait une espèce de botte courte et qui pouvait durer des semaines. Ils portaient des crucifix autour de leurs cous bronzés et étaient seulement armés d'une *machet*, aiguisée d'un côté, l'autre servant à corriger les chiens. Les premiers chasseurs étaient arrivés en 1796, une quarantaine d'hommes avec leurs chiens, importés pour faire la chasse aux Marrons de Trelawny.

Ce qu'ils avaient fait. Sans la moindre pitié. Des centaines de personnes furent massacrées et la peur des chiens s'installa. Et c'est cela que Béne avait l'intention de remettre au goût du jour.

Pendant que des gangs cherchaient à s'attirer les faveurs des Jamaïcains les plus démunis, lui avait décidé de s'installer ici, dans les montagnes venteuses, ainsi qu'à l'ouest, dans le pays

Cockpit, là où les Marrons avaient vécu pendant quatre cents ans. Et bien que chaque commune soit dirigée par des colonels et des conseils élus, il aimait se considérer comme le sauveur de tous, protégeant le mode de vie des Marrons. En retour, ses compatriotes lui fournissaient des hommes et des femmes pour participer à ses nombreuses entreprises. Il est vrai que la prostitution, les jeux et la pornographie constituaient des activités secrètes qui lui rapportaient des millions. Mais sa véritable passion était le café. Tout autour de lui, sur les versants qui s'étendaient à des kilomètres, poussaient des buissons de taille modeste couverts de feuilles luisantes d'un vert sombre. Chaque année, des fleurs blanches à l'odeur suave naissaient et se transformaient ensuite en baies rouges. Une fois moulues et bouillies, elles produisaient ce qui était considéré comme la meilleure boisson du monde.

Le café Blue Mountain.

Ses ancêtres avaient travaillé comme esclaves. Aujourd'hui, il était propriétaire d'une des plus importantes plantations et employait leurs descendants. Il contrôlait également toute la distribution pour les autres producteurs. Dans les années 1950, son père avait mis au point ce système bénéfique après qu'un ouragan dévastateur eut balayé le fruit du travail de presque tous les producteurs de l'île. Une association nationale avait été créée avec un nombre limité de membres et des critères très précis avaient été fixés pour la qualité, la culture et la transformation des produits. En dehors d'un périmètre de seize kilomètres à partir du sommet central, ce n'était plus du Blue Mountain, mais du café Prime de la Jamaïque. Son père avait raison, la rareté créait le mythe. Et, grâce à la régulation du produit, le café Blue Mountain avait acquis une renommée mondiale.

Et fait la richesse de la famille Rowe.

Son homme continuait à creuser.

Vingt minutes plus tôt, son autre lieutenant était retourné aux camions pour retrouver ses collègues. Béne les voyait se frayer un passage à travers les arbres, ils conduisaient un prisonnier aux yeux bandés et aux mains liées dans le dos. Il avait la trentaine et son physique laissait penser qu'il avait des origines à la fois cubaines et africaines.

Il fit un signe. On obligea le jeune homme à s'agenouiller et on lui arracha son bandeau.

Béne s'accroupit près de du prisonnier qui clignait des paupières pour se protéger du soleil de l'après-midi. L'homme écarquilla les yeux en le voyant.

« Oui, Felipe. C'est moi. Tu pensais que tu pourrais t'en tirer comme ça ? Je te paye pour surveiller Simon. Et je te regarde faire. Sauf que tu prends aussi son argent et que tu te mets à me surveiller ensuite. »

Terrorisé, l'homme se mit à secouer la tête de façon saccadée.

« Écoute-moi et écoute bien parce que ta vie en dépend. »

Il vit que sa menace avait été comprise.

« Je veux savoir ce que Simon fait. Je veux savoir tout ce que tu ne m'as pas dit. *Dis-moi li vérité.* »

Ce traître venait des rues et le patois devait être sa langue.

Dis-moi la vérité.

Il n'avait pas eu de nouvelles de Simon depuis presque deux semaines, mais il n'était pas surpris. Tout ce qu'il avait appris ne faisait que confirmer ce qu'il soupçonnait depuis longtemps.

Cet homme était source de problèmes.

L'Autrichien, très riche, était un philanthrope qui s'intéressait de toute évidence à la cause israélienne. Mais Béne s'en moquait. Il n'avait engagé personne dans la guerre au Moyen-Orient. Seule l'intéressait la mine d'or de Christophe Colomb – tout comme Simon apparemment.

« Je te jure Béne, dit Felipe. Je ne sais rien. Il ne me dit rien. »

Il le fit taire d'un geste de la main.

« Pour qui me prends-tu ? Simon n'habite pas ici. Il ne connaît personne en Jamaïque. Je suis son associé. C'est ce qu'il dit. Mais, pourtant, il te recrute aussi. D'accord. Je viens vers toi et je te paie pour dire à Simon seulement ce que je veux qu'il sache. Et toi, tu ne me donnes aucune info.

– Il m'appelle pour faire certaines choses. Je les fais et il paie. C'est tout, Béne. C'est tout. »

Les mots se précipitaient.

« Mais je te paie pour me dire *la vérité*. Ce que tu ne fais pas. Tu ferais mieux de parler et vite.

– Il veut des documents. Des papiers dans les archives. »

Il fit un signe et l'un de ses hommes lui tendit un pistolet. Il en appuya le canon contre la poitrine de Felipe et l'arma.

« Je te donne une dernière chance. Quel. Genre. De. Papiers ? »

Le prisonnier était terrorisé.

« OK. OK, Béne. Je te dis. Je te dis. »

Il continuait à appuyer le pistolet contre la poitrine de l'homme.

« Des documents. Il veut des documents. Anciens. J'en ai trouvé un. Un Juif nommé Cohen avait acheté du terrain en 1671. »

Cette information était intéressante.

« Parle !

– Il a acheté des terres et toute la propriété à côté, le long de la rivière.

– Le nom.

– Abraham Cohen.

– Pourquoi est-ce si important pour Simon ?

– Le frère d'Abraham était Moïse Cohen Henriques. »

Il connaissait ce nom. Un pirate juif du XVIIe siècle. Il avait pris possession d'une grande flotte espagnole à Cuba, puis mené l'invasion hollandaise du Brésil. Il avait fini sa vie en Jamaïque, à la recherche de la mine de Christophe Colomb.

« Simon lo sait ? »

Il secoua la tête.

« On ne peut plus le contacter. Disparu. Je ne sais où. Je le jure, Béne. Sais pas. Je ne lui ai pas encore dit.

– Et tu ne me le dis pas non plus. Cet acte que tu as trouvé, il est toujours dans les archives ? »

Un non de la tête.

« Je l'ai volé. Il est chez moi à Spanish Town. Tes hommes savent où c'est. Va le chercher. À côté de mon lit. Je le jure, Béne. Juste à côté de mon lit. »

Il recula le pistolet.

Un de ses hommes qui creusait s'était arrêté et lui faisait signe.

Il avait besoin de réfléchir et il jeta l'arme à son lieutenant pour aller voir. Dans l'excavation peu profonde, il aperçut un éclat de pierre plat sur lequel était gravé un symbole.

« Sors-le », ordonna-t-il.

L'homme souleva le fragment et le déposa par terre. Il balaya la terre sombre et étudia la gravure. Simon lui avait dit de chercher une cruche sur une plaque funéraire et un X crochu.

Le fragment qu'il regardait avait jadis fait partie d'une pierre tombale. Il souleva le morceau et vit qu'il s'insérait dans le coin droit en bas de la plaque à côté de la cruche, ses bords rugueux s'incrustant suffisamment dans l'emplacement pour le convaincre.

Il souleva le morceau et le tint en l'air pour que le prisonnier puisse voir l'X crochu.

« Tu sais ce que c'est ça ?

– Je *li* vu ça sur l'acte, Béne. Sur *li* acte dans les archives. Celui à côté de mon lit. Simon m'a dit de surveiller pour *li* X. Je l'ai fait. J'ai bien fait, Béne. C'est là. Je peux encore faire des bonnes choses pour toi. Je peux. »

Malheureusement, ça ne marchait pas comme ça. Enfant, sa mère lui avait appris quelque chose qu'elle-même avait appris de sa mère à elle, ainsi que l'avait fait sa mère avant. Les Marrons écrivaient rarement. Leur livre d'histoire était fait de paroles.

Dis la vérité et dis-la toujours,
quel qu'en soit le coût.

Sa mère avait toujours raison.

Et elle disait autre chose encore.

Cacher un péché revenait à en commettre un autre.

Felipe était un petit fonctionnaire du gouvernement qui travaillait aux archives nationales à Spanish Town. Il était relativement éduqué et ambitieux, mais gagnait à peine de quoi survivre. Sa tâche principale avait consisté à fouiller dans les registres anciens pour trouver tout ce qu'il pouvait sur la mine perdue. Mais, quand il avait eu l'occasion de travailler pour quelqu'un d'autre, ce tricheur avait décidé de mordre la main qui l'avait nourrie jusque-là.

Heureusement, Felipe avait une grande gueule.

Ce qui était une bonne chose, puisque Béne, informé de la situation, avait pu faire appel à son propre espion.

Il fit un geste pour qu'on lui apporte un téléphone. La réception dans les montagnes était excellente, il appuya sur une des touches et le numéro programmé s'afficha. Trois sonneries et l'homme de Vienne répondit.

« Que se passe-t-il là-bas ? demanda Béne.

– Ça devient... compliqué.

– Peut-être est-il temps que tu agisses.

– Je me disais la même chose.

– Alors fais-le. Ici, tout est calme.

– C'est bien. »

Il raccrocha.

Il savait depuis quelques jours que Simon était passé à l'action. Des choses se produisaient aussi bien en Autriche qu'en

Floride. Quoi exactement, il n'en était pas sûr, mais il en savait assez pour en conclure que son associé européen le doublait. Pour son bonheur, Béne avait trouvé un nouveau cimetière avec la cruche et l'X crochu. Maintenant, il avait le document. Autant d'éléments susceptibles de compenser la peine causée par la trahison et l'inquiétude qu'il éprouvait à la perspective de ce qu'il allait devoir faire.

Il regarda l'homme qui tenait le pistolet. Au bout d'une fraction de seconde, il lui fit un signe de la tête. L'arme fut abaissée et une balle dans la tête mit fin à la vie de Felipe.

Dis la vérité et dis-la toujours, quel qu'en soit le coût.

«Jette-le dans la tombe et comble le trou, dit-il. Puis va enterrer le truand.»

Ses chiens ne mangeaient jamais les proies qu'ils n'avaient pas tuées.

«Je vais à Spanish Town.»

11

Tom n'avait pas quitté le canapé. Zachariah Simon était parti plus d'une heure auparavant. Depuis ce moment, il n'avait pas cessé de penser à Alle. Son unique enfant. Qui le détestait.

Que leur était-il arrivé ?

Il ne se souvenait pas du moment précis où la cassure s'était produite. Leur éloignement avait commencé quand Alle était à l'école élémentaire et qu'elle avait pris conscience de la distance entre ses parents. Quand elle était arrivée au lycée, leur séparation était déjà consommée.

Michèle l'avait-elle encouragée ? Il ne s'était rendu compte de rien. Non, tout était sa faute. Il avait terriblement blessé son ex-femme. Pire encore, il avait semblé s'en moquer. C'était à une période de sa vie où il ne pouvait pas se tromper. Quand il était invincible. Ou, du moins, le croyait-il. Combien d'aventures avait-il pu avoir ? Il secoua la tête. Trop pour pouvoir les compter et dans trop d'endroits différents. Michèle le soupçonnait, c'est tout. L'intimité créait un radar capable de repérer le moindre changement émotionnel, et celui de Michèle avait fini par détecter sa trahison. Malheureusement, il était trop égocentrique pour s'en soucier.

Des regrets ?

Il en avait tellement qu'il était prêt à mourir.

« Notre relation est terminée, Tom.

– Et Alle ?

– Je crains que, si tu n'agis pas rapidement, cette relation-là ne soit également terminée. Tu as laissé pourrir la situation pendant trop longtemps. Elle a vu mon chagrin. Je ne peux pas le cacher.

– Je vais arranger les choses avec elle. Je te le jure, Michèle. Je vais faire ça. »

Mais il n'avait rien fait.

Alle avait dix-sept ans quand il avait été renvoyé et que son forfait avait été relaté dans tous les médias du monde. Malheureusement, se réconcilier avec sa fille ne lui avait pas semblé une priorité à l'époque. Une erreur ? Ah, oui. Énorme. Mais cela faisait huit ans et on ne pouvait plus réécrire l'histoire.

Maintenant, il pouvait au moins faire quelque chose.

Il pouvait la délivrer de Zachariah Simon.

Il avait signé les papiers. Demain, il se rendrait au cimetière, ferait ce qu'on lui avait demandé et s'assurerait qu'elle allait bien.

Et après ?

Finir ce qu'il avait commencé ?

Il frotta ses yeux fatigués avec des mains tremblantes et regarda sa montre. 14 h 15. Dehors, tout était tranquille. La plupart des gens qui avaient vécu à proximité de ses parents quand il était enfant étaient partis ou morts. Des arbres qui avaient été plantés jeunes surplombaient tout maintenant. En arrivant en voiture, il avait remarqué que les maisons aux alentours étaient en bon état. Le temps qui s'était écoulé avait été clément avec ce quartier.

Pourquoi avait-il été si dur avec lui ?

Il prit une décision.

Il n'allait pas mourir aujourd'hui.

Demain peut-être, mais pas aujourd'hui.

Le moment était venu de faire ce qu'il aurait dû faire depuis longtemps.

Alle entra dans le café Rahofer, un endroit qu'elle avait découvert deux semaines plus tôt, à proximité de son appartement viennois. Elle avait pris une douche et revêtu un pantalon beige, un pull et passé des chaussures plates. Elle se sentait un peu mieux et se demandait ce qui s'était passé en Floride. Son père avait dû se montrer coopératif puisque Rocha n'avait pas repris contact. Ils avaient prévu de tous se retrouver demain à 16 heures à l'endroit où la vidéo avait été tournée, pendant l'ouverture de la tombe, prêts à refaire leur numéro s'il le fallait.

Elle n'aimait pas l'idée que l'on puisse exhumer son grand-père. Cet homme affectueux l'avait aimé inconditionnellement. Il avait été le père de sang qu'elle n'avait jamais eu et sa mort l'attristait encore. Elle avait toujours espéré que sa conversion au judaïsme compenserait un peu la douleur que son fils lui avait causée. Malgré tout ce qui était arrivé, sa petite-fille était devenue juive.

« Votre grand-père vous aurait-il laissé des papiers ou des instructions qui auraient pu vous paraître étranges ? » lui avait demandé Zachariah.

Elle n'en avait jamais parlé, mais il lui semblait qu'elle pouvait, au bout de trois ans, en discuter avec lui.

« Il m'avait dit d'enterrer un paquet avec lui.

– Décrivez-le-moi. »

Avec ses mains, elle indiqua la taille d'un objet d'environ vingt-cinq centimètres sur vingt-cinq. « C'était un de ces emballages sous-vide vendus à la télévision. Il était mince et léger.

– Vous pouviez distinguer quelque chose à l'intérieur ? »

Elle secoua la tête.

« Je n'y ai pas fait attention. Il m'avait laissé, en tant qu'exécuteur testamentaire, des instructions écrites pour que je m'assure que le paquet soit placé dans son cercueil. Je l'ai fait moi-même et le lui ai posé sur la poitrine, juste avant la fermeture du cercueil.

– Ça a dû être difficile.

– J'ai pleuré tout le temps. »

Elle se souvenait maintenant de la façon dont Zachariah lui avait tenu la main pendant qu'ils priaient pour Abiram Sagan. Elle adhérait à la croyance juive selon laquelle âme et corps seraient un jour réunis. Cela voulait dire que la dépouille devait être honorée. La coutume voulait que quelqu'un s'occupe du défunt, lui ferme les yeux et la bouche, lui couvre le visage et allume des bougies.

Elle avait fait tout cela.

Un cancer déclaré sur le tard avait rapidement emporté son grand-père. Mais, au moins, il n'avait pas souffert. La Torah ordonnait qu'un corps ne passe pas la nuit sans être enterré et elle avait fait le nécessaire pour que son grand-père soit inhumé avant le coucher du soleil. Elle ne l'avait pas fait embaumer non plus, l'habillant d'un simple linceul de lin à l'intérieur d'un cercueil ordinaire en bois. Elle l'avait souvent entendu dire : « Riche ou pauvre, rien ne doit nous différencier dans la mort. » En attendant l'enterrement, elle avait même laissé ouverte la fenêtre de la pièce où elle le veillait, pour que son âme puisse s'échapper facilement. Elle avait ensuite suivi les quatre étapes du deuil, y compris *avelut,* qui lui imposait, pendant un an, de s'abstenir d'aller dans des soirées, de participer à des cérémonies ainsi qu'à toute forme de distraction.

Son grand-père aurait été fier.

Elle trouva une place et s'assit.

Elle aimait beaucoup le café Rahofer, avec ses tables recouvertes de marbre, ses chandeliers en cristal et ses chaises en bois courbé. Elle avait appris que cet endroit était entré dans l'histoire car Staline et Trotski y avaient tous deux joué aux échecs. Un piano dans un coin permettait de divertir l'assistance jusqu'à 9 heures du soir, chaque mardi. L'idée d'un verre de vin avec une escalope de veau panée l'enchantait. Elle commanda plat et boisson ainsi qu'une eau minérale et commença à se détendre.

« Vous êtes seule ? »

Elle se retourna. Un homme se tenait à proximité. Il semblait être un peu plus âgé qu'elle, la trentaine peut-être, mince, en grande forme, avec une barbe de deux jours descendant jusque dans son cou, des cheveux fins coupés court, comme un bonnet de moine, et des yeux bleus très expressifs.

«Je suis seule, dit-elle, et je préfère le rester.»

Il lui sourit et s'assit à sa table.

«Je vous ai dit que je n'étais pas intéressée, dit-elle d'un ton sans réplique.

– Vous allez l'être.»

Elle n'appréciait pas son culot.

«Et si vous partiez maintenant avant que je n'appelle quelqu'un?»

Il se pencha tout près.

«Dans ce cas, vous ne saurez pas ce que j'ai à vous dire à propos de Zachariah Simon.»

12

Zachariah pénétra dans la pièce et ferma la porte. Il était rentré en voiture directement de Mount Dora jusqu'à Orlando et avait regagné son hôtel à l'ouest de la ville. Il prit son ordinateur portable et le connecta à Internet par voie d'un serveur sécurisé en Autriche, le même utilisé lors de la transmission vidéo à Tom Sagan, un système qu'il avait conçu lui-même, équipé d'un programme codé ultra sophistiqué. Puis il vérifia auprès de son secrétaire personnel en Autriche qu'il n'y avait rien d'urgent. Il coupa ensuite la liaison et commanda à dîner dans sa chambre.

Sagan se montrait coopératif. Il avait signé les papiers et serait demain matin au cimetière. Il avait franchi la première étape.

Mais il ne restait plus beaucoup de temps.

Il avait lu les articles dans la presse américaine et tous approuvaient le prochain sommet. Danny Daniels, le président des États-Unis, qui était dans la dernière année de son mandat, avait tout misé pour obtenir une paix durable au Moyen-Orient. Heureusement, ce sommet était dans quatre mois. Il avait largement le temps de finir ce qu'il avait commencé.

Mais ce qu'il cherchait était resté caché depuis longtemps. Pouvait-il s'agir d'une légende ? Non. Il existait. Il le fallait. Dieu ne l'aurait pas permis autrement.

Alle avait confirmé que son grand-père avait ordonné qu'un paquet soit enterré avec lui, contrairement aux traditions orthodoxes qui stipulaient que rien d'autre que le corps

ne devait aller dans la tombe. Ce qui était encore plus convaincant, c'était qu'elle détenait des informations que personne
d'autre, hormis le lévite, ne pouvait avoir.

Il était sur la bonne piste.

Il le fallait.

Abiram Sagan avait certainement été prudent quant à ce
qu'il avait partagé avec sa petite-fille, étant donné que la tâche
devait revenir exclusivement à un homme. Il ne pouvait pas
transmettre la responsabilité ultime à sa petite-fille. Il avait
donc résolu son dilemme en emportant le secret avec lui dans
sa tombe.

Heureusement, Alle était totalement sous son contrôle. Une
partenaire consentante, ignorante de ce qui était véritablement
en jeu. C'était une idéologue, consumée par sa passion pour sa
nouvelle religion et la mémoire de son grand-père. Sa foi était
sincère. Il fallait seulement la manipuler avec soin.

Et ça, il s'en chargerait. Jusqu'à ce qu'elle n'ait plus aucune
utilité. Alors, il tuerait Alle Becket.

Alle était intriguée maintenant.

« Qu'avez-vous à me dire au sujet de Zachariah Simon ?
demanda-t-elle.

– Il risque de vous attirer des ennuis », dit l'homme assis en
face d'elle.

Elle n'était pas d'humeur à jouer aux devinettes.

« Avez-vous l'intention de vous expliquer ? Ou bien dois-je
m'en aller ?

– Vous avez rencontré Simon en Espagne. N'avez-vous pas
trouvé curieux qu'il tombe comme ça sur vous ?

– Je ne connais même pas votre nom. »

Il sourit.

« Appelez-moi Brian.

– Que faites-vous là ?

– Je suis venu vous parler. En tête à tête. »

Ses sens étaient en alerte. Cet étranger lui faisait peur, à tel
point qu'elle aurait préféré que ce soient Rocha et Minuit qui
soient en face d'elle.

Brian plongea la main dans sa poche et en sortit quelques feuilles de papier glacé repliées. Elle reconnut son article publié dans *Minerva*.

«J'ai lu tout ça, dit-il. Passionnant. Je parie que Simon voulait connaître vos sources.»

Ça avait été une des premières choses dont ils avaient parlé, ainsi que le fait qu'ils étaient tous deux des Juifs réformés. Elle avait tout de suite aimé cet aspect de sa personnalité. Contrairement aux orthodoxes, les Juifs réformés croyaient que la Torah, bien que d'inspiration divine, avait été en fait écrite et révisée par l'homme. Et tandis que les Juifs réformés vénéraient les valeurs et l'éthique de la Torah, ils étaient néanmoins libres de suivre toutes les voies qu'ils jugeaient susceptibles d'améliorer leur relation personnelle avec Dieu. Il n'y avait aucun absolu. Tout était sujet à interprétation. Et ce qui était encore plus important pour elle, c'était que les Juifs réformés traitaient les sexes de façon égale.

«Vous ne m'avez toujours pas dit ce que vous vouliez.»

Le garçon revint avec le vin commandé par Alle.

«Non, merci, lui dit Brian. Je ne veux rien.»

Par esprit de contradiction, elle en but une gorgée.

«Vous n'allez pas rester ici longtemps.

– Zachariah Simon n'est pas ce qu'il prétend être. Il se sert de vous.

– Dans quel but?

– Pour apprendre ce que savait votre grand-père.»

Elle but encore un peu de vin, essayant d'apprécier le goût de fumé qui lui restait en bouche.

«Comment le savez-vous?

– Je sais qu'il est en Floride, où est enterré votre grand-père. Je sais qu'il a pris contact avec votre père. Je sais aussi que vous venez de mentir à votre père en jouant la comédie de façon honteuse.

– Et pour quelle raison êtes-vous venu m'insulter?

– Pour essayer de sauver votre misérable vie.»

13

Tom descendit de la voiture et entra dans le cimetière sous un ciel sans nuages. C'était un endroit où depuis longtemps les Juifs du centre de la Floride se faisait enterrer. Des dizaines d'années plus tôt, Abiram avait joué un rôle décisif pour obtenir le terrain et le faire consacrer. Il était loin de tout, au cœur de collines verdoyantes, entouré de chênes, d'élevages de chevaux et d'orangeraies.

Tom détestait les cimetières.

C'étaient des endroits du passé et mieux valait oublier le sien.

Il contempla les *matzevahs,* ces dalles verticales sans alignement précis, la plupart orientées vers l'est, dont chaque rectangle était couvert de décorations sommaires – cercles, coins tronqués, formes curieuses. Il se souvint de sa formation comme jeune homme. Chaque pierre incarnait l'essence éternelle de la personne couchée en dessous. Comme Alle avait été responsable de l'enterrement de son grand-père et qu'Abiram n'était pas homme à transiger, il supposait qu'elle s'était strictement conformée aux rituels.

Ce qui voulait dire que la pierre n'avait été érigée qu'un an après la mort. Entre-temps, Alle avait entretenu sa mémoire avec des visites régulières et étudié avec soin les autres tombes, pour déterminer l'épitaphe appropriée. Une fois décidée, elle avait dû faire appel à un tailleur de pierre pour l'exécuter et demandé qu'on érige la *matzevah* au cours d'une cérémonie toute simple.

Il n'avait été mêlé à rien de tout cela.

Tout ce qu'il avait reçu, c'était l'acte notarié lui laissant la maison avec une brève explication d'un avocat disant que la propriété lui appartenait désormais. Il avait fini par venir ici par un après-midi pluvieux, six mois après la mort d'Abiram. Debout sous la pluie, il s'était remémoré leur dernière rencontre.

«Je vais être baptisé, dit-il.

– Pourquoi ferais-tu une telle chose?

– Michèle est chrétienne et elle veut que nos enfants soient chrétiens.

– Ça ne t'oblige pas à renoncer à ta foi.»

Il haussa les épaules.

«Je ne crois à rien de tout ça. Je n'y ai jamais cru. Le judaïsme est important pour toi, pas pour moi.

– Tu es né de parents juifs. Tu es juif et tu le seras toujours.

– J'ai prévu d'être baptisé selon la tradition épiscopalienne. C'est l'Église de Michèle.»

Abiram accusa le coup.

«Si tu fais ça, ce sera terminé entre toi et moi.

– Entre toi et moi, c'est terminé depuis longtemps. J'ai vingt-cinq ans et tu me traites comme si j'en avais dix. Je ne suis pas un de tes élèves. Je suis ton fils. Mais si tu ne veux plus que je le sois, il en sera ainsi.»

Alors il cessa d'être juif, se maria, devint chrétien et eut un enfant. Après ça, lui et Abiram ne se parlèrent que très rarement. Les réunions de famille et les vacances étaient les pires moments. Sa mère, bien que pieuse et respectueuse de la volonté de son mari, n'avait pas pu rester éloignée. Elle était venue le voir en Californie, mais toujours seule. Lui et Michèle n'étaient jamais allés en Floride. Chaque été, Alle passait quelques semaines chez ses grands-parents, faisant l'aller et le retour seule en avion. Après la mort de sa mère, ces séjours se prolongèrent. Alle avait toujours adoré être avec son grand-père. L'animosité qu'Abiram avait envers Tom s'était reportée sur Michèle et leur relation avait toujours été tendue. Le vieil homme était fier d'être juif et c'est seulement au cours des deux dernières années que Tom avait fini par comprendre au moins partiellement sa passion. À mesure qu'il perdait le goût de vivre, il se souvenait plus nettement de ce qu'Abiram lui avait enseigné dans les années précédant ses vingt-cinq ans.

Quand ils se parlaient encore.

Il regarda fixement la tombe.

Il entendit un courlan au loin. *L'oiseau pleureur*, comme l'avait surnommé un de ses oncles en raison de son cri presque humain.

La première fois qu'il était venu, il n'y avait pas de pierre. Alle avait parfaitement conçu celle qui ornait la tombe de son père. Elle était grande et solide, tout comme l'avait été l'homme qui était maintenant en dessous. Il se baissa pour étudier les inscriptions et passa le bout des doigts sur les deux lettres élégantes en haut.

Po nikbar. Ci-gît.

Il remarqua un dessin dans le bas.

Une cruche, penchée, comme si elle versait quelque chose.

Il se rappela l'enseignement qu'il avait reçu dans sa jeunesse. Un arbre abattu représentait ceux qui étaient morts jeunes. Des livres indiquaient une personne érudite. Une scie et un rabot voulaient dire artisan. Les cruches signifiaient que le défunt avait été un lévite. Il n'avait jamais su que son père l'était.

D'après la Bible, les lévites étaient des descendants de la tribu de Lévi, le troisième des douze fils de Jacob. Moïse et Aaron étaient tous deux des lévites. Ils chantaient des psaumes durant le culte à l'époque du premier et du second Temple et entretenaient ces sanctuaires. La Torah stipulait que les lévites devaient protéger le Temple pour le peuple d'Israël. Mais leur utilité prit fin quand les Temples furent détruits. Parce qu'un de leurs devoirs était de nettoyer les mains du rabbin avant le culte, la cruche était devenue leur symbole. Il savait que les Juifs se considéraient comme divisés en trois groupes. Les cohanim, la caste des prêtres, les lévi'im, les lévites, et les israëlim, tous les autres. Les célébrations des cohanim et des lévi'im étaient toujours pratiquées et leurs lois mises en application. Les lévites existaient encore dans les synagogues, mais leur rôle était surtout honorifique.

Était-ce pour cette raison que le symbole figurait là ?

En hommage aux services rendus par Abiram ?

Il jeta un coup d'œil vers la *matzevah* de sa mère.

Il avait assisté à son enterrement et, comme d'habitude, Abiram l'avait ignoré. Il était là, un an plus tard, quand la stèle avait été érigée, mais, cette fois encore, il n'avait pris aucune part dans sa création. Une ménorah symbole d'une femme vertueuse décorait la tombe de sa mère.

Ce qu'elle avait été.

Il entendit un bruit et se retourna.

Une voiture s'approcha et se gara près de la sienne, à une trentaine de mètres. Une petite berline avec des vitres teintées.

Personne n'en sortit.

Zachariah Simon l'avait-il suivi jusqu'ici ?

La distance depuis la maison de son père était courte, quelques kilomètres à peine, et il n'avait remarqué personne derrière lui.

Pourtant, quelqu'un était là.

Il se retourna pour faire face à l'intrus et cria :

« Que voulez-vous ? »

Pas de réponse.

«Je vous ai demandé ce que vous vouliez.»

Silence.

Surpris par son courage, lui qui n'avait même pas prévu d'être vivant à cette heure, il se dirigea vers le véhicule.

La voiture quitta le parking gravillonné en trombe.

Il la regarda s'éloigner.

Qui cela pouvait bien être?

Il retourna vers la tombe et pensa à Alle.

«Qu'as-tu bien pu faire, mon vieux?»

14

Béne détestait Spanish Town. Bien que la ville perchée sur la rive ouest du Rio Cobre, dotée d'une belle architecture, ait été la capitale de la Jamaïque pendant trois cents ans, elle était devenue un centre urbain infesté par des gangs brutaux, avec une population de quelque deux cent mille habitants vivant dans une extrême pauvreté. Il y allait rarement, ses affaires se traitant à l'est à Kingston, dans les montagnes, ou sur la côte nord. Il était né et avait grandi dans les environs de Spanish Town, dans un quartier difficile que sa famille avait contrôlé jusqu'à ce que son père fasse l'erreur de tuer un agent américain de la lutte antidrogue. Les États-Unis ayant demandé que justice soit faite, le gouvernement jamaïcain avait fini par s'incliner, mais son père avait eu le bon goût de mourir en prison. Sa mère, une femme alerte de soixante et onze ans, avait difficilement accepté sa disparition. Il ne lui restait que son fils unique et elle lui avait fait promettre de ne jamais emprunter le même chemin. Sa mère n'avait pas la moindre idée de ce qui constituait l'empire de Béne. Il n'aimait pas lui mentir, mais, heureusement, il avait nombre d'affaires parfaitement légitimes – café, hôtels, mines – dont il lui parlait avec fierté, lui assurant qu'il n'était pas un criminel.

Et, d'après lui, il n'en était pas un.

En réalité, il détestait les criminels.

Il fournissait effectivement prostituées, jeux ou vidéos pornographiques à certains clients. Mais ils étaient des adultes consentants et il veillait à ce que, dans ses activités, aucun enfant ne soit jamais impliqué. Un jour, il avait tué un homme à Montego Bay qui monnayait les services de jeunes garçons pour satisfaire des touristes et qui refusait de mettre fin à son trafic. Et il n'hésiterait pas à en tuer d'autres, s'il le fallait.

Peut-être n'obéissait-il pas aux règles de la société. Mais il suivait les siennes.

Il se déplaçait dans sa Maybach 62 S, assis à l'arrière accompagné de deux de ses hommes armés. La voiture lui avait coûté un demi-million de dollars, mais il n'en regrettait pas le moindre cent. Il adorait le cuir luxueux et appréciait le fait que les sièges arrière puissent s'incliner presque entière-ment. Il en profitait souvent pour dormir entre deux destinations. Ce qu'il préférait dans cette voiture, c'était son toit. En appuyant sur un bouton, les panneaux en verre opaque devenaient transparents.

Ils passèrent par plusieurs quartiers dont les limites n'étaient connues que par ceux qui y habitaient.

Et par lui.

Ces endroits lui étaient familiers.

La foule se déversait des magasins et des maisons jusque dans les rues, formant une mer de visages basanés. Son père avait régné ici, mais maintenant un cartel de gangs, dirigés par des hommes qui se donnaient le nom de *don*, se disputait le contrôle des opérations.

Pourquoi ces hommes se déchiraient-ils ?

Probablement parce que leurs vies, hélas, ne leur offraient pas grande satisfaction. Il l'avait souvent entendu dire et cela lui semblait proche de la réalité. « La Jamaïque a un peu de tout mais pas assez de quoi que ce soit. »

Ils traversèrent les rues encombrées. Les vieux immeubles de deux ou trois étages étaient construits si près les uns des autres qu'un souffle d'air frais avait du mal à se glisser entre les bâtiments. Quand ils tournèrent dans une ruelle, deux hommes surgirent devant leur véhicule et leur firent signe de s'arrêter avec de grands gestes des bras. Ils avaient des cheveux aussi épais que des cordes et des barbes hirsutes. Ils se postèrent de chaque côté de la voiture. Leurs pans de chemise étaient sortis de leurs pantalons pour cacher leurs armes.

Béne secoua la tête et murmura : « *Buguyagas.* »

C'était bien ce qu'il pensait.

Sales voyous.

Il descendit la vitre arrière et demanda :

« Vous avez besoin de quelque chose ? »

Il avait volontairement évité d'employer le patois, sachant que ce serait leur langue d'usage. L'homme près de lui ne le connaissait visiblement pas et il était sur le point de répondre, quand son acolyte fit précipitamment le tour de la voiture et saisit le bras de son ami, en faisant signe au conducteur de continuer.

« Qu'est-ce qu'il y a ? demanda Béne. Vous ne savez plus parler ? »

Les deux hommes marmonnèrent quelque chose, trop bas pour qu'il l'entende, puis ils partirent en courant.

Il secoua la tête.

Qu'avaient-ils l'intention de faire ? Le voler ici même, dans la rue ?

« Ils ont de la chance que nous n'ayons pas le temps de les tuer. Avance. »

Il trouva la cabane où habitait Felipe. Quatre pièces dont les murs étaient un mélange de bois et de fer-blanc rouillé. La porte donnant sur l'extérieur était verrouillée. Des tonneaux de récupération d'eau de pluie s'alignaient le long de la maison, ce qui voulait dire que la plomberie était inexistante. D'où la forte odeur d'urine. Des chèvres se promenaient tout autour.

« Forcez l'entrée », ordonna-t-il, et ses hommes enfoncèrent les portes de fortune.

La plus grande pièce mesurait environ six mètres carrés. Il y avait un lit, une télévision, un fourneau, une commode et un panier à linge. Quatre-vingts pour cent des gens à Spanish Town et à Kingston vivaient ainsi, voire dans des conditions pires.

Il vit le lit et, comme Felipe l'avait dit, à côté, une pile de vieux documents. Un de ses hommes les lui apporta. Un autre montait la garde au-dehors. Ils avaient dégainé leurs armes. Les deux individus qui les avaient accueillis avaient peut-être averti le baron local que Béne Rowe était dans les parages et il se pouvait qu'ils reçoivent de la visite.

De courtoisie, bien sûr.

Mais une visite quand même.

«Si quelqu'un nous dérange, avait-il dit, faites-le partir.»

Il trouva l'acte que l'homme avait évoqué, datant de 1671, écrit en espagnol ou en portugais, ce dont il n'était pas sûr, l'encre passée rendant la lecture difficile. Il y avait plusieurs autres parchemins de couleur soufre, aux bords marron et déchirés, tous rédigés dans la même langue. Il réussit à comprendre quelques mots.

Il entendit alors du bruit dehors et se retourna pour voir une femme avec deux petites filles dans l'embrasure de la porte. Ses hommes avaient eu le temps de cacher leurs pistolets. La femme était très noire et portait une robe faite de tissus jaunes, roses et verts. Ses pieds nus étaient couverts de la poussière de la rue.

«Qui vous? demanda-t-elle.

– Un ami.»

Elle entra dans la chambre avec un air méfiant.

«Vous êtes entré de force?

– C'était nécessaire.» Il montra les documents qu'il tenait. «Je suis venu pour ça.

– Où est Felipe?»

Il haussa les épaules.

«Vous êtes sa femme?»

Elle acquiesça.

«Ce sont ses filles?

– Une seule.»

Voilà ce qui arrivait lorsqu'on était amené à tuer. Quelqu'un en souffrait toujours. Mais il ne pouvait laisser qui que ce soit le prendre pour un imbécile. Sur cette île, la réputation passait avant tout et Felipe avait scellé son destin quand il l'avait trahi.

Dommage, cependant, que ces trois-là doivent aussi en payer le prix.

Il mit la main dans sa poche et sortit une liasse de billets. Il en compta vingt de 100 dollars et les jeta sur le lit.

« C'est pour quoi ?

– Je le dois à Felipe. Sa paie. »

Dans son regard, il lut un mélange de colère et de gratitude, une expression qu'il avait vue trop de fois. La femme ne reverrait jamais Felipe. L'enfant aux grands yeux ne connaîtrait jamais son père. Personne ne saurait jamais ce qui était arrivé. Felipe pourrirait dans un cimetière abandonné sur les hauteurs des montagnes Bleues.

Mais c'était le destin des menteurs.

« Maintenant, nous devons partir, dit-il. Au revoir. »

Il s'avança vers la porte, les documents en main.

« Lui ne pas revenir, non ? » demanda la femme, avec dans la voix de la peur.

Il préféra être honnête.

« Prends l'argent sur le lit. J'en enverrai encore. Sois reconnaissante et tais-toi. »

Son visage ingrat était marqué, ses yeux marron injectés de sang. La vie de cette femme venait de devenir encore plus dure.

« Toute femme cherche homme pour s'en occuper. Quand elle trouve, elle est femme et fidèle. »

Sa voix était devenue glaciale.

Il savait ce qu'elle voulait dire. Les hommes qu'elle côtoyait changeaient de femme comme d'humeur. Elle avait fini par éviter ça avec Felipe.

Mais il n'y pouvait rien. Autant partir.

15

Alle garda son sang-froid et se contenta de dévisager l'homme qui se faisait appeler Brian.

«Est-ce que vous avez jamais discuté religion avec Simon?» demanda-t-il.

Elle n'avait pas l'intention de lui répondre.

«Je veux pouvoir dîner tranquillement. J'aimerais que vous partiez.

– C'est un Juif orthodoxe fervent. Vous ne l'êtes pas. Comment pouvez-vous vous entendre?»

Ce commentaire la surprit. Au cours de leurs nombreuses discussions sur le judaïsme, Zachariah avait toujours parlé réforme. Le fondamentalisme le répugnait. Les Juifs orthodoxes se prétendaient *authentiques*, ce qui était insultant, avait-il dit, pour tous les autres. Elle était d'accord. Jusqu'au XIXᵉ siècle, les orthodoxes étaient majoritaires. Mais plus aujourd'hui. *Dieu merci*, lui avait dit Zachariah.

«Vous ne savez pas de quoi vous parlez.

– Connaissez-vous bien les Simon, demanda-t-il, et l'histoire de leur famille? Le père de Zachariah et son grand-père étaient de grands partisans d'Israël. Par leur fortune et leur influence politique, ils ont contribué à la création de l'État. C'étaient des ultra radicaux, impliqués dans des affaires pour lesquelles vous seriez aujourd'hui poursuivie en justice. Les Simon ont été liés politiquement à tous les gouvernements élus là-bas, toujours du côté conservateur.

– Ça ne fait pas de Zachariah un radical, répondit-elle, en se reprochant amèrement de s'être laissée entraîner dans cette discussion.

– Je suis certain qu'il a essayé de vous convaincre qu'il est plutôt progressiste. Il a probablement besoin de vous faire croire cela afin d'obtenir ce qu'il veut. »

Le garçon arriva et déposa une assiette devant elle. Elle voulut prendre sa fourchette. Brian tendit alors le bras à travers la table et saisit la main de la jeune femme.

« Ce que vous venez de faire à votre père est ignoble. »

Elle rougit de colère.

« Lâchez ma main.

– C'est votre père. Peu importe ce qui s'est passé entre vous. Lui mentir comme vous l'avez fait est impardonnable. »

Elle retira violemment sa main et se leva. C'était déjà assez pénible d'avoir des regrets, elle n'allait pas laisser un inconnu la culpabiliser.

« Allez-y, dit-il. Partez. Mais sachez une chose. Vous jouez dans la cour des grands et vous allez y perdre la vie. »

Personne n'avait jamais évoqué sa propre mort.

« Pourquoi dites-vous ça ?

– Vous ne savez rien des gens avec qui vous traitez. Simon vous a retrouvée pour une raison bien précise. Il est à la recherche de quelque chose. »

Il désigna les pages du *Minerva* qui étaient encore sur la table.

« Et ça a un rapport avec cet article. »

De tous les grands explorateurs, Christophe Colomb est le plus énigmatique. Sa naissance, son caractère, sa carrière, ses exploits, tous ces éléments sont autant de mystères. Aucun portrait authentique n'existe de lui. Ceux qui ornent les galeries autour du monde ont été peints des dizaines d'années après sa mort et se contredisent tous de manière évidente. On sait qu'il s'est marié en 1478 et que son fils, Diego, naquit en 1480. On pense que sa première femme mourut, ou bien qu'il l'abandonna après avoir emmené Diego. Personne ne semble connaître son véritable destin. Il eut ensuite une aventure avec une Castillane qui lui donna un fils illégitime, Fernando, en 1488. Il resta proche de ses deux fils toute sa vie. Évidemment, pour Fernando, son père était d'origine espagnole, alors que, pour Diego, il était de descendance italienne. Malheureusement, aucun document n'existe aujourd'hui qui puisse attester du lieu de naissance de Christophe Colomb. L'homme lui-même parlait peu de son passé et n'en écrivit rien de son vivant. Bien qu'on connaisse le jour de sa mort – le 20 mai 1506 –, l'année de sa naissance fait toujours débat. Christophe Colomb lui-même mentionna 1447, puis 1453. On estime que ce serait entre le 25 août et le 31 octobre 1451. Fernando rechercha même des parents de Christophe Colomb à Gênes, mais n'en trouva aucun. Évidemment, le faible de Fernando pour sa patrie de naissance aurait pu influencer ces recherches. Toutefois, l'histoire peut être reconnaissante à Fernando. Dans sa maison sur les rives du Guadalquivir, à Séville, il constitua une des plus grandes bibliothèques d'Europe. Il hérita également des papiers personnels de son père. Fernando avait prévu des clauses dans son testament pour s'assurer que la bibliothèque et les documents restent en la possession de sa famille, mais malgré cette précaution, leur propriété fut contestée pendant des décennies jusqu'à ce que tout revienne à la cathédrale de Séville. Malheureusement, plusieurs milliers d'originaux disparurent avant ce transfert. Ce qui reste, environ sept mille livres et documents, forme la Biblioteca Colombina qui se trouve encore à Séville.

L'histoire retient que Colomb tenait un journal quotidien lors son premier voyage, *le Diario de a bordo,* le *Journal de bord*. Ce journal fut offert à la reine Isabelle à son retour et elle ordonna à un scribe d'en faire une fidèle copie. Mais, en 1554, et l'original et la copie avaient disparu. Heureusement, avant ce tragique événement, la copie était passée entre les mains de l'évêque Bartolomé de Las Casas qui l'utilisa pour écrire *Diario de a bordo del primer viage de Cristóbal Colón, Le Livre de la première navigation* – ou, comme on l'appelle généralement aujourd'hui, *Le Journal de Christophe Colomb*. Mais là encore, il n'y a aucune possibilité de savoir si l'œuvre de Las Casas est complète et précise. Bref, aucun récit du premier voyage de Christophe Colomb n'existe. Pire encore, la carte dont il se servit pour se guider a aussi disparu, perdue de vue depuis le début du XVIe siècle.

On ne possède pas non plus de documents sur son enfance. Une éventuelle ascendance italienne ne cadre pas avec la réalité puisqu'il écrivait toujours en castillan et non en italien.

On ne sait rien non plus de l'éducation qu'il a pu recevoir, mais il ne faisait aucun doute qu'il était lettré. Dans la biographie qu'il écrivit, Fernando mentionna le fait que son père avait fréquenté l'université de Pavie, mais Christophe Colomb lui-même n'y fit jamais allusion. Cette omission est pour le moins curieuse étant donné qu'il passa la plus grande partie de sa vie adulte à essayer de convaincre les monarques d'Europe qu'il était parfaitement qualifié pour dépenser leur argent dans un voyage vers l'ouest à travers une mer inconnue. Un diplôme universitaire aurait permis d'asseoir son prestige auprès des érudits auxquels les différentes Couronnes soumettaient sa proposition.

Ironiquement, toute son aventure maritime était basée sur une erreur : on croyait que les côtes occidentales de l'Europe menaient vers les îles orientales de l'Asie. La légende actuelle qui prétend que les gens à cette époque croyaient la Terre plate est totalement fausse. Depuis les Grecs, tous les marins savaient que la Terre était une sphère. L'inconnu était ce qui se trouvait au-delà de l'horizon occidental, invisible depuis la terre, avec de l'eau à perte de vue. En réalité, Christophe Colomb ne découvrit pas l'Amérique puisque des millions de gens y vivaient déjà. Il n'était même pas le premier Européen à y poser le pied puisque les Vikings avaient accompli cet exploit des siècles plus tôt. Mais il était, en revanche, le premier Européen à faire apparaître le Nouveau Monde sur une carte, bien que, si l'on suit son raisonnement, il l'ait situé plutôt en Asie.

Très jeune, on me racontait déjà les histoires de Christophe Colomb. Mon grand-père et mon arrière-grand-père étaient tous deux fascinés par lui. Beaucoup de légendes entourent son nom, mais aucune n'est aussi romantique que celle qui prétend qu'il est venu jusqu'au Nouveau Monde dans un tout autre but que l'appât du gain. Son Empresa de las Indias, L'Entreprise des Indes, visait évidemment à gagner de l'argent. Il s'agissait de découvrir, puis d'exploiter ce qu'on trouvait. Selon certains, Christophe Colomb avait d'autres motifs. Des plus variés, apparemment. On a beaucoup commenté le fait qu'aucun prêtre ne l'avait accompagné lors de ce premier voyage historique. En revanche, un traducteur d'hébreu du nom de Luis de Torres était du voyage. L'histoire n'a jamais pu fournir d'explication plausible à cela, mais des adeptes de la théorie de la conspiration ne se sont pas gênés, eux, pour en trouver.

Une autre légende qui a perduré au cours des siècles est celle que j'ai entendue étant enfant concernant la mine d'or perdue de Christophe Colomb. En 1600, l'Espagne avait triplé la quantité d'or européen qui avait été en circulation avant le premier voyage de Colomb. Christophe Colomb aurait trouvé une mine en Jamaïque, mais aurait caché son emplacement à tout le monde, y compris à la Couronne espagnole. Mon grand-père était fasciné par cette histoire et il me la raconta en même temps qu'il me montra la signature de Colomb.

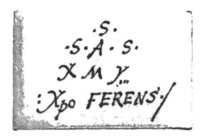

Elle est pour le moins étrange, c'est un message chiffré qui n'a jamais été décodé. Pourquoi ne signait-il pas simplement avec son nom ? Pourquoi une série de lettres en forme de triangle ? Et pourquoi le X crochu qui apparaît en deux endroits ? Mon grand-père y avait toujours fait allusion, mais n'en avait jamais expliqué la signification. Comme souvent, nous ne connaissons pas la véritable histoire. Mais il est difficile de ne pas se passionner. C'est ce qui m'est arrivé. Tant et si bien que Christophe Colomb est devenu le sujet de mon travail universitaire.

Zachariah interrompit la lecture de l'article d'Alle Becket. Il l'avait sorti de sa sacoche pour se rafraîchir la mémoire.

Heureusement, il veillait à ne pas passer à côté de la moindre mention du nom de Christophe Colomb, quel que soit l'endroit du monde. Les alertes de Google et des autres moteurs de recherche lui permettaient de rester informé sur tout ce qui se rapportait à ce sujet.

Un jour, un article dans *Minerva* s'était affiché sur son écran. Il n'apportait pas grand-chose de nouveau, mais deux mots attirèrent pourtant son attention. *X crochu.*

Seule une poignée de personnes au monde était capable d'associer ces mots à Christophe Colomb.

Il avait donc localisé Alle Becket.

Maintenant, il avait trouvé Tom Sagan.

De toute évidence, il se trouvait au bon endroit.

Et demain, il serait à l'intérieur de la tombe du lévite.

16

Tom entra dans sa maison, le dernier endroit au monde où il se sentait encore un peu à l'aise. Il passait ici la plus grande partie de son temps, toutes fenêtres fermées et porte cadenassée. Il avait tenté de louer un appartement dans une copropriété, mais n'avait pas aimé la proximité des voisins. Il ne voulait rencontrer personne et il ne voulait surtout pas qu'on le connaisse. Il aimait la solitude et cette maison banale, située au bout d'une longue rue au sud d'Orlando, lui convenait parfaitement.

S'être rendu sur la tombe d'Abiram l'avait quelque peu déstabilisé. Tout comme cette voiture qui était apparue avant de disparaître sans qu'il sache qui la conduisait.

Pendant le trajet de retour, il avait repensé au document notarié qu'il avait reçu, le faisant propriétaire de la maison de son père. Dans l'enveloppe, l'avocat avait inclus autre chose. Une note brève, écrite à la main. Il fallait qu'il la relise. Il ouvrit donc le tiroir où il l'avait jetée avec l'acte, trois ans plus tôt.

Il déplia les pages.

La maison est à toi. Tu y as été élevé et donc elle te revient. Je suis né simple Juif. Ma foi et ma religion étaient importantes pour moi. Elles ne l'étaient pas à tes yeux. Je ne peux pas dire que je le comprends. C'est triste, mais bien que nous ayons le même sang, nous sommes des étrangers l'un pour l'autre. Nous avons eu des relations exécrables pendant une bonne partie de notre vie. Les choses ont changé. Malheureusement, on ne peut pas revenir en arrière. C'est terminé. Si cela peut avoir la moindre importance pour toi, sache que j'ai toujours été persuadé que tu n'étais pas un tricheur. Quelle que soit l'explication de ce qui est arrivé, je sais que tu n'as pas inventé cet article. Je veux que tu saches que j'ai partagé la douleur de ta déchéance, bien que je me rende compte que je ne te l'ai jamais dit. Cher fils, j'ai gardé beaucoup de choses par-devers moi. Des choses qui pourraient te surprendre. Maintenant, j'emporte tous ces secrets dans ma tombe. Je t'en supplie, essaie de comprendre que j'ai toujours essayé de faire ce qui est honorable. J'espère qu'un jour tu en feras autant.

Aucun «je suis désolé.» Aucun «je t'aime.» Pas plus que de «bonne chance.» Et même pas un «Va te faire foutre.»

Prosaïque, c'est tout.

Et ces mots. *Ce qui est honorable.*

Typique d'Abiram.

Droit dans ses bottes jusqu'à la fin.

Trois ans auparavant, il n'avait pas vraiment compris. «Maintenant, j'emporte tous ces secrets dans ma tombe.» Il avait jugé que c'était encore une de ces formules mélodramatiques dont les parents abusent. Aujourd'hui, il n'en était plus si sûr. Comment Zachariah Simon était-il au courant de ce qui pouvait ou non se trouver dans la tombe? Alle avait dû le lui dire. C'était la seule explication.

Que savait-elle?

Il s'approcha de la fenêtre et regarda dehors. La rue était déserte, le quartier plongé dans sa torpeur quotidienne. Il n'y avait pas beaucoup d'enfants par ici. Plutôt des retraités qui profitaient du soleil de Floride et de l'absence d'impôt sur le revenu.

Pourquoi le suivait-on?

Simon avait eu ce qu'il voulait. Alors qui était venu au cimetière? Quelqu'un qui aurait été au courant des affaires d'Abiram ou de Simon? Il réfléchissait à nouveau comme un journaliste et les questions se bousculaient dans sa tête. C'est vrai qu'il avait été très fort dans son domaine. Visiblement assez fort pour que quelqu'un ait décidé de le détruire.

Qui ? Il en savait assez. Mais il n'y avait rien qu'il puisse faire. Pas plus maintenant qu'à l'époque.

Rien du tout.

Alle considérait l'article du *Minerva* qui était encore sur la table. Elle y avait travaillé des semaines entières, veillant à respecter la longueur imposée par le magazine et à le rendre aussi digeste que possible pour qu'un maximum de lecteurs puissent l'apprécier. On l'avait payée 300 dollars et elle avait été ravie d'être publiée, surtout à vingt-cinq ans, alors qu'elle venait à peine de terminer son troisième cycle universitaire. Une courte biographie après l'article la présentait et son adresse mail était notée pour ceux qui souhaitaient entrer en contact avec elle.

C'est ainsi que Zachariah l'avait retrouvée.

« Il n'y a rien de particulier dans cet article, dit-elle en se rasseyant. Il décrit simplement les mystères qui entourent Christophe Colomb.

– Et pourtant un milliardaire reclus se donne énormément de mal pour vous trouver, dit Brian. Ensuite, il vous persuade de tromper votre propre père pour qu'il ouvre la tombe de votre grand-père ? »

Sa curiosité fut piquée au vif.

« Comment savez-vous tout cela ?

– Vous ne m'avez jamais répondu. Ce que vous avez fait à votre père est impardonnable. »

Elle n'aimait pas son attitude. Il ne savait pas à quel point Tom Sagan les avait blessées, elle et sa mère.

« Ma relation avec mon père ne vous regarde pas. »

L'homme jeta un regard circulaire dans la salle puis se tourna de nouveau vers elle.

« On vous utilise. Simon veut ce que votre grand-père vous a demandé de mettre en sécurité. Cela ne vous dérange pas que la tombe de votre grand-père soit sur le point d'être ouverte ? »

Bien sûr que si.

Toutefois…

« Votre grand-père gardait un grand secret, lui avait dit Zachariah. Un secret important pour nous tous.

– Mais, tout de même, ouvrir son cercueil ? N'y a-t-il pas une autre façon ?

– Ce qui s'y trouve est vital, Alle. Le lévite, c'était lui. Non pas de la maison des Lévi, mais l'homme choisi pour accomplir un devoir et qu'on appelle un lévite. Un des rares depuis l'époque de Christophe Colomb à connaître la vérité.

– Quelle vérité ? »

Elle avait écouté ce qu'il avait à dire et avait finalement reconnu que l'ouverture de la tombe était le seul moyen.

« Les Juifs du monde entier chanteront vos louanges, avait dit Zachariah. Ce qui est resté caché pendant presque deux mille ans retrouvera la lumière du jour. Nos prophéties seront réalisées. Et tout ça grâce à vous. »

Elle n'avait jamais rêvé de se retrouver un jour dans une telle situation. Sa nouvelle religion, son héritage adoptif étaient importants pour elle comme ils l'avaient été pour son grand-père. Contribuer à cela, de quelque façon que ce soit, serait primordial.

« Sa tombe doit être ouverte », dit-elle à Brian.

Il secoua la tête.

« Vous êtes une jeune femme stupide. Et vous parlez de votre père comme d'un problème. Lui est mêlé à tout ça contre son gré. Ce n'est pas votre cas.

– Et qui êtes-vous d'abord ? Et en quoi cela vous rogarde t il ?

– Contrairement à vous, je connais la réalité. Zachariah Simon est un extrémiste. Et ces gens-là nous posent un problème à tous. »

Elle regarda au-delà de Brian, en direction de la porte d'entrée. Rocha et Minuit déboulèrent à l'intérieur du café. Brian les aperçut également et il se leva.

«Je dois m'en aller.»

Les sbires de Zachariah s'approchèrent. Brian passa à côté d'eux et Rocha le retint par la veste. Deux hommes, assis à une autre table, se levèrent immédiatement, de toute évidence des comparses de Brian. Rocha évalua la situation et relâcha sa prise.

«Bien joué, lui dit Brian, et il s'éloigna avec ses deux acolytes.

– C'était qui? demanda-t-elle à Rocha.

– À vous de me le dire. C'est vous qui étiez attablée avec lui.

– Il s'est imposé à ma table. Il s'appelle Brian.

– Vaudrait mieux l'éviter.»

Cela excita sa curiosité.

«Pourquoi?

Une expression de colère envahit le visage bronzé de Rocha.

«Nous devons partir.

– Je reste.»

Il saisit son bras. Avec force. La soulevant de sa chaise.

«Lâchez-moi ou je crie.

– Nous devons partir, dit-il, d'une voix plus douce. Pour votre sécurité.»

Visiblement, il était sérieux.

«Qui était ce type? demanda-t-elle à nouveau.

– Un problème. Et M. Simon doit être mis immédiatement au courant.»

Tom était couché sur son lit, tout habillé. Ce matin, il avait décidé de mourir. Et maintenant, il était sur le point d'assister à une exhumation.

Drôle de changement.

«Il se ravisera, lui dit Michèle. C'est ton père. Il t'aime. Il finira par comprendre que tu dois faire tes propres choix, même quand il s'agit de religion.

– Tu ne connais pas Abiram. Il a fait son choix. La balle est maintenant dans mon camp. C'est à moi de jouer.

– Pourquoi l'appelles-tu par son prénom ? C'est ton père.

– Ça a débuté à l'université, quand nos chemins ont commencé à diverger. Ça me donne… de la distance.

– C'est toujours ton père. »

Il haussa les épaules.

« Pour moi, il est seulement Abiram. »

Elle le serra dans ses bras.

« Je ne suis pas d'accord avec la façon dont ça a évolué, mais je t'aime pour ce que tu fais. Renoncer à ta foi est une chose importante.

– Si ça te rend heureuse, alors je suis heureux. »

Elle l'embrassa.

Ils étaient mariés depuis moins d'un an.

« J'ai des nouvelles pour toi », dit-elle.

Il la regarda dans les yeux.

« Toi aussi, tu vas être père. »

Huit mois plus tard, Alle était née. Un bébé magnifique. Les premières années de sa vie, elle avait compté pour lui plus que tout au monde, puis le monde avait commencé à compter davantage. Ses absences étaient de plus en plus longues jusqu'à ce qu'il passe la plus grande partie de son temps loin de la maison. Les tentations commencèrent à se présenter et il avait succombé. À quoi avait-il pensé ? C'était justement ça le problème. Il n'avait pas pensé.

Et Abiram. Un lévite ?

Il se souvenait du Deutéronome. La bénédiction de Moïse aux israélites.

« Lévi dit de son père et de sa mère : "Je ne les ai pas vus !" Il ne reconnaît pas ses frères, il ne connaît pas ses enfants. En effet, ils respectent ta parole et gardent ton alliance.

Ils enseignent tes règles à Jacob et ta loi à Israël. Ils mettent l'encens sous tes narines et l'holocauste sur ton autel. »

Il était surprenant qu'il se souvienne encore de ces mots, mais Abiram tenait à ce que son enseignement soit parfaitement assimilé. Il se souvenait aussi comment, après le péché du Veau d'or, quand les israélites vénérèrent une idole, les lévites, qui n'avaient pas commis cette faute, avaient été choisis pour servir le Temple.

Mais quelle relation cela avait-il avec Abiram ?

Personne dans la famille n'avait jamais mentionné que leurs racines juives venaient des lévites.

Jusqu'à ce que Tom entre au lycée, lui et Abiram avaient été proches. Être un enfant unique avait l'avantage – et le désavantage – d'une attention parentale constante. Pendant ses années d'adolescence, ils avaient commencé à s'éloigner l'un de l'autre. Le fossé s'était creusé à l'université. Le fait de rencontrer Michèle et de tomber amoureux avait fini par confirmer ce qu'il savait déjà.

Il n'était pas juif. Peu importe sa naissance, son héritage, ses coutumes ou ses devoirs. Rien de tout cela n'avait d'importance pour lui.

Sa mère avait essayé de le persuader du contraire. Peut-être savait-elle ce que ferait son mari. Mais Tom n'avait pas été convaincu. Si bien qu'il avait renoncé à tous ses droits et, pour faire plaisir à sa nouvelle femme, était devenu chrétien. Pendant quelques années, avec Michèle et Alle, ils fréquentèrent l'église épiscopale. Mais cela devint plus rare à mesure qu'il voyageait de plus en plus. Il finit par comprendre que le christianisme ne signifiait rien pour lui non plus. Il n'avait pas la fibre spirituelle, c'est tout.

C'était encore un échec.

« Réconcilie-toi avec ton père, lui avait dit Michèle.

– C'est trop tard.

– Je suis sortie du tableau. Nous sommes divorcés. Ça devrait lui faire plaisir.

– Ce n'est pas aussi simple avec Abiram.

– *Il ne m'a jamais aimée, Tom. Nous le savons tous les deux. Il t'en a voulu de te faire baptiser et me l'a reproché. Il n'aime qu'Alle. C'est tout.* »

Peut-être pas, pensa-t-il.

Peut-être se souciait-il de choses dont personne ne se doutait.

Cher fils, j'ai gardé beaucoup de choses par-devers moi. Des choses qui pourraient te surprendre.

Maintenant, j'emporte ces secrets avec moi dans ma tombe.

17

Zachariah avait prévu de se reposer. Demain serait peut-être le plus grand jour de sa vie. Avait-il vraiment trouvé le lévite ? Le gardien du secret ? Enfin, au bout de cinq cents ans ?

Christophe Colomb avait été malin, on devait lui reconnaître ce mérite.

En 1504, l'amiral était revenu en Espagne, après son quatrième et dernier voyage, et avait ensuite passé deux années à se battre pour obliger Ferdinand et Isabelle à honorer leurs promesses. Il mourut en 1506 et ses fils reprirent le flambeau. À leur décès, il revint à l'une de leurs veuves de finaliser l'accord avec la Couronne qui donnait à la famille un contrôle total sur la Jamaïque pendant les cent cinquante années suivantes.

Luis de Torres, l'interprète d'hébreu du premier voyage de Christophe Colomb, n'était jamais revenu en Europe.

Il était resté.

Et pour une bonne raison. Le nom de naissance de De Torres était Yosef Ben Ha Levy Haivri – Joseph, le fils de Lévi l'Hébreu –, faisant de lui la première personne juive à s'installer dans le Nouveau Monde. Il avait été forcé de se convertir au christianisme pour pouvoir participer au voyage, mais, comme beaucoup d'autres *conversos*, il était resté juif toute sa vie. L'histoire a toujours minimisé le fait que de Torres a probablement été la première personne à débarquer sur Hispaniola, en octobre 1492. Étant l'interprète de l'expédition, c'est certainement lui qui, le premier, est allé à la rencontre des indigènes. Quelle révélation. Les premiers mots prononcés au Nouveau Monde étaient probablement de l'hébreu.

Certains historiens prétendent qu'il mourut en 1493 sur Hispaniola et que de Torres faisait partie des trente-neuf laissés là par Christophe Colomb au terme du voyage inaugural, un épisode de la colonisation appelé La Navidad. Tous ces hommes furent massacrés par les indigènes avant le retour de Colomb quelques mois plus tard au moment de son deuxième voyage.

Mais de Torres n'était pas mort.

Il était resté le gardien des trois caisses qui avaient traversé l'Atlantique avec Christophe Colomb lors du premier voyage et avaient été débarquées pour être mises en sécurité.

La première personne, qu'on appelait le lévite, à être chargée de cette tâche. Et depuis, d'autres s'étaient succédé. Chacun d'eux étant resté dans l'ombre.

Jusqu'à Abiram Sagan.

Ce qui se révéla être une erreur.

Sagan avait confié certaines choses à sa petite-fille. Des choses qui ne voulaient rien dire pour elle comme pour quatre-vingt-dix-neuf pour cent du reste du monde.

Mais pas pour un Simon.

Alors que les lévites avaient tout fait pour garder leur secret, les Simon avaient remué ciel et terre pour le découvrir. Son père et son grand-père avait cherché tous les deux, glanant un détail par-ci par-là dans d'anciens documents, parfois enfouis dans des archives oubliées. Ils voulaient offrir au nouvel État d'Israël un cadeau magnifique – ils voulaient restaurer le trésor du Temple. Mais ils avaient échoué tous les deux. L'histoire avait de l'importance, lui avait souvent répété son père. Dieu merci, Internet existait maintenant. Les générations précédentes ne disposaient pas de cet instrument. Grâce à ça, il avait pu découvrir l'erreur d'Abiram Sagan. Maintenant, il allait tirer profit de cette erreur.

Il se mit au lit. Son téléphone sonna au même moment et il regarda l'écran. Rocha.

« Qu'est-ce qu'il y a ? »

Son acolyte lui parla de ce qui s'était produit dans le café viennois.

« C'était lui, dit Rocha. Brian Jamison. Il est ici. »

Ce qui signifiait des ennuis en perspective.

Il avait passé les derniers mois à dorloter Alle Becket, à écouter son bla-bla progressiste, en se disant qu'elle incarnait tout ce qui n'allait pas dans le judaïsme actuel. Elle était d'une naïveté confondante, proche de la bêtise. Mais cette prise de contact inattendue avec elle avait posé un problème. Il ne pouvait pas s'autoriser la moindre erreur.

« Où est-elle maintenant ? demanda-t-il à Rocha.

– À l'appartement. Elle est rentrée. Je la fais surveiller.

– Qu'est-ce qu'elle a dit sur ce qui s'était passé ?

– Il a surgi. L'a harcelée à votre sujet. Elle lui a dit de partir plusieurs fois et nous sommes arrivés ensuite.

– Elle ne lui a rien raconté ?

– Elle dit que non. »

Mais il s'interrogeait.

Brian Jamison travaillait pour Béne Rowe. Il était pour ce dernier ce que Rocha était pour lui. La présence de Jamison à Vienne et sa rencontre avec Alle indiquaient clairement que son partenaire jamaïcain était à la fois bien informé et inquiet.

Il avait ignoré Rowe. Mais Rowe ne l'avait pas ignoré.

Heureusement, lui et Rocha avaient discuté des risques éventuels avant qu'il ne quitte l'Autriche pour la Floride. Notamment ce qu'on ferait d'Alle Becket quand elle ne servirait plus à rien.

« Occupe-t'en comme nous en étions convenus. Sans rien laisser.

– Il est possible qu'elle refuse de coopérer. »

Il savait ce que Rocha voulait dire. *Après ce qui s'est passé sur la vidéo.*

«Je vais m'assurer qu'elle le fasse. Donne-moi une heure. Autre chose, après ton numéro d'aujourd'hui, abstiens-toi de toute intervention. Elle ne te suivra plus nulle part de son plein gré. Prends quelqu'un.»

Et il mit fin à la conversation.

Alle était furieuse mais aussi très perturbée. Rocha l'avait raccompagnée à son appartement, Minuit qui ouvrat la voie devant eux. Le dénommé Brian était parti, mais sa mise en garde lui trottait dans la tête. Rocha l'avait interrogée sur ce qui s'était passé et elle lui avait dit la vérité.

Ou presque.

«Zachariah Simon est un extrémiste. Et ces gens-là nous posent un problème à tous.»

Mais était-ce possible? Zachariah semblait tellement sincère. Ils avaient passé beaucoup de temps ensemble. Trente années les séparaient, mais elle l'avait trouvé charmant et intéressant. En dehors de quelques compliments enflammés, qui paraissaient tout aussi sincères, il se comportait en parfait gentleman et concentrait toute son attention sur ses affaires. Non pas qu'elle aurait été contrariée par des avances. Il s'était toujours montré ouvert et honnête dans leurs discussions, sans l'ombre d'un mensonge, et il semblait très impliqué dans leur religion.

Elle était seule dans son appartement de trois pièces, les fenêtres grandes ouvertes sur la nuit fraîche. Le soir, Vienne était un enchantement et elle avait une vue impressionnante sur le toit brillamment éclairé de la cathédrale Saint-Étienne au somptueux décor de tuiles émaillées.

Elle pensait à Mount Dora, se souvenant des étés passés avec ses grands-parents. Un endroit tellement pittoresque avec ses allées bordées d'arbres, ses lampadaires victoriens, ses parcs, ses boutiques et ses galeries. Plus tard, elle avait pu constater à quel point la ville ressemblait à la Nouvelle-Angleterre. Son terrain vallonné paraissait presque montagneux pour la

Floride du centre. Des avenues la traversaient d'est en ouest et plongeaient vers le lac Dora – la ville et le lac portaient le nom de Dora Ann Drawdy, la première femme à s'y être installée. Alle avait toujours été fascinée par ce personnage. Elle avait lu des articles sur elle et écouté des autochtones l'évoquer.

Les femmes qui défendaient farouchement leur indépendance l'intéressaient.

Elle se considérait comme une des leurs, comme sa mère l'avait été.

Son ordinateur portable émit un signal sonore indiquant l'arrivée d'un nouvel e-mail. Elle alla vers le bureau et vit que le message venait de Zachariah.

> *Tout va bien ici, mais j'ai besoin de votre aide. Nous allons voyager toute la semaine prochaine. Pourriez-vous faire nos valises ? Rocha se débrouillera pour qu'on vous emmène à l'aéroport. Vous devez être bouleversée par ce qui s'est passé pendant le tournage de la vidéo. Je le suis aussi et je vais m'occuper personnellement de Rocha. Votre vol part dans trois heures avec une escale à New York. Je vous attendrai à Orlando à votre arrivée demain après-midi. Pardonnez-moi de vous bousculer ainsi mais je vous expliquerai sur place. Bon voyage.*

Elle se demanda ce qui pouvait bien justifier une telle urgence, mais au fond, elle préférait partir. Rocha avait dépassé les bornes. Sans parler de ce Brian, surgi de nulle part. Elle se sentirait plus en sécurité avec Zachariah. En attendant, elle aurait aimé en savoir un peu plus.

> *J'ai été contactée aujourd'hui par un certain Brian, lui écrivit-elle alors. Rocha m'a dit qu'il représentait une sorte de menace, mais a refusé de m'en dire davantage. Qu'est-ce qui se passe ?*

La réponse ne se fit pas attendre.

Il m'en a informé. Certaines aimeraient nous empêcher d'agir. Ce genre de personnes a toujours existé. Pour votre sécurité, il vaut mieux que vous soyez ici avec moi. Je vous expliquerai tout dès votre arrivée.

Elle préféra ne pas insister et se mit à faire les valises. Elle était arrivée d'Espagne il y a un mois sans beaucoup de vêtements, ne s'attendant pas à rester longtemps. Sa garde-robe estivale n'était vraiment pas appropriée pour l'Autriche, aussi Zachariah l'avait emmenée faire des achats. Sa générosité l'avait un peu gênée, mais d'après lui, c'était la moindre des choses.

« *Considérez cela comme la juste récompense de votre travail, avait-il dit.*

– Je n'ai rien fait.

– Vous avez tort. Vous avez fait beaucoup. »

Cette journée à Vienne avec Zachariah lui en avait rappelé une autre, des années auparavant, quand elle avait onze ans. Pour une fois, son père était à la maison et il l'avait emmenée dans une galerie marchande. L'école allait reprendre deux semaines plus tard et il avait voulu être là pendant qu'elle choisissait de nouveaux vêtements. Ils avaient arpenté les magasins, exploré les portants et les tables, elle avait fait des essayages. À la fin, ils étaient repartis avec plusieurs sacs pleins à craquer.

C'était une de ces journées magiques qu'elle n'oublierait jamais.

Un père et sa fille.

Que leur était-il arrivé ?

Comment une relation aussi forte avait-elle pu se détériorer à ce point ?

Elle aurait préféré ne pas en arriver au point de le détester, mais elle avait fini par se persuader qu'elle ne pouvait pas faire autrement. C'était sa façon de se protéger, parce qu'il y avait davantage de mauvais souvenirs que de bons.

En fait, elle n'aimait pas son père, pas plus qu'elle n'avait confiance en lui.

Et Zachariah ?

Non seulement elle l'appréciait, mais elle n'avait aucune raison non plus de se méfier de lui.

Elle continua donc à faire les valises.

18

Béne restait perturbé après sa confrontation avec la veuve de Felipe. Il n'était pas prêt d'oublier son regard – à la fois distant et clairvoyant. Mais Felipe l'avait trahi et avait failli tout compromettre. Si Béne s'était reposé uniquement sur lui pour lui fournir des informations, il n'aurait presque rien su des agissements de Simon. Heureusement, il n'avait pas commis cette erreur. Il savait depuis longtemps ce que l'on pouvait attendre d'un espion, surtout quand il était en situation de pouvoir tout observer. Béne pourtant, n'était pas certain de ce que voulait Simon. Apparemment, c'était la mine perdue de Colomb.

Mais il se posait des questions. Les documents qu'il avait récupérés dans la maison de Felipe lui apporteraient peut-être des réponses. Pour les faire décoder, il avait fait appel à une des rares personnes en qui il avait confiance.

Ses hommes le conduisirent à quelques kilomètres à l'est de Spanish Town, affrontant l'épouvantable circulation de Kingston, pour atteindre l'université des Indes-Occidentales, la première fondée en Jamaïque. Il en avait été diplômé presque vingt ans auparavant et il se souvenait avec tendresse du temps passé sur le campus. Alors que beaucoup de ses amis s'acoquinaient avec des gangs ou se complaisaient dans leur statut de chômeurs, lui voulait apprendre. Il n'était pas le plus brillant des étudiants, mais il se consacrait pleinement à son travail, ce qui ravissait à sa mère. Il aimait tout particulièrement l'histoire. Il avait compris très tôt qu'il ne serait jamais un leader politique – la réputation de son père était un trop gros handicap – mais cela ne l'empêchait pas d'agir. Actuellement, il contrôlait près d'un quart du Parlement du pays, ainsi qu'une majorité des ministres. On appréciait son argent, tout autant que ses manières affables. La Jamaïque était divisée en quatorze paroisses et il exerçait une influence dans toutes celles qui comptaient pour ses affaires. Il était respecté, autant par les riches que par les pauvres. Il était craint aussi, ce qui n'était pas forcément une mauvaise chose.

Le gardien à l'entrée de l'université le laissa passer avec un sourire.

L'homme qu'il était venu voir l'attendait près d'un terrain de rugby où des étudiants étaient engagés dans un match difficile contre une autre université. L'équipe actuelle dominait la ligue intercollégiale de l'île. Il adorait ce sport et y avait joué à l'époque où il évoluait sur le campus. Il donnait beaucoup d'argent à l'université, aussi bien pour améliorer les conditions d'enseignement que pour les activités extra-scolaires.

Le professeur Tre Halliburton dirigeait le département d'histoire et d'archéologie. Il était blond, avec un visage carré, des lèvres pincées et un regard intelligent. Il n'était pas natif de l'île, mais se sentait chez lui en Jamaïque. Béné l'avait rencontré à une réunion organisée par l'université quelques années auparavant et ils s'étaient liés d'amitié. Halliburton connaissait la réputation de Béné, comme la majeure partie de l'administration de l'école, mais après tout, il n'avait jamais été arrêté et encore moins condamné pour quoi que ce soit. Les rumeurs n'étaient rien d'autre que des rumeurs. En vérité, l'université aimait l'argent de Rowe et Béné aimait l'en faire profiter.

Il sortit de la voiture. Pas de doute, en Jamaïque, le temps restait le même, hiver comme été. Chaud ou tiède, rien d'autre. Il était presque 18 heures et le soleil commençait à se coucher derrière les montagnes Bleues, au nord de Kingston. Il n'allait pas tarder à prendre cette direction car il était attendu à la propriété pour le dîner.

«Béne, tu es allé dans la jungle aujourd'hui», lui dit Halliburton.

Ses vêtements étaient trempés de sueur, crasseux, et il ne s'était toujours pas débarrassé de l'odeur infecte dont il était imprégné depuis sa visite chez Felipe.

«J'ai été occupé, mon ami.»

Il leva les documents qu'il tenait en main.

«J'ai besoin que tu les examines.»

Il veillait à parler un bon anglais. Ici, pas de patois.

Le professeur feuilleta rapidement les parchemins.

«Belle trouvaille, Béne. Ce sont des originaux espagnols. Où les as-tu trouvés ?

– Ne pose pas de questions.»

Il ponctua sa phrase par un sourire.

«Les Espagnols ont régné sur cette île pendant cent cinquante ans, dit Tre. Quand ils sont partis en 1655, ils ont enterré la plupart de leurs documents, pensant les récupérer plus tard. Bien sûr, ils ne sont jamais revenus, raison pour laquelle nous avons si peu de textes datant de cette époque.»

Béne comprit le message, mais il s'en moquait complètement.

«Je suppose que tu veux savoir ce qu'il y a dedans ? dit Tre.

– Ça m'aiderait. On dirait de l'espagnol, mais je ne peux pas lire grand-chose.»

Il regarda l'universitaire étudier les écrits, les orientant vers la lumière pour mieux distinguer les caractères à peine lisibles.

«C'est du castillan. Cette langue a beaucoup changé depuis le XVIᵉ siècle. Tu sais que ces parchemins ne devraient pas être exposés à une lumière trop forte.»

Mais la conservation de ces documents était le dernier des soucis de Béne.

«Qu'est-ce que c'est ?»

Tre connaissait l'intérêt de Béne pour la mine perdue. Ils en avaient discuté maintes fois.

«C'est extraordinaire, Béne, il se peut que tu aies vraiment mis la main sur quelque chose.»

Steve Berry

EXTRÉMISTES DES DEUX BORDS
HORS DE CONTRÔLE
par Tom Sagan, *Los Angeles Times*

Hébron, Cisjordanie – Ben Segev vit dans une modeste maison des faubourgs de la ville avec sa femme et ses deux enfants. Segev est un Américain de Chicago, autrefois banquier d'affaires. Aujourd'hui, il se proclame combattant.

«Nous allons chasser ces putains d'Arabes du pays d'Israël, dit Segev. Si le gouvernement ne se débarrasse pas de ces ordures, nous le ferons nous-mêmes.»

La maison est un véritable arsenal. Armes automatiques, munitions, explosifs. Aujourd'hui, Segev emmène huit de ses compatriotes dans les montagnes, où ils s'exercent pour les combats à venir.

«Il suffit d'une minuscule étincelle pour allumer un grand feu, proclame un des colons. Cette ville est maudite.»

Hébron est une cité ancienne, objet de dispute depuis des millénaires. Elle est censée être l'endroit où est enterré le prophète Abraham. Actuellement, quatre cent cinquante Juifs de droite vivent parmi cent vingt mille Palestiniens. Pendant des siècles, Arabes et Juifs ont vécu ici en paix, mais une émeute en 1929 causa la mort de plus de soixante Juifs. Les Anglais, qui gouvernaient ce qui était alors la Palestine, ont installé ailleurs les Juifs qui avaient survécu. En 1967, après qu'Israël eut conquis la Cisjordanie, les Juifs revinrent. Mais ces derniers professaient, pour la plupart, une idéologie extrême. Pire encore, les politiques gouvernementales de l'époque les incitèrent à s'installer en Cisjordanie. Les Israéliens firent état ensuite d'un droit biblique sur la ville et demandèrent aux Arabes de partir. Puis, en 1997, l'armée israélienne se retira de quatre vingt pour cent de la ville et en céda le contrôle à l'Autorité palestinienne. Les vingts pour cent restants revinrent aux colons. Beaucoup, comme Segev et ses amis, se préparent maintenant à passer à l'action.

«Toutes les conditions d'une catastrophe sont réunies, dit Segev. Et personne, parmi ceux qui sont susceptibles de prendre des décisions, ne semble disposé à nous aider.»

Dans les montagnes, loin de la ville, sous un ciel limpide, ils s'entraînent à charger et à décharger leurs fusils automatiques. On leur explique comment rendre leurs tirs le plus efficaces possible, le but étant de tuer un maximum d'ennemis avec le minimum de balles.

«Vise au centre de la masse, leur enseigne Segev. C'est là que se trouve le cœur de cible et que tu as le moins de risques de rater. Continue à tirer jusqu'à en faire tomber un. Ensuite passe au suivant. Aucune pitié. Nous sommes en guerre et ce sont nos ennemis.»

Les craintes de Segev ne sont pas entièrement injustifiées. Depuis un an, presque quotidiennement, des coups de feu ont été tirés en direction de sa colonie par des snipers. La violence subie par les colons juifs fait partie de leur quotidien. Au moins trente d'entre eux ont été tués par des tireurs palestiniens. Rien n'est fait par les autorités arabes pour mettre un terme aux attaques. En réponse, Israël a fini par obliger trente mille Palestiniens habitant autour de la colonie à observer un couvre-feu de vingt-quatre heures. Il est interdit aux Palestiniens de quitter leurs maisons, même pour aller chez un médecin, ou se rendre à l'école, et on les met en prison s'ils dérogent à la règle. Deux fois par semaine, le couvre-feu est levé pendant quelques heures pour donner aux habitants le temps de faire leurs achats.

«Ça a marché, dit Segev. Pendant quelque temps.»

Ensuite des centaines de troupes israéliennes, des douzaines de blindés et des bulldozers ont déferlé sur Hébron et détruit les immeubles identifiés comme refuges de snipers. Mais les attaques ont recommencé quelques jours plus tard.

Segev et ses hommes continuent à se préparer.

«Nous avons l'impression d'avoir été abandonnés par le gouvernement israélien, dit un colon anonyme. Nous sommes déterminés à débarrasser des Arabes la rive gauche.»

Aucun ne se considère comme membre d'un groupe d'autodéfense. Des représentants aussi bien israéliens que palestiniens confirment que le problème de l'extrémisme existe des deux côtés.

L'extrémisme juif ne date pas d'aujourd'hui. En 1994, un colon américain, Baruch Goldstein, avait abattu vingt-neuf Arabes dans une mosquée. En 1995, un fanatique d'extrême droite assassina le Premier ministre Yitzhak Rabin. Mais cette vague de violence actuelle se manifeste avec une plus grande fréquence, a confirmé un représentant israélien, et Hébron est devenu l'épicentre de ces attaques. Mais quelle est l'étendue de ce problème?

«Pas si grande qu'on pourrait le croire, disent des analystes de l'université de Tel Aviv. On estime que seulement dix pour cent des cent soixante dix sept mille colons en Cisjordanie et à Gaza sont des extrémistes. Mais cette minorité se considère comme étant la gardienne d'Hébron, qui est vue par beaucoup comme étant la deuxième ville sainte du judaïsme, juste après Jérusalem. Et malgré plusieurs milliers de soldats et de policiers israéliens déployés pour protéger la ville, elle juge que cela ne suffit pas.

Segev et ses hommes finissent leur travail. Lui et ses amis se moquent des militants des droits de l'homme qui prétendent que ce sont souvent les colons qui provoquent la violence. Mais les représentants palestiniens ont une tout autre version de l'histoire. Contrairement aux Palestiniens, les colons sont libres de sortir de leurs maisons quand ils le veulent. On dit que les extrémistes attaquent régulièrement les commerces palestiniens, alors que les Palestiniens, cloîtrés chez eux en raison du couvre-feu, assistent à ces débordements, impuissants. Mahmoud Azam, 67 ans, est un Palestinien. Sa boutique a été pillée trois fois. Il a aussi été frappé dans le dos avec une brique et bourré de coups de poing. Son échoppe est maintenant fermée et il survit grâce à des dons de nourriture et d'argent.

«Si je pouvais, dit Azam, je les combattrais. On ne doit pas les laisser nous chasser de nos maisons.»

Mais les colons ne sont pas d'accord.

«Nous voulons qu'Israël reprenne le contrôle de cette zone, dit Segev en rangeant les armes dans sa voiture. Nous devons à nouveau occuper tout Hébron. En attendant, nous allons entreprendre des actions préventives pour arrêter les tirs palestiniens.» Segev s'exprime avec passion.

«Les gens n'en peuvent plus des tirs quotidiens, des tueries et du harcèlement des Palestiniens. Tout le monde ici se sent abandonné par le gouvernement. Si nous ne nous battons pas, nous mourrons.»

Tom posa l'article. Il avait conservé la coupure dans son portefeuille pendant ces huit dernières années.

Histoire de ne rien oublier.

« Quelles ont été tes sources pour cet article ? lui avait demandé sa patronne. Confirme-moi que tu ne t'es pas contenté de simples déclarations. »

Robin Stubbs n'avait pas seulement été sa rédactrice en chef, elle était aussi son amie. Quand de graves soupçons avaient pesé contre lui, elle l'avait soutenu. Lorsqu'un comité d'anciens rédacteurs en chef et de journalistes du Los Angeles Times *s'était réuni pour enquêter sur les* accusations portées contre lui, il avait approuvé leur action. Il n'avait rien à cacher.

Mais les preuves contre lui avaient été accablantes.

« Je peux seulement affirmer que ce que le comité a trouvé est faux. Tout est véridique dans cet article.

– Ça ne va pas suffire, Tom. Ta source, Segev, n'existe pas. Les Israéliens ont cherché. Nous avons cherché. Le Palestinien, Azam, était mort depuis plus d'un an quand tu l'as soi-disant interviewé. C'est un fait. Allons. Que se passe-t-il ? »

Le comité avait passé en revue les 1 458 articles qu'il avait écrits pour le Los Angeles Times au cours de ses dix-neuf ans de carrière. Aucun n'avait posé de problème, en dehors d'un seul.

EXTRÉMISTES DES DEUX BORDS
HORS DE CONTRÔLE

« J'ai approuvé l'utilisation de ton "colon anonyme" et d'autres "sources non identifiées", avait dit Robin. J'ai été très souple là-dessus. Mais, maintenant, à mon tour d'être sur la sellette, Tom. Cette histoire est un tissu de mensonges. Rien n'est vrai. Il n'y a pas de colons qui préparent une attaque. Aucune conspiration. Bien sûr qu'il y a de la violence dans la région, mais pas au point où tu l'as décrite. »

Il avait personnellement mené les interviews, en face à face. Ses notes de frais prouvaient qu'il avait été physiquement présent dans les endroits spécifiés. Mais cela ne suffisait pas.

« Je te l'assure, Robin. J'ai parlé avec Azam il y a deux mois.

– Il était mort, Tom. »

La photo de Mahmoud Azam qu'on lui avait montrée semblait bien être celle de l'homme avec qui il avait passé une heure à Hébron.

Mais l'homme en question n'était pas Azam.

« Cela fait des années que je te conseille d'enregistrer », dit Robin.

Mais il détestait les magnétos. Les sources étaient beaucoup plus enclines à parler sans et ceux qui insistaient pour être enregistrés étaient généralement suspects.

« Tu as mes notes, dit-il, comme si cela suffisait.

– Elles aussi sont fausses. »

Non, elles ne l'étaient pas. Elles reprenaient ce qu'on lui avait dit dans le moindre détail. Mais cela n'avait aucune importance puisque personne ne le croyait.

Sa réputation de journaliste avait mis au premier plan cet article explosif, des agences de presse et des journaux du monde entier l'avaient repris. Le résultat ne s'était pas fait attendre : les négociations pour la paix, pourtant sur la bonne voie, avaient été interrompues. Exceptionnellement, le gouvernement palestinien avait alors ouvert ses fichiers et permis à Israël de vérifier que la personne citée, Mahmoud Azam, était morte depuis longtemps. De son côté, Israël, également désireux de coopérer, autorisa les représentants palestiniens à assister à la recherche de Ben Segev, qu'on ne put jamais retrouver.

Les conclusions étaient on ne peut plus claires. Apparemment, le journaliste avait tout inventé.

« Tom, avait dit Robin à voix basse, tu ne seras pas le seul à souffrir de tout ça. »

Elle travaillait pour le Times *depuis plus de vingt ans, étant devenue rédactrice en chef du bureau international. Elle était respectée dans le métier et son nom circulait pour le poste de future directrice de la rédaction ou d'éditrice. Elle l'avait toujours soutenu. Lui avait fait confiance, il le savait.*

« Le comité est arrivé à la conclusion que l'article a été fabriqué de toutes pièces. Peux-tu leur prouver le contraire ? »

Sa question ressemblait plutôt à une supplique.

Non, il ne le pouvait pas.

Il la regarda fixement.

Son deuxième mari l'avait quittée depuis quelque temps déjà. Pas d'enfants. En tout et pour tout deux chiens, un chat, et sa carrière au Times.

Une carrière qui avait pris fin.

Un mois après le renvoi de Tom, Robin démissionna.

Il n'avait pas essayé de la contacter. Que lui aurait-il dit ?

« Je suis désolé ? C'est complètement faux ? On m'accuse à tort ? »

Qui le croirait ?

Ses trois nominations au Pulitzer ainsi que son prix lui furent retirés, son nom rayé des registres. Toutes ses autres récompenses comme journaliste furent également annulées. Dans ses archives en ligne, le *Times* accompagnait chacun de ses articles d'une mise en garde, s'assurant ainsi que, malgré les 1 458 articles écrits, dont 1 457 étaient exemplaires, seul celui qui avait suscité des doutes passerait à la postérité. D'autres journaux continuèrent leurs enquêtes, même après que le *Times* eut arrêté la sienne, l'attaquant lui et ses rédacteurs en chef sur leurs négligences et leur manque de vigilance.

Surtout Robin.

Que Dieu ait pitié d'elle.

On l'accabla. Elle trouva du travail, et cela surprit tout le monde, dans une petite chaîne de journaux locaux, mais son nom resterait toujours associé à son scandale à lui. Il se demandait souvent comment elle allait.

Aurait-elle été chagrinée par sa mort ?

Il fixait le plafond de la chambre à coucher. Dehors, le jour déclinait. Il aurait dû dormir, mais trop de fantômes s'étaient invités à son chevet aujourd'hui. En nombre incroyable, même. Sa fille. Abiram. Son ancienne patronne. Le passé.

Mais une seule question comptait.

Quand son pistolet lui serait restitué demain, et après s'être assuré qu'Alle allait bien, devrait-il finir ce qu'il avait commencé ?

Alle sortit de l'immeuble en tirant sa valise et s'avança vers la voiture qui l'attendait.

«Vous êtes sûre de ne pas vouloir rester ? demanda Rocha avec un sourire écœurant. Nous avons à peine eu le temps de nous parler.»

Elle mit sa valise dans le coffre ouvert et l'interrogea.

«Vous me suiviez ce soir ? Comment saviez-vous où j'étais ?

– Je faisais mon boulot. Je dois vous protéger.

– Me protéger de quoi ?»

Il la menaça du doigt.

«Vous êtes une femme très intelligente. Vous pensez qu'à force de poser des questions je vais vous répondre. M. Simon m'a dit qu'il vous parlera de tout ça quand vous serez en Floride. Mon boulot est de vous déposer saine et sauve à l'aéroport, pas de vous répondre.»

Rocha ouvrit la porte arrière pour qu'elle monte dans le véhicule.

«Cet homme vous conduira.»

Elle eut un mouvement de recul en voyant Minuit au volant.

«Il n'y a personne d'autre pour m'emmener? demanda-t-elle.

– Quoi? Vous nous en voulez toujours? Il jouait la comédie, comme vous. C'est tout. Maintenant, il faut vous dépêcher. Votre vol part dans deux heures et demie. Demandez votre billet au comptoir d'enregistrement de la Lufthansa.»

Elle passa devant lui et s'installa sur le siège arrière, puis il ferma la portière.

«Un petit baiser avant de partir?» demanda Rocha par la fenêtre ouverte.

Elle trouva le courage de lever son majeur.

«Je suppose que c'est non, fit-il. Bon voyage.»

La voiture enfila la rue étroite qui débouchait sur l'avenue. Là, Minuit tourna à gauche et partit rapidement vers l'aéroport.

19

Zachariah ne pouvait plus dormir. Le fait que Alle Becket ait rencontré Brian Jamison était problématique. Béne Rowe était bien plus malin qu'il ne l'avait imaginé. Heureusement, comme pour Tom Sagan, il avait enquêté sur le Jamaïcain.

Un sacré personnage.

Sa mère était moitié taino, moitié africaine, ses ancêtres ayant été esclaves importés pour travailler dans les plantations. Son père était africain, issu d'une ethnie aussi pure que puisse être le descendant d'un esclave jamaïcain étant donné les mélanges de sang qui s'étaient produits. Les deux parents de Rowe étaient des Marrons, descendants d'esclaves en fuite qui s'organisèrent dans les montagnes et menèrent le combat contre les planteurs jusqu'à ce que les Britanniques se décident à faire la paix.

Il avait étudié l'histoire des Marrons, en essayant de les comprendre. Les premiers esclaves avaient été amenés à la Jamaïque par les Espagnols en 1517 pour suppléer aux indigènes Tainos en voie de disparition. Les Africains devinrent gardiens de troupeaux, chasseurs et fermiers jouissant d'une semi-liberté. Ils apprirent à connaître le pays, se familiarisant avec un milieu forestier dense. Les Espagnols et les Anglais s'affrontèrent pendant des années et les Africains se rangèrent du côté des Espagnols. En 1660, les Espagnols quittèrent définitivement l'île, mais les Africains restèrent, devenant les premiers Marrons. À l'époque, le gouverneur anglais avait prédit qu'un jour ils poseraient un problème majeur. Il avait raison. Ils contrôlaient l'intérieur de la Jamaïque. Tout colon qui osait s'aventurer loin de la côte en payait le prix.

D'autres esclaves arrivèrent lorsque la culture de la canne à sucre se développa. Les soulèvements étaient fréquents et de nombreux Africains gagnèrent la montagne pour rejoindre ceux qui y étaient déjà. Les fermiers britanniques voulaient exterminer les Marrons et ils lancèrent une première offensive contre eux en 1731 et une deuxième en 1795, qui se termina par la déportation de plusieurs centaines d'hommes. Seules quelques familles purent survivre en se terrant dans les villages de montagne.

Les Rowe étaient de ceux-là.

Béne voulait dire «mardi» en marron, c'était le jour de la semaine où il était né, ce qui correspondait à la manière traditionnelle d'attribuer les noms. Rowe était le nom d'un ancien planteur britannique. Là encore, rien d'extraordinaire, avait souligné le rapport sur ses antécédents. Rowe détestait son nom de famille, qui lui rappelait quotidiennement ce que ses ancêtres avaient enduré. Bien que l'esclavage ait été aboli en 1834 en Jamaïque, le souvenir de ces moments difficiles était encore vivace. L'île avait été la dernière étape sur la route des négriers venant d'Afrique. Ils s'étaient arrêtés une première fois en Amérique du Sud, puis avaient continué vers le nord en direction des basses Caraïbes et enfin vers l'ouest, jusqu'à la Jamaïque. Les plus travailleurs et les plus dociles des Africains avaient déjà été vendus quand les marchands d'esclaves avaient accosté dans le port de Kingston. Ceux qui restèrent sur l'île étaient particulièrement agressifs et certains parmi eux furent suffisamment hardis pour fuir et faire la guerre à leurs anciens maîtres. Nulle part ailleurs dans le monde occidental, nul n'avait réussi cet exploit.

Béne Rowe descendait directement de cette race rebelle. Son père avait été un gangster, mais suffisamment intelligent pour engager sa famille dans le développement du café Blue Mountain. Béne était aussi un homme d'affaires avisé. Il possédait des hôtels dans toute la Caraïbe et gérait plusieurs mines de bauxite jamaïcaines exploitées par des sociétés américaines qui lui payaient chaque année des millions de dollars de redevance. Il était également propriétaire d'une immense exploitation dans les montagnes Bleues qui employait près de mille personnes. C'était un homme qui avait peu de vices. Ce qui était surprenant, compte tenu de tous les trafics auxquels il se livrait. Il méprisait les drogues et ne buvait que de petites quantités de rhum et de vin. Il ne fumait pas et il n'y avait, en dehors de sa mère, pas de femmes dans sa vie. Pas d'enfants non plus, même pas illégitimes.

Sa seule obsession semblait être la mine perdue de Christophe Colomb.

Ce qui les avait réunis.

Lors de sa première traversée de l'Atlantique, Christophe Colomb commandait trois navires transportant assez de nourriture et d'eau pour tenir un an. Il avait également emporté des instruments de navigation, de la bimbeloterie pour servir de monnaie d'échange et trois caisses en bois non identifiées. Il avait fallu faire de la place sur la *Santa Maria* pour les embarquer. Elles furent chargées à bord par plusieurs membres de l'équipage qui étaient des *conversos* – des Juifs que l'Inquisition avait forcés à se faire baptiser. Malheureusement, la *Santa Maria* s'échoua au large de la côte d'Hispaniola le jour de Noël 1492. Ils firent tout leur possible pour sauver le navire, mais il était perdu et sa cargaison fut débarquée sur l'île. Les trois caisses furent enterrées de nuit par l'amiral et son interprète, Luis de Torres. Cela au moins ne faisait aucun doute car son père, des dizaines d'années auparavant, avait trouvé dans une cache privée des documents l'attestant.

Par la suite, l'histoire se brouillait.

Les trois caisses disparurent.

Et la légende de la mine perdue de Colomb naquit.

Béne attendait l'explication d'Halliburton, ravi par le sourire qui illuminait le visage bronzé de son ami.

« J'espère que ces parchemins ne proviennent pas des archives nationales, lui dit Tre.

– Rassure-toi, ils seront conservés en toute sécurité, lui dit d'un ton évasif son amie. Dis-moi ce qu'ils racontent.

– Celui avec un sceau de cire est un titre de propriété. Portant sur quelque deux cents hectares. La description des terres est vague, comme toujours à l'époque, mais je crois qu'on peut les localiser. Plusieurs rivières servent de limites et elles existent encore. »

L'est de la Jamaïque était sillonné de centaines de cours d'eau qui drainaient la pluie quasi constante depuis les hauteurs jusqu'à la mer.

« Tu peux vraiment localiser cette parcelle ? »

Halliburton acquiesça. « Je crois qu'on pourrait. Mais l'endroit ne ressemblera en rien à ce qu'il était il y a trois cents ans. La plus grande partie de la région était alors recouverte par une forêt dense et la jungle. Il y a eu beaucoup de défrichements depuis. »

Les choses s'annonçaient mieux que Béne ne l'aurait cru. La Jamaïque couvrait quelque onze mille kilomètres carrés. L'île possédait les plus hauts sommets des Caraïbes et des milliers de cavernes ponctuaient son sol poreux. Il avait longtemps cru que la mine se trouvait forcément dans les montagnes Bleues ou les montagnes Jim Crow, qui couvraient la moitié est de l'île. Aujourd'hui, une partie de ces terres était entre les mains de propriétaires privés – dont lui-même –, mais la plus vaste étendue était devenue un parc national protégé, régi par le gouvernement.

« C'est important pour toi, n'est-ce pas ? lui demanda Tre.

– C'est important pour les Marrons.

– Ça ne peut pas être l'appât du gain qui te pousse. Tu es déjà multimillionnaire. »

Béne gloussa.

« Ce que nous n'avons pas besoin de clamer partout.

– Je ne crois pas que ce soit un secret.

– Il ne s'agit pas d'argent. Si ce satané Espagnol avait trouvé une mine, ce sont les Tainos qui la lui auraient montrée. Elle leur appartenait. Il n'avait aucun droit dessus. Je veux la leur rendre.

– Les Tainos ont disparu, Béne.

– Nous autres Marrons sommes leurs plus proches descendants.

– Tu auras peut-être l'occasion de le faire, dit Tre en désignant les documents. Celui-ci est unique.»

Il écouta Halliburton lui raconter l'histoire d'Abraham Cohen et de son frère, Moïse Cohen Henriques. En mai 1675, les deux hommes s'étaient apparemment affrontés devant les tribunaux. Le document que Felipe avait subtilisé dans les archives était un accord réglant ce conflit. Abraham acceptait de donner à Moïse une rémunération de quarante animaux de ferme en pour avoir gardé sa propriété jamaïcaine pendant son absence.

«Ce qui rend ce document intéressant, dit Halliburton, c'est que ça n'est pas une cour de moindre importance qui s'est occupée du litige. La décision a été enregistrée par le juge principal de l'île, Thomas Modyford, le gouverneur à l'époque.

– Une affaire habituellement trop banale pour être jugée par quelqu'un de son niveau ?

– Exactement. Sauf s'il y avait autre chose en jeu. Si je me souviens bien, en 1675, les Cohen devaient être septuagénaires.»

Tre expliqua comment les frères avaient contribué à la colonisation de la Jamaïque. Abraham Cohen fut expulsé de l'île en 1640, mais il revint apparemment en 1670 et acheta les deux cents hectares dont son frère s'était occupé jusqu'en 1675, date à laquelle ils étaient entrés en conflit à propos de sa rétribution pour ce travail.

«Je le vois à ton expression, dit-il à Halliburton, ce n'est pas tout. De quoi s'agit-il, mon ami ?

– Dans le règlement du conflit, Moïse proposait de renoncer au procès si Abraham lui fournissait quelques informations. La mine, Béne. C'est pour ça que les deux vieux se chamaillaient. »

Alle était assise à l'arrière, contente de quitter l'Autriche. L'aéroport de Vienne-Schwechat était à une vingtaine de kilomètres au sud-est de la ville. Elle ne connaissait pas la route, mais avait remarqué qu'ils suivaient les panneaux indiquant la direction de l'aéroport. La circulation était fluide sur l'autoroute à quatre voies – ce qui était normal à l'approche de minuit. Elle était fatiguée et espérait pouvoir dormir dans l'avion. Elle avait souvent voyagé de nuit et ce vol ne devrait pas poser de problème. Elle se reposerait et serait fin prête pour mettre à exécution le plan de Zachariah le lendemain.

Elle était à nouveau seule.

Pourquoi les hommes l'avaient-ils tellement déçue ? D'abord son père. Puis une succession de relations amoureuses ratées. Puis un mariage désastreux. Rien ne marchait dans ce domaine. Zachariah, lui, semblait différent. Incarnait-il une figure paternelle ? Ce qui lui avait toujours manqué ? Ou bien autre chose ?

Difficile à dire.

Elle savait seulement qu'elle le respectait et que, depuis la mort de son grand-père, aucun autre homme lui avait inspiré un tel sentiment.

Le fait de se retrouver dans la voiture avec Minuit l'agaçait. Elle se sentait salie rien que par sa présence. Encore quelques minutes, et elle serait partie pour de bon.

Elle se sentait vaguement coupable pour ce qu'elle avait fait à son père. Elle ne voudrait pas que son propre enfant agisse de la sorte. Mais il le fallait. Heureusement, son père avait coopéré. Le fait qu'elle soit ainsi convoquée voulait dire qu'il s'était passé quelque chose de significatif. Elle espérait que cela n'impliquerait pas de se retrouver face à face avec son père. Elle n'avait plus rien à lui dire.

La voiture emprunta une bretelle alors qu'aucun panneau n'indiquait l'aéroport.

Bizarre.

«Qu'est-ce que vous faites?» demanda-t-elle.

Minuit ne répondit pas.

Ils tournèrent à gauche sur une route à deux voies qui s'enfonça bientôt dans une forêt sombre. On ne voyait aucune lumière, ni derrière eux, ni sur la voie opposée.

La voiture roulait plus vite.

«Où allons-nous?» demanda-t-elle à nouveau, inquiète.

Minuit ralentit et prit de nouveau une route bordée d'arbres noirs. Les phares éclairaient un chemin de terre cahoteux.

«Pourquoi faites-vous ça? Où allons-nous?»

Prise de panique, elle essaya d'ouvrir la portière, mais la sécurité pour enfant était enclenchée. Elle appuya sur le bouton pour baisser la vitre. Bloqué. À travers le pare-brise, elle vit que leur véhicule s'approchait d'une voiture. Garée à un endroit où le chemin de terre débouchait sur une zone qui semblait dégagée, sans rien autour que la nuit noire.

Un homme sortit du côté passager.

Dans la lumière des phares, elle reconnut un visage.

La terreur l'envahit.

Brian.

20

Tom se réveilla brusquement. Il était 18 h 30. Son front était couvert de transpiration, il respirait péniblement. Il essaya en vain de se remémorer son rêve. Une chose, concernant Robin Stubbs, le tracassait. Comme il avait pensé à elle avant de s'endormir, il n'était pas étonné qu'elle soit restée présente à son esprit. Quelques mois plus tôt, il avait mené une recherche sur Internet et avait découvert qu'elle travaillait toujours dans l'Ohio pour le même groupe de journaux régionaux qui l'avait engagée huit ans plus tôt. C'était un miracle qu'elle ait trouvé du travail, mais il se souvint que certains experts avaient pris sa défense. L'article qu'on l'accusait d'avoir falsifié, paraissait, *a priori*, tout à fait véridique. Il avait fallu une enquête fouillée pour que les failles apparaissent. Et aucun rédacteur en chef ne se livrait jamais à des investigations aussi poussées. Ils faisaient confiance aux journalistes qui travaillaient pour eux.

« *Comment est-ce arrivé ? avait-il demandé à Robin. Comment, Seigneur ?*

– J'ai reçu une lettre anonyme. Elle disait que l'article était faux et m'indiquait où chercher.

– Et tu l'as crue ?

– Non, Tom. »

On sentait la colère poindre dans sa voix.

« *Mais je suis ta rédactrice en chef et j'étais bien obligée de vérifier.*

– Ce qui prouve bien que j'ai été victime d'un coup monté. Une lettre anonyme ? Allons, Robin. C'est cousu de fil blanc.

– Ce que je sais, c'est que tout ce qui était dans ce courrier s'est révélé exact et que tout ce que tu as écrit était faux. Je t'ai demandé maintes fois de me donner tes arguments. N'importe quoi. Tu en es incapable, Tom. »

Elle avait l'air soucieuse.

« Ça fait longtemps que je suis ici, dit-il. J'ai travaillé dur. Je n'aurais jamais fait ça.

– Malheureusement, les faits te contredisent. »

Ils ne s'étaient plus reparlé ensuite.

Elle avait quitté son bureau et, une heure plus tard, il était licencié.

Elle partit un mois après.

Sans jamais connaître la vérité.

Béne n'en croyait pas ses oreilles.

« Que dit ce document ? Raconte-moi, Tre. »

Le soleil était descendu derrière les pics déchiquetés et il sentit le goût du sel apporté par la brise du sud montant de l'océan proche. Son excursion dans les montagnes lui avait fait le plus grand bien. Cette journée prenait un tour extraordinaire.

« Tu as volé ça dans les archives ? demanda Halliburton.

– Pas moi, quelqu'un d'autre.

– C'est bien là le problème, Béne. Il y a trop de vols commis là-bas.

– Nous pourrons les remettre en place une fois que nous saurons ce qu'il y a dedans.

– Tu n'es pas le seul à puiser dans ces archives. Il n'y a presque plus rien datant de l'époque des Espagnols. Tout est parti. Je m'étonne qu'on ait encore pu trouver ces documents. »

Béne fut distrait un instant par le match de rugby qui se déroulait sur le terrain. Les joueurs étaient en pleine mêlée. Il n'avait pas oublié ce qu'il ressentait, quand chaque ligne était attachée, les joueurs emboîtés, épaule contre épaule, muscle contre muscle. Il fallait faire attention. Il avait déjà entendu des os craquer au cours d'une mêlée. Mais quel plaisir. Il adorait ce jeu. Intense. Rapide. Dangereux.

Exactement comme la vie.

« Je dois savoir, Tre. Qu'est-ce qu'il y a dans ces documents ? »

L'homme prit Tom par surprise.

Il était en train de consulter dans le rayon Histoire de Barnes & Noble, une façon de tuer le temps un samedi après-midi. Il passait des heures dans les librairies d'Orlando. Mais jamais dans la même librairie, ni au même moment. Il n'avait toujours pas complètement récupéré après une année de chômage. C'était dur de se faire licencier. Encore plus dur quand le monde entier avait eu le regard braqué sur vous.

L'homme qui se tenait devant lui avait la cinquantaine, les cheveux courts. Il portait un pantalon de velours et une veste légère, rien d'étonnant compte tenu de la fraîcheur qui régnait dehors, inhabituelle pour un mois de décembre en Floride. Ce qui l'inquiéta tout de suite, c'est la façon dont l'homme le regardait.

Comme s'il le connaissait.

« Je suis venu vous parler, dit l'homme.

— Vous devez confondre avec quelqu'un d'autre.

— Vous êtes Thomas Sagan. »

Personne depuis plus d'un an ne l'avait appelé par son nom. Alors qu'il pensait que tout le monde savait qui il était, en réalité nul ne le connaissait. Autrefois, son visage était apparu très souvent à la télévision, mais la dernière fois remontait à l'année précédente et le public oubliait rapidement.

« Que voulez-vous ? demanda-t-il.

— Vous dire quelque chose. »

L'homme chuchotait presque. Tom n'appréciait pas son regard méfiant. Allait-il lui dire combien il détestait qu'on lui mente ? Peu de temps après avoir été licencié, il avait reçu des centaines d'e-mails ignobles. Il en avait lu quelques-uns, puis avait effacé le reste et résilié son abonnement.

« Inutile, dit-il, en se retournant pour battre en retraite et se diriger vers la sortie.

– Je sais qui a monté le coup contre vous. »

Il s'arrêta.

Il n'avait jamais entendu qui que ce soit faire allusion à un coup monté et encore moins le dire carrément.

Il se retourna.

L'homme s'approcha.

« Une fois la machination mise en place, nous avons décidé d'attendre un certain temps afin que vous ne puissiez plus rien tenter. »

Ses bras tremblaient mais il se ressaisit.

« Qui êtes-vous ?

– Nous avons assisté à votre chute. Ça n'a pas traîné, n'est-ce pas ? Mais il faut dire que nous savons parfaitement nous y prendre.

– C'est qui "nous" ? »

L'homme se rapprocha encore. Tom ne bougea pas.

« Avez-vous jamais pensé aux conséquences de ce que vous avez écrit ? Savez-vous que des gens sont morts à cause de ce que vous avez écrit ? On vous a dit d'arrêter, mais vous avez refusé d'écouter. »

On lui avait dit d'arrêter ? Il chercha dans sa mémoire. Qui ?

Puis cela lui revint tout à coup.

Cisjordanie. Deux ans auparavant. Un fonctionnaire palestinien qui avait accepté une interview, puis était parti brusquement en disant : « Vous devez arrêter, monsieur Sagan. Avant qu'il ne soit trop tard. »

« Exactement, dit l'homme. Vous vous en souvenez parfaitement.

Il savait maintenant qui « ils » étaient.

« Pour que les choses soient bien claires, ceci n'a rien à voir avec quelque gouvernement que ce soit. Nous sommes un groupe indépendant. Nous travaillons en marge de la loi. Nous faisons les choses qui ne peuvent pas être faites ou qui ne seront pas faites. Vous, vous étiez dans les deux catégories.

– Donc, vous m'avez détruit sciemment.

– Nous vous avons fait taire. Il n'est pas toujours nécessaire de tuer. Parfois, il est même préférable de ne pas en arriver à une solution

146

*aussi radicale. En ce qui vous concerne, nous avons ruiné votre crédibi-
lité et cela suffisait. »*

Il repensa à l'article qui lui avait coûté si cher.

*« Vous me l'avez servi sur un plateau. Vous vous êtes assurés que je
remonte bien jusqu'aux sources israéliennes et palestiniennes que vous
aviez créées de toutes pièces. Vous avez mis tout cela à ma disposition,
vous m'avez laissé faire, puis ensuite vous avez tout effacé. »*

L'homme acquiesça.

*« Ça nous a pris plusieurs mois. Vous étiez un pro. Réputé pour
votre sérieux. Nous devions faire attention. Mais vous avez fini par
mordre à l'hameçon. L'occasion était trop belle pour la laisser passer,
n'est-ce pas ? »*

Effectivement.

EXTRÉMISTES DES DEUX BORDS
HORS DE CONTRÔLE

*« Vous avez exaspéré certaines personnes importantes, dit l'homme.
Ils en avaient assez. Ils nous ont donc engagés pour faire le travail.
Nous vous disons cela maintenant car, si jamais vous pensez à faire
votre grand retour, nous serons là, prêts à vous faire tomber une
nouvelle fois.*

*— Vous dites que les Palestiniens et les Israéliens se sont ligués pour
détruire ma réputation de journaliste ?*

*— En quelque sorte. Nous les avons approchés les uns et les autres,
séparément, et nous avons lancé l'idée. Ils nous ont payé chacun de leur
côté pour faire le boulot. Les uns ne savaient pas que les autres étaient
impliqués. Ils voulaient simplement vous écarter de leur chemin, pour
des raisons qui leur étaient propres.*

— La prochaine fois, je serai moins bête.

*— Vraiment ? Comment ferez-vous ? Vous n'avez pas eu le moindre
soupçon la première fois. Je vous ai dit que nous savions parfaitement
nous y prendre. Pensez-y si jamais vous décidez de faire votre retour.
Maintenant, vous allez vous méfier de vos sources. Chaque fois que
vous aurez une piste, vous vous interrogerez. Est-elle sérieuse ? Sont-ils
derrière ? Tout ne risque-t-il pas de recommencer ? »*

Ce salopard avait raison. Il aurait toujours des doutes. Tout ce qui
s'était passé avait non seulement détruit sa vie, mais pas seulement.

Il avait perdu sa confiance inébranlable en lui-même.

« Vous vous êtes attaqué aux mauvaises personnes, dit l'homme. Je suis venu vous le dire pour que vous le sachiez. Tenez compte de ce message et continuez à faire ce que vous faites. Un travail de nègre. C'est parfait pour vous, tant que vous restez dans l'ombre. »

Et l'homme s'éloigna.

Béne neperdait aucune des paroles d'Halliburton.

« Moïse Cohen était un pirate. Un des meilleurs. Il pillait les navires de commerce espagnols. Son frère, Abraham, était un entrepreneur. Les frères n'avaient jamais été proches. Ils fréquentaient des synagogues différentes et je n'ai pas remarqué grand-chose dans ces textes qui les rapprochent. C'est ce qui fait tout l'intérêt de ce document. D'après ce que l'on sait, ils ne s'aimaient pas beaucoup et, ici, nous en avons la preuve avec le procès que Moïse fait à Abraham. Frère contre frère.

– Pourquoi est-ce si important ? Ça semble banal.

– Pas du tout. En fait, cela pourrait être un point essentiel. »

Oliver Cromwell est mort en 1658 et, comme le disait un chroniqueur : « Seuls les chiens ont pleuré. » Le puritanisme qu'il prônait autorisait peu de choses aux gens, si ce n'est examiner leurs péchés et gémir pour obtenir leur pardon. Lasse de la misère, l'Angleterre se tourna vers l'héritier en exil, Charles II. En 1660, Charles fit un retour triomphal, qu'il compara, chose intéressante, au « retour des Juifs de leur captivité babylonienne ».

Il fut réinstallé sur le trône, mais un problème se posait.

La Couronne était exsangue. Comme l'était l'Angleterre. Le lord protecteur Cromwell avait mis la nation en faillite.

Pour résoudre ce problème, Charles se tourna vers les Juifs. Édouard Ier les avait expulsés trois cent soixante-dix ans plus tôt et ils restèrent absents jusqu'en 1492, lorsque l'Espagne et le Portugal publièrent leurs édits d'expulsion. Les Juifs trouvèrent alors refuge en Angleterre et un protecteur en la personne de Cromwell, qui leur permit de rester.

Avec le retour du roi, de nombreux commerçants anglais demandèrent qu'ils soient à nouveau bannis. Mais Charles était tolérant et il fit promulguer par le Parlement une loi qui les protégeait.

Le roi était plus malin que beaucoup ne le pensaient. Il comprit qu'en renvoyant les Juifs les marchands anglais prendraient le contrôle total du commerce, ce qui leur permettrait de fixer les prix à leur guise. Les commerçants juifs représentaient un contre-pouvoir. En se montrant indulgent, Charles se ralliait aussi un groupe de partisans qui avaient de l'argent et des ressources.

Abraham Cohen était en Hollande quand Charles récupéra le trône. Il observa avec intérêt la façon dont se mit en place la politique de Charles envers les Juifs. À cette époque, la Jamaïque était sous contrôle britannique, les Espagnols étaient partis. Abraham décida que le moment était venu d'approcher le roi. Le 5 mars 1662, Cohen et deux autres Juifs hollandais fortunés – Abraham et Isaac Israël, le père et le fils – rencontrèrent Charles.

Israël père raconta au roi comment, pendant qu'il était emprisonné en Jamaïque, des Juifs de là-bas l'avaient mis au courant de l'existence de la mine perdue de Christophe Colomb. Cela se passait peu de temps avant que les Britanniques n'envahissent l'île en 1655. Comme il était sur le point d'être relâché, ses compagnons de captivité lui firent également part de leur terrible situation.

La famille de Christophe Colomb avait perdu le contrôle de l'île. Les Espagnols avaient repris le pouvoir et l'Inquisition n'allait pas tarder à arriver. Plus personne ne protégerait les Juifs jamaïcains. Heureusement, la communauté avait pris ses précautions et caché sa fortune dans un endroit connu seulement par un homme qu'on appelait le lévite.

« C'est la mine du grand amiral », avait dit un des captifs à Israël.

Christophe Colomb lui-même avait trouvé l'endroit et leur fortune resterait cachée là jusqu'au départ des Espagnols. Les Juifs qui étaient alors en prison encouragèrent Israël à militer pour une invasion étrangère de la Jamaïque, pensant que c'était leur seul espoir.

Ce qui se produisit.

L'Angleterre prit possession de l'île en 1655.

« Vous savez où se trouve cette mine ? demanda le roi.

– *« Nous le croyons, dit Cohen. Mais la Jamaïque est vaste. »*

Charles était séduit. Confiant dans les paroles de Cohen, il lui accorda les pleins pouvoirs et l'autorité pour « rechercher, découvrir, creuser et trouver une mine d'or qu'elle soit à ciel ouvert ou non ». Deux tiers de ce qui serait trouvé reviendrait à Charles et un tiers à ses partenaires juifs. Par la même occasion, Cohen eut l'intelligence de demander la citoyenneté britannique, ainsi qu'un monopole pour le commerce du noyer du Brésil et du piment, les deux denrées d'exportation principales de la Jamaïque à l'époque.

Cohen revint à la Jamaïque en 1663 avec les Israël, prêts à chercher. Mais, au bout d'une année, faute de mine, ils furent accusés d'avoir menti et bannis de l'île.

« Cohen avait ébloui Charles II avec des rêves d'or, dit Tre. Ce qu'il voulait en réalité, c'était obtenir le monopole du commerce du noyer et du piment. Au lieu de chercher la mine, il avait passé l'année à gagner de l'argent avec le bois et les épices.

– Tout cela figure dans le parchemin ? demanda Béne.

– L'histoire d'Abraham Cohen et la façon dont il manipula Charles II sont des faits avérés. Ici, dans ces documents, nous apprenons que Moïse obligea Abraham à révéler des informations sur la mine au cours du procès. Ce qui explique que le gouverneur s'en soit mêlé.

– Tu as dit que nous tenions peut-être quelque chose. »

Son ami sourit.

« Pour ce qu'il avait fait à Charles II, Abraham fut banni de la Jamaïque en 1664. S'il était resté ici, il aurait été mis en prison. »

Tre fit un geste avec un des parchemins.

« Pourtant, le voilà de retour en 1670 et il acquiert un titre de propriété pour une parcelle de terre. Une parcelle que son frère, Moïse, le pirate, juge d'une importance vitale. »

Béne comprit.

« Tu penses qu'Abraham avait trouvé quelque chose pendant l'année qu'il avait passée à gagner de l'argent et était revenu pour le récupérer ?

– C'est tout à fait possible. »

Il aimait bien Halliburton. Ils se sentaient bien ensemble et, pour Béne, il n'y avait pas beaucoup de gens sur l'île dont il pouvait en dire autant. Il n'avait donc aucun scrupule à manifester son intérêt.

« Tu pourrais fouiller dans les archives ? demanda-t-il. Trouver autre chose ?

– C'est dans un désordre total, mais je vais essayer. »

Il saisit Tre par l'épaule.

« Ce soir. S'il te plaît. C'est important. Je n'ai jamais été aussi près du but.

– Je sais que c'est important pour toi, Béne. »

Plus qu'il ne pouvait même s'en douter.

Beaucoup plus.

21

Minuit arrêta la voiture et Brian se dirigea vers elle.

«Descendez», dit-il.

Elle secoua la tête.

Minuit coupa le moteur et sortit dans la nuit, laissant les phares allumés. Brian ouvrit sa portière.

Elle recula à l'autre bout de la banquette. «Je vous en supplie. Laissez-moi tranquille. Je vais crier. Si vous vous approchez, je crie.»

Brian resta à l'extérieur et s'accroupit pour qu'elle puisse voir son visage.

«Je ne suis pas un ennemi.»

Minuit s'accroupit également.

«Dis-lui, ordonna Brian.

– On m'avait demandé de vous tuer.»

Elle avait passé près d'un mois à Vienne et croisé cet homme noir presque tous les jours. Mais c'était la première fois qu'elle entendait le son de sa voix.

«Qui ça? demanda-t-elle.

– Simon a donné des instructions à Rocha. Ils veulent que vous disparaissiez. Il n'y a pas d'avion pour la Floride, en tout cas pas pour vous.»

Ils la regardaient tous les deux d'un air grave.

Simon n'a plus besoin de vous, dit Brian. Ce qu'il voulait obtenir de votre père, il l'a apparemment eu. Vous ne faites plus partie de ses plans.

– Je ne vous crois pas.»

Il secoua la tête.

«Écoutez, je prends un risque énorme en vous révélant que j'ai un espion dans le camp de Simon. Cet homme est en train de risquer sa vie pour vous sauver. Vous pourriez au moins vous montrer reconnaissante.

– Pourquoi faites-vous ça?»

Elle restait cramponnée à son siège, à un mètre de la portière ouverte, consciente qu'elle ne pouvait pas faire grand-chose. La porte derrière elle ne s'ouvrait probablement pas. Elle était seule, dans les bois, à leur merci.

«Écoutez-moi, Alle, dit Brian. Sans moi, vous seriez morte à l'heure qu'il est. Je vous ai fait venir ici. Minuit...

– C'est vraiment votre nom? demanda-t-elle. Je pensais que c'était Rocha qui vous appelait comme ça.»

Il haussa les épaules.

«On m'a donné cette étiquette étant gosse.

– Vous m'avez pelotée.»

Elle ne pouvait pas oublier.

«Si je n'avais pas suivi les ordres de Rocha, il aurait été furieux. Il m'avait dit de le faire et j'ai joué mon rôle. Exactement comme vous, miss.»

Elle comprit alors.

«Vous avez tenu Brian au courant de tout ce qui se passait.»

Minuit acquiesça.

«Oui, madame. C'est mon boulot.

– Sortez», répéta Brian.

Elle secoua la tête et ne bougea pas.

Il soupira et se releva. Il glissa la main dans sa veste et sortit un pistolet.

«Sortez votre sale cul de cette voiture. Maintenant. Si vous ne le faites pas, on utilisera la force.» Pour appuyer son discours, il braqua son pistolet à l'intérieur du véhicule. «Je ne suis pas d'humeur à supporter ça plus longtemps.»

Elle n'avait jamais eu une arme pointée sur elle. Son cerveau était engourdi, son corps paralysé.

Elle se glissa sur le siège jusqu'à la porte ouverte.

«Il est tard, dit-il. Je suis fatigué et nous avons de la route à faire.

– Où allons-nous?

– Quelque part où vous pourriez aussi bien être morte, au moins en ce qui concerne Simon. Minuit doit retourner là-bas et confirmer que vous avez poussé votre dernier soupir.

– Pourquoi Zachariah veut-il ma mort?

– Parce que, ma petite dame, dit Minuit, cet homme fait joujou avec vous depuis des semaines. Il vous raconte ce que vous avez envie d'entendre et vous le croyez. Il a ce qu'il veut. Maintenant, vous le gênez.

– Qu'est-ce qu'il veut?

– Tenir votre père en laisse, dit Brian. Simon crève d'envie de récupérer ce que votre grand-père a dans son cercueil. Et vous venez de l'aider à l'obtenir.»

Elle n'arrivait toujours pas à accepter l'idée que Zachariah veuille lui faire du mal.

«Pourquoi vous souciez-vous de ce qui peut m'arriver?» demanda-t-elle, toujours assise dans la voiture, près de la portière.

Brian s'approcha, le pistolet à la main.

«J'ai du nouveau pour vous. Ça m'est complètement égal. La seule chose qui m'importe est ce que vous savez. Mais, à la différence de votre bienfaiteur, je vous ai sauvé la vie.

– Et je dois vous en être reconnaissante?»

Il secoua la tête et la visa une nouvelle fois avec le pistolet.

«Vous doutez-vous de tous les problèmes que vous avez causés?»

Elle essayait de toutes ses forces de juguler la panique que lui serrait la poitrine. Elle aurait voulu rester réfugiée dans la voiture tout en sachant que cela ne servirait à rien.

«Êtes-vous prête à coopérer? demanda Brian, une lueur d'espoir dans le regard.

– J'ai l'impression que je n'ai pas le choix.»

Brian se retourna vers son compatriote.

«Retourne en ville et dis-leur qu'elle est morte. Ensuite, ouvre bien les yeux et les oreilles. J'ai l'impression que beaucoup de choses vont se passer de ton côté.»

Minuit acquiesça et saisit la poignée de la porte avant.

«Il va falloir que vous sortiez», lui dit Brian.

Elle mit pied à terre.

Le coffre s'ouvrit, Brian récupéra le sac de la jeune femme et le jeta sur le chemin. Minuit remonta dans la voiture et partit, emmenant avec lui les seules sources de lumière. Elle et Brian se retrouvèrent dans la nuit froide. Un silence total régnait dans les bois alentour.

«Il est l'heure de partir.»

Et il se dirigea vers sa voiture, ignorant ostensiblement le bagage posé à terre.

Elle le ramassa et le suivit.

22

Tom se réveilla vers 7 heures, après avoir fait une nuit presque complète. Un record pour lui ces derniers temps. Avec un peu de chance, il parvenait généralement à se reposer trois heures, l'anxiété étant un puissant stimulant qui l'empêchait, depuis huit ans, de se reposer. Il avait d'abord cru que cela passerait, mais ça ne faisait qu'empirer. Avant de s'endormir, il avait repensé à ce jour dans la librairie où il avait appris qui avait agi ainsi et pourquoi. Ce qui n'avait fait qu'aggraver son dilemme.

Le messager avait raison. Il n'y avait rien à faire. Sans preuve, personne ne le croirait. Et en trouver serait quasiment impossible. Même s'il arrivait à persuader quelqu'un de l'engager, rien ne pouvait empêcher ses ennemis de recommencer.

Et il ne s'en apercevrait pas.

Il n'avait pas d'autres options.

Aucune.

Il était fini.

Mais peut-être pas entièrement.

Il prit sa douche, enfila un jean, un T-shirt ras du cou, et des baskets, puis mangea deux tranches de pain blanc rassis. La nourriture était un autre plaisir auquel il avait renoncé depuis longtemps. Le trajet vers l'est, jusqu'à Mount Dora, puis jusqu'au cimetière, fut plus rapide que prévu. La circulation dans Orlando était un cauchemar, mais comme il sortait de la ville, à contresens du flux du mercredi matin, il ne mit pas plus de temps que les trente minutes habituelles.

Il arriva juste avant dix heures et aperçut des fossoyeurs derrière le petit mur en briques, parmi les *matzevahs*, près de la tombe de son père. Un soleil magnifique illuminait le lieu consacré, l'air humide était imprégné de l'odeur de la terre fraîchement retournée. Il se dirigea jusqu'à l'endroit où la pierre tombale avait été enlevée et regarda dans le trou.

Pas de cercueil.

Apparemment, Zachariah Simon avait obtenu son autorisation et était pressé.

Il alla jusqu'à la salle de cérémonie. C'était un bâtiment d'un seul étage, avec des murs en bois et un toit très pentu. Des volets noirs encadraient ses nombreuses fenêtres. Il se souvenait de s'être trouvé plusieurs fois, enfant, à l'intérieur, à l'occasion de funérailles – notamment celles de sa mère et ses oncles. Abiram avait reposé là, lui aussi. Il revenait maintenant lui rendre hommage pour la deuxième fois.

Une femme sortit par une porte entrouverte. Elle était petite, forte et vêtue d'un tailleur strict. L'avocate de Simon sans doute.

Il avait eu l'intelligence de ne pas venir. Moins il y aurait de témoins, mieux ce serait.

Tom s'approcha et elle se présenta. Elle lui tendit la main, qu'il serra, en se forçant à sourire.

«Finissons-en, dit-il.

– La loi exige qu'un héritier soit présent. Vous pouvez, bien sûr, satisfaire à cette exigence en restant tout simplement dehors, du moment que le médecin légiste sait que vous êtes là. Il est à l'intérieur et vous attend.

– Je peux y faire face.»

Il n'était pas absolument certain d'en être capable, mais il n'allait pas rester dehors. En route, il avait réfléchi. Simon s'était donné beaucoup de mal pour récupérer ce qui était dans le cercueil. Une fois qu'il l'aurait obtenu, rien ne prouvait qu'il relâcherait Alle. En fait, pourquoi le ferait-il ? Elle pouvait aller directement à la police et témoigner contre lui. Évidemment, on pouvait en dire autant pour lui. Mais Simon ne devait pas se soucier de cette menace-là. La police ne croirait jamais un journaliste en disgrâce.

D'ailleurs, avant la fin de la journée, il se serait peut-être suicidé.

Ou peut-être pas.

Il y réfléchissait encore.

Il entra dans le bâtiment et emprunta un petit couloir qui menait à une porte ouverte. Le décor à l'intérieur de la salle n'avait pas beaucoup changé. Toujours la même moquette fade, les murs ternes et l'odeur de moisi.

Un cercueil en pin brut était posé sur une table en chêne, la même depuis des décennies. L'extérieur de la boîte était relativement intact, malgré les trois années passées dans la terre humide de Floride. Un homme en combinaison bleue portant la mention MÉDECIN LÉGISTE se présenta et lui demanda des papiers prouvant qu'il était bien Tom Sagan. Il sortit son permis de conduire, sans quitter le cercueil des yeux. Voulait-il voir le corps en décomposition ? Pas vraiment. Mais il fallait qu'il sache ce que Zachariah Simon cherchait. Alle comptait sur lui. Aussi il serra les dents et donna son accord pour ouvrir le couvercle.

Il fallut quelques minutes pour y parvenir. Des clous longs avaient été utilisés, une pratique obéissant à la coutume. Abiram aurait voulu qu'on respecte les traditions. Tom écouta le grincement de chaque clou qu'on retirait. L'avocate était à côté de lui, imperturbable, comme si elle assistait tous les jours à l'ouverture d'un cercueil.

Le dernier clou fut ôté.

Le médecin légiste s'écarta. Il appartenait maintenant à l'héritier de faire ce qu'il fallait. Puisqu'il était cette personne, tous les regards se tournèrent vers lui.

Mais l'avocate s'avança vers la table.

Il la saisit par le bras.

«Je vais m'en occuper.

– Je crois qu'il vaudrait mieux que ce soit moi.»

Son regard était éloquent. *Ne vous mêlez pas de ça.*

Mais elle n'avait rien à voir avec l'homme de chez Barnes & Noble.

«Je suis son fils. C'est moi qui ai fait cette demande. Je m'en charge.»

Elle ne bougea pas et il la foudroya du regard à son tour.

Foutez-moi la paix.

Elle comprit et recula.

«Très bien, dit-elle. Allez-y.»

Zachariah regarda sa montre. 10 h 20.

L'avocate qu'il avait engagée pour obtenir l'ordonnance du tribunal et assister à l'exhumation l'avait appelé vingt minutes plus tôt pour lui dire que Sagan était arrivé. Ils devaient maintenant être à l'intérieur et tout allait bientôt se terminer. Les nouvelles de Vienne étaient bonnes. Alle Becket n'était plus un problème. Rien ne filtrerait par sa faute. Rocha était assis à côté de lui dans la voiture, tout juste arrivé à Orlando par un vol de nuit en provenance d'Autriche, *via* Miami. Il avait pris l'avion dans lequel Alle pensait voyager.

Il fallait s'occuper de Tom Sagan.

Comme il ne pouvait guère lui rendre sa fille une fois l'exhumation terminée, la seule possibilité était d'éliminer le dernier témoin restant.

D'ailleurs, ils rendraient service à Sagan. Puisqu'il voulait mourir, Rocha se ferait un plaisir de l'aider.

Tom sentit l'odeur âcre de la décomposition. Le médecin légiste lui conseilla d'agir vite car cela ne ferait qu'empirer.

Il s'approcha et regarda dans le cercueil. Il ne restait pas grand-chose. Alle avait apparemment respecté la tradition et ne l'avait pas fait embaumer. Le corps était enveloppé dans un linceul blanc, presque entièrement désagrégé, qui découvrait le peu qui restait du visage. Les orbites vides ressemblaient à des cavernes noires – le regard mécontent, parfois hostile, avait disparu. Chairs et muscles s'étaient effondrés. Une peau semblable à la caroncule d'un lézard pendait du cou. Il essaya de se rappeler la dernière fois qu'il avait vu ce visage en vie.

Cinq ans auparavant?

Non, plutôt neuf. Avant la chute. À l'enterrement de sa mère.

Déjà si longtemps?

Pas une seule fois, pendant toutes ces années, Abiram n'avait essayé d'entrer en contact avec lui. Pas de mot, de lettre, de carte, d'e-mail, rien. Pendant que la presse et les experts s'acharnaient sur lui, son seul parent survivant avait gardé le silence. La seule consolation – *j'ai partagé la douleur de ta déchéance* – était venue après sa mort dans son dernier mot, envoyé avec l'acte lui laissant la maison. Mais ce n'était pas suffisant. Tom aurait pu lui téléphoner, mais lui ne l'avait jamais fait non plus. Ils avaient tort tous les deux. Aucun ne voulant céder.

Et ils avaient tous les deux perdu.

Il était passé par des phases de peur, d'apathie, de ressentiment et de résignation. Mais il s'était repris et avait retrouvé un peu d'assurance.

Un paquet scellé était incrusté dans ce qui avait été jadis la poitrine d'Abiram. Il semblait totalement étanche à l'air, comme en témoignaient les plis formés lors de la fermeture sous-vide. Il voulut le saisir, mais le médecin le devança.

«C'est mieux comme ça, dit l'homme en montrant ses mains gantées. Les bactéries pullulent sur les cadavres.»

Le paquet était mince, d'environ vingt-cinq centimètres de côté, et semblait léger. Le médecin légiste demanda s'il y avait autre chose. Tom ne vit rien d'autre et secoua la tête.

Le couvercle fut replacé.

Il y avait un lavabo contre un mur. Le médecin rinça le paquet et le lui apporta.

L'avocate s'avança:

«Je vais le prendre.

– Il n'en est pas question, dit Tom. Pour autant que je sache, le demandeur ici, c'est moi. »

La colère le stimulait.

« Au fait, dit-il. N'avez-vous rien pour moi ? »

Elle parut comprendre et recula jusqu'à un sac posé par terre. Elle en sortit une petite boîte et la lui tendit. Elle se retourna ensuite vers le médecin légiste et lui demanda une nouvelle fois le paquet.

Mais Tom le saisit en premier.

« C'est à moi, ça.

– Monsieur Sagan, dit l'avocate. Cet objet devait m'être remis. »

Il n'était pas d'humeur à discuter.

« Je veux bien croire que vous ignorez complètement ce qui se joue vraiment ici. Disons seulement que vous ne voulez pas le savoir. Alors vous allez la fermer et me débarrasser le plancher. »

Ce qui s'était trouvé dans la tombe était peut-être sa seule monnaie d'échange et il n'était pas prêt à y renoncer. Il fallait qu'il s'assure qu'Alle était saine et sauve. Il n'avait jamais cru au paradis, ni en une vie après la mort ou quoi que ce soit d'autre, comme Abiram ; pour lui, on se décomposait et on redevenait poussière. Mais si, par extraordinaire, ses parents et Michèle l'attendaient après qu'il se ferait sauter la cervelle, il voulait pouvoir leur dire que son choix avait été le meilleur choix.

Il recula vers la porte.

L'avocate s'avança.

« Je suppose que vous savez ce que contient cette boîte ? » demanda-t-il.

Elle s'arrêta. Apparemment, elle le savait. Et elle semblait aussi ne pas vouloir parler devant le médecin légiste.

« Dites à votre client que je prendrai contact avec lui en vue d'un échange. Il saura ce que je veux dire.

– Comment le trouverez-vous ?

– Par votre intermédiaire. Quel est le nom de votre cabinet ? »

Elle lui communiqua ses coordonnées.

Et il partit.

23

Alle regardait la vidéo. Elle se trouvait avec Brian dans une maison de l'autre côté de la frontière autrichienne, en République tchèque. Ils y étaient arrivés la veille en voiture. Elle ne comprenait toujours pas très bien ce qui se passait et n'avait pas quitté sa chambre de toute la journée, en proie à une vive inquiétude. À présent, les images en provenance de Floride venaient encore la perturber davantage.

Elle reconnut l'endroit où son grand-père était enterré. Les images qu'ils recevaient étaient filmées à travers le pare-brise d'une voiture, à une certaine distance et en hauteur. Le cimetière était situé dans le comté des lacs, connu pour compter parmi les zones élevées de la Floride. On y trouvait des collines, mais aussi plus d'un millier de lacs. Le complice de Brian avait choisi une butte proche du cimetière comme point d'observation. Elle s'en souvenait. Une colline boisée sur laquelle poussaient des chênes, des pins et des palmiers. Une heure auparavant, elle avait regardé les ouvriers exhumer son grand-père et transporter le cercueil dans le bâtiment aux parois en bois où elle l'avait veillé après sa mort. La caméra offrait une vue parfaite de sa porte d'entrée.

« Pourquoi filmez-vous ça ? demanda-t-elle.

– Pour essayer de savoir ce qu'il y a dans ce cercueil.

– Qu'allez-vous faire ? Le voler ?

– Je n'en sais rien, mais si je peux mettre la main dessus, je le ferai. »

Au premier plan, on apercevait des *matzevahs* et une partie du mur en briques qui entourait le cimetière. Au cours de ses séjours d'été chez ses grands-parents, elle y était souvent allée pour aider sa grand-mère à entretenir les tombes.

Elle ne voyait toujours pas Zachariah et le fit remarquer.

« Il fait prendre les risques à d'autres, dit Brian. C'est sa méthode. Mais il est là, quelque part. Il guette. »

Son père et une femme avaient disparu dans le bâtiment une vingtaine de minutes plus tôt.

« Vous ne savez rien sur ma famille, dit-elle à Brian.

– Je sais seulement que votre père ne méritait pas les saloperies qu'on lui a faites hier. Il vous croit en danger. Chaque décision qu'il va prendre est basée sur ce mensonge.

– Tout ce que nous voulions, c'était qu'il signe des papiers. Il ne l'aurait jamais fait si je m'étais contentée de le lui demander.

– C'est qui ce *nous* ? Vous êtes partie prenante de ce que fait Simon ?

– Vous parlez comme si c'était un crime.

– Je vous assure, il ne s'agit pas simplement de signer quelques papiers. Simon voulait vous voir morte. Il va aussi exiger que votre père meure. C'est pour ça que j'ai posté un homme là-bas. »

Tout cela était si difficile à croire.

« Ça vous est égal de savoir que votre père allait se donner la mort hier soir ? demanda Brian.

– Bien sûr que non. Ce que j'ai fait l'en a empêché. »

Brian était sidéré.

« Et c'est comme ça que vous vous justifiez ? Vous n'aviez aucune idée de ce qu'il allait faire. Vous vouliez simplement aider Simon, quel qu'en soit le prix. »

Elle supportait mal son ton et ses accusations.

Son père apparut sur l'écran, se précipitant à l'extérieur, une sorte de boîte bleu et blanc dans la main droite, et un paquet dans l'autre qu'elle reconnut aussitôt. Le même que celui qu'elle avait placé dans le cercueil.

«Vous avez vu? dit une voix dans l'ordinateur.

– Oh, oui, dit Brian. Prépare-toi à agir.»

Zachariah avait assez attendu. Trente minutes suffisaient. Pourquoi cela était-il si long? Lui et Rocha étaient garés à un kilomètre, suffisamment loin pour que personne ne sache qu'ils étaient là, mais assez près pour agir. Il avait demandé à l'avocate que, une fois en possession du paquet, elle donne à Sagan un numéro de téléphone correspondant à un portable jetable qu'il avait acheté la veille. L'ancien journaliste le contacterait et lui indiquerait alors l'endroit où Rocha pourrait s'en occuper.

Avec un peu de chance, Sagan leur économiserait le travail en se tuant. C'était pour cette raison qu'il lui avait rendu son pistolet. Un suicide faciliterait tellement les choses. Il aurait dû garder Alle en vie, au moins jusqu'à aujourd'hui, mais avec Brian Jamison à Vienne, il ne pouvait pas prendre de risques. La dernière chose dont il avait besoin, c'était que Béne Rowe sache ce qu'il faisait. Il n'avait dit au Jamaïcain que le strict nécessaire et c'était suffisant. Il n'était pas arrivé jusque-là pour tout se faire souffler. Surtout par un voyou caraïbe qui ne s'intéressait qu'à un or mythique.

Son téléphone sonna.

«Sagan a pris le paquet et il est parti, dit la voix féminine.

– Et vous l'avez laissé faire?

– Comment l'en empêcher?

– Vous lui avez donné le numéro de téléphone?

– Je n'en ai pas eu le temps. Il a dit qu'il vous contacterait par mon intermédiaire.

– À ce moment-là, vous lui donnerez le numéro.»

Il coupa la communication et se tourna vers Rocha.

«On dirait que M. Sagan a décidé de se reprendre en main. Il devrait passer par là d'ici peu. Occupe-toi de lui avant qu'il ne s'éloigne trop.»

Alle vit son père courir vers une voiture garée sur un terrain recouvert de gravier, juste au-delà du mur en briques.

« Indiquez-moi le plan de l'endroit », dit Brian.

Elle le regarda fixement.

« Le plan, dit-il en élevant la voix. La route pour entrer et pour sortir. Où mène-t-elle ? Qu'est-ce qu'il y a le long de cette route ? »

Elle se concentra.

« Le cimetière est à cinq kilomètres environ de l'autoroute. La route pavée qui y mène passe devant des fermes et des orangers. Des lacs bordent la route à certains endroits.

– Des maisons ? »

Elle secoua la tête.

« Pas beaucoup. C'est assez désert. C'est pour ça que le cimetière s'y trouve.

– T'as entendu ? dit Brian à l'ordinateur.

– J'y vais. »

Son père était dans sa voiture, il fit une marche arrière et partit. La femme aperçue plus tôt sortit du bâtiment, un téléphone à la main.

« Tu sais qui elle appelle, dit Brian à l'ordinateur. Suis-le. »

Un mouvement sur l'écran confirma que la voiture équipée de la caméra démarrait.

« Qu'est-ce qui se passe ? demanda-t-elle.

– Votre père s'efforce de vous sauver. Il doit se dire qu'il vaut mieux conserver ce qu'il a en main que de le donner. Et il a raison. Mais les choses se gâtent pour lui. Rocha est là-bas. »

Elle sentit son cœur battre à tout rompre.

Ce qui la surprit.

« Il a pris votre vol hier soir. Votre père est dans la merde. »

Tom sortit du cimetière en trombe.

Il avait réussi à fuir.

Maintenant, j'emporte ces secrets avec moi dans ma tombe.

Son père avait respecté sa parole et ce qui se trouvait sur le siège du passager contenait apparemment ces secrets. Il aurait voulu ouvrir tout de suite le sac sous-vide et en avoir le cœur net, mais ce n'était pas le moment. Il fallait qu'il sorte de là. Il s'éloigna du cimetière et aperçut l'avocate quittant le bâtiment. En train de téléphoner.

À Simon ?

Sans nul doute.

Il attendrait une heure environ, puis établirait le contact par le biais de l'avocate. Il n'avait pas de téléphone portable. Il n'en avait aucun besoin. Qui risquait de l'appeler ? Il trouverait bien un téléphone quelque part. Retourner chez lui n'était pas envisageable puisque Simon savait sûrement où il habitait.

Il passa à toute vitesse entre les bosquets de chênes. Des buissons de palmiers nains se pressaient au bord de la route. Il avait toujours l'odeur putride de la mort dans les narines. Arrivé à l'autoroute, il tourna à gauche et se dirigea vers Mount Dora à travers les orangeraies. La plupart des vergers de Floride avaient disparu, les fermiers s'étant depuis longtemps lancés dans la culture de la courge, du chou, de la laitue ou des fraises.

Mais ici, on trouvait encore des agrumes.

Dans son rétroviseur, il vit une voiture.

Qui s'approchait rapidement.

Zachariah occupait le siège du passager tandis que Rocha conduisait. Ils rattrapaient Tom Sagan. Rien ne se passait comme prévu. Il n'avait pas imaginé autant de résistance. Sagan aurait dû comprendre qu'il était obligé de coopérer et qu'il ne devait pas faire de vague s'il voulait récupérer sa fille. Mais cet imbécile avait décidé de changer les règles.

« Nous devons le rattraper avant la prochaine autoroute », dit-il à Rocha.

Ils étaient à moins de cinq cents mètres de son véhicule.

« Force-le à sortir de la route et à rouler dans les champs. »

24

Béne descendit de son camion et se dirigea vers l'entrée du musée. Il était seul. Ici, il ne venait jamais avec ses hommes ou des armes. Pas besoin. Le petit village de Charles Town se trouvait dans la vallée de Buff Bay River, un endroit paisible à quelques kilomètres de la côte nord de la Jamaïque. Après que la tribu Windward des Marrons, dirigée par le capitaine Quao, eut vaincu les Britanniques en 1739, un traité de paix avait été signé entre les anciens esclaves et leurs maîtres, accordant cinq cents hectares aux Marrons de Charles Town, sans impôts et à perpétuité. Environ mille deux cents Marrons vivaient encore sur ces terres, dans l'ombre des montagnes, à côté de la rivière, subissant un chômage élevé et une pauvreté endémique. L'agriculture était leur principale source de revenus, avec des petits lopins de terre loués à des propriétaires absents, qui produisaient du café, de la noix de muscade et du charbon. Mais il y avait aussi un magasin qui fabriquait des parquets et des meubles, une école et quelques bars à rhum.

Il connaissait toutes les familles importantes. Dean, Duncan, Irving, Hartley, Shackleford. La plupart siégeaient au conseil des Anciens. Frank Clarke remplissait l'office de colonel des Marrons, élu trois ans auparavant pour diriger la communauté.

Béne aimait bien le colonel, un homme éduqué, avec de l'expérience et d'une grande prudence. Clarke était diplômé des Indes-Occidentales et avait travaillé aux États-Unis pendant trois décennies comme agent de change avant de revenir chez lui à Charles Town. Il militait maintenant pour diverses causes dans toute l'île, étant presque devenu le porte-parole officiel des Marrons.

« Ah, Béne, *toi pas mort encore ?* » lui cria Clarke.

Cette façon de lui demander en patois « *Comment ça va ?* » le fit rire.

« Pas encore mort, mon ami, mais pas faute d'essayer. »

Frank sourit. Il avait presque soixante-dix ans, et pourtant il pouvait se vanter de n'avoir que quelques touches de gris dans ses courtes boucles noires et pas une once de graisse sur son corps svelte. Des lunettes épaisses avec des verres ronds cerclés de métal accentuaient ses yeux sombres. Il était vêtu d'un jean élimé aux genoux et une chemise qu'il portait non rentrée dans son pantalon, avec, dans une main, une machette rouillée.

« Tu travailles aujourd'hui ? lui demanda Béne en voyant sa tenue.

– J'emmène des gens dans la montagne. Aux ruines. Pour leur apprendre la vie à l'ancienne. »

Frank Clarke se passionnait pour l'histoire des Marrons. Une arrière-grand-tante qui avait été un chef local la lui avait enseignée. L'année précédente, il avait fait revivre cet héritage en créant à Charles Town un musée consacré aux Marrons. Béne avait donné de l'argent pour la construction du bâtiment, érigé à l'ancienne avec des troncs d'arbre, des murs en fer-blanc et un toit en chaume. Il n'y était pas venu depuis quelques mois.

« Comment ça va ? demanda-t-il.

– Nous avons des visites. Pas beaucoup, mais quelques-unes. Les guides amènent des gens. Lentement, mais régulièrement. Chaque dollar que nous gagnons nous permet de continuer. »

Des colonels dirigeaient les différentes communautés Marrons à travers l'île. Ils se réunissaient au moins une fois par mois dans une sorte de parlement informel. Les terres possédées par les Marrons n'étaient pas soumises aux taxes jamaïcaines ni sujettes à réglementation. Ils se gouvernaient eux-mêmes, les traités d'autrefois leur garantissant cette autonomie.

Il aimait bien venir ici et discuter des jours anciens, et il avait beaucoup appris sur la mine perdue grâce à Frank Clarke.

Une légende taino parlait de deux cavernes. Ni l'une ni l'autre n'avait jamais été trouvée. Une légende que les Marrons avaient reprise à leur compte racontait la façon dont les Tainos avaient montré à Christophe Colomb un endroit dans les montagnes, une grotte, avec des veines d'or larges de cinq centimètres. Mais, après cinq cents ans de recherche, aucune mine n'avait jamais été retrouvée. Un mythe ? Peut-être pas. Ce que Tre Halliburton avait mentionné la veille lui avait trotté dans la tête toute la nuit.

La famille de Christophe Colomb avait perdu le contrôle de l'île. Les Espagnols avaient repris le pouvoir et l'Inquisition n'allait pas tarder à arriver. Plus personne ne protégerait les Juifs jamaïcains. Heureusement, la communauté avait pris ses précautions et caché sa fortune dans un endroit connu seulement par un homme qu'on appelait le lévite.

Alors il avait traversé les montagnes depuis son domaine sur le flanc sud jusqu'ici, au nord, pour voir l'homme qui savait.

« Je voudrais en savoir davantage sur la mine, dit-il à Clarke.

– Tu cherches encore ? Tu ne peux pas te sortir ça de la tête ?

– Plus maintenant. »

Frank lui avait parlé un jour d'une légende taino qui évoquait deux cavernes : l'une, appelée Amayauna, voulait dire « sans importance », l'autre, Cacibajagua, dont le nom signifiait « de grande importance ». Cette dernière était protégée par une grille en fer et dans laquelle aucun marron n'avait jamais pu entrer. Nombreux étaient ceux qui avaient essayé de franchir la grille, tous avaient échoué. Il se rendait compte que les Marrons, tout comme les Tainos, se nourrissaient de leurs légendes. Plus elles étaient fantastiques, mieux c'était. Les Jamaïcains aimaient dire à quel point ils étaient fiers des Marrons, mais en réalité, ils n'en savaient pas grand-chose. Plus curieux encore, les Marrons ne savaient pas grand-chose sur eux-mêmes. Comme les Tainos, les Marrons ne laissaient pas d'écrits, pas de monuments, aucun souvenir pour leur descendance en dehors de leurs chansons, leurs proverbes, les noms des endroits et les sentiers dans la forêt. Le seul espoir de Béne reposait dans le fait que cette vieille histoire avait pu avoir, malgré tout, une once de vérité.

« Les Juifs, demanda-t-il alors, comment étaient-ils avec les Marrons ? »

C'était un sujet qu'ils n'avaient jamais abordé, mais maintenant, il avait envie de savoir.

« Les Juifs étaient différents, dit Frank. Ni espagnols ni anglais. Ni africains non plus. Pas tainos. Mais ils étaient persécutés comme nous. Bien sûr, ils possédaient la plupart des entreprises et gagnaient de l'argent, mais ils n'étaient pas les égaux des Espagnols ou des Anglais. Ils étaient constamment rabaissés. De nombreuses lois furent votées contre eux. Savais-tu que les Juifs n'avaient droit qu'à deux esclaves, pas plus ? Sauf s'ils possédaient une plantation, ce qui était rare. Et ils ne pouvaient employer que des domestiques juifs. »

Il l'ignorait.

« Pourtant, aucune loi ne pouvait empêcher les Juifs de faire des affaires avec des esclaves, dit Frank. Ils leur vendaient des denrées et les Blancs détestaient ça. Ils disaient que ça encourageait les esclaves à voler leurs maîtres, puisque les Juifs les incitaient à dépenser de l'argent. Cela suscita beaucoup de ressentiment contre eux. Les Juifs vendaient aussi des munitions aux Marrons. C'était la seule chose pour laquelle nous ne pouvions pas nous débrouiller. Les armes, nous les volions aux soldats anglais morts, mais il fallait acheter les munitions

– Tu ne m'avais jamais raconté ça.

– Béne, il y a beaucoup de sujets sur lesquels tu ne m'as jamais interrogé.

– Où est cet endroit avec une grille en fer ? »

Frank sourit.

«Il y a des choses dont je ne peux pas parler.

– Je suis un marron.

– En effet. Tu devrais donc savoir que je ne te dirai rien.

– Alors parle-moi encore des Juifs.»

Le colonel lui jeta un regard sceptique.

«Comme je te l'ai dit, ils vendaient aux Marrons de la poudre et des plombs quand nous nous battions contre les Anglais. Mais ils en vendaient également aux Anglais. Ce qui mécontentait les deux côtés. Les gens de couleur ont acquis les pleins droits ici en 1830. Après ça, les Juifs furent les seuls hommes libres qui n'avaient pas le droit de vote. Il leur fallut attendre des années, et ce sont les gens de couleur libres qui ont milité longtemps pour que l'égalité ne soit pas accordée aux Juifs.»

Il fit une pause.

«J'ai toujours trouvé ça curieux. Mais ce n'était pas la faute des Juifs. C'étaient des hommes d'affaires. Ils craignaient que les Anglais deviennent moins tolérants et qu'ils saisissent leurs propriétés avant de les expulser. Alors ils ont joué sur les deux tableaux.»

Béne prit la machette de Clarke et traça un dessin dans la poussière avec la lame.

«Qu'est-ce ça veut dire?» demanda-t-il à son ami.

La matinée paisible était troublée seulement par le chant des oiseaux et le bourdonnement des insectes.

«Où as-tu vu ça?»

La voix de Clarke était à peine audible, rauque et dure.

«Qu'est-ce que c'est?»

Frank le dévisageait.

«La clé pour la grille en fer.»

25

Alle ne quittait pas des yeux l'écran pendant que la voiture dévalait à toute vitesse une route qui lui était familière. Des orangeraies s'étendaient sur des kilomètres de chaque côté, entre des élevages de chevaux et des monticules boisés.

« Qu'est-ce que votre homme va faire ? dit-elle.

– Bonne question, dit Brian.

– Il y a une voiture qui suit Sagan, dit une voix venant de l'ordinateur. Elle se rapproche très vite.

– Où es-tu ?

– Derrière cette voiture. Mais loin.

– Inutile de jouer au plus fin maintenant. Viens-lui en aide. Tu sais qui le poursuit. »

Le regard de Brian confirma ce qu'elle supposait.

Zachariah et Rocha.

Sa gorge se serra. Elle n'avait jamais envisagé que quelque chose puisse arriver à son père. Pourtant, le risque était bel et bien réel.

La résolution de l'image envoyée par la caméra posée sur le tableau de bord n'était pas suffisamment bonne pour leur permettre de voir plus loin et les vibrations causées par la route la faisaient constamment bouger.

Que faisait son père ? « Donne-leur plutôt ce qu'ils veulent. »

Tout ça n'était pas prévu.

« Simon est à sa hauteur », dit la voix de l'ordinateur.

Zachariah baissa sa vitre tandis que Rocha arrivait à la hauteur de celle de Sagan, sur la voie de gauche. Il n'y avait pas de voiture venant dans l'autre sens. Les mains de Sagan étaient cramponnées au volant, son visage tendu. Il les ignora un moment, puis, finalement, les regarda.

« Arrêtez la voiture ! » cria Zachariah.

Sagan secoua la tête.

Tom n'avait jamais conduit à une telle vitesse. Il roulait à cent cinquante kilomètres à l'heure. Heureusement, cette route était droite, hormis quelques petits virages. À gauche et à droite, des orangers verdoyants en pleine floraison s'étendaient à perte de vue. Étant gosse, il avait travaillé dans les champs du comté des lacs pendant l'été et l'automne pour se faire un peu d'argent. À cette époque, plusieurs familles locales, tous des amis, étaient propriétaires des plus grandes orangeraies. Il savait où il était et ce qu'il y avait aux alentours. Connaître le terrain, une règle que tout bon journaliste devait rapidement assimiler.

La voiture qui le suivait déboîta sur la voie opposée et accéléra pour se mettre à sa hauteur.

Simon. Lui criant de s'arrêter.

Son regard était éloquent, toujours le même – froid et dominateur –, aussi il tendit la main vers l'autre siège et s'accrochant au volant, il saisit le pistolet et le passa par la fenêtre.

« Ralentis ! » cria Zachariah.

Sagan le visait avec son arme.

Rocha freina violemment, décélérant suffisamment pour laisser s'échapper la voiture de Sagan.

L'imbécile voulait tirer sur lui.

« Fonce, ordonna-t-il. Force-le à quitter la route. »

Tom était soulagé de ne pas avoir été obligé de tirer. Il n'avait jamais utilisé un pistolet et le faire tout en conduisant à cent cinquante à l'heure ne lui semblait pas la meilleure façon de commencer.

Mais il était prêt à le faire.

Il traiterait avec Zachariah Simon, mais selon ses propres termes. Qu'avait-il à perdre maintenant ? Il ne ferait probablement aucun mal à Alle, tant qu'il n'aurait pas ce qu'il voulait. Quant à lui-même, Tom n'avait pas la moindre inquiétude. Il aurait déjà dû être mort, donc tout le temps qu'il passait à respirer en plus était un bonus. Curieux, toutefois, que, dans le feu de la poursuite, il n'ait pas pensé un instant à la mort. La seule chose qui lui importait, c'était qu'Alle soit saine et sauve. Et le paquet scellé sur le siège du passager était l'assurance que rien ne lui arriverait.

Il sentit que quelque chose avait heurté son pare-chocs, faisant trembler le volant.

Il reprit le contrôle du véhicule et maintint les roues en droite ligne. Il arrivait au bout de la route et allait déboucher sur une voie express très encombrée.

Un autre coup dans son pare-chocs.

À l'abri des balles, le véhicule de Simon le cognait par l'arrière. Il regarda dans son rétroviseur et vit la voiture ralentir, puis accélérer, en tournant cette fois sur la droite et en l'emboutissant sur le côté. Il s'efforça de maintenir sa voiture sur la chaussée, puis se dit : *Merde, alors, vas-y donc !* Un coup de volant à droite et ses roues avant quittèrent la route. Il accéléra, franchit l'étroit fossé qui bordait la route et fonça dans une orangeraie.

L'avant de son véhicule frappa la terre puis rebondit. Il enfonça le frein avec son pied droit, ralentit, puis vira sur un chemin de terre entre deux rangées d'arbres.

Et il accéléra de nouveau.

Simon était impressionné. Quelle manœuvre. Tom Sagan s'avérait être un vrai adversaire.

Rocha arrêta la voiture, fit demi-tour et revint à l'endroit où Sagan avait quitté la route.

« Fais-en autant », ordonna-t-il.

Rocha fit une marche arrière pour se donner du recul, puis accéléra, sautant par-dessus le fossé pour atterrir lourdement de l'autre côté. Il tourna le volant à gauche, puis à droite, et ils se retrouvèrent sur le chemin que Sagan avait pris. Un nuage de poussière les empêchait de voir.

Ils seraient forcés de ralentir.

Mais ils avanceraient quand même.

Béne attendait que Frank Clarke s'explique.

La clé pour la grille en fer ?

Il savait que les Marrons gardaient farouchement leurs secrets. Cette société était née dans la douleur, avait prospéré malgré les conflits et survécu pendant quatre siècles presque complètement cachée. Ils avaient été des guerriers vaillants à la moralité exemplaire. Et leur existence reposait entièrement sur les souvenirs de leurs actions les plus valeureuses, racontées de génération en génération.

Une grille en fer ?

Les contes ne l'intéressaient pas.

C'était un châtiment qu'il voulait.

Et le colonel aurait dû le souhaiter également.

« Frank, tu dois m'aider. J'essaie de trouver cette mine. Elle est là, quelque part, dans ces montagnes. Tu le sais. Ce n'est pas une légende. Cet endroit, la richesse qu'il renferme, ça appartient aux Marrons. C'est à nous. »

Il parlait franchement, dans un anglais parfait, exposant clairement qu'il s'agissait d'oublier le passé et de rendre aux Marrons leur bien d'aujourd'hui.

« Je n'en suis pas tellement certain, Béne.

– Les Espagnols l'ont volé aux Tainos. Nous sommes leurs descendants les plus proches. Pense à tout ce que nous pourrions faire si la légende était vraie.»

Son ami se tut.

«Pourquoi ce symbole a-t-il autant d'importance?»

Frank fit un geste pour l'inviter à entrer dans le musée. Le bâtiment ressemblait à une cabane, pareille à celle où vivait Felipe. C'était du marron pur jus. Le sol était fait à l'ancienne, un mélange d'argile et de cendres, martelé jusqu'à devenir aussi dur que du béton. Béne avait lui-même utilisé cette préparation dans son domaine, pour les granges, les ateliers et les locaux de traitement du café. Des objets provenant de fouilles dans les montagnes alentour ornaient les murs extérieurs de l'édifice rectangulaire qui ressemblait à une grange. Des pancartes expliquaient leur signification. Rien de raffiné, quelque chose de simple. Comme les gens qu'ils évoquaient.

Ils passèrent devant des tables en bois sur lesquelles étaient exposés des bols et des outils. Des *jonges* étaient érigées, des lances aux lames rouillées et acérées. Un *abeng* occupait une place de choix, comme cela se devait. Béne avait appris étant enfant à souffler dans la corne de la vache – jadis la version marron d'Internet – en produisant certains sons qui constituaient des messages envoyés au loin. Il y avait aussi des tambours, des pièges à oiseaux, des chaudrons et même la réplique d'une hutte de guérison utilisée dans chaque commune par le scientifique pour traiter les malades.

«Il y a un moment que je n'ai pas visité le musée, dit-il. Tu as exposé bien plus de choses qu'avant.»

Frank se tourna vers lui.

«Tu devrais venir plus souvent. Comme tu dis, tu es un marron.»

Ce qui était uniquement une question de naissance. Si un parent était marron, les enfants l'étaient aussi.

«Tu n'as pas besoin de moi ici, dit-il.

– Faux, Béne. Personne ici ne se soucie que tu gagnes de l'argent avec le jeu ou les prostituées. Nous le savons tous, alors ne sois pas gêné. Nous ne sommes pas honteux, nous. Regarde d'où nous venons. Qui nous sommes.»

Ils s'arrêtèrent devant une plate-forme dans un coin à l'arrière du bâtiment sur laquelle étaient posés trois tambours. Il savait que la musique jouait un grand rôle dans le musée. Certains des batteurs locaux étaient les meilleurs de l'île. Des spectacles étaient montés régulièrement, attirant autant les Marrons que les touristes. Un des tambours lui appartenait d'ailleurs, un instrument sculpté dans un tronc épais trouvé dans les montagnes. Frank se baissa et sortit un cageot en bois de sous la plate-forme. À l'intérieur, il y avait une pierre d'environ vingt-cinq centimètres de côté, sur laquelle était gravé le symbole que Béne avait tracé dehors. Il regarda son ami.

«Tu es au courant de ça ?

– Deux lignes, en angle, se croisant, l'une portant un crochet sur le haut. On l'a relevé dans plusieurs endroits sacrés.»

Le dessin était presque identique à celui de la tombe trouvée hier.

«Veux-tu en voir un autre ? demanda Frank. Dans les montagnes.

– Je croyais que tu attendais des visiteurs.

– Quelqu'un d'autre s'en chargera. Toi et moi, nous avons des choses à nous dire.»

26

Tom continua à rouler à travers l'orangeraie, pied au plancher. La voie était dégagée sur un bon kilomètre. Si Simon avait décidé de le suivre, le nuage de poussière dans son sillage ne lui faciliterait pas la tâche. En tout cas, son instinct ne l'avait pas trompé. Simon n'était pas un homme digne de confiance. Et une chose l'avait troublé. Quand il avait jeté un coup d'œil dans l'autre voiture, il avait aperçu le visage du conducteur – traits anguleux et cheveux noirs bouclés – et il avait reconnu l'un des hommes qui avaient agressé Alle.

La tâche de l'avocate avait été de récupérer ce qui se trouvait dans le cercueil. Que faisait ici cet homme ? Cela voulait-il dire qu'Alle était retenue dans les parages ? Compte tenu des possibilités qu'offrait Internet, il n'y avait pas moyen de savoir où elle pouvait être. Mais la présence ici d'un de ses ravisseurs indiquait qu'elle pouvait très bien se trouver à proximité. Ce qui semblait logique. Simon aurait bien été obligé, à un moment ou un autre, de la montrer. Ou bien pensait-il que sa cible était si faible, si abattue, si défaite, qu'elle obtempérerait sans poser de questions ?

Peut-être.

Et ça le rendait furieux.

Pour l'instant, c'est lui qui avait les cartes en main. Son sang circulait plus vite. Il avait les nerfs à fleur de peau. Il éprouvait la même impression qu'autrefois, quand il était sur la piste d'informations pour un article.

Et ça, ça l'excitait.

Devant lui, un pont de fortune fabriqué avec des traverses de chemin de fer franchissait un canal d'irrigation qui servait à draîner l'eau de pluie dans les orangeraies. Autrefois, on y mettait des pompes. Il avait passé de nombreuses journées d'été à nettoyer les fossés remplis d'eau.

Une idée lui vint. Il ralentit, traversa le pont prévu pour laisser passer les tracteurs et l'équipement nécessaire à la cueillette et s'arrêta de l'autre côté. Il ouvrit la portière et courut vers le pont.

Le fossé faisait bien sept mètres de largeur, avec des traverses très longues soutenues par un poteau central. Elles étaient amovibles, posées l'une à côté de l'autre sur des piliers plantés tout le long du canal. Il avait également passé beaucoup de temps dans sa jeunesse à déplacer des traverses d'un endroit à un autre.

La poussière sur la route de l'autre côté du fossé commençait à se dissiper. Il entendit un bruit de moteur qui s'approchait.

Les traverses, larges d'environ dix centimètres, étaient alignées par deux, à un mètre cinquante d'écart, de façon à ce qu'on puisse rouler dessus. Il courut sur le pont et en dégagea une paire de leurs supports, les jetant dans le fossé. Puis une autre paire. Ses muscles étaient douloureux sous l'effort.

Il regagna son côté de la rive et en retira encore deux de leur emplacement.

Sept mètres le séparaient maintenant de Simon.

La poussière de l'autre côté était retombée.

Il vit la voiture.

Simon fixait le chemin à travers le pare-brise.

Rocha roulait aussi vite que possible entre les arbres, malgré la visibilité réduite. Heureusement, le nuage de poussière paraissait s'estomper.

Puis il le vit.

Tom Sagan se tenait sur la rive opposée d'un large fossé. Un poteau isolé se dressait au milieu. Rocha l'avait vu également et écrasa la pédale de frein, les pneus s'accrochant à la terre. La voiture dérapa avant de s'arrêter, mais sa ceinture de sécurité le retint. Il poussa un juron.

«Coupe le moteur.»

Tom retourna à sa voiture et prit le pistolet. Il laissa ouverte la portière côté conducteur, une précaution supplémentaire. Un des deux hommes pouvait se risquer à traverser le fossé, mais il le tuerait avant qu'il arrive de l'autre côté.

Match nul. Exactement ce qu'il voulait.

Une brise chaude fouetta sa peau, lui donnant la chair de poule.

«D'accord, lui cria Simon. Que voulez-vous?

– Ma fille.»

Il resta accroupi, regardant par la fenêtre ouverte.

«Je sais que vous avez votre pistolet et l'endroit que vous avez choisi pour vous arrêter est idéal. Nous n'allons pas nous opposer à vous.»

L'autre homme se tenait immobile à côté de Simon.

«Je devrais tuer votre ami, cria Tom. Il a touché ma fille.»

Aucun des deux ne fit un geste.

«Il faisait son travail, dit Simon. Ce pour quoi je le paie. Mon avocate n'a pas fait le sien.

– Je veux Alle et ensuite vous aurez ce que j'ai.

– Elle n'est pas ici.

– Comment ce salopard que vous payez est-il arrivé ici?

– Il a passé la nuit dans un avion.»

Il était tout ouïe.

«Elle est à Vienne. Si vous la voulez, c'est là qu'il faudra aller.

– En Autriche?

– C'est là que j'habite. Mais peut-être le savez-vous déjà. C'est vrai que vous étiez journaliste.

– Allez vous faire foutre.»

Simon gloussa.

«Je vous assure que je peux encore faire beaucoup de mal à votre fille. Et peut-être le ferai-je, simplement pour me venger des ennuis que vous m'avez causés.»

Ce type bluffait, mais alors que la veille, Tom aurait cédé, aujourd'hui il n'hésitait pas un instant. Il était Tom Sagan, lauréat du prix Pulitzer, journaliste d'investigation émérite quoi qu'on en dise.

«Alors vous pouvez dire adieu à ce que vous souhaitez récupérer.»

Silence de l'autre côté du fossé.

«Que proposez-vous? demanda finalement Simon.

– Nous faisons un échange.»

Nouveau silence.

«Je ne peux pas la faire venir ici, finit par dire Simon.

– Comment aviez-vous l'intention de la relâcher, pour autant que ce soit vrai?

– J'espérais faire une vidéo montrant sa libération, puis vous auriez pu la retrouver en chair et en os et verser une petite larme.

– Ça ne marchera pas.

– Évidemment. Que proposez-vous?

– Nous faisons l'échange à Vienne.»

Zachariah avait-il bien entendu?

«Vous allez aller là-bas? cria-t-il.

– Et vous aussi.»

Ça pourrait marcher, mais il avait un problème sérieux puisque Alle Becket était morte. Mais peut-être pourrait-il quand même atteindre son objectif.

«D'accord. Quand?

– Demain après-midi, 17 heures, cathédrale Saint-Étienne.»

Tom avait pris sa décision en toute connaissance de cause. Il était allé à Vienne à plusieurs reprises, y séjournant même une fois pendant un mois, pour couvrir la guerre à Sarajevo.

Il connaissait bien l'endroit et la cathédrale gothique au cœur de la ville. Un lieu public. Très fréquenté. Parfait pour un échange. Il devrait y être en sécurité. Il faudrait seulement trouver le moyen d'en partir avant que Simon ne puisse agir.

Mais il se préoccuperait de ça plus tard.

«17 heures demain, cria-t-il.

– J'y serai.»

Simon et l'autre homme montèrent dans leur voiture et partirent dans un tourbillon de poussière.

Il sortit de derrière la portière et baissa son arme. Sa chemise était trempée. Il respirait péniblement et bouillait intérieurement. Pour la première fois, il remarqua le parfum des fleurs d'oranger provenant des arbres tout autour.

Une odeur qui venait de son enfance. C'était tellement loin.

Il tâta sa barbe de trois jours.

Ses doutes ne s'étaient pas dissipés. Mais, pour un type virtuellement mort, il se sentait bigrement vivant.

Simon était content.

«Débrouille-toi pour sortir d'ici, dit-il à Rocha. Ensuite, nous filons à l'aéroport.»

Il appellerait avant pour que son jet soit préparé. Il était venu ici avec un avion privé et retournerait en Autriche par le même moyen. Il aurait dû repartir avec le secret du lévite, mais il ne tarderait pas à l'avoir.

Sagan se croyait peut-être malin en choisissant Saint-Étienne. C'est vrai qu'un endroit public les mettrait tous les deux sur un pied d'égalité. Pas mal pour échanger une fille contre un paquet.

À moins que…

Il sourit triomphalement.

Tom Sagan venait de commettre une erreur fatale. Le fait qu'Alle Becket soit morte n'avait aucune importance. Son père la rejoindrait bientôt.

27

Tom retrouva son chemin pour sortir de l'orangeraie, puis il déboucha sur l'autoroute 4 et prit à l'ouest en direction d'Orlando. La fatigue qui pesait jadis sur ses épaules et engourdissait ses pensées avait disparu.

Malheureusement, au fur et à mesure que l'adrénaline se dissipait, revenait à son esprit la masse décomposée de ce qui avait été autrefois Abiram Sagan. Les enfants ne devraient jamais voir leurs parents dans cet état. Cet homme avait été un véritable taureau. Solide. Tenace. Respecté dans sa communauté. Honoré par son temple. Adoré par sa petite-fille…

Et son fils ? Il n'en était pas encore là. Trop de choses s'étaient passées entre eux. Et toujours à cause de la religion.

Quelle importance cela avait-il qu'il veuille être juif ou non ? Pourquoi cette décision avait-elle conduit à un désaveu ? Il s'était souvent interrogé à ce propos. Peut-être les réponses se trouvaient-elles dans le paquet scellé posé sur le siège de droite ?

Il n'allait pas attendre plus longtemps.

Il sortit de l'autoroute, trouva une station-service et se gara. Il saisit le paquet et y plongea la clé de la voiture, déchirant assez largement le plastique épais pour l'enlever. L'air y entra.

Trois choses se trouvaient à l'intérieur. Une petite enveloppe en plastique fermée avec du Scotch, une carte routière et une pochette en cuir noir d'environ vingt centimètres.

Il la tâta. Ce qu'il y avait à l'intérieur était léger, mince et métallique. Il défit les attaches et sortit l'objet. Une clé.

D'environ quinze centimètres de long avec une extrémité décorée de trois étoiles de David entrelacées, elle ne comportait que quelques encoches au bout permettant d'actionner les gorges d'une serrure. On n'en voyait plus beaucoup comme ça. Il se souvenait d'en avoir vu une similaire, étant jeune, servant à ouvrir solennellement la synagogue. Cette clé-là avait été fabriquée en fer forgé. Celle-ci était en laiton et sa patine n'était absolument pas ternie.

Il reporta son attention sur l'enveloppe et ouvrit la porte de sa voiture pour avoir un peu d'air. Les doigts gourds, il enleva le ruban transparent pour pouvoir l'ouvrir.

À l'intérieur, se trouvait un papier plié en trois. Écrit à la machine avec un simple interligne.

```
Si tu lis ceci, fils, c'est que tu as ouvert
ma tombe. Je suis le dernier des lévites.
Non pas né de cette maison, mais choisi. Le
premier, Yosef Ben Ha Lévy Haivri, Joseph,
le fils de Lévi l'Hébreu, fut choisi par
Christophe Colomb. Yosef était connu sous
le nom de Luis de Torres. Il fut le premier
Juif à vivre dans le Nouveau Monde. Depuis
de Torres, la lignée n'a jamais été inter-
rompue, chaque lévite étant désigné par le
précédent. J'ai été nommé par Marc Eden Cross,
ton Saki. Il avait été choisi par son père.
Je souhaitais que tu me succèdes. Je me suis
donné beaucoup de mal quand tu étais jeune
pour te former à nos coutumes. Je voulais que
tu deviennes quelqu'un à qui ce secret pour-
rait être confié. Quand tu m'as fait part de
ton choix de renoncer à notre foi, j'ai été
anéanti. J'étais sur le point de te révéler
tout ce que je savais, mais ta décision a
rendu cela impossible. Tu me croyais dur
et intransigeant, mais en réalité, j'étais
```

fragile et faible. Pire encore, la fierté
ne m'a jamais permis de réparer le mal que
nous nous sommes fait. Lorsque tu as reçu le
baptême chrétien, nous avons pleuré comme si
tu étais mort, ce qui, pour moi, était le cas.
Je voulais que tu sois comme moi, le lévite,
mais tu n'en avais pas le désir. Il y a si peu
de Juifs, fils. Nous n'avons pas les moyens
d'en perdre. Alle est maintenant une des
nôtres. Peut-être le sais-tu. Sa conversion
m'a fait très plaisir, bien que je comprenne
à quel point cela aurait bouleversé sa mère.
Elle a découvert notre foi par elle-même et
a choisi de se convertir de son plein gré.
Je n'ai jamais exercé la moindre pression sur
elle, de quelque manière que ce soit. Elle est
sincère et pieuse. Mais le lévite doit être
un homme et je n'ai pas pu trouver quelqu'un
digne de cette tâche. J'ai donc emporté le
secret qui m'avait été confié jusque dans ma
tombe. Je suppose que seul toi ou Alle pour-
ront ouvrir mon cercueil. Je te confie donc ce
que ton Saki m'a donné.

3. 74. 5. 86. 19.

Ce que cela signifie, je n'en ai pas la
moindre idée. Décoder n'est pas le travail
d'un lévite. Nous ne sommes que des gardiens
des secrets. Jusqu'à l'époque de ton grand-
père, le lévite conservait aussi un autre
objet. Mais il fut caché après la Seconde
Guerre mondiale. La clé qui accompagne cette
note m'a été donnée par Marc, mais il ne m'en
a jamais expliqué la signification. Il vivait
à une époque où les nazis menaçaient tout ce
que les Juifs chérissaient. Il m'a dit qu'il
s'était assuré que le secret ne serait jamais

trahi. Ce que nous protégeons, fils, est
l'endroit où se trouve le trésor du Temple
des Juifs ; la ménorah en or, la table de la
divine présence, et les trompettes en argent.
Ils ont été apportés au Nouveau Monde par
Christophe Colomb, qui était juif, et cachés
par lui. Marc a vécu au moment où les Juifs
étaient massacrés par millions. Une partie
des devoirs d'un lévite est de s'adapter et il
a donc choisi d'opérer des changements dans
ce qui avait existé avant lui. Il ne m'a pas
dit grand-chose de ces changements, seulement
qu'il avait fait de son mieux - seulement que
le golem protège maintenant notre secret dans
un endroit qui est depuis longtemps sacré pour
les Juifs. Il m'a aussi donné un nom, rabbin
Berlinger. Ton Saki était un homme difficile à
cerner. Tu dis peut-être la même chose de moi.
Mais il m'a choisi pour garder ce qui reste du
secret et je ne lui ai jamais posé de question. Fils, fais-en autant. Assume ton devoir.
Garde vivante la lignée. Tu vas peut-être
demander quelle importance cela a maintenant. Ce n'est pas au lévite de décider. Notre
devoir est simplement de conserver la foi de
tous ceux qui sont venus avant nous. C'est la
moindre des choses que nous puissions faire,
compte tenu de leur sacrifice. Les Juifs ont
tant souffert depuis si longtemps. Et avec ce
qui se passe quotidiennement au Moyen-Orient,
peut-être que ton Saki avait raison en faisant
ces changements et les gardant pour lui-même.
Sache une autre chose, fils. J'étais sincère
dans ce que je t'ai écrit dans la lettre qui
accompagnait l'acte de propriété de la maison.
Je n'ai jamais pensé que tu avais fait quoi

que ce soit de mal. Je ne sais pas ce qui
s'est passé, je sais que tu n'as pas fraudé.
Je suis désolé de ne pas te l'avoir dit de mon
vivant, mais je t'aime.

Il relut la dernière ligne.

Aussi loin qu'il remontait dans ses souvenirs, c'était la première fois qu'Abiram lui disait qu'il l'aimait.

Et faisait référence à son grand-père, Marc Eden Cross. Saki.

Un dérivé de l'hébreu. *Sabba*, grand-père. *Savta*, grand-mère. Tout petit, il s'était mis à appeler son grand-père *Saki* et le nom lui était resté jusqu'à sa mort.

Il examina le troisième élément, une carte Michelin de la Jamaïque. Il la déplia soigneusement et vit les contours distincts de l'île avec sa topographie et ses routes. Il remarqua que le copyright datait de 1952. Puis il aperçut ce qui était écrit dessus dans une encre d'un bleu délavé. Des nombres séparés. Il fit un comptage rapide. Plus d'une centaine inscrits d'une côte à l'autre.

Il regarda le contenu du paquet.

Le trésor du Temple ?

Comment était-ce possible ?

Alle était assise avec Brian. La retransmission vidéo était terminée. Grâce à la caméra, ils avaient vu que le véhicule avait franchi un fossé pour entrer dans une orangeraie et emprunter un chemin cahoteux entre des arbres en fleur. L'homme était ensuite sorti de la voiture pendant une quinzaine de minutes avant de revenir pour faire un rapport sur ce qui s'était passé.

Il était à une cinquantaine de mètres, mais avait entendu Simon et Tom Sagan crier. Sagan voulait sa fille et Simon avait dit clairement qu'elle était à Vienne.

« Mais lui pense que je suis morte, dit-elle à Brian. Il bluffe ?

– C'est bien joué parce que votre père ne peut en aucun cas connaître la vérité. »

Puis l'espion en Floride avait indiqué que le rendez-vous était fixé pour demain à 17 heures à l'intérieur de Saint-Étienne.

« Votre père pense qu'il y sera en sécurité », dit Brian.

Elle avait visité la cathédrale deux semaines plus tôt.

« Il y a toujours un monde fou là-bas.

– Mais vous l'avez bien compris, pour Simon, vous êtes morte. Il sait parfaitement qu'il ne peut pas faire d'échange. »

Et pourtant, Zachariah avait accepté la transaction.

Son visage se décomposa.

« Eh oui, vous avez compris, dit Brian. Votre père suit exactement les instructions de Simon. La seule question qui se pose est de savoir si vous vous en fichez ou non. »

28

Béne suivait Frank Clarke qui grimpait en haut d'un chemin accidenté, sur un tapis de fougères et de cailloux rendus glissants par la boue. Heureusement, il avait revêtu un vieux jean et des bottes, tenue plus adaptée à son expédition à Charles Town. Le colonel était armé de sa machette avec laquelle il taillait les branches basses qui leur barraient la route. Le cri rauque d'un perroquet montait de la forêt et on entendait les coups incessants donnés par les piverts. Il n'y avait aucun risque de tomber sur des serpents venimeux. Des mangoustes importées d'Inde des siècles auparavant pour éliminer les rats s'en étaient chargées.

Il n'avait que trente-sept ans et était en bonne forme, mais cette montée était épuisante. Son visage était couvert de transpiration et sa chemise était trempée. Le colonel avait trente ans de plus, mais la piste raide ne semblait pas lui poser de problème. Il marchait d'un pas lent et prudent, et respirait de manière mesurée. Chaque fois qu'il allait en montagne, Béne pensait à ses ancêtres. Eboes du golfe du Bénin. Mandingues de Sierra Leone, Popos arrachés du Congo et de l'Angola. Coromantins capturés sur la Gold Coast, le Ghana actuel.

Ces derniers ayant été les plus coriaces.

Presque tous les grands chefs Marrons avaient été des Coromantins, y compris son arrière-arrière-arrière-grand-père.

Sa mère lui avait souvent parlé de la route tortueuse qu'avaient suivie les Africains pour arriver jusqu'au Nouveau Monde. D'abord, la capture, puis la détention dans un fort ou un comptoir. Ensuite, le regroupement avec d'autres captifs, pour la plupart des étrangers, certains des ennemis. Le quatrième choc consistait en un entassement dans des bateaux surpeuplés qui traversaient l'Atlantique. Nombreux étaient ceux qui ne survivaient pas au voyage et leurs corps étaient jetés par-dessus bord. Ceux qui s'en sortirent nouèrent des liens qui dureraient pendant des générations – frères et sœurs de bateau, comme ils s'appelleraient toujours les uns et les autres. Le cinquième traumatisme se produisait à l'arrivée, quand on les préparait comme du bétail, puis on les vendait. Le dernier calvaire, ce qu'on appelait l'accoutumance, c'était quand ceux qui étaient déjà là et habitués au joug leur apprenaient comment survivre.

Les Hollandais, les Anglais et les Portugais étaient tous coupables.

Et même si les fers avaient physiquement disparu depuis longtemps, une forme d'esclavage mental perdurait et l'on voyait les Jamaïcains refuser d'assumer leur passé africain.

Les Marrons n'entraient pas dans cette catégorie. Ils n'avaient pas oublié. Et n'oublieraient jamais.

Ils continuaient à monter. On entendait de l'eau couler bruyamment au loin. Tant mieux. Il avait soif. Les arbres étaient illuminés par la flamme de la forêt. Enfant, il avait appris que le jus puant de cette fleur rouge était bon pour guérir les infections de l'œil. Jeune garçon, il s'imaginait les guerriers Marrons, remontant les cours d'eau pour cacher leur odeur. Marchant à reculons pour laisser des traces qui ne menaient nulle part. Attirant des soldats britanniques au bord de précipices sans fond ou les forçant à emprunter des passages étroits pour les bombarder de blocs de pierre, de troncs d'arbre et de flèches. Des chèvres étaient utilisées pour tester les réserves d'eau que l'ennemi empoisonnait fréquemment, mais ils ne laissaient jamais les animaux entrer dans les villages de peur que leurs bêlements ne trahissent leur emplacement. Les guerriers étaient des champions en matière d'embuscade, s'enveloppant de la tête aux pieds dans des lianes de Mafoota

Wiss. On ne voyait même pas leurs yeux. Leur lance, le *jonga*, disparaissait aussi sous une épaisse couche de feuilles. Ce qui les rendait totalement invisibles dans la forêt. Un énorme avantage. Dont on ne parlait jamais, un des secrets que les Marrons gardaient farouchement.

Après une bataille, ils massacraient tous les soldats ennemis, sauf un ou deux, qu'ils relâchaient pour qu'ils puissent à la fois faire part de leur défaite et du défi qu'ils lançaient à leurs adversaires.

Envoyez-en d'autres. S'il vous plaît.

« Les vieux sont avec nous aujourd'hui, dit Frank.

– Tu entends des fantômes, Frank ?

– Pas les mauvais esprits. Seulement les vieilles personnes. Elles rôdent dans les bois pour nous protéger. »

On lui avait raconté des tas d'histoires sur les fantômes. Des esprits qui parlaient avec une intonation nasale aiguë et qui étaient repoussés par le sel. S'ils se trouvaient à proximité, vous aviez la tête pleine et la peau brûlante. Ils pouvaient même vous rendre malade, c'est pourquoi sa mère lui demandait toujours quand il était petit – et qu'il s'était fait mal : *Les fantômes t'ont flanqué un coup ?*

Il sourit en pensant à elle. Une femme si douce, mariée à un homme aussi violent. Mais son unique enfant était également violent. Pas plus tard qu'hier, il avait tué deux hommes. Il se demandait si leurs fantômes erraient maintenant entre les arbres à sa recherche.

« Craque l'allumette », dit sa mère.

Il obéit.

« Maintenant, souffle pour l'éteindre, dis "un" et jette-la par terre. »

Il suivit ses instructions. Ils étaient dans la forêt qui recouvrait la montagne au-dessus de Kingston. Ils aimaient venir là tous les deux, loin de la frénésie de la ville. Ici, elle lui parlait des Tainos, des Africains et des Marrons.

Ce soir, c'étaient les fantômes.

« Refais-le, dit-elle. Et dis "deux". »

Il craqua l'allumette, souffla dessus, prononça le mot et la jeta.

« Avec la troisième allumette, dit-elle, éteins-la, dis le mot, mais garde-la. Ce qui arrive alors, c'est que le fantôme est trompé. Il passe la nuit à chercher la troisième allumette pendant que tu t'enfuis. »

« C'est là, dit Frank, tirant Béne de ses pensées. Attention aux rochers. Tu glisses, tu roules. »

Il remarqua une fente dans la falaise, juste en dessous d'un énorme figuier dont les racines bloquaient l'entrée, comme des barreaux.

« Cette caverne traverse la crête de bout en bout, dit Frank. Les Marrons l'utilisaient autrefois pour s'y réfugier. Ils attaquaient les Anglais et faisaient le plus de dommages possible, avant de se retirer. Les soldats les suivaient, mais ils avaient disparu derrière le rocher. Heureusement pour eux, les Anglais n'aimaient pas s'aventurer dans les cavernes. »

La Jamaïque était comme une éponge avec des milliers de grottes reliées par un réseau de tunnels, avec des rivières qui disparaissaient dans le sol dans une paroisse et refaisaient surface dans une autre. La capacité de savoir retrouver son chemin sous terre avait assuré le salut des Marrons.

Frank conduisit Béne jusqu'à l'entrée où il vit qu'on avait improvisé une porte avec des planches qui bloquaient le chemin à un mètre à l'intérieur.

« Ça empêche les chauves-souris de venir ici. »

Ils enlevèrent les planches qui dissimulaient trois torches.

« Plus simple de les garder ici. »

Ils prirent chacun une lampe et entrèrent, s'accroupissant pour passer dans le conduit étroit. Il fallait faire attention au plafond calcaire hérissé de pointes coupantes et au sol humide. Au moins, ça ne puait pas le guano.

Quelques mètres plus loin, ils s'arrêtèrent. Frank éclaira le mur et Béne vit ce qui était gravé dans la pierre.

Un X crochu.

« C'est taino ? demanda-t-il.

– Allons plus loin. »

Le passage débouchait sur une grande salle plongée dans la pénombre. L'air était frais. En parcourant le lieu avec sa torche, il compta quatre ouvertures qui menaient vers l'extérieur.

Puis il vit les pictogrammes.

Maïs, oiseaux, poissons, grenouilles, tortues, insectes, chiens et ce qui ressemblait à un chef indigène en grand costume.

« Les Tainos croyaient que leurs premiers ancêtres étaient des esprits qui vivaient dans des cavernes et ne sortaient que la nuit pour manger les *jobos*, les prunes, dit Frank. Une nuit, les fruits étaient si bons qu'ils en mangeaient encore quand le soleil se leva et les transforma en êtres humains. »

Béne avait entendu sa mère lui raconter cette histoire de la création.

« Les cavernes étaient leurs refuges, dit Frank. Les Tainos n'étaient pas enterrés. Ils étaient étendus dans des endroits sombres. On dit que leurs cendres recouvrent encore le sol des grottes. »

Il se sentait honoré de pouvoir être ici, dans ce lieu de recueillement.

« Les Tainos détestaient les Espagnols. Pour éviter de devenir des esclaves, ils se cachaient dans des lieux comme celui-ci pour se laisser mourir de faim. Certains partaient vite en buvant le poison issu du manioc. D'autres traînaient longtemps. »

Le colonel se tut.

« Christophe Colomb les appelait Indiens. Les gens aujourd'hui les appellent à tort des Arawaks. C'était des Tainos. Ils sont arrivés ici sept mille ans avant les Espagnols, en pagayant sur des canoës depuis le Yucatan. Ici, c'était chez eux. Pourtant, les Européens les ont décimés en cent ans seulement. Soixante mille personnes furent massacrées. »

Il perçut le mépris dans sa voix, un sentiment qu'il partageait.

« Ce X crochu n'est pas taino, dit Frank. On ne l'a jamais trouvé dans aucune des cavernes qu'ils avaient décorées. C'est espagnol et ça désigne un endroit important. Les Marrons connaissent ce symbole depuis longtemps, mais nous n'en parlons jamais. Ceux qui souhaitent trouver la mine perdue cherchent également ce symbole.»

Ce qui était exactement ce que Zachariah Simon lui avait dit, mais sans lui fournir d'explication.

«La mine existe donc vraiment? Je ne t'ai jamais entendu parler comme ça.

– Cette histoire n'a pas de sens. Les Tainos n'attachaient aucun prix à l'or. À leurs yeux, c'est le *guanín* qui avait de la valeur.»

Il connaissait cet alliage, un mélange de cuivre, d'argent et d'or. Il avait vu des objets fabriqués avec ce métal d'un rouge pourpre.

«Ils adoraient l'odeur que dégageait leur peau au contact du *guanín*, dit Frank. L'or pur était blanc jaune, sans odeur et sans attrait. Le *guanín* était différent. Pour eux, c'était devenu un métal spécial, d'autant plus qu'ils ne pouvaient pas le faire fondre eux-mêmes. Ce furent des peuples d'Amérique du Sud en route vers le nord qui leur apprirent à le faire. Pour eux, l'or venait des ruisseaux, le *guanín* venait du ciel.

– Ce que tu es en train de me dire, c'est qu'ils n'avaient pas de mine d'or?

– Je ne sais pas, Béne. Ils utilisaient sans aucun doute de l'or. Un endroit où se le procurer aurait donc pu avoir de l'importance pour eux. Ce dont je suis sûr, c'est que deux cents tonnes d'or ont été expédiées par bateau du Nouveau Monde jusqu'en Espagne au cours des cent ans suivant la mort de Christophe Colomb. Une partie venait de Jamaïque et des milliers de Tainos sont morts à cause de ça.»

Clarke se tut et regarda attentivement les dessins éclairés par les torches.

Béne était également attiré par eux.

«Ils plongeaient un bâton dans du charbon mélangé à de la graisse et de la fiente de chauve-souris.» Frank parlait plus bas maintenant. «Si simple, et pourtant ces œuvres ont duré si longtemps.

– Qui connaît cet endroit ?

– Personne, en dehors de notre communauté. Les Marrons viennent ici depuis longtemps.»

Lui aussi se sentait très proche de cet endroit.

Frank se retourna et lui tendit un morceau de papier. Avant d'entamer leur expédition dans la montagne, le colonel s'était éclipsé quelques instants à l'intérieur du musée, sans que Béne sache pourquoi.

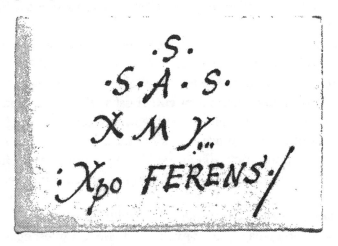

«C'est la signature de Colomb.» Frank éclaira le papier avec sa torche. «C'est un vrai fouillis qui en dit long sur l'homme. L'important, ce sont les X.»

Il les avait déjà remarqués. Tous deux crochus comme celui de la tombe, ainsi que dans les documents espagnols, au musée et sur le mur à l'extérieur.

Il regarda Clarke.

«Tu ne m'as jamais parlé de ça.

– Nous sommes condamnés, Béne. Comme il y a deux cents ans. Les Marrons se battent trop entre eux. Nous devenons notre propre ennemi. Le gouvernement le sait et, comme les Anglais il y a longtemps, ils alimentent les conflits. De cette façon, ils ne sont pas obligés d'écouter nos plaintes. J'essaie de contenter les autres colonels, mais c'est difficile.»

Il savait que tout cela était vrai.

«Toi, Béne, tu es un homme que les colonels respectent. Mais ils te craignent aussi. Ils connaissent tes autres activités. Ils acceptent ton argent, mais ils savent que tu tues des gens.

– Seulement quand il n'y a pas d'autre choix.

– C'est cette justification-là que les Marrons ont toujours employée depuis qu'ils se sont réfugiés dans les montagnes. Chaque esclave en fuite a dit la même chose. "Seulement quand il n'y a pas d'autre choix." Pourtant, nous avons tué tant de gens.»

Là, sous terre, face à cet homme instruit, Béne décida soudain d'être honnête.

«Je fais ce qui doit être fait. La violence est parfois la seule chose que certains comprennent. Il est vrai que je gagne de l'argent grâce au jeu, aux prostituées, aux films porno. Je ne fais rien qui puisse nuire à des enfants. Rien. Les filles qui travaillent pour moi voient régulièrement un médecin et sont en bonne santé. J'ai des règles. J'essaie de faire bien les choses.»

Clarke leva la main en signe de reddition.

«Ne cherche pas à me convaincre, Béne. Ça m'est égal.»

Mais il sentait qu'il devait se justifier. Les esprits agissaient-ils sur lui?

«Sois qui tu es, Béne. C'est tout ce que nous pouvons faire.»

Normalement, il n'était pas du genre à se remettre en question, mais cet endroit devait l'affecter.

«Je crois que ce X crochu est la marque de Christophe Colomb, dit Frank. Un signe indiquant un endroit important. Peut-être même la mine perdue.

– Dans cette caverne?»

Le colonel secoua la tête.

«Ce n'est pas celle-ci. Ils ont fait une marque ici pour une raison particulière. Laquelle? Je l'ignore. Personne ne connaît le véritable endroit.»

Simon avait parlé de Christophe Colomb, de la mine perdue et du lévite, révélant apparemment tout ce qu'il savait.

Mais il n'avait jamais mentionné la signature de Colomb, ni rien de ce que Frank Clarke venait de lui dire.

Parce qu'il n'était pas au courant ? Impossible.

Simon en savait beaucoup. Suffisamment pour se trouver en Floride en train d'affronter un homme et sa fille. Une femme qui avait écrit un article sur Christophe Colomb dans une revue qu'il n'avait pas lue. Le moment était venu de corriger cette erreur.

« Tout le monde veut nous préserver, dit Frank. On parle de la culture marron et de nous comme si nous étions morts. Mais nous sommes encore là. »

Il était bien d'accord.

« Tant mieux si tu trouves la mine perdue, Béne. Ce trésor peut servir à améliorer notre situation. L'argent représente toujours le pouvoir et nous n'avons ni l'un ni l'autre. Contrairement à d'autres Marrons, je n'ai jamais accusé les Juifs d'avoir profité de nous. Nous avions besoin de provisions et de munitions, et ils nous les fournissaient. Les Britanniques en avaient besoin aussi et ils les leur fournissaient. Ainsi va le monde. Ces Juifs sont partis, mais nous sommes encore là. »

Il repensait à ce que Tre lui avait dit à propos des frères Cohen et de la fortune cachée des Juifs depuis l'époque des Espagnols.

Il lui avait aussi parlé du lévite qui était le gardien de ces secrets.

« Tu crois que les Juifs auraient pu cacher leur fortune dans la mine, eux aussi ? »

Frank haussa les épaules.

« C'est possible. Toutes les légendes semblent s'être fondues pour ne faire plus qu'une. C'est justement ça, Béne. Personne ne sait rien. »

Il était content d'être venu.

Enfin des réponses.

Et ce qu'avait dit Clarke était vrai. L'argent donnait effectivement le pouvoir. Il était intimement lié à la gauche et au Parti national du peuple, mais il préférait le Parti travailliste de centre droit au pouvoir. Ses appels téléphoniques aux hommes du gouvernement ne restaient jamais sans réponse. Il sollicitait rarement un ministre, mais quand il le faisait, la réponse était toujours oui. Aucun d'entre eux n'avait jamais écarté ses demandes.

Une chose à laquelle les Marrons croyaient lui revint à l'esprit.

Li innocent et li imbécile se ressemblent comme di jumeaux.

Il n'était ni l'un ni l'autre.

«Je trouverai la mine», dit-il, aussi bien à l'intention de son ami que de ses ancêtres.

29

A lle n'appréciait pas du tout l'attitude mora-
lisatrice de Brian Jamison. Deux heures
s'étaient écoulées depuis qu'ils avaient fini de visionner la
vidéo en provenance de Floride et Brian était resté au téléphone, enfermé dans une autre pièce pendant tout ce temps.
Elle était dans la petite cuisine de la maison attablée devant un
café. Le paysage à l'extérieur était champêtre, avec des bois,
sans aucune route ni maison en vue. Il était 19 heures passées
en République tchèque, soit le début d'après-midi en Floride.
Son père venait apparemment à Vienne pour négocier sa
libération.

Ce qui la surprenait encore.

Une porte s'ouvrit et elle entendit des pas sur le plancher.
Brian entra dans la pièce, portant toujours une arme à l'épaule.
Il se versa une tasse de café.

« La situation évolue rapidement, lui dit-il.

– Je ne vous aime pas. »

Il rit.

« Ça m'est égal. Si ça ne tenait qu'à moi, j'aurais laissé
Simon vous tuer. »

Les provocations d'Alle commençaient à perdre de leur
mordant.

« Et maintenant ?

– Ne me dites pas que vous ne vous sentez pas du tout
concernée par ce qui va arriver à votre père ? Il a pris tous ces
risques pour vous. Que fait-on de ça ? »

Elle ne dit rien.

« Il fonce droit dans un piège en se rendant dans cette cathédrale.

– Alors arrêtez-le. Dites à votre homme en Floride de l'informer de ce qui se passe ici.

– Comment proposez-vous que je m'y prenne ? Nous n'avons pas la moindre idée de la façon dont il va venir à Vienne. Mon homme a perdu sa trace après l'orangeraie. Il ne va sûrement pas prendre un vol depuis Orlando. Je parie qu'il ira en voiture jusqu'à Tampa, Jacksonville ou Miami. Et ce n'est pas un imbécile, contrairement à ce que vous pourriez penser, il ne prendra pas un vol direct. Il viendra par un autre moyen. On ne peut donc pas entrer en contact avec lui avant qu'il n'arrive à la cathédrale.

– Vous vous fichez complètement de mon père. Tout ce que vous voulez, c'est ce qu'il a.

– Bien sûr. Mais il me pose quand même un problème à Vienne. Les choses sont claires, il n'est pas *mon* père et donc, en effet, je m'en fiche complètement.

– Mon père était un des meilleurs journalistes au monde, dit-elle. Il sait ce qu'il fait. »

Elle n'avait jamais dit ça auparavant.

« Vous vous sentez mieux en affirmant cela ? Je vous assure que votre père n'a jamais eu à faire à un homme comme Zachariah Simon. » Il but une gorgée de café. « J'aimerais savoir de quoi il s'agit. Le moins que vous puissiez faire est de m'expliquer ce qui se passe ici.

– Je ne sais pas.

– Alors dites-moi ce que sait Simon. »

En l'an 71 de l'ère chrétienne, après avoir écrasé la rébellion des Juifs et détruit Jérusalem, Titus revint à Rome. Son père, Vespasien, était maintenant empereur et il accueillit le retour de son fils triomphalement. Plus d'un million de personnes étaient mortes en Judée et maintenant tout Rome venait pour leur rendre hommage. Huit ans plus tard, après que Titus fut lui-même devenu empereur, il immortalisa cette journée par une statue le montrant en conquérant, paradant dans les rues dans un char avec le trésor du Temple des Juifs – la table en or de la divine présence, les trompettes en argent et la ménorah à sept branches – le précédant.

Pendant trois cent quatre-vingts ans, ces trésors restèrent à Rome. Puis, en 455, les Vandales pillèrent la ville. Un historien byzantin écrivit que le chef vandale, « que personne ne pouvait arrêter, entra à Rome et embarqua sur des navires tout l'argent et les ornements de la ville, parmi lesquels se trouvaient les trésors en or massif ornés de pierres précieuses de l'Église ainsi que les réceptacles juifs que le fils de Vespasien, Titus, avait rapportés à Rome après la conquête de Jérusalem ».

Le trésor du Temple fut emmené au Sud jusqu'à la ville africaine de Carthage où il resta de 455 à 533 jusqu'à ce que les Byzantins aient vaincu les Vandales. Un autre chroniqueur décrivit le retour triomphal du vainqueur à Constantinople en 534.

« Et il y avait aussi de l'argent pesant plusieurs milliers de talents et tous les biens royaux parmi lesquels se trouvaient les trésors des Juifs, que Titus, le fils de Vespasien avait rapportés à Rome après la conquête de Jérusalem. »

L'empereur Justinien exposa le trésor juif dans différents sites de la ville. Justinien était un des plus grands chefs byzantins, mais il était extrêmement impopulaire, et le mécontentement se transforma finalement en une révolte. Un contemporain de l'époque rapporta : « Un Juif, voyant ces choses, s'approcha de quelqu'un connu de l'empereur et dit :"Ces trésors du Temple, je crois qu'il serait mal avisé de les emporter dans le palais de Byzance. En effet, il n'est pas possible qu'ils soient ailleurs qu'à l'endroit où Salomon, le roi des Juifs, les avait d'abord placés. Car c'est à cause d'eux que les Vandales ont conquis le palais des Romains et que nous avons vaincu les Vandales." Quand ceci vint aux oreilles de l'empereur, Justinien prit peur et envoya aussitôt le tout aux sanctuaires des chrétiens à Jérusalem. »

« Justinien était superstitieux et paranoïaque, dit Alle à Brian. Il se laissa terroriser par un courtisan juif anonyme qui lui assura que toutes les civilisations qui avaient détenu le trésor du Temple depuis l'an 70 s'étaient effondrées. D'abord les Juifs, puis Rome, puis les Vandales. Serait-il le prochain ? Donc, à un moment donné, entre 535 et 554, il ordonna que le trésor du Temple retourne en Terre sainte. »

Brian lui jeta un regard dubitatif.

« Simon serait à la recherche du trésor du Temple ? »

Elle acquiesça.

« Les trois objets les plus sacrés du judaïsme. Ils ne sont jamais arrivés en Terre sainte. L'histoire a perdu leur trace après qu'ils ont quitté Constantinople. Zachariah dit que mon grand-père savait où ils étaient cachés. Qu'il était le lévite, la seule personne vivante qui connaissait l'endroit. Il dit que ce que j'ai enterré avec lui nous y mènerait.

– Pour quelle raison ? Pas pour sa valeur. Il est milliardaire.

– Il veut le rendre aux Juifs.

– Et vous l'avez cru ?

– Et quel est votre intérêt à *vous* ?

– Racontez-moi la suite. Quel est votre rôle dans tout ça ? »

Après que Rome eut saccagé Jérusalem en 70 et que le second Temple eut été rasé, plus de quatre-vingt mille Juifs furent déportés de la Judée jusqu'à la péninsule ibérique – qui était à l'époque aux confins occidentaux de l'Empire romain. Avec le temps, d'autres Juifs y émigrèrent et leur communauté prospéra sous le nom de séfarade.

La vie là-bas pour les Juifs était tolérable puisque l'Église catholique émergente avait des difficultés pour s'établir aussi loin à l'ouest. Les Wisigoths qui dirigeaient le pays ne s'étaient convertis qu'en 587. Ce qui marqua le début d'un phénomène récurrent propre à la politique ibérique – les Juifs recevaient l'ordre de devenir chrétiens sinon ils étaient expulsés. Beaucoup se sont convertis, devenant les premiers conversos, *tout en gardant en secret leur identité juive, mais en professant ouvertement une autre foi. Des dizaines de milliers partirent ou furent expulsés. Se succédèrent ensuite des périodes de tolérance et d'intolérance. La saisie des biens était fréquente, surtout quand les monarques avaient besoin des avoirs juifs. Quand les Maures envahirent l'Ibérie en 711, les Juifs les accueillirent comme des libérateurs.*

La vie sous le règne mauresque devint l'Âge d'or pour les Juifs séfarades. Leur nombre s'accrut à mesure que d'autres immigraient.

Mais la Reconquista *changea tout.*

Les chrétiens reprirent peu à peu l'Ibérie et imposèrent des conversions, se livrant à des pogroms. Vers 1400, les Juifs étaient devenus la cible de la vindicte espagnole. Pour éviter la mort ou la persécution, des milliers d'autres se convertirent au christianisme, engendrant une nouvelle vague de conversos. *Des lois imposant des restrictions à l'activité des Juifs aboutirent finalement à geler le commerce. La terre restait en jachère, les échanges financiers étaient perturbés. Des communautés entières furent détruites et beaucoup d'autres réduites à la pauvreté. Afin de restaurer l'économie espagnole, la Couronne essaya de faire revenir les Juifs en leur accordant des privilèges.*

Elle y parvint, mais cette mesure fit naître le ressentiment chez les chrétiens.

Quand Ferdinand et Isabelle montèrent sur le trône et achevèrent la Reconquista *en 1492, expulsant les derniers Maures du sol espagnol, ils publièrent un édit ordonnant à tous les Juifs de se convertir ou de quitter l'Espagne.*

Ils remirent l'Inquisition au travail pour éradiquer les faux conversos.

Cent soixante-cinq mille Juifs choisirent de partir.

Beaucoup d'autres restèrent et gardèrent leur secret.

Davantage encore furent massacrés.

Ce récit est-il le vôtre ou bien une partie provient-elle de ce que Simon vous a raconté ? demanda Brian.

– Je ne suis pas complètement ignorante en matière d'histoire juive, protesta-t-elle. C'est ce que j'ai étudié.

– Je n'ai pas dit que vous étiez ignorante, j'ai juste besoin de savoir ce que ce cinglé essaie de faire.

– Il m'a parlé d'une histoire. Je ne sais pas si elle est vraie. Mais c'était assez surprenant. Elle concerne les Juifs d'Espagne, à l'époque où Christophe Colomb s'embarqua.

– Dites-moi.

– Pourquoi le ferais-je ?

– Parce que la vie de votre père en dépend. »

30

Tom entra dans Orlando et prit la direction de sa maison. Il avait besoin de son passeport. Il s'était déjà arrêté dans une bibliothèque de quartier et s'était servi d'un des ordinateurs pour réserver un vol de New York jusqu'à Bratislava en Slovaquie qui partait à 20 heures. Pour y arriver, il devrait prendre un avion à Jacksonville, qui était à environ deux heures et demie de chez lui par l'autoroute. Ce serait plus sûr que d'aller à l'aéroport d'Orlando que Simon risquait de surveiller. Il devrait changer d'avion à Londres, mais serait en Slovaquie largement dans les temps. De là, il louerait une voiture pour traverser la frontière autrichienne et gagner Vienne, à soixante-dix kilomètres environ.

Il gara la voiture à une rue de sa maison et s'en approcha par l'arrière. Il scruta les alentours pour voir s'il n'y avait rien de suspect, mais le quartier semblait tranquille. Il entra par la porte de derrière et constata qu'il ne considérait plus cet endroit comme un refuge. Ça puait le danger et il avait hâte de partir. Il se changea rapidement, trouva son passeport et une veste, prit les quelques centaines de dollars qu'il gardait toujours chez lui et s'en alla. Il achèterait ce dont il aurait besoin en route. Il avait l'impression de se retrouver au bon vieux temps quand il était en quête d'un tuyau, mettant les détails bout à bout, espérant que les pièces du puzzle finiraient par s'assembler et signifier quelque chose. Il s'était bien débrouillé aujourd'hui, anticipant les mouvements de son adversaire, avec toujours une longueur d'avance. Sa fille comptait sur lui et, cette fois, il n'allait pas la décevoir.

Il semblait également détenir un secret extraordinaire – un secret auquel sa famille avait apparemment été associée depuis des générations.

Et ça l'excitait, malgré tout.

Il sortit de la maison et se dirigea vers sa voiture.

Une chose l'inquiétait pourtant. Zachariah Simon avait accepté trop vite ses conditions. Il s'était toujours méfié des sources qui se montraient trop facilement conciliantes.

Il s'interrogeait. Avait-il fait une erreur ?

Zachariah monta à bord du jet de location, furieux de ce gâchis d'argent. Il n'avait pas pu récupérer le sien qui l'attendait à l'aéroport international Sanford d'Orlando, une installation plus petite au nord de la ville. Il se demandait par où Tom Sagan quitterait l'Amérique. Sûrement pas depuis Orlando. L'homme était certainement plus malin que ça. Mais cela lui était égal. Il voulait que l'ancien journaliste vienne à Vienne et il ne ferait rien pour gêner ce voyage.

Il s'assit dans un des fauteuils luxueux et attacha sa ceinture de sécurité. Les moteurs de l'avion étaient déjà en marche. Un air frais s'engouffra, en provenance des ouvertures au-dessus. Après avoir mis leurs bagages dans la soute, Rocha le rejoignit.

«Dommage qu'elle soit morte, dit-il, en parlant d'Alle. J'ai peut-être agi un peu vite.»

Rocha haussa les épaules.

«Jamison savait exactement où chercher.»

Un problème dont il devrait s'occuper. Un espion parmi eux ? Sans aucun doute. Il fallait aussi qu'il parle avec Béne Rowe pour comprendre pourquoi le Jamaïcain le faisait suivre. Il avait sous-estimé l'envie qu'avait Rowe de retrouver la mine perdue de Christophe Colomb. Il lui avait lâché juste assez de renseignements pour le convaincre qu'il savait ce dont il parlait. Mais peut-être pas assez.

« *C'est une tombe que je cherche, avait-il dit à Rowe. C'est ça que nous devons trouver. Le tombeau du lévite.*

– Et pourquoi ?

– Le lévite est la personne qui détient le secret de la mine. Lui seul sait où elle se trouve. Il est supposé transmettre cette information à quelqu'un d'autre avant de mourir. Mais il se peut que cela n'ait pas eu lieu. Mon père avait trouvé un indice dans le tombeau d'un lévite. Cherche la cruche gravée dans la pierre tombale. C'était le symbole du lévite. Et un X crochu. Il devrait aussi s'y trouver. »

Il se fichait complètement de la mine perdue de Christophe Colomb. L'objet de sa quête était bien plus précieux. Mais si l'idée de trouver la mine pouvait motiver Béne Rowe et le pousser à agir, alors pourquoi ne pas en profiter ? Quand il avait pris contact avec Rowe au début, il cherchait une piste pour retrouver le lévite. Mais ses premières conversations avec Rowe avaient eu lieu bien avant d'avoir rencontré Alle Becket et appris que le lévite actuel ne vivait pas en Jamaïque, mais en Floride.

Et il avait eu raison.

Le secret avait été emporté dans la tombe.

Ces derniers temps, il avait négligé Rowe. Ils avaient fait équipe plus d'un an auparavant, après qu'il eut cherché quelqu'un en Jamaïque qui partagerait sa passion et entreprendrait les recherches. Il avait rencontré Brian Jamison assez tôt. Un homme de Rowe. Intelligent, plein de ressources, américain.

Le jet roulait en direction de la piste.

Malheureusement, il ne pouvait pas ignorer Rowe plus longtemps.

Béne était assis sous la véranda et contemplait sa propriété. Des nuages s'amoncelaient, annonçant l'arrivée d'une tempête en provenance du nord à travers les montagnes Bleues. On entendait le tonnerre au loin. Il pleuvait beaucoup ici, ce qui était bon pour les grains de café.

La grande maison, un manoir géorgien mâtiné de style créole, trônait au sommet d'une petite butte en pente douce. Elle avait été bâtie entre 1771 et 1804 par un planteur britannique. Les murs en pierre blanche contrastaient avec les vertes étendues boisées. Ce Britannique avait été l'un des premiers à cultiver le café. Les graines avaient été importées en 1728 et cette activité avait rapidement prospéré sur l'île. Bien que le café mette plus longtemps à mûrir dans un air frais, il en résultait une qualité plus riche. Aujourd'hui, quatre mille cinq cents hectares seulement dans toute la Jamaïque se trouvaient au-dessus de l'altitude minimum de six cents mètres imposée par les normes nationales nécessaires à l'obtention de la dénomination café Blue Mountain. C'est son père qui avait établi ces règles, sachant que toutes les terres possédées par les Rowe se trouvaient au-dessus de ce niveau. À l'époque, des pulperies se trouvaient à côté des champs afin que les grains puissent être traités rapidement. Les transports modernes avaient rendu cela inutile. Mais ce qui sortait des pulperies continuait à être séché, calibré, puis classé après seulement six semaines de traitement. Aucun autre producteur de café au monde ne faisait cela. Il était fier de son pays et de son domaine, particulièrement de la maison pour laquelle il avait dépensé des millions en réfection. Il n'y avait plus d'esclaves ici. La plus grande partie de la main-d'œuvre était des Marrons qu'il payait au-dessus de la moyenne.

La pierre du tombeau du lévite était posée sur une table devant lui. Il l'avait nettoyée, enlevant soigneusement la terre sombre, dégageant le X crochu. Son retour en voiture de Charles Town à travers les montagnes lui avait permis de réfléchir. Frank Clarke lui avait appris des choses. Il était agacé que son ami les lui ait cachées pendant si longtemps, mais il n'était pas surpris. Il se demandait s'il y avait un rapport entre le mythe taino de la grotte dite « de grande importance », la légende marron mentionnant un endroit avec une grille en fer, la fortune des Juifs prétendument cachée et la mine perdue de Christophe Colomb.

Quatre histoires.

Similaires et pourtant différentes.

Les séparer les unes des autres pourrait se révéler difficile. Est-ce que le document que Felipe avait trouvé les mettrait sur la bonne direction ? Il espérait que les recherches de Tre Halliburton aux archives avaient été fructueuses. Il n'avait pas de nouvelles de son ami.

Il caressa la pierre. Un symbole si étrange. Que voulait-il dire ?

Son téléphone portable vibra. Peu de personnes connaissaient ce numéro en dehors de ses lieutenants. Il regarda l'écran et vit que l'appel venait de Zachariah Simon. Il le laissa vibrer. Qu'il attende. Au bout de la septième vibration, il répondit.

« Je me rends compte que je t'ai bien mal traité, dit Simon.

– Tu m'as menti.

– J'ai simplement omis de te dire ce que je faisais en dehors de la Jamaïque. Mais, en fait, ça ne te regarde pas.

– Si ça concerne la mine perdue, alors ça me regarde. Et que tes activités en Floride ont un rapport avec ça, ça ne fait aucun doute.

– Je sais que tu es au courant, dit Simon.

– Tu m'as menti, répéta-t-il.

– Il y a davantage en jeu ici, il ne s'agit pas simplement de retrouver de l'or.

– Pas pour moi.

– J'apprécie ce que tu as fait quand j'étais en Jamaïque. Les informations que tu m'as fournies étaient intéressantes, mais rien que je ne sache déjà. J'avais l'impression de te donner beaucoup plus que ce que tu me donnerais en retour. »

Béne regardait les montagnes et la tempête qui s'approchait.

« À ta place, je ne sous-estimerais pas ce que je peux t'apporter. »

Simon gloussa dans le téléphone.

« Allons, Béne, ne soyons pas irréalistes. Cette quête va bien au-delà de ton île. Il s'agit d'un secret, protégé depuis cinq cents ans. Peut-être que certains indices se trouvent là-bas, mais la réponse est définitivement ailleurs.

– Vienne ? »

Jamison avait déjà appelé pour l'informer de l'incident dans l'orangeraie. Il pensait que Simon était allé tout droit de cette orangeraie à un aéroport et qu'il se trouvait maintenant à bord d'un avion.

« Tu es vraiment bien informé, dit Simon. Qu'est-ce que tu veux, Béne ?

– Qu'on me dise la vérité. Être considéré comme un égal. Être respecté.

– Et que proposes-tu en échange ?

– Quelque chose dont tu pourrais avoir grand besoin.

– C'est-à-dire ?

– Alle Becket. »

31

Au milieu du VIe siècle, Justinien, l'empereur byzantin, ordonna que le trésor du Temple des Juifs soit retiré de Constantinople. Il le croyait maudit et voulait que les objets sacrés soient renvoyés en Terre sainte. Se contenter de fondre l'or et l'argent et de réutiliser les métaux précieux ne suffirait pas, selon lui, à effacer la malédiction. Il fallait les bannir pour y parvenir. L'empereur confia la tâche à des subordonnés qui engagèrent des marchands locaux pour transporter le trésor par bateau en direction du sud. Les trois objets – la ménorah en or, la table de la divine présence et les trompettes en argent – furent chargés à bord.

Mais, quand ils furent hors de vue, le capitaine et son équipage – tous juifs – virèrent à l'ouest, contournèrent la botte de l'Italie, puis naviguèrent au nord vers l'Ibérie. Là, les trois trésors furent débarqués et confiés à des séfarades. Beaucoup étaient des descendants lointains de ceux que les Romains déportèrent après la destruction du second Temple. Finalement, quatre cent soixante-dix ans après, les trésors du Temple leur avaient été restitués.

Et ces hommes ne voulaient pas risquer de les perdre une nouvelle fois.

Les trésors furent cachés dans la montagne, où ils restèrent pendant près de mille ans, gardés par des descendants de ces mêmes séfarades.

Ce millénaire connut de multiples perturbations. Pendant un temps, les Juifs avaient pu prospérer en toute sécurité, mais au IVe siècle, avec le triomphe de la chrétienté sur l'Empire romain, ils furent à nouveau persécutés. Mais nombre d'entre eux jouaient désormais un rôle important dans le commerce et l'artisanat, ou en tant *que collecteurs d'impôts, ministres des Finances, trésoriers, banquiers et astronomes. Ils exerçaient une grande influence sur les rois. L'Église catholique finit par le leur reprocher et entama une campagne visant à les détruire. Les Juifs furent victimes de pogroms à intervalles réguliers, dont le pire eut lieu au XIVᵉ siècle, durant lequel des dizaines de milliers de Juifs furent massacrés, leurs richesses et leurs propriétés confisquées. Ferdinand et Isabelle expulsèrent tous les Juifs, les forçant à vendre maisons, terres, magasins et bétail à vil prix. Aucun or ni argent ne pouvait sortir du pays, et ils furent obligés d'échanger des richesses tangibles contre des biens courants. Cent vingt mille Juifs s'échappèrent vers le Portugal avec l'accord du roi de ce pays, mais celui-ci finit par revenir sur sa promesse et les réduisit en esclavage. D'autres allèrent en Afrique du Nord, mais ne trouvèrent aucun appui auprès des Maures. D'autres encore tentèrent de s'installer en Italie et en Turquie, mais ils n'y rencontrèrent que peine et souffrance. Le 3 août 1492, le jour où Christophe Colomb quitta l'Espagne pour son premier voyage, la situation des Juifs séfarades semblait désespérée.*

« Alors ils tentèrent quelque chose de désespéré, dit Alle. La seule chose qu'ils croyaient efficace. »

Brian écoutait attentivement.

« Leur monde s'était écroulé. Ils n'avaient nulle part où aller. Ni en Europe, ni en Afrique. Personne n'en voulait. Alors ils rêvèrent d'un endroit meilleur de l'autre côté de l'océan, en Asie. Là où Christophe Colomb allait.

– Vous dites que Christophe Colomb cherchait une patrie pour les Juifs ?

– Exactement. À l'époque, on racontait qu'à l'est il y avait un endroit où les Juifs vivaient en paix. Était-ce vrai ? Personne ne le savait. Mais les mythes étaient tout ce qui leur restait. Il devait y avoir quelque chose de mieux ailleurs. Savez-vous qui a réellement financé le premier voyage de Christophe Colomb ? Ce n'est pas Isabelle en vendant ses bijoux, comme on le raconte. La monarchie espagnole était fauchée. Il n'y avait pas d'argent pour des entreprises insensées, et c'est ainsi qu'ils jugeaient le projet de Colomb. Ce sont les Juifs qui finan-cèrent ce voyage. »

Brian était visiblement surpris.

« Luis de Santangel était un *converso*, un Juif d'Aragon qui s'était converti pour ne pas perdre le travail de toute une vie. Des membres de sa famille faisaient partie du gouvernement et, quand Ferdinand avait besoin d'argent, il se tournait vers les Santangel. Malheureusement, ils furent parmi les premières cibles de l'Inquisition et Luis fut traduit en justice. Finalement, ce fut Ferdinand lui-même qui intervint en sa faveur. Luis connaissait tous les secrets intimes du roi. Il s'occupait des affaires les plus difficiles de l'État. Ferdinand avait besoin de lui et il fut donc épargné. Ce fut Santangel qui convainquit le roi et la reine d'apporter leur soutien à Colomb. Mais ils n'y consentirent qu'après que Santangel eut investi 17 000 ducats de son propre argent dans le voyage. Trois autres *conversos* mirent également de l'argent. La Couronne espagnole n'avait rien à perdre.

– Pourquoi n'ai-je jamais entendu parler de cela ? demanda Brian.

– Parce que personne ne veut reconnaître que Christophe Colomb aurait pu être juif et que des Juifs avaient financé l'expédition qui permit la découverte du Nouveau Monde. Mais c'est vrai. J'ai vu les livres de comptes originaux de Santangel dans les archives de Simancas. On y voit clairement les sommes d'argent qui avaient été avancées et pourquoi elles l'avaient été. »

C'était ce qu'elle avait étudié ces deux dernières années. Cette curiosité était un virus que son grand-père lui avait inoculé il y a longtemps. Quelque chose que Zachariah Simon semblait tellement vouloir comprendre.

« Les Juifs découvrirent l'Amérique, dit Brian, en secouant la tête. Voilà qui devrait changer pas mal de choses.

– Lors du premier voyage de Christophe Colomb vers le Nouveau Monde, dit-elle, il y avait quatre-vingt-sept hommes sur ces trois bateaux. Contrairement à la version hollywoodienne, il n'y avait pas un seul prêtre. Pas un. Mais il y avait un traducteur d'hébreu à bord. Un dénommé de Torres, qui fut probablement la première personne à débarquer ce jour de 1492. Colomb avait emmené un traducteur d'hébreu pour une raison bien précise. Il pensait qu'il mettait le cap sur l'Inde et l'Asie, un endroit où les Juifs vivaient en paix et en sécurité. Il voulait donc pouvoir communiquer avec eux. Dans la soute de la *Santa Maria*, se trouvaient aussi trois caisses qui contenaient les trésors du Temple. Lorsque Santangel finança le voyage, il passa avec Colomb un accord secret. "Emportez nos trésors avec vous et cachez-les. L'Espagne n'est plus un endroit sûr."

– Alors ce trésor dort quelque part dans les Caraïbes ? dit Brian.

– Probablement en Jamaïque. La famille de Christophe Colomb a contrôlé cette île pendant cent cinquante ans. Zachariah dit que sa famille a cherché pendant des générations et a appris tout ce qu'on pouvait savoir sur le sujet. Mais c'est le lévite qui est au courant de tout et mon grand-père était cet homme.»

Brian resta silencieux pendant quelques instants, plongé dans ses réflexions.

Elle se demandait si cet homme était un ami ou un ennemi. Difficile à dire.

«Voulez-vous aider votre père ?

– Je ne veux pas qu'on lui fasse du mal.» Elle était sincère.

«Que puis-je faire ?

– Beaucoup peut-être.»

32

Tom inclina son siège au maximum, essayant de trouver une position confortable pour pouvoir dormir un peu. Il était arrivé à New York sans problème et avait embarqué dans le vol à destination de Londres. Ils étaient partis à 20 heures pile et, selon le pilote, arriveraient à Londres avec une demi-heure d'avance. Ce qui l'arrangeait car il avait peu de temps pour avoir sa correspondance pour Bratislava. La cabine était pleine. La lumière baissa et les gens s'installèrent pour la nuit après que le dîner fut servi. Certains regardaient un film ou écoutaient de la musique, d'autres lisaient.

Lui réfléchissait.

En route vers l'aéroport de Jacksonville, il était passé devant une annexe de la bibliothèque municipale. N'étant pas en retard, il avait utilisé un des ordinateurs pour surfer pendant vingt minutes sur Internet et se renseigner autant que possible sur Zachariah Simon.

L'homme était âgé de soixante ans, né dans une famille argentée depuis plusieurs décennies. Un célibataire qui menait une vie recluse. On ne savait pas grand-chose sur lui en dehors de ses activités philanthropiques par le biais de ses nombreuses fondations. Sa famille avait toujours apporté un soutien inconditionnel à Israël et des articles de presse soulignaient que son père avait donné de l'argent pour la création d'un État juif. Nulle part il n'était mentionné que Zachariah était impliqué dans la politique au Moyen-Orient et il ne se souvenait pas d'avoir entendu citer son nom quand il était là-bas. Simon possédait un domaine en Autriche, à l'extérieur de Vienne, où chaque année il réunissait un groupe de sionistes afin de récolter de l'argent pour ses fondations. Sans doute un événement mondain autant que politique. De toute évidence, l'homme faisait profil bas, conscient peut-être que le monde avait évolué. On pouvait en apprendre tellement sur quelqu'un en quelques clics de souris. Quand on ne veut pas que les gens soient au courant de vos affaires, il est préférable de rester à l'écart des médias.

Ce que faisait Simon.

Le mot provenant de la tombe d'Abiram, la carte de la Jamaïque et la clé étaient posés sur la tablette devant lui, éclairés par la lampe au-dessus de son siège. Il prit la clé et étudia les trois étoiles de David à l'extrémité. Que pouvait-elle bien ouvrir ? Il la fit tourner dans sa main, le cuivre reflétant par à-coups la lumière. Il ne l'avait pas examinée de près dans la voiture et maintenant son attention était attirée par quelque chose de tout petit sur la tige. Une inscription gravée. Il rapprocha l'objet de ses yeux pour pouvoir l'étudier.

Il reconnaissait les deux premières lettres. Des caractères hébraïques.

Po nikbar. Ci-gît.

Les mêmes que sur la pierre tombale de son père. Mais ces lettres figuraient sur de nombreuses tombes hébraïques. La troisième marque lui était inconnue. Un X avec une branche crochue. Il secoua la tête. Qu'est-ce que ça pouvait bien vouloir dire ?

La femme à côté de lui s'était assoupie sous sa couverture. D'autres personnes autour de lui s'apprêtaient à en faire autant. Lui aussi aurait dû les imiter.

Il avait pris ses précautions à la bibliothèque, en demandant qu'on lui imprime quelques documents moyennant une rétribution. Mais ce n'était pas suffisant. Que ferait-il demain à Saint-Étienne ?

Bonne question.

Il avait besoin d'une réponse.

Et vite.

Béne regarda sa montre. 21 h 30 en Jamaïque, soit 3 h 30 du matin à Vienne.

« Je n'avais pas le choix, dit-il à Brian au téléphone. Il fallait que je l'utilise comme monnaie d'échange. »

Il venait d'informer Jamison de sa conversation avec Zachariah Simon, au cours de laquelle il lui avait révélé qu'Alle Becket était encore en vie.

« Tu as mis en danger ton homme, dit Brian depuis Vienne.

– Je lui ai déjà dit de disparaître. Simon et son chien de garde sont à bord d'un avion à destination de Vienne. Mon homme a quitté la résidence.

– Tu te rends compte de ce que tu as fait ? dit Brian, en élevant la voix. Nous avons travaillé avec toi parce que tu avais effectivement un complice parmi les sbires de Simon. »

Ce qui était vrai.

Brian Jamison avait surgi chez lui, il y a presque un an, sans s'être fait annoncer. C'était un Américain des services de renseignements, travaillant au sein d'un groupe appelé l'unité Magellan, et qui était venu pour enquêter sur la venue de Simon en Jamaïque. Béne lui avait offert du café et des gâteaux, mais ne lui avait rien dit. Jamison était revenu trois jours plus tard, cette fois avec un gros dossier qui contenait plus d'informations sur les activités illégales de Béne qu'il ne pensait possible d'en réunir en si peu de temps.

« En fait, tout ça était déjà prêt avant que je ne vienne la première fois, dit Brian. Ma patronne voulait vous laisser une chance de travailler avec nous de votre plein gré. »

Il gloussa.

« Ne vous faites pas d'illusions. »

Brian pointa un doigt vers lui et se mit à rire également.

« C'est exactement ce que je lui ai dit. Mais c'est la patronne et il fallait que je lui obéisse. Heureusement, vous avez dit non, alors maintenant on va faire les choses à ma manière. »

Jamison lui expliqua alors qu'il y avait plus de preuves dans le dossier qu'il n'en fallait pour le faire traduire en justice en Jamaïque, aux États-Unis, dans plusieurs nations sud-américaines et presque partout dans les Caraïbes. La quasi-totalité de ces juridictions permettait aussi l'aliénation des biens en cas de condamnation, ce qui voulait dire que toute la fortune des Rowe pouvait être saisie. Évidemment, ces conséquences désagréables pouvaient être évitées si Béne était disposé à faire une chose et une seule : collaborer.

« Auriez-vous quelque chose à nous proposer ? lui avait demandé Brian.

– Que diriez-vous d'une source dans le camp de Simon. »

Jamison avait été présenté à Zachariah comme le lieutenant en chef de Béne et ce dernier avait insisté sur la proximité de leur relation. Brian avait même eu des contacts par deux fois en Jamaïque avec Simon et son lieutenant Rocha. Sa présence à Vienne avait certainement ébranlé Simon. Suffisamment pour qu'il ordonne de tuer Alle Becket. Béne savait parfaitement que les Américains n'apprécieraient pas le fait qu'il ait révélé que la jeune femme était encore vivante. Mais il s'en moquait. Ce genre de considérations ne faisait pas partie de leur accord.

« Si je n'avais pas parlé d'elle à Simon, déclara-t-il, ce serait terminé. Il n'aurait plus besoin de moi. »

Le silence qui s'ensuivit indiquait que Jamison savait que c'était vrai. Puis Brian demanda :

« Que veux-tu que je fasse ?

– Arrange-toi pour qu'elle soit disponible demain pour l'échange. Il croit encore que tu travailles pour moi. Je ne t'ai pas vendu, *toi.*

– Béne, tu n'as pas la moindre idée de la personne avec qui tu traites. Simon est un homme dangereux, impliqué dans des affaires qui dépassent largement la recherche d'une mine d'or. J'en suis arrivé à la conclusion qu'il se trame ici quelque chose de très important.

– Évidemment, tu ne partagerais pas ces pensées avec moi ?

– Tu rêves. »

Il gloussa.

« Je ne me faisais pas d'illusions. Mais sache ceci : retrouver cette mine est quand même important pour lui. Je l'ai compris à sa voix. Heureusement pour toi, il a encore besoin de moi. Et surtout, il a besoin de cette femme.

– Je pourrais te faire arrêter.

– Mais tu ne le feras pas. Ce que je lui ai révélé nous permet de rester dans la course. Et tu le sais.

– Il va falloir que j'en discute avec des gens qui sont mieux payés que moi.

– Bonne idée. Mais je te suggère d'être dans cette cathédrale demain avec la fille. Simon l'attend.

– Tu sais qu'il veut les tuer, elle et son père, et moi aussi, probablement. »

Béne rit de nouveau.

« C'est ton problème.

– Je n'en crois pas un mot, Béne. Simon aurait pu te dire d'aller te faire foutre. Il n'a pas vraiment besoin de cette femme. Tu lui as sûrement proposé autre chose.

– Oh, oui. Tu as parfaitement raison. J'ai effectivement quelque chose d'autre qu'il veut. Alors sois un bon agent et fais ton boulot. Arrange-toi pour qu'elle soit là. Vois ce qui se passe. Puis n'oublie pas que Simon reviendra chez moi. » Il marqua une pause. « Et cela nous permettra à tous les deux de trouver ce que nous cherchons. »

Tom somnolait par intermittences. Il avait toujours pu dormir en avion. C'était un moment privilégié, quand il allait d'un endroit à un autre, se préparant pour les événements à venir. Mais, depuis huit ans, il en avait perdu l'habitude. Il pensait à Michèle et au gâchis qu'il avait fait de leur vie à tous les deux.

« Tu es un tricheur, Tom. Ta faiblesse, ce sont les femmes.

– Suis-je aussi un imposteur ? »

Elle ne lui avait jamais donné son avis sur ce qui lui était arrivé.

« Ça, je n'en sais rien. Tu en es certainement capable, puisque les tricheurs n'arrêtent jamais de tricher. Mais, ce dont je suis sûre, c'est que toute cette affaire m'a choquée. »

Sa voix était calme, son propos sans détour. La violence qui s'était installée entre eux s'était dissipée l'année suivant le divorce.

« J'ai rencontré quelqu'un, lui avait-elle dit. Je vais me marier. »

Il n'avait pas été surpris. Il savait que d'autres hommes n'allaient pas tarder à s'apercevoir qu'elle était libre.

« Je me réjouis pour toi.

– Il va falloir que tu t'occupes d'Alle. Je te l'ai déjà dit, n'attends pas qu'il soit trop tard.

– Je sais. Je sais.

– Je dois partir maintenant, Tom. Et oublie ce que je t'ai ai précédemment. Tu es un mauvais mari et un père encore pire, mais tu étais un bon journaliste. »

Il se rappelait à quel point il avait été blessé par ce commentaire.

Tout ce qu'il lui avait fait subir. Et pourtant elle croyait toujours en lui. C'était la dernière fois qu'ils s'étaient parlé.

Il avait passé les sept années suivantes seul, à s'apitoyer sur son sort. Elle s'était remariée, mais avait perdu la vie bien trop tôt.

Et sa fille ne l'avait même pas laissé assister à l'enterrement.

Il se ressaisit et se demanda ce qu'il dirait à Alle quand elle aurait été libérée.

33

Zachariah s'installa devant l'ordinateur. Il était arrivé à Vienne quatre heures plus tôt et Rocha l'avait conduit directement chez lui. Inquiet, il n'avait somnolé que deux heures pendant le vol transatlantique.

C'était aujourd'hui le grand jour.

Le lévite avait laissé quelque chose dans sa tombe, exactement comme l'avaient prédit son grand-père et son père, et il l'avait trouvé. L'exploit de Tom Sagan en Floride avait finalement tourné à son avantage, puisque se débarrasser de deux corps, une fois la journée terminée, serait beaucoup plus facile ici qu'en Amérique. Il avait même passé un accord avec Béne Rowe. En fait, il n'avait pas le choix. D'autant que pouvoir montrer Alle Becket à Sagan faciliterait beaucoup les choses. Mais il y avait encore le problème de l'espion qui évoluait dans son propre entourage. Il employait trente-deux personnes sur son domaine, Rocha compris. L'identité du traître était facile à deviner, et, à son retour, il avait appris sans surprise que le dénommé Minuit était parti.

Comme de bien entendu.

Il avait été contraint de passer un accord avec Rowe qui stipulait que ses biens resteraient en sa possession, quel que soit le dénouement.

En temps normal, il n'aurait pas honoré une telle requête, mais Rowe avait aiguisé sa curiosité en évoquant ce qu'il avait trouvé dans une tombe de lévite en Jamaïque. Un X crochu. Et des documents susceptibles d'indiquer l'emplacement de la mine. Ne pas négliger ces différentes pistes lui semblait primordial.

En tout cas, pour le moment.

L'ordinateur s'alluma et le visage d'un homme apparut sur l'écran.

Il avait la cinquantaine et portait la barbe avec de longs favoris.

« Comment vont les choses en Israël aujourd'hui, mon ami ? dit-il à l'écran.

– Encore une journée de négociations. Nous progressons enfin vers une véritable paix. »

Et il savait comment.

« Qu'est-ce que nous abandonnons ?

– Ne réagis pas comme cela, Zachariah ! Il n'y a pas de mal à parler à son adversaire.

– À condition de ne pas faire de concessions.

– Ça, je ne peux pas le promettre. Jusqu'à hier, la Knesset envisageait d'autres alternatives. Les États-Unis nous mettent la pression. Plus que jamais. Ils veulent des gestes de notre part. Significatifs. Nous hésitons mais, en fin de compte, tout le monde a le sentiment que nous devrions peut-être faire des compromis. »

Cet homme était à la tête d'un des six petits partis israéliens dont les différentes mouvances allaient des Juifs réformés aux ultra-orthodoxes. Le sien était plus modéré, centriste, raison pour laquelle Zachariah continuait à être en contact avec lui. En temps normal, ces six partis auraient été ignorés, mais le Parlement israélien était sérieusement divisé, des coalitions se formant et se dissolvant peu après. Chaque vote comptait.

« Des milliards d'aide proviennent des États-Unis, dit l'homme. Tu peux les ignorer un moment, mais pas indéfiniment. C'est la réalité. On parle même de raser le mur de séparation. Beaucoup pensent que c'est le moment. »

Une barrière de sept cent trente kilomètres marquait la frontière entre Israël et la Palestine. La plus grande partie consistait en un système de protection multicouche. Et un mur de béton avait été érigé pour les lieux à hauts risques, dont les centres urbains. Des postes d'observation mobiles et des grilles contrôlaient le passage d'un côté à l'autre. Le but était de matérialiser la frontière et d'empêcher des attaques terroristes et, par deux fois, la barrière s'était révélée utile. La détruire semblait impensable.

« Pourquoi même l'envisager ?

– Parce que pour obtenir, il faut donner. »

Non, c'était faux.

« Ce gouvernement est en fin de course. Les élections parlementaires arrivent bientôt. Tout le monde sait qu'il y aura un changement. On verra lequel. Personne ne le sait, Zachariah. L'incertitude engendre le compromis. »

Il détestait l'idée que le monde entier veuille intervenir en Israël. Tous les chefs d'État, surtout les présidents américains, voulaient être à l'initiative de la paix. Mais Juifs et Arabes étaient longtemps restés en conflit. Leurs divisions étaient insurmontables. Personne, en dehors des belligérants, ne pouvait comprendre à quel point leurs désaccords étaient profonds.

Lui, si.

Et il avait l'intention d'y remédier.

Sans faire de concessions.

« Nos ennemis ne sont pas intéressés par la paix, affirma-t-il. Ils ne l'ont jamais été. Ils veulent seulement savoir ce que nous sommes prêts à abandonner pour l'obtenir.

– Cette façon de penser est exactement la raison pour laquelle nous en sommes encore là aujourd'hui. »

Pas du tout. Ceux qui étaient responsables de la situation actuelle parmi lesquels on pouvait compter celui qu'il voyait sur l'écran et d'autres en Israël, pensaient vraiment pouvoir négocier la fin du conflit arabo-israélien et mettre un terme à des millénaires de lutte pour la survie de leur nation.

Imbéciles.

Tous autant qu'ils étaient.

Il fallait *obliger* les Juifs à voir clair.

Et ils finiraient par le faire.

Tom accéléra le pas pour traverser la place devant la cathédrale Saint-Étienne. Sa montre indiquait 12 h 25. Il était arrivé à Vienne en avance. Le trajet vers l'ouest depuis Bratislava ne lui avait pas pris plus de quarante minutes et sa voiture de location était garée dans un parking public quelques rues plus loin. Il leva les yeux vers la cathédrale imposante dont le clocher s'élevait comme une flèche dentelée dans le ciel d'azur. Après que Simon eut si rapidement accepté l'échange, il avait décidé qu'il lui faudrait peut-être de l'aide. En surfant sur Internet à la bibliothèque de Jacksonville, il avait eu la chance de retrouver la trace de quelqu'un qu'il connaissait et qui travaillait encore au *Der Kurier*, un des principaux journaux viennois. De son temps, le journal n'avait qu'une version papier. Maintenant il paraissait sous les deux formes, électronique et imprimée, et il avait reconnu le nom d'un de ses rédacteurs en chef pour la version en ligne. Inna Tretyakova.

Il quitta la place et emprunta un passage étroit qui conduisait vers un lacis de ruelles. Il se souvenait encore de l'endroit, dix ans après. Une qualité qui lui avait toujours servi. Il oubliait facilement les noms, mais jamais un visage ou un lieu déjà vus. Le café qu'il cherchait était un de ses préférés autrefois, fréquenté par la presse locale et étrangère. Il franchit la porte en verre, remarquant les superbes fresques en trompe l'œil au plafond. Rien n'avait changé. Il reconnut également un visage dans la foule.

« Inna, tu es toujours aussi belle, dit-il tout en s'approchant.

– Et toi, tu as toujours autant de charme, répondit-elle en anglais. »

Elle avait la quarantaine, avec des cheveux blonds qui retombaient en boucles juste au-dessus de ses épaules. Son teint était lisse, ses yeux bleu pâle. Le temps ne semblait pas avoir eu de prise sur elle et elle était restée mince, avec des courbes là où il le fallait, comme autrefois. Ils n'étaient jamais sortis du cadre de leur relation de travail, étant donné qu'elle était mariée, mais ils étaient amis. Il l'avait appelée de Bratislava et, malgré le temps écoulé depuis leur dernière conversation, elle avait aussitôt accepté de le voir.

« J'ai un service à te demander, Inna. Je suis dans le pétrin et je suis très pressé, mais j'espère que tu pourras m'aider.

– Tu as toujours été pressé, Thomas. »

Elle était une des rares à l'appeler ainsi.

« Ma fille a des ennuis ici, à Vienne, et il faut que je l'aide. Pour ça, j'ai besoin de toi.

– Comment as-tu vécu ces dernières années ? »

Il comprit qu'elle s'en inquiétait vraiment et accepta de lui répondre.

« Pas très bien, Inna. Mais je suis là.

– Tu étais le meilleur journaliste que j'aie jamais connu, dit-elle. Je voulais te le dire, après tout ce qui s'est passé, mais je ne savais pas comment te retrouver.

– Disons que j'ai disparu de la circulation. Je me suis renfermé sur moi-même.

– Ce qui, j'imagine, n'était pas une bonne chose. Tu as des amis, Thomas. Des gens qui te respectent. Des gens qui n'ont jamais cru ce qu'on a raconté. »

Il appréciait sa loyauté. Mais rares étaient les amis qui avaient pris sa défense quand il en avait eu besoin.

« Thomas Sagan n'a jamais été malhonnête avec moi. »

Il sourit. Il y avait longtemps qu'on ne lui avait pas fait de compliment.

« J'exige beaucoup des gens maintenant, dit-elle. Exactement comme tu le faisais avec moi quand nous travaillions ensemble. Je n'ai pas oublié ce que tu m'as appris. »

Dix ans plus tôt, elle travaillait au service étranger du *Kurier* et ils avaient fait équipe plusieurs fois au Moyen-Orient. Elle était organisée, concise et il avait toujours pensé qu'elle ferait une bonne rédactrice en chef.

« Ta fille a de gros ennuis ? demanda-t-elle.

– Je crois. Nous ne sommes pas très proches, mais je dois l'aider.

– Bien sûr qu'il le faut, c'est ta fille.

– Tes enfants vont bien ?»

Elle en avait deux, si sa mémoire était bonne.

«Ils grandissent. L'une sera peut-être même journaliste un jour.»

Ils étaient aussi à l'aise ensemble que dix ans plus tôt. Peut-être avait-il eu tort de mettre tous ses anciens amis dans le même sac. Il avait bien fait de l'appeler.

Elle se pencha au-dessus de la table.

«Dis-moi, Thomas, ce que je peux faire pour aider ta fille.»

34

A lle entendit les cloches de la cathédrale Saint-Étienne sonner 17 heures. Elle et Brian s'étaient approchés de l'église par l'ouest de la grande place pour arriver devant l'entrée principale.

«Pour l'instant, Simon n'est pas notre premier problème, dit Brian. Il a besoin de vous à l'intérieur pour que votre père vous voie. Ce n'est qu'après avoir obtenu ce qu'il veut que les ennuis commenceront.»

Elle s'inquiétait de ce qui allait leur arriver et n'aimait pas non plus l'idée de devoir jouer les appâts.

«Il faut que je vous fasse sortir de là, vous et votre père, avant que Simon n'agisse, dit Brian. Il est certain qu'il tentera quelque chose. La question est où et quand.»

Des gens se pressaient dans tous les sens. C'était le cœur de Vienne et la cathédrale paraissait encore plus grande à côté des rangées compactes d'immeubles peu élevés qui l'entouraient. Deux des rues les plus chics partaient de la place, avec d'innombrables magasins de luxe et des boutiques élégantes. Son regard s'arrêta sur un des nombreux restaurants en terrasse devant lequel un quatuor à cordes jouait du Brahms. Une odeur de poulet frit lui parvint. Tout était animé, bruyant et plein de mouvement. Impossible de savoir d'où pourrait venir la menace.

«Vous avez de l'aide ici? demanda-t-elle.

– Je travaille seul.

– Vous aviez deux complices dans le café où nous nous sommes rencontrés la première fois. »

Il la regarda.

« J'en avais besoin à ce moment-là.

– Vous vous rendez compte que vous pourriez vous tromper à propos de Zachariah.

– Dans ce cas, vous n'aurez aucun problème à entrer seule dans la cathédrale. »

Son visage marqua la surprise.

« Je ne peux pas y aller avec vous, dit-il. Ça ne ferait que compliquer les choses. Ça doit se passer entre vous trois. Vous êtes la raison pour laquelle votre père est là. Simon sait que nous vous tenons. Il sait aussi que vous allez venir.

– Vous le lui avez dit ? »

Il secoua la tête.

« Pas moi. D'autres. »

Elle aurait voulu savoir qui étaient les *autres*.

Pour qui travaillait cet homme ?

Brian scrutait la place bondée. Puis ses yeux remontèrent vers la tour sud, qui s'élançait vers le ciel tel un jet d'eau permanent. Le toit du bâtiment principal, que le clocher semblait transpercer, était recouvert des tuiles caractéristiques noires et jaunes et brillait au soleil. Une vue qui lui était devenue familière à force de la contempler depuis la fenêtre de son appartement tout proche. La tour nord de l'église n'avait jamais été achevée, ce qui donnait à l'édifice un aspect très particulier. La phrase de Goethe lui revint en mémoire : *L'architecture est une musique figée.*

Brian sortit un téléphone portable et appuya sur une des touches. Il parla en hébreu à la personne au bout du fil et elle en comprit l'essentiel. Elle avait étudié la langue aussi bien au lycée que pendant ses années d'enseignement supérieur. Ainsi, elle apprit qu'il avait un homme posté sur la tour sud de la cathédrale où l'on pouvait accéder en payant. Elle y était montée elle-même et avait constaté que la vue y était très dégagée. C'était curieux : il voulait lui faire comprendre que Zachariah était une menace, mais en même temps, il ne pouvait pas, ou ne voulait pas, jouer franc jeu avec elle.

Et pourquoi l'hébreu ?

Qui était ce type ?

Il raccrocha.

« C'est l'heure d'y aller. »

Zachariah admirait l'intérieur de la cathédrale. De longs rayons lumineux dus au soleil rasant de cette fin d'après-midi traversaient une forêt de piliers imposants pour parvenir à l'autel. Des poussières dorées dansaient dans la lumière. La musique, jouée par un orgue, emplissait l'édifice. De nombreuses sculptures ornaient le lieu, comme des sentinelles montant la garde. Les vitraux étaient flamboyants. Il devait bien reconnaître que les chrétiens savaient vraiment embellir leurs églises. Les synagogues aussi étaient décorées, mais pas avec des représentations humaines – considérées comme de l'idolâtrie. Il avait souvent réfléchi au contraste entre cette simplicité et les richesses des deux Temples des Juifs qui auraient pu rivaliser avec tout ce qui existait dans la chrétienté.

Mais ils n'existaient plus, les bâtiments avaient été rasés, leurs trésors emportés.

Le spectacle qu'offrait Saint-Étienne le rendait malade. Bâtie pour la première fois huit cents ans auparavant, presque réduite à l'état de ruines au cours des derniers jours de la Seconde Guerre mondiale, on l'avait restaurée en sept ans seulement.

Ce qui ne faisait que renforcer sa détermination.

Il était entré seul. Rocha l'attendait dehors, de façon à pouvoir suivre Sagan et sa fille lorsqu'ils s'en iraient. Ni l'un ni l'autre ne quitterait Vienne vivant. Il était temps que cette phase de l'opération se termine et que l'on passe à la suivante.

Des groupes de touristes traînaient partout. La journée s'achevait, mais l'église restait ouverte jusqu'à 22 heures. C'est peut-être pour cette raison que Sagan l'avait choisie. Mais comment l'aurait-il su ? L'homme n'avait rien fait d'autre ces huit dernières années que de se complaire dans son malheur. Il était brisé.

Pourtant, il avait réagi en Floride.

Mais qui pouvait s'en étonner ?

Son unique enfant était en danger.

Pourtant…

Comment Sagan réagirait-il s'il connaissait la vérité ?

Tom attendait à l'extérieur d'une salle qu'une pancarte indiquait comme étant la chapelle Sainte-Catherine, qui prolongeait la tour sud de l'église. De là, il pouvait surveiller la porte ouest, la totalité de la nef et le grand autel.

Il vit Zachariah Simon passer devant la chaire sculptée et se diriger vers l'autel. Grâce à Inna, il avait pu entrer par une petite porte dérobée du côté nord interdite au public. Comme il le supposait, elle connaissait du monde et avait téléphoné du café au directeur des relations publiques du diocèse, disant qu'un de ses amis venant des États-Unis, un écrivain célèbre mais qui aimait vivre en reclus, souhaitait visiter Saint-Étienne sans être vu. Serait-il possible d'entrer sans passer par l'entrée principale ? Son interlocuteur avait paru ravi de pouvoir lui rendre ce service, ce qui avait permis à Tom d'arriver en avance et de rester à l'abri des regards.

D'un coup d'œil, il estima qu'il y avait dans le bâtiment une centaine de personnes, munies d'appareils photo dont les flashes crépitaient. Leurs voix parvenaient parfois à couvrir la musique de l'orgue. La cathédrale était impressionnante. Ses murs de style roman en pierre rouge et violet foncé étaient mouchetés et striés, comme une tapisserie. Il s'émerveillait en pensant au temps et à l'énergie qu'il avait fallu pour créer quelque chose d'aussi grandiose et enviait cette patience. Il avait toujours travaillé dans l'urgence, incapable de penser à autre chose, obsédé par le prochain bouclage.

Il avait la nostalgie de cette vie frénétique.

Caché derrière un des piliers massifs qui soutenaient la voûte, il jeta un coup d'œil sur le côté pour surveiller Simon. Son regard traversa le transept jusqu'à une grille en fer ouverte gardée par un seul employé.

L'entrée des catacombes. Il savait déjà qu'elle fermait à 17 heures. Une femme âgée contrôlait les billets, puisque la visite était payante. Inna lui avait fourni un guide dans lequel il avait pu lire une description des lieux. Elles pourraient lui fournir une occasion idéale.

Il s'était préparé.

Simon s'arrêta devant le grand autel.

Tom se tourna vers l'entrée principale.

Alle entrait dans l'église.

35

Béne négociait avec prudence chaque virage de la route sinueuse. Il était monté vers le sommet de la montagne couverte d'une végétation rachitique, puis redescendait maintenant vers une vallée boisée qui se trouvait à quelque trente kilomètres au nord-ouest de son domaine. Sur la crête, il avait pu apercevoir la côte nord de la Jamaïque avec sa mer bleue scintillante et son écume blanche au large. Le soleil de midi était brûlant, encore plus à cette altitude.

Tre Halliburton avait fini par appeler deux heures plus tôt et ils avaient décidé de se retrouver sur le site – ou plutôt là où Tre pensait que le site pouvait être. Béne savait que des choses se passaient à Vienne, mais cela ne le concernait pas. Brian Jamison était sûrement en train d'essayer de sauver tout ce qu'il pouvait, mais il s'en fichait. Tout ce qu'il voulait, c'était obtenir la coopération de Simon et il ne l'aurait que s'il lui donnait quelque chose en retour. Il n'avait pas aimé être forcé de travailler avec les Américains. Il n'appréciait guère leur intrusion et détestait leur arrogance. Mais il avait collaboré. Et maintenant, ils n'étaient pas contents ? Ils feraient mieux de s'occuper de leurs affaires et de le laisser tranquille.

Il aperçut Halliburton. Il était déjà sorti de son véhicule, un porte-documents à la main. Il s'arrêta et le rejoignit. Ils étaient encore suffisamment en hauteur pour profiter d'un panorama magnifique au-dessus d'une jungle dense s'étendant sur des kilomètres. Au loin, il voyait la mer des Caraïbes, avec ses longs rouleaux qui se brisaient sur le récif protégeant la côte nord.

« Ce document que tu as trouvé, Béne, était en soi une mine d'or. Il m'a conduit vers différentes pistes. »

Ce préambule lui plaisait.

Au téléphone, Tre avait paru tout excité et il l'était encore maintenant. Du doigt, il montra la mer au loin.

« Au cours de son quatrième voyage, en 1504, Christophe Colomb fut bloqué ici pendant presque un an. Son bateau partait en morceaux et il l'échoua quelque part sur la côte nord. Il passa une année difficile. Aucun bateau ne vint le secourir. Le gouverneur espagnol d'Hispaniola détestait Christophe Colomb et il avait décidé de le laisser mourir ici. Une mutinerie éclata au sein de son équipage, puis les Tainos devinrent hostiles, refusant de leur donner de la nourriture. Sais-tu comment Christophe Colomb résolut ce problème ?

– Non.

– Il avait à bord un exemplaire des *Éphémérides* de Regiomontanus, imprimé à Nuremberg vers 1490, qui prédisait les éclipses à venir pour les trente prochaines années. Il découvrit qu'une éclipse totale allait se produire dans les trois jours, le 29 février 1504. Il fit donc venir les chefs locaux et leur dit que son Dieu au ciel était fâché contre eux parce qu'ils avaient refusé de leur donner de la nourriture. Il leur expliqua que la lune allait se lever sanguine et enflammée cette nuit-là – ce qui, bien sûr, se produisit grâce à l'éclipse. Puis que la lune allait disparaître. Bien entendu, c'est ce qui arriva également. Les Tainos furent pris de panique et demandèrent à Colomb de faire cesser cette calamité. »

Puis Tre expliqua comment Colomb s'était retiré dans la cabine de son navire, prétextant prier son Dieu et lui demander pardon pour eux. Mais, en réalité, il se servit de son sablier pour mesurer la durée de l'éclipse et calculer la longitude de la Jamaïque.

« Il revint juste au moment où l'éclipse se terminait et dit aux Tainos que son Dieu leur avait pardonné et que la lune reviendrait, à condition qu'ils leur fournissent de nouveau de la nourriture. La lune réapparut et il n'y eut plus de problèmes avec les indigènes. J'en profite pour signaler que son calcul de la longitude était exact à un demi-degré près, ce qui était remarquable pour l'époque.»

Béne se demandait pourquoi il était obligé d'écouter cette histoire. Il détestait tout ce qui se rapportait aux Espagnols.

«Colomb comprenait parfaitement la navigation, dit Halliburton. Il se débrouillait bien avec les étoiles et connaissait leur relation avec le temps et la géographie. Hier soir, je suis retourné aux archives et j'ai découvert des choses qui ont échappé à ton voleur.»

Tre ouvrit le porte-documents et sortit un carnet.

«J'ai trouvé ceci sur une feuille qui allait avec celle concernant le règlement du procès entre les frères Cohen.»

Entrer dans un terrain ouvert près d'un 01 : 94 : 01 : a.01 sur la côte de 01.aa.94.66 un à droite contre l'île un a.01.94.61.01.94 66.13.01 Les formules primordiales qui doivent être appelées par mot 24. 19.p.p.000.nl pp.pp.66.pp sont le 11.61 94.61.91 1 ou 22.4.85. ou les Portugais vous y conduiront .61.61.01.60 nl 85.

«C'est ce qu'Abraham Cohen avait dû fournir à son frère, Moïse, en échange du service qu'il lui avait rendu. Le gouverneur qui instruisait le procès consigna cette information dans un rapport sur le règlement du conflit qu'il rédigea pour l'Espagne. Il semble que la Couronne portait un grand intérêt à tout ce qui concernait la mine perdue.»

Béne avait déjà parlé à Halliburton du X crochu que Frank Clarke lui avait montré dans la caverne, et aussi de la signature de Colomb.

Tre montra à nouveau la mer et dit :

«Colomb a pénétré à l'intérieur des terres depuis un endroit sur la côte et repéré la mine. Pour tracer sa route, il a utilisé des données de navigation. Ce sont les chiffres figurant sur mon carnet. Mais nous n'avons aucun moyen de trouver à quoi ils se rapportent. C'est un code. Ce que nous savons, en réalité, Béne, c'est que les deux cents hectares qu'Abraham Cohen acheta en 1670 sont là en bas, en dessous de nous, dans cette vallée. J'ai trouvé de nombreux repères sur des cartes. Si elle existe, la mine est là.»

Il contempla les palmiers, les fougères et toute la végétation luxuriante plusieurs centaines de mètres en dessous qui s'étendait jusqu'à la mer. Sans la moindre maison, ni village, ni ferme à l'horizon.

«Le point positif, dit Tre, c'est que c'est une terre marron en jachère.»

Autrement dit, peu de monde avait pu y pénétrer. Les Marrons protégeaient leur terre avec une férocité légendaire. Pour se livrer à la moindre exploration, il fallait obtenir une permission.

«Et maintenant? demanda Béne.

– Je me procure une liste des cavernes de cette région. La Société géologique de Jamaïque les a répertoriées pour la plupart. Je veux voir ce qui se trouve ici.»

C'était une très bonne idée.

«Mais il ne peut pas s'agir d'une caverne connue, n'est-ce pas?

– On pourrait commencer par là!

– Tu ne me crois plus aussi fou qu'avant, non? demanda-t-il.

– Tout ce que je sais, Béne, c'est que cette île n'était pas connue pour son or. Il y en avait un peu par-ci par-là dans les ruisseaux, mais ce qui fait la richesse de la Jamaïque, ce sont ses terres et sa position géographique. Nous sommes situés au cœur des voies maritimes commerciales et, sur cette terre, on peut faire pousser n'importe quoi. Les Espagnols ne l'ont jamais compris et Ferdinand n'a jamais cru en une mine perdue. C'est pour ça qu'il a donné l'île aux héritiers de Colomb. Il considérait que cet endroit ne valait rien. La légende naquit plus tard. Céder la Jamaïque était la manière la plus simple de se débarrasser des Colomb. Il en avait fini avec eux. Enfin.

– J'ai des hommes qui peuvent ratisser cette vallée, dit Béne.

– Pas encore. Voyons si nous ne pouvons pas réduire notre périmètre d'action. J'ai vérifié l'acte que tu as trouvé. Les rivières et les ruisseaux qui y sont mentionnés portent des noms espagnols, mais nous en connaissons la traduction actuelle. Je crois pouvoir limiter la zone de recherche. »

Il perçut une hésitation dans la voix d'Halliburton.

« Qu'est-ce qu'il y a ?

– Il y a une autre source de documents, Béne. Qui date du temps des Espagnols. Le conservateur des archives me l'a rappelé hier soir. Rares sont les gens qui les ont vus, mais ils pourraient se révéler utiles. Ils sont entre des mains privées.

– Où ?

– À Cuba. »

36

Alle entra dans la cathédrale et remarqua aussitôt Zachariah à une trentaine de mètres, à l'extrémité de la nef.

Elle se dirigea vers lui.

Il était impeccablement vêtu, comme toujours, droit comme un *i* et sans le moindre soupçon d'inquiétude sur son visage barbu. Il se tenait au centre du transept. Elle s'arrêta près de lui.

« Vous n'avez rien ? demanda-t-il aussitôt.

– Pourquoi vouliez-vous m'éliminer ?

– C'est ce qu'ils vous ont raconté ? Que je voulais vous voir morte.

– Votre homme m'a entraînée dans les bois avec l'ordre de me tuer. »

Il secoua la tête.

« Alle, il ne travaillait pas pour moi. Il travaillait pour Brian Jamison. L'homme dont vous parlez a disparu hier de mon domaine. C'était un espion de Jamison. »

C'était vrai, mais comment pouvait-il le savoir ?

« Je suis là à cause de votre père, dit Zachariah. Il n'a pas respecté l'accord passé en Floride et a insisté pour que nous nous rencontrions. L'employeur de Jamison m'a contacté hier et m'a dit qu'il vous détenait. Il voulait arriver jusqu'à moi par votre intermédiaire. Donc, ils se sont emparés de vous et ont menti à mon sujet.

– Pour qui travaille Brian ? »

– Un certain Béne Rowe, avec qui je n'aurais jamais traité s'il ne vous avait pas prise en otage.

– Où est Rocha ?

– Je sais que cette histoire de vidéo vous bouleverse. Je m'en occupe. Cela ne se passera pas comme ça. Mais ce film a malgré tout incité votre père à passer à l'acte. »

Ce qui était vrai.

« J'ai tenté plusieurs fois de vous dire que certaines personnes voudraient mettre un terme à notre quête. Béne Rowe et Jamison en font partie. Ils se mêlent de nos affaires…

– J'ai vu ce qui s'est passé en Floride quand vous avez poursuivi mon père.

– Vous l'avez vu ?

– Il y avait une caméra.

– Je n'avais pas le choix. Il fallait que je me confronte à lui. Mais, quand il m'a demandé que nous nous retrouvions *ici* pour faire l'échange, j'ai accepté.

– Où est-il ? demanda-t-elle.

– Ici même. »

Elle se retourna en même temps que Zachariah.

Son père était à quelques mètres.

Tom examina sa fille. Ses cheveux bruns étaient plus longs que quelques années auparavant, mais ils étaient toujours ondulés. Elle tenait de lui son teint mat et sa silhouette mince, tout comme son nez droit, ses pommettes hautes et son menton arrondi. Les yeux bruns étaient ceux de sa mère. Elle était vêtue d'un jean et d'un pull avec des bottes à talons plats.

En observant son air déterminé, il pensa aussitôt à Michèle. C'était bien la fille de sa mère.

« Monsieur Sagan, dit Simon. La voilà, comme promis. À présent, est-ce que je peux avoir ce qui m'appartient ? »

Tom se tourna vers Alle.

« Ça va ? »

Elle acquiesça sans rien dire. Il était troublé par le fait qu'elle et Simon soient arrivés séparément et qu'ils se parlent calmement, comme s'ils se connaissaient bien.

«Monsieur Sagan, dit Simon, je veux ce que vous avez.

– Et qu'allez-vous faire si je ne vous le donne pas?

– Votre fille est ici, comme je m'y étais engagé. Ne pouvons-nous pas conclure notre affaire?»

Quelque chose clochait. Alle n'exprimait pas la moindre émotion, comme il s'y serait attendu de la part d'une femme qui avait été attachée sur un lit et tripotée par des étrangers. Il scruta ses yeux, attentif au moindre indice qui pourrait justifier ses doutes, mais elle n'extériorisait aucun sentiment.

«Donne-lui ce qu'il veut, lui dit-elle enfin.

– Ton grand-père ne voudrait pas que je le fasse.

– Comment le sais-tu?

– J'ai lu ce qu'il a laissé dans sa tombe.»

Elle marqua son étonnement, mais il se garda de donner la moindre explication. Il se contenta de sortir un papier plié de sa poche et le tendit à Simon.

«Voilà. Une lettre de mon père à mon intention.»

Pendant que Simon la lisait, il observa Alle qui paraissait visiblement mal à l'aise.

«C'est tout? demanda Simon.

– Abiram n'était pas un homme prolixe. C'était déjà un long discours de sa part. La lettre explique bien que je ne pouvais pas me douter qu'il était un lévite. À présent, cette fonction est supposée me revenir.

– Comme je vous l'ai dit en Floride, vous n'êtes même pas digne de prononcer ce mot.

– Nous sommes quittes?»

Simon acquiesça.

«Notre affaire est terminée. Peut-être pourrez-vous finir ce que vous avez commencé dans la maison de votre père?»

Tom résista à l'envie de frapper le salaud.

«À moins que je ne vous tue.»

Simon fronça les sourcils.

« Il y a autre chose qui pourrait vous intéresser. Quelque chose que votre fille ne vous dira probablement pas. Elle n'a pas été kidnappée. En tout cas, pas par moi. Elle a participé de son plein gré à la comédie dont vous avez été témoin. »

Tom s'efforça de garder son calme.

« Racontez-lui, dit Simon à Alle. La vérité est toujours préférable. »

Alle ne disait rien, mais elle était visiblement surprise par la déclaration de Simon.

« Je me permets de faire cette précision parce qu'elle a bien été kidnappée hier par d'autres et relâchée aujourd'hui grâce à moi.

– On m'avait dit que *vous* alliez me tuer, dit Alle.

– Je peux vous l'assurer, le danger venait d'eux, pas de moi. » Simon se tourna vers Tom. « Ses kidnappeurs travaillent pour un associé à moi qui a décidé de modifier les termes de notre relation. Je suis intervenu et ai passé un accord pour sa libération. Je vous raconte tout ça parce que l'homme qui l'a enlevée vient justement d'entrer dans l'église. »

Alle fit volte-face et vit Brian à l'extrémité opposée de la nef. Il avait pourtant dit qu'il attendrait dehors.

Encore un mensonge.

« Ce n'est pas mon ami, dit Zachariah, ni le vôtre. Je vous souhaite bonne chance.

– Je pars avec vous, dit-elle.

– Votre père ne le permettrait jamais. Parlez-lui. Mettez à plat les choses qui devraient l'être. »

Elle se sentit envahie par une peur étrange. Une peur comme elle n'en avait jamais éprouvé.

« Pourquoi m'avez-vous trahie ?

– La vérité n'est jamais une mauvaise chose, n'est-ce pas, monsieur Sagan ?

– Vous n'allez pas tarder à vous en apercevoir. »

Zachariah s'éloigna et traversa le pavage à damiers jusqu'à l'endroit où attendait Brian Jamison. Il glissa négligemment le papier que Sagan lui avait donné dans sa poche de pantalon avant de s'arrêter près de lui.

« Vous avez obtenu ce que vous vouliez ? demanda Jamison.

– C'est entre moi et votre patron.

– Alors vous allez vous contenter de quitter cet endroit ? Ils vont tranquillement partir ? Ou bien vous me laissez m'en occuper ? »

Il se retourna vers Alle et Tom Sagan.

« Pas vraiment. »

Tom observa la scène qui se déroulait à quelques mètres, puis il demanda à Alle :

« C'est vrai ce qu'il a dit ? »

Elle ne lui répondit pas, mais l'expression de doute mêlée de peur qu'il lut sur son visage ne pouvait que l'inquiéter.

« L'homme là-bas, dit-elle. Il s'appelle Brian Jamison et il m'a bien enlevée hier. Ce que Zachariah a dit à son propos est peut-être vrai. »

L'homme se dirigeait vers eux tandis que Simon quittait l'église.

Dieu merci, Tom était prêt.

« Partons.

– Où ?

– Sortons d'ici. »

Il la conduisit à travers le transept jusqu'à la grille en fer où se tenait l'employée. On n'acceptait plus personne dans les catacombes. Inna s'était arrangée pour lui organiser une visite privée après l'heure de fermeture. Il avait parlé à l'employée un peu plus tôt et elle l'attendait, leur faisant signe à tous les deux de passer. Un rapide coup d'œil en arrière lui permit de voir le dénommé Brian se dirigeant tout droit vers eux. Tom gagna l'endroit où s'arrêtait le pavage et où les marches en pierre entamaient la descente vers la partie souterraine. Il franchit les grilles, puis attrapa les barreaux en fer et les referma violemment, enclenchant par la même occasion la serrure. Quand il était arrivé deux heures auparavant, il avait remarqué qu'une clé était nécessaire pour rouvrir la porte. L'employée possédait certainement cette clé. Mais, surprise par le geste de Tom, le temps qu'elle trouve la porte leur permettrait de fuir.

Il avait cru que Simon serait son ennemi.

À présent une nouvelle menace se profilait.

«Suis-moi», dit-il à Alle.

Et ils se précipitèrent en bas des marches jusqu'à la crypte.

Zachariah marqua un temps d'hésitation à l'entrée principale de la cathédrale et regarda Alle et son père pénétrer dans les catacombes. Sagan avait apparemment refermé la grille, ce qui avait arrêté la progression de Jamison, l'employée de la cathédrale étant en train d'essayer de rouvrir la porte. Il se demandait ce que Rowe allait faire ensuite. Apparemment, il voulait toujours Alle Becket – et son père aussi à présent. Il avait compromis Alle parce qu'il voulait qu'elle s'en aille avec son père. Ainsi Rocha pourrait traiter avec eux deux. Évidemment, il avait supposé qu'ils partiraient par la porte.

Mais ce n'était pas le cas.

Et ce que Sagan lui avait dit à propos de la vérité lui revint à l'esprit : *Vous n'allez pas tarder à vous en apercevoir.*

Quelque chose n'allait pas.

Il parvint à l'extérieur et aperçut aussitôt Rocha. Il fit un signe et son homme accourut.

«J'ai vu Jamison entrer, dit-il.

– Ils se dirigent tous vers les catacombes.»

Il se demandait si cela pourrait leur servir.

«Viens.»

Les deux hommes pénétrèrent dans la cathédrale.

37

Tom descendit quatre à quatre l'escalier avec Alle sur ses talons.

Une fois en bas, s'étendait devant eux un dédale de passages, creusés dans le sous-sol rocheux des siècles auparavant. À présent, cela constituait une nécropole compliquée, baroque, où des évêques et des maires étaient enterrés. Il avait compulsé le guide de la cathédrale, et en avait mémorisé la disposition, sachant maintenant où il devait aller. Quand il avait demandé de l'aide à Inna, on lui avait fait la faveur de pouvoir entrer dans la cathédrale sans se faire remarquer.

L'autre faveur consistait à l'en faire sortir.

« Par là », dit-il en montrant la voie.

Zachariah fit signe à Rocha de s'arrêter et ils s'abritèrent derrière un pilier. Brian Jamison pressait l'employée qui était toujours en train d'essayer de rouvrir la porte. Le brouhaha avait quelque peu attiré l'attention des visiteurs. Il avait déjà fait la visite des catacombes. Beaucoup de tombes, de cryptes, d'ossements. Mais il se demandait s'il n'y avait pas une autre issue.

La femme âgée cessa de farfouiller dans ses clés et inséra enfin la bonne dans la serrure.

Jamison disparut dans l'escalier.

Simon et Rocha se précipitèrent juste au moment où la femme s'apprêtait à refermer la porte à clé. Il fit attention à détourner le visage.

« *Entschuldigen Sie, bitte*[1] », dit-il pendant qu'ils se glissaient devant elle.

L'employée était sur le point de dire quelque chose, mais Rocha referma bruyamment la porte derrière eux.

Alle était très perturbée. Elle n'avait pas eu d'autre choix que de partir avec son père. Zachariah l'avait trahie. Il paraissait mécontent. Mais comment aurait-elle pu le blâmer ? Elle l'avait accusé d'avoir voulu la tuer. L'avait-il sauvée en réalité ? Et n'était-ce pas Brian, et non Zachariah, qui lui mentait ? Elle n'en avait pas la moindre idée.

Elle connaissait les catacombes. Une série de salles souterraines. Des tas de prêtres étaient enterrés là, ainsi que les corps, les cœurs et les viscères des Habsbourg qui, pendant des siècles, avaient régné sur une grande partie de l'Europe. Il y avait aussi les ossements de plus de onze mille personnes transportés des cimetières au-dessus après une épidémie de peste au milieu du XVIIIe siècle. Leurs restes étaient empilés et formaient des tas impressionnants, offrant un spectacle un peu trop macabre à son goût. Elle se souvenait que les salles souterraines correspondaient les unes avec les autres, chacune étant éclairée par la lueur ambrée d'appliques incandescentes. Son père paraissait savoir exactement où il allait, contournant les zones pour les touristes qui s'étendaient juste en face de l'escalier. Il se dirigea à gauche, vers les ossuaires. En chemin, ils passèrent à proximité de plusieurs monuments funéraires remarquables avec des cercueils en cuivre abondamment décorés.

Elle s'arrêta.

« Où allons-nous ? »

Il se retourna.

« Nous sortons

– Comment comptes-tu faire ? »

Elle remarqua qu'il semblait énervé.

---

1. « Veuillez m'excuser. » *N.d.T.*

«Contrairement à ce que tu penses sans doute, je ne suis pas complètement idiot. J'ai tout prévu.

– Pourquoi fais-tu ça?

– Peut-être parce que j'ai vu ma fille attachée sur un lit se faire tripoter par deux hommes. Tu ne crois pas que ça peut motiver quelqu'un? À présent, on me dit que tout ça était de la comédie. C'est vrai, Alle?»

Il y avait longtemps qu'elle n'avait pas vu son père en colère et ça la dérangeait. Mais mentir paraissait inutile.

«Il avait raison. C'était de la mise en scène.»

Il se rapprocha un peu plus d'elle.

«Et tu as le culot de me juger.»

Elle savait ce qu'il voulait dire. Toutes ces fois où elle lui avait répété qu'il avait été un mari et un père lamentable, le traitant de menteur, de tricheur, avec en point d'orgue l'enterrement de sa mère où elle avait exigé qu'il s'en aille.

«Rien à ajouter? demanda-t-il.

– Je voulais que tu ouvres la tombe. Je savais que tu ne l'aurais pas fait si je m'étais contentée de te le demander.

– Je ne l'aurais pas fait. Mais tu aurais dû quand même me le demander.»

Ils étaient arrivés à un carrefour où l'axe principal continuait tout droit tandis qu'un autre disparaissait à gauche. Une pancarte indiquait que les ossuaires se trouvaient de ce côté-là. Du mouvement sur sa droite attira son attention.

Brian surgit à une quinzaine de mètres.

Son père l'avait vu également. Leur poursuivant passa la main dans sa veste. Alle savait ce qu'il y avait dedans. Un holster.

Un pistolet apparut.

En voyant l'arme, Tom décida dans l'instant qu'ils ne pouvaient pas fuir droit devant eux car ils offriraient alors une cible idéale à leur adversaire. Inna lui avait montré dans le guide la voie la plus rapide pour sortir – qui, malheureusement, se trouvait là où ils ne pouvaient plus aller.

Ils n'avaient pas le choix. Il attrapa Alle par la main et ils se précipitèrent en direction des ossuaires.

Zachariah s'engagea dans l'escalier qui menait aux catacombes. La lumière dans le souterrain éclairait le sol et il aperçut une ombre fugitive sur sa gauche.

Il saisit le bras de Rocha et lui intima l'ordre de ralentir.

Son homme de main sortit son arme, un silencieux déjà fixé au canon court de l'automatique. Il espérait pouvoir être tranquille quelques minutes en bas. Le problème que lui posait Brian Jamison l'irritait et ce n'était pas tout. Sagan lui avait-il fourni tout ce qui était en sa possession ?

En bas de l'escalier, ils arrivèrent dans une longue salle avec des bancs. Une sorte de crypte. Un crucifix baroque était accroché au-dessus d'un autel. Il regarda prudemment de l'autre côté de la pièce. Un couloir menait au-dehors. Jamison était à une quinzaine de mètres, un pistolet à la main, prenant sur sa gauche à un autre coin.

Simon et Rocha le suivirent.

Tom était inquiet. Les choses ne se passaient pas comme prévu. Il aurait dû gagner les catacombes avec Alle et la grille en fer se refermer derrière eux, tenant ainsi Zachariah Simon à distance. Il n'avait pas envisagé l'intervention d'un troisième élément et surtout pas le fait que sa propre fille soit en collusion avec l'autre bord. D'après le plan des catacombes figurant dans le guide, il savait que le chemin qu'ils suivaient maintenant les conduirait par une voie détournée à la sortie qu'il voulait initialement emprunter.

Inna les attendait là-bas, en haut d'un autre escalier au-delà de la façade orientale de l'église, la sortie débouchant sur une allée latérale rarement fréquentée. Une porte métallique, qui s'ouvrait seulement de l'intérieur, protégeait cette entrée, mais Inna avait réussi à persuader son contact au diocèse de permettre à son misanthrope de visiteur américain de sortir par là une fois sa visite des catacombes terminée. Inna s'était portée garante que la porte serait bien refermée après leur passage. Le directeur des relations publiques du diocèse avait volontiers accepté de lui rendre ce service, sachant que ce serait un prêté pour un rendu avec le journaliste.

Tom comprenait ce genre de transaction. Il y excellait autrefois.

Ils arrivèrent au bout du passage qui menait aux ossuaires.

Des niches ouvraient à droite et à gauche, fermées par des barreaux en fer. Derrière, éclairés par d'autres lampes à incandescence, des ossements étaient entassés sur trois mètres de hauteur. Certains formaient des piles régulières, d'autres laissaient penser qu'ils avaient été jetés là sans la moindre précaution. Le spectacle était troublant et surréaliste. Une telle concentration de morts en un si petit espace. Qui étaient ces gens ? Où avaient-ils vécu ? Quelle était leur histoire ?

Tom remarqua qu'Alle aussi était fascinée par cette vision.

Il aurait voulu sortir de là le plus vite possible. Mais le couloir qui traversait les ossuaires était rectiligne et long. Une vingtaine de mètres peut-être de bout en bout avec des arcades en pierre et des barreaux en fer de chaque côté. Nulle part où s'abriter. Rien de bon.

« Arrêtez-vous tout de suite », dit une voix derrière lui.

Alle et lui s'immobilisèrent et se retournèrent.

Leur poursuivant se trouvait à moins de dix mètres.

Un pistolet braqué sur eux.

38

Béne prit place dans la cabine du King Air C90B, un petit avion à turbopropulseur qu'il louait chaque fois qu'il voyageait dans les Caraïbes. Par chance, l'avion était disponible et ils s'étaient embarqués, Tre Halliburton et lui, à Montego Bay. Comme Tre pensait qu'il trouverait peut-être plus d'informations à Cuba, Béne avait passé un coup de téléphone et leur avait obtenu de pouvoir entrer dans le pays. Il faisait régulièrement des affaires avec les Cubains. Ils le connaissaient et s'étaient montrés ravis de pouvoir lui rendre ce service. L'avion pouvait transporter jusqu'à sept passagers et, avec eux deux seulement à bord, la place ne manquait pas. Ce qu'il appréciait dans cet appareil, c'était le service. Le buffet était toujours garni de mets raffinés, le bar d'alcools de premier ordre. Non que cela ait une telle importance pour lui, car il buvait à peine, mais ses hôtes y étaient sensibles. Tre dégustait un rhum-Coca.

« Ces archives appartiennent à une personne privée, dit Tre. J'ai toujours voulu y jeter un coup d'œil, mais je n'ai jamais pu entrer à Cuba.

– Pourquoi crois-tu qu'elles peuvent être utiles ?

– D'après ce que j'ai lu hier soir. Il est constamment fait référence à Cuba dans les documents espagnols restés en Jamaïque. Nous avions déjà évoqué cette source cubaine, l'archiviste et moi. Lui l'a d'ailleurs vue et estime qu'elle contient plus de documents de l'époque espagnole que n'importe quelle autre.

– Il ignore ce que tu recherches, n'est-ce pas ?

– Bien sûr, Béne. Je ne suis pas fou. Je suppose que nous pourrons trouver une voiture à l'arrivée ?

– Il y en a une qui nous attend.

– Apparemment, tu connais déjà l'endroit.

– Malgré tous leurs défauts, les Cubains sont des gens avec qui il est facile de travailler.

– Quand j'étais dans la salle des archives hier soir, dit Tre, un des employés m'a parlé d'un de ses collègues qui avait disparu. Un certain Felipe. C'est l'homme qui a volé ces documents pour toi ?

– Pas pour moi. Pour quelqu'un d'autre.

– Il est mort, n'est-ce pas ? »

Il n'était pas prêt à l'admettre. Devant personne. Jamais.

« Pourquoi tu me demandes ça ?

– L'employé m'a dit qu'il n'avait jamais manqué un jour de travail. Un homme jeune. Brillant. Maintenant, il a disparu.

– Qu'est-ce que ça à voir avec moi ?

– Pourquoi agir ainsi, Béne ? Pourquoi ne pas te ranger ? »

Il s'était souvent posé la même question. Peut-être étaient-ce les gènes de son père qui bouillonnaient en lui. Malheureusement, l'argent facile et le pouvoir qu'il donnait étaient irrésistibles, même s'il aurait parfois bien aimé pouvoir leur résister.

« À quoi rime ce genre de conversation ? demanda-t-il.

– Ça reste entre toi et moi, Béne. Je suis ton ami. »

Peut-être, mais il n'était pas stupide à ce point.

« Je ne fais rien qui puisse nuire à quelqu'un. Rien du tout. Je cultive mon café et je m'efforce de ne pas me mêler des affaires des autres.

– Ce dénommé Felipe pourrait ne pas être du même avis. »

Béne sentait encore le regard furieux de sa femme quand il avait jeté l'argent sur le lit. Il avait détruit sa vie. Pourquoi ? Par orgueil ? Par colère ? Non. Il fallait simplement que ce soit fait. La Jamaïque était un endroit rude, les gangs nombreux et puissants. Il ne faisait pas partie intégrante de ce système – il se plaisait à croire qu'il était à un autre niveau –, mais pour conserver ce statut, il devait inspirer la peur. Tuer ce parrain de la drogue était dans ce sens une nécessité. Felipe ? Il ne comptait pas tellement, étant donné que personne ne saurait jamais vraiment ce qui s'était passé, à part les hommes qui travaillaient pour lui. Mais c'était justement là le problème. Si un simple employé pouvait lui mentir impunément, que se passerait-il ?

Maintenant ils connaissaient le prix à payer pour cette erreur.

« C'est dommage que cet homme ait disparu, dit-il enfin.

– J'ai lu quelque chose à propos de ton père, dit Tre. C'était une sacrée personnalité. Il a probablement mis sur pied tout seul toute l'industrie du café Blue Mountain. »

Il était tout jeune à la mort de son père, mais il se le rappelait un peu et sa mère lui en avait beaucoup parlé. Elle semblait ne se souvenir que des bonnes choses. Son père avait compris la nécessité de réguler la production de la denrée d'exportation la plus précieuse de la Jamaïque. Bien sûr, cela profitait à la famille Rowe. Et alors ?

« Mon père aussi voulait trouver cette mine, dit-il à Halliburton. C'est lui qui m'en avait parlé le premier. »

Il voulait changer de sujet. Ce voyage concernait la mine, pas sa famille ni ses affaires. Mais il aimait suffisamment Halliburton pour ne pas s'irriter de ses questions.

« Et que feras-tu si cette mine existe vraiment ? » demanda Tre.

L'avion traversait une zone de turbulences. Ils volaient à sept mille mètres au-dessus de la mer des Caraïbes, en direction du nord-est, vers Santiago de Cuba, une ville surpeuplée sur la côte. Le trajet n'était pas long et ils n'allaient pas tarder à atterrir.

« Existe-t-elle vraiment ? demanda-t-il.

– Il y a deux jours, j'aurais dit non. Maintenant, je n'en suis plus si sûr. »

« Elle se trouve bien là, lui avait dit Zachariah Simon. Ma famille a longtemps cherché cette mine.

– Pourquoi est-ce important pour toi ?

– C'est important pour ma religion. »

Cela l'avait surpris.

« En quoi ?

– Christophe Colomb était juif. Il s'est converti au christianisme sous la contrainte, mais il est resté juif au fond de lui. »

Il ignorait cela.

« Son véritable nom était Christoval Arnoldo de Ysassi. »

Il n'avait même pas cherché à cacher son incrédulité.

« C'est vrai, dit Simon. Sa famille prit le nom de Colón après s'être convertie.

– En quoi cela est-il important ? demanda-t-il avec curiosité.

– Pour ma famille, cela compte beaucoup. Et encore plus pour les Juifs. Connais-tu l'histoire de la mort de Colomb ? »

« Comment Colomb est-il mort ? demanda-t-il à Halliburton.

– Qu'est-ce qui te fait penser à ça ?

– Quelque chose m'a traversé l'esprit. Comment est-ce arrivé ?

– Il est mort en Espagne en mai 1506 après une longue maladie. Personne ne sait précisément laquelle. Ce n'est pas tellement sa mort, mais ce qui est arrivé après qui est vraiment intéressant. »

Il écouta Halliburton expliquer comment Colomb avait d'abord été enterré dans un couvent à Valladolid. Puis, en 1513, sa belle-fille avait demandé que ses restes soient ramenés dans la cathédrale de Séville. En 1537, la famille reçut l'autorisation de ramener son corps au Nouveau Monde et Colomb fut enterré à l'intérieur d'une église que l'on venait de bâtir à Saint-Domingue, que l'on appelle aussi Hispaniola.

1537.

Une année importante.

C'est à ce moment-là que la même belle-fille – la veuve d'un des fils de Colomb – avait obtenu de la Couronne espagnole le contrôle de la Jamaïque.

Colomb était resté inhumé sur Hispaniola jusqu'en 1795. Quand l'Espagne perdit l'île au profit des Français, les restes furent transférés à La Havane. Puis, en 1899, à la fin de la guerre hispano-américaine, quand Cuba retrouva son indépendance, les ossements furent ramenés à Séville, où ils sont toujours.

« Il y a quand même un problème, dit Tre. Ce ne sont peut-être pas ceux de Colomb. Vers la fin du XIXe siècle, des ouvriers qui creusaient dans l'église de Saint-Domingue ont trouvé un coffret en plomb plein d'ossements. Dessus était écrit LE CÉLÈBRE DON CRISTÓBAL COLÓN. Ce qui poussa tout le monde à croire que les Espagnols avaient peut-être ouvert la mauvaise tombe en 1795.

– Je suis allé à l'église de Saint-Domingue, dit Béne. Il y a pourtant bien un monument en hommage à Colomb et une tombe.

– Celle-là renferme les ossements du coffret en plomb. Le gouvernement a fait tout ça en 1992 pour célébrer le cinq centième anniversaire du premier voyage. Mais il existe aussi une tombe magnifique à Séville. On a procédé à plusieurs analyses ADN, mais rien n'a jamais été éclairci. Ces ossements ont tellement été déplacés, éparpillés, il pourrait se trouver dans n'importe lequel de ces endroits. Ou dans aucun. »

« Ma famille recherche la tombe de Colomb, lui avait dit Simon. Nous pensons que les ossements ont été transportés secrètement en Jamaïque et cachés dans sa mine perdue. Cet endroit était apparemment celui que préférait la famille, étant donné que l'amiral lui-même l'avait désigné. »

Mais il n'avait pas cru Simon à ce moment-là et ne le croyait toujours pas. Il n'était pas question de trouver une tombe. Certainement pas. Simon était à la recherche de quelque chose de totalement différent, quelque chose de suffisamment important pour susciter l'attention des agents du renseignement américain. Il se moquait bien des ossements de Colomb. Cet homme avait été un envahisseur. Un destructeur. Son arrivée avait entraîné la mort de dizaines de milliers de Tainos, qu'il avait conduits à l'esclavage, provoquant ainsi encore plus de douleurs et de souffrances. Les Marrons s'étaient soulevés contre tout ça, devenant les premiers Africains à gagner leur liberté dans le Nouveau Monde. S'il existait une mine perdue, c'était à eux qu'elle revenait sans aucun doute.

« Qu'y a-t-il, Béne ? »

Le bruit assourdissant du moteur diminua et ils entamèrent leur descente. Par le hublot, il aperçut Cuba et la muraille verte de montagnes qui longeait la côte. La Sierra Maestra. Il savait que les esclaves trouvaient refuge dans cette région hostile quand ils s'échappaient des plantations de canne à sucre. Ils n'avaient pas acquis la même réputation que celle des Marrons, mais ils étaient de la même trempe.

Halliburton regardait également par le hublot.

« C'est là qu'est née la révolution cubaine. Castro et ses hommes se sont cachés dans ces montagnes. »

Béne savait qu'on y faisait pousser du café. Un mélange puissant qui ne concurrençait que de loin ses précieux grains.

« Je veux savoir où est cette mine, dit-il à voix basse. S'il n'y a rien là-bas, très bien. Mais je veux la trouver. J'ai besoin que tu m'aides. » Il se tourna vers Tre et demanda : « Tu m'aideras ?

– Bien sûr, Béne. Tu peux compter sur moi. »

Il vit que son ami avait compris l'urgence qui l'animait. Il remarqua également autre chose. De l'appréhension. Il n'avait jamais vu ça chez Halliburton. Il détestait l'idée que cet homme dont il était si proche puisse avoir peur de lui, mais il ne fit rien pour dissiper ce sentiment.

Il ne tolérerait plus d'autres mensonges, plus d'autres erreurs.

Pas plus d'un ennemi que d'un ami.

39

L es yeux rivés sur le revolver, Tom demanda :
« Que voulez-vous ? »

L'homme dont Alle avait dit qu'il s'appelait Brian s'avança vers eux d'un pas décidé.

« Je savais que c'était vous le problème, dit Alle.

– Votre fille vous a dit quelle grande actrice elle était ? »

Tom gardait les yeux fixés sur l'arme. Étrange. Il y a deux jours, il n'avait pas eu peur de la mort. Aujourd'hui, les choses étaient un peu différentes. Non pas qu'il ait eu vraiment envie de vivre, simplement, pour l'instant, il ne tenait pas particulièrement à mourir. Il avait besoin de comprendre les deux messages d'Abiram et la trahison d'Alle.

Et il y avait longtemps qu'il ne s'était pas montré curieux.

« Quel rôle jouez-vous là-dedans ? demanda-t-il.

– Il travaille pour un homme qui essaie de mettre des bâtons dans les roues de Zachariah », dit Alle.

Brian se tourna vers lui.

« Il faut que nous parlions, vous et moi. »

Zachariah précédait Rocha dans le passage, tandis qu'ils passaient devant des tombes séculaires de cardinaux et de prêtres. Ils arrivèrent à la jonction où Brian avait disparu et il remarqua un couloir creusé dans la roche d'une dizaine de mètres de long, qui aboutissait à un autre angle droit. Le passage semblait plus éclairé d'un côté que de l'autre. Il entendit des voix et indiqua à Rocha de ne pas faire de bruit tandis qu'ils se glissaient jusqu'à un endroit d'où il pourrait voir ce qui se passait. Il comptait sur l'effet de surprise : Sagan, Alle et Brian ne s'attendraient pas à le voir surgir.

« Il faut que nous parlions, vous et moi. »

La voix de Jamison.

Juste avant, il avait entendu Sagan et Alle. Quand elle avait fait référence à lui, il avait eu l'impression qu'elle le défendait. Peut-être l'avait-il suffisamment ébranlée avec ses révélations sur Jamison pour avoir une deuxième chance. Il risqua un œil et vit Brian à quinze mètres, qui lui tournait le dos, tenant un pistolet braqué en direction de l'endroit où se trouvaient sans doute Sagan et Alle.

Les deux hommes battirent en retraite. Il fit un signe vers la gauche et chuchota :

« Je suis déjà venu ici. Le passage où ils se trouvent va croiser celui-ci. Il y a plusieurs tournants, mais cela forme un grand cercle. Je passe par là-bas pour attendre. »

Rocha fit un signe pour dire qu'il avait compris.

Puis Zachariah expliqua ce qu'il avait en tête.

Alle n'était plus certaine que d'une chose. Il fallait qu'elle s'éloigne au plus vite à la fois de son père et de Brian. Ils paraissaient tous les deux croire que Zachariah était l'ennemi, mais pour l'instant, la seule personne qui l'avait mise en danger se trouvait juste à côté d'elle, armée d'un pistolet.

« Qu'est-ce que vous allez faire ? demanda-t-elle à Jamison.

– Nous allons sortir, monsieur Sagan. Je suppose que vous êtes descendu jusqu'ici pour une bonne raison. »

Elle observa son père qui gardait le silence. Elle dit finalement :

« Il connaît un chemin pour sortir.

– Je n'en doutais pas. C'est pourquoi je vous ai suivis. Prenons-le, puis je vous expliquerai tout. »

Son père semblait sceptique et encore plus furieux après elle.

«Je propose que nous y allions, dit Brian. Des gens risquent de venir par ici.

– Non. Il n'y a aucun risque, dit Sagan. J'ai pris mes précautions. La porte est fermée pour la nuit.

– Dans ce cas, sortons d'ici. Je vous assure, ce que j'ai à vous dire est important.»

Son père passa devant elle et se tourna vers Brian.

«Nous n'allons nulle part. Si vous voulez me tuer, ne vous gênez pas. Je m'en fous complètement.

– Je sais ce qui s'est passé en Floride. Vous étiez sur le point de vous suicider. Mais vous ne l'avez pas fait. Vous êtes là. Nous vous observions avec Simon. J'ai envoyé un homme au cimetière pour vous faire peur, dans la voiture, quand vous vous êtes rendu sur la tombe de votre père, mais vous n'avez pas reculé. Je ne suis pas votre ennemi, monsieur Sagan. Je suis un agent des renseignements américains et je travaille pour le compte d'un service connu sous le nom d'unité Magellan. Nous voulons Zachariah Simon et nous avons besoin de votre aide.»

Alle vit quelque chose bouger par-dessus l'épaule de Brian. Rocha apparut, un pistolet à la main. Elle écarquilla les yeux de surprise.

Brian remarqua son expression et voulut se retourner.

Tom vit l'homme et plongea aussitôt en direction d'Alle pour lui faire un rempart de son corps et ils tombèrent tous les deux par terre.

Deux détonations assourdies retentirent.

Brian tituba, il leva les bras et lâcha son pistolet qui rebondit bruyamment sur le sol.

Une autre détonation.

Du sang coulait des lèvres de Brian. Puis tous les muscles de son corps se relâchèrent et il fut pris de convulsions.

Tom roula deux fois sur lui-même et saisit le pistolet par terre, passant aussitôt son doigt dans la détente. Il balança le bras derrière et tira. Le coup de feu résonna bruyamment sur la pierre.

La balle ricocha et, instinctivement, il se protégea la tête. Quand il releva les yeux, l'homme au bout du couloir était parti.

Alle aussi.

Zachariah continuait à avancer en direction de l'intersection des deux couloirs. Il entendit des coups de feu et espéra que c'en serait fini de Brian Jamison. Béne Rowe avait certainement d'autres personnes qui travaillaient pour lui, mais la perte de son premier lieutenant allait le priver d'un espion très précieux en Autriche. Il avait lu la note d'Abiram Sagan. Elle était explicite, mais pas autant qu'il l'aurait espéré, étant donné que le lévite devait transmettre tout ce qu'il savait. Sagan l'avait-il modifiée ? Après tout, elle était tapée à la machine. Ça n'aurait pas été tellement difficile. Surtout pour un homme accusé de falsifier des articles.

Son plan initial était tombé à l'eau.

À présent, il avait besoin de passer un moment en tête à tête avec Alle.

Une détonation, puis d'autres coups de feu étouffés provinrent des catacombes.

Un obstacle avait certainement été éliminé.

Il en restait deux.

Alle vit que Brian était touché par trois fois, puis son corps cessa de bouger complètement sur le sol. Son père essayait de récupérer son pistolet et elle mit cet instant à profit pour se relever et courir droit devant elle. Elle tourna au bout du couloir. Elle ignorait complètement où elle allait, mais c'était par là que son père pensait les emmener.

Les paroles de Brian résonnaient toujours dans son oreilles.

Je suis un agent des renseignements américains.

Comment était-ce possible ?

Un coup de feu retentit derrière elle, plus fort que les autres. Elle ralentit un peu, tout en continuant à marcher d'un pas vif et en tournant la tête pour surveiller ses arrières. Elle aperçut un escalier à une quinzaine de mètres, au bout du passage bien éclairé.

Un autre coup d'œil en arrière.

D'autres détonations.

On lui attrapa les épaules par-devant, on lui fit faire volte-face.

La manœuvre l'avait surprise et elle était sur le point de hurler quand une main se colla sur sa bouche. Elle vit le visage de Zachariah.

Tom était collé au sol, recroquevillé à l'intérieur d'une des arcades qui encadraient une grille en fer, séparant le hall des ossuaires de chaque côté. Il se cramponnait aux barreaux quand il s'aperçut que la porte grillagée n'était pas fermée à clé. Il ouvrit la partie mobile et roula à l'intérieur de la pièce étroite, pour atterrir contre un amas d'ossements noircis. Il regarda en arrière, essayant de voir qui lui tirait dessus.

Puis il comprit.

Les ossuaires n'étaient pas séparés. Les niches constituaient un long passage, les arcades les séparant seulement de l'allée centrale. Des lampes éclairaient les niches et les ossements. Il pourrait échapper au tireur en évitant le couloir, compte tenu de l'angle de vue et des piliers qui constituaient autant de protections.

Il s'accroupit le plus bas possible avec l'intention de s'en aller.

Une autre détonation.

Des ossements à une trentaine de centimètres se brisèrent sous l'effet de la balle.

Il se plaqua au sol et ne bougea plus. Mauvaise initiative.

Il s'efforça de se calmer, de respirer lentement. De réfléchir. Il tenait toujours le pistolet. Son tir quelques instants auparavant avait informé ses adversaires qu'il était en sa possession. La première fois de sa vie qu'il se servait d'une arme. Curieux que son premier coup de feu ait eu lieu ici, au milieu de tous ces morts, alors qu'il aurait dû se produire deux jours auparavant.

Il rampa sur le sol sableux, longeant les ossements à quelques centimètres. Une odeur répugnante de moisi lui monta au nez, qui lui rappela le cercueil ouvert d'Abiram, mais il continua à avancer.

Il entendit bouger derrière lui. Il roula sur le dos et regarda en arrière à travers les barreaux.

Une ombre se profila.

Quelqu'un s'approchait.

Zachariah tenait étroitement Alle, en maintenant sa main sur sa bouche. Il la sentait trembler de peur.

Il enleva sa main.

« Ça va ? » chuchota-t-il d'un air inquiet.

Elle fit un petit signe de la tête.

« Ça va. Brian est revenu. Il a été tué. Il y a quelqu'un là-bas avec un pistolet.

– Écoutez-moi, Alle. J'ai besoin de votre aide. Rocha va s'assurer que votre père est indemne. On ne lui fera pas de mal. Mais j'ai besoin que vous partiez avec lui. Que vous trouviez ce que sait votre père.

– Il vous l'a dit. »

Il secoua la tête.

« Il ne dit pas tout. Il n'a aucune raison d'être honnête avec moi. Je n'ai pas de moyen de vérifier quoi que ce soit, et il le sait.

– Pourquoi mentirait-il ?

– Peut-être par attachement envers son père ou sens du devoir. Je dois savoir s'il est parfaitement sincère.

– Brian est un agent du gouvernement. »

Il éprouva un coup au cœur.

Avait-il bien entendu ?

« Il a dit qu'il travaillait pour les renseignements américains. »

Comment était-ce possible ? Mais il réprima son étonnement et décida de se servir de cette information.

« C'est exactement ce que je pensais. Les Américains rêvent de me mettre des bâtons dans les roues.

– Pourquoi ?

– Je vous l'expliquerai plus tard. Pour l'instant, trouvez-moi ce que sait votre père. Beaucoup de choses en dépendent pour nous tous.

– Pourquoi m'avoir trahie ?

– Je voulais que vous partiez avec lui. Je pensais que c'était la seule façon de m'assurer que vous ne viendriez pas avec moi. »

C'était un mensonge, mais il tenait la route.

Il la regarda dans les yeux pour s'assurer qu'elle était toujours sous sa coupe.

« D'accord, dit-elle. Je veux bien partir avec lui et essayer de trouver.

– Je savais que je pouvais compter sur vous. Mais soyez certaine que je n'aurais jamais laissé personne vous faire le moindre mal. J'ai pris de gros risques en descendant jusqu'ici. Brian représentait un danger, mais je devais m'assurer que vous étiez saine et sauve. » Il lui tendit son téléphone mobile. « Prenez-le. Le numéro de mon domicile est dans le répertoire. Appelez-moi quand vous saurez quelque chose.

– Est-ce vous qui avez tué Brian ? demanda-t-elle.

– Non. Il y a quelqu'un d'autre ici. C'est pour ça qu'il faut que vous partiez, vous et votre père. Rocha va s'assurer de votre retraite. Nous avons des ennemis partout. »

Elle ne savait plus quoi dire.

Il la prit doucement par les épaules.

« Tout ça est regrettable, mais beaucoup dépend de vous. Je vous en prie, trouvez ce que nous avons besoin de savoir. »

40

Béne s'était rendu plusieurs fois à Santiago de Cuba, une ville d'un demi-million d'habitants. C'était la deuxième agglomération la plus importante de l'île, après La Havane, qui se trouvait à neuf cents kilomètres à l'ouest. Sa baie en eaux profondes était un atout car, de là, Cuba importait et exportait la plupart de ses marchandises. Ce qu'il ignorait, c'était son histoire en lien avec les Espagnols. Cela ne l'avait jamais intéressé, jusqu'à aujourd'hui.

Tre expliqua qu'un des premiers conquistadors venus d'Espagne, Diego Velázquez de Cuéllar, avait fondé la ville en 1514 après avoir fait le siège de l'île. Cortés entama sa conquête du Mexique et Soto son exploration de la Floride à partir de là. La ville était le centre du pouvoir espagnol sur Cuba et elle avait été la capitale de l'île jusqu'en 1589. Plus tard, la bataille de San Juan Hill s'était déroulée à proximité, ce qui avait mis un terme à la guerre hispano-américaine et effacé définitivement la présence des Européens à Cuba.

« Castro a proclamé la victoire de la révolution cubaine du balcon de la mairie de cette ville », dit Tre.

Une Range Rover les attendait à l'aéroport. Béne s'était procuré le véhicule grâce à ses contacts commerciaux.

« Christophe Colomb a débarqué ici au terme de son premier voyage en octobre 1492, continua Tre. Il croyait qu'il était en Asie, sur un nouveau continent, si bien qu'il s'était mis à la recherche du Grand Khan. Il avait à bord un homme du nom de Luis de Torres qui faisait office de traducteur. Il parlait hébreu et un peu arabe. Colomb dépêcha de Torres à terre ainsi qu'un autre homme pour trouver le Khan. Évidemment, ils ne rencontrèrent que des indigènes à moitié nus, menant une vie simple. Mais de Torres découvrit au moins une chose.» Tre marqua un temps d'arrêt. «Les indigènes lui montrèrent comment rouler des feuilles pour en obtenir ce qu'ils appelaient *tabacos*. Ils en allumaient une extrémité et tiraient quelques bouffées. Il les vit emporter des braises lors des expéditions qu'ils faisaient pour chasser et s'arrêter à peu près toutes les heures pour tirer d'autres bouffées. Ils étaient capables de parcourir de grandes distances grâce à ces bouffées. Nous les appelons cigares aujourd'hui et les feuilles, du tabac. De Torres peut très bien avoir été le premier Européen à fumer. Mais une centaine d'années plus tard, le tabac s'était répandu dans toute l'Europe.»

Béne prit le volant pour sortir de l'aéroport, se dirigeant vers une petite agglomération à l'ouest de la ville. Tre lui avait dit où se trouvaient les archives et une carte les attendait dans le véhicule.

«De Torres n'est jamais retourné en Espagne, dit Tre. Il est resté au Nouveau Monde et a fini par s'installer ici, à Cuba. Il créa une plantation et fut le premier Européen à cultiver du tabac. Cette île, davantage qu'Hispaniola, est devenue le quartier général espagnol dans le Nouveau Monde. Rien d'étonnant qu'on y trouve la majorité des documents de cette époque.»

Ce qui avait probablement permis de les préserver, pensa Béne. En tant qu'État socialiste, Cuba était fermé à la plus grande partie du monde depuis 1959. C'était seulement au cours des dernières années que les choses avaient changé.

«On m'a dit, poursuivit Tre, que ces archives sont conservées dans un petit musée consacré à la période hispanique à Cuba.

– Je méprise Christophe Colomb.»

Il se sentait suffisamment à l'aise avec Halliburton pour pouvoir s'exprimer franchement, au moins sur ce sujet.

«Tu n'es pas le seul. Le 12 octobre, jour de la fête de Christophe Colomb, le Columbus Day en Amérique, n'est pratiquement célébré nulle part ailleurs. Au Mexique, on l'appelle *El Día de la Raza*, le Jour de la race. C'est à peine s'il est question de Colomb. En Uruguay, les autochtones le commémorent comme étant leur dernier jour de liberté. De nombreuses nations d'Amérique du Sud et centrale ont le même sentiment. Ce qui s'est passé en 1492 a définitivement changé le monde, mais s'en est suivie une période d'abominables génocides, de cruauté et d'esclavage.»

Ils gardèrent le silence pendant un moment, tandis qu'ils traversaient des kilomètres de champs de canne à sucre bordés par des palmiers. Béne pensait à l'information que lui avait donnée Simon, ce qui n'était pas grand-chose. Il n'avait pas parlé à Halliburton de l'existence de l'Autrichien. Cela ne regardait personne. Mais ce que Tre avait dit à propos de Luis de Torres, *un traducteur d'hébreu*, lui restait en mémoire.

«Pourquoi y avait-il quelqu'un qui parlait hébreu sur le navire de Colomb ?

– Personne n'en sait rien, Béne. Certains pensent que Colomb était juif et qu'il était à la recherche d'une terre promise où les Juifs pourraient vivre en paix.»

Dont Simon.

«Est-ce possible ?»

Tre haussa les épaules.

«Comment le savoir ? Nous avons si peu d'informations sur Colomb que tout est envisageable. C'est un fait qu'il n'a emmené aucun prêtre avec lui pour le premier voyage, ce qui est en soi étrange. Colomb était une énigme à cette époque et il en est toujours une. Qui aurait pu penser qu'il trouverait une mine d'or taino disparue ? Et si c'était vrai ?»

L'autoroute les conduisit jusqu'à un petit hameau avec des maisons de style colonial, un endroit où tout paraissait avoir été récupéré, réparé et recyclé à maintes reprises. Trois magasins généraux étaient à la disposition des fermiers, mais il y avait également un ferblantier, un tabac, et ce qui semblait être une église. Béne gara la Range Rover près d'une place pavée entourée par d'autres bâtiments remontant à l'époque coloniale. L'air chaud était chargé des odeurs de fruits mûrs et de transpiration et, sans vent, rien ne pouvait dissiper cette puanteur. Ils avaient dépassé l'endroit qu'ils cherchaient, juste au bout de la rue, où une pancarte indiquant musée d'Histoire cubaine précisait qu'il était ouvert jusqu'à 4 heures de l'après-midi. Béne n'était pas venu les mains vides. Un semi-automatique était caché soigneusement sous sa veste légère. Cuba, malgré les apparences, restait un endroit dangereux et où il avait appris à être prudent. Il n'y avait pas grand monde dans les parages. Un chien galeux s'approcha pour le flairer. Des notes de jazz cubain s'échappaient d'un des cafés.

Béne se tourna vers Tre.

« Tu as dit que cet endroit était privé ? À qui appartient-il ?

– Aux Juifs de Cuba. »

Cette information excita sa curiosité.

« Ça m'a étonné moi aussi, poursuivit Tre. Autrefois, il y avait des dizaines de milliers de Juifs ici. Ils étaient venus sur les traces de Colomb. Puis ils avaient fui au Brésil au XVIIe siècle à cause de l'Inquisition. Ils sont revenus après 1898, quand l'île est devenue indépendante. Maintenant, il en reste seulement environ mille cinq cents. Chose surprenante, Castro leur a fichu la paix. Au cours de la dernière décennie, ils se sont illustrés en préservant l'histoire de l'île. Certains sont de lointains descendants des *conversos* qui ont immigré ici au début du XVIe siècle avec de Torres. Ils ont consacré beaucoup de temps et d'argent à rassembler des documents et des objets de cette période et les ont mis à l'abri. Dieu merci, ils ont un généreux bienfaiteur. Comme toi avec les Marrons. »

Il s'éloigna du véhicule, souhaitant trouver quelque chose de frais à boire.

« J'ignorais qu'il y avait des gens riches à Cuba. Ceux avec lesquels je traite se plaignent tous de la pauvreté.

– Ce musée reçoit des dons provenant d'une fondation qui a son siège au-delà des mers. Elle est financée par un riche Autrichien du nom de Zachariah Simon. »

41

Couché par terre, Tom regarda l'ombre approcher. Il décida d'attendre que l'individu en question soit tout près avant de faire feu. Il dirigea le pistolet vers des barreaux fermant une niche à environ sept mètres de lui. Son coude toucha alors les ossements entassés à sa droite et il le recula instinctivement. Puis il aperçut quelque chose sur le mur à sa gauche, à un peu plus d'un mètre au-dessus du sol, à l'intérieur de la niche, qu'on ne pouvait pas voir depuis le couloir.

Un interrupteur.

Une gaine d'acier montait le long de la maçonnerie, puis continuait parallèlement à la jonction du mur avec le plafond. Des extensions de cette gaine menaient à des lampes qui éclairaient les niches. Après un rapide examen, il en conclut que cet interrupteur commandait tout l'éclairage de l'ossuaire.

Il se redressa d'un bond et appuya de sa main droite sur l'interrupteur, plongeant la partie du souterrain où il se trouvait dans l'obscurité. De la lumière provenait toujours des niches de l'autre côté du passage central, au-delà des barreaux, mais il faisait suffisamment sombre pour qu'il puisse tenter une sortie.

Il se baissa de nouveau et avança jusqu'à l'extrémité de l'ossuaire où il espérait trouver une ouverture pour s'échapper.

Deux détonations le firent sursauter. Mais les balles s'enfoncèrent dans les ossements derrière lui.

Une porte métallique à l'intérieur de la voûte s'ouvrit. Il regarda prudemment sur sa droite et derrière lui dans le passage central plongé dans la pénombre. Il n'y avait personne. Il se demanda si son poursuivant était entré dans les niches comme il l'avait fait. Peu enclin à rester sur place pour le savoir, il courut dans le couloir en direction de la sortie qu'Inna lui avait indiquée.

Il arriva au pied d'un escalier et jeta un coup d'œil par-dessus son épaule. Personne ne le suivait.

Il grimpa les marches deux par deux et, au sommet, tourna à gauche. Il emprunta à toute vitesse un petit couloir au bout duquel on voyait la lumière du jour.

Deux formes sombres attendaient.

Inna et Alle.

« Que s'est-il passé ? lui demanda Inna.

– Plus tard. Il faut que nous partions. »

Alle paraissait perturbée, mais on l'aurait été à moins.

Ils débouchèrent dans une ruelle entre deux rangées de bâtiments. Il estima qu'ils devaient être quelque part à l'est de la cathédrale, sa grande flèche étant cachée par les toits.

« Qui était-ce ? demanda Inna.

– Des invités encombrants. »

Inna parut comprendre et elle acquiesça avant de dire :

« Suivez-moi. »

Zachariah s'accroupit au sommet des marches, sans quitter des yeux la porte dix mètres plus loin. Il pouvait entendre Tom Sagan parler à une autre femme.

Rocha l'avait rejoint.

La porte claqua en se refermant.

L'obscurité et le calme étaient revenus.

Il fallait qu'ils partent. Les coups de feu avaient pu être entendus depuis la cathédrale et il préférait ne pas se trouver ici quand quelqu'un viendrait voir ce qui s'était passé. Heureusement, ces longues minutes passées dans le souterrain s'étaient révélées fructueuses. Il lui restait à espérer qu'Alle ferait ce qu'il lui avait demandé.

« Jamison est mort ? chuchota-t-il.

– Oui. Mais il y a autre chose qu'il faut que vous sachiez.»

Rocha lui raconta ce que Jamison avait dit avant de se faire tuer, qui correspondait à ce qu'Alle lui avait rapporté. Il s'interrogeait à présent sur Béne Rowe. Tout le monde était-il compromis?

Mais il y avait plus urgent.

«Va chercher le corps et nettoie les lieux.»

Il attendit que Rocha soit revenu avec Jamison sur son épaule. Il le guida jusqu'à la sortie et ouvrit avec précaution le loquet intérieur. Le jour commençait à décliner et l'obscurité gagnait du terrain.

«Attends ici.»

Il sortit et marcha tranquillement jusqu'au croisement. Un conteneur à ordures attira son attention. Petit, mais suffisamment grand pour faire disparaître le cadavre. Il revint à la porte métallique et remarqua qu'il n'y avait ni poignée ni serrure de ce côté-ci. Elle n'était accessible que de l'intérieur. Tom Sagan avait tout prévu.

Encore une fois.

Une preuve de plus que Sagan lui avait menti.

«Je m'en vais. Jette le corps dans ce conteneur au coin puis rejoins-moi à la voiture.»

Alle s'aperçut qu'elle tremblait. La peur? Le doute? Le trouble? Comment savoir? Cette Inna Tretyakova, apparemment une relation de son père, les avait conduits à une station de métro proche. Ils avaient traversé la ville jusqu'à un quartier résidentiel. La flèche de Saint-Étienne qui se détachait sur le ciel de plus en plus sombre devait se trouver à un kilomètre cinq cents environ. Une pendule à la station lui avait indiqué qu'il allait bientôt être 19 heures.

Son père ne lui avait pas parlé pendant tout le trajet, se contentant d'échanger quelques mots avec Inna. La femme, d'une quarantaine d'années, était séduisante, avec des yeux bleus attentifs qui l'avaient jaugée. Elle s'était présentée comme rédactrice en chef de *Der Kurier*, qu'elle savait être un quotidien viennois.

Alle s'efforçait de garder son calme, mais elle avait toujours à l'esprit l'image de Brian quand on lui avait tiré dessus. Elle n'avait jamais assisté à une telle scène. Cet homme représentait un danger, c'était quelqu'un en qui elle n'avait jamais eu confiance et qu'elle n'avait jamais cru. Il lui avait menti à l'extérieur de la cathédrale en prétendant qu'il était seul. Et, pour couronner le tout, il parlait hébreu et portait une arme. Ça ne tenait pas debout.

Qu'est-ce qui lui arrivait ?

Elle avait vingt-cinq ans, était étudiante de troisième cycle, passionnée par Christophe Colomb et elle avait écrit un article pour une revue britannique. Un jour, elle était à Séville, plongée dans des documents vieux de cinq cents ans et le lendemain, elle se retrouvait en Autriche, liée à un homme impliqué dans la recherche du trésor du Temple. À présent, elle était en fuite avec son père, un homme qu'elle haïssait, qui jouait les espions.

Inna les conduisit jusqu'à un appartement au deuxième étage d'un bâtiment modeste, pas beaucoup plus grand que celui que Zachariah avait prêté à Alle. C'était là qu'habitaient Inna et ses deux enfants adolescents, qui leur furent présentés. Pas de mari, expliqua Inna : ils avaient divorcé cinq ans auparavant.

« Tu ne m'en avais pas parlé, dit Tom.

– Quelle importance ? Tu m'as demandé ton aide et je l'ai fait. À présent, raconte-moi ce qui est arrivé là-bas.

– Un homme a été tué. »

Alle voulait en savoir plus.

« Qu'as-tu donné à Zachariah ?

Sais-tu à quel point je me suis inquiété pour toi ? demanda son père. Je croyais que tu étais en danger. J'ai vu ces hommes…

– Ça s'est passé comme ça. »

Et elle était sincère. Elle sentait encore leurs attouchements répugnants.

« J'ai pris beaucoup de risques pour toi, dit son père.

– On m'a dit que tu étais sur le point de te suicider.

– Quelques secondes de plus et tu aurais été débarrassée de moi.

– Je ne regrette pas d'avoir agi ainsi. Il fallait que ce soit fait. Il y a beaucoup en jeu dans tout ça.

– Explique-moi. »

Ce qu'elle n'avait pas l'intention de faire, surtout en présence de cette étrangère dont elle ne savait rien.

Elle préféra lui poser une autre question.

« Qu'est-ce que tu as trouvé dans la tombe de grand-père ? »

42

Zachariah descendit de la voiture et dit à Rocha d'attendre au volant. Ils avaient quitté le centre-ville pour traverser les faubourgs à l'ouest de Vienne en direction de Schönbrunn. Autrefois résidence des empereurs Habsbourg, le palais baroque constituait maintenant une attraction touristique majeure.

Il l'avait visité une fois et admiré quelques-unes des 1441 pièces. La salle des Glaces l'avait particulièrement impressionné, où, avait-il appris, Mozart avait joué jadis à l'âge de six ans. Sa somptueuse Grande Galerie avait vu les délégués du Congrès de Vienne danser toute la nuit en 1815, après avoir redécoupé l'empire de Napoléon après sa défaite. Il admirait cette audace.

Le palais lui-même était fermé, mais les jardins restaient ouverts jusqu'au crépuscule. De longues promenades coupaient des rangées de buissons taillés à la perfection et s'enfonçaient dans une mer de fleurs de fin d'hiver. Un obélisque pointait vers le ciel. Des fontaines sculptées recrachaient de l'eau bouillonnante. Il se coula dans ce mélange parfait de couleurs et de styles, profitant de cette atmosphère raffinée pour se calmer, exactement comme les empereurs avaient dû le faire autrefois.

Il espérait qu'Alle Becket suivait ses instructions. Il avait déjà basculé tous les appels parvenant chez lui sur le téléphone mobile de Rocha qu'il avait réquisitionné avant de quitter la voiture. Quand Alle appellerait, il serait instantanément disponible. Ce qui l'inquiétait maintenant, c'était l'identité de Brian Jamison.

Son contact au sein de l'ambassade israélienne était un sous-secrétaire qui lui avait fourni une mine d'informations précieuses. Il était jeune, ambitieux et cupide. Mais c'était une femme entre deux âges qui était assise sur le banc à l'extrémité du jardin. Grande, bien en chair, avec de longs cheveux bruns.

L'ambassadrice d'Israël en Autriche.

Elle se leva à son approche.

« Il était temps que nous ayons un entretien », dit-elle en hébreu.

Alarmé, il envisagea un instant de partir.

« Détendez-vous, Zachariah. Je suis une amie.

– Expliquez-moi », dit-il également en hébreu.

Elle sourit.

« Toujours aussi prudent, n'est-ce pas ? Toujours sur le qui-vive. Sauf aujourd'hui. »

Ils se connaissaient bien. Dans la mesure où il faisait partie des Juifs les plus fortunés de cette région du monde, il était compréhensible qu'il soit courtisé.

Notamment par cette femme.

Ancien professeur, elle s'était engagée dans la carrière diplomatique et avait été nommée d'abord en Asie centrale. Elle avait enseigné au Collège de la défense nationale et servi en tant que conseiller politique à la Knesset, ce qui lui avait fait côtoyer la majeure partie de l'élite politique israélienne. On la décrivait comme dure, abrupte, à la limite de l'arrogance. Et brillante.

« En quoi n'ai-je pas été prudent ? demanda-t-il.

– Je sais ce que vous êtes en train de faire. Je vous surveille depuis un moment. »

À présent, il commençait à s'inquiéter.

« Dîtes-moi, Zachariah, qui voyez-vous comme prochain Premier ministre israélien ? »

Il comprit où elle voulait en venir.

« Votre nom n'a jamais été mentionné. »

Elle sourit.

«Ce qui vaut mieux. Un candidat en tête aujourd'hui est un perdant demain.»

Il acquiesça, plus que jamais sur ses gardes.

«Ce que vous projetez est audacieux, dit-elle. Ingénieux, aussi. Et surtout, ça pourrait marcher. Mais c'est ce qui vient *après* qui a vraiment de l'importance, n'est-ce pas?

– Et *vous* êtes ce qui vient après?

– Israël a bien besoin d'une autre Dame de fer.»

Il sourit. Cette dénomination faisait référence à Golde Meir et avait été utilisée bien avant que les Britanniques ne l'attribuent à Margaret Thatcher. La première et seule femme, jusqu'à maintenant, à être Premier ministre d'Israël. Dotée d'une volonté farouche, allant droit au but, elle était qualifiée par beaucoup de «meilleur homme du gouvernement». Son chignon gris lui avait aussi valu un autre titre: grand-mère du peuple juif. Le père et le grand-père de Simon en parlaient avec un profond respect. Elle faisait partie des vingt-quatre signataires de la déclaration d'indépendance d'Israël en 1948. Le lendemain, la guerre avait éclaté et elle avait combattu comme tout le monde. Elle avait ordonné de poursuivre et de tuer tous les terroristes qui avaient massacré des athlètes juifs lors des Jeux olympiques de 1972. Et elle avait dirigé Israël pendant la guerre de Yom Kippour, prenant les décisions qui avaient sauvé l'État.

«Pourquoi me parlez-vous de ça?

– Comme je vous l'ai dit, vous avez commis une erreur. L'homme que vous avez tué était un agent du renseignement américain. Ils vous surveillent eux aussi.

– Et pourquoi?»

Elle gloussa.

«Doucement, Zachariah. Soyez prudent. Faites attention. Mais sachez cela: nous sommes ici seul à seul. Si j'étais votre ennemie, vous seriez déjà arrêté. Au lieu de cela, j'ai envoyé des hommes réparer les dégâts que vous avez causés. Le corps que vous avez laissé dans ce containeur à ordures a disparu. Je n'aime pas les Américains. Je n'aime pas qu'ils se mêlent de nos affaires. Je n'aime pas traiter avec eux. »

Lui non plus.

« Jamison travaillait avec certains des nôtres – sans que ça se sache. Officieusement. J'ai de nombreux amis, aussi je m'assure que ces agents n'aiment pas non plus les Américains. Vérifiez. Vous verrez qu'aucune mention de sa mort ne figurera nulle part dans les journaux. Les Américains eux-mêmes ne le sauront pas avant plusieurs semaines. Prenez ça comme preuve de ma bonne foi. »

Il se sentait en pleine confusion, ce qu'il cherchait toujours à éviter. Mais il ne se laissa pas démonter et préféra se contenter d'écouter.

« Je vais bientôt rentrer chez moi, dit-elle. Pour me présenter aux élections à la Knesset. À partir de quoi, je me positionnerai comme futur Premier ministre. Mes partisans sont de plus en plus nombreux et, je l'espère, leur nombre augmentera notablement une fois que vous aurez fait ce que vous avez prévu.

– Comment connaissez-vous mes projets ? »

Elle plissa les yeux.

« Jamison a appris beaucoup de choses de la part d'Alle Becket. Il a disposé de toute une journée pour l'interroger, comme vous le savez parfaitement. Il a pu informer ses supérieurs avant que vous ne le tuiez.

– Donc vous avez des contacts avec les Américains ? »

Elle acquiesça.

« Excellents, même. D'après les renseignements que Jamison avait obtenus et dont je me doutais, il a été facile de reconstituer les faits. Je dois l'avouer, je regrette de ne pas y avoir pensé plus tôt.

– Et qu'en est-il des Américains ? Risquent-ils de poser un problème dans les prochaines semaines ? »

Elle haussa les épaules.

« Je dirais qu'ils ne représentait plus une menace et je vais m'assurer que cela ne change pas. »

Il perçut la menace dans sa voix.

Elle pouvait faire en sorte que les choses penchent d'un côté ou de l'autre.

«Zachariah, une fois que vous aurez atteint votre but, c'est moi qui prendrai les choses en main. Cela cadre parfaitement avec ce que j'ai en tête. De cette façon, nous aurons tous ce que nous voulons.

– Pour être bien clair, en quoi consiste ce que *nous* voulons ?

– Un Israël fort et déterminé qui parle d'une seule voix. Un règlement au problème arabe sans aucune concession. Et surtout, que le monde ne nous dicte plus notre conduite.»

Il était toujours très méfiant, mais à part vérifier le contenu du containeur pour savoir si elle avait dit vrai, il ne pouvait pas faire grand-chose pour s'assurer de sa bonne foi.

«Vous aviez raison, lui dit-elle. L'étincelle nécessaire pour réveiller Israël ne peut provenir d'aucun processus officiel. Ça ne marcherait jamais. Elle doit être spontanée et hors du système politique. Elle doit venir du cœur, frapper les esprits et susciter une réaction émotionnelle sans réserve. Quand j'ai enfin réalisé quel était votre projet, j'ai compris aussitôt que c'était la solution idéale.

– Et si je réussis, reprendrez-vous le flambeau et ferez-vous tout ce qui est nécessaire ?»

Elle semblait parfaitement consciente qu'il la testait pour savoir si elle comprenait ce que cela impliquait.

«Oh, oui, Zachariah. Les Juifs n'oublieront pas le mois d'Av.»

Effectivement, elle était au courant.

«Ce n'est pas une simple coïncidence, dit-elle, que notre second Temple ait été détruit le neuvième jour du mois d'Av, en 70 – le même jour où les soldats babyloniens de Nabuchodonosor avaient détruit le premier Temple six siècles plus tôt. J'ai toujours considéré que c'était un signe.»

Il était curieux.

«Et vous avez des alliés qui pensent comme vous ?»

Cela pouvait être important.

«Je suis seule, Zachariah. Est-ce que j'ai des amis? Au pouvoir. Beaucoup. Mais ils ne sont au courant de rien. Je me servirai d'eux, c'est tout. Il n'y a que vous et moi dans cette affaire.

– Irez-vous jusqu'au bout?»

Il vit qu'elle comprenait.

«Soyez tranquille, Zachariah. Les Juifs auront leur troisième Temple. Je vous le promets.»

43

Béne et Halliburton entrèrent dans le musée. Un bâtiment individuel à un étage qui avait été autrefois une maison, dont l'intérieur était orné de boiseries, de sols en marbre, de fresques sur les murs. Les décorations à structure réticulaire trahissaient des influences mauresques, avec un jardin luxuriant qu'on apercevait par les fenêtres. Des vitrines occupaient les pièces du rez-de-chaussée qui ouvraient les unes sur les autres et elles débordaient de pierres, de fossiles, de photographies, de livres et de vestiges divers. Les cartouches étaient rédigés uniquement en espagnol, que Béne lisait couramment. Un homme d'une cinquantaine d'années au visage fermé se tenait près d'une des vitrines. Tre se présenta ainsi que Béne, expliquant que c'était un chercheur de l'université des Indes-Occidentales venu consulter la collection de documents remontant à la colonisation espagnole. L'homme, qui était le conservateur, proposa son aide puis expliqua que la collection était privée et qu'une autorisation était nécessaire pour pouvoir l'examiner.

« Une autorisation délivrée par qui ? » demanda Béne.

Ce que Tre lui avait révélé à propos du rôle que jouait Zachariah Simon dans cet endroit l'avait énervé. Ce n'était pas la Jamaïque. Il n'était pas le grand Béne Rowe ici, mais un simple étranger, et il n'aimait pas ce sentiment d'impuissance. Bien sûr, il était armé et n'hésiterait pas à tirer pour regagner l'avion si besoin était, mais il comprenait bien que cela se révélerait inutile. La diplomatie était le seul moyen de parvenir à ses fins. Ce qui, à Cuba, voulait dire la corruption. C'était justement pourquoi il avait emporté de l'argent liquide.

«Hé, l'ami, dit-il au conservateur, accepte-t-on les dollars américains par ici ?

– Oh, oui, *señor.* Ils sont très appréciés.»

En dépit de toutes ses déclarations tonitruantes, le gouvernement cubain aimait bien la monnaie américaine. Béne sortit une liasse de billets et en compta cinq de 100 dollars.

«Est-il possible d'obtenir cette autorisation ? Rapidement ?»

Il posa l'argent sur un comptoir proche.

«Si, *señor.* Je vais téléphoner à La Havane.»

Tom jeta un regard furieux à Alle. Elle le méprisait, c'était évident, mais il voulait des réponses.

«Tu t'es convertie ?

– Comment le sais-tu ?

– Abiram me l'a dit.

– Dans la lettre qu'il a écrite ?»

Il acquiesça silencieusement.

Elle paraissait malgré tout surprise.

«J'ai agi au nom de ma religion.

– Être juif signifie vivre dans le mensonge ?»

Il secoua la tête.

«Ta mère n'aurait jamais approuvé ta conversion.

– Ma mère m'aimait. Inconditionnellement.

– Et pourtant ça ne t'a pas posé de problèmes de lui mentir. Tu t'es convertie avant qu'elle ne meure, mais tu ne l'as pas dit.»

Elle était également surprise qu'il sache qu'elle n'avait pas mis sa mère dans le secret.

«Comment le sais-tu ?»

Il ignora sa question.

«Quelle hypocrite ! Tu me traites de père et de mari minable, ce qui ne t'empêche pas d'être une menteuse.»

Ils étaient seuls dans le salon, les deux enfants d'Inna ayant regagné leurs chambres. Ils auraient dû sortir pour parler, mais il se sentait plus en sécurité dans l'appartement, à l'abri des regards.

« Qui est cette femme dans la cuisine ? demanda Alle.

– Une amie.

– Tu avais beaucoup d'*amies*...

– Dois-je considérer ça comme une insulte ?

– Prends-le comme tu veux. J'ai vu la souffrance sur le visage de ma mère, je l'ai vue pleurer, j'ai vu son cœur se briser. Je n'étais plus une enfant. »

Elle évoquait une réalité qu'il avait fini par accepter de regarder en face.

« J'étais quelqu'un de méchant. Je faisais des choses méchantes. Mais je n'ai jamais cessé d'aimer ta mère. Je l'aime toujours.

– C'est une plaisanterie. »

Il reconnut le ton amer de Michèle dans son reproche, retrouva son inquiétude dans les yeux d'Alle. Il savait qu'il était en grande partie responsable de cette colère. Il n'avait pas suivi le conseil de Michèle et travaillé à restaurer leur relation détériorée. Au lieu de cela, il n'avait pas cessé de s'apitoyer sur son sort tandis que son enfant unique apprenait à le détester.

« Vas-tu finir par me dire ce que tu as trouvé dans la tombe de grand-père ? » demanda-t-elle.

Mieux valait qu'elle l'apprenne par elle-même. Il sortit de sa poche une copie de la lettre qu'il avait donnée à Simon et la lui tendit. Quand elle releva les yeux, son regard juvénile était plein de questions.

« Il t'a tout raconté sur moi. »

Il acquiesça.

« Même le vieil Abiram avait des regrets à la fin.

– Est-ce ça que tu as donné à Zachariah ? »

L'emploi de ce prénom était suffisamment éloquent : on ne pouvait pas faire confiance à cette jeune femme.

« La même chose. »

Il avait retapé le texte à Jacksonville et utilisé l'ordinateur et l'imprimante de la bibliothèque pour en tirer deux copies. Il avait été facile de supprimer les passages portant sur l'endroit où dormait le golem, le nom du rabbin, les indications de direction cryptée, et toutes les références à la clé. Inquiet de ce qui pourrait arriver en Autriche, il s'était préparé.

«Ça ne dit pratiquement rien, remarqua-t-elle.

– Alors, réponds-moi. Tout ça en valait-il la peine?»

Alle ne savait pas si son père mentait ou non. Son grand-père avait bien laissé un message. Il y avait des allusions au trésor du Temple et à un important secret qu'un lévite avait gardé. Mais pourquoi ne pas le révéler? Mettre par écrit tout ce qu'il savait? Tout expliquer? Zachariah avait-il raison? Des modifications avaient-elles été apportées à cette lettre?

«Cela t'est égal, demanda son père, qu'un homme soit mort là-bas?

– Il m'a enlevée. Menacée à maintes reprises de me tuer.

– Il a prétendu être un agent américain.

– On m'a dit qu'il travaillait pour un certain Béne Rowe.

– Qui t'a informée?»

Elle préféra ne pas répondre.

«Zachariah, encore une fois.» Il secoua la tête. «Pourquoi crois-tu que ce Brian t'a laissé rejoindre Simon dans l'église? S'il avait voulu qu'il t'arrive quelque chose de mal, il se serait contenté de le faire lui-même.

– Tu l'as entendu. Zachariah a passé un accord pour qu'on me relâche.

– T'arrive-t-il de faire un peu attention aux autres?»

Elle détesta son attitude condescendante mais ne trouva pas grand-chose à dire pour sa défense.

«Ce Brian ne m'a pas du tout donné l'impression qu'il voulait nous faire du mal, ni à l'un ni l'autre, dit son père. Il était là pour nous aider.»

Inna sortit de la cuisine et leur annonça qu'elle avait préparé quelque chose à manger. Son père parut apprécier, mais Alle s'en moquait complètement. Elle tenait toujours la lettre.

«Qu'est-ce que tu vas faire maintenant? demanda-t-elle.

– Retourner d'où je viens.

– Tu n'éprouves pas la moindre curiosité à propos de tout ça?

– Je suis venu car je croyais que tu avais des ennuis. Je te laisse à ton entreprise de sauvetage de la religion.

– Tu es vraiment nul.

– Et toi, une petite garce insolente», lui dit Inna.

Elle se raidit.

«Ton père est venu ici en pensant que tu avais des problèmes. Il a fait tout ça pour te sauver. Il a risqué sa vie. Et c'est tout ce que tu trouves à dire?

– Ça ne vous regarde pas.

– Ça me concerne depuis que je t'ai fait sortir de cette église.

– Je ne sais pas pourquoi vous avez agi ainsi et ça m'est égal. Je ne vous ai rien demandé. C'est lui qui vous a appelée à l'aide.»

Inna secoua la tête.

«J'espère seulement que mes enfants n'en arriveront pas à me détester à ce point.»

Brian avait essayé de l'influencer, ça, elle s'en rendait bien compte. Il avait également pris le parti de son père, lui avait donné des remords pour ce qu'elle avait fait. Et tout ça avec des raisons discutables. Mais écouter cette étrangère prendre sa défense, c'en était trop.

Zachariah devrait s'y prendre autrement.

«Je m'en vais», dit-elle.

Tom avait apprécié qu'Inna plaide en sa faveur. Il aurait dû dire tout ça lui-même, mais il n'en avait pas trouvé le courage. Il avait supporté longtemps les insultes d'Alle, estimant que c'était sa punition pour toutes les erreurs qu'il avait commises.

Curieusement, le monde entier le détestait pour quelque chose qu'il n'avait pas à se reprocher, inventer de toutes pièces un article, alors que personne ne soupçonnait sa véritable faute.

Qui lui était entièrement imputable.

Comme la punition qui allait avec.

Il était venu au secours d'Alle parce qu'il ne pouvait pas faire autrement. À présent, il savait que cette affaire n'était qu'un stratagème. Une arnaque. Dans laquelle sa fille avait trempé et pour lequel elle n'avait aucun regret.

Il ne quittait pas des yeux la porte par laquelle sa fille était partie.

«Je suis vraiment désolée», dit Inna.

Il secoua la tête.

«C'est ma faute.

– Vous avez beaucoup de choses en commun.

– Bien plus que nous ne voulons l'admettre.

– Elle va retourner auprès de Zachariah Simon, dit Inna.

– Il l'influence complètement.

– Elle a pris ce que tu lui as donné.»

Il acquiesça.

«Ça lui était destiné.»

Inna lui jeta un regard étonné.

«J'ai retapé la lettre de mon père avant de prendre l'avion pour venir ici et j'en ai supprimé les passages importants. J'ignorais ce qui m'attendait, mais je voulais avoir le choix. Un bon reporter doit toujours avoir plusieurs cartes en main.»

Elle sourit.

«Je n'ai pas oublié cette règle. Je suis contente que tu ne l'aies pas oubliée non plus.

– Je ne suis pas encore mort.»

Et ce n'était pas des paroles en l'air.

«Qu'est-ce que tu vas faire?

– Pas ce que je lui ai dit en tout cas.»

44

Zachariah regarda l'ambassadrice quitter les jardins de Schönbrunn. À 20 heures passées, le soleil avait commencé à décliner et l'air à fraîchir.

Quel rebondissement inattendu.

Il allait faire vérifier ce containeur par Rocha. Mais il savait déjà qu'elle avait dit la vérité.

Il n'aimait pas beaucoup la politique. Un processus trop compliqué dont il ne sortait jamais rien de bon. C'était des discussions interminables qui accouchaient de compromis décourageants dans le seul but de mobiliser le vote populaire pour la prochaine élection. Il voulait des résultats, pas des voix. De l'action, pas des discussions. Du changement, pas le *statu quo.*

Et le secret avait toujours fait ses preuves.

Mais plus maintenant.

Au moins, une personne était du même avis que lui.

Le téléphone vibra dans sa poche.

Il prit l'appareil mais aucun numéro ne s'affichait. Il jugea cependant préférable de répondre.

« *Señor,* c'est Mateo à Cuba. »

Il savait de qui il s'agissait.

« Ici, Zachariah, Mateo. *Buenas tardes.* »

Ce devait être le milieu de l'après-midi à Cuba. Il y avait longtemps qu'il n'avait pas eu de nouvelles de son contact là-bas.

« *Señor* Simon, nous avons un problème. »

Un Noir qui s'appelait Béne Rowe et un Blanc nommé Halliburton souhaitaient consulter la collection privée. Il était content que le conservateur ait respecté les consignes. Il devait être aussitôt prévenu si quelqu'un demandait des renseignements sur les archives. Son grand-père les avait découvertes et son père les avait mises à l'abri en finançant un musée local. Une façon pour les Juifs de Cuba de marquer leur présence en faisant un geste important, et cela avait marché.

« Qu'est-ce que je dois faire ? demanda Mateo.

– Laisse-les voir ce qu'ils veulent. Je te rappelle très vite. »

Alle quitta l'immeuble et s'éloigna suffisamment pour être certaine d'être seule. Pourquoi son père ne s'était-il pas contenté de donner ce que son grand-père avait laissé ? Elle ne lui avait pas demandé de jouer les héros. Elle ne lui avait pas demandé de se mêler de ses affaires. Il s'agissait de remédier à quelque chose qui s'était passé des milliers d'années auparavant. Pas de réparer une relation qui s'était détériorée. Ni d'essayer, pour une fois dans sa pauvre vie, de faire ce qu'il fallait.

Elle était encore novice dans sa religion, mais pas dans la connaissance de la tradition des Juifs. Elle avait vu ses grands-parents vivre ainsi et voulait imiter leur dévotion. Si elle pouvait aussi aider à retrouver ce que tant de gens avaient considéré comme sacré pendant si longtemps, ce serait encore mieux.

Mais elle s'interrogeait.

Pourquoi son grand-père n'avait-il pas voulu la même chose ? Pourquoi garder secret le trésor du Temple ? Pourquoi ne pas le lui dire ? Était-ce à cause de *ces gens* contre lesquels Zachariah l'avait mise en garde ?

Ce dont elle était certaine, c'est qu'elle ne voulait rien avoir à faire avec son père.

Elle prit le téléphone portable dans sa poche et appela le premier numéro conservé en mémoire.

La situation ne plaisait pas du tout à Béne. D'autant plus qu'il ne pouvait rien dire à Halliburton, car ses craintes risquaient de lui valoir des questions auxquelles il préférait ne pas répondre. Le conservateur était revenu tout sourire après avoir passé sa conversation téléphonique et il les conduisit jusqu'à une pièce obscure avec des étagères en bois sur lesquelles étaient posés des casiers en plastique remplis de journaux, de registres et de parchemins. Le tout obéissait à un vague classement, les contenants étant étiquetés par date et par lieu. Tre n'avait pas été particulièrement impressionné par les conditions de conservation des documents, mais paraissait tout excité à la perspective d'examiner le contenu de ces boîtes.

«Il y a quatre casiers consacrés aux écrits du XVIIᵉ siècle. Jamais je n'en ai vu autant au même endroit.

– Dépêche-toi de les consulter.

– Ça pourrait prendre des heures.

– Nous n'avons pas autant de temps devant nous. Examine tout ce que tu peux.

– Quelque chose t'inquiète, Béne?

– Oui, Tre. Nous sommes à Cuba. Alors dépêche-toi.»

Tom était assis dans la cuisine et mâchonnait un morceau de pain noir. Inna avait préparé des tomates à l'étouffée et du riz blanc qui semblaient appétissants, mais il n'avait pas faim.

Elle lui avait demandé ce qu'il avait fait depuis le scandale qui avait bouleversé sa vie.

«J'ai écrit des livres ces dernières années, lui dit-il. Comme nègre. Quelques romans, quelques documents. Tous ont été des best-sellers. Quelques-uns ont figuré en tête des ventes. Je suis doué pour ça et les écrivains pour lesquels j'ai travaillé veulent que je reste complètement dans l'ombre.»

Elle avait posé sur la table une tasse de café et une assiette pleine.

«Tu as toujours été doué pour tout ce que tu faisais.»

Il aimait bien le côté pragmatique de cette femme. Mieux valait lui dire la vérité.

« J'ai été victime d'un coup monté, Inna. Cette histoire à propos d'extrémistes israéliens a été fabriquée. On m'a poussé à y croire, à y participer, puis on m'a jeté. Ils ont inventé les sources ainsi que la plus grande partie des faits. Ils ont été efficaces, je ne me suis jamais douté de rien. Tout était parfait. Du solide. Je n'ai rien vu venir.

« Qui l'a fait ?

– Un groupe, coutumier du fait. Apparemment, j'avais exaspéré les deux parties en présence au Moyen-Orient avec mes reportages. Et donc je me suis fait éjecter par chacun des deux camps, sans que l'autre le sache.

– Il n'y a aucun moyen de prouver ce qui est arrivé ? »

Il secoua la tête.

« Je te l'ai dit, ils ont été efficaces.

– J'ai toujours été persuadée qu'il y avait une explication quelconque. Thomas Sagan n'était pas un menteur. »

Il appréciait sa loyauté.

« Personne n'a pris ton parti, Thomas ? »

Il pensa à Robin Stubbs. Elle l'avait fait. Pendant un moment.

« Les faits étaient indéniables et je ne pouvais rien dire d'autre que *je suis innocent.* C'était le traquenard parfait. Sans la moindre faille. Je n'ai jamais su qui était derrière, pendant plus d'un an. »

Il lui raconta ce qui s'était passé ce samedi après-midi dans la librairie Barnes & Noble. C'était la première fois qu'il en parlait à quiconque.

« Je suis vraiment désolée, répéta-t-elle encore.

– Moi aussi.

– Ta fille n'est pas facile. »

Il gloussa.

« Qu'est-ce qui te donne cette impression ?

– Elle ne réalise pas où elle a mis les pieds, mais a l'impression de tout savoir.

– Je lui ressemblais beaucoup quand j'avais vingt-cinq ans. J'étais marié à cet âge-là et j'étais persuadé que je ne pouvais pas me tromper.

– Pourquoi l'as-tu laissé partir ?

– Elle reviendra. »

D'abord interloquée, Inna ne tarda pas à comprendre.

« Tu penses que Simon l'a envoyée ?

– C'est la seule possibilité. Ils se sont parlé comme s'ils étaient de vieux amis dans l'église. Elle voulait partir avec lui, jusqu'à ce qu'il la trahisse. »

À condition que ça n'ait pas fait aussi partie de la mise en scène.

« Quand Alle est tombée sur toi dans les catacombes, elle courait ou elle marchait ? voulut savoir Tom.

– Elle marchait. Pourquoi ?

– Elle était calme ? »

Inna acquiesça.

« On nous tirait dessus. Elle s'est enfuie. Mais là, elle se serait dirigée tranquillement vers toi, une étrangère, et m'aurait attendu ? »

Visiblement, elle avait compris ce qu'il voulait dire.

« Qu'est-ce que tu vas faire ? » demanda-t-elle.

Il prit un autre morceau de pain. « Je n'ai pas le choix. » Il sortit alors de sa poche une feuille de papier pliée et la lui tendit.

« Voilà le message complet que j'ai trouvé dans la tombe. » Elle le lut.

« J'ai fait une recherche sur Internet. Ce passage qui dit *"Le golem protège maintenant notre secret dans un endroit depuis longtemps sacré pour les Juifs."* Et le nom. Rabbin Berlinger. Ces deux éléments ne sont réunis que dans un seul endroit au monde.

– Prague. »

Il était impressionné.

« Je connais la légende du golem, dit-elle. Elle est très célèbre ici. Mais je n'ai jamais entendu parler de ce Berlinger.

– Il a été le chef de la communauté juive pendant plusieurs décennies. Il aurait pu connaître Abiram et Saki, le père de ma mère, Mark Eden Cross. Berlinger est toujours en vie.

– C'est bizarre de toujours appeler ton père par son nom.

– C'est comme ça que je pense à lui. Je ne me sens pas proche. Pour moi, c'est un étranger. À présent, tout ce que je me rappelle, c'est son visage décomposé. Je me suis trompé sur ce vieil homme. Nous n'avons pas assez parlé tous les deux.»

La pièce était silencieuse. Les deux enfants d'Inna étaient partis chez un voisin. Elle lui avait dit qu'il pourrait passer la nuit là, sur le canapé. Demain, ils iraient chercher sa voiture de location. Il était trop épuisé pour discuter. Le décalage horaire faisait son œuvre.

«Ce secret, dit-il dans un quasi-chuchotement, il est temps de le dévoiler.

– Si ce n'est pas toi, Simon semble avoir bien l'intention de le faire.

– Une bonne raison pour trouver ce trésor du Temple en premier.»

Il pensa à Brian Jamison.

«Pourquoi le renseignement américain s'intéresserait-il à ça? Il a dit qu'il travaillait pour une certaine unité Magellan. Pourrais-tu trouver de quoi il s'agit?»

Elle acquiesça.

«J'ai des contacts à l'ambassade américaine.»

Il était content de l'avoir appelée.

«Son corps était dans les catacombes. Mais quelque chose me dit qu'il a disparu depuis longtemps. En tout cas, quelqu'un devrait aller voir.»

Elle approuva encore.

Ils restèrent assis pendant un moment. Il la regarda manger ses tomates et son riz.

«Je vais aller à Prague, dit-il. Et je vais emmener Alle avec moi.

– Ça pourrait te valoir beaucoup d'ennuis.

– Sans doute. Mais c'est ma fille, Inna, et il faut que je le fasse.»

Inna sourit, puis elle lui prit la main et la serra.

«Thomas, tu te sous-estimes. Ni toi ni ta fille ne réalisez quel père tu es.»

45

Zachariah s'attardait dans les jardins de Schönbrunn, le cerveau en ébullition. Il imaginait l'endroit deux cents ans plus tôt, quand le fils unique de Napoléon vivait dans le palais. Ou l'empereur François-Joseph, qui lutta ici pour maintenir l'unité de l'Empire autrichien dans les tumultes de la guerre mondiale. Ou en 1918, quand Charles Ier avait renoncé au trône et quitté le palais après avoir mis un terme à la monarchie.

Mais il ne s'intéressait pas du tout à l'Autriche. Pour son peuple, ce pays n'avait jamais été qu'une source de problèmes. Il n'avait jamais aimé les Juifs, se livrant à des persécutions et à des massacres sur des dizaines de milliers d'entre eux durant toute son histoire. Et quand les Autrichiens avaient fini par détester Hitler, ce n'était pas à cause de sa haine des Juifs. Rares étaient les synagogues rasées par les nazis à avoir été reconstruites. Une fraction seulement des Juifs qui vivaient là autrefois y demeuraient encore. Sa famille était restée et avait survécu aux tempêtes. Pourquoi? avait-il demandé étant enfant. *Parce que c'est chez nous.*

Le téléphone vibra dans sa main. Cette fois, le numéro affiché était familier. C'était le sien.

Alle l'appelait.

Il répondit.

«J'espère que vous avez de bonnes nouvelles.»

Il l'écouta raconter ce qui s'était passé avec son père. Il lui demanda de lire le document qu'on lui avait donné et s'aperçut que c'était le même que celui que Sagan lui avait donné.

À présent, il était convaincu.

« Il ne dit pas toute la vérité. Il ne vous a rien montré de nouveau.

– Peut-être n'y a-t-il rien d'autre.

– Impossible. À l'évidence, il manque quelque chose. »

Il en conclut que Sagan devait soupçonner sa fille.

« Alle, votre père pense certainement que vous êtes là pour l'espionner. Mais comme vous êtes sa fille, il ne veut pas vous renvoyer.

– Que dois-je faire ? »

Il aurait bien voulu l'interroger sur ce que Brian Jamison lui avait dit, mais préféra y renoncer. *Fiche-lui la paix pour le moment.*

« Retournez là-bas, lui dit-il. Ouvrez grands les yeux et les oreilles. Vous l'avez dit vous-même – les Américains sont impliqués maintenant. Brian était leur homme. Nous ne pouvons pas les laisser trouver ce que nous cherchons. Cela nous revient, Alle. »

Il espérait que le silence à l'autre bout de la ligne signifiait qu'elle était de son avis.

« Je vais essayer, dit-elle enfin. Voulez-vous savoir où il est ?

– Pas besoin. »

Il avait quelque chose de beaucoup mieux qu'une adresse.

« Si le téléphone est allumé, je peux le localiser. Mais économisez la batterie. Pouvez-vous y veiller ?

– Bien sûr.

– Dans ce cas, retournez là-bas. Et que la chance soit avec vous. »

Béne revint dans la pièce aux archives. Halliburton s'affairait toujours au milieu des casiers en plastique, passant en revue des parchemins, examinant de vieux registres détériorés, ainsi que des journaux, des cartes et des dessins.

« Tout ça devrait être conservé sous vide, dit Halliburton. Tout part en morceaux. »

Béne avait laissé la porte suffisamment ouverte pour pouvoir entendre ce qui se passait sur le devant du bâtiment. À l'extrémité du petit couloir, il avait vu le conservateur sortir du musée et passer un coup de téléphone sur son mobile. Il ne pouvait pas prendre le risque de se rapprocher davantage, si bien qu'il n'avait rien entendu de la conversation. Mais il avait vu l'homme rentrer dans la maison et fermer à clé la porte donnant sur l'extérieur. Il avait regardé sa montre qui indiquait un peu plus de 2 heures de l'après-midi.

On était loin de l'horaire de fermeture – pourquoi alors le conservateur prenait-il cette précaution ? Peut-être sa parano n'était-elle pas justifiée, mais depuis qu'il avait appris de qui dépendait ce musée, il avait un mauvais pressentiment.

« Regarde ça. »

Tre tenait un volume ancien à la reliure abîmée et aux pages couleur de poussière.

« Ce document a été relié en 1634. C'est un compte rendu de la vie ici sur l'île. »

Tre ouvrit le livre avec précaution.

« C'est en castillan, mais je peux le lire. »

Béne entendit une sonnerie venant du devant du bâtiment de la maison du musée. Il sortit de la pièce et alla jusqu'au bout du couloir. Le conservateur parlait dans son téléphone portable et disait en espagnol à son interlocuteur d'attendre un instant.

L'homme sortit et referma derrière lui.

Béne décida cette fois de prendre le risque et s'approcha d'une fenêtre pour pouvoir tendre l'oreille.

Zachariah s'entretenait avec le conservateur du musée cubain. Il s'était occupé de Brian Jamison, de Tom Sagan et d'Alle Becket. Maintenant, c'était au tour de Béne Rowe.

« Ils sont toujours là ? demanda-t-il.

– Ils examinent la collection privée. Ils sont très intéressés par ce que nous avons de plus ancien, ce qui remonte à l'époque de Colomb. Mais les autres documents sont sous clé, comme vous en avez donné l'ordre. Je ne leur en ai pas parlé. »

Il ignorait comment le Jamaïcain avait réussi à trouver les archives, mais cela compliquait encore les choses. Rowe avait dit au téléphone qu'il détenait de nouvelles informations. Était-ce à ça qu'il faisait allusion ? Si c'était le cas, ces documents n'avaient aucune valeur car la famille Simon détenait les originaux depuis longtemps, mesure prise à l'encontre du régime socialiste zélé qui limitait les déplacements vers Cuba.

Il était temps de mettre un terme à ce problème.

« Débrouille-toi pour qu'ils restent là un peu plus longtemps. Montre-toi cordial. Amical. Ne fais rien qui puisse leur être désagréable. Compris ?

– Oui, monsieur Simon. Je peux faire ça. »

Il coupa la communication et retourna vers la voiture, où Rocha l'attendait. Il se glissa sur le siège du passager et lui tendit le téléphone.

« Rowe est aux archives à Cuba. Le conservateur a téléphoné. Tu es toujours en contact avec la PNR ? »

La PNR était la Police nationale révolutionnaire de Cuba.

Rocha hocha la tête.

« J'ai veillé à continuer les paiements. Ils ont toujours dit que, si nous avions besoin de quelque chose, nous n'avions qu'à demander.

– Demande. Ensuite, branche le GPS et localise mon téléphone. Je veux savoir exactement où se trouve Alle Becket à Vienne. Tout ne peut pas dépendre des caprices d'une fille naïve. »

Béne entendit le nom.

Simon.

Cela lui fit froid dans le dos.

Cet homme n'était pas en train de téléphoner pour obtenir un accord de La Havane. Il venait aux ordres. Simon employait des centaines de personnes comme ce sous-fifre. Des espions dans toute la Jamaïque pour s'assurer de ne manquer aucune information, l'argent permettant de délier les langues.

Il s'éloigna rapidement de la fenêtre et retourna dans la réserve.

« Il faut que nous partions, dit-il à Halliburton.

– J'ai à peine survolé les documents. J'ai besoin de plus de temps.

– Il faut partir, Tre.

– Que se passe-t-il ?

– Ce conservateur est en train de nous trahir. »

Tre écarquilla les yeux.

« Comment le sais-tu ?

– Comme tu l'as dit dans l'avion, j'ai l'expérience de ce genre de chose. Il faut partir.

– Encore quelques minutes, Béne. Nom de Dieu, il y a un vrai trésor ici. Je viens de tomber sur des références à Luis de Torres en personne. »

Béne comprenait l'urgence et mesurait parfaitement l'importance de ces documents. Et il se souvenait également de quelque chose que le conservateur avait dit. *Mais les autres éléments sont sous clé, comme vous en avez donné l'ordre.*

Ils étaient déjà arrivés jusque-là. Quelques minutes supplémentaires n'étaient pas grand-chose. Mais, encore une fois, elles pouvaient aussi les mettre en danger.

Tom était assis dans le petit bureau. Inna était dans sa chambre, occupée à passer des coups de téléphone, rassembler des informations, faire ce que les reporters font habituellement. Bien sûr, tout n'était pas bon à prendre – la partie la plus ingrate du travail était de séparer le bon grain de l'ivraie. Il y avait longtemps qu'il n'avait pas réuni les éléments nécessaires à l'élaboration d'un article, mais il n'avait pas oublié comment on faisait. L'histoire qui l'absorbait pour le moment ne se présentait pas tellement différemment de celles qu'il avait traitées auparavant, et ses composantes apparaissaient peu à peu au grand jour. Le lévite. Une clé. Un certain Berlinger. Le golem. Le trésor du Temple. Le vieil Abiram.

Et, le plus perturbant de tout, Alle.

Comment tout ça s'assemblait restait encore à voir.

Il entendit une porte s'ouvrir et Inna apparut.

« Qu'est-ce qui est arrivé à ton mari ? demanda-t-il. Pour autant que je m'en souvienne, votre mariage était solide.

– C'est ce que je croyais aussi. Mais il avait d'autres idées en tête. Il est rentré un jour et m'a dit qu'il partait. C'était il y a cinq ans. Nous ne l'avons presque jamais revu depuis.

– Il ne vient pas pour les enfants ?

– Ils ne comptent pas vraiment pour lui. »

Erreur grossière, pensa-t-il.

« Comment réagissent-ils ? demanda-t-il.

– On pourrait croire que ça leur est égal, mais je ne suis pas dupe. Les enfants ont besoin de leurs parents. »

C'était bien vrai.

« J'ai trouvé des infos sur l'unité Magellan. C'est un groupe secret dépendant du secrétariat à la Justice américain. Douze agents qui remplissent des missions spéciales pour le compte du procureur général ou de la Maison Blanche. Elle est dirigée par une femme du nom de Stéphanie Nelle. J'ai pu aussi trouver que, parmi les douze agents, figure un certain Brian Jamison.

– Je veux savoir pourquoi ils s'intéressent à Zachariah Simon.

– J'essale de recueillir des informations, mais ça risque d'être difficile. Après tout, Thomas, ces gens ne sont pas prêts à admettre quoi que ce soit.

– Sauf s'ils apprenaient que leur agent est mort.

– C'est un autre problème. Rien d'anormal n'a été signalé autour de la cathédrale. Aucune présence policière. Aucun cadavre n'a été retrouvé en tout cas.»

Il n'était pas surpris. Exactement comme il y a huit ans, il ne pouvait compter que sur lui.

«Je vais retrouver ce trésor du Temple.

– Pour quelle raison? Ce n'est pas ton combat.

– C'est devenu le mien quand j'ai lu cette lettre provenant de la tombe.

– Il y a bien longtemps que tu ne t'es pas battu, n'est-ce pas?

– Oui, dit-il, presque dans un murmure. C'est vrai.

– Et tu en as envie.»

Il la regarda dans les yeux, sentant qu'elle comprenait sa douleur.

«J'en ai besoin.

– Ça ne te permettra pas de te racheter. Ce qui t'est arrivé ne peut pas être effacé.»

Peut-être pas, mais…

On entendit frapper. Il savait qui était là. Inna ouvrit la porte et fit entrer Alle.

«Écoute, lui dit sa fille. Je suis désolée de m'être conduite ainsi. Ces derniers jours ont été difficiles. Je sais que pour toi aussi. Ceci est important pour moi. C'était important pour grand-père. J'ai fait ce que je jugeais nécessaire. Je comprends pourquoi tu es en colère, ça y est, mais je veux prendre part à tout ça.»

Elle mentait. Mais, Dieu soit loué, il était content qu'elle soit revenue. Il n'avait plus qu'elle, en ce monde.

«Je pars demain pour Prague, lui dit-il. Tu peux venir avec moi.»

Elle inclina lentement la tête.

«D'accord.

– Tu as faim? lui demanda Inna.

– Non, mais manger quelque chose me ferait du bien.»

Les deux femmes se retirèrent dans la cuisine.

Il resta seul.

Quel imbroglio. Il aurait dû la laisser à Vienne. Mais il était venu pour s'assurer qu'elle allait bien. Mieux valait la garder à l'œil tout le temps qu'elle voudrait bien rester à ses côtés. Et lui pardonner ses mensonges.

Comme l'avait dit Inna, c'était le rôle des pères.

46

Béne regarda sa montre. Près d'une demi-heure s'était écoulée. Il était allé voir à deux reprises ce que faisait le conservateur : le Cubain était assis derrière un bureau et lisait un livre. Halliburton avait passé en revue les quatre casiers étiquetés XVIe et XVIIe siècles, mettant de côté plusieurs documents prometteurs, et il était maintenant occupé à les étudier en détail. Il avait remarqué deux autres portes dans le couloir – toutes deux fermées à clé – et se demandait ce qu'elles protégeaient.

« Tu as trouvé quelque chose ? demanda-t-il à Tre.

– Ce sont des contrats et des rapports coloniaux du temps de l'Espagne. Et des journaux, aussi. Tout ça est en mauvais état. À peine lisible. »

Béne décida qu'une dose de vérité ne pouvait pas faire de mal.

« Tre, tu as dit que ces archives dépendaient de Zachariah Simon. Je le connais. C'est quelqu'un de *bwai. Pyaka.* » Il savait que son ami parlait suffisamment le patois pour comprendre. Un méchant. Un criminel. « Il faut que nous partions. »

Décidément, il y avait des menteurs partout. Felipe. Simon. Le conservateur. Il avait résolu le premier problème. Le deuxième restait en souffrance. Mais le troisième, il pouvait s'en charger tout de suite. Il passa la main dans sa veste et prit son pistolet.

Tre fut surpris de le voir sortir une arme.

« Pourquoi en avons-nous besoin ?

– J'espère que ça ne sera pas nécessaire. Reste ici.»

Il regagna l'avant de la maison. La salle d'exposition était calme, l'homme lisait toujours. Il glissa la main tenant le pistolet dans sa poche de pantalon et se dirigea tranquillement vers lui.

«Pourriez-vous nous aider?» demanda-t-il en espagnol.

Le conservateur sourit et se leva de sa chaise. Béne le laissa le précéder, puis sortit le pistolet et lui asséna un coup sur la nuque, passa ensuite le bras autour de la gorge de l'homme et serra.

«Tu es un menteur, dit-il en espagnol. Tu as téléphoné à Simon, pas à La Havane. Je t'ai entendu. Qu'est-ce qu'il t'a dit?»

L'homme ne répondit rien, se contentant de secouer la tête. Il tremblait de tout son corps. Béne accentua la pression de son avant-bras.

«Je vais te tuer. Tout de suite. Qu'est-ce qu'il t'a dit?»

Il releva le chien du pistolet avec son pouce. Son prisonnier entendit le clic.

«Il m'a dit seulement de vous garder ici. De vous retenir ici. De vous laisser voir ce que vous vouliez. De vous garder ici.

– Tu as dit que les choses importantes étaient sous clé ailleurs. Où?»

Il entendit le grondement de moteurs à l'extérieur.

Sans relâcher sa prise et le pistolet toujours contre la tempe de l'homme, il le traîna vers les fenêtres. Deux Peugeot blanches équipées de gyrophares et portant l'inscription PATRULLA s'arrêtèrent au bas de la rue dans un crissement de pneus. Trois officiers de la PNR en surgirent.

Vous garder ici. À présent, il comprenait pourquoi. Ils pouvaient tenter de fuir par-derrière, mais la possibilité de parvenir jusqu'à la Range Rover et de partir sans attirer l'attention de la police semblait infime. Non. Ces trois-là devaient repartir de leur plein gré.

«Écoute-moi bien», dit-il au conservateur. Pour accentuer son propos, il enfonça le pistolet profondément dans son cou.

«Je vais rester là, juste au bout de ce couloir. Je veux que tu renvoies ces policiers. Dis-leur que nous sommes partis. Nous avons pris vers l'ouest, hors de la ville, dans un coupé Mercedes. De couleur jaune. Tu as compris?»

L'homme acquiesça.

«Au moindre faux pas de ta part, je t'abats et eux après. Si tu dis un seul mot susceptible de les alerter, je te tue. Compris?»

Un autre signe de la tête.

«Et ce n'est pas tout. Si tu fais ce que je dis, non seulement tu auras la vie sauve, mais je double les 500 dollars que tu as déjà.

– Si. Si.»

Il relâcha sa prise et s'éloigna de la fenêtre, après avoir jeté un dernier coup d'œil aux trois policiers en uniforme qui s'approchaient de la porte d'entrée. Il se réfugia dans le couloir et resta en retrait pour ne pas être vu.

Le conservateur paraissait reprendre ses esprits. Béne espérait que la perspective de toucher plus d'argent empêcherait ce salaud de menteur de faire une bêtise. Pour bien se faire comprendre, quand le Cubain jeta un coup d'œil inquiet dans sa direction, il lui montra le pistolet et le braqua droit sur lui.

Quelqu'un secoua la poignée de la porte d'entrée fermée à clé. Puis on entendit frapper. Le conservateur alla ouvrir et les trois policiers entrèrent. Chacun portait un pistolet dans un holster. Cela était d'autant plus intéressant que Béne se souvenait parfaitement d'avoir déjà vu de nombreux membres de la police cubaine, mais aucun avec une arme. Il se demanda combien Simon payait pour ce service particulier.

À l'arrière du bâtiment, il perçut du mouvement et vit Tre dans l'embrasure de la porte. Il lui fit signe de ne pas sortir et de rester tranquille.

Halliburton acquiesça et disparut de nouveau dans la pièce aux archives. Il entendit les policiers s'enquérir de deux hommes, un Noir et un Blanc, venant de la Jamaïque dans l'intention de visiter le musée. Le conservateur dit qu'ils étaient bien passés, mais qu'ils étaient partis brusquement. Il avait essayé de les en empêcher, mais ils n'avaient rien voulu entendre. Ils avaient quitté la ville, en direction de l'ouest, dans une Mercedes jaune, quelque dix minutes auparavant.

Béne apprécia ce dernier détail. Bien vu. Cela voulait dire qu'ils pouvaient encore être rattrapés.

Les policiers, toutefois, ne paraissaient pas pressés de partir. L'un deux s'attardait devant les vitrines.

Béne ne parvenait pas à savoir s'il était intéressé ou s'il feignait de l'être. Soupçonnait-il l'homme d'avoir menti ? Les deux autres étaient restés près de la porte d'entrée. Le conservateur les observait tous les trois sans rien dire. Le premier policier se rapprocha du couloir. Béne recula, le doigt crispé sur la détente du pistolet. Il ne pouvait plus risquer de jeter un coup d'œil. Il retint son souffle, ferma les yeux et concentra toute son attention sur le bruit des pas sur le parquet tandis que le policier parcourait la pièce.

« Qu'y a-t-il par là ? demanda l'un d'eux.

– Des réserves. Rien de particulier. Nous n'avons pas beaucoup de visites à cette époque de l'année. »

Pas un bruit durant quelques secondes, puis des pas se rapprochèrent.

Et enfin les hommes s'éloignèrent.

Béne poussa un soupir et se pencha par l'embrasure de la porte pour voir ce qui se passait. Les trois policiers étaient dans l'entrée. D'une voix calme, le conservateur les remerciait d'être venus, puis ils s'éloignèrent.

Béne se précipita vers la porte pour la fermer à clé. Il regarda par la fenêtre et aperçut les policiers regagner leurs voitures en courant. Il entendit les moteurs rugir et vit les véhicules partir en trombe. L'instant d'après, il fondit sur le conservateur, le précipitant au sol, et braqua le pistolet sur son visage. Il sentit sous lui son corps tétanisé de peur. De grands yeux stupéfaits le dévisageaient.

« Depuis quand Simon possède-t-il cet endroit ? »

Aucune réponse.

« Depuis quand ? » Il s'était mis à crier.

« La famille finance depuis longtemps. *Señor* Simon a été particulièrement généreux pour nous.

– C'est lui qui t'a dit d'appeler la police ? »

L'homme secoua la tête, malgré la proximité du pistolet.

« Non. Non. Non. Il m'a seulement dit de vous garder ici. »

Tre apparut dans la pièce.

« Béne, grands dieux, qu'est-ce que tu fais… ?

– « Ne te mêle pas de ça. »

Il continuait à foudroyer le Cubain des yeux et arma le pistolet.

« Béne, hurla Tre. Tu es fou ? Ne fais pas ça.

– Ce *mus mus* a failli nous faire tuer. »

Il détestait les rats autant que les menteurs.

Le Cubain devait bien comprendre que son temps était compté.

« Tu as dit à Simon que les choses importantes étaient enfermées quelque part. Où ?

– Première porte dans le couloir. »

Il remit brutalement l'homme sur ses pieds et le poussa en avant. « Ouvre-la. »

Les mains tremblantes, le conservateur farfouilla dans sa poche pleine de clés. Remarquant que la porte en bois ouvrait vers l'intérieur et qu'il n'y avait pas de poignée, Béne essaya de l'enfoncer de son pied droit. Après deux autres coups, le montant se brisa et la serrure sauta, libérant le bloc de bois et laissant voir une pièce sans fenêtre.

Trois casiers en plastique étaient posés sur une table.

« Examine-les, dit-il à Halliburton. Prends ce que tu veux ici et dans l'autre salle. Nous partons.

– Nous les volons ?

– Non, Tre. Je vais leur laisser une carte de crédit pour payer les dommages collatéraux. Bien sûr que nous les volons. Maintenant, prends ce que tu veux. »

Halliburton se précipita dans la pièce.

Béne traîna de nouveau le conservateur sur le devant du bâtiment.

«Heureusement que tu es un bon menteur, dit-il. Premièrement, tu nous as débarrassé de ces policiers et deuxièmement, ça m'a évité d'attirer trop l'attention sur nous en te tuant.

– Et troisièmement, *señor*?»

Il crut qu'il avait mal entendu. Cet idiot le défiait?

«Vous ne pouvez pas me tuer devant votre *amigo*.»

Il n'aimait pas le ton suffisant que l'autre avait pris pour lui faire part de cette observation maligne.

«En réalité, la troisième raison pour laquelle tu as la vie sauve est différente. Je veux que tu dises à Simon que lui et moi allons avoir une sérieuse conversation. Bientôt.»

Puis d'un coup de crosse de pistolet, il assoma l'homme qui s'écroula sur le sol.

47

« Je te parle de l'année 1580. Oui. C'était précisément cette année-là », dit Saki.

Tom écoutait. Pour un garçon de dix ans, les bonnes histoires avaient toujours autant d'attrait et il adorait celles que son grand-père lui racontait.

« Cela se passait à Prague, dit le vieil homme. Rabbi Loew était le grand rabbin du quartier juif. Cela voulait dire qu'il en avait la responsabilité. Au-dessus de sa porte, gravé dans la pierre, il y avait un lion avec une grappe de raisin indiquant qu'il descendait en ligne directe du roi David lui-même.

– M. E., cria sa grand-mère, tu troubles l'esprit de ce garçon avec tes légendes. »

Saki s'appelait Mark Eden Cross. Eden était le nom de jeune fille de l'arrière-grand-mère de Tom que son fils unique avait gardé par respect pour sa mère.

« Tommy adore mes histoires, dit son grand-père. N'est-ce pas, mon garçon ? »

Il acquiesça.

« Il aime que je lui parle du monde. »

Le vieil homme allait bientôt avoir quatre-vingts ans et Tom se demandait combien de temps encore il resterait en vie. Dernièrement, le décès de deux de ses tantes avait rendu le concept de la mort tangible.

« Cela se passait à Prague, répéta Saki. Un autre prêtre fanatique avait décidé que nous les Juifs représentions une menace. Les chrétiens nous craignaient depuis que des rois nous avaient fait confiance. Aussi, pour augmenter leur pouvoir, il fallait qu'ils nous détruisent.

Ils racontaient que nous tuions des enfants chrétiens et que nous nous servions de leur sang au cours de nos rituels. Peux-tu imaginer de tels mensonges ? Le procès du sang, c'est comme ça que nous appelons ça maintenant. Mais le mensonge a fait son œuvre. Régulièrement, à des années d'intervalle, les chrétiens fomentaient des soulèvements et massacraient des Juifs. Des pogroms, Tommy. N'oublie jamais ce mot. Pogroms. Les nazis ont mis en œuvre le plus grand pogrom de tous les temps. »

Il se dit qu'il ne devrait jamais oublier ce mot.

« Rabbi Loew savait qu'il devait protéger son peuple du danger et il trouva comment y arriver au cours d'un rêve. Ata bra golem dewuk hachomer w'tigzar zedim chewel torfe jisrael. »

Il connaissait un peu l'hébreu et put en comprendre quelques mots.

« "Tu créeras un golem avec de la terre, pour que la foule antisémite malfaisante soit détruite." *C'est ce dont il rêva. Et c'est ce qu'il fit. Il créa une créature vivante à l'aide du feu, de l'eau, de l'air et de la glaise. Les trois premiers éléments permettant au dernier de prendre vie. »*

Cela pouvait-il être vrai ? C'était incroyable.

« Il donna vie à sa créature en insérant le shem. *Un petit morceau de parchemin sur lequel il avait écrit le nom de Dieu, qu'il lui mit dans la bouche. Puis il dit :* "Le Seigneur a créé un homme à partir de la glaise de la Terre et insufflé le souffle de la vie dans sa bouche." *Le golem se mit debout. Rabbi Loew dit à la créature que sa mission était de protéger les Juifs des persécutions. Il s'appellerait Josef et il devrait obéir aux ordres du rabbin quels qu'ils soient. »*

Rabbi Loew donna des directives au golem chaque vendredi et Josef le suivait durant la semaine, en protégeant les Juifs. Un vendredi, il oublia de lui donner ses instructions, et le golem, n'ayant rien à faire, se déchaîna, voulant tout démolir sur son passage. Les gens furent terrifiés jusqu'à ce que Rabbi Loew lui ordonne de cesser. À partir de ce jour-là, il n'oublia plus jamais de lui donner ses consignes hebdomadaires. Vers 1593, les Juifs se sentirent moins menacés. Rabbi Loew décida alors qu'il était temps d'envoyer Josef hors de ce monde.

« Il dit au golem de passer la nuit dans le grenier de la synagogue Vieille-Nouvelle de Prague. Passé minuit, le rabbin et deux autres

*personnes le rejoignirent et s'employèrent à défaire tout ce qui avait été fait pour créer la créature. Quand ils en eurent fini avec ses pieds, ils remontèrent jusqu'à sa tête. Toutes les paroles furent récitées à l'envers. Quand ce fut t*r*… né, l*… golem était redevenu un bloc de glaise, qu'on … , l'accès du grenier de la synagogue … e monde. »*

…artement d'Inna, Tom pensait … aimé cette âme bienveillante. … biram et relevé la référence au …u de ce jour lointain où il l'avait … pour la première fois. … une histoire. …it un papier pour le *Los Angeles* …ende. Les golems n'étaient pas …èque. Ils avaient d'abord été …l'Égypte ancienne. Des textes …ot figurait même dans la Bible. …mais été établi avec Prague avant …chive historique n'avait jamais …a Loew ben Bezalel, qui vivait …e Rabbi Loew, avec le moindre …rue dans un obscur guide de …: dans un livre populaire de 1858 … sous le titre de *Sippurim.* Après …ie intégrante du folklore tchèque. …es avaient ensuite repris l'histoire …le encore plus fantastique. …*és, lui avait dit Saki. C'est un roman* …*enfant quand on m'a donné cet exem-*

plaire. je l'ai toujours gardé depuis. »

Il regardait fixement le mince volume, écrit dans une autre langue.

« C'est du tchèque, lui avait précisé Saki. Il s'appelle Le Golem *et son auteur est un certain Gustav Meyrink. Un énorme best-seller à l'époque. Il parle de la magie de Prague. De choses mystiques.*

– *Tu peux le lire ?*
– *Ma mère venait de là-bas. Elle m'a enseigné le tchèque étant enfant.* »

À l'époque où il écrivit son article, il avait axé ses recherches sur le roman de Meyrink, qui entretenait la légende et avait incité des gens du monde entier à venir à Prague. Le rideau de fer avait empêché ces pèlerinages pendant des décennies, mais la révolution de velours leur avait permis de renouer avec cette tradition. Son article pour le *Times* racontait comment des centaines de milliers de Juifs venaient chaque année sur les traces du golem.

Le golem protège notre secret dans un endroit qui est depuis longtemps sacré pour les Juifs.

C'est ce qu'avait écrit Abiram. Son grand-père, le beau-père d'Abiram, s'était apparemment servi d'une fiction pour protéger un secret.

Tom regarda la clé trouvée dans la tombe, avec ces étranges marques. Que pouvait-elle bien ouvrir ?

Alle dormait dans une des chambres. Les enfants d'Inna partageaient l'autre. Tom et Alle n'avaient pas parlé beaucoup après son retour. Elle était restée silencieuse, calme. Sa colère était retombée. Ce qui le rendait encore plus méfiant. Pour l'instant, il avait au moins deux longueurs d'avance sur Zachariah Simon et il avait bien l'intention de les conserver.

Au moins jusqu'à ce qu'il ait percé ce mystère. Et c'était justement ce qu'il avait décidé de faire.

À quoi menaient toutes ces discussions à propos des lévites, des trésors du Temple et de grands secrets gardés pendant des siècles ? S'il y avait quelque chose à trouver, alors il allait se débrouiller pour y parvenir. Évidemment, il ne respecterait pas les recommandations d'Abiram, et alors ? C'était lui qui décidait maintenant. Un homme était mort aujourd'hui. Il se demandait combien d'autres y avaient laissé leur vie avant lui. Jadis, il avait mis au grand jour des problèmes, dénoncé des activités criminelles, informé les gens de ce qu'ils devaient savoir. Garder des secrets était contraire à cette mission.

Abiram le savait certainement quand il avait choisi de lui transmettre le flambeau.

Il se leva et s'installa devant l'ordinateur d'Inna. L'appartement était équipé de l'Internet haut débit – indispensable pour quiconque était journaliste. Quand lui-même avait commencé dans la profession, l'informatique existait à peine. À présent, on ne pouvait plus s'en passer. Bien entendu, écrire des romans était grandement facilité par les milliards de sites Internet sur lesquels on pouvait surfer. Il n'avait pas eu à sortir de chez lui. Il tapa synagogue Vieille-Nouvelle sur Google et choisit parmi plus de deux millions d'entrées, se contentant de survoler les grandes lignes de certains sites.

Il apprit que c'était la plus vieille construction du quartier juif de Prague et la plus ancienne synagogue existant encore en Europe. Elle avait résisté pendant sept cents ans et était presque intacte, épargnée par Hitler qui ne l'avait pas fait raser pendant la guerre. Quand elle avait été bâtie, il existait déjà une vieille synagogue. C'est pourquoi on l'avait désignée comme étant la nouvelle. Puis, au XVIe siècle, une autre synagogue avait été construite qu'on avait appelée la nouvelle. Le premier édifice existant encore, quelqu'un avait proposé Vieille-Nouvelle et le nom était resté. Les deux autres synagogues furent rasées au début du XXe siècle. Mais la synagogue Vieille-Nouvelle survécut.

Il examina une photo de l'extérieur du bâtiment.

Une simple construction oblongue avec un toit en bâtière et des pignons gothiques, tournée vers l'est. Des contreforts soutenaient les murs extérieurs percés d'étroites fenêtres pointues. Des annexes basses la cernaient sur trois côtés. Elle avait été terminée en 1270, mais des rénovations avaient été entreprises régulièrement, les plus récentes datant de 2004.

Il trouva des photos prises sous d'autres angles, l'une montrant le flanc est du bâtiment. Le grenier paraissait vaste, le toit montant très haut. Dix-neuf barreaux en fer forgé en forme de U sortaient du côté est du bâtiment, et menaient à la porte du grenier. Un texte lui apprit que l'échelle de secours avait été installée en 1880 pour permettre d'accéder au toit en cas d'urgence, mais le premier barreau était à cinq mètres au moins du sol. Un autre cliché, une vue rapprochée de la porte du grenier au sommet des échelons métalliques, montrait une étoile de David ornant l'extérieur. Il remarqua le trou de la serrure. Arrondi au sommet et plat en bas. La clé provenant de la tombe était posée sur la table à côté de l'ordinateur.

Il la souleva.

Allait-elle correspondre ? C'était possible.

Malgré le décalage horaire, il n'était plus épuisé et n'avait pas du tout sommeil. Il consulta l'heure : 21 h 40. Il se leva, se dirigea vers la porte de la chambre où Alle s'était retirée et frappa. Apparemment, sa fille n'était pas fatiguée non plus car elle ouvrit presque aussitôt.

Les lampes étaient toujours allumées et elle était encore habillée.

« Nous partons, dit-il. Pour Prague. »

48

Béne poussa un soupir de soulagement quand l'avion décolla de l'aéroport international de Santiago de Cuba. Il craignait qu'une fois qu'il aurait repris ses esprits, le conservateur n'alerte la police, d'autant plus qu'il ne lui avait pas laissé les 500 dollars promis. L'aéroport pouvait très bien avoir été placé sous surveillance. En tout cas, il n'y avait aucun policier en vue quand ils étaient arrivés, et ils avaient embarqué sans être inquiétés.

Tre avait entassé des documents provenant des deux pièces dans deux caissettes en plastique qu'ils avaient emportées. Ce vol impliquerait forcément Simon et c'était tout ce que Béne demandait.

Juste retour des choses.

«Béne, dit Tre. As-tu l'intention de me dire ce qui s'est passé là-bas? Tu paraissais prêt à tuer ce type.»

Rowe avait besoin de l'aide de son ami, aussi préféra-t-il lui répondre.

«Simon et moi, nous nous sommes associés pour retrouver la mine.

– Tu n'en as jamais parlé.

– Pourquoi l'aurais-je fait?»

Il fallait que son ami comprenne qu'il y avait une ligne qu'on ne pouvait pas franchir. Mais il ajouta:

«Disons seulement que j'ai fini par comprendre qu'il valait mieux ne pas travailler avec lui.

– Ces policiers étaient là-bas pour nous?»

Il acquiesça.

«Simon les a envoyés après que le conservateur lui a téléphoné. Il ne voulait pas que nous quittions Cuba vivants.»

Halliburton parut enfin prendre conscience de la situation – autrement dit, qu'il avait échappé à la mort de justesse. Béne n'avait pas eu le temps de lui expliquer quoi que ce soit à terre. Ils avaient récupéré tout ce qu'ils pouvaient et regagné l'aéroport à toute allure, l'œil rivé sur le rétroviseur.

«Pourquoi Simon chercherait-il à nous tuer?

– Il veut la mine. Savoir que je détiens des informations à ce sujet l'ennuie.»

Tre n'avait pas cessé de feuilleter un ouvrage depuis qu'ils avaient embarqué. Il brûlait visiblement de l'examiner dans le détail.

«Qu'est-ce que c'est? demanda Béne.

– Une sorte de journal. Un récit.»

Tre lui montra les pages. Un texte de douze à quinze lignes était rédigé en majuscules à l'encre noire épaisse, aligné à droite et à gauche.

«Il est en très bon état, compte tenu de ses conditions de conservation, dit Tre. Et il est écrit en castillan.

– C'est important?

– Ça pourrait l'être.»

Béne n'avait qu'une question à lui poser:

«Avons-nous trouvé ce que nous sommes venus chercher?»

Mais Tre était plongé dans sa lecture. Il décida de le laisser tranquille.

L'avion était toujours dans sa phase ascendante, cap vers le sud, direction Montego Bay, laissant Cuba derrière lui. L'influence de Simon était beaucoup plus importante qu'il ne le supposait et son intérêt pour la mine bien plus grand que prévu.

«Béne, dit Tre. Écoute ça.»

Nous trouvons la signification de notre mission dans la parole sacrée. Les nombres signifient clairement «et avec vous, amenez également votre frère, la tribu de Lévi, la tribu de votre père, qu'ils puissent se joindre à vous et vous viennent en aide pendant que vous et vos fils avec vous sont devant la tente du témoignage. Ils monteront la garde auprès de vous et veilleront sur la tente tout entière. Ils se joindront à vous et monteront la garde devant la tente de réunion pendant tout le service de la tente, et aucun étranger ne viendra près de vous. Et vous monterez la garde autour du sanctuaire et auprès de l'autel, pour que plus jamais ne s'abatte la colère sur le peuple d'Israël. Et voici que j'ai choisi vos frères les lévites parmi le peuple d'Israël. Ils sont un don pour vous, fait au Seigneur, pour accomplir le service de la tente de réunion». Le Livre de Jérémie est encore plus explicite. «Pas plus que l'hôte du ciel ne peut être compté, le sable de la mer ne peut être mesuré. Aussi je vais multiplier les semences de David mon serviteur et les lévites qui s'occupent de moi.»

Tre leva les yeux de la page.

«Cela vient de la pièce fermée. Ça a été écrit par un certain Yosef Ben Ha Lévy Haivri – Joseph, le fils de Lévi l'hébreu. Il précise ça au début. Il dit également que son nom chrétien était Luis de Torres, un nom qu'il a été contraint d'adopter, mais qu'il rejette maintenant.

«Pourquoi est-ce tellement significatif?

– Attends, ce n'est pas tout.»

Bien que nous ne soyons pas des enfants de la maison de Lévi, Dieu a entendu nos prières et nous a choisis. Dieu est aimable et bienfaisant. Dieu est plein de compassion. Dieu protège le simple. Je suis de basse origine et Il m'a sauvé. Mon âme est paisible car Dieu a été bon pour moi. Il m'a délivré de la mort, il a délivré mes yeux des larmes, mes pieds des trébuchements. J'ai confiance en Dieu. Sous l'emprise d'une grande souffrance j'ai parlé et dit sans réfléchir: «Tous les hommes sont trompeurs.» Comment puis-je remercier Dieu pour toute sa générosité envers moi? Je m'acquitterai de mes vœux en présence de Son peuple, au milieu de Jérusalem. Je ferai mon devoir comme on me l'a confié. Malachie disait à propos du lévite: «La loi de vérité était dans sa bouche et l'impiété n'avait pas droit de cité entre ses lèvres. Il marchait avec Moi en paix et en piété, et en détourna beaucoup de l'iniquité. Ô, Israël, aie confiance en Dieu. Il est le secours et le bouclier. Pour ceux qui assumeront cette grande tâche, tu seras le lévite, aussi vrai que celui qui est né, car ta tâche vient de Dieu. Au lévite, aie confiance en Dieu. Il est ton secours et ton bouclier. »

Tre se pencha et lui montra les pages, mais Béne avait déjà enregistré la seule ligne importante.

Pour ceux qui assumeront cette grande tâche, tu seras le lévite.

« De Torres a rédigé ça à l'intention de ceux qui viendraient après lui. Des instructions sur ce qu'il fallait faire et pourquoi. Christophe Colomb le lui avait dit et maintenant il le transmettait à son successeur. »

Le grand amiral de l'Océan, l'homme appelé à tort Cristóbal Colón mais qui était né Christoval Arnoldo de Ysassi, n'avait jamais oublié d'où il venait. C'était un homme extrêmement sage qui acceptait son devoir. Il avait emmené ses hommes pour faire un grand voyage et, grâce à Dieu, il avait réussi alors que tous croyaient qu'il échouerait. Il m'a dit avant que nous prenions la mer que nous devions accomplir notre mission. Je n'avais pas compris alors l'importance de ce qu'il voulait dire, mais je la comprends maintenant. L'Église débauchée et son Inquisition ont décidé de massacrer tous ceux qui ne pratiquent pas leur religion selon leurs principes. Ils parlent de Dieu, mais ignorent tout de Ses voies. Ils prônent l'amour et le pardon, tout en répandant douleur et misère. Beaucoup ont infiniment souffert entre leurs mains. Certains ont été contraints de renoncer à leur foi, d'autres se sont enfuis. Et d'autres encore ont été assassinés sous prétexte d'une fausse croyance. Que Dieu me pardonne, j'ai été forcé de me convertir, mais je ne me suis jamais soumis dans mon cœur. Maintenant, ici, sur cette nouvelle terre, loin de tout ce qui est mauvais dans les actions de l'homme, je vis en paix. Le moment approche pour moi où il n'y aura plus ni jour ni nuit. Dieu le proclamera car ce jour est le Sien et aussi la nuit. Il a désigné un gardien pour veiller sur son peuple jour et nuit. L'amiral m'a fait jurer qu'un lévite qui viendra après notre temps nous éclairera un jour quand l'obscurité se changera en lumière. Il m'a choisi en premier et je désignerai le prochain. Ensemble, nous accomplirons notre devoir. Le grand trésor de Dieu est caché, bien en sécurité à présent, loin de ceux qui veulent y porter atteinte. Qu'il soit béni Lui qui respecte sa promesse envers Israël. Car le Saint des saints, qu'Il soit béni, a prévu la fin pour accomplir ce qu'Il avait promis à Abraham notre ancêtre. Comme il est dit : « Et il dit à Abram : "Sache bien que ta descendance sera étrangère dans un pays qui ne lui appartient pas et qu'ils seront mis en esclavage et opprimés, mais je condamnerai la nation qu'ils serviront et, à la fin, ils s'en iront libres avec de grandes richesses." » C'est cette promesse qui aura toujours cours. C'est cette promesse que nous allons respecter. Car ce n'est pas seulement une seule personne qui s'est levée pour nous détruire, mais à chaque génération, des gens vont se lever contre nous pour nous détruire. Et le Seigneur, qu'il soit béni, nous sauvera de leurs mains.

Béne se souvenait de ce que Simon lui avait dit sur Christophe Colomb. Que l'amiral s'était converti au christianisme sous la menace, mais restait juif au fond de lui. Il connaissait même son vrai nom.

Christoval Arnoldo de Ysassi.

Bien évidemment il savait tout cela, ces documents lui appartenaient.

« Il y a beaucoup plus d'informations là-dedans, Béne. Il me faudra du temps pour tout examiner.

– Commence à lire, dit-il. Je veux connaître tous les détails. »

49

Tom et Alle passèrent rapidement devant la grande pendule astronomique qui ornait l'ancien hôtel de ville de Prague. Ses aiguilles dorées et ses globes indiquaient pêle-mêle l'heure, le signe du zodiaque et la position du soleil et de la lune. Tom parvint tout juste à lire qu'il était environ 4 heures, le vendredi 8 mars.

Un autre jour s'était écoulé et il était encore en vie.

La première moitié du trajet à partir de Vienne Nord s'était effectuée sur une route à deux voies à travers l'épaisse forêt tchèque et une série de villages paisibles, puis sur l'autoroute pour le reste du voyage, avec une circulation certes fluide, mais surprenante pour un parcours effectué au milieu de la nuit.

La place dans le cœur historique de la vieille ville était déserte.

Tom avait gardé de ses précédents séjours le souvenir d'un lieu où les gens se bousculaient, à la limite du supportable. La statue de Jan Hus, ce grand réformateur religieux ayant péri sur le bûcher cinq cents ans auparavant, dominait toujours l'endroit. Sur le côté de la place, l'église Notre-Dame-de-Týn, se dressait avec ses tours jumelles en spirales illuminées dans la nuit. Le froid mordant de l'air signifiait que l'hiver n'était pas fini, et il était content d'avoir pris une veste.

Un ensemble pittoresque de bâtiments aux fenêtres noires et aux portes closes entourait les pavés. L'architecture était variée – Renaissance, baroque, rococo, Art nouveau. Il savait comment Prague avait échappé à la destruction pendant la Seconde Guerre mondiale, quand le dirigeant du pays, Emil Hácha, avait été convoqué à Berlin par Hitler et sommé de choisir : soit il signait un document demandant à l'Allemagne de placer le peuple tchèque sous la protection du Reich, soit des bombardiers réduisaient Prague en cendres. Le président, âgé et malade, s'était évanoui devant la menace. Revenu à lui, il avait signé, et la ville avait été occupée sans opposer la moindre résistance.

Mais le prix avait été terrible et surtout pour les Juifs. Quatre-vingt-dix pour cent d'entre eux étaient morts.

Staline avait pris le contrôle du pays après la guerre et Prague avait dépéri pendant des décennies derrière le rideau de fer. Mais la vieille ville avait survécu.

Alle n'avait pas dit grand-chose pendant les quatre heures de trajet. Lui non plus d'ailleurs. Tous les deux paraissaient contents d'être là, mais ni l'un ni l'autre ne voulaient faire le premier pas. Avant de quitter Vienne, il avait imprimé une carte de la vieille ville de Prague, y compris les quartiers juifs proches, avec ses principaux monuments.

La légende voulait que les Juifs soient arrivés ici après la destruction de leur second Temple au cours du Ier siècle. Les Juifs appelèrent Prague *ir va'em b'Yisrael*, «ville et mère d'Israël». Aussi proche que possible de Jérusalem. Selon un autre mythe, des anges avaient apporté des pierres venant du Temple détruit pour construire la synagogue, sous la condition qu'elles seraient restituées quand un autre Temple serait rebâti. Au XIIIe siècle, les Juifs fondèrent leur propre ville et on leur interdit de vivre ailleurs, leurs déplacements étant limités, leurs échanges commerciaux entravés.

Puis, ils passèrent d'une rive de la Moldau à l'autre, dans une enclave contiguë à la vieille ville qui fut annexée à Prague en 1851 et renommée Josefov, devenant son cinquième quartier. Il n'y avait pas beaucoup d'espace, cent mille mètres carrés seulement. Un dédale de rues, de maisons, de cours, de passages où, à son apogée, vivaient près de deux mille personnes.

Et la communauté s'était développée, créant ses propres écoles, formant un gouvernement, définissant une culture, se forgeant une identité.

Mais le déclin commença en 1848, quand on accorda aux Juifs les mêmes droits qu'à tous les autres citoyens tchèques, dont la possibilité de vivre où ils le voulaient.

Les riches s'en allèrent rapidement et les pauvres s'installèrent, transformant le quartier en ghetto. Vers la fin du XIXᵉ siècle, un effondrement total, social et sanitaire imposa la nécessité d'une rénovation urbaine. Dans les années vingt, des façades Art nouveau et des blocs de bâtiments résidentiels à plusieurs étages remplacèrent les constructions basses à soutènements – avec des boutiques au rez-de-chaussée et des appartements dans les étages. Les remparts bas percés de portes furent rasés, les rues étant désormais librement reliées au reste de la ville. Alors que les synagogues dominaient autrefois la cité, elles étaient à présent perdues au milieu des toits élevés des nouveaux bâtiments.

Tom se rappelait l'article qu'il avait écrit sur cette ville et la tristesse qu'on éprouvait quand on s'y promenait. Ne restaient plus que les six synagogues et l'hôtel de ville, considérés comme des attractions touristiques plutôt que comme des lieux de recueillement.

Et le cimetière. C'était ce dont il se souvenait le mieux. Peut-être l'endroit le plus triste où il s'était jamais rendu.

Chez Inna, Alle avait parlé de sa nouvelle religion et du sentiment de devoir qu'elle éprouvait envers elle. Il se demandait si elle savait combien les Juifs avaient souffert. Ici, à Prague, ils avaient été expulsés deux fois au cours de l'histoire. Des pogroms – ce mot que Saki avait gravé au fer rouge dans sa mémoire – s'étaient produits plus fréquemment qu'ailleurs. Dans son article, il avait évoqué les événements survenus lors des fêtes de Pâques de 1389, quand de jeunes Juifs avaient été accusés d'avoir jeté des pierres sur un prêtre portant l'eucharistie à un mourant. Les chrétiens étaient entrés dans une rage folle, leur haine étant attisée par des prêtres zélés. Trois mille Juifs, hommes, femmes et enfants, avaient été massacrés. D'autres s'étaient suicidés pour échapper aux atrocités. Le quartier fut pillé et incendié. La synagogue elle-même ne fut pas épargnée, quand des maraudeurs l'envahirent et massacrèrent ceux qui s'y étaient réfugiés. Pendant des siècles, leur sang demeura sur les murs de la synagogue Vieille-Nouvelle pour qu'on ne les oublie pas.

Et maintenant, il se trouvait devant cette même synagogue.

Son austérité semblait délibérée, permettant aux fidèles de se concentrer sur Dieu sans être distraits. Ses façades occidentale et orientale donnaient sur des rues très différentes, celle à l'est étant adossée à un boulevard plus récent bordé d'arbres et de boutiques à la mode. La synagogue se trouvait à deux mètres en contrebas du boulevard, au niveau qu'occupait la rue sept cents ans auparavant. Ses murs étaient éclairés et la pierre brute prenait une nuance de gris étrange. Ils étaient arrivés par l'est, loin des grandes portes, et de là, on pouvait apercevoir l'accès aux combles. Il compta les dix-neuf barreaux de fer menant à la porte voûtée surmontée de l'étoile de David. Il toucha la clé dans sa poche droite. Il n'en avait toujours pas parlé à Alle.

« Il faut que je monte là-haut, dit-il.

— Il n'y a rien pour se dissimuler. Si quelqu'un passe en voiture dans cette rue, il te verra. »

Il en était bien conscient.

« Je dois le faire quand même.

— Pourquoi ? Qu'est-ce qu'il y a là-haut ?

— Tu n'es pas encore très au fait de ta nouvelle religion, n'est-ce pas ? Il s'agit d'un endroit sacré. La plus ancienne synagogue encore debout en Europe. Les Juifs prient ici depuis des siècles.

— Mais qu'est-ce qu'il y a dans le grenier ?

— Je n'en sais rien. Il faut que j'aille voir. »

Ils étaient venus à pied de la place de la Vieille-Ville sans rencontrer personne. Mais, à 4 heures du matin, ça n'avait rien d'étonnant. Aucune voiture n'était passée non plus, et le silence régnait sur la cité, phénomène étrange pour une ville de plus d'un million d'habitants. Comme il l'avait vu sur la photo qu'il avait étudiée sur Internet, le premier barreau métallique sortait du mur à cinq mètres au-dessus du sol. Un des contreforts qui soutenaient le mur extérieur s'élevait parallèlement aux barreaux. Un bâtiment annexe à la synagogue était construit dans son prolongement, surmonté par un toit en tuiles.

Tom s'avança sur le trottoir, deux mètres plus haut que la base de la synagogue, et prit appui sur une rambarde métallique qui le bordait pour se hisser sur le toit de l'annexe. Les tuiles humides étaient glissantes et il se rapprocha prudemment du contrefort. Il passa son bras droit le long de l'avancée du mur et se projeta de l'autre côté, en tendant son bras gauche vers un barreau métallique, trop haut d'une vingtaine de centimètres. Hors de portée.

Il comprit ce qu'il devait faire.

Il banda ses muscles, respira un grand coup, se souhaitant bonne chance. Une chute de cinq mètres sur de la pierre froide risquait de laisser des traces. Il relâcha sa prise, pivota et sauta en direction du barreau. D'une main, puis de l'autre il saisit le fer humide, tandis que son corps se balançait en direction du mur de la synagogue, ses pieds prêts à amortir le choc.

Il tint bon.

Il attrapa le barreau suivant et se hissa vers le haut. Encore un et ses pieds atteignirent le barreau inférieur.

Il se retourna. Alle l'observait depuis le trottoir, réfugiée dans l'obscurité, au-delà du halo de lumière du réverbère le plus proche.

Il se mit à grimper. Un barreau après l'autre.

Ils étaient étroits, d'une trentaine de centimètres de large, si bien qu'il devait tenir ses pieds serrés et s'agripper au métal glissant. Il fallait qu'il se cramponne de toutes ses forces au barreau au-dessus. Il regarda vers le haut tout en gravissant l'échelle de fortune et se demanda qui pouvait bien avoir effectué cette ascension pour la dernière fois.

Il jeta un coup d'œil en arrière et ne vit rien. Bien. Il était complètement à découvert. Il lui restait à espérer que la clé dans sa poche ouvre la porte au sommet et il se retrouverait à l'intérieur, à l'abri des regards, avant que quelqu'un ne surgisse.

Le golem protège notre secret dans un endroit qui est depuis long-temps sacré pour les Juifs.

Si c'était vrai, dans ce cas, la créature était apparue pour la dernière fois dans les combles au-dessus de lui. Il savait qu'il s'agissait seulement d'une légende, mais son grand-père s'était visiblement servi de cette histoire pour cacher quelque chose d'important.

Il atteignit le dernier barreau. Il était suspendu à quinze mètres au-dessus du sol. Une chute de cet endroit serait mortelle. Il se cramponna de la main gauche, les pieds solide-ment ancrés sur le barreau, et prit la clé dans sa main droite. La serrure paraissait en tout cas compatible avec ce type de passe-partout.

Il inséra l'extrémité crantée.

Mais rien ne se passa.

Il tourna plus fort. À gauche et à droite.

Toujours rien.

Il replaça soigneusement la clé dans le trou.

Toujours sans succès.

«Vous. Là-haut.»

Une voix d'homme venant d'en bas.

Il regarda en-dessous de lui. Deux jeunes hommes se tenaient sur les pavés au bas de l'échelle. Tous les deux avaient des pistolets dans des holsters.

Alle vit deux hommes s'approcher dans l'étroite rue pavée qui séparait la synagogue d'un bloc d'immeubles. La ruelle reliait l'avenue commerçante où elle se trouvait à une autre voie qui s'enfonçait dans le quartier juif. Elle avait regardé son père gravir les barreaux métalliques, tout en jetant de temps en temps un coup d'œil, attentive au moindre passant. Son attention avait été attirée par deux ombres apparues à l'extrémité qui se rapprochaient rapidement.

Elle s'était réfugiée dans l'entrée obscure d'une boutique fermée et avait vu son père sortir de sa poche ce qui ressemblait à une clé. Il l'avait insérée dans la serrure de la porte, essayant en vain de l'ouvrir. Les deux ombres s'étaient précisées et deux jeunes gens se tenaient en bas de l'échelle, regardant vers le haut. Ils ne semblaient pas être de la police, tous les deux étant en jean avec une veste foncée. Mais tous les deux étaient armés. L'un cria:

«Vous. Là-haut.»

Son père tourna la tête.

«Descendez, ordonna le jeune homme. Vous allez vous faire mal.»

Son père ne bougea pas. Mais il n'avait aucune possibilité de fuite. Le toit de la synagogue était très pentu et impraticable et, apparemment, la porte des combles ne s'ouvrait pas.

La seule chose à faire était de redescendre. Ce que fit son père. Il arriva au dernier barreau. Les deux hommes étaient en contrebas. «Suspendez vous et lâchez tout. Nous allons vous rattraper.»

Il suivit leurs instructions et se laissa tomber en direction des pavés, mais ils l'attrapèrent au vol. Puis l'un d'eux donna un coup de pied dans les jambes de son père. L'autre le précipita au sol, lui tordant un bras derrière le dos, un genou enfoncé dans sa colonne vertébrale.

«Ne bougez pas», ordonna-t-il.

Il fallait qu'elle s'en aille. Ils ne l'avaient pas remarquée. Elle pouvait s'éclipser et se dissimuler dans l'ombre des devantures de magasins et des entrées d'immeubles. La voiture était garée de l'autre côté de la place et son père avait gardé les clés. Mais tout plutôt que de rester ici.

Elle recula prudemment, sans quitter des yeux les hommes à dix mètres d'elle. L'angle des bâtiments n'allait pas tarder à la dissimuler.

Elle heurta quelque chose.

Surprise, elle sursauta et fit volte-face. Un autre jeune homme se tenait derrière elle.

Lui aussi avait un pistolet dans un holster.

50

Zachariah se trouvait à trente mètres de l'endroit où Tom Sagan et Alle Becket étaient aux prises avec les trois hommes. Il savait exactement de qui il s'agissait. Ce n'était pas la police, mais une milice privée que le conseil juif local employait pour exercer une surveillance. Et il savait pourquoi. Le fanatisme religieux n'était pas mort.

Il ne restait plus que mille cinq cents juifs pratiquants à Prague, ce qui était déplorable pour un endroit qui avait été jadis l'épicentre de la communauté juive d'Europe. Rois et empereurs avaient œuvré contre eux, lentement et sûrement, et les nazis leur avaient porté le coup fatal. Environ cent mille d'entre eux avaient été exterminés. Il ne restait pratiquement plus aucune trace de ce qui avait été autrefois une communauté religieuse florissante. Il connaissait certains des responsables locaux et les défis auxquels ils devaient faire face. Presque chaque semaine, un bâtiment était dégradé. Malgré le mur de pierre qui entourait le vieux cimetière, des vandales ne se privaient pas pour envoyer des animaux morts par-dessus. Des graffitis apparaissaient régulièrement. La police ne faisait pas grand-chose pour empêcher les délinquants d'agir ni pour les poursuivre. La communauté avait donc décidé de prendre les choses en main. Une de ses fondations, vouée à la conservation des monuments hébreux dans le monde entier, avait donné de l'argent pour financer à la fois des caméras et l'emploi de volontaires.

Rocha avait localisé le téléphone qu'il avait fourni à Alle dans un quartier résidentiel de Vienne. Il y avait posté un homme qui lui avait rapporté qu'elle et son père avaient subitement quitté l'immeuble et s'étaient dirigés vers un parking proche de la cathédrale Saint-Étienne. Il avait passé la nuit en ville et avait pu rapidement retrouver l'autoroute en direction du nord que Sagan et sa fille avaient empruntée, grâce à leur homme qui les suivait et faisait son rapport par téléphone.

Finalement, ils avaient pu les rattraper et avaient atterri ici, à Prague, au pied de la synagogue Vieille-Nouvelle. Il savait que le bâtiment était sous vidéosurveillance avec des caméras cachées qui fonctionnaient vingt-quatre heures sur vingt-quatre. Si bien qu'il n'avait pas fallu longtemps pour que la patrouille citoyenne arrive.

Lui et Rocha étaient restés cachés à l'entrée d'une des boutiques de luxe bordant le boulevard de Paris. Celle-ci vendait de la porcelaine fine. Cet endroit tout entier était une insulte à son héritage. Autrefois, ce boulevard se trouvait à l'intérieur du quartier juif, les bâtiments qui le bordaient de chaque côté et qui abritaient des Juifs depuis des siècles ayant tous été démolis au début du XXᵉ siècle. Maintenant, c'était l'artère la plus élégante de Prague, siège de Cartier, Prada, Louis Vuitton et tous les autres créateurs de renom. On se serait plutôt cru à Paris qu'en Bohême. Des vitrines luxueusement décorées se succédaient de chaque côté du boulevard. Balcons, pignons, tours et tourelles venaient en surplomb au-dessus des têtes. La façade est de la synagogue longeait le boulevard de Paris, sans la moindre protection. Tom Sagan avait pris un risque stupide en grimpant jusqu'à ses combles.

Mais Alle ne s'était pas échappée non plus. Il vit qu'on la conduisait en bas d'une volée de marches jusqu'à l'endroit où son père était retenu.

Prague était plus ou moins divisé en sections délimitées en fonction des monuments importants, avec la Moldau coupant le centre en deux. À l'est se trouvaient Zizkov et un quartier ancien peu fréquenté par les touristes et sans beaucoup de centres d'intérêt. À l'ouest, on trouvait le château de Prague et des faubourgs très peuplés. Au nord, d'autres banlieues et le zoo. Et au sud, le célèbre champ de courses où il était allé plusieurs fois. La vieille ville, au centre, était la principale attraction, qui abritait le quartier juif autrefois florissant. La ville nouvelle, à proximité, avec son centre commercial animé et ses grands magasins, était l'endroit où les étudiants avaient réclamé des élections libres, un mouvement qui allait devenir célèbre sous le nom de révolution de velours.

Un gouvernement comportant différents niveaux administratifs gérait la ville. Le maire et le conseil municipal avaient la responsabilité des services publics pour toute la cité, mais dix districts administratifs traitaient les affaires locales. Et, parmi ces dix, l'un d'eux gérait la zone de l'ancien quartier juif.

Et il connaissait son maire.

« Vous voulez que je les suive ? demanda Rocha. Pour voir où ils vont.

– Non. Il y a des caméras partout au-delà de la synagogue. Tu te ferais remarquer. J'ai une meilleure idée. »

Béne était fatigué. La journée avait été longue. Halliburton et lui avaient atterri à Montego Bay vers 18 heures et le trajet en voiture en direction du sud-est avait pris deux heures. Tre habitait au nord de Kingston à Irish Town, une ville qui devait son nom à des tonneliers qui étaient venus là au XIXᵉ siècle et avaient fabriqué des tonneaux en bois pour le transport du café. La propriété de Béne se trouvait plus au nord, dans les montagnes, loin de l'agitation de Kingston.

La pendule de son grand-père dans l'entrée de la maison sonna 10 h 30. Il était assis dans son bureau, les portes de la véranda ouvertes laissant l'air vivifiant du soir pénétrer dans la pièce. Le climat plus tempéré qui régnait dans les montagnes était un atout merveilleux, la chaleur et l'humidité restant généralement confinées dans les régions basses. Il était rentré à temps pour pouvoir dîner avec sa mère. Le repas du soir était un moment dont elle aimait toujours profiter et il adorait pouvoir lui faire plaisir. Il s'assit dans le noir et mâchonna un *bulla* que son cuisinier avait confectionné. Il aimait ces gâteaux plats et ronds, sucrés avec de la mélasse et parfumés au gingembre. Quand il était enfant, on en vendait partout. Plus tellement à présent.

Pendant le dîner, il n'avait pas cessé de penser à Cuba et à ce qu'ils y avaient trouvé, si bien qu'il avait fini par demander à sa mère :

«Parle-moi de Martha Brae.

– Nous ne l'avons pas évoqué depuis ton enfance.

– J'aimerais bien entendre le récit encore une fois.»

Il l'avait écoutée lui raconter l'histoire de la sorcière taino qui habitait jadis sur les rives du Rio Matibereon. Des chasseurs de trésors espagnols l'avaient capturée, pensant qu'elle savait où les indigènes cachaient leur or.

«L'île était si grande que les méchants Espagnols ne pouvaient pas imaginer que l'or n'était pas quelque part ici», avait dit sa mère.

Aussi, ils torturèrent la sorcière jusqu'à ce qu'elle cède et les conduise à l'endroit secret. Une grotte près de la rivière.

«Y avait-il une porte en fer à cet endroit?» avait-il demandé, se souvenant de ce que Frank Clarke lui avait dit.

Sa mère avait secoué la tête. «Je n'ai jamais entendu Martha Brae en parler. Ce n'était pas nécessaire avec elle. Elle se contenta de disparaître quand ils furent à l'intérieur de la grotte, ce qui terrifia les Espagnols. Ils voulurent s'en aller, s'enfuir, mais ils furent tous noyés. Martha Brae avait changé le sens de la rivière et inondé la grotte, la refermant à jamais. Cette rivière porte toujours son nom et coule toujours dans le sens qu'elle lui a imposé.»

Mais il savait que la rivière Martha Brae était loin de la vallée que Tre Halliburton avait découverte et était plus logiquement associée aux Marrons Cockpit de la Jamaïque occidentale que les Windward de l'Est.

Non pas que les régions orientales n'aient pas eu leurs légendes.

«La table dorée, dit-il à sa mère. D'où est-ce venu?

– Tu es bizarre ce soir. Tu t'intéresses beaucoup à ces histoires. Les esprits se sont emparés de toi?»

Il sourit.

«En quelque sorte.»

Elle pointa son doigt ridé dans sa direction.

«Ils existent, Béne. Les esprits sont partout. Ils gardent la table dorée.»

Encore une histoire de son enfance. Une table en or aperçue au fond de certaines rivières et de certains lacs, brillant dans la lumière.

«Celle-là est une malfaisante, Béne. Tous ceux qui sont partis à la recherche de cette table ont trouvé la mort.

– Cette légende vient des Marrons? Ou des Tainos?

– Je ne sais pas. C'est juste une légende, Béne. Beaucoup de gens prétendent voir la table dorée sous l'eau. Beaucoup trop en vérité.»

Il termina le *bulla* et en prit un autre.

Une rafale de vent s'abattit sur les arbres au-delà de la véranda.

Il en avait appris davantage ces deux derniers jours sur la mine de Christophe Colomb qu'au cours des deux années passées.

Et aussi sur Zachariah Simon.

Il espérait que son message avait été transmis par le conservateur. Il en avait assez des mensonges. Il se demandait ce qui était arrivé à Vienne. Il n'avait eu aucune nouvelle de Brian Jamison. Mais quelle importance. Les Américains commençaient à l'emmerder, mais peut-être en était-il débarrassé.

Il mangea son gâteau, écouta les sons de la nuit et espéra que les esprits allaient venir. Il avait des questions à leur poser, à eux aussi.

Un bruit.

Venant de la véranda.

Une ombre apparut dans l'encadrement de la porte, se détachant de la nuit.

Il l'attendait.

«Il était temps.»

51

Tom fut emmené dans une rue déserte au-delà de la synagogue Vieille-Nouvelle. La voie étroite était bordée par des étals fermés d'un côté et des vitrines sombres de l'autre. Un mur de trois mètres de haut s'élevait derrière les étalages et des arbres dominaient l'ensemble. Il se remémora la topographie des lieux et comprit qu'ils avaient commencé à longer le vieux cimetière, lequel s'étendait devant eux. Pendant trois cent cinquante ans, des Juifs avaient été enterrés là et les quelques hectares disponibles n'avaient pas tardé à être pleins. La solution pour permettre d'accueillir d'autres tombes était d'apporter davantage de terre et d'élever le niveau, et douze remblais successifs de terre sacrée avaient été créés.

Alle marchait à côté de lui. Leurs ravisseurs étaient de jeunes hommes, le visage tendu, sans la moindre trace d'humour. Il avait vu la même expression de nombreuses fois auparavant chez les défenseurs de Sarajevo, ou dans les rues de Mogadiscio ou en Cisjordanie. Cette résolution sans faille, décuplée par la jeunesse. Ils connaissaient la peur, comme tout un chacun, mais ils n'en tenaient pas compte, c'était tout. Ce qui expliquait que nombre d'entre eux finissaient par se faire tuer. Trop inexpérimentés pour réfléchir avant d'agir. Trop soucieux de faire plaisir à d'autres. Deux personnes de cet acabit avaient soi-disant été à l'origine de l'histoire qui avait provoqué sa perte. Ben Segev. Un jeune Israélien en colère.

Tout à fait convaincant. Et Mahmoud Azam. Un Palestinien également en colère.

Tous deux des acteurs, engagés pour tenir un rôle.

Rien de véridique.

Pas comme ici.

Il avait été arraché aux pavés et on avait vidé ses poches. La note d'Abiram, la carte, la clé, son passeport et son portefeuille confisqués. Il n'était pas certain qu'ils aient fouillé Alle, étant donné qu'elle était loin de lui quand ils s'en étaient emparés, mais son sac à bandoulière avait disparu.

Ils franchirent un coin et débouchèrent dans une autre rue.

Le troisième homme qui avait gardé ce qu'on avait trouvé sur lui murmura quelque chose aux autres.

Un signe de tête confirma qu'ils comprenaient.

Ils s'arrêtèrent devant la porte d'une des maisons. Une clé ouvrit la serrure et on les conduisit à l'intérieur. Les pièces étaient sombres et il remarqua le peu de mobilier et l'odeur de moisi. Une autre porte s'ouvrit et une lumière éclaira un escalier descendant vers le sous-sol. Un des hommes armés leur fit signe d'avancer.

«Non, dit Alle. Je ne vais pas là-dedans.»

Dans la pénombre, Tom vit qu'aucun des trois n'appréciait son refus. Celui qui ne portait pas de pistolet s'avança.

«Vous venez ici et vous profanez notre synagogue. Vous pénétrez dans notre site sacré. Vous violez nos lois. Et vous voulez discuter avec nous? Vous voulez nous provoquer?

– Appelez la police», dit Tom, essayant de prendre la température.

Le jeune homme éclata de rire.

«Ils se moquent bien de ce qui arrive ici.

– Ce sont qui, ces *ils*? demanda-t-il.

– La police. Le maire. Le conseil municipal.»

Il savait que l'antisémitisme était en hausse en Europe. C'était encore un des avantages avec Internet, tous les jours il pouvait parcourir des journaux du monde entier. Il se rappelait avoir lu de plus en plus d'articles sur le fanatisme antijuif.

«Alors, que faites-vous des intrus?

– Le dernier que nous avons pris a passé un mauvais quart d'heure.»

Alle entendit la menace et comprit que la situation était grave. Ils étaient seuls, sans le moindre espoir de secours. Ils avaient pris son sac qui contenait son passeport et le téléphone portable de Zachariah. Le pistolet que son père portait depuis leur visite de la cathédrale de Vienne était resté caché dans la voiture. Elle s'était demandé pourquoi il ne l'avait pas pris, mais ne lui avait pas posé la question.

Son père ne semblait pas avoir peur. Quant à elle, elle était terrifiée. Autant que dans la voiture avec Minuit. Elle avait encore en tête l'image de Brian Jamison baignant dans son sang, son corps en proie aux affres de l'agonie.

«Descendez», répéta l'homme.

Elle n'avait pas vraiment le choix, aussi elle passa devant. En bas, ils se retrouvèrent dans une cave. Des arcades de style roman en pierre de taille soutenant un plafond voûté. Une pièce pas très grande avec seulement une table en bois et six chaises.

«Asseyez-vous», ordonna un des hommes.

Son père tira une des chaises.

«Et maintenant?

– Vous attendez», dit l'homme.

Tom s'était déjà retrouvé dans des situations difficiles, surtout au Moyen-Orient, quand des sources appréciaient de donner à leurs révélations une tournure un peu dramatique. La plupart du temps, c'était juste de la comédie. Une chose qu'il avait apprise, c'était que les terroristes, quelle que soit leur nationalité, savaient pertinemment que leur point de vue resterait ignoré si personne n'en rendait compte. La peur, qu'ils entretenaient si soigneusement, n'aurait aucun effet si l'audience visée ne la percevait pas. Cela ne voulait pas dire qu'ils aimaient particulièrement la presse, seulement qu'ils savaient s'en servir.

Parfois, pour faire passer leur message, ils utilisaient des subterfuges comme des bandeaux sur les yeux, de longs trajets en voiture et des bravades qu'il fallait supporter. Au cours de son dernier reportage, ils avaient mis en scène les préparatifs pour une attaque, avec armes et tout ce qui allait avec.

Un vrai show.

Qui aurait mérité un oscar.

Une fois, il avait été infiltré pendant six semaines dans un groupe palestinien. Il en avait vu et entendu beaucoup, mais s'était très vite rendu compte que tout ça était destiné à l'impressionner. Bien sûr, il avait essayé de les comprendre, mais il ne leur avait jamais manifesté ni opposition ni sympathie. L'important était de rester au-dessus de la mêlée. Ce qui était possible uniquement en fermant sa gueule et en ouvrant grandes les oreilles.

Aussi il se contenta de rester assis et d'attendre que ces jeunes gens s'expriment.

Autre chose : plus ils étaient jeunes, plus ils étaient bavards.

Il avait laissé le pistolet dans la voiture pour ne pas prendre de risque s'ils tombaient sur la police. Porter une arme en Europe pouvait vous causer de sérieux problèmes. C'était d'ailleurs probablement contraire à la loi tchèque – ce dont, il l'avait remarqué, ces hommes ne semblaient pas se soucier.

«Vous êtes indépendants, n'est-ce pas? leur demanda-t-il. Vous faites la police dans le quartier parce que vous y êtes obligés.

– Qu'est-ce que ça peut vous faire? demanda l'un d'eux.

– Mes parents étaient juifs.

– Et vous, qu'est-ce que vous êtes?

– Il a décidé qu'il ne voulait pas être des notres», dit Alle.

L'homme posant les questions lui jeta un regard étrange.

«*Être des nôtres ?* Est-ce qu'un des nôtres essaierait de vandaliser une synagogue?

– Nous n'étions pas en train de vandaliser quoi que ce soit, dit Tom. Et vous le savez bien.»

Il surprit le regard appréciatif.

«Dans votre situation, vous n'avez pas intérêt à faire le malin.

– Et quelle est ma situation?

– Pas bonne, dit le jeune homme.

– Allons, allons», dit une nouvelle voix

Plus mûre. Grave.

Ils se retournèrent, Alle et lui, et virent un homme âgé descendre l'escalier. Il était petit, d'une maigreur spartiate, avec une chevelure blanche comme neige. Son visage était couvert de rides, ses joues creusées, son front raviné et sa main frêle s'agrippait à la rampe, l'autre tenant la lettre, la carte et la clé. Le sac d'Alle était posé sur son épaule. Il descendit les marches l'une après l'autre, en baissant les yeux, attentif au moindre de ses mouvements.

Le vieil homme arriva en bas et se redressa.

«Nous ne devons pas nous montrer désagréables. Partez maintenant. Laissez-moi.»

Les trois jeunes hommes se dirigèrent vers l'escalier. L'un d'entre eux demanda: «Vous êtes certain de ne pas vouloir que nous restions?

– Non. Non. Tout ira bien. Allez-y maintenant. Je veux avoir une petite conversation avec ces deux-là.»

Ils grimpèrent les marches et Tom entendit la porte du haut se refermer derrière eux.

Les yeux sombres de l'homme exprimaient un intérêt manifeste tandis qu'il agitait ce qu'il avait en main.

«Je suis le rabbin Berlinger. Je veux savoir où vous vous êtes procuré ces éléments.»

52

Zachariah regarda sa montre. 5 h 50. Prague n'allait pas tarder à se réveiller.

Il adorait cette ville et se sentait particulièrement en phase avec son passé tumultueux. La tradition juive orthodoxe était forte ici. Maints préceptes européens du judaïsme avaient été forgés par de sages rabbins qui vivaient sur les rives de la Moldau. C'était ce qui l'avait incité à s'intéresser à la conservation de la ville. Le maire du district administratif local était une relation, un tout petit homme qui avait été clair : si jamais il avait besoin de quelque chose, il devait le lui demander.

Aujourd'hui, justement l'occasion se présentait.

Il avait téléphoné chez lui en Autriche et obtenu le numéro du maire. Un deuxième coup de fil passé à Prague n'avait réveillé personne, le maire ayant pris soin de préciser qu'il se levait tous les jours à 5 heures. Après avoir expliqué la situation, Zachariah s'était vu fixer un rendez-vous à la synagogue Vieille-Nouvelle à 6 heures. Ce qui ne posait pas de problème étant donné que lui et Rocha se trouvaient à moins de trente mètres du bâtiment.

Seul devant la grande porte de la synagogue, il regardait maintenant le maire approcher, frêle créature avec une grosse moustache et une chevelure clairsemée. Rocha était resté sur le boulevard de Paris, à l'écart de toute caméra de surveillance. Il salua le maire en anglais et ils se serrèrent la main. Il ne savait pas grand-chose sur lui. Jadis chrétien, il s'était converti de bonne heure. Il était orthodoxe et pro-israélien, mais pas aussi critique à propos des autorités centrales de Prague que d'autres l'avaient été avant lui. Beaucoup trop conciliant au goût de Zachariah, mais, heureusement, c'était exactement ce dont il avait besoin pour le moment.

Le maire sortit un jeu de clés et ouvrit la porte.

« Je viens prier ici tous les matins. C'est l'avantage de mon poste. »

Ils entrèrent par un portail gothique orné de ceps de vigne sculptés entrelacés. Douze pieds, un pour chacune des tribus perdues. Les lumières s'allumèrent dans le vestibule et il remarqua deux cassettes encastrées dans la pierre – servant, il le savait, des siècles auparavant, à la collecte d'impôts auxquels les Juifs étaient assujettis.

Il adorait ce bâtiment. La synagogue de Vienne était impressionnante par sa beauté. Celle-ci était remarquable par sa simplicité. D'imposants piliers octogonaux et des ogives à cinq voûtains divisaient le rectangle en deux nefs. Il savait aussi qu'il y avait cinq voûtains au lieu de quatre, qui auraient formé une croix. Le siège du grand rabbin était placé à l'extrémité est avec l'arche, des barreaux en fer et une tenture protégeant la Torah. Une plate-forme surélevée entourée par une grille en fer forgé au centre, l'*almemor*, accueillait un lutrin à prières. Les murs et la plate-forme centrale étaient bordés de bancs, qu'on se transmettait de génération en génération, lui avait-on dit. Un nombre restreint, soixante-dix environ. Tombant d'en haut, une bannière rouge avec une étoile de David, don de Charles IV en 1358, témoignait de l'immunité juive. Il n'avait jamais pris au sérieux ce genre de garantie, car l'histoire avait prouvé qu'aucune n'était sincère.

Un peu de lumière filtrait par les douze fenêtres étroites percées en hauteur dans les murs, le soleil commençant juste à poindre.

« Vous aviez raison, dit le maire. La patrouille de nuit a bien trouvé deux personnes en train d'essayer de pénétrer dans les combles. Cela arrive de temps en temps. Certains individus croient vraiment qu'il y a un golem là-haut.

– Et vous ne faites rien pour les décourager, étant donné que cela attire des visiteurs qui dépensent de l'argent.

– De quel droit irais-je remettre en cause des légendes ? Ce n'est pas mon travail. Protéger cet ensemble, voilà ma tâche. Malheureusement, il faut de l'argent pour entretenir les lieux.

– Où sont les deux personnes à présent ? »

Le maire leva un de ses petits doigts.

« Voilà le problème. Ils n'ont pas été emmenés dans la pièce de détention habituelle dans le bâtiment municipal. Normalement, nous les interrogeons en premier, puis nous les remettons à la police, qui les laisse partir très vite. C'est d'ailleurs un gros souci. Mais ces deux-là ont été transférés ailleurs. »

Cela ne plaisait pas à Zachariah.

« J'essaie de savoir où. Pour une raison qui m'échappe, personne à la sécurité ne le sait.

– Vous venez là tous les matins ? »

Le maire acquiesça.

« Presque. Avant que ça ne devienne un haut lieu touristique et plus une maison de prière. »

Il lui envia cette possibilité.

« Qu'y a-t-il dans les combles au-dessus ?

– Rien que des chevrons, des éléments d'isolation et un toit. Aucun golem, retourné à l'argile, ne nous y attend.

– Mais les combles ont bien servi pendant des siècles de *genizah* à ce bâtiment. »

Chaque synagogue disposait d'une réserve destinée aux livres anciens et aux archives. Le Talmud interdit qu'on jette tout document écrit contenant le nom de Dieu. Ils étaient donc conservés et enterrés tous les sept ans dans un cimetière.

Le maire acquiesça.

« Effectivement. Nous gardions tous les documents là-haut puisque de toute façon c'était ancien. Les éléments ne risquaient pas de les abîmer. Mais on a cessé il y a une quarantaine d'années et le grenier a été vidé. »

Il s'interrogea. Quelque chose avait-il été mis de côté avant ça ? Quarante ans ? Cette période correspondait parfaitement à ce qu'avait dit le grand-père de Sagan.

Il entendit la grande porte s'ouvrir puis se refermer. Le maire s'excusa et regagna le vestibule. Zachariah était convaincu à présent que Sagan l'avait dupé. Il espérait qu'Alle pourrait apprendre quelque chose. Il était toujours préoccupé par l'entrevue avec l'ambassadrice israélienne et le fait qu'elle s'intéresse à lui au même titre que les Américains. Il avait demandé à Rocha de retourner dans la ruelle derrière Saint-Étienne et, naturellement, le corps de Brian Jamison avait disparu. Pas un mot dans les journaux à son propos non plus. L'ambassadrice avait dit qu'elle nettoierait le gâchis et elle l'avait fait.

Le maire revint tandis que la porte donnant sur l'extérieur s'ouvrait à nouveau et se refermait.

« On vient de me dire que les deux personnes arrêtées plus tôt ont été emmenées dans une maison non loin d'ici. »

Il remarqua l'expression soucieuse de l'homme.

« Que se passe-t-il ? demanda-t-il.

– Le rabbin Berlinger a été appelé. Il est avec eux en ce moment. »

Tom commençait à comprendre. Abiram avait évoqué cet homme dans son dernier message.

Il m'a aussi donné un nom, rabbin Berlinger.

« Quel âge avez-vous ? demanda-t-il au risque de paraître grossier, mais il fallait qu'il le sache.

– Cent deux ans. »

Il ne l'aurait jamais deviné. Il lui aurait donné dans les quatre-vingts ans peut-être, mais il ne l'imaginait certainement pas centenaire.

« La vie vous a préservé.

– Certaines fois, il m'arrive de le penser. D'autres fois, non. Je vous ai posé une question. Dites-moi, je vous prie, où vous avez trouvé ces éléments. »

Visiblement, Alle était tout aussi curieuse de la réponse. Mais il n'était pas prêt à coopérer.

« On me les a donnés. Ils m'étaient destinés. »

Cet homme avait vu le document original, non expurgé, puisque c'était celui qui lui restait dans les poches.

« J'ignore s'ils vous étaient destinés, dit Berlinger. Je sais seulement que vous avez ces éléments en votre possession.

– M. E. Cross était mon grand-père. »

Le vieil homme observa Tom attentivement.

« Je le retrouve dans vos traits. Vous vous appelez Sagan. Je me souviens que votre mère avait épousé un Sagan. Marc était le père de votre mère. »

Il acquiesça.

« Je l'appelais Saki. »

Le rabbin s'assit, posant tous les éléments ainsi que le sac d'Alle sur la table.

« Je dois avouer que jamais je n'aurais cru entendre de nouveau évoquer ce sujet. »

Béne resta assis tandis que l'ombre gagnait son bureau. Dehors, les vents venus de la montagne continuaient à souffler dans la nuit. Il attendait Frank Clarke. Un coup de téléphone lui avait fait augurer la venue de son ami au domaine avant 10 heures.

« Tu aimes l'obscurité, Béne ? »

La pièce n'était pas éclairée.

« Mère dort et le domestique a terminé sa journée. Nous sommes seuls, Frank. »

Il lui tendit l'assiette de *bullas*, mais le colonel refusa d'un geste. Béne en prit un autre avant de reposer l'assiette sur la table en bout de canapé.

«Tu as trouvé quelque chose ? demanda Frank. Je l'ai compris à ta voix tout à l'heure.

– La mine existe. Je sais où elle se trouve.»

Tre avait appelé après le dîner pour dire qu'un rapide examen de ce qu'ils avaient volé à Cuba, ainsi que l'acte de propriété et d'autres éléments trouvés dans les archives jamaïcaines, l'avait mené à un endroit. Il avait vérifié sur les cartes topographiques les plus récentes que l'université avait répertoriées et trouvé qu'une grotte existait bien à proximité de l'endroit désigné par les documents.

«Et où est-ce ?» demanda Clarke.

Il n'avait pas besoin de voir son visage pour savoir qu'il allait lui révéler quelque chose qu'il savait déjà. Ce dont il s'était toujours douté.

«Pourquoi m'as-tu menti, Frank ?

– Parce que cette mine doit rester cachée.

– Ce n'est pas ce que tu as dit dans la grotte. Tu m'as dit de la retrouver.

– Je t'ai dit de trouver la fortune des Juifs. Si elle existe toujours, alors les Marrons pourraient en faire bon usage. La mine ? C'est une autre affaire.»

Il murmurait presque, comme si les mots ne devaient pas être prononcés. Mais il fallait qu'il sache.

«Pourquoi la mine devrait-elle rester cachée ?

– C'est un endroit sacré. Les Marrons ont tellement peu de choses qui leur reste. Des endroits comme celui-là nous appartiennent. Ils doivent être protégés.

– Il ne reste pas grand-chose des Marrons, sinon des récits. Quelle importance cela a-t-il ?»

Le silence retomba entre eux. Il écouta le vent.

«La nuit était notre alliée jadis, dit Clarke. Nous en avons bien profité. C'est en partie à la nuit que nous devons notre victoire.»

Encore des histoires, pensa Béne. Pas la réalité.

Au cours de la dernière guerre marron, en 1795, trois cents Marrons avaient tenu tête à mille cinq cents soldats britanniques. Une trêve avait été conclue seulement après que les chiens cubains eurent été amenés sur l'île pour les pourchasser. Mais quand tous se réunirent à Montego Bay pour signer un traité, près de six cents Marrons furent embarqués de force à bord de navires et déportés en Nouvelle-Écosse. Là, ils endurèrent le froid du Canada pendant deux ans, puis furent expédiés en Sierra Leone. Soixante seulement finirent par revenir en Jamaïque.

Drôle de victoire.

« Tu ne m'as toujours pas répondu, dit Béne. Quelle importance cela a-t-il maintenant ? »

Il regarda la forme sombre changer de place dans le fauteuil.

« Il y a des choses à notre sujet que tu ne comprends pas du tout, Béne. Malgré ton sang marron, tu as été éduqué différemment. La pauvreté est endémique chez nous. Le chômage, élevé. Ici, dans ce grand domaine, tu vis dans le luxe. Tu t'offres tous les véhicules que tu veux. Tu n'as jamais faim. Tu as toujours eu de l'argent, Béne.

– On dirait que tu m'en veux pour ça.

– Ce n'est pas le cas. Ça m'est égal. Tu es mon ami. Je t'ai toujours aimé. Mais d'autres ne sont pas comme ça. Ils profitent de ton argent, de tes faveurs. Ils sourient, mais ne montrent jamais ce qu'ils ont au fond du cœur.

– Ce n'est pas ce que tu m'as dit hier. Tu m'as dit que personne ne se souciait de moi.

– J'ai menti. »

Il aurait préféré ne pas entendre ça. Il s'était toujours senti proche de la communauté marron. Comme en famille. La sienne n'était pas très étendue. Seulement sa mère et quelques cousins. Il aurait dû se marier, avoir des enfants, fonder sa propre famille. Mais il n'avait jamais rencontré personne qui lui en donne envie. En était-il responsable ? Difficile à dire. Ce qu'il savait en tout cas, c'était que personne n'allait lui dicter sa conduite.

Pas maintenant.

Plus jamais.

«Je vais jusqu'à la mine, dit-il.

– Je craignais tu veuilles y aller ce soir.

– Veux-tu venir avec moi?

– J'ai le choix?»

53

Zachariah voulait savoir.

«Qui est ce rabbin Berlinger?

– L'ancien dirigeant de la communauté. Un des derniers survivants de l'Holocauste.

– Il a survécu aux nazis?»

Le maire acquiesça.

«Il a été emmené à Terezín avec beaucoup d'autres. Il a participé au conseil dirigeant du camp et essayé de veiller sur les gens.»

La ville fortifiée de Terezín avait été un lieu de détention d'où des dizaines de milliers de Juifs tchèques avaient été transportés vers les camps de la mort de l'Est. Beaucoup, toutefois, étaient morts là-bas en raison des conditions de vie épouvantables.

«Le rabbin est très respecté, dit le maire. Personne ne le remet en question. S'il a demandé à parler à ces deux intrus, on ne pouvait pas faire autrement que de l'y autoriser.»

Le non-dit était également explicite. L'élection du maire dépendait du soutien de tels gens. Et si cet homme était le roi, Berlinger était le faiseur de roi. Mais tout de même.

«Je dois savoir pourquoi il s'y intéresse.

– Me feriez-vous part de *votre* propre intérêt?

– L'homme arrêté à la synagogue détient quelque chose qui m'appartient. Je veux le récupérer.

– Ce doit être quelque chose d'une grande importance.

– Pour moi en tout cas.»

Il choisissait très soigneusement ses mots.

En dire suffisamment, mais pas trop.

«J'ai envoyé quelqu'un pour voir ce qui se passe, dit le maire. En attendant qu'il revienne, nous pourrions prier vous et moi. Regardez, là, par la fenêtre côté est, on voit le soleil maintenant.»

Il observa en haut du mur la fente étroite enflammée par la première lumière du jour. Depuis sept cents ans, les Juifs attendaient de voir ce spectacle. Tout ce qu'il allait faire, tout ce qu'il avait prévu, c'était pour eux. Cent mille de ses frères avaient été exterminés pendant la guerre, le président tchèque s'étant contenté de livrer le pays à Hitler pour qu'il devienne un protectorat allemand. Des lois furent promulguées sans tarder pour interdire aux médecins non aryens de s'occuper des malades. Les parcs publics, les théâtres, les cinémas, les bibliothèques, les manifestations sportives, les bains publics et les piscines étaient interdits aux Juifs. Ils ne pouvaient pas occuper des postes de fonctionnaires et étaient relégués dans certains compartiments à l'arrière des trains et ne pouvaient se servir des commodités dans les gares. Faire des courses n'était autorisé qu'à certaines heures. Le couvre-feu intervenait à 8 heures du soir. Aucun coup de fil n'était autorisé et personne ne pouvait déménager sans accord préalable. La liste des restrictions était interminable, avec pour seules conséquences, pour ceux qui ne la respectaient pas, l'arrestation et l'extermination.

Mais les nazis n'avaient pas rasé le quartier juif.

Les synagogues restèrent intactes, y compris la Vieille-Nouvelle. Même le cimetière n'avait pas été trop saccagé. L'idée des nazis était de tout transformer en une savante exposition en plein air. Le musée exotique consacré à une race éteinte. Mais ce projet n'avait jamais abouti. La Russie avait libéré le pays en 1945.

Venir à Prague semblait avoir raffermi la résolution de Simon. Tout au long de l'histoire, les Juifs avaient respecté un gouvernement fort, des motifs clairs et une action résolue. Ils appréciaient les prises de décision. Et c'était ce qu'il apporterait. Mais le maire avait raison. Il était temps de prier. Aussi il joignit ses mains dans son dos, courba la tête et demanda à Dieu de l'aider pour sa mission.

« Il y a une chose », dit le maire à voix basse.

Il ouvrit les yeux et regarda vers le bas en direction de l'homme qu'il dépassait d'au moins trente centimètres.

« Vous avez posé une question concernant les documents qui étaient autrefois entreposés dans les combles. Nous les enterrons effectivement de temps en temps comme il est exigé. Mais nous avons mis au point une autre méthode pour remplir cette obligation. »

Il attendit une explication.

« Il n'y a plus d'espace dans le vieux cimetière et, de toute façon, personne n'a vraiment envie de creuser là-bas. Il y a trop de tombes non indiquées. Aussi nous disposons d'une crypte dans laquelle les écrits sont placés. Ils sont entreposés là depuis la guerre. C'est un système qui fonctionne. Notre problème est l'entretien de cette crypte. Très cher. Très pénible. »

Il comprit le message.

« Nous nous battons tous les jours, dit le maire, pour récupérer nos biens et restaurer le cimetière et les synagogues. Nous nous efforçons de gérer la vie de tous les jours, de ressusciter notre héritage, de faire revivre notre passé. Pour y parvenir, nous encourageons les investissements extérieurs. » Il se tut un instant. « Chaque fois que nous le pouvons.

– Je crois qu'une de mes fondations pourrait faire une donation convenable pour alléger ces coûts. »

Le maire acquiesça.

« C'est extrêmement généreux de votre part.

– Bien sûr, cela arrangerait les choses si je pouvais voir cette crypte, de façon à pouvoir estimer le montant de la contribution. »

Le maire acquiesça de nouveau.

« Je pense que ce serait parfaitement raisonnable. Nous allons y aller. Juste après avoir prié. »

Tom regardait le vieux rabbin avec toujours autant de méfiance. Il ignorait complètement si cet homme était celui qu'il prétendait être. Ce qu'il savait, en revanche, c'était que la lettre originale de son grand-père avait été lue et son contenu était maintenant connue d'une tierce personne.

L'arrogant messager de Barnes & Noble lui revint en mémoire, ainsi que son avertissement.

Comment saurait-il si cet homme était sincère ou s'il faisait partie des comploteurs.

«Quand avez-vous entendu parler de tout ça pour la première fois? demanda-t-il à Berlinger.

– Votre grand-père est venu dans les années 1950. Sa mère était tchèque. Lui et moi sommes devenus amis. À la fin, il m'a dit des choses. Pas tout, mais suffisamment.»

Il observait Alle pendant qu'elle écoutait. Il aurait préféré parler avec cet homme en tête à tête mais se rendait bien compte que c'était impossible.

«Marc était quelqu'un de fascinant. Lui et moi avons partagé de nombreux moments. Il parlait notre langue, connaissait notre histoire, nos problèmes. Je n'ai jamais compris tout ce qu'il savait, seulement que c'était important. J'en suis arrivé à lui faire suffisamment confiance pour accéder à ses demandes.

– C'est-à-dire?»

Le vieil homme l'étudia de ses yeux fatigués.

«Il y a peu de temps, j'ai été tiré de mon sommeil et on m'a remis ces objets que vous voyez sur la table. L'écrit renfermait mon nom, si bien qu'on a jugé que je devais en être avisé. Je l'ai lu, puis j'ai demandé d'où il venait ainsi que le reste. On m'a dit qu'un homme avait été pris en train d'essayer de pénétrer dans les combles de la synagogue. Aussitôt, cela m'a fait penser à une autre époque et à un autre homme qui avait essayé d'en faire autant.»

«Descendez de là», avait crié Berlinger.

L'homme qui était accroché à l'échelle en fer fixée à la synagogue Vieille-Nouvelle s'était contenté de regarder en bas et de secouer la tête.

« Je suis venu voir le golem et j'entends bien y parvenir. »

Berlinger avait estimé que le grimpeur devait avoir à peu près son âge, le milieu de la cinquantaine, mais qu'il était en meilleure forme, les cheveux poivre et sel, le corps svelte, le visage animé. Il parlait tchèque, mais avec une pointe d'accent américain, ce qu'il devait être.

« Vous pouvez me croire, cria-t-il. Il n'y a rien là-haut. Toute cette histoire est idiote. Une légende. C'est tout.

– Seigneur, comment pouvez-vous sous-estimer à ce point le pouvoir de Jehuda Leva ben Bezalel. »

Il avait été impressionné d'entendre dans la bouche de l'étranger le véritable nom du rabbin Loew. Il n'y avait plus beaucoup de gens qui venaient à Prague maintenant et personne ne connaissait le vrai nom du grand homme. Après la guerre, les communistes avaient pris le contrôle du pays et fermé les frontières. Nul ne pouvait entrer ni sortir. Comment cet Américain avait-il réussi à arriver jusqu'ici, il l'ignorait. Il regarda l'intrus pousser la porte métallique ornée de l'étoile de David. Elle n'était plus fermée à clé depuis bien avant la guerre. L'homme disparut dans les combles, puis sa tête surgit par l'embrasure.

« Montez. Il faut que je vous parle. »

Il y avait longtemps qu'il n'avait pas grimpé jusqu'au grenier. C'était là qu'on conservait les vieux documents, qu'on les entreposait jusqu'à ce qu'ils soient enterrés, comme le voulait la Torah. Quelqu'un avait laissé une échelle contre le mur est de la synagogue, facilitant l'accès au premier barreau en fer. Il avait décidé de faire plaisir à l'étranger et de grimper jusqu'à la porte. Puis il pénétra dans le grenier.

« Marc Cross, dit l'homme en lui tendant la main.

– Je suis…

– Le rabbin Berlinger. Je sais. Je suis venu pour parler avec vous. On m'a dit que vous étiez quelqu'un à qui on pouvait faire confiance. »

« C'est ainsi que nous avons fait connaissance, dit Berlinger. À partir de là, Marc et moi sommes devenus des amis très proches et cette amitié a duré jusqu'au jour de sa mort. Malheureusement, je ne l'ai pas vu beaucoup au cours des décennies suivantes, mais nous avons correspondu. Je serais allé à son enterrement si les Soviets n'avaient pas interdit aux Juifs de voyager à l'étranger. »

Tom tendit la main et prit la clé sur la table.

« Elle n'ouvre pas la porte du grenier.

– Bien sûr que non. La serrure sur cette porte est neuve, elle a été posée quand le grenier a été restauré il y a quelques années. Nous lui conservons son allure ancienne, mais c'est simplement une apparence. Il n'y a plus rien là-haut maintenant qui ait la moindre importance. »

Tom anticipa la suite.

« Mais il y en a eu à une certaine époque. »

Berlinger hocha la tête.

« Nous conservions les vieux papiers là-haut. Mais ils sont maintenant sous terre dans le cimetière. » Le rabbin se leva. « Je vais vous montrer. »

Tom n'était pas encore tout à fait prêt à partir et montra la clé.

« Il y a des marques dessus. Savez-vous ce qu'elles signifient ? »

Le vieil homme acquiesça.

« Vous ne les avez même pas regardées.

– Ce n'est pas la peine, monsieur Sagan. J'ai fabriqué la clé et j'y ai placé ces marques. Je sais exactement ce qu'elles signifient. »

Il était stupéfait.

« Et le fait que vous déteniez cette précieuse clé est la seule raison pour laquelle vous n'êtes pas actuellement aux mains de la police. »

54

Zachariah suivit le maire hors de la synagogue Vieille-Nouvelle jusqu'à la rue U Starého Hrbitova, une voie en pente qui menait à un bâtiment qu'il connaissait comme étant la salle des cérémonies. La construction néoromane avait servi autrefois de morgue, édifiée à l'intention de l'entreprise locale de pompes funèbres. À présent, c'était un musée présentant les coutumes et traditions funéraires. Il connaissait la longue histoire de la Confrérie des pompes funèbres de Prague, créée au milieu du XVIe siècle, sa mission consistant à donner aux morts un enterrement dans la dignité et selon les rites juifs.

Lui et le maire avaient prié pendant un quart d'heure. De ses précédents rapports avec cet homme, il n'avait jamais gardé l'impression qu'il était un tel dévot. Plutôt quelqu'un de pragmatique, pour preuve la façon dont il avait réussi à lui extorquer une contribution simplement pour avoir l'occasion de voir où les anciens documents étaient maintenant conservés. La possibilité de trouver quelque chose là-bas était probablement assez mince, mais il était sincèrement curieux. À Vienne, il ne manquait pas d'espaces consacrés, et livres et papiers étaient respectueusement enterrés dans plusieurs cimetières juifs.

Ici, les choses étaient radicalement différentes.

Une porte métallique contiguë à la salle des cérémonies donnait sur un passage qui menait au cimetière. Un gardien en uniforme était de service à la porte, dont il apprit qu'elle était en réalité la sortie pour les visiteurs, l'entrée du cimetière se trouvant à un pâté de maisons plus loin. Le maire la franchit sans être arrêté. Zachariah pénétra à la suite de l'homme dans un des endroits les plus sacrés au monde. Dans seulement onze mille mètres carrés, jusqu'à cent mille personnes étaient enterrées, des parcelles d'une herbe maigre poussaient spontanément entre les pierres tombales, et douze mille d'entre elles – si ses souvenirs étaient exacts – étaient très proches les unes des autres, penchées de façon étrange comme après un tremblement de terre.

Pendant trois cent cinquante ans, on avait interdit aux Juifs d'enterrer leurs morts en dehors de leur district, et c'est ici qu'ils l'avaient fait. Aucun autre terrain n'avait pu être ajouté et, comme la Torah interdisait le transfert des corps, la solution avait été d'apporter de la terre et de hausser le niveau, couche après couche, jusqu'à respecter l'injonction talmudique voulant que les tombes soient séparées par au moins six largeurs de main. Douze couches, chacune profonde de soixante centimètres, finirent par s'élever à l'intérieur des murs. Les enterrements cessèrent en 1787, mais Zachariah se demandait combien de *matzevahs* avaient disparu, étaient tombées en ruine, ou avaient été détruites et combien de personnes enterrées avaient été oubliées.

Il contempla le spectacle surréaliste.

L'ombre de nombreux frênes s'étendait au-dessus du cimetière. Les pierres tombales les plus simples étaient toutes droites ou à deux étages, la plupart avec des décorations et des sculptures qui mentionnaient le prénom du défunt, son nom de famille, sa situation maritale et sa profession. Il remarqua les œuvres d'art – un arbre de vie, une *ménorah*, des grappes de raisin, des animaux. Certaines indications étaient encore lisibles, la plupart ne l'étaient plus. Ici et là se dressaient des tombes à quatre côtés avec de hauts frontons, chacun surmonté par un pignon et un toit en bâtière, semblable à la tombe de son propre père en Autriche. Les cimetières étaient des endroits sacrés, où les morts attendaient la résurrection. C'est pourquoi ils ne pouvaient jamais être fermés.

Un sentier gravillonné bordé de rares brins d'herbe dessinait un passage entre les pierres tombales. Il n'y avait personne d'autre à l'intérieur des murs qui délimitaient cet espace restreint. Il remarqua des caméras de surveillance à différents endroits.

« Il y a toujours des actes de vandalisme ? demanda-t-il au maire.

– Parfois. Les caméras ont découragé les intrusions. Nous apprécions votre générosité destinée à les financer. »

Il salua l'allusion d'un signe de tête.

« Nous enterrons les animaux qu'on jette par-dessus le mur dans ce coin éloigné là-bas », dit le maire.

Une fois que les morts avaient atteint la terre sacrée, ils ne pouvaient plus la quitter, qu'il s'agisse d'humains ou d'animaux. Il appréciait la fidélité de cette communauté à la tradition talmudique. Sa propre congrégation, à Vienne, n'était pas aussi stricte. Les idées progressistes avaient amoindri ce qui avait été autrefois une communauté orthodoxe fervente. C'est pourquoi il priait la plupart du temps dans une petite synagogue sur son domaine.

« J'ai obtenu que le gardien à la porte prenne son service plus tôt, dit le maire. Cet endroit n'ouvrira pas avant deux heures. »

Il n'y avait personne aux alentours. Zachariah appréciait le traitement qui lui avait été réservé, tout en comprenant bien qu'il visait à lui faire ouvrir son carnet de chèques. Le maire de ce district ne se doutait pas du tout de la raison de sa présence, mais l'occasion qui lui était offerte ainsi ne pouvait pas être gâchée.

Le maire s'arrêta et montra du doigt une porte métallique à double battant aménagée dans le mur le plus éloigné.

« Derrière ces portes, se trouve une échelle qui mène vers une pièce souterraine, autrefois utilisée pour ranger des outils. C'est l'endroit idéal où le papier peut retourner à la poussière.

– Vous ne venez pas ? »

Le maire secoua la tête.

« J'attends ici. Allez voir tout seul. »

Cet homme lui donnait une curieuse impression. Une sensation qu'il n'aimait pas vraiment. Mais il savait que Rocha n'était pas loin, il l'avait vu les suivre jusqu'à la salle des cérémonies. Mieux valait en tout cas préciser les choses :

« Vous comprenez bien que je ne suis pas quelqu'un qu'on traite à la légère.

– La question ne se pose même pas. Vous êtes un homme important. »

Sans lui donner le temps de l'interroger davantage, le maire fit alors demi-tour et partit. Il faillit l'interpeller, mais préféra s'en abstenir. Au lieu de cela, il quitta le sentier gravillonné et se fraya un chemin entre les *matzevahs* jusqu'à ce qu'il parvienne à un des pans du mur qui séparait le cimetière extérieur. Il s'aperçut que cette partie était parallèle à U Starého Hrbitova, la rue qu'ils avaient empruntée plus tôt. Trois mètres au-dessus de lui, une autre section de cimetière s'étendait sous d'autres frênes, la terre étant soutenue par le mur. La double porte devant lui devait mener sous cette partie.

Il les ouvrit.

Râteaux, pelles et balais étaient appuyés contre un mur à sa droite. Une échelle métallique descendait à l'intérieur d'un carré obscur creusé dans le sol de pierre.

Il regarda en bas. Une lumière brillait. Apparemment, on l'attendait. Il avança jusqu'aux barreaux, puis recula pour refermer la double porte.

Il descendit, conscient d'entreprendre un voyage dans le temps. Tous les soixante centimètres s'étendait une autre couche de tombes.

Arrivé en bas, Il se trouverait là où les premiers enterrements eurent lieu, sept cents ans plus tôt.

Il regarda sous ses pieds et vit qu'il était presque au bout de l'échelle.

Encore quelques barreaux et son pied entra en contact avec la pierre.

Il devait se trouver à sept ou huit mètres sous terre. La pièce éclairée qui s'étendait devant lui faisait une dizaine de mètres carrés, avec un plafond bas, qu'il touchait de sa tête et un sol noir en terre battue, humide. Des piles de livres et des papiers étaient entassés contre les murs, la plupart presque complètement moisis. L'air confiné sentait la pourriture et il se demanda d'où cela venait.

Debout, au centre de la pièce, sous trois ampoules nues qui projetaient une lumière crue, se trouvait la même femme qu'à Vienne, celle qu'il avait retrouvée à Schönbrunn.

L'ambassadrice d'Israël en Autriche.

«Vous et moi avons encore des choses dont nous devons parler», lui dit-elle.

Alle écoutait le rabbin et son père. Les deux hommes savaient beaucoup plus de choses qu'elle. Surtout son père, qui avait de toute évidence gardé pour lui un certain nombre d'informations.

Comme la clé, qui ressemblait à celle d'un coffre de pirate, sinon que celle-ci était ornée de trois étoiles de David. Les autres objets dont ils parlaient étaient trop petits pour qu'elle puisse les voir de l'endroit où elle se trouvait.

L'histoire de la rencontre entre Berlinger et son grand-père l'avait émue. Elle n'avait pas connu Marc Eden ni sa femme, les deux étant morts longtemps avant sa naissance. Sa grand-mère lui en avait parlé et elle avait vu des photos, mais ne savait pas grand-chose sinon que Cross avait été un archéologue d'un certain renom.

«À quoi ressemblait mon arrière-grand-père?» demanda-t-elle au rabbin.

Le vieil homme lui sourit.

«Un homme délicieux. Vous avez les mêmes yeux. Vous le saviez?»

Elle secoua la tête.

«On ne me l'avait jamais dit.

– Que faites-vous ici?» lui demanda Berlinger.

Elle décida de rester évasive.

«Mon père m'a demandé de venir.»

Berlinger se tourna vers Tom.

«Si vous êtes vraiment le lévite, comme le dit le message, alors vous savez quel est votre devoir.

– Il est temps que cela change.»

Elle vit que le vieil homme était perplexe.

«Quelle étrange décision que de vous choisir, dit Berlinger. Je perçois de la colère. Du ressentiment.

– Je n'ai pas demandé à être choisi. Tout ce que je sais, c'est que ma fille et un certain Zachariah Simon préparent quelque chose. J'ignore ce qu'ils trament et, si je m'en inquiète, c'est uniquement parce qu'un homme est mort hier pour ça.

– Pourtant vous l'avez amenée ici?

– Quelle meilleure façon de la surveiller?»

Elle n'aimait pas le ton de sa voix, mais préféra ne rien dire. Elle était là pour s'informer. Discuter ne lui servirait à rien.

Berlinger leva la clé.

«Je l'ai fabriquée il y a longtemps. C'était ma contribution au projet de Marc.

– En quoi consistait-il?» demanda-t-elle.

Le rabbin la considéra d'un regard sévère.

«On l'appelait le lévite et on l'avait choisi afin de lui confier les secrets de notre communauté. Mais il vécut à une époque trouble. Les nazis avaient tout bouleversé. Ils ont même voulu trouver les biens qu'il gardait.

– De quelle façon? demanda Tom.

– Ils voulaient le trésor du Temple. Ils pensaient que c'était la façon la plus éclatante de détruire notre culture, comme les Babyloniens et les Romains l'avaient fait.

– Le trésor du Temple avait disparu depuis près de deux mille ans, répliqua Tom.

– Mais ils connaissaient les légendes, eux aussi, dit Berlinger. Comme moi. Ils pensaient qu'il n'avait pas été détruit. Qu'il était caché quelque part. Et qu'une seule personne était au courant. » Le vieil homme s'interrompit. « Le lévite.

– Il y a trois jours, j'aurais dit que vous étiez fou, dit Tom. Maintenant je ne m'y risquerais plus. De toute évidence, il se passe quelque chose ici. »

Berlinger désigna la lettre.

« Votre père était le lévite. Il connaissait le secret, pour autant en tout cas qu'il ait été révélé. Marc était un homme prudent. À juste titre. Aussi, pour la première fois depuis plusieurs siècles, il protégea le secret et brouilla les pistes. Il le fallait, étant donné l'époque. »

Alle pouvait seulement imaginer ce qu'être juif en Europe de 1933 à 1945 signifiait. Les horreurs que ces gens avaient subies. Son grand-père lui en avait parlé, des membres de sa famille lui avaient décrit le cauchemar. Mais là, elle avait devant elle un homme qui en avait été personnellement témoin.

« Vous avez dit que vous aviez l'intention de changer des choses, murmura Berlinger. Quel genre de chose ?

– Je vais trouver ce trésor.

– Pourquoi vous lancer là-dedans ?

– Et pourquoi pas ? »

Tom avait élevé la voix, visiblement en colère.

« Vous ne pensez pas qu'il est resté caché suffisamment longtemps ?

– En fait, je suis bien de votre avis. »

55

Béne descendit du pick-up. Il avait quitté son domaine en empruntant la route vers l'ouest, puis avait pris vers le nord dans les montagnes, gagnant la paroisse Sainte-Marie et la vallée où ils s'étaient rendus la veille avec Tre, ce site figurant sur l'acte trouvé dans les archives de Jamaïque. La rivière Flint coulait à proximité, ainsi qu'une multitude de petits affluents descendant des montagnes en direction du rivage. Frank Clarke le suivait dans un autre véhicule. Son ami l'avait énervé, ses mensonges l'irritaient et la perception que d'autres Marrons pouvaient avoir de lui le blessait. Il avait été bon envers ces gens, en faisant plus pour eux que quiconque. Ce qui ne les empêchait pas de lui en vouloir.

Il avait cherché la mine pour eux, pour finir maintenant par s'entendre dire qu'ils la connaissaient depuis toujours.

Un véhicule était déjà garé, à côté duquel se tenait Tre Halliburton.

Lui et Clarke se dirigèrent vers lui.

« C'est encore loin ? demanda Béne.

– Une dizaine de minutes de marche en montant cette pente vers l'est. »

Le clair de lune baignait la forêt d'une lumière froide et pâle. Des éclairs de chaleur rose déchiraient les nuages au loin. Il avait apporté deux torches et vit que Tre en tenait une. Il avait aussi en main une balise GPS.

« À la différence des Espagnols, expliqua Tre, nous ne sommes pas obligés d'avancer à l'aveuglette dans le noir. J'ai les coordonnées correspondant à la grotte.

– Tu penses vraiment qu'on y est ?

– Sans aucun doute, Béne. Tout indique que c'est bien ici. »

Il présenta Tre à Clarke et dit :

« C'est un marron et il avait déjà entendu parler de cet endroit. »

Il tendit une torche à Frank. Dans le clair de lune, il perçut l'inquiétude sur le visage de son vieil ami.

« Qu'est-ce que tu me caches encore ? » demanda Béne.

Mais il n'eut pas de réponse.

Au lieu de cela, Frank se tourna et se glissa entre les arbres.

Zachariah dévisagea l'ambassadrice.

« Comment saviez-vous que j'étais à Prague ?

– Grâce à mes amis, dit-elle en anglais. Avez-vous vérifié pour le corps de Jamison ?

– Bien sûr. Impressionnant. »

Elle accepta le compliment d'un signe de tête.

« Le maire d'ici est aussi un ami. Après que vous l'avez contacté, j'en ai fait autant.

– Et comment saviez-vous que je l'avais appelé ?

– Le téléphone. Quand vous l'utilisez, le monde entier le sait.

– Ce qui veut dire que vous avez des amis au sein du Mossad.

– Entre autres. Mais, comme je l'ai dit hier, ils ne savent rien. Cela reste entre vous et moi.

– Que voulez-vous ?

– Un tête à-tête et je pensais que c'était une excellente occasion.

– Comment saviez-vous que je viendrais ici ?

– Le maire m'a assuré qu'il vous y amènerait. »

Sa présence le mettait mal à l'aise. Mais il ne pouvait rien faire que d'écouter.

« Je dois reconnaître, dit-elle, que, quand j'ai eu connaissance de votre plan, je l'ai jugé ridicule. Mais, en y repensant, je commence à trouver que vous avez raison. Le mont du Temple est le parfait point d'allumage. »

Depuis 1967 et la guerre des Six-Jours, Israël contrôlait la ville de Jérusalem. En guise de concession après la bataille, le Conseil suprême religieux musulman avait été autorisé à contrôler les trente-cinq hectares qui composaient le mont du Temple. C'était l'endroit où Dieu avait choisi de faire reposer la Divine Présence. D'où le monde s'était développé pour arriver à sa forme actuelle. Où la poussière s'était rassemblée pour créer le premier homme. Où Abraham avait attaché Isaac. Les Juifs du monde entier se tournaient dans sa direction pour prier. Salomon avait construit le premier Temple en ce lieu. Le second Temple s'était élevé en ce même endroit. Le site était sacré au point que la loi rabbinique défendait aux Juifs d'y marcher pour éviter de fouler sans le vouloir l'ancien emplacement du saint des saints.

« Vous n'avez jamais révélé mon plan ? » dit-il.

Elle sourit.

« Non, je ne l'ai pas révélé. »

Peut-être était-ce une bonne chose qu'elle soit venue. Il avait quelques points à éclaircir avec elle.

« Dieu n'a jamais révoqué Son commandement qui figure dans l'Exode selon lequel nous devions construire un sanctuaire pour lui, dit-elle. Le contrôle du mont du Temple par les musulmans équivaut à un coup de poignard dans le flanc de chaque Juif. »

Il savait comment l'Islam appelait le mont. *Le Noble Sanctuaire.* Il était considéré comme l'ultime étape du voyage de Mahomet vers Jérusalem. L'endroit d'où le prophète était monté aux cieux. Une des plus anciennes constructions islamiques au monde, le Dôme du Rocher, se trouvait là, tourné en direction de La Mecque, construit à l'endroit où le second Temple se trouvait autrefois.

«Nous n'aurions jamais dû leur céder le contrôle, dit-elle. Qu'est-ce qu'ils ont dit en 1967? *"Si nous voulons le garder en entier, dans ce cas, il n'y aura jamais aucun semblant de paix."*

– Il n'empêche que nous leur avons abandonné le mont et que nous vivions toujours dans la peur. Les Arabes menaçaient tous les jours de nous envahir.»

Et ils finirent par le faire. En 1973, la guerre du Kippour. Puis, six ans plus tard, tout ce qui avait été gagné pendant ce conflit fut redonné au terme des accords signés par Carter, Begin et Sadate à Camp David.

Il lui dit alors ce qu'il pensait:

«Maudits Américains, qui s'étaient encore mêlés de nos affaires.

– Nous avons au moins tiré une leçon de ces deux guerres, dit-elle. Laissons les Arabes se battre entre eux et ils n'auront plus le temps d'affronter leur ennemi.»

Leçon bien inutile, au regard de tout ce qui s'était produit ensuite.

«Je me souviens du jour où le drapeau israélien flottant au-dessus du Dôme du Rocher a été abaissé. Mon père pleurait. Et moi aussi. C'est là que j'ai pris la résolution de ne plus jamais rien céder à nos ennemis.»

L'ambassadrice se mit à genoux pour examiner quelques-uns des papiers moisis. «Ils restent ici dans le noir et se désagrègent lentement. C'est tellement triste.»

Mais il y avait quelque chose de plus important.

«Comme les corps qui nous entourent.»

Elle se leva et se tourna vers lui.

«Et maintenant, j'attends que vous éclairiez ma lanterne.»

Il en avait assez.

«Dites-moi d'abord ce que vous savez.»

Tom essayait de bien comprendre ce que Berlinger venait de dire.

« Vous êtes d'accord avec moi ?

– Marc et moi avons longuement discuté de ce point. Il était persuadé que le secret devait rester caché. Je pensais alors qu'il était temps que les Juifs se voient restituer leurs trésors sacrés. Chrétiens, musulmans, bouddhistes, ils ont tous les leurs. Pourquoi pas nous ? »

Berlinger regarda Alle qui tentait de comprendre tout ce qui se disait. Il décida de lui montrer la lettre.

« Voilà ce que votre grand-père a écrit. »

Elle prit la feuille et lut.

« Pourquoi y a-t-il une telle tension entre vous deux ? demanda Berlinger.

– Elle me déteste.

– Est-ce vrai ? » demanda le rabbin à Alle.

Elle leva les yeux de la lettre et regarda son père.

« Pourquoi m'avoir manipulée ? lui demanda-t-elle.

– C'est envers Simon que tu es loyale.

– Qui est Simon ? » demanda Berlinger.

Il le lui expliqua en quelques mots.

« Je connais l'homme en question. Il est venu ici plusieurs fois. Son argent est très apprécié par certains.

– Mais pas par vous ?

– Je me méfie toujours des gens qui donnent sans compter.

– Il est terriblement dangereux. Il recherche le trésor du Temple. Comme le gouvernement américain. Vous savez pourquoi ? »

Il vit que cette information avait surpris le vieil homme.

« Marc avait peur qu'un jour le secret ne puisse plus être sauvegardé. Ses craintes se portaient sur l'Allemagne et les nazis. Les miennes aussi. Puis, les Soviets m'effrayaient encore plus. Mais aucun de nous n'avait jamais envisagé de menace venant d'un Juif. Simon recherche-t-il le trésor pour que l'ensemble des Juifs puisse le récupérer ?

– C'est exactement ce qu'il veut, dit Alle. Il est de votre avis. Il est temps que nos bâtiments sacrés soient restaurés.

– Mais vous n'y croyez pas, dit Berlinger à Tom.

– C'est bien la dernière chose que souhaite Simon.

– Dans ce cas, que cherche-t-il?

– Mon père est persuadé que Zachariah représente un danger, dit Alle. Peut-être le saviez-vous, mais mon père était autrefois journaliste. Il a été mis à pied pour avoir inventé de toutes pièces un article. Mieux vaut donc garder cela à l'esprit avant de l'écouter. »

Tom frappa des mains sur la table et bondit de sa chaise.

« J'en ai assez de tes insinuations. Tu ne connais rien à l'histoire de cet article. Je comprends surtout que ça t'arrange de croire que je suis un minable tricheur. Cela t'aide probablement à continuer à me haïr. Mais, écoute-moi bien, j'ai fait beaucoup d'erreurs avec toi en tant que père. Tu peux me détester pour ça si tu veux. Cependant ne me reproche pas quelque chose que je n'ai pas fait. »

Il la regardait au fond des yeux. Alle ne détourna pas le regard. Berlinger posa doucement la main sur le bras de Tom. Il se tourna vers le rabbin, qui lui fit un petit signe de tête pour l'inciter à se rasseoir. Ce qu'il fit.

« Il faut que nous prenions certaines décisions, dit Berlinger en baissant la voix. Des décisions importantes. Venez avec moi tous les deux. »

56

Béne suivait Tre qui traînait derrière Frank Clarke. Aucun d'entre eux n'avait allumé sa torche. Ce n'était pas nécessaire. Le clair de lune leur fournissait bien assez de lumière. Tre consultait le GPS, mais Frank avait démarré bille en tête en se passant de toute indication.

«Il se dirige droit dessus», lui dit Tre.

Ce qui n'était pas surprenant, compte tenu de la conversation qu'il avait eue avec Clarke au domaine. Il n'aurait jamais pensé que son vieil ami puisse le tromper à ce point. Mais cette trahison l'avait rendu prudent et il avait pris ses précautions, se munissant d'un semi-automatique qu'il avait glissé dans un holster sous sa chemise ouverte.

«Encore cinquante mètres», dit Tre.

On entendait un bruit de cascade. Ils s'enfoncèrent un peu plus dans la végétation jusqu'à un bassin alimenté par une chute tombant d'une vingtaine de mètres. Un ruisseau traversait le bassin, disparaissant dans la forêt. Il en avait vu des milliers comme celui-là dans les montagnes autour de son domaine. L'eau n'était pas une denrée rare en Jamaïque et avait toujours constitué un de ses principaux atouts.

La torche de Frank s'alluma et le faisceau balaya la surface de l'eau, puis remonta le long de la chute.

«Il y a une fente dans la roche. Derrière la cascade. Une grotte. Mais c'est une impasse.

– Alors, pourquoi nous la montrer ?» demanda Béne.

Le colonel baissa sa lampe et se retourna.

375

«Elle menait autrefois à la mine, mais elle a été refermée il y a longtemps. Les Marrons y ont même posé des pièges. Une façon de décourager quiconque voudrait venir y jeter un coup d'œil.

– Qu'est-ce que tu veux dire par là, Frank ?

– Que ce que vous allez voir a coûté leur vie à des hommes.»

Il comprit le sous-entendu. *Il y a des risques ici.*

«Je suis prêt, affirma-t-il.

– Ce pistolet que tu portes ne servira à rien. Il faut nager pour arriver à l'intérieur.»

Béne enleva sa chemise, puis ôta le holster et les tendit à Tre. Il commençait à ôter son pantalon et ses bottes, mais Frank l'arrêta.

«Tu en auras besoin à l'intérieur.

– Qu'est-ce que je fais alors ? demanda Béne.

– Il y a une ouverture à environ trois mètres en contrebas, sous la chute d'eau. C'est un boyau qui monte sur quelques mètres jusqu'à une chambre qui faisait partie de la mine du temps de Colomb. À l'époque, on pouvait y pénétrer directement en passant par l'ouverture derrière la cascade. Plus maintenant. C'est pourquoi cet endroit n'a jamais été découvert.

– Comment le savez-vous ? demanda Tre.

– Cela fait partie de mon héritage.

– J'y vais aussi, lui dit Tre.

– Sûrement pas, décréta Béne. Ça doit rester entre Marrons.»

Zachariah attendait une réponse à sa question.

«Vous voulez le troisième Temple, dit l'ambassadrice. Sans la venue du Messie.

– Je crois que le Messie reviendra si nous bâtissons le troisième Temple.

– La plupart des Juifs croient que le Messie doit venir avant que nous ayons notre troisième Temple.

– Ils se trompent.»

Et il en avait la certitude. Nulle part il n'avait lu quoi qui puisse le convaincre que la construction du Temple devait attendre le Messie. Les deux premiers avaient été bâtis sans lui. Pourquoi pas le troisième? Évidemment, il aurait été préférable d'avoir le Messie. Sa venue aurait annoncé le *Olam Ha-ba,* le «monde à venir», où tous les peuples auraient coexisté en paix. La guerre n'aurait plus droit de cité. Les Juifs reviendraient de leur exil jusque chez eux en Israël. Plus de meurtres, de vols ou de péchés.

Cela justifiait tout ce qu'il s'apprêtait à faire.

«Vous prévoyez aussi de déclencher une guerre, dit-elle. Dites-moi, Zachariah, comment rapporterez-vous les trésors de notre Temple au mont?»

Elle le savait parfaitement.

«D'une façon que les musulmans ne peuvent pas ignorer.

– Votre étincelle.»

Quelle meilleure façon de réveiller un Israël endormi que de faire en sorte que les objets les plus vénérés des Juifs – disparus depuis deux mille ans – reviennent sur le mont du Temple. Les Arabes réagiraient alors. Ils considéreraient ce genre d'acte comme une provocation mettant en cause le contrôle qu'ils exerçaient sur cette zone. Jour après jour, ils effaçaient tout témoignage de la présence juive sur le mont. Que le trésor du Temple revienne deux mille ans après? Ce serait la plus grande provocation qui puisse exister. Ils passeraient à l'action. Et même les plus résignés des citoyens israéliens crieraient vengeance.

Il entendait déjà les commentateurs comparant les Babyloniens et les Romains aux Arabes, déniant aux Juifs leur droit divin d'occuper le mont et d'édifier un sanctuaire pour le Seigneur. Deux fois auparavant, la destruction s'était produite sans conséquences pour les vandales. *Que se passerait-il cette fois?* demanderaient-ils.

Israël avait largement la puissance suffisante pour se défendre lui-même. Cette singulière action sacrilège réactiverait sa vigilance.

« Une étincelle qui enflammera un brasier, dit-il.

– Sans aucun doute.

– Et que ferez-vous, demanda-t-il, quand cela se produira ? »

Il tenait vraiment à le savoir.

« Une motion à la Knesset appelant à la vengeance. Le mont du Temple reconquis. Les musulmans expulsés jusqu'au dernier. S'ils résistent, ce qu'ils feront, nous leur montrerons alors que nous ne sommes pas faibles.

– Et le reste du monde ? Les Américains ? Ils ne voudront pas de tout ça.

– Je leur demanderai alors : "Qu'avez-vous fait quand votre pays a été attaqué par des terroristes ? Vous avez constitué une armée et envahi l'Afghanistan. Ensuite, vous avez occupé l'Irak. Vous avez défendu ce que vous jugiez important." C'est simplement ce que nous ferons et, à la fin, nous aurons Israël, le mont et notre troisième Temple. Si vous ne vous trompez pas, le Messie viendra alors et nous aurons la paix mondiale. Pour moi, tout ça en vaut la peine. »

Et il prendrait le risque. Comme l'avaient fait son père et son grand-père.

« Êtes-vous prêt du but ? lui demanda-t-elle.

– Plus prêt que je ne l'ai jamais été. La dernière pièce du puzzle se trouve ici, à Prague. Et je devrais l'avoir d'ici peu. »

Elle paraissait satisfaite.

« Que puis-je faire pour vous aider ?

– Rien. Je dois agir seul. »

Béne plongea dans l'eau glaciale et s'agrippa pour descendre, à la suite de Frank Clarke qui ouvrait la voie. Il aurait dû avoir froid mais il se sentait bouillant à l'intérieur. Il se retrouvait dans la peau d'un de ses ancêtres, se préparant à engager le combat avec les uniformes rouges britanniques, avec peu d'armes mais une détermination sans failles.

Bien que la lumière de Clarke fût atténuée, il vit qu'il s'engageait dans un trou noir. Une torche en main, Béne suivit cette direction et pénétra dans la cavité d'environ deux mètres de diamètre. Il regarda devant lui et aperçut la lampe de Clarke qui éclairait toujours le plafond. Son pantalon et ses bottes faisaient l'effet d'une ancre et il commençait à perdre son souffle, si bien qu'il donna un coup de pied pour remonter vers la surface, se propulsant vers le haut. Arrivé à l'air libre, il respira un grand coup.

Frank se tenait sur une saillie rocheuse, le pantalon dégoulinant, et il regardait vers lui en tenant sa lampe.

« C'est limite, pas vrai ? »

Effectivement.

Il posa sa torche sur les roches et se hissa hors de l'eau. Il avait repris son souffle. Il s'était calmé, mais restait sur ses gardes.

Frank promena son faisceau tout autour de la grotte. Il vit qu'elle était d'une forme irrégulière, profonde de quelques mètres, à peu près de la même hauteur, avec une seule issue – à côté de laquelle, gravé dans la roche, se trouvait un X incurvé.

« La marque des Espagnols, dit Frank. Peut-être l'œuvre du grand amiral de l'océan, Colomb lui-même. »

Alle marchait en compagnie de son père et de Berlinger.

Ils avaient quitté la pièce en sous-sol et la maison pour rejoindre la rue. La pendule au-dessus de ce que le rabbin désigna comme la mairie juive indiquait presque 9 heures.

Les rues pavées étaient animées, une nouvelle journée commençait. Des vendeurs ouvraient les étals le long du mur du cimetière, les portes métalliques menant à l'intérieur étant maintenant sous la surveillance d'un gardien. Alle percevait le bruit de la circulation et le grondement des moteurs au loin.

L'air frais du petit matin ne s'était pas encore réchauffé, mais il se dissiperait rapidement avec le soleil.

L'accès de colère de son père l'avait affectée. Elle s'interrogeait à propos de ce qu'il avait dit. *Ne me reproche pas quelque chose que je n'ai pas fait.* Elle l'avait traité de tricheur minable à cause de tout de qui était arrivé.

Mais qu'entendait-il par là?

Elle aurait dû le lui demander, mais elle n'avait pas eu le courage de le faire. Elle voulait simplement en apprendre le plus possible et prendre ses distances avec lui. Elle avait récupéré son sac avec le téléphone portable à l'intérieur et le portait de nouveau en bandoulière. Son père gardait sur lui la lettre, la clé et la carte. Elle avait eu le temps de voir que c'était un plan de la Jamaïque.

Qu'est-ce que tout ça voulait dire?

Berlinger les conduisit jusqu'à un bâtiment qu'une pancarte désignait comme étant la salle des cérémonies, construite en 1911. Deux étages, de style néoroman, avec une allure de forteresse et une tourelle sortant d'un côté d'un toit en ardoises caractéristique.

Le rabbin s'arrêta, puis se retourna vers eux.

«De ce balcon là-haut, on prononçait autrefois des oraisons funèbres. C'était l'endroit où les morts étaient préparés pour leur repos final. À présent, c'est un musée.»

Berlinger montra un escalier extérieur.

«Entrons.»

57

Béne alluma sa lampe, content d'avoir pensé à prendre des torches de spéléologues étanches. Et bien qu'il ait laissé son pistolet à l'extérieur de la grotte, il n'était pas venu sans arme. Sous prétexte d'essorer son pantalon, il avait vérifié que le couteau fixé par une lanière à sa jambe droite était toujours là.

Ce qui était le cas.

L'histoire de Martha Brae que sa mère lui avait rappelée au cours du dîner lui revint à l'esprit. Comment elle avait conduit à l'intérieur d'une grotte les Espagnols qui recherchaient de l'or avant de disparaître et de les laisser se noyer.

« Les Tainos ont montré cet endroit aux Espagnols, dit Frank. Nous devons nous engager dans ce tunnel pour en savoir plus. »

Béne examina le gouffre. Environ deux mètres de diamètre. Des amas de roche noire le bordaient. Il l'avait remarqué quelques instants avant et le constatait encore maintenant – l'air s'engouffrait dans le tunnel et en ressortait régulièrement, comme une respiration.

« Colomb resta en Jamaïque pendant un an, dit Frank. Pendant cette période, il y eut de nombreux contacts entre lui, ses hommes et les Tainos. Après avoir quitté l'île, il revint quelques mois plus tard et loua les services de six indigènes pour emporter trois coffres dans la jungle. Certains prétendent qu'ils étaient pleins d'or, mais personne n'en est certain. Puis, Colomb partit de nouveau et les corps des six Tainos furent retrouvés dans la forêt, tous tués à coups de couteau. Les premiers à mourir pour cet endroit.»

Béne ne dit rien.

«Les Tainos revinrent et trouvèrent l'entrée derrière la chute fermée par des rochers. L'œuvre des Espagnols, qui ne soupçonnaient pas l'existence de la seconde entrée que nous venons d'emprunter. Les Tainos purent donc pénétrer à l'intérieur.

– Que trouvèrent-ils ?

– Je vais te montrer.»

Zachariah suivit l'ambassadrice en haut de l'échelle. Il était soulagé d'avoir pu évoquer son projet. Ils avaient tous deux regretté que les précieuses reliques puissent être abîmées, mais il avait clairement signifié que c'était le prix à payer. Une autre ménorah, d'autres trompettes en argent et une seconde table divine pourraient être fabriquées selon les commandements de Dieu. Mais l'État d'Israël était une entité unique et précieuse impossible à remplacer.

Ils quittèrent le sous-sol et sortirent à l'air libre. La matinée était fraîche.

«Accompagnez-moi, dit-elle. Je voudrais aller saluer le rabbin.»

Il savait de qui elle parlait.

Ils suivirent un sentier gravillonné aménagé entre les pierres gravées jusqu'à l'extrémité du cimetière, adjacente au mur occidental. Ils étaient seuls. On entendait le bruit de la circulation, de l'autre côté de l'enceinte. Elle s'arrêta devant une des plus grandes tombes, encadrée par des cartouches Renaissance profondément enfoncés dans le sol. Ils étaient face à un un motif qui représentait des raisins et un lion. Il savait qui reposait sous la pierre tombale si joliment ouvragée.

Le rabbin Loew.

Grand rabbin de Prague au XVIe siècle. Recteur de l'école talmudique, professeur, écrivain. Un penseur original.

Comme lui.

«La tombe la plus visitée dans ce cimetière, dit-elle. C'était un grand homme.»

Il remarqua les pierres alignées sur le dessus de la tombe et tout autour. Les Juifs mettaient rarement des fleurs sur les tombes, les pierres étaient la façon traditionnelle de manifester leur respect. Une coutume héritée de leur vie nomade dans le désert quand des pierres recouvraient les morts pour éloigner les animaux. Des bouts de papier étaient glissés sous ces pierres, certains étaient même fixés par des élastiques. Sur chacun d'eux, étaient écrits une prière ou un vœu laissés à l'intention du rabbin pour qu'il favorise sa réalisation. Il en avait laissé un lui-même quelques années auparavant.

L'espoir qu'un jour il trouverait le trésor du Temple.

Ce qui serait peut-être bientôt le cas.

Tom admirait la salle des cérémonies. À la suite de l'article qu'il avait écrit des années plus tôt, il connaissait bien la Confrérie des pompes funèbres de Prague. L'adhésion en était réservée à des hommes mariés, d'un certain âge, à la réputation irréprochable et qui pouvaient subvenir aux besoins des malades et des morts. Il avait visité le bâtiment à l'époque. Le rez-de-chaussée avait été autrefois consacré à la purification, le sous-sol servait de morgue et le premier étage de salle de réunion. Les murs étaient décorés de fresques chargées, le sol recouvert d'une mosaïque de carreaux de couleur. C'était un endroit important. Puis, il avait été transformé en musée.

Lui, Alle et Berlinger se trouvaient parmi les vitrines où des objets funéraires étaient exposés. Différents tableaux décrivaient l'histoire de la société et ses activités. Un candélabre à six branches en cuivre poli illuminait les lieux.

«Ces objets furent jadis utilisés par la Confrérie, dit Berlinger.

– Ils n'ont aucune importance, dit Alle. Que faisons-nous là?

– Jeune femme, vous êtes libre de parler à votre père avec un tel manque de respect. Mais pas à moi. »

Elle ne broncha pas.

« Vous vous moquez de nous.

– Et pas vous ?

– Vous savez parfaitement pourquoi nous sommes ici.

– Il faut que j'en sois certain.

– De quoi ? » demanda-t-elle.

Mais Berlinger ne répondit pas. Au lieu de cela, il prit le bras de Tom et le conduisit vers un ensemble de vitrines dressées devant le mur extérieur. Derrière étaient percées trois grandes fenêtres arrondies surmontées de l'étoile de David.

« Vous devriez trouver celles-ci intéressantes », lui dit Berlinger.

Ils s'approchèrent des vitrines et Tom commença à observer ce que contenait la première.

« Regardez par la fenêtre », chuchota le rabbin.

Puis le vieil homme relâcha sa prise et se retourna vers Alle.

« Venez, chère enfant, dit Berlinger. Je veux vous montrer quelque chose dans la pièce suivante. »

Tom les vit emprunter une porte voûtée.

Il se tourna vers les fenêtres mais découvrit que les vitres étaient opaques. On ne pouvait jeter un coup d'œil à l'extérieur qu'à travers des petites ouvertures aménagées dans le verre.

Les fenêtres donnaient sur le cimetière, les pierres tombales et les arbres bourgeonnant. Tout semblait tranquille, mais un mouvement près du mur à l'extrémité du cimetière attira son attention. Deux personnes se tenaient là. Une femme. Et Zachariah Simon.

Une petite tape sur son épaule le fit sursauter.

Il se retourna brusquement.

Berlinger se tenait à proximité.

« Aimeriez-vous entendre ce qu'ils se disent ? »

Zachariah dévisagea l'ambassadrice. Il était temps de comprendre ce qui se passait vraiment.

« Que faites-vous à Prague ? Et ne me dites pas que vous êtes ici juste pour parler.

– Je dirais que j'ai bien fait de venir. Vous avez découvert que je vous comprends. Parfaitement. » Elle s'interrompit. « Et vous savez que je suis au courant de vos projets. »

C'était vrai.

« Mais vous avez raison, dit-elle. Je suis venue vous dire que les Américains sont décidés à vous arrêter. Ils vous surveillent depuis presque une décennie. En étiez-vous conscient ? »

Il secoua la tête.

« Il est vrai que j'ai pu les distraire pendant un moment, mais ils finiront toujours par retrouver votre trace.

– Et quand vont-ils s'apercevoir que vous n'êtes pas de leurs amis ? »

Elle sourit.

« Une fois que je serai devenue Premier ministre, quand ils n'auront pas d'autre choix que de travailler avec moi. Heureusement, à ce moment-là, vous aurez transformé le monde. »

C'était bien cela qu'il voulait.

« Je voulais vous faire part de cette information, dit-elle. Vous devez être prudent, Zachariah. Extrêmement prudent. Je ne pourrai pas vous protéger plus longtemps. »

Il devina l'avertissement dans sa voix.

« Je suis toujours prudent.

– On ne l'est jamais assez. »

Il perçut l'ombre d'un sourire sur ses lèvres.

Elle faisait sans doute allusion aux trahisons de certains membres de son entourage. Il avait colmaté quelques brèches, mais il se posait des questions. Béne Rowe l'avait-il vendu aux États-Unis ? Brian Jamison travaillait pour Rowe. Deux fois, en Jamaïque, il avait rencontré Rowe en compagnie de Jamison dont il avait négocié le savoir-faire. Soit Rowe était complice du mensonge américain, soit il avait été trompé lui aussi.

« Et à propos de Thomas Sagan, demanda-t-elle. Est-il utile ou pose-t-il un problème ? »

Cette femme était bien informée.

« Il se trouve qu'il pose un problème.

– Je suppose que vous savez que c'est un journaliste qui fut jadis en charge du Moyen-Orient. Je me souviens de ses articles. Il était considéré comme un des meilleurs dans la région. Pas très aimé, toutefois, des gens au pouvoir. Il s'en prenait aux deux bords.

– Comment en savez-vous autant sur Sagan ?

– Parce que je sais qui l'a démoli il y a huit ans.

– Démoli ? »

Elle acquiesça.

« Vous voyez, il y a des choses que vous ignorez. L'article prétendument fabriqué de toutes pièces qui a précipité la chute de Sagan ? Je l'ai lu hier pour la première fois. Il traitait des extrémistes israéliens et palestiniens. Des informations explosives, dommageables pour les deux parties. Et toutes fausses. Sagan a été piégé. Les sources qu'il a citées étaient des acteurs, les informations qu'on lui a fournies visaient à ruiner sa carrière. Comme le sujet de l'article lui-même, un peu extrême, mais la tactique a été efficace.

– Il y a des gens qui ont cette capacité ?

– Certainement. Ils vendent leurs services, et ce ne sont pas des idéologues. Ils travaillent pour n'importe quel bord. »

Pas comme lui.

« Faites ce que vous avez à faire avec Sagan, dit-elle. Réglez le problème. Je retourne en Israël. Je suis venue ici vous voir une dernière fois. Vous et moi ne nous reparlerons pas. Vous savez qu'une fois que vous aurez rempli votre objectif vous ne jouerez plus aucun rôle par la suite. Vous êtes David. Moi, j'œuvre pour Salomon. »

D'après le Livre des Chroniques, le roi David voulait rendre hommage au Seigneur en édifiant un monument pour remplacer un tabernacle itinérant. Il possédait des esclaves après ses nombreuses victoires à la guerre, ainsi que de l'or et de l'argent, et projetait de bâtir le plus grand temple existant. Mais Dieu lui dit qu'il avait mené une vie de violence et qu'il était un homme qui avait versé beaucoup de sang. Aussi le privilège d'ériger le temple reviendrait à son fils, Salomon.

«Vous êtes un homme qui a versé beaucoup de sang», lui dit-elle.

Il prit cela pour un compliment.

«Ce qui est nécessaire.

– Comme ce l'était pour David. Donc, achevez cette dernière bataille, commencez votre guerre et laissez Israël en récolter la récompense.»

Tom regardait fixement le moniteur. Berlinger était à côté de lui. Ils étaient descendus dans le sous-sol de la salle des cérémonies. Ce qui avait été autrefois une morgue était à présent une sorte de centre de vidéo-surveillance. Huit écrans LCD étaient accrochés à un mur, connectés à des caméras situées dans tout le quartier juif. Berlinger lui avait expliqué que c'était dans ce sous-sol qu'ils surveillaient sous deux angles différents la synagogue Vieille-Nouvelle. Il n'était pas étonnant que sa présence ait été détectée aussi rapidement.

«Je sais qui l'a démoli.»

C'était ce qu'avait dit la femme.

Il n'y avait personne d'autre dans cette pièce sans fenêtre. Berlinger avait renvoyé l'homme de service quand ils étaient entrés. Elle avait été emmenée à la synagogue pour prier.

«Elle y est allée de son plein gré, dit le rabbin. Bien que je ne lui aie pas donné beaucoup de choix. Je pensais qu'il était préférable que vous seul voyiez cela.»

Il aurait voulu sortir du bâtiment et aller demander des comptes à la femme. Elle était la première personne, à part l'homme de Barnes & Noble, à avoir jamais évoqué le complot qui l'avait abattu.

Il fixa Berlinger. Qui en savait visiblement plus qu'il ne voulait en dire.

« Vous me croyez, n'est-ce pas ? dit-il. Vous savez qui je suis. »

Le rabbin acquiesça.

« C'est exact. Vous êtes le lévite, bien sûr. Mais vous êtes en grand danger. »

58

Béne suivait Frank à travers le tunnel de plus en plus étroit. Heureusement, il n'avait jamais été claustrophobe. Il se sentait même à l'aise dans des espaces restreints, loin du monde où il était censé agir contre sa nature. Personne ne l'observait ici. Ni ne le jugeait. Il pouvait se contenter d'être lui-même.

« Tu m'as dit que les Tainos ne se souciaient pas de l'or, dit-il. Pourquoi avoir une mine alors ?

– Je n'ai pas dit qu'ils n'attachaient aucune *valeur* à l'or. Pour eux, c'était de la décoration. Aussi, quand les Espagnols les ont questionnés sur la mine, cela ne les a pas gênés de révéler son emplacement. C'est beaucoup plus tard que cet endroit est devenu spécial. »

Frank continuait à avancer sur le terrain sec et rocheux qui s'effritait sous leurs bottes humides. Heureusement, le chemin était en ligne droite, sans ramifications. Aucun animal n'était visible pas plus que détectable à l'odeur. L'entrée de la grotte, difficile d'accès, lui avait permis de rester quasiment inviolée.

Quelque chose attira son attention, juste au-delà du faisceau de la lampe de Clarke.

Ils s'en approchèrent et s'arrêtèrent.

Un alignement de stalactites barrait le passage. La roche était épaisse et noire comme du métal.

« La grille en fer ? » demanda Béne.

Frank acquiesça.

« Il y a toujours quelque chose de vrai dans toute légende. »

Il se remémora ce qu'on lui avait raconté.

« Et des hommes sont morts pour être arrivés jusque-là ?

– Effectivement.

– Qu'est-ce qui les a tués ?

– La curiosité. »

Ils se frayèrent un chemin parmi les roches. Un autre tunnel s'étendait de l'autre côté. Ils entendirent un bruit de courant et ils découvrirent un ruisseau souterrain. La lampe éclaira un flot bleu vert impétueux.

« Il faut que nous sautions », dit Frank.

Pas plus de deux mètres de large. Ils n'eurent aucun mal. De l'autre côté, le tunnel débouchait sur une vaste salle dont le plafond et le sol étaient formés de deux blocs massifs. Les murs étaient constitués de pierres sur cinq mètres de hauteur environ, leur surface ayant été polie. Des gravures et des pictogrammes couvraient les zones blanchâtres.

Trop nombreux pour qu'on puisse les compter.

« C'est stupéfiant, dit Frank. Les Tainos ignoraient comment fondre le métal. Tous leurs outils étaient en pierre, en os ou en bois. Ce qui ne les a pas empêchés de créer ça. »

Béné remarqua un autre niveau qui s'élevait du mur le plus éloigné, sur deux mètres environ. Il y dirigea sa lampe et aperçut d'autres œuvres d'art pariétal.

Puis il vit les os, de toutes formes et de toutes tailles, répandus sur le sol contre le mur le plus éloigné. Et ce qui ressemblait à un canoë.

« Les Tainos se sont réfugiés ici pour fuir les Espagnols. Plutôt que de devenir des esclaves, ils ont attendu de mourir ici, dans l'obscurité. C'est ce qui rend cet endroit tellement particulier. »

Frank s'avança vers un éperon rocheux en forme de demi-table qui sortait du mur. Deux lampes se trouvaient là et Béné le regarda les allumer.

« On y brûle de l'huile de ricin. Inodore. Ce qui est bien ici. Les Tainos le savaient, eux aussi. Ils étaient bien plus malins que ne le croyaient les Espagnols. »

Béne pensa à sa mère et à la façon dont elle le faisait ingurgiter chaque année le liquide noir au goût épouvantable, juste avant qu'il ne retourne à l'école. Une purge rituelle que la plupart des élèves jamaïcains se voyaient infliger et qu'il avait fini par détester. Il savait que les Taïnos et les Marrons utilisaient l'huile en question pour soulager la douleur et les enflures, mais le seul intérêt qu'il avait jamais trouvé à ce produit, c'était de l'utiliser comme lubrifiant pour les tracteurs.

Leurs lampes firent apparaître la salle dans toute sa majesté.

«C'est là que Colomb est venu, dit Frank, après avoir tué les six guerriers. Pourquoi il les a tués, personne n'en sait rien. Il a quitté l'île après ça et n'est jamais revenu. Mais des centaines d'autres Espagnols sont arrivés ensuite. Ils finirent par réduire les Taïnos en esclavage et les massacrer.»

Clarke désigna quelque chose vers l'avant. «Au deuxième niveau, là, dans des ramifications, se trouvent les veines d'or. Le minerai est toujours là.

— Et tu n'en as rien fait?

— Cet endroit est plus sacré que l'or.»

Il se souvint de ce que Tre lui avait dit.

«Et les Juifs? Ont-ils également entreposé leur fortune ici?»

Deux hommes apparurent de la porte menant vers l'extérieur. Ils étaient trempés et ne portaient que des maillots de bain.

Béne sursauta sous l'effet de la peur, mais la colère reprit le dessus.

«Je suis désolé, dit Frank, d'une voix glaciale, volontairement laconique. Je n'ai pas pu m'opposer aux colonels. Ces hommes viennent d'un gang de Spanish Town. Hier, ils sont arrivés et ont demandé si quelqu'un avait entendu ou vu quoi que ce soit dans les montagnes au cours de ces derniers jours. Ils disent que leur chef a disparu et que tu es le dernier à l'avoir vu.

— Pourquoi ne sont-ils pas venus me le demander?

— Parce que nous connaissons la réponse, dit un des hommes. Le gang dit toi payer.»

Béne ne s'intéressait pas à ce qu'un gang quelconque avait décrété. Il était plus préoccupé par la trahison de Frank Clarke.

« Moi pas aimé ces vibres, man », dit-il à son ami en patois.

Il y avait des tas de mauvaises vibrations ici.

Frank le regardait fixement.

« Moi, j'aime pas non plus. Mais tant pis pour toi, Béne. »

Le colonel se tourna pour s'en aller.

« Si toi étais un deestant smadi, mi wi gi yu a cotch. »

Il savait que Clarke le comprenait.

« Si tu étais quelqu'un de convenable, tu resterais un peu. »

« C'est justement là le problème, Béne. Je ne me sens pas tellement convenable. »

Et Clarke sortit.

« I wuk a soon done, lui dit un des hommes. Nous allons te tuer. »

Plus de patois. Il s'en était servi pour désarmer ces deux-là.

« Je vais vous donner une chance de partir d'ici et nous oublierons ce qui s'est passé. Ainsi, vous aurez la vie sauve. Si vous restez, je vais vous tuer tous les deux. »

L'un d'eux se mit à rire. *« You nut dat good, Béne. A no lie. You gon die. »*

Il ne s'était pas battu depuis longtemps, mais ce n'était pas pour autant qu'il avait oublié comment s'y prendre. Il avait grandi à Spanish Town au milieu de quelques-uns des pires gangs des Caraïbes et avait appris très tôt que, pour être un Rowe, il fallait être dur. De tous les quartiers, des prétendants voulaient être celui qui vaincrait Béne Rowe. Aucun n'avait jamais réussi.

Les deux hommes l'encadrèrent. Ils n'étaient pas armés. Apparemment, ils avaient l'intention de le tuer à mains nues.

Il réprima un sourire.

Visiblement, l'idée avait été de l'attirer ici grâce à l'aide de Frank Clarke. Il se demanda combien le gang avait payé pour ce service, peu de choses étant gratuites en Jamaïque.

Il examina les hommes. Tous deux étaient grands et musclés. Certainement forts. Mais il se demandait à quel point ils étaient expérimentés. Les uniformes rouges britanniques avaient beau être ceux des soldats les mieux entraînés et les mieux équipés au monde, un groupe d'esclaves en fuite munis de lances, de couteaux et de quelques mousquets les avait mis à genoux.

Cette fois, c'était son monde à lui. Un moment qui lui appartenait. Et personne n'allait le lui enlever.

Il pivota, attrapa la poignée de la lanterne la plus proche et la jeta sur l'homme à sa gauche. Projeté sur le sol, le verre se brisa. L'huile se répandit et s'enflamma. La boule de feu obligea son adversaire à reculer. Béne profita de l'instant pour remonter sa jambe de pantalon et libérer de son étui un couteau de plongée avec une lame épaisse à deux tranchants, l'un parfaitement aiguisé, l'autre en dents de scie.

Tandis que le premier homme contournait les flammes, il avança sur l'autre, simulant un coup du droit, puis lançant son poing à gauche, lui attrapant le bras et le faisant tournoyer. En même temps, la main armée du couteau remonta brusquement et, d'un coup, il lui ouvrit la gorge.

Il entendit un gargouillement puis vit le sang jaillir. L'homme porta la main à sa blessure, mais il ne pouvait rien faire. Le corps s'affaissa sur le sol, se tordant de douleur.

L'autre homme passa alors à l'attaque, mais Béne était prêt. Le couteau cingla l'air vers le haut une nouvelle fois et une deuxième gorge fut tranchée. La stupéfaction remplit les yeux de son assaillant.

Béne regarda la mort faire son œuvre et le corps s'affaissa.

Il en avait assez.

Frank Clarke était maintenant son principal sujet d'inquiétude.

Un mouvement dans l'obscurité attira son attention. Il se glissa dans l'ombre et brandit son couteau. Des renforts ?

Quelqu'un était entré dans la salle.

Il plongea et plaqua l'intrus contre le rocher, remontant son couteau, qu'il appuya contre la chair, prêt à l'entailler.

Tre Halliburton le regardait fixement, les yeux écarquillés sous l'effet de la terreur. Il souffla et relâcha sa prise.

«Je t'avais dit de rester dehors.»

Tre pointa un doigt en direction de la porte.

«Il m'a demandé de venir.»

Le regard de Béne se posa sur l'homme qui se tenait là.

Frank Clarke.

59

Tom était à bout de patience.

«Expliquez-vous, vieil homme. Et vite.

– Est-ce que ce qu'a dit cette femme à votre propos est vrai ?»

Il acquiesça.

«J'ai été piégé. Démoli.

– Votre fille ne le sait pas ?

– Cela lui serait égal. C'est moi qui ai commis ces fautes. Et comme vous l'avez vu, elles sont probablement irréversibles.

– J'avais un fils, moi aussi.»

Il remarqua l'emploi du passé.

«Il est mort avant que je puisse me faire pardonner. Je l'ai toujours regretté.»

Cela ne le regardait pas. Ce qui lui importait, c'était la femme. À cent mètres de distance à peine. Qui pouvait laver sa réputation. Il jeta un regard au moniteur.

«Vous ne pouvez pas le faire, dit Berlinger, comme s'il lisait dans ses pensées.

– Bien sûr que si.

– Si vous vous opposez à eux, la quête sera terminée.

– Pourquoi en êtes-vous si certain ?

– Parce qu'elle ne pourra pas se poursuivre sans mon aide. Je ne l'accorderai pas si vous quittez cette pièce.

– Je me fous pas mal de cette quête. Ma vie a été détruite. Tout ce pour quoi je travaillais m'a été enlevé. J'allais me faire sauter la cervelle il y a quelques jours à cause de ça. Je veux laver ma réputation.

– Ce n'est pas aussi simple. Vous êtes le petit-fils de Mark Eden Cross. Il savait que ce jour viendrait. Il m'a dit à de nombreuses reprises de me tenir prêt. Vous devez achever ce qu'il a commencé.

– Pour quoi faire ?

– Pour nous aider. »

Il savait ce qu'il entendait par là.

« Je ne suis plus juif.

– Si c'était le cas, alors pourquoi êtes-vous venu à Prague ? Vous êtes monté jusqu'aux combles de la synagogue, exactement comme votre grand-père l'avait fait. Au fond de votre cœur, vous savez parfaitement que vous devez faire ça. Vous êtes le seul à pouvoir réussir.

– Faire quoi ?

– Trouver le trésor du Temple. Nous le restituer à tous. »

Mais dans sa tête, il entendait toujours les mots que la femme, qu'il venait de voir sur l'écran, avait prononcés. *« Achevez cette dernière bataille, commencez votre guerre et laissez Israël en récolter la récompense. »*

« Que va faire Simon ?

– Je l'ignore, mais sans doute rien de bien honorable.

– Allez trouver les autorités.

– Pour leur dire quoi ? Qu'il y a un trésor ? Perdu depuis deux mille ans ? Que Zachariah Simon le veut ? » Berlinger secoua la tête. « Personne ne m'écouterait. »

Tom désigna les écrans.

« Vous avez une vidéo.

– Non, je n'en ai pas. Rien n'a été enregistré.

– Pourquoi ?

– Il ne s'agit pas d'impliquer les autorités. Il s'agit de vous. Seul le lévite peut accomplir ce voyage. Je ne dirai ce que je sais qu'au lévite. J'ai fait une promesse à Marc et je ne trahirai pas cet engagement.

– Dites-moi alors de quoi il s'agit et j'irai trouver les autorités.

– Si ce que cette femme a dit est vrai à propos de votre réputation ruinée, qui vous croira ? Vous n'avez aucune preuve. »

Cet homme avait raison. Si la femme et Simon ourdissaient un complot, ni l'un ni l'autre ne l'admettrait jamais. Il n'aurait aucun informateur ni renseignement fiable, rien pour corroborer ses dires. Rien. Exactement comme huit ans auparavant.

Simon et la femme quittaient maintenant le cimetière.

C'était peut-être son unique chance.

Au diable la prudence.

Il sortit précipitamment de la pièce.

Alle avait achevé ses prières.

Elle avait été accompagnée par une femme âgée désignée par le rabbin. Berlinger voulait s'entretenir avec son père hors de sa présence. Si elle voulait avoir la moindre chance d'apprendre quelque chose, elle allait devoir jouer serré. Déjà, elle avait pu lire le message complet de son grand-père. Mais elle avait poussé son père dans ses derniers retranchements devant Berlinger.

Un peu trop peut-être.

Et la Jamaïque ?

Ce lieu paraissait important.

Sinon, pourquoi inclure une carte routière qu'elle avait à peine vue, mais qui lui avait paru remonter à cinquante ans et plus ?

La synagogue Vieille-Nouvelle était sur le point d'ouvrir pour la journée et le vestibule grouillait d'employés qui se préparaient à accueillir les touristes. Elle resta dans le grand hall, attirée par un ensemble de chaises près du mur oriental, à droite du tabernacle. L'une d'elles comportait un haut dossier, plus élevé que les autres, dominé par une étoile de David.

« La place du rabbin en chef », lui dit la femme âgée.

Une chaîne empêchait qu'on s'y assoie.

«Elle a longtemps été réservée au seul rabbin Loew. Personne d'autre ne s'y assied. C'était un homme hautement respecté et nous l'honorons en conservant son siège intact.

– Depuis combien de temps est-il mort?»

Quatre cents ans.

«Et personne ne s'y est jamais assis?

– Uniquement pendant la guerre. Les nazis avaient appris ce rituel. Aussi ils se sont tous assis sur ce siège. Une façon de nous insulter. Bien sûr, c'était avant qu'ils se mettent à nous exterminer.»

Elle ne savait pas quoi dire.

«Mes parents sont morts pendant la guerre, dit la femme. Tuée par balles par les Allemands pas très loin d'ici.»

Elle se demanda si Berlinger avait chargé cette femme de lui transmettre un message. Elle n'appréciait pas qu'on l'ait écartée et qu'on la traite comme un enfant.

«Je suis désolée pour vous, dit-elle. Je retourne dans la salle des cérémonies.

– Le rabbin a demandé que nous restions ici jusqu'à ce qu'on vienne nous chercher.

– Non, ce n'est pas exact. Je suis certaine qu'il vous a demandé de me *garder* ici jusqu'à ce qu'on vienne nous chercher. J'y retourne.»

La vieille femme lui emboîta le pas.

«Je vous en prie, chère petite, restez.»

Elle s'arrêta et se retourna, se demandant pourquoi elle insistait autant. Aussi elle préféra dire les choses clairement.

«Ça ne vous concerne pas.»

Et elle partit.

Zachariah accompagna l'ambassadrice jusqu'à la porte en fer forgé par laquelle il était entré, près de la salle des cérémonies. Il remarqua que le maire était parti et qu'un groupe de visiteurs était enfin entré dans le cimetière par l'accès autorisé.

« On vient ici du monde entier, dit l'ambassadrice. C'est l'endroit le plus proche d'Israël accessible au plus grand nombre.

– Mais ce n'est pas Israël.

– Peu de gens comprennent les pressions endurées en Terre sainte, dit-elle. Comment serait-ce possible à moins de vivre là-bas quotidiennement et de connaître la peur que l'on éprouve lorsque l'ennemi vous cerne ? Nous nous sommes battus contre cette peur pendant des milliers d'années. À présent, les gens ont peut-être fini par y céder. Vous et moi savons que c'est une erreur.

– Mon père a tenté de les avertir il y a des décennies. Nous avons renoncé à trop de choses et avons reçu trop peu en retour.

– Jérusalem a été occupée plus que toute autre ville au monde. Elle a été envahie par l'Égypte, l'Assyrie, Babylone, la Syrie, la Grèce, Rome, la Perse, les Arabes, les croisés, les Turcs, les Britanniques, les Palestiniens et, maintenant, enfin, les Juifs. Je n'ai pas l'intention de la rendre.

– Les trésors retourneront au mont en grande pompe, dit-il. Plus on parlera de cet événement, mieux ce sera. Pour y arriver, il se pourrait que j'aie besoin de votre aide. »

Il savait ce qui se produirait. Les Juifs interpréteraient la restitution de leurs trésors comme un signe. La ménorah, la table divine et les trompettes en argent leur seraient rendues.

Des milliers d'entre eux viendraient. Dans le passé, des foules imposantes avaient été régulièrement repoussées. Mais ce serait différent. Les musulmans, aussi, y verraient un signe. Le retour des trésors juifs serait considéré comme un affront fait à leur présence, obtenue après avoir baigné pendant des siècles dans la violence et le sang.

Cette fois, ce ne serait pas différent.

Ou du moins l'espérait-il.

« Je n'ai pas peur, Zachariah, dit-elle. C'est à vous d'agir. Comme je l'ai dit, vous et moi ne nous reparlerons pas. »

Peu importait.

Jusqu'à hier, il avait eu l'intention d'atteindre son but seul. Il n'avait qu'à s'en tenir à ça.

Ils étaient devant la salle des cérémonies, dont une partie avançait sur le cimetière, abritée par l'ombre des frênes. Des personnes entraient par l'autre extrémité, admirant les tombes, certaines déposant, selon la tradition, des cailloux sur les pierres tombales. Les hommes portaient tous des kippas qui étaient données avec les tickets d'entrée.

« Nous aurions dû nous couvrir la tête, dit-il.

– Ne vous inquiétez pas, Zachariah. Les morts nous pardonneront. »

Tom quitta le centre de sécurité et trouva une porte qui donnait sur l'extérieur. Mais elle était fermée à clé.

Il se précipita vers l'escalier intérieur et gravit deux par deux les quelques marches jusqu'au rez-de-chaussée où des visiteurs entraient dans les salles d'exposition, montrant leur billet à une des employées.

Il était là, en République tchèque, huit ans après les faits, sur le point d'être confronté à quelqu'un qui connaissait la vérité.

Du calme, se dit-il. Réfléchis. Sois raisonnable.

Il s'avança dans la salle et passa en s'excusant devant les visiteurs pour gagner la porte menant à l'escalier extérieur. De là, il pouvait voir le cimetière en contrebas. Il aperçut Simon et la femme sur un chemin gravillonné qui serpentait au milieu des tombes, en train de parler. Il surplombait la scène et put les observer tranquillement, sachant qu'ils ne pouvaient pas le voir. À sa gauche, l'escalier tournait à angle droit jusqu'au rez-de-chaussée, qui donnait sur une rue menant à une courte dénivellation, après les étals des vendeurs, jusqu'à la synagogue.

Il aperçut Alle, une cinquantaine de mètres plus loin. Elle marchait d'un pas décidé en direction de la salle des cérémonies. Elle ignora les étalages sur sa gauche, assaillis par les touristes, et se focalisa sur la porte en fer un peu plus loin. Des touristes avaient emprunté l'escalier extérieur menant à la salle des cérémonies, se dirigeant vers les expositions au rez-de-chaussée et au premier étage, là où elle se trouvait une heure auparavant.

Elle n'avait toujours pas digéré la rebuffade de Berlinger. Comme celle de son grand-père.

Au cours des dernières années de sa vie, elle avait toujours été là pour lui, sa conversion lui procurant une joie sans limite. Il n'avait jamais imaginé que sa petite-fille aurait embrassé sa foi. Il s'était résigné, puisque son fils avait renoncé à sa religion, et il pensait que tout serait abandonné.

« *Mais toi, ma chérie, tu es tellement extraordinaire. Tu as choisi de ton plein gré de devenir ce que les conditions de ta naissance t'autorisaient à devenir. Ce doit être la volonté de Dieu.* »

Ils avaient souvent parlé de la vie et des Juifs, et il avait toujours répondu à ses questions.

« *Je ne suis pas toujours d'accord avec les croyances de ta mère, lui avait-il dit. Mais je les respecte. Je voulais que mon fils soit un Juif et je comprends donc à quel point elle aurait souhaité que tu sois chrétienne. Je n'ai jamais voulu m'opposer à sa volonté.* »

Et il ne l'avait jamais fait.

Mais, au bout du compte, il ne l'avait toujours pas jugée digne de confiance.

Ou, du moins, c'était sa nouvelle religion qui ne l'avait pas jugée digne.

Le lévite doit être un homme et je n'ai pas pu trouver quelqu'un digne de cette tâche. J'ai donc emporté le secret qui m'avait été confié jusque dans ma tombe.

Elle continua à remonter la rue, contournant plusieurs groupes de visiteurs. Elle en était digne. *Elle* pouvait être le lévite. Et faire mieux que son père, qui ne semblait se soucier de rien ni de personne. Où était-il ? Toujours à l'intérieur de la salle des cérémonies ? Elle regarda devant elle et remarqua deux personnes au-delà d'une grille en fer, en haut d'un sentier en pente.

Un homme et une femme.

L'une était étrangère.

L'autre était Zachariah.

Ici ?

Zachariah aperçut Alle. Trop tard pour se dissimuler. Elle l'avait vu.

« Le moment est venu de traiter avec elle », dit l'ambassadrice.

Et la femme s'éloigna et retourna à l'entrée principale du cimetière.

Il se dirigea vers la grille en fer et la sortie.

Tom vit Simon quitter le cimetière et emprunter la rue pour se diriger vers Alle.

La femme. C'était elle qu'il voulait.

Elle suivit un sentier à travers les tombes, remontant la foule des touristes qui entraient d'un pas décidé.

Il se retourna en direction d'Alle. Il vit Simon s'approcher d'elle, l'attraper par le bras et ils s'éloignèrent de la salle des cérémonies en empruntant la rue qui allait vers la maison où ils avaient été retenus.

Tom descendit rapidement les marches et se précipita vers un plan qui montrait le quartier en détail. Il localisa le cimetière et repéra l'entrée située un pâté de maisons plus loin. L'endroit vers lequel se dirigeait la femme.

Alle et Simon s'éloignaient toujours en lui tournant le dos.

S'il se dépêchait, il pourrait rattraper celle qui représentait son unique chance de réparer les torts qu'on lui avait faits.

60

Béne leva le couteau ensanglanté vers Frank Clarke.

« Je devrais te trancher la gorge, à toi aussi.

– Béne, toi qui détestes tellement mentir, tu ne trouves pas bizarre de mentir à ta propre mère ? »

Ce n'était pas les paroles qu'il attendait de la part de Frank.

« Où veux-tu en venir ?

– Seulement que tu as fait exactement ce que j'attendais de toi. »

Pas la moindre trace de peur dans sa voix. Grâce à la dernière lampe et la lueur du feu déclinant provenant de celle qui s'était brisée, il distinguait nettement le regard dur braqué sur lui et il n'y lisait aucune inquiétude.

« Le gang est venu, dit Frank. Ils ont proposé de l'argent, et certains des colonels l'ont accepté. Quand tu m'as appelé et que tu m'as dit que tu avais trouvé la mine, j'aurais dû transmettre cette information.

– Mais tu ne l'as pas fait.

– Je suis un marron, Béne. Je prends mon serment d'allégeance à mes frères très au sérieux. Leur chef est-il mort ?

– C'était une ordure. Mes chiens se sont chargés de lui.

– Tu les as tués tous les deux ? » demanda Tre, en désignant les deux corps sur le sol.

Béne leva le couteau.

« Ils ont eu ce qu'ils méritaient, eux aussi. » Il se tourna vers Frank. « Et pourquoi je ne te tuerais pas ?

– Il fallait que ça arrive, tu le sais, Béne. »

Il n'avait jamais élevé la voix et continuait à chuchoter.

« Et que vont dire les colonels en me voyant sortir de la grotte ?

– Que tu es un homme à craindre. »

Cela lui plaisait.

« Et ils devront payer leurs dettes. »

Et il l'entendait bien ainsi.

« Pourquoi es-tu revenu ? demanda-t-il à Clarke.

– Il faut que tu voies pourquoi cet endroit avait tellement d'importance pour les Espagnols. »

Frank désigna la partie supérieure de la salle.

« Il faut que nous grimpions là-haut.

– Passe devant. »

Il allait le garder dans son champ de vision et n'avait aucune intention de se séparer du couteau. Halliburton était toujours perturbé par la vue des cadavres.

« N'y pense plus, dit-il à Tre.

– Ce n'est pas si facile.

– Bienvenue au club. »

Il leur fit signe de suivre Frank en haut des rochers rugueux qui faisaient office d'escalier pour accéder au prochain niveau. De là il remarqua trois issues partant de la salle, chacune formant un trou béant dans la paroi rocheuse.

« Laquelle ? demanda Béne à Clarke.

– À toi de choisir. »

Il supposa que c'était une sorte de test, mais il n'était pas d'humeur.

« À toi de le faire. Nous arriverons plus vite là-bas.

– Tu me répètes sans arrêt que tu es un marron. Que tu es des nôtres. Il est temps de commencer à agir comme tel. »

Il n'appréciait pas ses sous-entendus.

« Ils t'appellent B'rer Anansi, lui dit Frank.

– Qui m'appelle comme ça ? »

Il détestait qu'on l'associe à cette référence mythique. Anansi était souvent décrit comme un homme de petite taille ou une araignée avec des caractéristiques humaines dont la plus évidente était la cupidité. Anansi survivait grâce à sa fourberie et une grande facilité de parole. La mère de Béne lui racontait que les esclaves aimaient bien les légendes d'Anansi.

« Je ne pense pas qu'ils veuillent t'insulter, dit Frank. C'est seulement leur manière de te décrire. Anansi, malgré tous ses défauts, est adoré. Nous n'avons jamais cessé de raconter ses histoires depuis que nous sommes arrivés sur cette île. »

Il se moquait de ce que pensaient les autres. Surtout maintenant. Il était enfin dans la mine perdue.

« Quel tunnel ?

– Je sais », dit Tre.

Béne se tourna vers son ami.

« J'ai lu dans le journal que nous avons trouvé à Cuba, celui de Luis de Torres, que cet endroit a été choisi en tant que crypte.

– Une chambre forte ? »

Tre acquiesça.

« Une cachette. Colomb était venu en personne inspecter l'endroit et l'avait choisi. Ils ont caché quelque chose ici. Quelque chose de très précieux, du moins à en croire ce que de Torres a écrit.

– Comme des coffres remplis d'or en provenance du Panamá ? » demanda Béne.

Tre secoua la tête.

« Je n'en sais rien. Il a parlé de cette mine et de trois chemins. Il écrit que savoir où aller revient à savoir d'où l'on vient. Puis il a aligné une liste d'éléments. *"Le nombre de réceptacles pour l'autel des offrandes à brûler, l'autel de l'encens et l'Arche. Le nombre de sections pour la bénédiction. Le nombre de fois que le mot saint est répété au cours de l'invocation de Dieu. Et le pourcentage que le saint des saints occupait dans le premier et le second Temple, par ordre de Dieu."*

Tout ça ne lui disait rien.

« Il faut être juif pour connaître les réponses, dit Tre. J'ai vérifié. Il y avait trois récipients pour chaque autel. Trois fois le mot *saint* est répété. Et le saint des saints occupe un tiers, trente-trois pour cent, de la surface. C'était l'endroit du monde le plus sacré pour les Juifs.»

Tre désigna la troisième ouverture.

«C'est par là.»

Clarke acquiesça.

«Qu'est-ce qu'il y a par là? demanda Béne.

– Quelque chose qui n'est ni marron ni taino.»

Frank s'approcha de l'entrée et dirigea sa lampe vers l'intérieur.

«Les Marrons ont découvert cette grotte bien après la mort du dernier Taino. Nous les respectons. Aussi nous avons protégé cet endroit.»

Béne se demandait à qui s'adressait Clarke. À lui? Ou aux ancêtres? Si les esprits existaient, ce serait leur domicile.

Frank entra le premier dans la caverne, dont les parois étaient faites de la même pierre rugueuse. N'ayant vu aucune trace d'exploitation, Béne se posait des questions à propos des veines aurifères. Il interrogea Clarke à ce sujet.

«Dans les autres tunnels, il y a des bifurcations qui mènent à des crevasses. Dans certaines, les Tainos ont trouvé de l'or. Pas beaucoup de minerai, mais suffisamment pour attirer les Espagnols.»

Le conduit continuait tout droit, l'atmosphère devenant progressivement de plus en plus fétide. Béne avait la tête qui lui tournait.

«Pourquoi est-ce aussi pénible de respirer?

– Ce bruit que tu as entendu quand nous sommes entrés par le bassin, comme si la terre inspirait de longues bouffées d'air, avant de le rejeter? Cela crée un mouvement de succion. L'air est plus malsain ici et c'est pour ça que les Tainos ont choisi cet endroit pour mourir.»

Cela n'était pas très réconfortant et il vit que Tre n'était pas plus rassuré que lui. Il regarda son ami avec l'air de lui dire: *Tu as voulu venir.* Et il comprenait facilement pourquoi. Pour un universitaire, c'était une expérience hors norme – l'occasion de voir de ses yeux quelque chose dont l'histoire s'était jusqu'alors contentée de parler.

Il commençait à avoir mal à la tête. Mais il préféra ne rien dire.

«Les Tainos étaient des gens religieux, dit Frank, tout autant que les Espagnols. Simplement, ils ne se jugeaient pas supérieurs au reste du monde. Ils respectaient leur monde et se respectaient entre eux. Leur erreur fut de penser que les hommes blancs pensaient comme eux.»

Ils parcoururent environ une cinquantaine de mètres, pour autant qu'il pouvait en juger. Le chemin montait légèrement. Leurs trois lampes n'éclairaient que quelques mètres devant eux, tandis qu'autour deux l'obscurité était totale. Il n'y avait aucune trace d'humidité, ce qui était inhabituel pour des grottes en Jamaïque, généralement saturées d'eau par des lacs et des rivières souterrains.

Il aperçut enfin quelque chose dans le premier faisceau dispensé par la lampe de Frank. À dix mètres devant eux.

Une porte en bois, aux planches tordues et déformées, noircies par le temps. Sans gonds ni d'un côté ni de l'autre. Le rectangle s'encastrait simplement dans une ouverture creusée dans la roche. Des fragments de rochers étaient répandus sur le sol du tunnel, barrant presque le passage.

Béne s'avança avec l'intention de grimper sur les débris pour voir ce qu'il y avait derrière. Frank attrapa son bras moite.

«Tu es sûr de vouloir entrer là-dedans?

– N'essaie même pas de m'en empêcher.»

61

« Qu'est-ce que vous faites ici ? demanda Alle à Zachariah. Je croyais que vous vouliez que je m'en charge. »

Elle ne contenait plus la colère que Berlinger et son père avait provoquée. Allait-on un jour finir par la juger capable de mener à bien quelque chose ?

« Je suis ici parce que c'est nécessaire. J'en sais plus sur les Américains. Ils ont la ferme intention de nous empêcher d'aller plus loin.

– Quel intérêt peuvent-ils avoir dans la découverte d'objets de culte juifs ? »

Ils s'arrêtèrent non loin de la maison où elle et son père avaient été détenus. Ici, la rue était moins fréquentée par les visiteurs.

« Alle, la politique étrangère américaine a longtemps fait de l'ingérence pour tout ce qui concernait Israël. Ils fournissent des milliards en aide et en soutien militaire, et pensent que cela leur donne le droit de nous dire quoi faire. Ils sont directement responsables de notre situation actuelle. Je suppose que récupérer les trésors du Temple entre dans leurs plans d'une façon ou d'une autre. »

Normalement, elle l'aurait jugé parano, mais Brian Jamison avait bel et bien existé.

« Qui était la femme avec qui vous parliez ?

– Quelqu'un qui me fournit des informations sur les Américains. Qu'avez-vous appris de votre côté ?

– Je sais que mon grand-père en a dit beaucoup plus à mon père que nous ne le pensions. »

Elle lui fit part du contenu de la lettre sortie de la tombe. « Berlinger et mon père se trouvent dans la salle des cérémonies. »

Elle montra le bâtiment à cinquante mètres.

« Depuis combien de temps y sont-ils ?

– Une heure.

– J'étais dans le cimetière derrière le hall. Quelqu'un m'a-t-il aperçu ? »

Elle secoua la tête.

« Ils ne m'ont pas dit grand-chose. On m'a envoyée à la synagogue pour prier. »

Elle entendit un bourdonnement et Zachariah sortit un téléphone portable de sa poche.

« C'est Rocha. »

Il répondit, écouta quelques instants, puis dit : « Tiens-moi au courant. »

Il coupa la communication.

« Votre père a commencé à agir. »

Tom descendait rapidement la rue en direction de la synagogue Vieille-Nouvelle. D'après la carte sur la pancarte, il savait qu'il devait contourner le pâté de maisons, le long du mur extérieur du cimetière et un ensemble de bâtiments. La femme qu'il voulait rejoindre sortait par l'entrée du cimetière et, s'il se dépêchait, il pourrait la rattraper.

Il s'était glissé à l'extérieur de la salle des cérémonies à l'insu de Simon et d'Alle. Ils avaient emprunté la rue où ils avaient été détenus et avaient disparu après un virage. Il avançait le plus vite possible sans toutefois attirer l'attention. Au bout de la rue, il prit à droite et passa devant des boutiques de souvenirs. Les trottoirs ici étaient moins bondés, ce qui lui permit de courir.

Qui était cette femme ? Comment pouvait-elle savoir ce qui lui était arrivé ? Au début, il avait essayé d'expliquer aux gens qu'il avait été manipulé. Mais ses efforts s'étaient révélés vains. Il avait donc fini par dire exactement ce qu'ils s'attendaient à entendre et, en l'absence de toute preuve, il paraissait encore plus coupable.

Ce qui avait certainement été l'objectif.

C'était alors qu'il avait disparu, s'était tu, avait cessé de se défendre. Dans tout le pays, journaux et émissions de télévision s'étaient donné le mot pour le tailler en pièces. Son silence ne faisait qu'attiser leur fureur, mais il avait fini par comprendre que c'était la seule réponse possible.

Surtout après cette visite chez Barnes & Noble.

Il continua à avancer, tourna à un autre coin de rue, puis longea de nouveau le mur du cimetière en haut d'une rue en pente qui menait à la synagogue Pinkas, qui se trouvait à l'entrée du cimetière. Des autobus étaient garés le long du trottoir après avoir déversé leur flot de touristes qui se dirigeaient maintenant vers la rampe bétonnée menant au niveau d'origine de la rue. Des pancartes leur indiquaient la direction à prendre pour arriver au cimetière.

Il aperçut la femme. Remontant la rue à contresens de la vague de visiteurs, se frayant un chemin jusqu'au trottoir.

Il ralentit.

Garde ton calme. Ne gâche pas tes chances.

Elle lui tourna le dos et continua son chemin, parallèlement à une clôture en fer forgé qui protégeait la synagogue. La rue sur sa gauche était en sens unique, mais on apercevait un boulevard encombré à son extrémité, de l'autre côté de la synagogue, à une centaine de mètres environ.

C'est alors qu'il vit la voiture.

Une berline Mercedes noire, garée le long du trottoir, moteur allumé, de légères volutes de gaz sortant de son pot d'échappement.

Il accéléra le pas.

La femme s'approcha de la voiture. Un homme surgit du côté du passager – jeune, cheveux courts, costume sombre – et ouvrit la portière arrière. La femme était sur le point de monter dans le véhicule.

« Arrêtez ! » cria-t-il.

Et il franchit au pas de course les dix derniers mètres qui le séparaient d'elle. L'homme au costume sombre l'aperçut. Tom le vit plonger la main à l'intérieur de sa veste.

La femme fit volte-face. Tom la rejoignit, puis s'arrêta. L'homme se précipita vers lui, mais la femme le rattrapa par le bras.

« Inutile, dit-elle. Je l'attendais. »

Zachariah décida de mettre quelque distance entre lui et Alle et la salle des cérémonies. Il ne savait pas où était parti Sagan et ne voulait surtout pas se faire repérer. Il se demandait s'il l'avait vu dans le cimetière. Alle avait fini par lui donner quelques informations utiles à propos de ce que Sagan avait appris de son père. Le rabbin Berlinger semblait maintenant être entré dans la danse.

Son cerveau tournait à plein régime, prenant en compte toutes ces nouvelles informations.

Au moins il savait maintenant.

Cet endroit, considéré depuis longtemps comme sacré par les Juifs du monde entier, faisait partie de la quête. Mais de quelle manière ? Et la Jamaïque paraissait également un endroit important. Le conservateur du musée à Cuba avait téléphoné pour dire que Rowe et ses acolytes s'étaient enfuis avant l'arrivée de la police et qu'il n'avait pas pu les arrêter.

« Il a dit que tous les deux, vous devriez bientôt avoir une conversation. »

Ce n'allait pas être une conversation amicale. Il avait cru être débarrassé de Rowe, mais ce n'était peut-être pas le cas. Abiram Sagan avait dû avoir une bonne raison de garder dans sa tombe une carte routière de la Jamaïque.

Son téléphone vibra.

« Où es-tu ? demanda-t-il aussitôt.

– Sagan a quitté le hall et a fait le tour du pâté de maisons. Pour l'instant, il fait face à une femme qui semble protégée par un garde du corps.

– Décris-la-moi. »

Il savait de qui il s'agissait, mais il voulait s'en assurer.

Ce qui répondait à une autre question. Sagan les avait vus. Et peut-être même entendu les révélations qu'elle lui avait faites à propos de l'ex-journaliste.

« Je suis resté prudent pour qu'il ne me remarque pas, dit Rocha. Mais je l'ai à œil maintenant.

– Tiens-moi au courant. »

Il coupa la communication.

« Que se passe-t-il ? » demanda Alle.

Il n'avait pas pu dissimuler son inquiétude.

« Un problème. »

Tom dévisagea la femme et demanda :

« Qui êtes-vous ?

– Ça n'a pas d'importance.

– À d'autres. Vous savez ce qui m'est arrivé. »

Elle se tourna vers l'homme au costume sombre.

« Attendez dans la voiture. »

Il remonta dans le véhicule du côté passager. Elle referma la porte arrière.

« Vous avez dit que vous m'attendiez. Saviez-vous que je chercherais à vous parler ? demanda-t-il d'un ton suppliant.

– Vous m'avez entendue dans le cimetière ? »

Il acquiesça.

« Le rabbin avait dit qu'il s'arrangerait pour que ce soit le cas.

– Berlinger est mêlé à ça ?

– Il se contente d'aider un peu.

– Qui êtes-vous ? demanda-t-il à nouveau.

– Je suis une Juive qui croit fermement en qui nous sommes. Je veux que vous le croyiez aussi. »

Cela lui était parfaitement égal.

« Ils m'ont volé ma vie. Je mérite de savoir qui a fait ça et pourquoi.

– C'est arrivé parce que vous avez fait votre job. Vous connaissez la vérité. Ils ont envoyé un émissaire pour vous la dire. »

Cette femme était au courant de tout.

Il se rapprocha d'elle.

« À votre place, je n'en ferais rien, dit-elle, en montrant la voiture. Il vous regarde. »

Il jeta un coup d'œil derrière elle et vit l'expression vigilante de l'homme dans le rétroviseur extérieur. Il se tourna de nouveau vers elle.

« Vous travaillez avec Simon ?

– Monsieur Sagan, pour le moment, vous n'êtes pas en situation de négocier. Mais vous pourriez l'être. Comme je vous l'ai dit, je suis quelqu'un qui a un grand respect pour nos croyances. Vous êtes le lévite. Le successeur désigné. Le seul susceptible de retrouver le trésor du Temple. »

Autant de choses que Simon savait.

« Tout ça m'est égal. Je veux que l'on me rende ma vie. »

Elle ouvrit la portière arrière de la voiture et monta à l'intérieur. Avant de la refermer, elle le regarda et dit :

« Trouvez le trésor. Ensuite nous parlerons de votre vie. »

Elle fit claquer la portière.

Et la voiture s'éloigna à toute allure.

62

Béne contourna l'amas de rochers, escaladant les pierres pour parvenir jusqu'à la plaque de bois. Le faisceau de sa lampe éclaira une autre chambre, plus petite que la précédente. Pas de murs lisses. Pas d'œuvres d'art. Juste une cavité brute dans la roche, mesurant environ vingt mètres de long et dix de haut. Il pénétra à l'intérieur. Frank et Tre le suivirent.

Leurs lampes repoussèrent l'obscurité.

Il aperçut ce qui semblait être une sorte d'autel, ménagé dans le rocher et situé le long d'un mur. Il n'y avait rien dessus. À sa droite, on voyait un long rectangle de pierre non taillée, d'un mètre de hauteur peut-être et de deux de long. Une plus grande dalle se dressait au-dessus à une extrémité.

« On dirait une tombe », dit Tre.

Ils s'approchèrent en faisait crisser le gravier sous leurs pas. Leurs lampes leur permirent de voir clairement de quoi il s'agissait. La plaque à l'extrémité était une pierre tombale. Béne reconnut les deux lettres au sommet de la plaque.

« "Ci-gît", dit-il. C'est de l'hébreu. J'ai vu cela sur beaucoup d'autres tombes. »

Tout le reste du texte était également en hébreu.

Tre se pencha et l'examina de près.

« Que fait une tombe juive ici ? demanda Béne à Clarke.

– Je me le demande bien aussi, dit Frank. Il y a quelques années, j'ai photographié la plaque et j'ai fait traduire le texte. Il dit : "Christoval Arnoldo de Ysassi, chasseur de rêves, porteur de la vérité dans son cœur, homme d'honneur, que son âme soit liée par le lien de la vie éternelle." »

Tre se releva.

« C'est la tombe de Christophe Colomb. De Torres a écrit que le vrai nom de Cólon était Christoval Arnoldo de Ysassi. C'est là qu'il est enterré. »

Béne se souvenait de ce que Tre lui avait dit à propos d'un platane près de la tombe de Colomb.

« Tu as dit hier que la veuve du fils de Colomb avait rapporté le corps au Nouveau Monde.

– Elle l'a fait. D'abord à Saint-Domingue, puis les restes furent transportés à Cuba. La controverse fait rage pour savoir qui est enterré à Saint-Domingue, ou si les ossements sont à Cuba ou en Espagne. À présent, nous savons qu'elle les a transférés ici, dans l'île que la famille dirigeait. Ce qui est le plus logique.

– Je me suis toujours demandé de qui il s'agissait, dit Clarke. Nous n'avions aucune idée de qui peut être enterré ici. Nous savions qu'il était juif, mais c'est tout. Aussi nous avons préféré ne pas toucher à la tombe. Si d'autres savaient que c'était Colomb, ils l'auraient détruite.

– Et comment, dit Béne. C'était un voleur et un meurtrier.

– C'est une découverte historique importante, dit Tre. Jamais il n'avait été prouvé que Colomb était enterré à un endroit plutôt qu'un autre. Tout le monde l'ignorait. Maintenant nous le savons.

– Quelle importance ? dit Béne. Laissons-le ici. »

Il se tourna vers Frank.

« C'est tout ?

– Regarde autour de toi. Que vois-tu d'autre ? »

Il balaya la chambre de sa torche.

Et vit des niches creusées dans le mur le plus éloigné.

Il s'avança et examina la plus proche avec le faisceau de sa lampe et vit des ossements. Toutes les autres contenaient également un squelette.

« Nos plus grands chefs Marrons, dit Frank. Celui-ci à ta gauche est Grandy Nanny en personne. Ensevelie ici en 1758.

– Je croyais que sa tombe était à Moore Town, sur la partie de l'île contre le vent, près de Portland Parish.

– Ça a été le cas au début, mais ensuite elle a été ramenée ici par les *scientistes*, précisa Frank. Les ossements que tu viens d'examiner sont ceux de Cudjoe. »

Il était stupéfait.

Cudjoe, le frère de Grandy Nanny, était un grand chef marron qui s'était aussi battu contre les Britanniques. Mais il avait conclu une paix désastreuse, qui avait changé à jamais le mode de vie des Marrons et précipité leur chute.

Malgré cela, il était toujours révéré.

« Il vécut jusqu'à un âge avancé », dit Béne.

Frank s'approcha.

« Certains disent qu'il avait plus de quatre-vingts ans quand il est mort. »

Béne compta quatorze niches creusées dans la roche.

« Johnny, Cuffee, Quaco, Apong, Clash, Thomboy. Tous des chefs des temps anciens, dit Frank. Des gens remarquables, ensevelis ici dans ce lieu sacré. Nous pensions que la personne enterrée ici devait être importante, du moins pour les Juifs, aussi nous avons décidé de profiter de cet endroit. Ça a toujours été la façon de procéder des Marrons. Nous n'avions pas grand-chose, tout était mis en commun. Ici, les membres remarquables de notre communauté pouvaient reposer en paix. »

Béne ne savait plus quoi dire. Tout cela était totalement imprévu. Il montra une bouteille de rhum dans une des niches.

« Pour les esprits, dit Frank. Ils aiment bien leur petit verre. Nous la remplissons de temps en temps pour qu'ils ne soient jamais à court. »

Il connaissait la coutume. La tombe de son grand-père dans les environs de Kingston était entretenue de la même manière.

« Ce n'est pas tout, dit Frank. Comme tout ce qui se rapporte aux Marrons, cette légende est réservée à des personnes triées sur le volet. Surtout des scientistes, qui considéraient cette pièce comme sacrée. »

Béne n'avait jamais beaucoup aimé les guérisseurs Marrons. Ils s'étaient parés du curieux nom de *scientistes*. Trop de mysticisme pour lui, trop peu de résultats.

« C'est pour ça qu'il y a un autel ? » demanda-t-il.

Frank acquiesça.

« Autrefois, les scientistes pratiquaient leurs cérémonies rituelles ici. Des pratiques dont ils devaient rester les seuls témoins.

– Plus maintenant ?

– Depuis longtemps. Et il y a une raison à ça.

– Tu connais des tas de secrets, dit-il à Frank.

– Comme je te l'ai déjà dit de nombreuses fois, il vaut mieux taire certaines choses… jusqu'au bon moment.

– Alors raconte-moi ta légende. »

Frank évoqua une époque où il y avait quatre autres objets dans la chambre. Un chandelier doré à sept branches, d'à peu près un mètre de haut. Une table, de moins d'un mètre de long et moitié moins en hauteur, avec des couronnes dorées sur le pourtour et un anneau à chaque coin. Et deux trompettes en argent d'environ un mètre de long chacune, incrustées d'or.

« Tu en es sûr ? demanda Tre.

– Je ne les ai jamais vus de mes propres yeux, mais certains m'ont assuré que ces objets étaient ici.

– Il s'agit des reliques les plus sacrées du judaïsme. Elles proviennent du second Temple, quand Jérusalem fut saccagée par les Romains. Des gens les recherchent depuis deux mille ans. Et elles étaient ici ? En Jamaïque ?

– Elles avaient été déposées là avec la tombe hébraïque. On m'a raconté que c'était un travail magnifique.

– Et aucun marron n'a jamais tenté de les vendre?» demanda Tre.

Frank secoua la tête.

«Les esprits ont de l'importance pour nous. Ils hantent les forêts et peuvent aussi bien protéger que faire du mal. Jamais nous ne voudrions les offenser en prenant quelque chose dans une tombe. Au lieu de cela, nous avons protégé ces objets et avons fait de cet endroit un lieu particulier.»

Béne se tourna vers Tre.

«Qu'est-ce que tout ça veut dire?

– Que beaucoup de livres d'histoire vont devoir être réécrits.»

Mais Béne semblait préoccupé par autre chose.

«Où sont passés ces objets?

– Les scientistes sont revenus ici un jour et les trésors avaient disparu. Seuls des colonels et des scientistes connaissaient ce lieu. Ils en ont conclu que les esprits les avaient emportés. Après ça, cet endroit n'a plus jamais servi à des cérémonies.

– Quand cela s'est-il passé? demanda Béne.

– Il y a soixante ans.»

Béne secoua la tête. Une nouvelle impasse.

«Et c'est tout? Des gens ont voulu me tuer pour protéger ça?

– Ces tombes sont importantes. Elles représentent notre passé. Et pour un marron, le passé est tout. Même la tombe hébraïque est importante. Elle est visiblement très ancienne. Les Juifs nous ont aidés quand personne d'autre ne voulait le faire. Nous avons donc honoré l'Hébreu enterré là, comme s'il était l'un des nôtres. Son trésor a également été honoré.

– Et maintenant ce trésor a disparu.»

Béne s'interrogeait. Ces objets étaient-ils ceux que Zachariah Simon recherchait? Il avait déclaré vouloir retrouver la tombe de Colomb et la mine, mais il était plus probable que Simon recherchait un trésor. Apparemment, cet endroit avait bien été une mine d'or, mais n'était pas de celles qu'on pouvait imaginer.

Qui n'existait plus.

Il secoua la tête et se dirigea vers la sortie de la grotte.

Tre et Frank le suivirent.

Sans dire un mot.

63

Tom regarda la Mercedes se glisser dans la circulation et disparaître au coin. Il ignorait qui cette femme pouvait bien être, mais elle semblait savoir beaucoup de choses. Et son salut dépendait de sa capacité à retrouver le trésor du Temple. Comment était-ce possible ? Pourquoi cela serait-il possible ?

Une main se posa sur son épaule, le faisant sursauter.

Il se retourna.

Berlinger le regarda et dit :

« Elle est partie ?

– Qui est-ce ? demanda-t-il. Elle dit que vous saviez qu'elle était là. »

Le vieil homme secoua la tête.

« Effectivement. Mais elle ne m'a pas dit qui elle était et je ne lui ai pas demandé.

– Mais vous avez fait ce qu'elle voulait. Vous vous êtes assuré que je puisse entendre ce qu'elle avait à dire.

– Je n'y voyais pas de mal.

– Monsieur le rabbin, c'est très important pour moi. Qu'est-ce qui se passe ici ?

– Il faut que je vous montre quelque chose et que je vous donne certaines informations importantes.

– Où est Alle ?

– Je n'en sais rien.

– Vos caméras ne peuvent pas la localiser ?

– Je suis sûr qu'elles le peuvent. Mais il faut que nous fassions cela seuls.

– Vous n'avez aucune idée de ce que j'ai traversé. Aucune idée de ce qui m'est arrivé. »

Il était exaspéré et furieux.

« Venez, dit Berlinger. Accompagnez-moi et je vais vous raconter une histoire. »

« Mon père m'a transmis cela », dit Marc Eden Cross à Berlinger. Il écouta son ami.

« Le premier lévite fut Luis de Torres, qui reçut cette mission de Colomb. La charge a été transmise d'un dépositaire à l'autre pendant cinq cents ans et tout s'est très bien passé jusque récemment. »

La Seconde Guerre mondiale était terminée depuis près de dix ans, mais ses conséquences avaient été lourdes. Personne ne savait encore combien de millions de Juifs avaient été massacrés. Six millions était le chiffre généralement admis. Ici, à Prague, les effets du pogrom étaient évidents. Une centaine de milliers d'entre eux avaient été raflés. Une poignée seulement était revenue.

« Ce sont nos trésors du Temple, dit Marc. Les objets sacrés. C'est le secret que nous détenons. Colomb les a emportés au Nouveau Monde. Le voyage a été financé par des Juifs de la cour espagnole. Ferdinand II d'Aragon et Isabelle la Catholique étaient des incapables. Ils n'avaient ni la vision ni l'argent nécessaires pour mener des explorations. Colomb avait la vision et les Juifs séfarades d'Espagne lui procurèrent l'argent. Naturellement, ils avaient tous été contraints de se convertir pour pouvoir rester en Espagne, et Colomb aussi était un converso. *»*

Il ignorait complètement cela.

« Colomb était juif ? »

Marc acquiesça.

« Et il le resta toute sa vie. Il a navigué jusqu'au Nouveau Monde en espérant qu'il trouverait un endroit où nous pourrions vivre en paix. Une théorie en vogue à l'époque voulait que les Juifs en Extrême-Orient aient vécu librement, sans subir de persécutions. Lui, bien sûr, pensait qu'il se dirigeait vers l'Asie. C'est pourquoi il avait emmené de

Torres avec lui. Un traducteur d'hébreu. Quelqu'un capable de parler
aux gens qu'il trouverait. »

Cette histoire était stupéfiante.

« Les Juifs séfarades protégeaient depuis longtemps le trésor du
Temple. Il leur avait été confié au milieu du VIe siècle. Mais, en 1492,
l'Espagne est devenue un endroit dangereux. Tous les Juifs avaient
été expulsés ou convertis. L'Inquisition cherchait à éradiquer ceux
qui se prétendaient chrétiens, mais ne l'étaient pas. Être soupçonné
d'être juif signifiait la mort, et des milliers d'hommes et de femmes
furent exécutés. Aussi ils confièrent à Colomb une mission très spéciale.
Emporter le trésor du Temple avec lui. Une fois qu'il aurait trouvé ces
Juifs asiatiques, il pourrait leur demander de le protéger.

– Mais aucun Juif ne l'attendait. »

Marc secoua la tête.

« Et quand il l'eut enfin compris, au terme de son quatrième voyage,
il cacha le trésor dans son Nouveau Monde. Luis de Torres était là et
en devint le gardien, se donnant le nom de lévite. Je suis son successeur.

– Vous savez où se trouvent nos précieux objets ?

– Je le sais. Révéler cela à quiconque revient à trahir ma charge,
mais ce qui s'est produit pendant la guerre change la donne. J'ai besoin
de votre aide, mon bon ami. C'est quelque chose que je ne peux faire
seul. Vous êtes l'homme le plus honnête que je connaisse. »

Le compliment le fit sourire.

« Je pourrais en dire autant de vous. »

Marc tendit la main et le prit par l'épaule.

« Quand je suis venu ici pour la première fois et que je suis monté
dans les combles, je savais alors que vous étiez quelqu'un à qui je
pouvais faire confiance. Le monde a changé et cette charge qui m'a été
confiée doit changer aussi. »

« Il m'a dit où était le trésor, dit Berlinger à Tom. Nous nous
trouvions non loin de l'endroit où nous sommes maintenant,
bien que ces rues aient été très différentes en 1954. »

Une chose facile à imaginer pour Tom. Les nazis avaient
laissé leur trace, puis les Soviets avaient encore aggravé la
situation.

«Nos synagogues étaient en ruine, dit le rabbin. Les Allemands les avaient vidés et s'étaient servis des bâtiments comme entrepôts. Rien n'avait été réparé. Les Soviets nous haïssaient autant que les Allemands et ils nous tuèrent, eux aussi. Plus lentement toutefois, sur une plus grande période.»

Ils se trouvaient au coin d'une rue, près de la mairie. Une grande animation régnait, avec surtout des groupes de touristes qui venaient passer la journée ici.

«Ils viennent de partout, dit Berlinger. Je me suis toujours demandé ce qu'ils retiraient de cette expérience.

– Qu'il est dangereux d'être juif.

– Ça peut l'être. Mais je ne voudrais pas être autre chose. Votre fille dit que vous n'êtes plus un des nôtres. C'est vrai ?

– J'ai renoncé il y a vingt ans et suis devenu chrétien par le baptême. Ma façon de faire plaisir à ma nouvelle femme.»

Berlinger se frappa légèrement la poitrine.

«Mais là, au fond, vous êtes quoi ?

– Rien. Rien du tout.»

Et il était sincère.

«Dans ce cas, que faites-vous à Prague ?

– Je suis venu car je croyais que ma fille avait des problèmes. J'ai découvert depuis qu'il n'en est rien. C'est une menteuse. Naïve en diable, mais néanmoins une menteuse. Elle n'a pas besoin de mon aide.

– Je pense qu'elle en a besoin. Zachariah Simon est dangereux.

– Comment savez-vous ce qui les lie ?

– Ils sont ensemble en ce moment. Je vous ai observé pendant que vous quittiez la salle. Et je l'ai vue, elle aussi. Je n'ai jamais aimé Simon.»

Il voyait que cet homme de cent deux ans n'avait rien perdu de son mordant. «Qu'avez-vous fait pour mon grand-père ?»

Berlinger sourit.

«Justement, voilà une histoire que je n'oublierai jamais.»

« *Il est en Jamaïque, lui dit Marc. C'est là que Colomb a caché le trésor. Dans une mine que les indigènes lui ont montrée. Il en a bloqué l'entrée, a quitté l'île et le Nouveau Monde, et n'est jamais revenu. Il est mort deux ans plus tard.*

– Avez-vous vu nos trésors ? demanda Berlinger.

– Je les ai touchés. Les ai tenus, transportés d'un endroit à un autre. J'ai changé leur cachette. Il fallait le faire. De Torres avait laissé des instructions cryptées permettant de trouver la mine. Elles sont impossibles à déchiffrer maintenant. Tous les repères qui existaient à son époque ont disparu. Aussi j'ai préféré trouver un autre endroit pour protéger nos reliques.

– Comment les avez-vous transportés ? La ménorah, la table divine et les trompettes ne sont-elles pas lourdes ?

– Bien entendu, mais je me suis fait aider. Par ma femme et quelques autres, d'autres hommes de bien auxquels je peux faire confiance. Nous les avons fait flotter pour les sortir de la grotte où elles étaient et descendre une rivière jusqu'à une autre grotte. Là, j'ai trouvé mon propre golem pour aider à protéger nos trésors. Une créature remarquable. Je sais que vous pensez que les golems n'existent pas. Mais je peux vous le dire : ils existent. »

Il éprouva quelque chose. Un pressentiment.

« *Qu'y a-t-il, mon vieil ami ?*

– C'est peut-être la dernière fois que nous nous parlons en tête à tête. »

Il aurait préféré ne pas entendre ça.

« *La guerre froide s'intensifie. Voyager en Europe de l'Est va devenir quasiment impossible. Ma tâche est accomplie. J'ai protégé le trésor de mon mieux, je l'ai placé dans un endroit où il devrait être en sécurité.*

– J'ai fabriqué la boîte, comme vous me l'aviez demandé. »

Marc avait précisé la taille, environ trente centimètres sur trente, un modèle copié sur les coffres dans lesquels presque toutes les synagogues abritaient leur trésor. Généralement, ils étaient en fer et contenaient d'importants documents ou de l'argent, et des ornements sacerdotaux. Celui-là était en argent. Il n'avait aucune décoration à l'extérieur, l'accent ayant été mis sur la sécurité plus que sur l'apparence. Une serrure fermait le couvercle. Il trouva la clé dans sa poche et la lui tendit. Son ami l'examina.

« Superbe. Les étoiles de David sont très bien réalisées.

– Elles sont gravées. »

Marc approcha l'objet de ses yeux et étudier la tige.

« Po nikbar, dit Marc, interprétant les deux caractères hébreux. "Ci-gît." Effectivement. Et vous avez fait un superbe travail avec le X à crochet. »

Son ami avait spécifiquement réclamé le symbole.

« Ces marques permettront de s'assurer qu'il s'agit bien de la bonne clé, lui dit Marc. Si quelqu'un vient jamais ici avec cette clé, vous devez décider s'il est digne de confiance et, si tel est le cas, vous lui montrerez alors la boîte. Si cela n'arrive jamais au cours de votre vie, désignez quelqu'un pour reprendre le flambeau. »

Ils se trouvaient au pied du mur est de la synagogue Vieille-Nouvelle, avec les barreaux en fer au-dessus d'eux montant jusqu'aux combles.

« J'ai tout changé, dit Marc. Mais j'ai essayé de respecter la tradition. J'ai placé la boîte en haut, dans les combles. Elle sera en sécurité, parmi les anciens documents. » Cross se tut un instant. « Où votre golem peut les surveiller. »

Il sourit, puis hocha la tête, conscient d'avoir accompli son devoir.

« Avant de quitter Prague cette dernière fois, dit Berlinger, Marc a placé quelque chose dans la boîte et l'a fermée à clé. Je l'ai entreposée dans les combles. Votre grand-père ne m'a rien dit d'autre. Expliquant que c'était préférable. La boîte est restée dans les combles pendant trente ans, jusqu'à ce qu'elle finisse par être enlevée à l'occasion d'une rénovation. Heureusement, j'étais encore là pour veiller sur elle.

– Vous n'avez jamais regardé à l'intérieur ? »

Berlinger secoua la tête.

«Marc avait emporté la clé.»

Tom frotta ses yeux fatigués, s'efforçant de bien comprendre ce qu'il venait d'entendre.

«Cet endroit était jadis un haut lieu du quartier juif, dit Berlinger, en montrant les alentours. À présent, c'est seulement un quartier de Prague comme un autre. Tout ce que nous avons construit a pratiquement disparu. Il ne reste plus que des souvenirs et ils sont souvent trop douloureux pour que la plupart d'entre nous veuillent se les rappeler. Votre grand-père était un des hommes les plus accomplis que j'aie jamais connus. Il m'avait confié une charge. C'était de mon devoir de la transmettre à quelqu'un d'autre et je sais ce que je ferai lorsque ce jour viendra.

– Mais maintenant, je suis là.»

Le rabbin acquiesça.

«Je vous donnerai donc les informations dont je dispose. Je veux que vous sachiez que, si j'avais eu le moyen de trouver le trésor, je l'aurais fait. Nous méritons de le récupérer. C'était une chose sur laquelle Marc et moi n'étions pas d'accord, mais je n'étais pas en position de discuter avec lui. C'était lui qui avait été choisi, pas moi. À présent, la décision m'appartient. J'aimerais revoir ces objets dans un temple.

– Je les trouverai», dit Tom

Il sortit la clé de sa poche.

«Où se trouve le coffret?»

Berlinger jeta un coup d'œil sur sa droite.

«Pas loin.»

64

Tom et Berlinger s'éloignèrent de la synagogue Vieille-Nouvelle par une rue nommée
Malselova. Des boutiques et des cafés animés se succédaient
le long de la voie pavée. Tom savait quel bâtiment se trouvait
au coin de la rue. La synagogue Maisel, bâtie par Mordecai
Maisel entre 1590 et 1592. Il y était venu plusieurs fois au
cours de la rédaction de son article sur Prague. Maisel était
un Juif fortuné qui avait gagné la confiance de l'empereur
Rodolphe II, devenant un conseiller apprécié, avant de finir
par obtenir un permis spécial autorisant la construction du
bâtiment. Pendant plus d'un siècle, elle avait été l'édifice le
plus grand et le plus somptueux du quartier. Mais elle avait
brûlé au cours de l'incendie de 1689, avait été restaurée vers
la fin du XIXe siècle puis entièrement rénovée, Tom s'en souvenait, en 1995. Le culte n'y était plus pratiqué. À présent, elle
abritait une exposition permanente consacrée à l'histoire des
Juifs de Bohême et Moravie.

Ils entrèrent dans le vestibule et Tom admira la voûte
élégante et les fenêtres ornées de vitraux. Les hauts murs
étaient d'un jaune chaud. Les gens allaient et venaient, admirant les vitrines remplies d'objets en argent. Ils étaient pour
la plupart silencieux et on n'entendait que le bruit de leurs
pas. Berlinger salua d'un signe de tête une femme derrière le
guichet à l'entrée et elle leur fit signe d'avancer.

« C'était là que les nazis entreposaient les objets d'art volés
dans les synagogues, chuchota le rabbin. Ils devaient être

exposés au sein de leur musée dédié à notre race éteinte. Ces précieux objets avaient été entassés dans ce bâtiment et plusieurs autres. Je les ai vus de mes yeux. C'était un spectacle terrible.»

Ils se promenèrent dans la nef, sous d'étranges chandeliers aux lumières brillantes dirigées vers le bas. Au-dessus de lui, derrière une balustrade qui cernait la nef sur deux côtés, on apercevait un étage ponctué de voûtes qui abritaient chacune une ménorah scintillante.

«La plupart de ces objets ne sont plus là maintenant, ils ont retrouvé leur place d'origine. Pour certains, nous ne connaissons pas leur provenance, si bien qu'ils sont restés là. Finalement, nous avons décidé que ce serait le meilleur endroit pour exposer notre héritage. Un musée dédié non pas à une race éteinte, mais à une race toujours bien vivante.»

Tom perçut la fierté dans la voix du vieux guerrier.

«Vous et votre fille, dit Berlinger. Y a-t-il un moyen de sauver votre relation?

– Probablement pas. J'en ai eu l'occasion, il y a longtemps, mais je l'ai laissé passer.

– Ce qu'elle a dit à votre propos... que vous aviez truqué un article. J'ai fait des recherches... Vous étiez autrefois un journaliste éminemment respecté.»

Le mot *autrefois* le piqua au vif.

«Je le suis toujours et cette femme connaît la vérité.

– Je sais. Que se passerait-il si vous pouviez prouver que vous n'avez jamais été un tricheur?

– Les choses changeraient, c'est certain.

– Je n'en sais pas plus que ce que je vous ai dit. Elle était extrêmement mystérieuse, mais aussi extrêmement convaincante.

– Que savez-vous d'autre?

– Seulement que, la plupart du temps, il n'y a pas qu'une seule version de l'histoire.»

Il se figea.

«Qu'est-ce qui vous fait dire ça?

– Et je suppose qu'il y a au moins une personne qui vous est chère auprès de qui vous aimeriez vous justifier.»

Remarquant qu'il avait ignoré sa question, Tom décida alors d'en faire autant.

«Pendant la guerre, dit Berlinger, j'ai été forcé de faire des choses qu'aucun homme digne de ce nom ne devrait jamais faire. J'étais à la tête du conseil de Terezín. Nous devions décider de la vie et de la mort tous les jours. Des milliers de personnes ont péri, beaucoup à cause des choix que nous avons faits. Seul le temps a permis de faire la lumière sur ce qui s'était passé là-bas.»

Le vieil homme paraissait complètement plongé dans ses souvenirs.

«Mon propre fils. Que Dieu veille sur son âme.»

Il gardait le silence.

«Je dois vous dire quelque chose, dit le rabbin. Pendant la guerre, beaucoup ont été déportés dans des camps. Avant que j'y sois envoyé, quelque chose se produisit. Marc et moi en avons parlé. Est-ce que je peux vous en faire part?»

Ils enfoncèrent la porte de la ferme à coups de pied. Berlinger recula tandis que deux hommes et Erik, son fils de quinze ans, se précipitaient à l'intérieur et traînaient l'unique occupant de la maison dehors dans la nuit. L'été avait ramené la chaleur et l'homme était à peine vêtu. On l'appelait Yiri, c'était un Tchèque que Berlinger connaissait d'avant la guerre. Un homme simple, peu bavard, qui avait fait une énorme erreur.

«Que voulez-vous? dit Yiri. Pourquoi êtes-vous là?»

On le força à s'agenouiller.

«Je n'ai rien fait. Je cultive mes champs. Je ne dérange personne. Pourquoi êtes-vous là? Je n'ai rien dit aux nazis.»

Berlinger releva ses derniers mots.

«Tu parles aux nazis?»

Ils étaient tous armés, même Erik qui avait appris à manier parfaitement un pistolet. Jusqu'à présent, tous les quatre avaient échappé à la détention, en se réfugiant dans la forêt et en résistant.

Il aurait aimé que plus de Juifs se joignent à eux, mais leur nombre diminuait de jour en jour.

Yiri secouait la tête.

«Non. Non. Je ne parle à aucun nazi. Je ne leur dis rien à propos des Juifs dans la forêt.»

C'est pour cette raison qu'ils étaient venus. Une famille s'était enfuie de Prague et avait réussi à se cacher dans les bois aux environs de la ville. Yiri leur avait fourni de la nourriture, ce qui était une bonne chose et ce qu'on pouvait attendre d'un compatriote. Mais, quand la famille s'était trouvée à court d'argent, Yiri les avait vendus contre une récompense. Il n'était pas le seul. D'autres en avaient fait autant.

«S'il vous plaît. Je vous en prie. Je n'avais pas le choix. Ils m'auraient tué. Je n'avais pas le choix. J'ai aidé cette famille pendant de nombreuses semaines.

– Jusqu'à ce qu'ils ne puissent plus te payer», *éructa un des hommes.*

Berlinger voyait la haine dans les yeux de ses compatriotes. Même ceux d'Erik étaient pleins de dégoût. Il n'avait jamais vu cela chez son enfant. Mais la guerre les avait tous changés.

«Que voulez-vous que je fasse ? Vous, les Juifs, vous n'avez aucune chance. Il n'y a rien à faire. Il faut que vous... »

Un coup de feu résonna dans la nuit.

La tête de Yiri explosa, puis son corps heurta le sol.

Erik baissa son pistolet.

«Yashar Koyach», *dit un homme, et les autres vinrent à leur tour donner une tape sur le dos d'Erik.*

Que ta force aille en croissant.

Ce qu'on disait après avoir lu la Torah.

À présent, c'était devenu une façon de saluer un meurtre.

«Nous n'étions pas venus pour tuer cet homme, dit Berlinger. C'est en tout cas ce que je pensais. Faire ça n'aurait en rien été différent de ce que les Allemands nous faisaient.

– Alors, pourquoi êtes-vous allé le chercher ?

– Pour le mettre devant ses responsabilités, mais pas pour l'assassiner. »

Tom jugea que c'était un peu naïf compte tenu des circonstances.

« Je fus envoyé à Terezín peu de temps après, dit Berlinger. Mon fils y échappa. Il entra dans la Résistance et se battit contre les Allemands pendant encore un an, jusqu'à ce qu'ils finissent par le tuer. Lui et moi ne nous sommes jamais reparlé depuis cette nuit-là. Il était fier de ce qu'il avait fait et j'avais honte. Un mur s'était dressé entre nous, que je regrette encore aujourd'hui.

– Et qu'avez-vous appris avec le temps ?

– Que j'étais un imbécile. Cet homme méritait de mourir. Mais je n'avais pas encore été témoin de l'horreur de Terezín, cela s'est produit après. Il fallait encore que je voie à quel point l'âme des hommes peut s'assécher. Il fallait encore que je me rende compte à quel point j'étais capable de haïr.

– Cela fait seulement huit ans pour moi et rien n'est encore très clair. Tout ce que je peux dire, c'est que ces derniers jours ont tout changé.

– Pour le meilleur ?

– Cela reste à voir.

– Marc vous aurait bien aimé.

– Je ne l'ai connu que peu de temps.

– Il dégageait une grande énergie. Il aimait tellement l'aventure. C'était un bon Juif, mais pas exagérément dévot. Peut-être était-ce le monde dans lequel il vivait. Je sais que mes propres croyances avaient été mises à rude épreuve. Ou peut-être était-ce sa profession. Un archéologue étudie le passé en faisant presque totalement abstraction du présent. Peut-être cela l'obsédait-il trop. En tout cas, c'était un homme bon, qui faisait son devoir.

– En tant que lévite ? »

Berlinger acquiesça.

« J'aurais tellement aimé admirer tous ces trésors perdus. Quel spectacle cela aurait été !

– Il se pourrait que vous ayez cette chance. Saki a changé les règles de ce jeu. Cela signifie qu'on peut encore le faire. Je vais donc les modifier une nouvelle fois.

– Vous n'allez pas simplement vous contenter de mettre un terme au jeu ? »

Il resta silencieux quelques instants, envisageant les différentes implications. Ce secret avait été bien gardé pendant cinq siècles.

« C'est exactement ce que je vais faire. »

Berlinger se dirigea vers une des vitrines. Celle-ci renfermait une paire de chandeliers en argent, une coupe destinée à la cérémonie du Kiddouch, une boîte à épices en argent gravé et une autre boîte rectangulaire, d'une trentaine de centimètres de côté, toujours en argent, mais sans la moindre décoration apparente. Un loquet tenait fermé le couvercle. Exactement selon la description de Berlinger.

Tom prit la clé dans sa poche.

« Ceci, dit le rabbin, ouvre la boîte. Je vais la faire enlever et l'emporter dans une des pièces adjacentes, où vous pourrez l'examiner sans témoins. »

Le vieil homme tendit la main et il la serra.

« Ma mission est accomplie, dit Berlinger. Le reste dépend de vous maintenant. Je vous souhaite de réussir et je prierai pour votre âme. »

Et le rabbin s'éloigna.

65

Zachariah n'avait pas quitté Alle d'une semelle, ils se trouvaient dans un restaurant animé nommé Kolkovna. Il avait décidé qu'une retraite stratégique s'imposait jusqu'à ce qu'il puisse comprendre ce qui se passait exactement. Rocha filait Sagan et il lui avait signalé que lui et Berlinger étaient entrés dans la synagogue Maisel. N'ayant pas le choix, Rocha y avait pénétré lui aussi, en veillant à rester en arrière car Sagan connaissait son visage. Berlinger avait dirigé Sagan vers une vitrine, d'où il avait sorti une boîte en argent qu'il avait emportée dans une autre pièce. Berlinger était parti, mais Sagan était resté là avec le coffre. Rocha était toujours dans la synagogue – et Sagan derrière une porte close.

« Que se passe-t-il ? lui demanda Alle.

– J'aimerais bien le savoir. Votre père est occupé. Pour un homme qui voulait mourir, il est très actif.

– Pendant longtemps, il était très bon dans son boulot.

– Je suis surpris de vous entendre dire cela. Il a été pris à fabriquer de toutes pièces une histoire.

– Je le sais. Je lui ai jeté cette affaire à la figure il y a un petit moment. Mais ça ne veut pas dire que tout ce qu'il faisait n'était que mensonges. Je me souviens que je lisais ses papiers quand j'étais au lycée. Il passait à la télévision sans arrêt. Je le détestais pour ce qu'il m'avait fait à moi et à ma mère, mais je pensais que c'était un bon journaliste. Son boulot était tout pour lui. Bien plus que sa famille.

Quand j'ai vérifié ses antécédents, j'ai appris qu'il était respecté au Moyen-Orient. Les gens le craignaient. Il a laissé une forte impression sur beaucoup de personnes au pouvoir là-bas. J'imagine qu'ils ont été ravis de le voir chuter.

– Ce qui prouve seulement qu'il a fait son boulot. Au moins jusqu'à ce qu'il se soit fait coincer avec ce dernier article.

– C'est la première fois que je vous entends vous exprimer comme un enfant parlant de son père.

– Je n'ai pas l'intention de redevenir sa fille. Notre relation est terminée. Je regrette même beaucoup que nous l'ayons impliqué dans cette affaire. Tout allait bien quand nous ne nous parlions jamais, que nous ne nous voyions jamais.

– Il y a une partie de vous qui n'est pas tout à fait de cet avis.

– Heureusement, elle est bien enfouie au fond de moi. La majeure partie de moi m'incite à rester loin de lui.»

Elle avait visiblement besoin d'être rassurée, aussi il posa une main sur les siennes. «J'apprécie tout ce que vous avez fait. Votre aide a été extrêmement précieuse.»

Il n'avait pas cessé de réfléchir à ce qu'il allait faire ensuite. Malheureusement, cette jeune femme ne lui servait plus à rien maintenant. Il s'occuperait d'elle bientôt. Rocha surveillait Sagan. Il ne pouvait aller que dans une seule direction désormais. Il ignorait tout du rabbin Berlinger, mais, d'après ce qu'il avait appris au cours des dernières heures, cet homme était partie prenante dans toute cette affaire.

Il fallait qu'ils se parlent.

Mais comment l'approcher ?

Puis l'idée lui vint.

Il frappa à la porte, tout doucement et avec respect.

Sans insister.

L'endroit était à quelques pâtés de maisons du quartier juif, dans une jolie rue adjacente avec des bâtiments à plusieurs étages. Celui devant lequel il attendait avait une façade en brique avec des jardinières fleuries ornant les fenêtres de l'étage supérieur. On entendait vaguement la circulation des boulevards au-delà du quartier résidentiel près de la rivière. Il lui avait suffi d'un coup de téléphone à sa résidence et de quelques minutes de recherches sur Internet pour trouver l'adresse du rabbin Berlinger.

Un vieil homme ouvrit la porte. Lèvres gercées, joues mangées par une barbe argentée de plusieurs jours, touffes de cheveux blancs clairsemés. Zachariah se présenta et lui demanda s'ils pouvaient s'entretenir un instant. Il fut invité à entrer. Les pièces étaient propres et meublées simplement. L'air était empli d'une odeur de café et de menthe. De pauvres fenêtres laissaient à peine passer un peu de lumière et protégeaient la pièce des bruits extérieurs. Son hôte lui proposa de s'asseoir. Il refusa.

«Je préfère aller droit au but, dit Zachariah. Vous n'avez pas cessé de manipuler Tom Sagan depuis qu'il est arrivé ce matin. Je veux savoir ce que vous lui avez dit.

– Peut-être êtes-vous habitué dans votre monde à mener les choses comme vous l'entendez. Mais, ici, chez moi, vous n'êtes rien.»

Les mots furent prononcés d'une voix calme et claire.

«Je sais que vous êtes un homme digne de respect, dit Zachariah, peut-être même un sage, mais je n'ai ni le temps ni la patience de faire davantage preuve de courtoisie aujourd'hui. Dites-moi, je vous prie, ce que je veux savoir.

– Où est la fille de Sagan? demanda Berlinger.

– Ça n'est pas vos affaires.

– C'est devenu mon affaire quand vous êtes venu ici.

– Elle attend mon retour. Je lui ai dit que ceci était entre vous et moi. Je dois savoir ce qu'on a dit à Sagan. Je sais que vous avez mis à sa disposition une boîte en argent. Qu'y a-t-il à l'intérieur?

– Vous paraissez avoir un problème. Vous donnez l'impression d'en savoir tellement, mais si peu en réalité.»

Zachariah sortit un pistolet de sous sa veste et le braqua en direction du rabbin.

« Vous croyez que cela suffira à me persuader ? demanda Berlinger. On m'a déjà menacé avec une arme. Personne ne m'a fait faire ce que je ne voulais pas faire.

– Vous voulez vraiment m'avoir comme ennemi ? »

Le rabbin haussa les épaules.

« J'ai connu pire.

– Je peux vous faire du mal à vous et à votre famille.

– Je n'ai pas de famille. J'ai survécu à tous les miens. Cette communauté est ma seule famille. C'est d'elle que je tire ma force et ma nourriture.

– Comme jadis un autre rabbin ?

– Je n'oserais pas me comparer au rabbin Loew. C'était un grand homme qu'aucun de nous n'oubliera jamais.

– Je peux nuire à cette communauté. Ou je peux l'aider.

– Ah, nous en venons maintenant au fait. Le pistolet est pour la frime, vous pensez que c'est votre argent qui va acheter des réponses. » Berlinger secoua la tête. « Pour un homme de votre âge et de votre expérience, vous avez encore beaucoup à apprendre. Votre argent ne compte pas pour moi. Mais peut-être que si vous vouliez bien répondre à quelques questions, je pourrais finir par accepter d'échanger des informations. Que feriez-vous avec le trésor du Temple ? »

À présent, il en était sûr : Sagan et ce vieil homme l'avaient vu et entendu dans le cimetière. Le rabbin paraissait lire dans ses pensées.

« Les caméras que nous avons installées avec vos dons, dit Berlinger. Elles sont très utiles. Dites-moi plutôt ce que vous ferez avec nos objets sacrés ?

– Plus que vous ne pourrez jamais imaginer.

– Déclencher une guerre ? »

C'était un des sujets qu'ils avaient évoqués avec l'ambassadrice.

« Si besoin, dit-il.

– C'est incroyable de voir à quel point le monde change. Jadis, c'étaient les Allemands qui nous menaçaient. Puis les communistes. Maintenant, le pire danger provient d'un des nôtres.

– C'est vrai, mon vieux, nous sommes notre pire ennemi. Nous avons laissé le monde nous acculer et, si des gens recommencent à nous massacrer, il n'y en aura pas beaucoup pour venir à notre secours. Ils ne l'ont d'ailleurs jamais fait, au cours de toute notre histoire. Bien sûr, on discute des horreurs passées et de promesses de soutien, mais qu'a fait le monde la dernière fois ? Rien du tout. Ils nous ont laissé mourir. Israël est notre seul défenseur. Cet État doit exister et rester fort.»

Un geste poli de la main réfuta ses propos.

«Vous ignorez ce qui fera la force d'Israël. Mais il est évident que vous avez vos propres idées sur la façon d'y parvenir.

– Et, vous, que feriez-vous ? demanda-t-il à Berlinger. Comment nous protégeriez-vous ?

– Comme nous l'avons toujours fait, en travaillant ensemble, en s'occupant les uns des autres, en priant Dieu.

– Jadis, ça n'a servi qu'à nous faire massacrer.

– Vous êtes un imbécile.»

Le silence s'installa entre eux pendant quelques instants.

«La fille est en grand danger, n'est-ce pas ?

– Comme vous vous en êtes déjà aperçu, elle ne représente rien pour moi.

– Pourtant, elle est persuadée du contraire.» Berlinger secoua la tête. «Pure naïveté. Le plus grand péché de la jeunesse. Qui est généralement associé à de l'arrogance.

– Vous n'avez pas à vous soucier d'elle.

– J'ai perdu un fils il y a longtemps du fait de ces mêmes deux fléaux. Malheureusement, j'ai appris plus tard qu'il avait raison, ce qui n'a fait qu'augmenter mes regrets.

– Mais vous, plus que quiconque, vous devriez vouloir nous voir forts.

– C'est le cas. Simplement, nous ne sommes pas d'accord sur la méthode.

– Où est allé Sagan lorsqu'il vous a quitté ? »

Berlinger haussa les épaules et pointa un doigt dans sa direction.

« Ça, je ne vous le dirai jamais. »

Zachariah décida de tenter une autre approche.

« Pensez à ce que cela signifierait si nos trésors étaient restitués. Le troisième Temple construit. N'en seriez-vous pas fier ? Ne seriez-vous pas heureux d'y avoir pris part ?

– Quel Juif ne le serait pas ?

– Imaginez le Temple à nouveau debout, construit selon les instructions du Livre des Chroniques. Imaginez le grand rideau brodé accroché au mur ouest, cachant l'entrée du saint des saints. Enfin, après tant de siècles, notre sanctuaire nous reviendrait. La table divine, la ménorah, les trompettes en argent, toutes revenues à leur emplacement d'origine. Si seulement nous avions aussi l'Arche.

– Combien devront mourir pour que cela arrive ? demanda Berlinger. Les musulmans contrôlent le mont du Temple. Ils ne l'abandonneront pas sans une lutte acharnée. Ils n'accepteront jamais un troisième Temple d'autant plus que le mont est le seul endroit où il peut être construit.

– Dans ce cas, ils mourront.

– Si nous déclenchions une guerre, nous ne pourrions pas gagner. »

Encore un aveu de faiblesse. Il en avait marre de ces couilles molles. Personne ne semblait avoir le courage de faire ce qu'il fallait. Ni les politiciens, ni les généraux, ni le peuple.

Personne, sauf lui.

« Tom Sagan est le lévite, dit Berlinger. Il a été choisi selon la tradition. Lui seul peut retrouver nos trésors.

– En cherchant du côté de Christophe Colomb ? Vous ne parlez pas sérieusement. Comment cet homme avait-il réussi à détenir un tel pouvoir ?

– Quand les trésors lui ont été confiés et qu'il les a emportés jusqu'au Nouveau Monde.

– Vous en savez beaucoup.

– On lui avait donné une mission qu'il a menée à bien. C'était un des nôtres.

– Et comment le savez-vous ?

– À son époque, seuls les Juifs étaient experts en cartographie et Colomb avait un grand talent en la matière. Ce sont les Juifs qui ont perfectionné les instruments de navigation et les tables astronomiques. Les marins juifs étaient très recherchés. Les notes que Colomb a consignées dans ses livres et qui ont survécu montrent un goût profond pour l'Ancien Testament. J'en ai consulté personnellement certaines en Espagne. Il indiquait 1481 en marge d'une note, puis donnait son équivalent hébreu, 5241. Rien que cela est suffisamment parlant pour moi.»

Et Zachariah savait pourquoi. Personne, sinon un Juif, ne se serait donné la peine d'ajouter les trois mille sept cent soixante années au calendrier chrétien.

«J'ai vu son portrait aux Offices à Florence, dit Berlinger. C'est le seul réalisé par quelqu'un qui a des chances de l'avoir vu de son vivant. Pour moi, ses traits sont nettement sémites.»

Rien que Zachariah ne sache déjà. Il avait examiné le même portrait.

«Nous avons financé son premier voyage, dit Berlinger. L'histoire en atteste. Pour ces Juifs séfarades, les rêves de Colomb représentaient leur salut. Ils croyaient vraiment pouvoir vivre en paix en Asie et échapper ainsi à l'Inquisition. Colomb s'est embarqué pour le Nouveau Monde principalement pour leur trouver une terre où vivre.

– Malheureusement, il n'a pas vécu assez longtemps pour y parvenir, dit Zachariah. Néanmoins, sa famille nous a offert un havre de paix en Jamaïque pendant cent cinquante ans.

– Raison pour laquelle nous devons respecter tout ce qu'il a fait et tout ce qui a été fait ensuite. La manière dont cette tâche sera poursuivie à partir de maintenant dépend de Tom Sagan. Vous et moi ne pouvons pas nous y opposer.»

Le vieil homme était assis le dos très droit et les jambes raides, les mains posées sur les accoudoirs de son fauteuil. Cette icône avait vécu longtemps.

Mais Zachariah en avait assez entendu. Il se leva.

«Je vois que je perds mon temps. Vous ne me direz rien.»

Berlinger resta assis. Il visa avec le pistolet. Le vieil homme leva la main.

«Puis-je dire une prière avant de mourir?»

Il tira en pleine poitrine. La faible détonation provenant du pistolet du silencieux troubla à peine le silence.

Berlinger ne parvenait plus à respirer, puis ses yeux devinrent vitreux, sa tête retomba sur le côté. Sa bouche s'ouvrit et un filet de sang coula le long de son menton.

Zachariah Simon chercha son pouls, en vain.

«Il est trop tard pour prier, mon vieux.»

66

Tom inséra la clé dans la boîte en argent et la tourna dans la serrure. Quel qu'en soit le contenu, il avait été placé là par son grand-père. Il se sentit en communion avec lui, une impression qu'il n'avait jamais connue auparavant. Maintenant, il était le dernier maillon d'une chaîne ininterrompue qui remontait à l'époque de Colomb. Difficile à croire, mais c'était pourtant vrai. Il pensa à tous les autres hommes qui avaient reçu cette mission, à ce qui avait pu leur passer par la tête. La plupart d'entre eux s'étaient probablement contentés de transmettre l'information à leur successeur. Saki, lui, était différent. Et il comprenait facilement pourquoi son grand-père avait été paranoïaque. Il y avait eu des pogroms dans le passé, des Juifs avaient souffert et étaient morts, mais jamais dans les proportions de ce qu'ils avaient enduré de 1939 à 1945.

Une époque sans précédent exigeant des actions sans précédent.

Il était seul à l'intérieur d'une pièce adjacente à la nef de la synagogue Maisel. Une femme âgée avait ouvert la vitrine et sorti la boîte en argent sans dire un mot. Elle l'avait posée sur une table en bois et s'était éclipsée en refermant la porte derrière elle. Ses pensées le ramenèrent au cimetière et au cercueil d'Abiram, sur une table en bois similaire.

Il y avait eu beaucoup de non-dits entre eux deux. Maintenant, il n'était plus possible de réparer le mal qui avait été fait.

Berlinger l'avait dit, le temps avait permis de tout relativiser, mais il ne voulait pas prendre cela en considération. Pire, c'était apparemment les mêmes erreurs qu'il avait faites il y a vingt ans que sa propre fille répétait envers lui.

Il chassa ces pensées déroutantes de son esprit et leva le couvercle.

À l'intérieur, se trouvait un sac en cuir noir identique à celui qui contenait la clé dans la tombe d'Abiram. Il le tâta du doigt et sentit quelque chose de dur à l'intérieur.

Il le prit et l'ouvrit.

L'objet qu'il sortit était sphérique, d'une dizaine de centimètres de large, et ressemblait à une grande montre de gousset avec une façade en cuivre.

Mais c'était autre chose : un assemblage de quatre disques imbriqués, l'un par-dessus l'autre, maintenus ensemble par un axe central. Dessus se trouvaient des aiguilles qui pouvaient être tournées et alignées, et des symboles apparaissaient sur les disques. Il remarqua les caractères. Certains étaient hébraïques, certains, arabes et d'autres mots étaient en espagnol. Il devait peser dans les quatre cents grammes et paraissait en cuivre. L'extérieur n'était absolument pas terni et les disques tournaient librement.

Il savait ce que c'était. Un astrolabe. Un instrument utilisé pour la navigation.

Il n'y avait rien d'autre dans la boîte.

Aucune explication, aucun message – rien – pour indiquer ce qu'il devait faire ensuite.

« D'accord, Saki », murmura-t-il.

Il reposa l'astrolabe et prit la lettre d'Abiram et la carte routière de la Jamaïque. Il les plaça sur la table et y ajouta la clé.

Toutes les pièces du puzzle.

Il déplia la carte et aplatit ses plis, en faisant attention à ne pas abîmer le papier friable. Il revit les ajouts à l'encre, les chiffres notés tout autour de l'île. Il fit un rapide calcul. Peut-être une centaine, tracés dans une encre bleue passée.

Il souleva l'astrolabe et essaya de rassembler ses connaissances sur l'objet. Comment s'en servait-on ? Il n'en avait pas la moindre idée. Sur le bord du disque extérieur des symboles étaient gravés à intervalles réguliers. Une aiguille, avec des entailles comme sur une règle, allait d'un bord à l'autre et reliait des symboles des côtés opposés. Tout ce qui était écrit était en hébreu, en arabe ou en espagnol. Il ne connaissait ni l'espagnol ni l'arabe et seulement des rudiments d'hébreu.

Il le retourna. L'envers présentait une série de lignes encerclant le disque, cinq en tout, toutes en hébreu. L'une d'elles indiquait des chiffres.

Quand il était enfant, Abiram avait insisté pour qu'il étudie l'hébreu. À la différence de nombreuses langues, les chiffres étaient composés de lettres et il se souvenait des différentes combinaisons. Il reconnut 10, 8, 62, 73, et la plupart de ceux qui étaient notés. Une autre aiguille allait d'un bout à l'autre. Il fit tourner les disques, qui se déplacèrent facilement sur leur axe central. Son regard se reporta sur la lettre d'Abiram et les données chiffrées que Saki lui avait transmises.

3. 74. 5. 86. 19.

Il chercha sur l'astrolabe et trouva le 3, étonné d'être encore capable de traduire. Il tourna l'aiguille et aligna une extrémité avec le symbole représentant le 3. À l'autre bout, l'hébreu indiquait 74.

Le deuxième chiffre du message de Saki était le 5. Il tourna l'aiguille et trouva le symbole correspondant au 5. L'autre côté indiquait 86.

Il n'en restait plus qu'un, qui semblait être le nœud du problème. Les deux autres étaient simplement là pour confirmer. *Oui, tu es sur la bonne piste.*

Il chercha le 19 sur la ligne et trouva quelque chose qui semblait correspondre. Le chiffre opposé était 56.

Il survola aussitôt la carte, cherchant le 56. Il le trouva à l'est de l'île, au sud d'une ville nommée Richmond, près de la rivière Flint. De petites lettres imprimées sur la carte, juste à côté du chiffre à l'encre, précisaient que la région s'appelait

Falcon Ridge. Il chercha encore sur le plan. Le chiffre 56 n'apparaissait nulle part ailleurs.

Il sourit. Ingénieux. Il n'y avait absolument aucun moyen de savoir quel était le bon chiffre parmi la centaine de numéros notés sur la carte sans la lettre et l'astrolabe.

Il rassembla la carte, la lettre, la clé, l'astrolabe dans le sac en cuir noir qui était suffisamment grand pour tout contenir.

Il sortit du bâtiment et prit la direction de la synagogue Vieille-Nouvelle.

Il se demandait s'il devait essayer de retrouver Alle. Mais comment faire ? Et à quoi cela servirait-il ? Elle avait choisi. Il avait fait tout ce qu'il pouvait pour elle, mais elle était dévouée à Simon maintenant et il espérait seulement que tout irait bien pour elle. Il pouvait se rendre à la police, mais que dirait-il ? Il aurait l'air d'un imbécile et Berlinger ne le soutiendrait certainement pas.

« Ma mission est accomplie. Le reste dépend de vous maintenant. »
Il ne lui restait plus qu'à partir.

Il regarda autour de lui une dernière fois. Les bâtiments qui lui avaient d'abord semblé familiers lui paraissaient maintenant froids et sans intérêt. Son séjour avait été bref, mais mémorable. Comme dans la maison de ses parents, il y avait beaucoup de fantômes ici aussi. Il se demandait ce qu'il y avait encore à trouver en Jamaïque, à Falcon Ridge.

Il n'y avait qu'un seul moyen de le savoir.

Mais son cœur se serra sous le coup de la déception.

« Bonne chance, Alle », chuchota-t-il.

Et il s'éloigna.

67

Zachariah se dirigea vers le restaurant où Alle l'attendait. Il avait fermé à clé les deux portes de la maison de Berlinger avant de partir et serait loin avant qu'on ne découvre le corps. Il n'avait pas eu d'autre choix que de tuer le vieil homme. Il en savait beaucoup trop et pouvait faire le lien entre lui et l'ambassadrice. La prière ?

Cela n'avait jamais suffi et ne suffirait jamais. La force, ou au moins ce qu'elle représentait, était le seul garant d'une véritable sécurité. Les Juifs n'avaient jamais été suffisamment puissants. Une fois seulement, à l'époque du second Temple, ils s'étaient révoltés et avaient chassé les Romains, mais cette victoire avait été de courte durée. L'Empire les avait écrasés. Au XXᵉ siècle, l'État d'Israël avait connu plus de succès. Deux fois, des tentatives d'invasion avaient eu lieu et, deux fois, les envahisseurs avaient été vaincus. Mais la volonté de combattre d'Israël avait faibli car l'avis des rabbins l'emportait sur celui des généraux. Aussi il n'y avait plus de place en ce monde pour d'autres rabbins Berlinger.

Il trouva le restaurant et vit Alle. Midi approchait et la salle commençait à se remplir. L'odeur des boulettes et du canard rôti le tenta, mais il n'était pas question de déjeuner.

« Avez-vous appris quelque chose ? » demanda-t-elle.

Il se demanda si elle croyait vraiment qu'il lui ferait part de ce qu'il pouvait avoir découvert, mais il ne manifesta aucun énervement et se contenta de secouer la tête.

«C'est un vieil obstiné. Il m'a parlé de votre père, mais ne m'a rien dit que nous ne sachions déjà.»

Son téléphone vibra. Il prit l'appareil et vit que c'était Rocha.

«Sagan est en route. Vers sa voiture, je crois.»

Il se leva de table et fit signe à Alle de le suivre.

«Nous arrivons.

– Évitez la vieille place. Il y sera bientôt.»

Il coupa la communication.

«Votre père s'en va. Ce qui veut dire que nous partons aussi.»

Il n'avait pas menti à Berlinger. Cette jeune femme n'était plus rien pour lui, mais il ne la tuerait pas immédiatement. Il la garderait sous la main jusqu'à être certain qu'elle ne soit plus d'aucune utilité. Avec Tom Sagan en route pour on ne sait où, ce moment n'était pas encore arrivé.

Il se contenta donc de sourire et l'escorta à l'extérieur.

Alle ne savait pas ce qui se passait, seulement que son père paraissait sur le point de quitter Prague. Il avait apparemment décidé de continuer sans elle, mais quel autre choix avait-il ? Il n'avait aucun moyen de la retrouver. Et elle s'en réjouissait. Elle préférait rester avec Zachariah. Elle avait une raison d'être ici. Elle se sentait partie prenante. Comme du temps de ses grands-parents.

Ils se faufilaient à travers la circulation et le flot des piétons pour atteindre l'endroit où ils avaient laissé leur voiture, elle et son père.

«Nous vous avons suivis depuis Vienne, dit Zachariah tout en marchant, et nous nous sommes garés tout près, en infraction. J'espère que la voiture est toujours là.»

Il fit un geste en direction de la gauche.

«Il faut que nous évitions la place. Nous allons prendre des voies détournées pour arriver là où nous voulons.»

Curieux comment le fait que son père s'en aille la tracassait. Comme une autre claque en pleine figure. Un rejet. En tout cas, il savait qu'elle le cherchait. Et pourtant, il avait décidé de partir.

«Mon père sait que je suis avec vous?» demanda-t-elle.

Zachariah acquiesça.

«Le rabbin m'a dit qu'il nous avait vus ensemble, un peu plus tôt, dans la rue.»

Ce qui expliquait en grande partie les choses.

«Où va-t-il?

– C'est ce que nous cherchons à savoir. Je suppose qu'il va se diriger vers l'aéroport. J'espère que ce sera celui de Prague.»

Tom parcourut sans encombre les vingt kilomètres qui séparaient Prague de Ruzyne, son aéroport. Il rendit la voiture à l'agence de location et trouva le comptoir de la British Airways, pensant que ce serait sans doute la meilleure façon de se rendre en Jamaïque. Un vol décollait pour Londres dans deux heures avec des places disponibles. Après une escale de deux heures et demie, il aurait une correspondance pour Kingston. Le prix du billet était astronomique, mais c'était bien le cadet de ses soucis. Il paya avec sa carte de crédit et reçut un ticket d'accès au salon de la compagnie valable toute la journée.

Avant de s'y installer, il acheta quelques produits de toilette. Il aurait dû appeler Inna pour savoir ce qu'elle avait pu découvrir, mais quelle importance cela avait-il maintenant?

Tout ce qu'il devait savoir se trouvait ici, à l'intérieur du sac en cuir noir. Il était dans un état épouvantable. Il avait besoin de prendre une douche et de se raser, comme au bon vieux temps, quand il était sur une piste. Heureusement, les apparences comptaient peu pour un journaliste de presse écrite. La signature, voilà ce qui importait. Et où était placé l'article. À la une, au-dessus de la pliure, l'*alpha* et l'*oméga* du journalisme, et il en avait été le roi.

Mais cette époque était révolue. Reviendrait-elle un jour?

Il pensa à la femme dans la voiture. *Trouvez le trésor. Ensuite nous parlerons de votre vie.*

Était-ce possible ?

Il était fatigué, mais il dormirait dans l'avion. Arrivé en Jamaïque, il louerait une voiture et prendrait la route de Falcon Ridge. Beaucoup de choses étaient en jeu là-bas. Pour lui-même et pour d'autres.

Une guerre ?

Était-ce ça le but de Simon ?

Des phrases lui revinrent à l'esprit. Il les avait lues jadis quand il était au Moyen-Orient. Extraites de la sainte *Midrash Tanhuma.*

Comme le nombril est placé au centre du corps humain,
Ainsi est la terre d'Israël le nombril du monde...

Certaines personnes en étaient persuadées au point de devenir des fanatiques. Et elles étaient suffisamment nombreuses pour déclencher une guerre.

Zachariah patientait avec Alle dans la zone de retrait des bagages. Quand ils étaient arrivés à la voiture, Rocha les attendait, moteur allumé. Ils avaient vu Sagan de l'autre côté de la rue monter dans son véhicule et l'avaient suivi en dehors de la ville, certains de sa destination. L'aéroport.

Il avait donc téléphoné à Vienne et demandé à la compagnie de charters d'envoyer le jet à Prague. La durée du vol était de moins d'une heure. Il ne lui restait plus qu'à connaître la destination de Sagan.

Information que Rocha était parti chercher.

Il aperçut son homme sur l'escalator qui descendait. Il perçut l'appréhension d'Alle.

« Ne vous inquiétez pas, lui dit-il. Je lui ai parlé. Il ne vous ennuiera plus. »

Rocha s'approcha.

«Ça m'a coûté 500 dollars, mais l'agent au comptoir m'a dit que Sagan avait réservé le vol de 3 heures pour Londres, puis vers Kingston, en Jamaïque. J'ai les horaires.»

La Jamaïque.

Pourquoi n'était-il pas étonné ?

Rocha se tourna vers Alle.

«Je veux vous dire que je suis désolé pour ce qui est arrivé à Vienne. J'ai poussé le bouchon trop loin. Je voulais seulement faire mon boulot.»

Alle accepta ses excuses. Zachariah avait dit à Rocha ce qu'il fallait faire si elle revenait avec eux et il était content de voir que son homme avait suivi ses consignes.

Elle paraissait déjà plus à l'aise.

«Notre jet ne va pas tarder, dit-il.

– Sagan a passé la douane, puis la sécurité, dit Rocha. Il attend le départ de son vol.»

Zachariah était focalisé sur un problème plus important.

Ils devraient refaire le plein au moins une fois, sinon deux. Même avec une escale, Sagan arriverait avant eux en Jamaïque. Ce qui voulait dire qu'il devait prévoir quelqu'un là-bas, pour le réceptionner.

Et il n'y avait qu'un seul candidat.

«Je dois téléphoner», dit-il.

68

Béne était dans sa propriété. Le jour était à peine levé sur la Jamaïque. Halliburton était rentré chez lui et Frank Clarke était retourné à Charles Town. Il s'était débarrassé de ses vêtements mouillés et s'était changé. Il se trouvait maintenant devant son chenil et ses chiens étaient contents de le voir, Big Nanny surtout. Il les caressa et profita de leurs manifestations d'affection.

Il pensa à Grandy Nanny. Elle avait réussi à s'échapper peu de temps après son arrivée en Jamaïque et avait entraîné ses cinq frères avec elle. Deux d'entre eux partirent vers l'est et devinrent les Marrons Windward. Nanny et les autres se dirigèrent vers l'ouest et devinrent les Leeward. Nanny Town fut bâtie, en défrichant trois cents hectares de forêt. Elle combattit les Britanniques et, tandis que ses frères et la plupart des Marrons désiraient surtout la paix, elle se contenta de signer une trêve. La légende prétend qu'immédiatement après elle demanda aux Britanniques de la fusiller. Ils s'exécutèrent, mais Nanny se redressa, se dirigea vers un officier britannique et lui retourna les balles qu'on lui avait envoyées. Elle leva le doigt en direction du ciel et lui dit :

«Seul lui peut me tuer.»

Il sourit. C'étaient ça, les légendes. On aurait bien voulu y croire.

Il regarda en direction des montagnes. Elles étaient couvertes d'une végétation exubérante, un océan de vert sous le soleil matinal qui baignait les pentes luxuriantes d'un halo pourpre.

Quelle beauté.

Il rassembla les chiens et ouvrit la porte. Les animaux jaillirent du chenil, se dérouillant les pattes, s'entraînant déjà pour la chasse.

Il était toujours perturbé par la tentative de meurtre dont il avait fait l'objet dans la grotte.

Être né marron revenait à avoir subi une initiation dans une société secrète. Sa mère lui avait appris étant enfant: *«Ne dis jamais plus que la moitié de ce que tu sais. Ce n'est pas mentir.»* Son père s'était montré plus pragmatique. Lui inculquant avec conviction la culture marron. Des secrets partagés deviennent des secrets trahis. *«Enterre tes secrets avec toi»*, disait son père.

Ce qui lui permettait de ne rien raconter à sa mère sur sa vie. Une trahison? Certainement. Était-il hypocrite? Probablement. Il avait reproché à Frank Clarke de ne pas tout lui dire, mais son ami avait eu raison dans la grotte. Il en avait fait autant vis-à-vis de sa mère.

Et les colonels? Il en voulait à ces hommes.

C'était le problème avec les Marrons. Ils n'avaient jamais été capables de rester soudés. Grandy Nanny elle-même avait conduit trois cents personnes de son peuple d'ouest en est au cours de ce qu'on appelait le Grand Trek. Son but était de réunir les deux factions Marrons puis d'attaquer en force les Britanniques. Mais son frère, Cudjoe, qui dirigeait l'est, avait refusé. Il voulait la paix. Elle avait donc battu en retraite pour rejoindre les Leeward et repris le combat. Et bien qu'elle eût fini par accepter une trêve, elle n'avait jamais fait la paix. C'était une femme habile.

Les chiens paraissaient inquiets. Deux d'entre eux commencèrent à se battre. Il cria et mit un terme à leur dispute. Ils reculèrent et il les caressa tour à tour, une façon de leur dire que tout allait bien.

Les Marrons apprenaient très jeunes à ne pas parler de leurs coutumes. Toute connaissance dispensée devait l'être par bribes. La confiance était quelque chose de fragile. Révéler tout ce que vous saviez vous rendait vulnérable. Parler librement de ce qui concernait les Marrons exposait au courroux des ancêtres.

Mieux valait ne rien dire.

C'était ce qu'on lui avait enseigné. À Frank Clarke aussi.

Pourquoi était-il alors tellement ennuyé par les dissimulations de Frank ? Simple. Il n'était pas quelqu'un de l'extérieur. C'était un marron.

La révélation de Frank à propos du manque de confiance des autres le blessait. De quel droit le jugeaient-ils ? Et de quel droit décider de le tuer ?

« Espèce de bâtards ingrats », chuchota-t-il.

Que faire maintenant ? La mine n'avait rien révélé et, d'après Frank, personne ne savait où étaient passées les reliques.

Mais là encore, il n'avait aucun moyen de savoir si tout ça était vrai.

Protège toujours ton savoir.

Frank Clarke protégeait-il toujours le sien ?

Les chiens couraient dans toutes les directions, mais revenaient toujours tourner autour de lui. Les nuages s'étaient éloignés des sommets et s'approchaient, le ciel avait pris la couleur de la cendre.

Son téléphone sonna. L'écran affichait NUMÉRO PRIVÉ mais il décida de répondre.

« Zachariah Simon », dit la voix.

Il se calma.

« Je crois que tu as cherché à me joindre.

– En fait, j'aimerais bien te tuer. »

Et c'était la vérité.

« J'ai fait ce que j'avais à faire. Tu aurais agi de la même manière. Nous sommes tous les deux des hommes qui ont réussi, Béne. Pour garder ce statut, nous prenons des décisions difficiles. Exactement comme tu l'as fait quand tu as lâché les Américains sur moi. »

Intéressant. Simon était au courant.

« Je n'avais pas le choix.

– J'en doute. Mais ça n'a pas d'importance. Jamison est mort. Il ne reste plus que nous deux maintenant, Béne. »

Ce qui expliquait qu'il n'ait plus eu de nouvelles de Brian. Il espérait que les Américains étaient sortis de sa vie pour de bon.

« Que veux-tu ?

– Considérons que nous sommes quittes.

– Il y a une raison à ça ?

– Un certain Thomas Sagan est en route pour Kingston.

– L'homme de Floride ?

– C'est ça. Il arrivera par avion tard ce soir chez vous. Je suis en route, mais je n'arriverai pas avant lui. J'ai besoin que tu le suives pour voir où il va.

– Et pourquoi le ferais-je ?

– Il te conduira jusqu'à l'emplacement d'un immense trésor. Je t'ai menti, Béne. Je ne suis pas à la recherche de la tombe de Colomb ou même de la mine d'or perdue. Qu'il y ait ou non des coffres d'or en provenance de Panamá cachés quelque part sur l'île, je m'en moque. Je veux quelque chose de beaucoup plus précieux qui n'appartient pas à la légende. Quatre objets. Le trésor du Temple des Juifs. »

À présent, cela devenait intéressant. Simon lui disait la vérité.

« Cet homme, Sagan, sait-il où se trouve le trésor ?

– Je crois. »

Frank avait assuré que les objets avaient été déplacés. Ce Sagan connaissait-il leur cachette actuelle ?

Il décida de garder cette information pour lui et d'en discuter avec Sagan.

« Puisque tu connais déjà l'existence de Sagan, dit Simon, cherche sa photo sur Internet, puis trouve-le. Il sera à bord du vol British Airways en provenance de Londres qui arrive ce soir vers 11 heures. Il aura peut-être une bourse avec lui. Ce qu'il y a l'intérieur est important.

– Pourquoi m'avoir appelé moi ?

– Parce que tu meurs d'envie de me tirer dessus.»

Effectivement. Comme avec Grandy Nanny et les Britanniques, il pouvait y avoir une trêve entre eux, mais jamais de paix.

«Fais ce que je te demande, dit Simon, et tu auras l'occasion de prendre ta revanche, car tu détiendras alors ce que je veux.»

Mais Béne savait autre chose. Thomas Sagan était l'ennemi de Simon. Et cela lui plaisait.

«Un dernier point, dit Simon. Auquel tu dois penser avant d'agir. J'ai une pièce du puzzle que Sagan n'a pas. Sans elle, tu ne trouveras rien. Il faut que je sois là, avec Sagan, et je mettrai cette pièce à notre disposition à tous.»

Béne gloussa.

«Jamais simple, à ce que je vois.

– Ainsi va le monde.

– J'aurai un homme qui t'attendra à l'aéroport avec une voiture, dit-il. Entre-temps, je trouverai Thomas Sagan.»

69

Tom récupéra son passeport que la femme au comptoir lui tendait. Il avait voyagé en tant que journaliste dans toute la Caraïbe et en Amérique du Sud, mais jamais en Jamaïque. Son voyage avait commencé avec un vol d'une heure de Prague à Londres, puis avait continué vers l'ouest, à travers l'Atlantique pendant neuf heures et demie. Pour son corps, il était plus de 4 heures le lendemain matin. Ici, il était 23 h 15.

Le vol transatlantique n'était pas plein, ce qui lui avait permis de s'allonger et de dormir. Pour la première fois depuis plusieurs jours, il s'était détendu, se sentant en sécurité à dix mille mètres d'altitude. Il n'avait même pas pris un repas. De toute façon, il n'appréciait guère la nourriture servie dans les avions.

Il régnait une atmosphère tropicale, dense et chaude, bien différente de celle de Prague. Plutôt comme en Floride. Comme chez lui. C'était drôle qu'il se fasse cette réflexion. Il n'avait pas évoqué la notion de chez-soi depuis longtemps.

Il se dirigea vers les comptoirs des loueurs de voitures situés dans le hall du rez-de-chaussée. Il y avait des travaux partout, le terminal étant actuellement en cours de rénovation. Peu de boutiques étaient ouvertes à cette heure tardive, mais bon nombre de passagers entraient et sortaient encore dans le hall.

Il aurait dû ressentir le décalage horaire, mais il n'en était rien. Il n'avait jamais beaucoup souffert de ce problème, l'adrénaline étant un antidote très efficace, aujourd'hui comme autrefois. Le comptoir Hertz était allumé et une personne tenait l'accueil.

Deux hommes surgirent brusquement à ses côtés.

«Besoin d'une voiture?» demanda l'un d'eux d'un air insistant.

Il secoua la tête.

«Non, merci.

«Allons, dit l'autre. Nous pouvons vous emmener où vous voulez. Pas cher. Pas de problème.»

Il ne s'arrêta pas.

Ils continuèrent à le coller.

«Nous avons une bonne voiture, dit le premier. Rapide. Vous aimez.

– J'ai dit non merci.»

L'homme à sa gauche se planta devant lui, tandis que l'autre se postait derrière. Celui qui lui faisait face plongea la main sous sa chemise et sortit un pistolet qu'il colla contre le ventre de Tom.

«Je crois que vous devez venir.»

Tom comprit la gravité de la situation. Le sac de cuir noir était dans sa poche arrière. Il portait la veste qu'il avait en Europe, mais avait laissé le pistolet en République tchèque. Le sac fut extrait de sa poche.

Il se retourna.

L'homme derrière lui avait également un pistolet.

«Doucement, doucement, restez calme. Vous en Jamaïque à présent.»

Ils l'éloignèrent des comptoirs de location et l'entraînèrent en direction de la sortie. Dehors, il scruta la nuit à la recherche de la police ou d'agents de sécurité.

Il n'en vit aucun.

Les gens entraient et sortaient du terminal par vagues. Des voitures arrivaient et repartaient. Les deux hommes ne le quittaient pas d'une semelle. L'un d'eux le précédait, l'arme dissimulée, tandis que l'autre gardait la sienne près du ventre de Tom, à l'abri des regards.

Un pick-up attendait le long du trottoir. La portière du conducteur s'ouvrit et un homme descendit. Il était petit, noir et mince, le cheveu ras et le visage impeccablement rasé. Il portait une chemise claire ouverte sur un T-shirt de couleur et un pantalon en coton. Aucun bijou sur ses mains, ses bras, ou son cou. À voir l'attitude des hommes en sa présence, celui-là devait être le chef. Il esquissa un sourire, révélant des dents d'un blanc éclatant.

«Je m'appelle Béne Rowe.»

Une main se tendit dans sa direction.

Qu'il n'accepta pas.

«Je sais que nous avons un ennemi commun. Zachariah Simon.»

Mieux valait dire la vérité.

«Effectivement.

– Dans ce cas, serrons-nous la main et aidez-moi à baiser ce maudit fils de pute.»

Béne remarqua l'inquiétude de Tom Sagan. Il devait faire attention.

Ses hommes lui tendirent un sac en cuir noir, exactement comme Simon l'avait annoncé. À l'intérieur, il trouva plusieurs objets, dont un en cuivre circulaire avec des annotations en espagnol et en hébreu sur le dessus.

«Qu'est-ce que c'est? demanda-t-il.

– Un astrolabe.

– Je suppose que vous savez comment vous en servir.»

Sagan haussa les épaules.

«Pas vraiment.»

Béne pointa un doigt en direction de son hôte.

«On joue au malin?

– Exactement comme vous le faites avec moi.»

Béne agita la main et renvoya ses deux hommes. Il supposait que Sagan n'irait nulle part sans le sac noir. Il fallait qu'il lui fasse confiance, il décida donc de le lui rendre.

« Vous n'êtes pas prisonnier. Partez. Allez-y. Mais si vous voulez rester, je vous aiderai. Simon a tenté de me tuer. Je veux une revanche. Si en vous aidant je peux y parvenir, alors vous pouvez compter sur moi.

– Comment avez-vous appris que je serais là ?

– Simon me l'a dit. Il savait exactement où vous seriez. »

Béne lut l'inquiétude sur le visage de Tom.

« J'ai été honnête, explique-t-il à Sagan. Je n'ai aucune raison de mentir. Il a précisé que vous connaissez l'endroit où est caché le grand trésor des Juifs. J'ai quelques informations à ce sujet.

– Lesquelles ? »

Tom devait prendre des décisions, comme autrefois sur le terrain quand des renseignements lui étaient offerts sur un plateau. Il fallait juger les paroles, les actions et passer un coup de téléphone. Parfois, vous aviez raison, d'autres fois vous n'étiez pas aussi chanceux.

Comme en Israël, il y a huit ans.

Pas maintenant, s'était-il dit.

Concentre-toi.

Il savait que Falcon Ridge se trouvait quelque part au nord-ouest de Kingston, dans les montagnes, vers le centre de l'île.

Une fois-là, il n'avait pas la moindre idée de ce qu'il devait chercher et le fait que Simon sache qu'il était sur l'île le préoccupait beaucoup.

Comment était-ce possible ?

Son ex-femme et ses parents étaient morts. Sa fille était partie. Tout ce qui lui restait, c'était cette femme dans la voiture.

Trouvez le trésor. Ensuite nous parlerons de votre vie.

Mais il avait besoin d'aide.

Et, bien que ce sympathique Jamaïcain jouissant d'un pouvoir évident lui ait dit qu'il était libre de partir, il en doutait.

Prends le risque.

« Connaissez-vous un endroit nommé Falcon Ridge ? » demanda-t-il.

Rowe acquiesça.

« Ce n'est pas loin de mon domaine. »

Un domaine ? Bien sûr. Et quoi d'autre ?

« C'est là que nous devons nous rendre. »

70

Zachariah attacha sa ceinture et Alle et Rocha en firent autant. L'interminable vol transatlantique allait bientôt prendre fin. Ils avaient fait escale une seule fois pour refaire le plein à Lisbonne, puis avaient volé d'une traite jusqu'à Kingston. Sa montre indiquait 12 h 25 heure locale, samedi 9 mars.

Toute une journée s'était écoulée.

Alle et Rocha avaient tous les deux dormi pendant le voyage. Lui avait somnolé, incapable de mettre son esprit au repos. Cela l'excitait de savoir qu'il y avait des Israéliens au pouvoir qui attendaient qu'il passe à l'action. Enfin, après des décennies de concessions et de complaisance, quelque chose allait peut-être enfin être réalisé. Son père et son grand-père auraient été fiers. Il était sur le point de réussir là où tous les deux avaient échoué. Mais tout cela dépendait de la coopération de Béne Rowe.

Sagan devait être déjà arrivé, ce qui voulait dire que Rowe était avec lui, probablement en train d'essayer d'en apprendre le plus possible. Il espérait que son stratagème à propos d'une autre pièce du puzzle freinerait un peu Rowe. Il aurait parié qu'il allait limiter le nombre de gens impliqués. Il ne voudrait certainement pas que ses hommes puissent vouloir en tirer avantage. Évidemment, Rowe avait assuré que quelqu'un les attendrait à l'aéroport, mais il n'avait jamais dit où ils voudraient être conduits.

Il s'interrogeait.

Avait-il une chance raisonnable ?

Alle se leva de son siège et se dirigea vers les toilettes juste avant que le pilote annonce qu'ils allaient bientôt atterrir. Quand elle eut fermé la porte, il fit signe à Rocha de se lever et de s'approcher. À voix basse, il expliqua ce qu'il fallait faire.

Rocha acquiesça.

La réponse était claire.

Oui, bien sûr.

Tom s'assit sur le siège du passager du pick-up et demanda :
« Comment connaissez-vous Simon ?

– J'ai lu quelque chose sur vous sur Internet. Un célèbre journaliste qui a eu des problèmes. »

Ce qui ne répondait pas à sa question.

« Ne croyez pas tout ce que vous lisez. Ce serait une grosse erreur. »

Rowe gloussa.

« Vous devriez lire ce qu'on dit sur moi. Choquant. Des trucs honteux. »

Tom se demanda si c'était tellement loin de la vérité, tout en s'inquiétant déjà de savoir s'il avait eu raison d'agir ainsi.

Ils quittaient l'aéroport par une autoroute, récemment refaite et toute droite. La circulation était pratiquement inexistante. La pleine lune illuminait le ciel de minuit.

« Comment connaissez-vous Simon ? demanda-t-il une nouvelle fois.

– Nous nous sommes rencontrés l'an dernier. Il cherchait de l'aide pour retrouver une mine perdue et je me suis proposé.

– Et Brian Jamison ? Vous le connaissez aussi.

– Vous avez rencontré Brian ?

– C'était un agent américain au service du secrétariat à la Justice. On a dit à ma fille qu'il travaillait pour vous.

– C'est faux.

– Il est mort.

– Je le sais.

– Je dirais que Jamison comptait sur vous. À en juger par votre entourage, je dirais aussi que vous savez vous y prendre avec les autorités judiciaires locales. Que voulait Jamison ? Simon ?

– Quoi d'autre. Il m'a demandé de l'aide et j'ai fait ce qu'il voulait.

– C'est vous qui l'avez fait tuer à Vienne ? »

Rowe secoua la tête.

« C'est Simon. Il a tout manigancé.

– Je suppose que Jamison n'a jamais dit pourquoi les Américains s'intéressaient à Simon.

– Il n'était pas du genre bavard. Il préférait donner des ordres.

– Comme vous ? »

Rowe se mit à rire.

« Vous deviez être un sacré bon journaliste.

– Je le suis toujours. »

Et il le pensait.

« Simon dit qu'il détient des informations que vous n'avez pas, déclara Béne. C'est pour ça que je suis censé vous retenir jusqu'à ce qu'il arrive.

– Et vous ne le croyez pas ?

– Il ne dit pas toujours la vérité.

– Il ne sait rien.

– Dans ce cas, tant mieux pour moi si j'ai misé sur vous. »

Sagan n'était pas tellement certain que le contraire soit vrai.

« À quelle distance est Falcon Ridge ?

– Environ cinquante kilomètres à vol d'oiseau. Malheureusement, ici, les routes sont tortueuses. Je dirais que nous mettrons deux heures pour arriver là-bas. Que cherchons-nous ?

– Une grotte.

– Il y en a des milliers en Jamaïque.

– Y en a-t-il une à Falcon Ridge ? »

Rowe prit un téléphone.

«Je me renseigne.»

L'homme composa un numéro, attendit qu'on lui réponde, puis il demanda à parler à un certain Tre.

«Téléphoner tout en conduisant est dangereux, dit Tom lorsque la communication prit fin.

– C'est ce qu'on dit. Mais des tas de trucs sont dangereux. Comme monter dans un pick-up avec un étranger.

– Pas besoin de me le rappeler.»

Rowe sourit.

«Vous me plaisez. Vous êtes un malin. On m'a dit ce que vous aviez fait à Simon en Floride.»

Tom demanda alors :

«Qui était au téléphone ?

– Un de mes amis qui s'y connaît en grottes. Il va rappeler et nous dire ce qu'il y a à Falcon Ridge.

– Pourquoi vous intéressez-vous autant au trésor du Temple des Juifs ?

– Je ne m'y intéressais pas il y a quelques heures encore. Vous savez que Simon arrive en Jamaïque.»

Il acquiesça.

«Maintenant, oui. Il vient probablement avec ma fille.

– Votre fille ? Encore avec lui ? C'est une drôle d'histoire !

– On peut le dire. Comment saurons-nous quand Simon arrive ?

– Pas de problème. Mes gens l'attendent.»

Zachariah remit son passeport dans sa poche et sortit du bâtiment avec Alle. Le hangar réservé aux avions privés était loin du terminal principal de Kingston et son jet était maintenant au milieu de tous les autres sur le tarmac.

L'air humide et chaud l'assaillit.

«Comment allons-nous nous déplacer ? demanda Alle.

– Ça ne devrait pas poser de problème.»

Il montra deux Noirs qui s'avançaient vers eux, le torse musclé en avant. Ils étaient sortis d'un hangar situé à l'écart, près d'un parking sur lequel seulement quelques voitures étaient garées. Des ampoules de faible intensité répandaient une pâle lumière jaune sur le sol sombre. Des palmiers plantés en bordure du terrain bruissaient sous l'effet d'une brise légère. Les deux hommes portaient un jean et des chemises kaki avec des taches d'humidité aux aisselles. Ils s'arrêtèrent à quelques mètres d'eux.

« M. Rowe nous a envoyés vous chercher, dit l'un d'eux, le visage rayonnant d'amabilité.

– Très gentil. »

Ils suivirent leurs hôtes sur le parking, où l'un des hommes montra une berline claire.

« Vous n'allez pas faire de difficultés, n'est-ce pas ? demanda l'un d'eux.

– Pourquoi en ferais-je ? »

Alle paraissait inquiète, mais il lui fit un petit signe de tête pour la rassurer.

Une ombre surgit de derrière les arbres. Il entendit un craquement. L'homme à sa gauche s'effondra face contre terre, le cou brisé. Son équipier plongea la main dans sa poche de pantalon, certainement à la recherche d'une arme, mais il n'eut pas le temps d'agir.

« Allons, dit Zachariah, je voudrais que vous laissiez vos mains en évidence. »

Rocha appuyait un pistolet contre la tête de l'homme.

« Tu as un téléphone ?

– Bien sûr.

– Tu sais comment joindre Béne ? »

Il hocha la tête.

« Il voulait que tu l'appelles quand nous serions dans la voiture ? »

Un autre signe de tête.

« Et il t'aurait alors dit où nous emmener ? »

Une troisième confirmation.

« Prends le téléphone, doucement, et appelle. Dis-lui que nous sommes avec toi. Parle uniquement en anglais. Pas de patois. Je veux comprendre clairement ce que tu dis et ce qu'il te répond. Au moindre problème tu es mort.»

Simon remarqua que l'homme tardait à s'exécuter. Rocha appuya plus fort le pistolet contre sa tempe.

Il composa le numéro.

Zachariah s'approcha et inclina l'appareil de façon à entendre l'échange. L'homme avait les bras glabres et il empestait la transpiration.

Au bout de trois sonneries, la voix de Béne Rowe répondit.

«Nous les avons, dit celui qui venait au rapport.

– Tout va bien ?

– Aucun problème.

– Amène-les à Falcon Ridge. C'est sur la carte, dans la paroisse de Sainte-Anne. Prends l'A3, puis à l'ouest à Mahoe Hill. Dépêche-toi.

– Nous partons», dit l'homme à Rowe.

La communication fut coupée.

«Très bien», dit Zachariah.

Il fit signe à Alle de monter à l'arrière de la voiture, puis contourna le véhicule pour aller s'asseoir à la place du passager.

Rocha passa un bras autour du cou de l'homme et serra. De sa main libre, il repoussa violemment la tête de l'homme sur le côté. Il s'affaissa, la nuque brisée.

Zachariah s'installa dans la voiture pendant que Rocha traînait le corps sous les arbres.

«Que se passe-t-il là-bas ?» demanda Alle.

Rocha enleva l'autre corps.

«Nous venons d'empêcher M. Rowe de nous faire du mal, lui dit-il.

– Vous les avez tués ?

– Pas du tout. Ils sont juste inconscients. Ça nous laisse le temps de partir. Mais ne l'oubliez pas, Alle, ces hommes sont des gangsters. Ils s'en seraient pris à nous.»

Rocha revint avec les clés de la voiture, deux armes et deux téléphones portables qu'il lui donna.

«Voyons maintenant si la chance est toujours avec nous», dit Zachariah.

Rocha se mit au volant.

Les questions et les craintes d'Alle n'étaient plus d'actualité. Si tout se passait bien, à l'aube, elle serait morte.

Béne éteignit le téléphone portable et regarda Thomas Sagan à côté de lui dans le pick-up.

«Simon est là. Je le tiens.

– Vous venez de dire à vos gens de l'amener à Falcon Ridge.

– Je le veux là-bas. J'ai l'intention de négocier avec lui. Vous avez vos priorités, j'ai les miennes.

– Et si Simon avait une longueur d'avance sur vous?»

Béne gloussa.

«Ça arrive constamment, mais je sais très bien comment rattraper mon retard. Ne vous inquiétez pas. Nous serons là-bas une bonne heure avant Simon. Ce qui nous laisse tout le temps qu'il faut pour inspecter l'endroit et nous préparer.»

Son téléphone sonna de nouveau.

Halliburton.

«Il y a une grande grotte à Falcon Ridge appelée Darby's Hole. Elle est interdite d'accès. La société géologique la classe comme étant très dangereuse. Trois personnes y ont péri au cours des cinquante dernières années. Le site Internet de la société recommande de ne pas s'y risquer.

– C'est tout ce qu'il fallait que je sache.

– Tu vas y aller, Béne?

– Tu n'es pas dans le coup cette fois. D'accord?»

Il espérait que son ami comprendrait.

«Tu es sûr de ce que tu fais? demanda Tre.

– Pas vraiment. Mais je le fais quand même.»

Il coupa la communication.

«Quel est votre intérêt dans tout ça? lui demanda Sagan.

– Je n'ai pas arrêté de me poser cette question toute la journée. En fait, c'est juste une question d'orgueil. Et vous, pourquoi faites-vous ça ? »

Sagan haussa les épaules.

« Apparemment, c'est la mission qui m'a été assignée.

– Vous étiez sur le point de vous suicider en Floride. Qu'est-ce qui a changé pour vous ? »

Sagan était visiblement surpris qu'il soit au courant.

« J'avais un espion dans le camp de Simon. Il me tenait davantage informé que Jamison. Simon avait besoin de vous. Il est parti sur vos traces. Votre fille vous a menti. Oui, mon vieux, je connais l'histoire. Du moins, en partie. Et maintenant vous voilà. Ce n'est pas seulement un boulot. C'est bien plus. C'est une affaire sacrément personnelle pour vous.

– Votre père est encore en vie ? »

Drôle de question.

« Il est mort depuis longtemps.

– J'ai longtemps considéré que le mien l'était. Et puis, un jour il est mort pour de bon. Et je l'avais déçu. »

Maintenant, Béne comprenait.

« Mais, en agissant comme vous le faites maintenant, vous ne décevez plus ?

– Quelque chose dans le genre.

– Je connais un peu l'histoire du trésor des Juifs ici. Je sais peut-être même des trucs que vous ignorez. »

Et il parla à Sagan de la grotte, de la tombe de Christophe Colomb et des quatre objets qui s'y trouvaient et qui avaient maintenant disparu.

« Cette grotte où je suis allé ne se trouve pas à Falcon Ridge. C'est à environ un kilomètre cinq cents de là.

– Y a-t-il une rivière ? »

Il acquiesça.

« Des ruisseaux qui se déversent les uns dans les autres.

– Alors nous sommes au bon endroit. Mon grand-père a retiré ces quatre objets de là et les a emportés à Falcon Ridge.

– Donc, ils pourraient y être encore ?

– Nous allons bientôt en avoir le cœur net.

– Comment savez-vous que je ne vais pas vous tuer afin de les garder pour moi ?

– Je n'en sais rien. Mais, pour être honnête avec vous, monsieur Rowe, je m'en fous complètement. Comme vous me l'avez rappelé, j'étais déjà prêt à mourir il y a quelques jours.»

Béne appréciait cet homme de plus en plus.

«Appelez-moi Béne. Personne ne m'appelle monsieur. Et ne vous inquiétez pas, Thomas...

– Tom. Presque personne ne m'appelle Thomas.

– Alors ne vous inquiétez pas, Tom, vous êtes entre de bonnes mains avec moi.»

71

Assise à l'arrière, Alle se demandait ce qui se passait. Elle s'était sentie plus en sécurité avec Zachariah à Prague, mais elle n'avait pas la même impression ici. Rocha lui soulevait toujours le cœur, ses excuses n'ayant rien effacé, et elle avait dû se forcer pour prendre l'avion avec lui.

Le trésor du Temple l'obsédait. Sa famille avait gardé un secret pendant longtemps. Qui remontait à l'époque de Christophe Colomb. À présent, ils étaient là, en Jamaïque, où la famille Colomb avait régné pendant cent cinquante ans. Ils avaient tenu l'Inquisition à l'écart, offrant aux Juifs un havre de paix dans le Nouveau Monde.

Était-il possible que la ménorah, la table divine et les trompettes en argent existent encore ?

Zachariah en était persuadé.

Elle avait entendu ce que Béne Rowe avait dit au téléphone. Falcon Ridge. C'était l'endroit en question. Vers lequel se dirigeait apparemment son père.

Ce qui ne l'empêchait pas d'avoir des sueurs froides. Dehors, il faisait nuit, mais la pleine lune projetait une lumière étrange, comme si le monde était momifié. Ils s'étaient arrêtés dans une petite boutique et avaient trouvé une carte routière de la Jamaïque, et ils avaient constaté que leur destination se trouvait à moins d'une heure de là, avec des routes bitumées presque sur la totalité du parcours. Dans le magasin, Zachariah avait aussi acheté trois torches dont l'une lui était destinée. Il avait eu beau essayer de la rassurer en lui affirmant que tout allait bien, elle était perplexe.

Brian Jamison avait prétendu qu'il travaillait pour Béne Rowe, puis avait changé de version et dit qu'il était un agent américain. Où était la vérité ? Zachariah lui avait dit dès le début que des gens essaieraient de les empêcher d'agir. Normal, compte tenu du trésor qu'ils cherchaient. C'est pourquoi celui-ci était resté caché pendant près de deux mille ans.

Le trouveraient-ils cette nuit ?

Quelle incroyable éventualité ! Cette perspective aurait presque suffi à dissiper ses craintes.

Tom descendit du pick-up. La nuit tropicale était claire et lumineuse. Ils s'étaient garés au sommet d'une crête, d'où une route communale gravillonnée descendait en direction d'une vallée couverte de forêts. Loin au nord, à des kilomètres, des éclats de lune se reflétaient sur la mer.

« Voilà Falcon Ridge, dit Rowe. Heureusement pour vous, je m'étais renseigné. »

Rowe chercha dans le pick-up et trouva deux torches. Il en tendit une à Tom qui l'alluma et vit des outils à l'arrière du véhicule.

« J'ai apporté du matériel, dit Rowe. Au cas où. Je possède une plantation de café pas très loin d'ici.

– Et que faites-vous d'autre ?

– Si vous pensez à quelque chose d'illégal, sachez que je ne suis pas un truand. Mais j'ai effectivement des gens à mon service qui peuvent faire beaucoup de mal. Heureusement pour vous, aucun n'est là ce soir. Cela reste entre vous, moi et Simon.

– Et qu'est-ce qui vous fait croire qu'il va jouer franc jeu avec vous ?

– Il n'en fera rien. Mais nous avons de l'avance sur lui, ne perdons pas de temps. »

Rowe ouvrit un conteneur métallique et sortit un holster avec un pistolet qu'il enfila.

Le fait qu'il soit armé contraria Sagan, mais il devait s'y attendre.

« Pour Simon », dit Rowe.

Béne passa devant et se glissa entre les arbres. Tre lui avait dit où se trouvait la grotte nommée Darby's Hole. Pas loin. En bas d'une crête escarpée qui descendait au fond de la vallée, où un affluent de la rivière Flint se précipitait vers la mer.

Il entendait l'eau déferler.

Ses yeux étaient habitués à l'obscurité, ses oreilles aux bruissements de la jungle autour de lui. Ce qui le rendait nerveux. Il avait l'impression qu'ils n'étaient pas seuls.

Il s'arrêta et fit signe à Sagan de ne plus bouger.

Dans le ciel au-dessus, il observa le vol silencieux des chauves-souris. Quelques insectes signalaient leur présence. Le pistolet dont il s'était muni reposait près de sa poitrine dans le holster. Sa main droite caressait doucement l'arme. C'était rassurant de la savoir là. Même s'il ne pouvait pas dissiper le sentiment qu'ils n'étaient pas seuls.

Toutes les terres sur des kilomètres alentour appartenaient aux Marrons, dont une partie leur avait été cédée deux cents ans plus tôt par les Britanniques. La forêt occupait l'essentiel de cette zone, dépourvue de toute population et régie par le conseil local des Marrons.

Ils continuèrent à descendre péniblement sur le sol glissant à cause des cailloux et de la boue. Il alluma sa lampe et essaya de repérer la cascade. La rivière large d'une dizaine de mètres était juste en contrebas et le courant y était rapide.

Ils atteignirent la rive boisée. Il plongea le faisceau de la lampe dans l'eau claire bleu vert et vit qu'elle était peu profonde, moins d'un mètre. Typique des nombreux cours d'eau de Jamaïque.

Sagan alluma sa torche et balaya les alentours de droite à gauche.

« Là. »

À cinquante mètres, la rivière faisait un coude. À cet endroit, s'élevait une falaise dont la paroi était fissurée, indiquant la présence d'une grotte.

« Ça doit être ça, dit-il. Nous pouvons suivre la rive jusque là-bas. »

Une longue plainte grave troubla la nuit.

Sa tonalité changea plusieurs fois, mais elle se poursuivit avec la même intensité pendant près d'une minute.

Béne connaissait ce son.

Un *abeng*. Une corne de vache. En soufflant dans des trous et en les obturant avec le pouce, on pouvait en tirer des notes. Il avait appris à en jouer étant enfant. Aux XVIIe et XVIIIe siècles, les Marrons se servaient de ces instruments pour communiquer. Une oreille exercée pouvait reconnaître les notes et déchiffrer des messages souvent venus de loin. C'était un des nombreux avantages qu'ils avaient eus sur l'ennemi. Les Britanniques trouvaient terrifiant ce son lugubre, étant donné qu'il annonçait généralement la mort. Mais que voulait-il dire ce soir ? Il ne l'avait jamais entendu en dehors d'une cérémonie rituelle.

« Qu'est-ce que c'est ? » demanda Sagan.

La plainte cessa. Une autre lui répondit, beaucoup plus éloignée.

L'inquiétude de Béne céda la place à la peur.

Des Marrons étaient dans les parages.

Tom suivit Rowe le long de la rivière. La végétation enchevêtrée leur barrait la route, les ralentissant. Des brindilles et des feuilles sèches craquaient sous leurs pas. Ils arrivèrent enfin à un endroit proche de l'entrée de la grotte. Leurs lampes balayèrent l'ouverture noire de l'autre côté de la rivière et quelque chose attira leur attention.

Un barrage.

Fait de rochers cimentés, avec des joints grossiers épais. Il s'élevait de quelque soixante-dix centimètres au dessus de l'eau et bouchait en partie l'entrée de la grotte, empêchant l'eau d'y pénétrer.

« Il faut que nous traversions la rivière pour arriver jusque-là », dit Rowe en se saisissant du pistolet et en s'avançant dans le courant rapide, l'eau lui arrivant à la taille.

Sagan le suivit.

L'eau froide le fit frissonner, ce qui n'était pas désagréable étant donné qu'il était en nage. Le lit de la rivière était tapissé de pierres lisses de différentes tailles, ce qui rendait la marche périlleuse. Deux fois, il faillit perdre l'équilibre. S'il tombait sans pouvoir résister au courant, il serait mort en quelques secondes. Heureusement, l'eau était peu profonde.

Rowe atteignit le barrage, sauta dessus et remit le pistolet dans son holster.

Tom le rejoignit.

Ils braquèrent tous deux leurs lampes à l'intérieur de la grotte. Un peu d'eau filtrait à travers le barrage et coulait le long d'une pente lisse, large d'une trentaine de centimètres.

« Cette rivière s'enfonçait jadis dans cette grotte, dit-il.

– Et quelqu'un a construit un barrage pour la protéger. »

Une pancarte à côté de l'entrée indiquait que la grotte était celle de Darby's Hole. L'avertissement était sans appel : ACCÈS INTERDIT. Courants imprévus, passages non explorés et non signalés, fosses dangereuses et brusque montée des eaux figuraient au nombre des dangers justifiant cette interdiction.

« C'est rassurant », dit Tom.

Mais Rowe avait tourné le dos à la pancarte et scrutait les arbres sur l'autre rive.

La plainte n'avait plus retenti.

« Que me cachez-vous ? demanda-t-il à Rowe.

– Entrons. »

72

Zachariah vérifia la carte. Ils avaient trouvé l'autoroute A3, comme l'avait conseillé Rowe, puis avaient filé vers le nord en traversant une série de villes plongées dans l'obscurité. Juste après Noland, la route commença à monter dans les montagnes Bleues. Une lune éclatante baignait le paysage d'une lumière extraordinaire, quasi divine, et il se demanda si c'était un signe.

«Mahoe Hill est à quelques kilomètres, dit-il à Rocha. De là, nous irons vers l'ouest. Tout va bien derrière? demanda-t-il à Alle.

– Ça va.»

Il n'avait jamais beaucoup apprécié les trajets en montagne et la tête lui tournait un peu à cause des virages.

«Dans quelques heures, je crois que nous aurons trouvé ce que nous cherchons.»

Il voulait la rassurer, apaiser les craintes qu'elle pouvait avoir. La violence à l'aéroport s'imposait, mais il avait dit à Rocha d'agir discrètement. Ce qu'il avait fait.

Il se demanda si on avait trouvé le cadavre de Berlinger. Rien ne le reliait à la maison du rabbin et il avait bien fait attention de ne toucher à rien à l'intérieur. Il avait ouvert la porte en se servant d'un pan de sa veste et avait pris soin d'essuyer la poignée. Il n'avait vu personne et il n'avait pas attiré l'attention sur lui.

À présent, il fallait en finir avec cette affaire.

L'endroit vers lequel ils se dirigeaient paraissait isolé.
Exactement ce qu'il lui fallait.

Tom sauta du barrage sur un rocher lisse. Il avait gardé
sa torche inclinée vers le bas, suivant chacun de ses pas à
travers l'écoulement permanent d'à peine trois centimètres de
profondeur qui s'échappait du barrage de fortune pour aller
dans la grotte. Les avertissements sur la pancarte l'inquiétaient,
tout autant que l'attitude de Rowe. Il n'avait jamais pénétré
dans une grotte auparavant et encore moins dans une grotte
présumée dangereuse avec un homme qui ne lui disait visiblement pas tout.

Rowe entra le premier, sa lampe halogène projetant un
cône lumineux vers l'avant. Ils se trouvaient sur une large
saillie, le plafond étant à une dizaine de mètres ou un peu plus
au-dessus. La roche sous leurs pieds s'étendait sur six mètres,
puis s'arrêtait, l'eau allant s'écraser quelque part en dessous.

Rowe s'avança prudemment. La pensée de ce qui pouvait
se trouver de l'autre côté énervait Tom. L'eau rapide et le sol
lisse rendaient la marche pour le moins hasardeuse. Il suffisait
de glisser et Dieu sait ce qui vous guettait dans l'obscurité en
contrebas.

Rowe s'arrêta et plongea le faisceau de sa lampe dans
l'abîme. Tom vit une caverne rocailleuse qui s'étendait vers
l'avant et le haut, la paroi éloignée se trouvant à une bonne
quinzaine de mètres d'eux. Des strates verticales de calcaire
couleur sable s'élevaient pour former un dôme rudimentaire.
La grotte ressemblait à une descente qui canalisait l'eau vers
l'intérieur, puis vers le bas, ce qui expliquait que le bruit de la
cascade était fort mais pas assourdissant.

«La déclivité est importante, dit Rowe. Il y a des marches
sous l'eau. La prochaine est à trois mètres en dessous de nous.»

Il s'approcha encore un peu plus du bord. La lumière de sa
torche éclaira le niveau inférieur suivant, qui avançait jusqu'à
un autre bord noir que l'eau franchissait à son tour.

«Avez-vous la moindre idée de ce que nous sommes supposés faire ici ? » demanda Rowe.

Il secoua la tête.

«Pas la moindre.»

Un claquement fort couvrit le bruit de l'eau.

Puis un autre.

Ils se regardèrent.

Le bruit venait de l'extérieur.

Tous deux éteignirent leurs lampes et regagnèrent prudemment la sortie. Dehors, sur le barrage, se tenait un homme. Grand et mince. En train de balancer quelque chose qui ressemblait à un marteau de forgeron et de frapper les pierres de toutes ses forces.

«Arrêtez!» hurla Rowe.

L'homme leva la tête un instant, puis il asséna un autre coup.

Rowe fit sauter le fermoir de son holster et sortit son pistolet. Il dirigea l'arme vers la silhouette sombre.

«J'ai dit d'arrêter.»

L'homme frappa une nouvelle fois.

Rowe tira.

Mais sa cible avait plongé dans la rivière.

Le barrage céda brusquement, projetant dans leur direction une masse d'eau et de rochers. Sept mètres à peine les séparaient du danger, ce qui leur permit de gagner environ trente secondes. Instinctivement, Tom se précipita vers la gauche en s'écartant de l'entrée, espérant qu'il pourrait se sortir de ce maelström. Rowe ne fut pas aussi rapide.

L'eau, profonde de quelques centimètres l'instant d'avant, se déversait maintenant violemment dans la grotte en charriant des projectiles.

Tom hurla, mais il était trop tard. Rowe fut balayé par le flot et disparut dans l'obscurité.

Zachariah sortit de la voiture. Rocha s'était garé à quelques mètres d'un pick-up stationné au bord d'une étroite route gravillonnée. Ils se trouvaient sur un promontoire dominant la forêt sombre, la mer des Caraïbes s'étendant à quelques kilomètres au nord.

Falcon Ridge.

Il inspecta l'arrière du camion. Des outils. Rowe était venu équipé. Mais dans quel but ? Rocha et Alle le rejoignirent. Au bord de la crête, Rocha vit l'eau qui se déversait avec force en dessous

Il entendit un cri.

Puis un autre.

Et un coup de feu.

« Ça vient d'en bas », dit Rocha.

Béne comprit qu'il était en danger. Sa vue se brouilla et tout se mit à tourbillonner. Le courant puissant l'entraîna vers le bord, mais il ne trouva aucune prise. Il savait que la déclivité de l'autre côté était de près de trois mètres et il espéra qu'il y aurait suffisamment d'eau en bas pour amortir sa chute. Sinon, il allait se briser les os.

Il plongea et essaya de se redresser et d'atterrir sur ses pieds, mais la force de gravité était impitoyable. Il frappa la saillie suivante avec ses bottes, rebondit puis fut plaqué contre le rocher. L'eau lui frappait le corps sans répit. Il chercha à reprendre son souffle et se mordit la langue, ce qui lui laissa un goût de sang dans la bouche. L'eau était plus profonde à cet endroit, d'une cinquantaine de centimètres peut-être, le courant rapide, mais pas insurmontable. Il resta planté sur ses pieds, le corps immobile. Des éclaboussures autour de lui signalaient une pluie de rochers provenant du barrage au-dessus. Il tenait toujours sa torche dans la main droite.

L'eau venait de toutes parts. Il fallait qu'il bouge.

Il se tourna et remarqua un promontoire sortant du mur vertical, où l'eau venant d'en haut était dérivée, créant une chute d'eau dans une autre.

Une protection. Pas terrible, mais peut-être suffisante. Il s'y précipita et se plaqua contre le rocher, l'eau descendant en cascade à quelques centimètres seulement.

D'autres bruits sourds lui parvinrent tandis que des rochers provenant du barrage continuaient à tomber.

Tom ne pouvait pas aller au secours de Rowe. Trop de débris du barrage effondré se déversaient à l'intérieur, les rochers les plus gros s'arrêtant juste à l'entrée et la plupart des autres se précipitant dans la grotte.

Pourquoi quelqu'un avait-il délibérément fait sauter le barrage ?

Le flot continuait à s'écouler avec force, l'eau lui arrivant maintenant aux genous, mais la quantité de débris avait diminué. Profitant de la prise qu'offraient les plus gros rochers, il risqua un pas en avant. Il se fraya un chemin jusqu'à un côté de la caverne et se plaqua contre la paroi, en veillant bien à diriger sa torche vers le bas pour voir où il mettait les pieds.

Au bout d'un moment, il arriva au bord.

Il dirigea sa torche dans le gouffre obscur.

« Béne, appela-t-il. Vous êtes là ? »

Zachariah entendit le nom de Béne Rowe résonner de l'autre côté de la rivière. Il remarqua de faibles rais de lumière à l'intérieur de la grotte.

« Ils sont là-dedans », dit-il.

Au clair de lune, il remarqua que ce qui avait dû être un barrage en pierre devant l'entrée de la grotte était maintenant largement fissuré et que de l'eau se déversait dans la grotte.

« Nous pouvons traverser à pied », dit Rocha.

Effectivement. À la lueur de leurs torches, l'eau ne semblait pas très profonde et elle devrait leur arriver à la taille.

« Votre père est à l'intérieur, dit-il à Alle.

– Ce doit être l'endroit où son grand-père lui a dit d'aller. »

Une opinion que partageait Zachariah.

Et il espérait être dans le vrai.

Béne entendit qu'on l'appelait.

«Je suis là, cria-t-il. Il y a encore des rochers qui tombent?

– Je crois que tout est en bas maintenant, dit Sagan. Ça va?

– Tout va bien, rien de cassé.»

Il sortit de dessous son abri et se déplaça sur la droite, en direction de la paroi de la caverne. Il supposait que plus il s'en rapprocherait, mieux ce serait. Puis il vit quelque chose. Sa torche éclaira des entailles qui se succédaient à intervalles réguliers. Comme une échelle.

«Sagan!» hurla-t-il.

Il vit la lumière au-dessus. Puis un visage apparut, proche de la paroi.

«Il y a un passage qui mène vers le bas. Regardez, là.»

Il dirigea sa lampe dans cette direction.

«Allons-y. Continuons notre descente.

– On a essayé de nous tuer.

– Je sais. Mais on n'a pas réussi, alors avançons.

– Et s'ils reviennent?

– J'espère bien qu'ils vont revenir. Ça m'évitera d'avoir à les retrouver.»

73

Zachariah sauta sur ce qu'il restait du barrage et examina la fissure. Alle et Rocha le rejoignirent. Aucune de leurs torches n'était allumée. Il leur avait donné l'ordre de les éteindre une fois dans la rivière. Il ne voulait pas signaler sa présence à Rowe ou à Sagan.

L'eau s'écoulait dans la grotte.

Quelque chose attira l'attention de Rocha de l'autre côté de la rivière. Il s'en approcha. Au clair de lune, il vit que c'était un outil, quelque chose de lourd.

Un marteau de forgeron.

Quelqu'un avait-il ouvert le barrage ?

Rowe ? Sagan ? Une autre personne ?

Les deux hommes étaient armés et ils avaient gardé leurs pistolets hors de l'eau pendant la traversée. À présent, l'arme de Simon était de nouveau en sécurité dans sa poche arrière.

« Qu'est-ce que c'est ? chuchota Alle.

– Je n'en sais rien. Mais nous allons bientôt le savoir. »

Profitant des entailles dans la paroi, Tom descendit jusqu'au niveau suivant. Certaines étaient naturelles, d'autres visiblement aménagées dans la roche. Il trouva Béne debout avec de l'eau jusqu'à mi-cuisses.

Il fit un signe avec sa lampe.

« Vous avez perdu votre pistolet. »

Le holster à son épaule était vide.

487

« Tant pis. J'en ai rarement eu besoin. »

Béne remonta sa jambe de pantalon mouillée et exhiba un couteau dans un étui sanglé à son mollet.

« Celui-là m'a toujours été plus utile. »

Tom se risqua à regarder sur le côté, espérant trouver d'autres entailles pour descendre. Il progressa tout doucement, posant soigneusement un pied après l'autre, en direction du bord. Comme prévu, il y avait des entailles et le prochain niveau se trouvait à moins de trois mètres en dessous.

« Je suppose que votre ami qui s'y connaît en grottes ne vous a pas dit ce qu'il y avait en bas ? demanda-t-il à Rowe.

– Non. Et vous ne vous attendiez sans doute pas à ce que ce soit facile, n'est-ce pas ? »

Zachariah aperçut un faisceau lumineux au-delà d'un promontoire rocheux. On n'entendait que le rugissement de l'eau. D'autres lumières continuaient à danser dans l'obscurité. Il se baissa, imité en cela par Rocha et Alle, et ils profitèrent des grosses pierres disséminées un peu partout pour parvenir à l'extrémité du promontoire.

Deux silhouettes se détachaient en bas.

Béne Rowe et Tom Sagan. Au bord du niveau suivant, en train de faire la même chose que lui. À savoir, examiner ce qu'il y avait en dessous.

Il adressa un signe à Rocha qui sortit son pistolet.

« Que faites-vous ? » chuchota Alle.

Zachariah ne répondit pas.

Rocha plongea les pieds dans l'eau. Ils n'auraient qu'une seule chance. Il fallait en profiter. Zachariah était content de voir que son homme de main l'avait bien compris lui aussi.

Rocha leva l'arme.

Il devait tirer à une vingtaine de mètres, mais les torches de Sagan et de Rowe en faisaient des cibles faciles.

Une pression sur la détente et...

« Non ! hurla Alle. Arrêtez ! »
Et elle alluma sa torche.

Tom entendit quelqu'un crier, puis regarda en hauteur et aperçut une lumière au-dessus d'eux.

Un homme en pleine lumière était assis au bord du promontoire, un pistolet braqué dans leur direction.

Rowe le vit également et fit un bond sur le côté.

Un coup de feu retentit.

Alle avait dirigé sa torche sur Rocha dans l'espoir de l'aveugler. Et elle avait réussi. Il avait été surpris et avait levé un bras pour s'abriter les yeux pendant qu'il tirait.

« Qu'est-ce que vous faites ? » dit-elle d'une voix forte.

Zachariah la gifla d'un revers de main, la précipitant dans l'eau. Elle roula et garda son équilibre en se cramponnant avec les pieds, puis essaya de se relever.

« Petite idiote », éructa-t-il.

Avait-elle bien entendu ? Jamais il ne lui avait parlé sur ce ton et jamais il ne l'avait frappée. Elle se cramponna à la torche que Zachariah voulait lui arracher des mains.

« Je n'ai jamais voulu que mon père soit tué, dit-elle.

– Pourquoi croyez-vous que nous sommes ici ? Votre père et Rowe sont une menace pour nous. Des millions de Juifs ont été massacrés à travers les siècles. Savez-vous combien ont perdu la vie en défendant le premier et le second Temple ? Deux morts de plus, quelle importance ? Aucune. Votre père n'est qu'une gêne. »

Dans le faisceau de sa lampe, elle vit son visage furieux.

« Vous êtes fou », dit-elle.

Il se précipita sur elle.

« Puisque vous avez tellement besoin de protéger votre père, allez donc le rejoindre. »

Elle voulut lui échapper, mais il l'attrapa par les cheveux et lui baissa la tête de force en lui frappant les jambes pour la faire tomber. Elle atterrit dans l'eau et essaya de se relever. Mais il lui donna un coup de pied. Le courant était trop rapide, elle était presque à l'extrémité du promontoire.

Elle hurla.

Et chuta par-dessus le bord.

Tom avait échappé au coup de feu venant d'en haut grâce à une lampe qui avait aveuglé un instant son assaillant et le tir avait ricoché sur les parois de la caverne. Le temps que le tireur ait repris ses esprits, il s'était déplacé dans l'eau qui s'écoulait, en reculant vers le mur de la caverne. Il restait concentré sur ce qui se passait en haut et scrutait l'obscurité, mais l'homme avait disparu.

Un faisceau de lumière apparut brusquement, balayant le plafond.

Il entendait des cris mais ne pouvait pas distinguer ce qui se disait, les mots se perdant dans le vacarme de l'eau.

L'agitation reprit au-dessus.

Puis un hurlement lui glaça le sang.

Une femme.

Était-ce possible ?

Un corps tomba du promontoire et s'écrasa dans l'eau qui lui arrivait à la taille. La personne en question remonta, reprit sa respiration et essaya de se relever.

« Papa. »

Ce mot lui déchira le cœur.

Alle.

Il se précipita vers elle, l'entoura de ses bras, attentif à ce qu'ils ne perdent pas leur équilibre. Puis il vit deux silhouettes au-dessus, l'une tenant une torche braquée dans leur direction.

« C'est terminé », cria Simon. L'autre homme leva une arme.

Toujours cramponné à Alle, sa torche éteinte à la main, il l'entraîna dans l'eau à l'écart du faisceau de lumière.

Simon visa, s'efforçant de localiser à nouveau ses cibles. Mais le courant les entraîna sur le côté.

Zachariah regardait en bas, stupéfait.

« Rowe les a emmenés tous les deux avec lui », dit-il à Rocha.

Mais il s'interrogeait. Que savait maintenant Tom Sagan que lui ne savait pas ?

L'eau se précipitait autour de ses jambes. Avec sa lampe, il examina le mur de la caverne.

Et vit des niches menant vers le bas.

Rocha les avait vues aussi et il s'en approcha avec sa lampe.

« Allons donc voir en quoi cela consiste », chuchota-t-il.

74

Béne avait plongé dans l'eau de son plein gré, sachant que le prochain niveau se trouvait à moins de trois mètres en dessous. Sa chute fut amortie par l'eau, à présent profonde d'environ un mètre. Il avait entendu un coup de feu, le bruit faisant l'effet d'une explosion dans cet espace rocheux confiné. Zachariah Simon était-il arrivé ? Ou était-ce celui qui avait détruit le barrage ?

L'*abeng* qui avait résonné à leur arrivée posait une question, la plainte suivante donnait la réponse. Mais pourquoi les Marrons s'étaient-ils approprié cette grotte ? Et pourquoi l'inonder ?

L'eau était plus profonde à ce niveau, bien plus qu'au-dessus, et il en comprit la raison quand il continua à avancer en pataugeant. La roche était inclinée vers le haut, transformant cette marche en un bassin grossier qui servait de retenue avant que le liquide ne se précipite vers le bas.

Dieu merci.

Plus l'eau était profonde, mieux cela valait.

Il alluma sa torche et vit que le promontoire faisait une dizaine de mètres de large. Il regarda dans le vide et constata que le niveau suivant était proche, deux mètres plus bas environ, plus court et moins large aussi, avec l'eau passant rapidement par-dessus pour s'engouffrer dans l'obscurité.

Il entendit un hurlement derrière lui.

Il fit volte-face et vit des lumières se projeter au plafond dans une danse chaotique. Une éclaboussure, puis une forme sombre plongea dans le bassin au-dessus.

Il braqua sa torche dans cette direction et vit Sagan qui tenait une femme contre lui.

«Vous pouvez vous relever», cria-t-il.

Sagan desserra sa prise et retrouva son équilibre. La femme – jeune, fine, probablement encore dans la vingtaine, avec de longs cheveux bruns – essuya ses yeux. Tous les deux reprenaient leur souffle.

Il garda sa torche inclinée pour ne pas les éblouir.

«Ça va?»

Sagan hocha la tête, tout en inspirant de longues bouffées d'air humide.

«Simon est là.»

Béne garda son sang-froid et regarda vers le haut. Que s'était-il passé avec ses hommes à l'aéroport? Rien de bon, sans doute. Il aperçut une faible lueur sur le mur le plus éloigné de la caverne.

Et comprit ce qui se passait. Simon descendait. Sagan se redressa.

«Il n'est pas seul.

– Il s'appelle Rocha, dit la femme.

– Béne, voici ma fille, Alle.

– Ce fils de pute m'a envoyée dans le vide, dit-elle. Il a voulu me tuer.»

Béne vit à quel point elle était bouleversée.

«Mais tu m'as sauvé la vie, dit-elle à Sagan. Pourquoi as-tu fait ça? Tu aurais pu te tuer.

– Je suis content qu'il y ait eu de l'eau ici, dit Sagan.

– Il faut que nous partions, dit Béne. Je connais Rocha. C'est un dur. Et ils viennent tous les deux par ici.»

Il s'approcha du bord et dirigea sa lampe vers le bas.

«Ce n'est pas très haut. Dépêchez-vous.»

Ils sautèrent tous les trois, l'eau ne leur arrivant plus qu'à la cheville. Béne trouva rapidement le rebord suivant et braqua sa lampe vers le sol. Une série de courtes marches descendaient en pente raide.

Puis il remarqua quelque chose.

Une lueur venant d'en bas.

«Qu'est-ce que c'est que ça? chuchota Sagan, qui l'avait vue également.

– Je n'en sais rien, mais c'est le seul chemin possible.»

Les hommes derrière eux étaient armés. Eux ne l'étaient pas. Il fallait qu'ils profitent de l'obscurité.

Il éteignit sa lampe.

«Descendons», souffla-t-il.

Zachariah vit une lumière plus bas qui apparaissait et disparaissait. Quelqu'un se déplaçait, attentif à ce que l'endroit où il se trouvait ne soit pas repéré.

Rowe? Sagan?

Lui et Rocha s'étaient servis de l'échelle creusée dans la roche pour passer la première fois d'un niveau à l'autre, mais maintenant, ils se contentaient de sauter d'un étage à l'autre. Cette grotte constituait une chute naturelle qui canalisait la nappe phréatique, niveau par niveau, jusqu'en bas, comme une énorme fontaine. Avant que le barrage ait été détruit, la pluie était la seule à s'infiltrer à l'intérieur. À présent, l'eau s'engouffrait avec un grondement de moins en moins fort et il se demanda où elle allait.

La lumière en bas avait cessé de briller.

Étaient-ils armés?

Connaissant Rowe, la réponse était oui.

Malheureusement, il était obligé d'allumer sa torche par intermittences, car on ne voyait rien dans cette obscurité.

Soudain il remarqua quelque chose dans les profondeurs.

Une lumière. Constante. Qu'est-ce que ça pouvait bien être?

Ils continuèrent à descendre.

Tom sauta du dernier rebord. Ils étaient enfin arrivés en bas.

Il jugea qu'ils étaient à plus de cent mètres sous terre et le torrent impétueux s'engouffrait dans une crevasse sombre creusée dans la paroi rocheuse la plus éloignée au-dessus de laquelle s'élevait de la brume. La caverne qui les entourait s'élevait sur une hauteur d'au moins trente mètres, avec une largeur à peu près similaire. Des stalactites blanches descendaient du plafond. Dix torches, sortant du mur à dix mètres de hauteur, illuminaient l'endroit, leurs flammes projetant des paillettes dans l'obscurité, avec des traînées d'étincelles explosant vers le haut comme des comètes. Des niches servant à grimper étaient creusées dans le mur sous chaque torche, ce qui devait permettre de les allumer.

Mais qui s'en chargeait ?

Et pourquoi ?

Avec toutes ces lumières, il n'était plus question de profiter de l'obscurité pour se dissimuler. Il n'y avait plus nulle part où se cacher.

« Qu'est-ce que c'est ? » demanda Alle.

Sagan remarqua que l'eau qui coulait au-dessus avait perdu presque toute sa force, ralentie par les nombreux niveaux de longueurs et de profondeurs variées. Plusieurs marches étaient inclinées, créant des bassins qui empêchaient le flot d'aller plus loin. Ici, en bas, le reliquat s'écoulait du dernier rebord en formant un voile transparent qui s'étendait sur dix mètres de large et deux de haut avant de tomber dans un lac. À leur droite, le lac débordait par-dessus un rebord rocheux et descendait en cascade jusqu'à la rivière, ce qui avait pour effet d'en stabiliser le niveau. Une odeur de terre humide lui emplit les narines. De l'autre côté, on distinguait une autre entaille dans la roche, assez grande pour qu'on puisse y passer, avec une corniche étroite juste avant. Il n'y avait aucun moyen de parvenir à cette corniche sans traverser le lac. Ils s'arrêtèrent sur le seul emplacement sec dans la caverne de forme oblongue, dont la roche était recouverte d'une patine verte sablonneuse.

Un homme apparut devant eux.

Peau noire, mince, d'un certain âge, et le cheveu ras.

Rowe paraissait le connaître.

Béne dévisagea Frank Clarke.

« Nous aussi, nous avons des yeux et des oreilles, Béne. Comme toi. Nous surveillons ceux qui méritent de l'être. »

En effet. Les Marrons avaient toujours agi ainsi. Pendant les années de guerre, ils avaient eu des espions dans toutes les plantations et toutes les villes, des gens susceptibles de les informer sur les intentions des Britanniques.

« Dans ce cas, tu es au courant, dit Béne. Il y a quelqu'un d'autre qui vient par ici.

– Tu les tiens ? » cria Frank.

Quelques instants plus tard, Béne vit Simon, Rocha et deux Marrons, armés de machettes, sur le niveau au-dessus d'eux. Ils les rejoignirent. Deux pistolets et des torches furent donnés à Frank.

« Je vois que vous avez survécu, dit Simon à la fille de Sagan.

– Allez vous faire foutre », jura-t-elle.

Simon ne broncha pas. Il se tourna simplement vers Clarke et demanda :

« Et vous, qui êtes-vous ?

– Nous sommes les gardiens de cet endroit.

– Et qu'est-ce que c'est ? demanda Sagan.

– Il y a soixante ans, dit Frank, un ami a demandé aux Marrons de garder quelque chose de grande valeur. C'était un homme extraordinaire, quelqu'un qui comprenait parfaitement les Marrons. C'était aussi un Juif. Il y a un lien profond entre Marrons et Juifs, et depuis toujours. »

Personne ne disait rien.

« Yankipong est notre être suprême. Notre Dieu, dit Frank. Les Marrons ont été choisis par Yankipong pour servir d'intermédiaires à sa puissance divine. Nous nous sommes toujours considérés comme ayant été choisis.

– Comme les israélites, dit Simon. Choisis par Dieu. Distingués par la faveur divine.»

Frank acquiesça.

«Nous avons constaté cette similarité il y a longtemps. Les Marrons ont été capables de surmonter ce que d'autres auraient jugé désespéré. Les Juifs ont fait de même. Nous avions déjà trouvé le trésor dont l'homme qui est venu ici a parlé, mais quand il nous a dit à quel point il était sacré, nous avons regretté de l'avoir violé. C'est une autre caractéristique des Marrons. Nous sommes respectueux des traditions des autres.

– Vous avez trouvé le trésor du Temple ?» demanda Simon.

Frank acquiesça.

«Il y a longtemps. Il avait été mis en sécurité ici à l'époque des Espagnols, par Christophe Colomb lui-même.

– Tu m'as dit que ces objets avaient disparu, dit Béne à Clarke.

– Encore un mensonge. J'espérais que tu ne t'en occuperais plus. Je pensais que le fait qu'on ait cherché à t'assassiner t'arrêterait. Mais te voilà. Tu n'aurais pas pu trouver cet endroit tout seul, je suppose donc que l'un de ces étrangers est le lévite.»

Béne connaissait ce mot.

«Le lévite, c'est moi, dit Simon.

– Menteur, hurla Alle. Vous n'êtes rien du tout.»

Simon se tourna vers Clarke.

«Je suis venu chercher le trésor.

– Dans ce cas, vous devez savoir comment le trouver.»

Béne gardait le silence. À quoi jouait le colonel ?

Frank s'avança jusqu'au bord du lac. L'eau était peu profonde, pas plus d'une trentaine de centimètres, et sa surface lisse comme un miroir, comme les piscines à débordement des hôtels. Sa forme était vaguement oblongue, d'une trentaine de mètres de largo our toute la longueur de la caverne.

«Partez», cria Frank.

Les deux Marrons avec des machettes grimpèrent en haut des saillies rocheuses et disparurent.

« C'est une affaire privée », dit Frank.

Mais Béne était inquiet. Bien que son ami tienne toujours les deux pistolets, Rocha pouvait parfaitement passer à l'action.

« M'attaquer ne résoudra rien, dit Frank. Je vous préviens : seul le lévite peut franchir cette limite. Je ne sais rien. Mais il faut que je vous montre quelque chose. »

Frank jeta un de ses pistolets dans le lac. Il atterrit sur le fond peu profond.

Béne avait déjà remarqué des pierres éparpillées sous l'eau et il s'apercevait à présent qu'il y avait aussi de la boue. Frank souleva une pierre presque de la taille d'un melon et la laissa tomber dans le lac. Un bruit d'éclaboussure, puis la surface s'éclaircit et la pierre atterrit à côté du pistolet. Des bulles montèrent. Puis la pierre s'enfonça, aspirant le pistolet avec lui dans la boue.

« À l'époque des guerres Marrons, dit Frank, les soldats britanniques étaient amenés ici pour être interrogés. Un d'entre eux était jeté dans le lac et les autres le regardaient s'enfoncer dans la boue. Après ça, les réponses à nos questions ne tardaient pas à venir.

– La personne qui est venue ici, dit Sagan, celle qui vous a parlé du trésor, était-ce Marc Eden Cross ? »

Frank acquiesça.

« On m'a dit que c'était un homme remarquable. Les colonels de l'époque avaient un grand respect pour lui. Il nous a demandé notre aide pour une mission importante qu'on lui avait confiée et nous l'avons aidé. Cet endroit fut transformé... pour lui. »

75

A lle était mouillée, endolorie et furieuse. Envers Simon. Envers elle-même. Elle s'était conduite comme une idiote, laissant les autres tirer parti de sa colère, de ses caprices et de ses fantasmes.

« Qui êtes-vous ? lança-t-elle à l'homme âgé qui avait jeté le pistolet dans l'eau.

– Je m'appelle Frank Clarke. Je suis le colonel des Marrons locaux. Cette terre nous appartient par traité. Ce qui signifie que j'en suis responsable. Qui êtes-vous ?

– Alle Becket.

– L'homme qui est venu ici il y a soixante ans était mon grand-père, dit Sagan. Marc Eden Cross. L'arrière-grand-père d'Alle, ma fille. Il vous a dit la vérité. Il accomplissait une mission particulière qu'on lui avait confiée.

– On m'a dit qu'il avait passé beaucoup de temps en Jamaïque et avait fini par connaître les Marrons comme peu d'étrangers y parviennent. Nous lui avons offert cet endroit comme sanctuaire et il a accepté. » Clarke désigna le lac. « Cette fosse s'est remplie de boue il y a longtemps. C'est une mixture épaisse. Vous voyez les nombreuses pierres éparpillées sous l'eau. Certaines ont des chiffres gravés dessus. C'est l'apport de Cross à cet endroit. Cette eau, cette boue a servi aux Marrons pendant des siècles. Maintenant, elle sert aux Juifs. C'est au lévite de faire le prochain pas. »

Alle n'était pas sûre de comprendre ce que l'homme voulait dire.

Tout comme les autres, apparemment.

« Vous avez vu comment le pistolet s'est posé sur le fond. La boue en supportera le poids tant qu'elle ne sera pas remuée. Les pierres qui ne comportent pas de chiffres reposent sur de la roche solide et ne risquent pas de s'enfoncer. Les autres, celles qui sont numérotées, flottent sur la boue, sauf certaines, posées également sur la roche. Le seul moyen de parvenir à la corniche de l'autre côté du lac, c'est de marcher sur les bonnes pierres. Le tout est de savoir lesquelles sont les bonnes

— Et qu'est-ce qui nous empêche de traverser en bateau ? demanda Zachariah.

— C'est trop peu profond pour traverser autrement qu'avec un radeau et il n'y en a pas ici. Quiconque essaie de traverser ce lac d'une autre manière que celle prescrite mourra. C'est ce que nous avons promis au lévite. Trois personnes ont tenté leur chance au cours des soixante dernières années. Leurs corps sont enfouis dans la boue. Personne n'a essayé depuis longtemps.

— C'est complètement ridicule, dit Alle.

— C'est ce que votre arrière-grand-père voulait. Il a conçu ce défi.

— Comment en être certain ? » demanda-t-elle.

Clarke haussa les épaules.

« Vous devez me croire sur parole. Mais il nous a dit qu'un autre lévite viendrait un jour et saurait exactement comment traverser.

— Et qu'est-ce qu'il y a là-bas ? » demanda Rowe.

Elle voulait le savoir elle aussi.

« Ce que cherche le lévite. »

Elle vit que Simon réfléchissait. À Prague, elle lui avait dit tout ce dont elle se souvenait à propos du message que son grand-père avait laissé dans sa tombe. Y compris les cinq nombres 3, 74, 5, 86, 19.

Son père aussi connaissait cette suite de chiffres.

« Je sais quelle est la façon de s'y prendre, dit Simon. Je relève le défi. »

Clarke s'écarta de la rive du lac et fit un geste désinvolte avec le deuxième pistolet. «Votre réussite nous prouvera que vous êtes bien le lévite.»

Zachariah était sûr d'avoir raison.

Les cinq nombres qu'Alle lui avaient cités devaient être les bons.

3, 74, 5, 86, 19.

Il avait réfléchi à leur sujet pendant leur trajet en avion. Les trois premiers mis ensemble, 374, correspondaient au nombre d'années pendant lesquelles le premier Temple était resté debout jusqu'à ce que les Babyloniens le rasent. Les deux autres, 586, le nombre d'années pendant lesquelles le second Temple était resté debout jusqu'à ce que les Romains ravagent tout.

Il ne pouvait pas s'agir d'une coïncidence.

Cross avait forcément choisi ces chiffres avec soin.

Le dernier – 19?

Il n'en avait aucune idée.

Mais il était certain que ces nombres indiquaient le chemin à travers le lac.

Sinon pourquoi les avoir inclus dans le message?

Et ce n'était pas tout ce que Cross avait fait.

«Souvenez-vous du message d'Abiram Sagan, dit-il. *Le golem protège maintenant notre secret dans un endroit qui est depuis longtemps sacré pour les Juifs.* Le golem est un corps vivant, créé à partir de l'argile au moyen du feu, de l'eau et de l'air. Exactement ce que nous avons ici. Ce lac est un golem.

– Pourquoi avoir détruit le barrage? demanda Sagan à Clarke.

– Le lac est alimenté par l'eau de pluie, ce qui suffit pour remplir son office, mais, pour ce défi, il fallait davantage de profondeur. Quand j'ai appris que Béne venait ici, j'ai ordonné qu'on ouvre le barrage. C'est nous qui l'avons construit. Si vous échouez ici ce soir, nous le reconstruirons et attendrons le véritable lévite.

– Pourquoi faire ça ? demanda Rowe à Clarke. C'est se donner beaucoup de mal pour des étrangers.

– Comme je te l'ai dit auparavant, Béne, tu ne nous comprends pas vraiment. Les Marrons ont toujours été des étrangers, amenés ici, les chaînes aux pieds. Nous nous sommes enfuis dans les montagnes pour être libres. Les Juifs n'étaient en rien différents de nous. Ils n'étaient jamais acceptés non plus. Beaucoup d'entre nous se souviennent de ce qu'ils ont fait pour les Marrons pendant les deux guerres. On m'a dit que c'était notre manière de payer notre dette envers eux. »

Zachariah en avait assez entendu. Il désigna Rocha.

« Vas-y. Je te montre le chemin. »

L'homme ne cacha pas son appréhension.

« Ne t'inquiète pas, dit-il. Je sais ce que je fais.

– Dans ce cas, allez-y vous-même, dit Sagan.

– En vous laissant ici ? Pas question. »

Il espérait qu'une fois qu'il aurait relevé le défi ce Frank Clarke serait bien obligé de reconnaître qu'il était le lévite, digne de recevoir ce qui se cachait de l'autre côté du lac. Clarke négocierait peut-être alors à sa place avec Rowe, Alle et Sagan.

Il se tourna vers Rocha.

« Tout ira bien. Je connais le chemin. »

Rocha hocha la tête en signe d'acceptation, puis s'approcha du bord rocheux. Des torches répandaient une lueur rouge sang sur l'eau. Une demi-douzaine de pierres, toutes dépourvues de chiffres, étaient éparpillées sur le fond, distantes d'un mètre environ. Rocha plongea le pied dans l'eau qui lui arrivait au mollet et monta sur la plus proche, inclinant la tête pour montrer qu'elle était solide. Il avança alors à travers le lac, en pataugeant dans l'eau et en suivant d'autres pierres sans chiffres.

Puis il s'arrêta.

«Il y a cinq pierres devant, cria Rocha. Elles sont numéro-tées 9, 35, 72, 3, 24.»

Zachariah réprima un sourire. Il avait raison.

«Celle avec le trois est sûre», cria-t-il en retour.

Il regarda Rocha tester la pierre et vit qu'il avait correcte-ment choisi.

À présent, il comprenait.

Une autre série de pierres vierges, puis un deuxième ensemble de pierres numérotées. Celle portant le 74 s'avéra résistante, comme il le prévoyait. Deux autres fois, et le 5 et le 86 permirent de passer en sécurité. Rocha était mainte-nant à une vingtaine de mètres de l'autre bord et il annonça d'une voix forte la séquence suivante de pierres numérotées. Zachariah lui dit que le 19 était le bon choix.

Et il avait raison.

Sauf que Rocha n'était toujours pas arrivé au bord.

Dix mètres d'eau l'en séparaient encore.

«Il y a une dernière série de pierres, cria Rocha. Vingt sont numérotées. Les autres n'ont rien, mais il n'y a aucun moyen pour les atteindre.»

Une dernière série?

Mais le message comportait seulement cinq nombres.

«Tu peux rejoindre le bord?» cria Simon.

Rocha secoua la tête.

«Pas moyen. Trop loin.»

Il se tourna vers Tom Sagan qui le gratifia d'un regard furieux. Il n'avait pas dit qu'il était le lévite quand Clarke s'était exprimé, laissant seulement Alle s'en prendre à lui. Ce fils de pute. Et ce n'était pas tout. Il y avait autre chose que Sagan n'avait pas permis à sa fille de savoir. Et il était resté silencieux pour voir s'il avait raison.

Rocha ne se doutait pas que le prochain choix que ferait Simon serait le fruit du hasard. Seul Sagan le savait et l'ancien journaliste ne devait pas se soucier de voir mourir Rocha. En fait, il comptait probablement dessus.

«Dis-moi les nombres que tu vois», hurla Simon à travers l'étendue d'eau.

Rocha en énuméra vingt.

«34», dit-il.

Rocha n'hésita pas un instant. Pourquoi l'aurait-il fait? Tous les autres choix s'étaient révélés bons. Il avança un pied vers la pierre, le posa, puis l'autre. Et il commença à s'enfoncer.

Il fut aussitôt pris de panique. Ses bras battirent l'air en quête d'équilibre. Il tenta de se dégager en sautant pour trouver une autre pierre, mais la boue autour de ses pieds était trop épaisse.

Rocha continua à s'enfoncer.

Tandis que les autres regardaient, impuissants, le spectacle qui se déroulait devant eux, Zachariah lança son coude dans le ventre de Frank Clarke. Le vieil homme chancela en avant, le souffle coupé. Rowe se précipita vers lui.

Mais Zachariah arracha le pistolet des mains de Clarke et le braqua sur son adversaire.

«Recule, Béne, ordonna-t-il. Sinon je te tue.»

Rowe s'arrêta.

Simon fit signe à Sagan et à Alle de rejoindre Rowe, leur intimant de reculer. Clarke aussi. Il voulait pouvoir les garder à l'œil.

«Monsieur Simon, aidez-moi, hurla Rocha. Envoyez quelqu'un. Ils peuvent au moins arriver jusque-là et me tirer pour me faire sortir.»

Mais Simon ne prendrait pas ce risque. Pas maintenant. Il maîtrisait la situation et entendait bien continuer. Qui plus est, il avait un meilleur moyen pour traverser.

Rocha s'enlisait de plus en plus dans la boue qui lui arrivait maintenant à la poitrine.

Clarke se redressa.

«Monsieur Simon, aidez-moi, hurlait Rocha.

– Vous allez le laisser mourir? demanda Sagan.

– Exactement.

– Vous êtes vraiment un monstre, dit Alle.

– Un guerrier. En mission. Quelque chose que vous ne pouvez pas comprendre.

– Envoyez quelqu'un, je vous en prie ! hurla Rocha.

– Ne bougez pas », cria Sagan.

Mais c'était certainement plus facile à dire qu'à faire.

Trop tard.

Rocha avait disparu.

Des rides troublèrent la surface de l'eau avant de s'effacer rapidement, ne laissant aucune trace de la présence de quelqu'un à cet endroit. Tout donnait une curieuse impression d'irréalité.

« Vous n'êtes visiblement pas le lévite », dit Clarke.

Zachariah braqua le pistolet en direction de Sagan.

« Vous connaissez le sixième nombre. »

Pas de réponse.

« Et vous ne me le direz sous aucun prétexte. Donc, c'est votre fille qui va faire la prochaine traversée.

– Ben, voyons », dit Alle.

Il arma le pistolet, visa et tira.

76

Tom eut un mouvement de recul quand le coup de feu partit.

Mais Simon avait visé les pieds d'Alle et la balle effrita la roche.

Terrorisée, elle avait sursauté.

« La prochaine balle ne ratera pas sa cible », dit Simon.

Tom n'avait pas de raison d'en douter. Aucun de ceux qui étaient présents ne comptait pour lui. Seulement ce qui se trouvait de l'autre côté du lac. C'était ça qui importait et il ferait tout pour y arriver.

« Avancez, ordonna Simon à Alle. Traversez ce lac. »

Elle secoua la tête.

« Arrêtez, dit Tom. Je vais le faire. Vous avez raison, je connais le chemin. »

Simon gloussa.

« Et c'est exactement pourquoi elle va y aller. Je n'ai pas oublié comment nous nous sommes rencontrés. À mon avis, vous voulez traverser pour finir ce que j'ai interrompu dans la maison de votre père. Non. Pour être certain que vous direz la vérité, elle va y aller.

– Non, je…

– Pas vous, elle ! hurla Simon, sinon je la tue et Béne pourra prendre sa place. »

Tom dévisagea sa fille et, faute de pouvoir faire un autre choix, dit :

« Vas-y. »

Visiblement, elle ne comprenait pas pourquoi il avait pris cette décision.

«Fais-moi confiance», dit-il.

Les yeux d'Alle n'exprimaient pas la moindre colère ni le moindre ressentiment. Rien que de la peur. Et cela lui brisait le cœur.

Il s'approcha d'elle.

«La première pierre porte le nombre 3.»

Elle ne bougea pas.

«Nous pouvons le faire. Ensemble.»

Elle se raidit, prête à accepter le défi. Puis elle inclina la tête, reconnaissant qu'il ne servait à rien de discuter. Il la regarda entrer dans l'eau profonde d'une trentaine de centimètres seulement, marcher sur des pierres vierges, faisant attention où elle mettait les pieds. Il voyait le premier ensemble de pierres numérotées et se réjouit quand elle trouva celle avec le 3.

Qui résista, comme quand Rocha était passé.

Simon recula, gardant le pistolet armé pour se défendre contre toute personne qui s'en prendrait à lui. Tom croisa alors le regard de Rowe et décrypta le message contenu dans ses yeux noirs. L'un d'eux pouvait arriver jusqu'à Simon avant qu'il ait eu le temps de les tuer tous les trois. Mais il secoua la tête pour lui dire : *Pas encore*. Rowe et l'autre homme, Clarke, ignoraient tous deux ce que lui savait. Son grand-père avait laissé un message bien précis. Le moment était venu de voir s'il l'interprétait correctement. Les cinq chiffres avaient conduit au sixième, au moyen de l'astrolabe. Mais cela ne voulait pas dire que le sixième nombre, qui avait permis de localiser cette grotte sur la carte, n'aiderait pas à traverser le lac en toute sécurité. Une clé pouvait avoir été incluse par mesure de sécurité. Comme quand différents mots de passe servent à plusieurs comptes.

Mais quelque chose lui disait qu'il avait raison.

En tout cas, il l'espérait.

La vie de sa fille en dépendait.

Les jambes d'Alle tremblaient sous l'effet de la peur. Elle avait déjà été effrayée auparavant, mais jamais à ce point.

Son père lui cria les cinq chiffres et elle se fraya un chemin à travers l'eau en direction de la rive opposée. Rocha était arrivé jusque-là. À présent, elle se tenait sur la pierre numérotée 19, où Rocha avait attendu qu'on lui donne le dernier nombre.

Sa respiration devint saccadée.

Six mètres de boue au moins la séparaient encore de la terre ferme. Elle baissa les yeux et compta dix-neuf pierres numérotées, plus une dizaine sans rien. La vingtième, qui portait le nombre 34, avait disparu, entraînant Rocha dans la boue avec elle.

Non que sa mort lui ait fait quelque chose.

C'était la sienne qui comptait.

« Cite-moi les chiffres que tu vois », dit son père.

Tom écouta Alle les énumérer. Pendant ce temps, il jeta un coup d'œil à Rowe et vit que le Jamaïcain avait compris.

Tenez-vous prêt.

D'un instant à l'autre.

Béne se demandait si Sagan connaissait vraiment le sixième nombre. Il avait clairement encouragé sa fille à y aller. Mais quel choix avait-il ? Simon l'aurait tuée. Frank Clarke était à côté de lui, toujours silencieux. Simon les surveillait tous les deux en même temps que la femme dans le lac. Si elle parvenait de l'autre côté, Simon les tuerait tous. C'était certain. Il saurait tout à ce moment-là.

Alors, pourquoi ne pas agir maintenant ?

Frank paraissait lire dans ses pensées.

« Pas tout de suite », chuchota-t-il.

Alle n'arrivait même pas à réprimer le tremblement qui agitait ses genoux.

Son père connaissait-il le secret qui permettait de traverser ? Que faisait-elle là, en train de faire confiance à quelqu'un qu'elle n'avait cessé de mépriser ces dix dernières années ? Mais que savait-elle en vérité ? Elle devait reconnaître qu'elle s'était bien trompée à propos de Zachariah Simon.

Un sentiment de honte s'imposa à elle, sans atténuer pour autant la terreur qui l'envahissait.

Un pas de travers et elle était morte.

Tom regarda Simon et dit :

« Juste pour que les choses soient bien claires. Le lévite, c'est moi. Pas vous.

– Impossible, répliqua Simon. Vous n'êtes même pas juif. Vous l'avez vous-même reconnu. »

Il ignora l'insulte, préférant se concentrer sur l'énumération à laquelle se livrait Alle. Elle n'avait pas relevé de pierre numérotée 56, ce qui était le sixième nombre que l'astrolabe lui avait révélé. Mais elle avait cité deux pierres marquées 5 et 6 parmi les dix-neuf.

Et il comprit.

C'était la dernière précaution.

Saki avait séparé le dernier nombre en deux.

C'était la seule chose qui avait un sens et, en tout cas, d'après tout ce qu'il avait vu ou entendu, Marc Eden Cross faisait toujours des choses sensées.

Il regarda de nouveau en direction du lac.

« 5 et 6. Sers-toi des deux. Je pense que tu vas en avoir besoin pour franchir cette distance.

– Je les vois, dit Alle. Il y a d'abord le 5, puis il y a des pierres non numérotées. Le 6 est plus près du bord.

– C'est le chemin, cria son père.

– Et si tu te trompes ? demanda-t-elle.

– Je ne me trompe pas. »

Elle apprécia la façon catégorique dont il lui avait répondu, mais se demanda si c'était pour elle ou à l'intention de Simon.

Elle était pétrifiée. Elle voulait avancer et sortir son pied droit de l'eau, mais l'angoisse la paralysait. Elle était en sécurité à cet endroit. Pourquoi aller plus loin ?

Retourne sur tes pas. Pas question. Simon la tuerait avant même qu'elle ait fait la moitié de la traversée.

Béne s'apprêtait à foncer. Bien sûr, il pouvait parfaitement se faire tuer avant d'atteindre Simon, mais il allait essayer.

Frank secoua lentement la tête. Et dans les yeux de son vieil ami, il vit qu'il ne devait pas bouger. Au moins pendant encore quelques instants.

Ceci doit se résoudre tout seul.

Nous ne pouvons pas intervenir.

Il avait souffert de ne pas être considéré comme un marron. Irrité par les colonels qui le voyaient comme une menace. Frank ne lui avait-il pas reproché de ne pas comprendre les mœurs des Marrons ?

Le moment était venu de lui montrer qu'il les comprenait. Aussi il ne bougea pas et attendit. Espérant qu'il ne commettait pas une erreur.

Zachariah savait que si Alle arrivait de l'autre côté, il lui faudrait tuer les trois hommes, puis la jeune femme. Ensuite, il irait chercher le trésor. Si les deux types qui étaient partis plus tôt étaient encore dans les parages, il profiterait de l'obscurité pour les éviter, avant de revenir le lendemain avec des hommes à lui.

C'était l'avantage d'avoir de l'argent.

Cela permettait d'acheter des tas de choses.

Et donc de réussir.

Alle se ressaisit.

Le 5.

Puis le 6.

La pierre marquée 5 se trouvait à un mètre. Une grande enjambée, mais elle pourrait y arriver. Elle souleva le pied droit, pivota vers l'avant et faillit perdre l'équilibre. Elle étendit aussitôt les bras, retint sa respiration et lutta de toutes ses forces pour ne pas tomber.

Son pied se posa à côté du gauche.

Elle se stabilisa.

«Qu'est-ce qui s'est passé? cria son père.

– Simplement une trouille bleue. L'eau est peu profonde. Ça complique les choses.

– Prends ton temps, lui dit-il.

– Mais pas trop, ajouta Simon.

– Allez vous faire foutre», hurla-t-elle, en gardant les yeux fixés sur les pierres sous l'eau.

En un seul mouvement rapide, elle souleva le pied droit, l'avança et le reposa dans l'eau, la semelle de sa chaussure mouillée se posant sur la pierre numéro 5.

Qui ne céda pas.

Elle passa dessus.

Si le 5 marchait, pourquoi pas le 6?

Sans hésitation cette fois, elle s'avança jusqu'à la pierre marquée 6.

Elle résista.

Encore un mètre et elle serait arrivée au bord.

Le soulagement et la joie l'envahirent.

Elle se retourna juste à temps pour voir Béne Rowe se précipiter sur Simon.

77

Béne était prêt. La femme était saine et sauve. Et l'attention de Simon s'était momentanément focalisée sur elle.

Il plongea en avant. Simon réagit en essayant de le frapper avec le pistolet, mais Béne lança sa jambe droite vers le bras de Simon qui lâcha l'arme. Elle retomba bruyamment à distance.

Simon se figea.

Béne sourit.

« Yu tan deh a crab up yuself, sittin o do yu. »

Simon ne comprenait pas le patois.

« C'est un proverbe de chez nous. "Si tu n'arrêtes pas de te gratter, il va t'arriver des choses." »

Il attrapa d'une main le salaud de menteur, en lui flanquant son poing droit dans le ventre. Puis il le relâcha et le laissa retomber en arrière.

Il se prépara à frapper un autre coup. Simon reprit ses esprits et essaya de lancer son poing à son tour. Béne esquiva, puis lui retourna un uppercut dans la mâchoire. Il avait vingt-trois ans de moins que cet homme et avait passé sa vie à se battre.

Il redressa Simon qui était étourdi et avait du mal à respirer.

Il passa son bras droit autour de son cou, serra et commença à l'étrangler. Simon tenta de se débattre, mais à mesure que l'oxygène se raréfiait, sa résistance diminuait.

Béne le souleva, s'approcha du lac et le laissa tomber dedans.

Zachariah n'avait jamais éprouvé la pression de muscles puissants autour de sa gorge, de bras impossibles à dénouer, d'un étau qui se resserrait. Il ne pouvait ni respirer ni crier. Pire encore, Rowe le jetait dans l'eau.

Et pas sur des pierres.

Ses pieds rencontrèrent la boue.

Pendant quelques secondes, il parvint à résister, puis son corps s'enfonça, lentement avalé par le sol boueux. Il chercha quelque chose pour se retenir. Rien. Il s'efforça de maîtriser la panique qui le gagnait et se souvint de ce que Clarke et Sagan avaient conseillé à Rocha.

Ne pas bouger.

Si on ne remuait pas la boue, elle supporterait le poids.

Il s'obligea à rester immobile. Bien qu'enfoncé dans l'eau jusqu'aux genoux, le fait de ne plus bouger se révéla efficace. Il se stabilisa. Il ne s'enlisait plus.

Rowe, Sagan et Clarke le regardaient depuis la rive, tous les trois à portée de main. Mais il était à leur merci.

Tom ne se souciait pas de Simon. Il voulait aller retrouver Alle.

Il ramassa donc une des torches par terre, entra dans l'eau et s'avança à travers le lac, en suivant le chemin indiqué jusqu'à l'autre rive.

Alle attendait, observant Simon à une trentaine de mètres de distance.

Sagan sortit de l'eau d'un bond. Ils regardèrent ensemble de l'autre côté.

«Je suis contente que tu aies eu raison, lui dit-elle.

– Merci de m'avoir fait confiance.

– Je n'avais pas tellement le choix.

– Ce n'est plus notre problème, lui dit-il. Le moment est venu pour toi et moi de découvrir ce que ton grand-père a cherché à protéger pendant toute sa vie.»

Elle acquiesça, mais il pouvait lire dans ses pensées. Elle avait fait confiance à Simon, avait cru en lui, fait ce qu'il lui avait demandé. Tout ça pour rien. À la fin, il l'avait rejetée comme si elle était quantité négligeable.

Il lui toucha l'épaule.

« Tout le monde commet ce genre d'erreur. Ne t'en fais pas pour ça.

– Je me suis conduite comme une idiote. Regarde ce que je t'ai fait. »

Aucune colère. Aucun ressentiment. Juste une fille en train de parler avec son père.

Il alluma la lampe.

« C'est de l'histoire ancienne. Mettons-nous plutôt au travail. »

Il entra le premier dans la fissure, qui ouvrait sur un couloir étroit. Un chemin tortueux continuait ensuite à travers une autre fissure naturelle formant dans la roche de grands angles bizarres. Une obscurité totale les enveloppait. S'il n'y avait pas eu la torche, ils n'auraient même pas pu distinguer leurs mains devant leur visage.

Les trésors que Saki avaient cachés ici avaient été créés deux mille cinq cents ans plus tôt, suivant des instructions données par Dieu. L'Arche d'alliance avait depuis longtemps disparu, elle avait été détruite quand les Babyloniens avaient incendié le premier Temple. Du moins, c'était ce que la plupart des historiens croyaient. Mais la ménorah en or, la table divine, et les trompettes en argent existaient peut-être encore. Tom connaissait l'arc de Titus, qui domine la Voie sacrée traversant le forum. Un bas-relief qui l'orne symbolise la victoire de Titus sur les Juifs. Il représente un cortège de Romains transportant à travers Rome la ménorah et les trompettes d'argent en 71 de notre ère. Le gouvernement israélien avait demandé aux Italiens d'interdire le passage sous l'arc et ceux-ci avaient accepté. Les derniers dignitaires à être passés solennellement dessous étaient Mussolini et Hitler. Des guides laissaient d'ailleurs les Juifs de passage cracher sur les murs. Sagan avait écrit un article à ce sujet, il y a longtemps. Il se rappelait la façon dont tous les Juifs qu'il avait interviewés évoquaient avec respect le trésor du Temple.

Simon avait eu raison sur un seul point. Retrouver ce trésor serait capital.

Ils continuaient à avancer, guidés par le faisceau de la torche sur le sol rocailleux. On ne sentait aucune humidité ici. L'atmosphère était sèche comme dans un désert et le sable friable crissait sous leurs pas.

Devant, le couloir s'achevait.

Béne ne disait rien et regardait Simon qui se tenait parfaitement immobile, sans bouger un muscle.

« Qu'est-ce que vous allez faire ? lui demanda Frank.

– *So-so cross deh pon mi from him.* »

Il se sentait plus à l'aise sachant que Simon ne pouvait pas comprendre.

« A wa you a say ? »

Bonne question. Il avait dit à Frank que Simon ne leur apporterait que des ennuis. À présent, son adversaire, qui lui avait menti depuis le début et qui avait essayé de le tuer à Cuba, était à sa merci. Il lui suffisait d'agiter la boue et l'homme s'enfoncerait et périrait.

Mais c'était beaucoup trop facile.

« Tu me mettais à l'épreuve, dit-il à Frank. Ainsi que Sagan.

– Nous avions promis que seul le lévite parviendrait à traverser, selon les instructions. Il fallait que je m'en assure. Que je me fie à la quête. J'étais certain que cet homme – Frank montra Simon – n'était pas le lévite, mais il fallait que je sache si l'autre l'était.

– Les Marrons ont besoin de faire confiance, n'est-ce pas ?

– Malgré tous les combats, nous étions au fond un peuple pacifique qui voulait simplement qu'on le laisse vivre. Même quand nous avons fait la paix, nous pensions que les Britanniques se montreraient justes.

– Mais ils ne l'ont pas été.

– Ce qui a été à leur détriment, pas au nôtre. Ils ont perdu plus que nous. L'histoire se souviendra toujours de leurs mensonges. »

Béne voyait où Frank voulait en venir.

« Ce qui s'est produit ici aujourd'hui était important pour les Juifs, dit Frank. Je suis heureux que nous ayons pu y participer.

– Qu'est-ce qu'il y a là-bas ? »

Frank secoua la tête.

« Je n'en sais rien.

– Je ne suis pas venu ici chercher un trésor, déclara Béne en désignant Simon, je suis venu pour lui.

– Il est à toi. »

Béne tendit la main, que Simon agrippa.

Il tira son adversaire sur la rive.

« C'est vrai, dit-il. Il est à moi. »

Le passage sec arrivait à un point d'étranglement à travers une fente déchiquetée pas beaucoup plus haute que lui. Il braqua la lampe dans cette direction et vit que le sol sableux continuait de l'autre côté.

Il s'approcha, Alle sur ses talons, et ils entrèrent.

Un rapide examen avec la torche montra une pièce d'environ sept mètres de profondeur et d'autant de large, avec un plafond bas oppressant. En balayant l'endroit avec le faisceau de la lampe, il avait remarqué un reflet.

Ayant constaté que la chambre n'était pas dangereuse, il observa ce qu'elle contenait et aperçut trois socles de pierre. Des rochers d'environ un mètre de haut se dressaient, dont le sommet et la base avaient été taillés à plat. Sur sa gauche, au sommet du premier, on voyait la ménorah à sept branches, sa teinte dorée à peine altérée. À côté, la table divine à la patine dorée plus brillante, ses pierres précieuses étincelant comme des étoiles. Deux trompettes reposaient sur le troisième piédestal, leur dessus d'argent incrusté d'or, le reste terni mais toujours intact.

Le trésor du Temple.

Ici.

Trouvé.

«Le trésor existait bien», dit-elle.

Effectivement.

Sagan pensa à tous ceux qui étaient morts en le protégeant. Des milliers de gens avaient été massacrés quand les Romains avaient mis Jérusalem à sac. Après ça, il avait fallu beaucoup d'intelligence pour que le trésor puisse survivre. Pendant deux mille ans, il était resté caché, à l'abri du monde, à l'abri de Zachariah Simon. Il avait même traversé l'Atlantique au cours d'un voyage dont les chances de succès avaient semblé minimes.

Et pourtant, il était là.

Et sa famille avait préservé ce secret pendant au moins deux générations et peut-être même davantage.

À présent, ce devoir *lui* avait été transmis.

Il entendit Alle murmurer une prière. S'il avait été un tant soit peu religieux, il l'aurait imitée. Mais il ne pouvait penser à rien d'autre qu'à ces huit dernières années.

Sa vie. En ruine.

Et ce que la femme à Prague avait dit.

Trouvez le trésor. Ensuite nous parlerons de votre vie.

78

Béne considéra les deux femmes qui se tenaient sur sa véranda. L'une était menue, la soixantaine, avec des cheveux noirs striés de mèches argent. Vêtue d'un chemisier élégant et d'une jupe, elle était chaussée d'escarpins à petits talons. Elle se présentait comme étant Stéphanie Nelle, chef de l'unité Magellan, du secrétariat à la Justice des États-Unis.

«Brian Jamison travaillait pour moi, dit-elle. Aussi, inutile de faire semblant. D'accord?»

Il avait souri devant son approche directe, certain que les règles, qui étaient autrefois en sa faveur à elle, avaient changé complètement.

L'autre femme était grande, forte, plus jeune de quelques années, et habillée de la même façon. Elle se présenta comme étant l'ambassadrice d'Israël en Autriche.

«Vous êtes loin de chez vous, lui dit-il.

– Nous sommes venues vous voir», dit l'ambassadrice.

Il proposa aux deux femmes quelque chose à boire, mais elles refusèrent. Il se versa un peu de limonade faite avec du citron fraîchement pressé, une de ses préférées, sucrée avec le miel de ses abeilles. Un soleil de mars capricieux essayait de percer par endroits les nuages de l'après-midi qui s'amoncelaient. La pluie s'annonçait, mais pas avant la fin de journée. Un peu plus de douze heures s'étaient écoulées depuis qu'il était sorti de Darby's Hole.

«Que s'est-il passé cette nuit?» demanda Nelle.

Il but une gorgée de limonade et tendit l'oreille. Il entendit les chiens qui aboyaient.

Il avait ouvert les chenils plus d'une heure auparavant et ses bêtes avaient manifesté leur joie d'être lâchées. Big Nanny était partie en tête et il les avait regardés disparaître dans la forêt dense qui leur était familière.

Leur hurlement était bas et constant. Professionnel. Comme pour l'*abeng* des Marrons, il avait appris à interpréter leurs aboiements.

«Cette nuit? dit-il pour répondre à la question. J'ai très bien dormi.»

Nelle secoua la tête.

«Je vous ai dit que nous n'avions pas de temps à perdre.

– Zachariah Simon a atterri ici un peu après minuit, dit l'ambassadrice. Il est arrivé avec un de ses employés, un certain Rocha, et Alle Becket. Tom Sagan était arrivé environ une heure avant. Deux corps ont été trouvés à l'aéroport de Kingston ce matin. Des hommes qui, me dit-on, travaillent pour vous.»

Il avait été ennuyé d'apprendre leur mort. Il leur avait dit de se tenir sur leurs gardes, de s'attendre à ce que Simon leur pose des problèmes. Malheureusement, les gens qui se proposaient de travailler pour lui étaient souvent trop sûrs d'eux et trop inexpérimentés, un cocktail qui pouvait se révéler fatal. Un des hommes était marié, avec des enfants. Il rendrait visite à la veuve demain et s'assurerait qu'elle n'ait pas de soucis financiers.

«Vous disposez d'une somme d'informations remarquable pour deux personnes qui ne vivent pas ici. En quoi cela me regarde-t-il?»

Des camions roulaient au loin en direction d'un pâturage éloigné, où paissaient ses chevaux de concours. On lui avait dit il y a quelques jours que les grains de café étaient en train d'éclore et qu'apparemment la récolte s'annonçait bonne.

«Arrêtez de jouer la comédie, dit Nelle. Simon a tué Brian Jamison. D'après ce que nous savons, vous étiez d'accord.

– Moi ? J'aimais bien Brian. »

La femme du secrétariat à la Justice n'esquissa même pas un sourire.

« Ah, oui, j'en suis sûre. Mais vous pensiez que nous allions vous oublier ? »

Il ne dit rien.

« J'étais là, dit Nelle, quand le corps de Brian a été exhumé d'un conteneur à ordures. C'était un homme bien. Un bon agent. Et il est mort à cause de vous.

– Moi ? Vous l'avez envoyé ici pour me mettre la pression. J'ai coopéré avec vous. C'était Simon qui posait un problème à Brian.

– Monsieur Rowe, dit l'ambassadrice, j'ai dû couvrir la mort de l'agent Jamison. Moi aussi, j'étais là quand on a trouvé son corps. Je regrette qu'il ait dû mourir. Cette opération a pris un tour incontrôlable. On me dit qu'il y a un bon dossier sur vous. Avec bien plus d'accusations qu'il n'en faut pour vous faire tomber. »

Il continua à siroter sa boisson fraîche.

« Nous sommes en Jamaïque ici. Si j'ai fait quelque chose de mal, parlez-en aux autorités. » Il la regarda dans les yeux. « Sinon, gardez vos menaces pour vous.

– Si je pouvais, dit Nelle, je m'occuperais personnellement de vous. »

Il gloussa.

« Pourquoi tant d'hostilité ? Je ne vous gêne pas. » Il désigna l'autre femme. « Vous non plus d'ailleurs.

– Monsieur Rowe, dit l'ambassadrice, il y a de fortes chances qu'à un moment de l'année prochaine je devienne Premier ministre d'Israël. Je comprends que ça n'ait aucune importance pour vous, mais Zachariah Simon, lui, compte pour nous. »

Il secoua la tête.

« C'est un homme mauvais. Un menteur. »

L'ambassadrice acquiesça d'un signe de tête.

«Nous surveillons Simon depuis de nombreuses années. Il est venu plus d'une fois dans cette région. Jusqu'à ces derniers temps, ses activités étaient considérées seulement... comme "fâcheuses". Mais cela risque de ne plus être le cas. Un homme bien, un rabbin nommé Berlinger, a été retrouvé tué par balle à Prague il y a quelques heures. Simon ou quelqu'un travaillant pour lui l'a probablement tué. Malheureusement, ce rabbin était l'une des cinq personnes dont nous savons qu'elles sont les seules susceptibles de détenir les réponses que nous cherchons. Vous êtes une des quatre encore en vie.»

Il connaissait les trois autres. Sagan. Sa fille. Et Simon.

Et qu'en était-il de Frank Clarke? Ces femmes ne connaissaient apparemment pas son existence. Ce qui était parfait. Comme tous les Marrons d'un âge avancé, il retournerait définitivement à la forêt.

«Que voulez-vous savoir?

– Où est Simon?» demanda Nelle.

Il s'appuya contre la rambarde de la véranda. Son bois provenait de la forêt proche, des arbres abattus il y a des siècles par des esclaves.

Ses ancêtres. Dont certains étaient devenus des Marrons.

Les chiens continuaient à aboyer dans le lointain. Ce bruit lui parut rassurant.

Comme de constater qu'aucune de ces femmes ne se doutait de quoi que ce soit à propos de Falcon Ridge, ni de Darby's Hole. Autrement, elles seraient là-bas, pas ici. Il avait envoyé des hommes pour surveiller la grotte depuis qu'il en était parti il y a des heures. Aucun n'était revenu.

Di innocent an di fool could pass fi twin.

«*Li* innocent et *li* imbécile se ressemblent comme *di* jumeaux.»

Il ne serait ni l'un ni l'autre.

Au lieu de cela, il lui fallait mener les opérations.

«Simon ne peut plus vous aider.»

Nelle allait parler, mais l'ambassadrice lui saisit le bras et dit:

«Zachariah est un redoutable fanatique. Il voulait déclencher une guerre. Des milliers de gens seraient morts à cause de lui. Mais il se peut que nous ayons empêché ça. Malgré toute sa folie, il cherchait quelque chose de très précieux pour les Juifs. Un trésor sacré, que nous pensions perdu et qui pourrait avoir été retrouvé. Quatre objets. Savez-vous où ils sont?»

Il fit non de la tête. Ce qui était la vérité. Il n'avait jamais franchi le lac pour suivre Sagan et sa fille. Au lieu de cela, il avait arraché Simon à la boue puis était revenu à l'extérieur de la grotte, ramenant son prisonnier ici, au domaine, où il avait été enfermé. Sagan et sa fille avaient émergé peu après et étaient partis avec Frank, sans un mot. Ce qu'ils pouvaient avoir trouvé lui était complètement égal. Il était temps pour lui de se conduire enfin en marron. Ces femmes étaient des *obroni* – des étrangères – indignes du savoir qu'il détenait. Le silence était la façon d'agir des Marrons.

«Je ne sais vraiment pas.»

Il perçut un changement dans la plainte des chiens. Elle devint plus grave, le rythme se ralentit. Il comprenait ce que cela voulait dire.

«Mais vous savez où se trouve Simon, dit Nelle.

– La dernière fois que je l'ai vu, il courait.»

«Tu vas me tuer? demanda Simon.

– Pas moi.» Il montra les chiens. «Ils s'en chargent à ma place.»

Son regard était le même que celui qu'avait eu le baron de la drogue il y a quelques jours.

Il but une nouvelle gorgée de sa limonade et huma l'odeur du porc rôti. Un porc sauvage, tué un peu plus tôt, en train de cuire pour plus tard.

Le dîner de ce soir s'annonçait délicieux. Pourvu que sa mère ait la bonne idée de faire des patates douces.

Il pensa à Grandy Nanny, sachant maintenant que cette femme n'était pas une légende. Elle avait bien existé. On disait qu'elle exerçait un pouvoir particulier sur les cochons sauvages et qu'elle pouvait les appeler pour qu'ils viennent vers elle.

« Il y a trois cents ans, mes ancêtres furent amenés ici enchaînés et vendus comme esclaves. Nous cultivions les champs. Les miens étaient les Coromantins de la Gold Coast. À la fin, nous nous sommes rebellés. Beaucoup ont fui dans les montagnes. Nous avons combattu les Britanniques et gagné notre liberté. Je suis un marron.

– Et où voulez-vous en venir avec ce cours de généalogie ? » demanda Nelle.

Les chiens cessèrent d'aboyer et il compta les secondes. Une. Deux. Trois. Il continua jusqu'à huit, puis le bruit reprit.

Big Nanny avait trouvé sa proie. Quel chef.

Il but le restant de sa limonade. La vie était agréable.

Il savait que certains secrets devaient être gardés. Comme Darby's Hole. Le lac souterrain. Les pierres numérotées. Et ce qui se trouvait de l'autre côté.

Il entendit un hurlement.

Lointain. Faible. Mais qui ne laissait pas la place au doute.

Les deux femmes l'avaient entendu aussi.

Puis les chiens.

Ils n'aboyaient pas.

Ils hurlaient.

Il n'avait aucune idée de l'endroit où ils avaient acculé Zachariah Simon, seulement que c'était fait. Bien sûr, comme pour le baron de la drogue il y a quelques jours, si Simon n'avait pas résisté, ils ne lui auraient fait aucun mal.

Mais cette fois, la proie s'était battue.

« Le but de cet exposé familial ? dit-il. Aucun, en fait. Seulement que je suis fier de mes origines. »

Le silence retomba au loin.

Les chiens s'étaient tus. Et il savait pourquoi. Ils mangeaient toujours ce qu'ils tuaient.

« Je ne crois pas que M. Rowe puisse encore nous aider », dit l'ambassadrice.

Une femme perspicace.

L'autre femme du secrétariat à la Justice paraissait aussi savoir à quoi s'en tenir.

« Non, dit Nelle, c'est terminé, n'est-ce pas ? »

Il ne répondit pas.

Mais elle avait dit la vérité.

Zachariah Simon était mort.

79

Il y avait six ans que le grand amiral était mort. Je me surprends à prier pour son âme plus que je ne le fais pour la mienne. La vie sur cette île est difficile, mais bénéfique. Ma décision de rester au lieu de retourner en Espagne s'est révélée sage. Avant que je ne quitte cette existence pour aller retrouver mon Seigneur, mon Dieu, je souhaite consigner la vérité. Ce monde est bien trop plein de mensonges. Ma propre existence a, par de nombreux points, été un mensonge. Celle de l'amiral également. Comme j'étais un homme de lettres instruit, avant de repartir pour l'Espagne pour la dernière fois, il m'a dit la vérité. Je ne vais pas ennuyer le lecteur avec trop de détails, étant donné que l'amiral aurait désapprouvé le fait que je les révèle. Mais un rapide survol semble s'imposer, surtout maintenant que je commence à entrevoir la fin de ma propre vie.

Le nom Colón fut longtemps commun dans les îles Baléares. L'homme qui se ferait appeler plus tard Cristóbal Colón était né à Génova, un quartier de Palma, dans l'île de Majorque. Plus tard, quand il devint nécessaire de cacher sa véritable origine, l'amiral choisit Génova, pour son lieu de naissance, donnant toujours l'impression qu'il s'agissait de la ville d'Italie. L'amiral était originaire de Catalogne. Il n'avait jamais parlé ni écrit l'italien. Son père était connu sous le nom de Juan, un gros propriétaire terrien de Majorque qui appartenait à une famille de conversos *de longue date. Officiellement, Juan Colón avait donné son nom à son fils aîné, mais au fond de son cœur et à l'intérieur de la maison, il l'appelait par son vrai nom. Christoval Arnoldo de Ysassi. Il avait un autre fils, plus jeune, Bartolome, qui resta toute sa vie proche de son frère aîné.*

À Majorque, l'amiral se faisait appeler Juan. C'est seulement quand il se rendit en Espagne pour se procurer les fonds dont il avait besoin pour son grand voyage qu'il devint Cristoforo Colombo, originaire d'Italie, transformé en Cristóbal Colón par les Espagnols. Toute sa vie, l'amiral n'oublia jamais son lieu de naissance. À Majorque, se trouve un sanctuaire appelé San Salvador, sur une montagne paisible d'une grande beauté, si bien qu'il donna le nom de cet endroit à la première île qu'il découvrit dans son Nouveau Monde.

Durant sa jeunesse, les fermiers majorquins étaient soumis à des impôts beaucoup trop importants et des traitements cruels. Ils finirent par prendre les armes et se révolter, les frères Juan et Bartolome jouant un rôle actif dans ce soulèvement. Le roi de Naples parvint finalement à réprimer la révolte. Son père perdit toutes ses terres et beaucoup furent massacrés. Les deux frères s'enfuirent de l'île. Juan partit en mer, prenant le commandement d'un navire pirate à partir de Marseille et s'opposant à la tentative du roi d'Aragon pour s'emparer de Barcelone. Puis il rejoignit les Portugais dans leur guerre contre l'Espagne et sa reine, Isabelle la Catholique. Au cours d'une bataille contre les vaisseaux vénitiens au service de l'Aragon, Juan les attaqua et y mit le feu. Son propre navire fut perdu, mais, bien qu'ayant été blessé lors de l'échange de tirs il réussit à regagner la rive à la nage. La balle de cette blessure ne fut jamais extraite et il la garda toute sa vie. Un rappel du temps où il combattait ouvertement l'autorité.

Plus jamais Juan ne serait un pirate. Il émigra au Portugal et devint un marchand, naviguant dans les mers froides du nord de l'Europe. Il épousa la fille du gouverneur des îles Madère et alla s'y installer pour gérer le domaine laissé par son beau-père. Un fils, Diego, naquit là-bas. Plus tard, un autre fils, Fernando, naquit d'une maîtresse catalane. Les deux fils resteraient toujours proches de leur père.

En 1481, quand il habitait Madère, il rencontra Alonso Sánchez de Huelva, marin et marchand, qui faisait régulièrement la traversée entre les îles Canaries, Madère et l'Angleterre. Au cours d'un voyage, une tempête dévia son bateau de sa route et il dut affronter des vents et des courants contraires, ce qui l'entraîna jusqu'au sud-ouest. Une terre arriva enfin en vue, une île, sur laquelle vivaient des indigènes à *la peau marron, petits et chauves, qui se mirent à adorer de Huelva et son équipage comme des dieux. Après un bref séjour, de Huelva reprit la mer en direction de l'est et aborda sur l'île de Porto Santo à Madère. Là, Juan Colón écouta de Huelva raconter ce qu'il avait trouvé et fut fasciné à l'idée que de Huelva avait peut-être découvert l'Inde et l'Asie. De Huelva lui donna une carte des eaux où il avait navigué. Il étudia ce document pendant plusieurs années et devint tellement certain de ce qu'il allait finir par découvrir qu'on aurait dit qu'il possédait la clé de la boîte dans laquelle tout était enfermé.*

Il rentra en Espagne et prit contact avec les monarques catholiques, Ferdinand et Isabelle, pour obtenir des navires. Il ne pouvait pas se présenter comme Juan Colón, le rebelle majorquin et le pirate qui s'était battu contre eux, si bien qu'il inventa Cristoforo Colombo, originaire de Gênes, en Italie, reprenant l'identité d'un navigateur et marchand de laine défunt qu'il avait jadis rencontré à Madère. La ruse fonctionna et personne ne sut jamais la vérité. Même quand des ennemis le dépouillèrent de tout ce qu'il avait légitimement gagné, il resta l'Espagnol Don Cristóbal Colón. C'est seulement maintenant que l'amiral et la reine Isabelle sont morts depuis longtemps et qu'il va bientôt en être de même pour moi que la vérité peut être révélée. Je forme l'espoir que ce récit survive et que d'autres sachent ce que je sais. La vie ici est rude, mais j'ai fini par admirer les indigènes et apprécier leur mode de vie simple. Ici, je peux être Yosef Ben Ha Lévy Haivri – Joseph, le fils de Lévi l'Hébreu. Comme pour l'amiral et son personnage de Colombo, le mien en tant que Luis de Torres m'a été très utile. Mais je ne me suis pas servi de ce nom depuis six ans. Ici, peu importe qu'on soit juif ou chrétien, seul compte que vous soyez un homme bien. Ce que j'ai essayé de faire. J'ai accompli la mission qui m'avait été confiée et je m'assurerai que la tâche passe à mon fils aîné, né de l'épouse que j'ai choisie parmi les indigènes. Elle a rendu mon séjour ici plus agréable que je n'aurais jamais pu l'espérer. Je lui ai appris ce qu'était Dieu et l'ai incitée à croire, mais, instruit au contact des méchants que j'avais fuis, je ne l'ai jamais obligée à accepter ce qu'elle ne pouvait pas embrasser au fond de son cœur.

Béne s'arrêta de lire et leva les yeux vers Tre Halliburton.

«J'ai trouvé ça dans les documents que nous avons récupérés à Cuba, dit Tre. C'est la traduction de ce qu'il a écrit. Ça explique beaucoup de choses, n'est-ce pas?»

Il en savait peu sur Christophe Colomb.

«L'histoire qu'on raconte généralement, dit Tre, commence avec Colomb né en Italie. Son père s'appelait Domenico, sa mère Susanna. Curieusement, de nombreux récits disent que son père était marchand de laine, comme l'était ce Colombo dont il avait usurpé l'identité. La plupart des historiens disent qu'il a pris la mer dans son jeune âge, qu'il a débarqué au Portugal et, que faute de réussir à intéresser le roi Juan II à son voyage, il s'est rendu en Espagne en 1485 où il a passé sept ans à attendre que Ferdinand et Isabelle lui disent oui. Quant à savoir s'il a jamais rencontré Alonso Sánchez de Huelva, personne n'en dit rien.

– Est-ce vrai ce qu'on raconte de De Huelva? Est-ce lui qui a découvert l'Amérique?»

Tre haussa les épaules.

«Certains le disent. La plupart pensent que l'histoire a été inventée par les ennemis de Christophe Colomb pour discréditer ses exploits. Mais comment savoir? Malheureusement, Christophe Colomb n'a pratiquement jamais rien écrit sur lui-même de toute sa vie. Et les choses qu'il a consignées se contredisent les unes les autres. Maintenant, nous savons pourquoi. Il ne voulait pas qu'on sache d'où il venait.»

Halliburton avait quitté Kingston en direction du nord pour rejoindre le domaine. Le cochon sauvage qui cuisait depuis ce matin devait être fin prêt. Les deux femmes – une du secrétariat à la Justice, l'autre une ambassadrice – étaient parties depuis des heures. L'un des hommes de Béne s'était assuré qu'elles avaient bien regagné l'aéroport de Kingston et avaient quitté l'île.

«Qu'est-ce que tu vas faire de tout ça?» demanda-t-il à Tre.

Il fallait qu'il sache.

«Comme si j'avais le choix.»

Il sourit. Son ami comprenait. Tout devait rester secret.

« C'est mieux comme ça. »

Tre secoua la tête.

« De toute façon, qui me croirait ? »

Les chiens avaient regagné les chenils, le ventre plein. Il ne devait pas rester grand-chose de Zachariah Simon et ce qui aurait pu encore se trouver là-bas serait bientôt nettoyé par les charognards.

« Qu'est-il arrivé à de Torres ? demanda Béne.

– L'histoire n'en garde aucune trace. Il a disparu après le dernier voyage de Colomb. Pas un mot à son propos, jusqu'à maintenant. Apparemment, il a vécu à Cuba jusqu'en 1510 au moins et a eu un fils. »

La tristesse l'envahit. C'était terrible de vivre une vie aussi extraordinaire – et que personne ne s'en souvienne. Ne serait-ce que pour Luis de Torres, la vérité ne méritait-elle pas d'être dévoilée ?

Mais il savait que ce n'était pas possible.

« Qu'avez-vous trouvé dans la grotte ? demanda Tre.

– Assez pour affirmer qu'il ne s'agit pas d'une légende.

– Quelle que soit la vérité, les Marrons en restent les dépositaires, n'est-ce pas ? »

Ils étaient assis sur la véranda. L'air du soir était tiède et sec. Un de ses hommes près du corral leur fit signe que le porc sauvage était prêt. Bien. Il avait faim.

Il se leva.

« C'est l'heure de dîner.

– Allons, Béne. Dis-moi au moins quelque chose. Qu'est-ce que vous avez trouvé ? »

Il réfléchit à la question. Les derniers jours avaient été épuisants, mais aussi instructifs. Les mythes étaient devenus réalité. Ce que les Marrons pensaient être une légende s'était révélé vrai. Justice avait été rendue envers des hommes qui n'avaient aucun respect pour personne, ni pour rien, sinon eux-mêmes. Et, entre-temps, Jamison était mort.

Cela lui avait été égal à ce moment-là, mais il le regrettait maintenant.

Alors qu'avait-il trouvé ?

Il regarda Tre bien en face et lui dit la vérité.

« Moi-même. »

80

Tom ouvrit la porte.

Deux femmes lui faisaient face. L'une était celle de Prague, qui discutait avec Simon dans le cimetière. L'autre se présenta comme étant Stéphanie Nelle, du secrétariat à la Justice des États-Unis. Un peu plus de vingt-quatre heures s'étaient écoulées depuis qu'ils étaient sortis de Darby's Hole, lui et Alle, et avaient quitté la Jamaïque pour Orlando. Il s'était demandé quand la femme de Prague ferait son apparition et apprendre qu'elle était l'ambassadrice d'Israël en Autriche le sidéra.

Il les fit entrer.

« Hier, nous avons essayé de parler avec Béne Rowe, mais il ne nous a rien dit, dit Nelle. Nous pensons que Simon est mort. Personne ne l'a vu ni entendu depuis qu'il a atterri en Jamaïque. Aucune nouvelle non plus de Rocha, son homme de main. »

Ayant décidé de ne rien dire, il se contenta de préciser :

« Ils ont tué Brian Jamison. J'étais là quand c'est arrivé. »

Nelle acquiesça.

« Nous savons. Cela signifie que seuls vous et votre fille pouvez maintenant répondre à nos questions.

– Avez-vous trouvé les trésors du Temple ? » demanda l'ambassadrice.

Il inclina la tête.

Les yeux de l'Israélienne brillèrent de curiosité.

« Ils existent donc ? »

535

Il inclina la tête de nouveau.

« Alors, je vous dois une explication », dit-elle.

Effectivement.

« Je peux démentir publiquement tout ce qui vous est arrivé il y a huit ans. Certains de ceux qui ont contribué à vous piéger occupent encore des postes à responsabilité. Nous en connaissons d'autres. Vous n'êtes pas le seul qu'ils aient détruit. Mais vous avez été le premier. Ils ont fabriqué de toutes pièces cette histoire à propos de colons israéliens et de Palestiniens et ont inventé les sources. Ils vous l'ont fournie à vous et à la direction de la rédaction de votre journal, puis ils ont regardé les choses suivre leur cours. Ceux qui ont fait ça étaient des experts en la matière. Mais ce n'est pas ainsi que nous agissons, monsieur Sagan. Ce qu'ils vous ont fait était mal.

– Et vous avez attendu huit ans pour me dire ça ?

– Je n'étais pas personnellement au courant de ce qui s'était passé jusqu'à ce que votre implication dans cette affaire devienne claire.

– Mais d'autres savaient ? »

Elle acquiesça.

« Ils le savaient et leur silence est une honte. »

Il n'était pas disposé à lui laisser passer quoi que ce soit.

« Que faisiez-vous avec Simon à Prague ? »

L'ambassadrice inclina la tête.

« C'était l'objet de ma mission. Le pousser à continuer. Le faire avancer. Nous voulions qu'il trouve ce trésor. Mais, bien sûr, nous ne souhaitions pas que cela entraîne la moindre violence.

– Le rabbin Berlinger savait qui vous étiez ? »

Elle acquiesça.

« Je lui ai parlé. Il comprenait l'urgence et avait accepté de vous encourager dans cette voie. Il s'est assuré que vous puissiez entendre ce que je disais à Simon dans le cimetière. C'est pourquoi j'ai orienté la conversation sur vous. Je voulais que vous sachiez que j'étais là et que j'étais au courant de votre mésaventure. »

Il se souvint de ce qu'elle avait dit quand il l'avait abordée dans la rue à Prague.

«Je l'attendais.»

«Vous et Berlinger saviez que j'irais vous trouver tout de suite.

– C'était l'idée. Vous encourager à avancer.

– Donc vous vous êtes servie de moi aussi.

– Façon de parler. Mais il y avait tellement de choses en jeu. Comme vous le savez, Simon voulait déclencher une guerre et il l'aurait fait. Des milliers de gens seraient morts.

– Je me suis donc retrouvé impliqué uniquement parce que vous vous étiez organisée pour que je le sois.

– Ce que vous ne savez peut-être pas, dit l'ambassadrice, c'est que le rabbin Berlinger est mort. Nous pensons que Simon l'a tué avant de quitter Prague.»

Il était désolé d'apprendre le décès du vieil homme.

«Vous avez dit que vous *pensiez* que Simon était mort? Il l'est?

– Très probablement, dit Nelle, Rowe l'a fait tuer. Mais nous ne le saurons jamais. La seule certitude, c'est qu'il a disparu.

– Et c'est vrai que j'ai manipulé Simon, dit encore l'ambassadrice. Je l'ai fait pour notre gouvernement, qui est venu me demander mon aide. Si Simon avait réussi à mener sa quête à bien, Israël aurait pu être définitivement atteint. Si cela impliquait de vous utiliser, il n'y avait aucune hésitation à avoir.»

Il n'avait pas envie de l'entendre se justifier.

«Vous comprenez bien, déclara-t-il, que les Juifs séfarades qui ont caché le trésor du Temple s'en sont remis uniquement au lévite pour garder le secret. Pas à l'État d'Israël.

– Ces objets appartiennent à tous les Juifs. Nous nous assurerons qu'ils en prennent possession et que leur restitution ne provoque pas la guerre que Simon voulait déclencher. Comme je l'ai dit, nous n'avons pas besoin de la force pour assurer notre sécurité. Il existe une meilleure façon. Il est temps que la violence s'achève.»

Il était bien d'accord avec ça. Il désigna Stéphanie.

« Et je suppose que Mme Nelle est là pour dire que le gouvernement américain approuve le fait que je vous dise tout ce que je sais.

– Quelque chose comme ça. Vous avez été piégé, monsieur Sagan. Une chose terrible. Ils ont ruiné votre carrière. On peut y remédier.

– Et si je m'y refuse ? »

La question parut les surprendre toutes les deux.

« Vous avez tout perdu », dit l'ambassadrice.

Il acquiesça.

« C'est justement ça. C'est fini. Ça ne reviendra jamais. Mes parents ne le sauront jamais. Mon ex-femme ne le saura jamais. Les gens qui se disaient mes amis ? Je me fous complètement qu'ils le sachent. C'est fini. »

Il en était lui-même surpris, mais les choses étaient devenues évidentes pour lui dans la grotte, pendant qu'il contemplait le trésor du Temple. Ce qui est passé est passé. On ne pouvait plus rien y faire. L'important était ce qui l'attendait.

« Curieuse attitude de la part d'un homme qui en a tellement bavé, dit Nelle. Votre prix Pulitzer pourrait vous être rendu. Votre crédibilité restaurée. Vous ne seriez plus obligé de faire le nègre et écrire les romans d'autres écrivains. »

Il haussa les épaules.

« Ce n'est pas si terrible. Ça paie bien et il n'y a pas de véritable enjeu à la clé.

– Alors, qu'allez-vous faire ? » demanda l'ambassadrice.

Après qu'avec Alle et lui eurent retraversé le lac et furent ressortis de la grotte, ils avaient trouvé le marron, Frank Clarke, qui les attendait. Ils avaient regardé Béne Rowe et deux autres hommes ramener Simon de l'autre côté de la rivière et regagner la route.

« Que va devenir cet endroit maintenant ? avait-il demandé à Clarke.

– Nous allons reconstruire le barrage et le surveiller, comme nous l'avons fait jusqu'à présent. Vous êtes le lévite, donc il vous appartient toujours. Quand ce devoir sera transmis au suivant, nous respecterons cette personne. Qu'avez-vous l'intention de faire ? »

Il n'avait pas répondu à Clarke parce qu'il n'en savait vraiment rien.

Et il ne pouvait pas non plus répondre à la femme qui le dévisageait. Il se contenta donc de dire :

« Je vous le dirai quand j'aurai décidé.

– Vous comprenez, dit l'ambassadrice, que personne ne connaîtra jamais la vérité à votre sujet, à moins que vous ne travailliez avec nous. »

Sa menace le mit hors de lui, mais la colère était également une chose du passé.

« Vous voyez, c'est justement ça. L'important, c'est qu'une personne en particulier sache la vérité. » Il s'arrêta un instant. « Et vous venez de la lui apprendre. »

Alle sortit de la cuisine où il l'avait envoyée lorsqu'il avait vu qui lui rendait visite. Il ne savait pas jusqu'où iraient leurs révélations, mais il avait espéré.

« Mon père n'a pas menti, n'est-ce pas ? » demanda-t-elle.

Aucune des deux femmes ne dit mot.

Mais leur silence était plus éloquent qu'une réponse.

Sentant que la conversation était terminée, elles se dirigèrent toutes les deux vers la porte.

Avant de partir, l'ambassadrice se retourna et dit :

« Soyez gentil avec nous, monsieur Sagan. Pensez à ce que ces trésors représenteraient. »

Sa supplique ne l'impressionnait pas.

« Et vous, pensez à ce qui a failli arriver à cause d'eux. »

Tom et Alle descendirent de la voiture et entrèrent dans le cimetière à l'extérieur de Mount Dora. Ils étaient venus d'Orlando en voiture juste après le départ des deux femmes. La journée était avancée, presque 5 heures de l'après-midi, et le cimetière était vide. Un soleil de fin d'hiver réchauffait l'atmosphère fraîche de mars. Ils se dirigèrent ensemble vers les tombes de ses parents. Pour la première fois depuis longtemps, Tom n'avait pas l'impression d'être un intrus.

Il regarda fixement les deux *matzevahs*.

«Tu as fait du bon travail sur sa plaque, lui dit-il.

– Je suis désolée», répondit-elle. Il se tourna vers elle. «Je suis désolée pour tout ce que je t'ai fait.»

Ses paroles le surprirent.

«Je me suis conduite comme une imbécile, continua-t-elle. Je croyais que tu étais égoïste. Que tu ne te souciais ni de moi ni de maman. Je croyais que tu étais un tricheur. Un menteur. Un homme infidèle. Je pensais le pire de toi. Et je me trompais.»

Ils ne s'étaient pas dit grand-chose depuis qu'ils avaient quitté la Jamaïque et rien du tout après que les femmes furent parties. Qu'y avait-il à dire ? C'était justement le problème avec la vérité. Elle réduisait tout le reste au silence.

«J'ai menti à maman, dit-elle. Tu avais raison à Vienne. Je suis une hypocrite. Je savais quel était son sentiment à propos du judaïsme. Que tu t'étais converti pour elle. Mais je l'ai fait quand même, puis je n'ai pas arrêté de lui mentir, jusqu'au jour de sa mort.»

Il comprenait sa douleur.

«Et pire encore, dit-elle, ma conversion a rendu ce que tu as fait en renonçant à ta religion tellement inutile. Ce que maman ne voulait pas voir arriver s'est produit. Toutes les querelles entre toi et ton père n'ont servi à rien. Il est mort avant qu'aucun de vous ne puisse résoudre quoi que ce soit. Et tout est ma faute.»

Elle sanglotait et il lui laissa le temps de soulager sa douleur.

«Je n'ai pas été un bon mari ni un bon père, dit-il. J'étais égoïste. J'ai effectivement trompé ma femme. J'ai menti. J'ai commis des tonnes d'erreurs. Et j'aurais pu arranger les choses avec Abiram et avec toi, mais je ne l'ai pas fait. Tout n'est pas ta faute.

– Tu m'as sauvé la vie en Jamaïque. Tu m'as ramenée de l'autre côté du lac. Tu as empêché Simon de me tuer.

– Pour autant que je m'en souvienne, toi aussi tu m'as sauvé la vie. »

Elle lui avait raconté comment elle avait braqué sa lampe dans le visage de Rocha et hurlé.

« Tu n'es pas un menteur. »

Elle ne se contentait pas de constater un fait, elle affirmait une conviction.

« Tu es journaliste. Lauréat du prix Pulitzer. Tu mérites tout ce que tu as gagné. Tu étais sincère tout à l'heure avec ces deux femmes ? Tu ne veux pas qu'on sache la vérité à ton sujet ?

– Ça n'a plus d'importance pour les autres. Tu la connais, toi. C'est tout ce qui compte pour moi. »

Jamais il n'avait été aussi sincère.

« Et le trésor du Temple ? demanda-t-elle.

– Seuls toi et moi savons ce qu'il y a dans cette grotte et comment y parvenir. En vérité, il y a d'autres moyens permettant de traverser ce lac. Mais le trésor est resté là en sécurité pendant soixante ans et je crois que les Marrons le garderont bien soixante ans de plus. Décidons tous les deux de ce qu'il faut faire quand les choses se seront calmées. »

Elle acquiesça à travers ses larmes.

« Nous serons le lévite, dit-il. Ensemble. »

Son grand-père avait impliqué Berlinger, à présent il impliquerait Alle. Il avait déjà décidé de faire la paix avec sa religion. Il était né juif de parents juifs. Il serait toujours juif.

Il avait déjà parlé à Inna et lui avait raconté ce qui s'était passé. Il écrirait quelque chose un jour à propos de Zachariah Simon, de ses projets et des dangers du fanatisme. Quant à savoir s'il évoquerait le trésor du Temple, il verrait par la suite. Il écrirait le récit lui-même et le donnerait à Inna. Elle n'avait pas approuvé cette idée, insistant pour que sa signature apparaisse. Mais il était un nègre et nègre il resterait. À la fin, elle avait compris et respecté son souhait. Il aimait bien Inna. Peut-être retournerait-il la voir un jour.

Intéressant: il recommençait enfin à envisager l'avenir.

« Et que dirais-tu de ça, dit-il à Alle. Nous avons tous les deux fait des tonnes d'erreurs, disons que nous sommes quittes et recommençons tout de zéro. »

Ses larmes redoublèrent.

« J'aimerais beaucoup. »

Il tendit la main.

« Tom Sagan. »

Elle esquissa un sourire et lui tendit la main à son tour.

« Alle Beck... » Elle se reprit. « Alle Sagan. »

Il lui serra la main.

« Heureux de faire votre connaissance, Alle Sagan. »

Une dernière chose à faire.

Il se tourna vers les tombes et se pencha.

Pendant deux décennies, il s'était cuirassé contre les émotions, une armure qu'il pensait impénétrable. Les derniers jours lui avaient montré la bêtise de son comportement. Tout ce qui comptait finalement, c'était la famille. Et tout ce qui lui restait, c'était Alle. Une deuxième chance lui était offerte avec elle. Mais il n'y en avait plus aucune avec l'homme qui reposait sous ses pieds. Pendant vingt ans, il l'avait appelé Abiram, le vieux, tout et n'importe quoi sauf ce qu'il méritait. Tant de choses détestables s'étaient passées entre eux, mais, après tout, il avait été aimé. Et on lui avait fait confiance. Ça ne faisait aucun doute.

Tout allait bien se passer pour lui.

Ça, en tout cas, il le savait.

Alle se tenait derrière lui et elle posa une main sur son épaule. Il caressa la plaque en granit poli et espéra que ses paroles puissent être entendues.

« Je t'aime, papa. »

NOTE DE L'AUTEUR

Ce roman nous a entraînés, ma femme Elizabeth et moi, dans des voyages fascinants : un en Jamaïque, un autre à Prague. Vienne et le Mount Dora en Floride étaient des endroits que nous connaissions déjà. Il est maintenant temps de séparer les faits de la fiction.

Christophe Colomb a en effet été abandonné après son naufrage en Jamaïque pendant plus d'un an (prologue, chapitre 17), et il a bien mis à profit une éclipse lunaire pour faire en sorte que les Taínos lui fournissent de la nourriture, à lui et à son équipage (chapitre 35). Quatre-vingt-sept hommes se sont embarqués avec Colomb pour son premier voyage en 1492. Il n'y avait aucun prêtre parmi eux, mais un traducteur d'hébreu, Luis de Torres, faisait partie de ce premier contingent. Les antécédents de De Torres en tant que *converso*, fournis dans le chapitre 17, sont véridiques, tout comme le fait qu'il soit resté au Nouveau Monde et ait été le premier Européen à goûter au tabac. Son implication en tant que lévite par rapport au trésor du Temple est un ajout de ma part – mais l'idée que les premiers mots parlés par les Européens dans le Nouveau Monde aient pu être de l'hébreu est parfaitement plausible (chapitre 17).

La légende d'une mine d'or jamaïcaine liée à Colomb est couramment évoquée. *Les Pirates juifs des Caraïbes*[1], d'Edward Kritzler, traite de ce mythe curieux. L'information codée citée au chapitre 35 (supposée mener à la mine) provient de documents cités dans le livre de Kritzler. L'histoire des frères Cohen, un acte mentionnant les deux cent dix hectares de terre,

---

1. André Versaille éditeur, 2012. http://www.andreversailleediteur.com

le procès entre les frères, et la façon dont Abraham arnaqua Charles II (chapitres 10, 19 et 20) viennent également du livre de Kritzler. La *Santa Maria*, le vaisseau amiral de Colomb, s'est effectivement échouée en décembre 1492 au large d'Haïti. Le navire était perdu, mais sa cargaison fut sauvée et ramenée à terre. Les trois caisses mystérieuses incluses dans ce chargement sont de mon invention. Des caisses remplies d'or venant du Panamá et cachées par Colomb en 1504 pendant son année en Jamaïque (chapitre 17) sont mentionnées dans plusieurs récits historiques, mais on ne sait pas si elles ont réellement existé. En guise de prélude au *Temple de Jérusalem*, vous pouvez lire en édition numérique ma nouvelle intitulée *La Marque de l'amiral*.

La présence des Tainos (chapitre 28) en Jamaïque, sept mille ans avant les Européens est véridique, ainsi que le fait qu'en 1650 ils avaient été exterminés. Les appeler Arawaks est incorrect, bien que leur langue soit connue sous ce nom. L'or n'avait pas de valeur pour les Tainos (chapitre 28), mais personne ne sait s'ils possédaient une mine d'or qu'ils avaient montrée à Colomb. Aujourd'hui, il reste peu de traces des Tainos, en dehors de quelques objets, leurs grottes et leurs légendes (chapitre 24).

Les Marrons sont un groupe fascinant. Leur histoire et leur sociologie sont décrites avec précision (chapitres 3, 19, 24) et leur propension au secret est réelle (chapitre 68). La manière dont les esclaves sont parvenus jusqu'au Nouveau Monde (chapitre 28) est relatée avec précision, comme le fait que la Jamaïque, qui se trouve à l'extrémité de la route du commerce, se soit vu attribuer les esclaves les plus rebelles (chapitre 19). Charles Town existe, ainsi que le musée marron qui s'y trouve (chapitres 24 et 25). Grandy Nanny appartient à l'histoire aussi bien des Marrons que de la Jamaïque. À quoi ressemblait-elle, qui était-elle et a-t-elle même vraiment existé sont des sujets qui méritent débat (chapitres 3, 68). Son image orne le billet de 500 dollars jamaïcain, qu'on appelle là-bas un « Nanny ». Les *abengs* (chapitre 71) étaient utilisés par les Marrons pour communiquer à distance et leurs plaintes terrifiaient les soldats britanniques. Les tactiques de guerre des Marrons, décrites tout au long du livre, furent utilisées avec grand succès. Les esprits (chapitre 28) font partie du folklore jamaïcain. Les histoires que raconte la mère de Béne sur Martha Brae et la table d'or (chapitre 50) sont encore racontées à ce jour. Tainos et Marrons enterraient parfois leurs morts dans des grottes, mais la crypte du chapitre 62 est entièrement imaginaire. Il est intéressant de noter qu'il existe des similarités étonnantes entre les croyances des Marrons et celles des Juifs (chapitre 74).

Des limiers cubains ont été importés d'Espagne, puis amenés en Jamaïque par les Britanniques pour combattre les Marrons (chapitre 3). Les *chasseurs* sont décrits avec précision (chapitre 10), comme c'est le cas pour les dommages que les chiens pouvaient infliger.

Les endroits dans lesquels se passe cette histoire sont particulièrement intéressants. Tous sont décrits avec précision. La Jamaïque est spectaculaire et ses montagnes Bleues valent le détour (chapitre 3). Des milliers de grottes parsèment l'île et celles décrites ici s'inspirent de plusieurs d'entre elles (chapitres 56, 58, 72-77). Une bonne source de documentation à leur propos est *Jamaica Underground* («La Jamaïque souterraine») d'Alan Fincham. Le Mount Dora ressemble vraiment à la Nouvelle-Angleterre et le comté des lacs mérite bien son nom (chapitre 23). La cathédrale Saint-Étienne à Vienne possède des catacombes et des ossuaires (chapitres 34, 36, 37, 39, 41). Les jardins du palais de Schönbrunn (chapitre 42) et la synagogue Stadttempel (chapitre 8) sont particulièrement impressionnants. Le café Blue Mountain est considéré comme l'un des meilleurs au monde (chapitres 10, 30) et sa réglementation par le gouvernement jamaïcain est décrite avec précision, mais toute l'implication de la famille Rowe est de mon invention.

Prague est une ville spectaculaire (chapitres 49 à 51) et son quartier juif chargé de mémoire. La synagogue Vieille-Nouvelle (chapitres 47, 49, 59) est décrite fidèlement, y compris les barreaux en fer à l'extérieur qui mènent à ses combles. Des caméras veillent effectivement en permanence. La salle des cérémonies, la confrérie des Pompes funèbres et la synagogue Maisel (chapitres 56, 57, 64) sont bien là. Le vieux cimetière est particulièrement émouvant, mais la salle souterraine destinée à entreposer des textes sacrés est de mon invention (chapitre 54). Kolkovna (chapitre 65) est un restaurant situé juste en dehors du vieux quartier. Le boulevard de Paris est comme je l'ai décrit, (chapitre 50), bordé de magasins luxueux et tout près de la synagogue Vieille-Nouvelle. Le rabbin Loew a vécu à Prague (chapitre 47) et reste un héros vénéré. Sa tombe est celle qui reçoit le plus de visiteurs dans le vieux cimetière (chapitre 57). Son siège dans la synagogue Vieille-Nouvelle est en permanence entouré d'une chaîne pour qu'on ne puisse pas s'y asseoir (chapitre 59). La légende du golem est souvent racontée à Prague, mais elle est associée à tort au rabbin Loew (chapitre 47). La naissance de la légende est telle qu'elle a été décrite au chapitre 47. Nombreux sont ceux qui, malgré tout, croient que le golem repose dans le grenier de la synagogue.

Terezín (chapitre 53) fut un endroit d'horreur. Le récit de ce qui est arrivé aux Juifs de Prague, entre 1939 et 1945, est exact (chapitre 53). Seule la présence du rabbin Berlinger est de mon invention.

Malheureusement, les barons de la drogue prospèrent en Jamaïque (chapitres 3, 7). Leur popularité auprès de la population est réelle, tout comme l'impuissance du gouvernement à les combattre. Spanish Town peut être un endroit animé (chapitre 14). On trouve des cimetières juifs (chapitre 13) dans toute la Jamaïque, mais le mien est imaginaire (chapitres 3, 7). Les coutumes funéraires juives sont fidèlement décrites dans le livre (chapitre 22).

La présence juive en Jamaïque, qui date de l'époque de Colomb, est un fait historique (chapitre 7). La belle-fille de Colomb a effectivement obtenu l'île de Ferdinand et lutté contre le contrôle de l'Église (chapitre 7). L'Inquisition fut écartée de la Jamaïque pendant cent cinquante ans. Quand les Espagnols revinrent finalement en 1650, les Juifs s'associèrent avec les Anglais et les ont aidés à les expulser. Cromwell a effectivement signé un accord avec eux, leur promettant une tolérance (chapitre 7) qui fut effective. En fin de compte, les Juifs de la Jamaïque ont aidé à construire l'économie de l'île. Leurs échanges commerciaux avec les Marrons sont véridiques, tout comme la curieuse opposition des Noirs émancipés à l'égalité juive (chapitre 24). À la fin, la présence juive en Jamaïque s'estompa. Aujourd'hui, il en reste seulement quelques-uns, qui forment la plus ancienne congrégation de l'hémisphère occidental pratiquant toujours à Kingston. Les Juifs vécurent à Cuba du temps de Colomb ainsi qu'aujourd'hui (chapitres 38, 40). Quand les Espagnols s'enfuirent finalement de la Jamaïque en 1655, ils enterrèrent aussi bien leurs richesses que leurs dossiers, pensant y revenir prochainement (chapitre 18). Cela, bien sûr, n'arriva jamais et les uns comme les autres disparurent. L'existence d'un dépôt d'archives à Cuba est de mon invention. Les archives jamaïcaines à Spanish Town existent bien.

Le X à crochet, introduit au chapitre 10, est véritablement un symbole trouvé dans le Minnesota en 1898. Ce qu'il représente, personne ne le sait. Mais il est vrai qu'un X à crochet figure dans certaines reproductions de l'étrange signature de Colomb (chapitre 15), identique au symbole trouvé dans le Minnesota. *The Hooked X,* par Scott Wolter, est une bonne source de renseignements sur ce mystère.

L'astrolabe que j'ai décrit chapitre 66 est de mon invention, mais il est basé sur un spécimen qui existe au British Museum, œuvre d'un artisan hébreu du XIVe siècle. La cruche est le symbole du lévite (chapitre 7) et on la rencontre sur certaines tombes. L'histoire biblique des lévites, telle qu'elle est relatée au chapitre 13, est véridique.

Ce qui est arrivé au premier et au second Temple sont des faits historiques (chapitre 8). Ce qui est étonnant, comme cela est décrit au chapitre 42, c'est que les deux furent détruits le même jour à six cent cinquante-six années d'écart. Le trésor du Temple a effectivement disparu, son voyage de Jérusalem à Rome et à Constantinople est avéré (chapitres 8, 29). Personne ne sait ce qu'il est devenu ensuite. L'arc de Titus existe et confirme visuellement la présence temporaire du trésor à Rome (chapitre 77). Une excellente référence sur ce sujet est le livre de Sean Kingsley intitulé *God's Gold*.

L'histoire des Juifs séfarades est connue (chapitres 29, 31). Seul mon rajout concernant leur implication dans l'histoire du trésor du Temple est fictif (chapitre 63). Leur financement du premier voyage de Colomb est véridique. Tout ce que dit Alle dans le chapitre 31 peut être étayé. Luis de Santangel a vécu, tout comme les autres financiers mentionnés. On peut affirmer que lui et Ferdinand ont entretenu des relations étroites. Et non seulement les livres de comptes de de Santangel existent (chapitre 31), mais ceux qui les ont étudiés disent qu'ils confirment que de Santangel a bien avancé des fonds pour le premier voyage de Colomb.

Le mont du Temple, avec son histoire et ses enjeux politiques, est évoqué avec précision (chapitre 55). Jérusalem est, effectivement, la ville au monde la plus assiégée (chapitre 59). Un espoir pour le troisième Temple reste encore d'actualité en Israël, avec ou sans le Messie. Au cœur de cette histoire, on trouve l'hypothèse que Christophe Colomb était juif. Nombreux sont ceux qui ont évoqué cette possibilité, le plus convaincant étant Simon Wiesenthal dans son livre *La Voile de l'espoir*[1]. Des milliers de Juifs séfarades sont devenus des *conversos* pour échapper à la persécution. Que Colomb lui-même ou ses parents aient fait ce choix n'est pas avéré. Ce qui est clair, en revanche, c'est qu'on ne sait à peu près rien de Colomb. Les écrits qui se rapportent à sa date et à son lieu

---

1. Simon Wiesenthal, *La Voile de l'espoir*, Éditions Robert Laffont, Paris.

de naissance, à son éducation, à ses parents et à sa vie sont contradictoires. Aucun portrait n'existe de lui. Aussi bien la carte qu'il utilisa pour sa navigation (chapitre 8) et l'original de son journal de bord *Diario de a bordo*, ont disparu (chapitre 15). Le prétendu journal de Colomb, que presque tout le monde cite comme une description authentique de ses voyages, n'est qu'un compte rendu de troisième main élaboré des décennies plus tard. Le refus du gouvernement espagnol de ne permettre aucune recherche indépendante dans ses archives pour trouver la carte et le journal original (chapitre 8) ne fait qu'aggraver le mystère.

Même le site de la tombe de Colomb est un sujet de discussions intenses (chapitre 38). Mon choix de la situer en Jamaïque est évidemment fictif (chapitre 62). Mais tout ce qu'Alle Becket écrit sur lui (chapitre 15) et tout ce que le rabbin Berlinger dit de lui (chapitre 65) sont véridiques. Le fait que Colomb soit parti avant minuit le 2 août 1492 et que tous les Juifs aient été obligés de quitter l'Espagne avant le 3 août est vrai (chapitre 9). Le véritable nom possible de Colomb – Christoval Arnoldo de Ysassi – n'est encore que spéculation. Comme pour la légende, racontée au chapitre 79, concernant Juan Colón de Majorque. Ce récit n'est pas de mon cru. Il fut présenté dans une conférence en 1966 pour expliquer pourquoi l'Église catholique avait fait la sourde oreille à toutes les suggestions de sanctifier Colomb. Il est intéressant de noter que, en ce qui concerne Alonso Sánchez de Huelva (chapitre 79), il subsiste un grand débat pour savoir si c'était lui, et non Colomb, le premier Européen à avoir découvert le Nouveau Monde. Une version prétend qu'il s'agit de mensonges répandus par des ennemis de Colomb pour discréditer les exploits de l'amiral. Une autre insiste sur le fait que de Huelva n'a jamais existé. Une troisième, que de Huelva découvrit le Nouveau Monde mais que les monarques catholiques d'Espagne ont gardé la découverte secrète jusqu'à ce qu'Alexandre VI, un Espagnol, ait été élu pape en 1492. Ils ont ensuite accédé à la demande de Colomb d'avoir des navires pour le laisser redécouvrir ce qu'ils connaissaient déjà.

Et donc, comme pour beaucoup d'autres choses sur ce sujet, on ne connaîtra jamais la vérité.

Pendant cinq cents ans, les historiens se sont interrogés : Qui était Christophe Colomb ? La réponse ne peut se trouver que dans une autre question : *Qui voulez-vous qu'il soit ?*

REMERCIEMENTS

Pour la onzième fois, je remercie Gina Centrello, Libby McQuire, Kim Hovey, Cindy Murray, Quinne Rogers, Debbie Aroff, Carole Lowenstein, Matt Schwartz, et l'équipe du service de promotion et de vente. J'ai du mal à croire qu'il s'est déjà écoulé neuf ans entre l'époque où nous travaillions sur *Le Musée perdu* et aujourd'hui.

Je remercie Mark Tavani qui encore une fois a superbement travaillé.

J'ajouterai aussi quelques mentions spéciales : Johanna Hart, qui nous a fait visiter la Jamaïque ; mon vieil ami Mikey Blount de Prague ; Rupert Wallace, notre habile chauffeur jamaïcain ; Frank Lumsden, colonel des Marrons de Charles Town, qui nous a emmenés faire un voyage extraordinaire dans les montagnes Bleues ; Richard Keene pour de précieux repérages dans Vienne ; Chuck Watson pour ses explications sur les orangeraies de Floride ; Morris Shamah pour son aide sur tout ce qui concerne les séfarades (toute erreur qui subsisterait me serait entièrement imputable) ; Meryl Moss et son remarquable service de relations publiques pour leur action quotidienne ; et Jessica Johns et Esther Garver qui m'évitent de nombreux ennuis (ce qui n'est pas une tâche facile).

Et puis il y a ma femme, Elizabeth, qui est toujours avec moi.

Dans ce livre, l'adversaire s'appelle Zachariah Simon. Ce nom m'a été donné par mon agent, Simon Lipskar, qui l'a créé à partir de ses deux prénoms. Simon m'avait dit un jour qu'il serait ravi d'être le méchant dans un livre. Mais la ressemblance avec ce personnage se limite à son nom. Simon est intelligent, cultivé, honnête et considéré par beaucoup comme un des meilleurs agents littéraires existants. Il est également codirecteur d'une des plus grandes et meilleures agences littéraires au monde, Writers House. La naissance de ce livre hors série est due en partie à ses conseils.

C'est un honneur pour moi de l'avoir à mes côtés.

Simon, celui-là est pour toi.

Mis en pages par Soft Office – Eybens (38)

*Cet ouvrage
a été achevé d'imprimer sur Roto-Page
par l'Imprimerie Floch à Mayenne
en janvier 2013*

Dépôt légal : février 2013
N° d'édition : 2927 – N° d'impression : 84122
ISBN 978-2-7491-2927-3

Imprimé en France

W l 2
G l rouge
Y l l
RL l 2
D l
mi l l